KARIN SLAUGHTER BIJ UITGEVERIJ CARGO

Nachtschade
Zoenoffer
Een lichte koude huivering
Vervloekt geluk (red.)
Onzichtbaar
Trouweloos
Triptiek
Onaantastbaar
Onbegrepen
Versplinterd
Genesis
Verbroken
Ongezien
Gevallen
Doorn in mijn vlees
Genadeloos
Kwijt (e-book)
Koud hart (e-book)
Gepakt (e-book)

Karin Slaughter

Stille zonde

Vertaald door Ineke Lenting

CARGO

2014

DE BEZIGE BIJ

AMSTERDAM

Cargo is een imprint van Uitgeverij De Bezige Bij, Amsterdam

Eerste druk mei 2013
Tweede druk juni 2013
Derde druk oktober 2013
Vierde druk december 2013
Vijfde druk mei 2014
Oorspronkelijke titel *Unseen*
Oorspronkelijke uitgever Random House, New York
Omslagontwerp Studio Jan de Boer
Omslagbeeld Imageselect
Foto auteur Alison Rosa
Vormgeving binnenwerk CeevanWee, Amsterdam
Druk Koninklijke Wöhrmann, Zutphen
ISBN 978 90 234 8258 1
NUR 305

www.slaughter-house.nl
www.karinslaughter.com
www.uitgeverijcargo.nl

Voor Angela, Diane en Victoria –
mijn kampioenen

Een

WOENSDAG

Macon, Georgia

Rechercheur Lena Adams verkromp van pijn toen ze haar T-shirt uittrok. Ze haalde haar politiepenning uit haar zak, evenals haar zaklantaarn en een extra magazijn voor haar Glock, en gooide het hele zaakje op de ladekast. Volgens haar telefoon was het bijna middernacht. Achttien uur geleden was Lena haar bed uit gerold en het enige wat ze nu wilde was zich er weer in laten vallen. Niet dat ze de laatste tijd veel gedaan had. De afgelopen vier dagen had ze haar tijd zitten verdoen aan een vergadertafel, waar ze vragen had beantwoord die ze de vorige dag en de dag daarvoor ook al had beantwoord, en de bullshit had weerlegd die je over je heen kreeg als je je daden tegenover Interne Zaken moest verantwoorden.

'Wie had de leiding bij de inval in het huis?'

'Naar aanleiding van welke informatie hebt u gehandeld?'

'Wat verwachtte u aan te treffen?'

De vrouw die namens de afdeling Interne Zaken van het Macon Police Department het onderzoek leidde, had de stugge, levenloze uitstraling van een beroepspennenlikker. Elke dag verscheen ze in een zwarte rok en witte bloes, een outfit die geschikter leek voor een gastvrouw in een Olive Garden-restaurant. Terwijl ze aantekeningen maakte knikte ze veel en fronste nog vaker. Als Lena treuzelde met antwoorden, controleerde ze de taperecorder om te zien of die de stiltes wel registreerde.

Lena was ervan overtuigd dat de vragen bedoeld waren om haar geduld op de proef te stellen. De eerste dag was ze zo verdoofd geweest dat ze alles naar waarheid had beantwoord in de hoop dat het dan snel voorbij zou zijn. De tweede en derde dag was ze minder toeschietelijk geweest en had ze zich met de minuut meer geërgerd. Vandaag was het eindelijk tot een uitbarsting gekomen, en het leek wel of de vrouw daarop had zitten wachten.

'Wat denk je dat ik verwachtte aan te treffen, stomme trut?'

Had Lena dat alles maar niet aangetroffen. Kon ze maar met een scheermes de beelden uit haar brein snijden. Die achtervolgden haar. Telkens als ze met haar ogen knipperde, zag ze ze opflakkeren als in een oude film. Ze vervulden haar met een voortdurend, niet-aflatend verdriet.

Lena begon in haar ogen te wrijven, maar stopte er meteen weer mee. Er waren zes dagen verstreken sinds ze aan het hoofd van haar team die inval had gedaan, maar haar lichaam was nog steeds een levende herinnering aan wat er gebeurd was. De blauwe plek die zich over haar neus en onder haar linkeroog had verspreid, was inmiddels pisgeel. De drie hechtingen die de snee in haar schedel bijeenhielden jeukten als de pest.

En dan al die dingen die niemand kon zien: Lena's gekneusde stuit. Haar pijnlijke rug en knieën. Haar maag die zich omdraaide telkens als ze dacht aan wat ze had ontdekt in dat troosteloze huis in het bos.

Vier lijken. Eén man lag nog in het ziekenhuis. Een ander zou nooit meer zijn penning dragen. Om maar te zwijgen van de gruwelijke herinnering die haar waarschijnlijk tot aan haar dood zou bijblijven.

Lena's ogen schoten vol. Ze beet op haar lip en vocht tegen de neiging aan het verdriet toe te geven. Ze was uitgeput. Het was een zware week geweest. Jezus, het waren drie zware weken geweest. Maar nu was het voorbij. Het was allemaal voorbij. Lena was veilig. Ze mocht haar baan houden. Dat mens van de rattenclub, zoals Interne Zaken werd genoemd, was haar hol weer in gevlucht. Lena was eindelijk thuis, waar niemand haar kon aanstaren of verhoren of in haar zaken kon wroeten en graven. Het was niet alleen Interne Zaken. Iedereen wilde weten hoe de inval was gegaan, wat Lena had aangetroffen in dat donkere, bedompte souterrain.

Het enige wat Lena wilde was alles vergeten.

Haar mobiel begon te piepen. Ze ademde uit tot haar longen helemaal leeg waren. Weer piepte de mobiel. Ze pakte hem op. Het was een nieuw sms'je.

VICKERY: ALLES OK?

Lena staarde naar de letters op het schermpje. Paul Vickery, haar vaste partner.

Ze tikte op BEANTWOORDEN. Haar duim hing boven de toetsen.

Het verre gerommel van een motor deed de lucht trillen.

In plaats van een antwoord in te tikken zette Lena de telefoon met een druk op de knop uit. Ze legde hem op de ladekast, naast haar penning.

Het gebulder van de Harley-Davidson met zijn twin-cam motorblok vibreerde in haar oren toen Jared een dot gas gaf om de steile oprit te kunnen nemen. Lena stond stil en volgde de vertrouwde geluiden: de motor die werd uitgeschakeld, het metalige geknars van de standaard, de zware tred van laarzen toen haar man het huis binnenliep en zijn helm en sleutels op de keukentafel wierp, ook al had ze hem wel duizend keer gevraagd dat niet te doen. Hij stopte even, waarschijnlijk om de post te bekijken, en kwam toen naar hun slaapkamer.

Met haar rug naar de deur telde Lena Jareds voetstappen terwijl hij door de lange gang liep. Zijn passen klonken aarzelend, weifelend. Waarschijnlijk had hij gehoopt dat ze al sliep.

Hij bleef in de deuropening staan, kennelijk in de verwachting dat Lena zich zou omdraaien. Toen ze dat niet deed, vroeg hij: 'Ben je net thuis?'

'Ik was pas laat klaar.' Dat was niet helemaal gelogen. Zij had op haar beurt gehoopt dat Jared al zou slapen. 'Ik wilde me net gaan douchen.'

'Oké.'

Lena ging echter niet naar de badkamer, maar keerde zich naar hem toe.

Jareds blik schoot even naar haar bh, en toen weer snel naar boven. Hij had zijn uniform aan en zijn haar was piekerig van de helm. Hij werkte ook bij de politie van Macon, was motoragent, een rang lager dan Lena, en twaalf jaar jonger. Geen van die dingen had haar ooit dwarsgezeten, maar de laatste tijd was elke vierkante centimeter van hun leven een bron van irritatie.

Leunend tegen de deurpost vroeg Jared: 'Hoe ging het?'

'Ik mag weer aan het werk.'

'Dat is mooi, toch?'

Ze liet zijn woorden bezinken en probeerde de toon te peilen. 'Ja, hoezo?'

Jared antwoordde niet. Na een lange, ongemakkelijke stilte vroeg hij: 'Zin in een borrel?'

Lena was niet in staat haar verbazing te verbergen.

'Dat mag nu toch weer?' Hij hield zijn hoofd schuin en schonk haar een moeizaam lachje. Hij was een centimeter of vijf langer dan Lena, maar door zijn gespierde bouw en atletische gratie leek hij een stuk groter.

Meestal.

Jared kuchte ongeduldig.

Ze knikte. 'Oké.'

Hij liep de kamer uit, maar een bepaald soort behoefte bleef hangen, omhulde haar, verstikte haar bijna. Hij wilde het liefst dat ze zou instorten. Dat ze zijn steun nodig had. Dat ze hem liet merken door het gebeurde geraakt te zijn, dat ze er op de een of andere tastbare manier door veranderd was.

Hij begreep maar niet dat ze zich niet gewonnen gaf omdat er anders niets van haar zou overblijven.

Lena nam haar pyjama uit de ladekast. Ze hoorde Jared in de keuken rondscharrelen. Hij trok de deur van de koelkast open en pakte een handvol ijs. Lena sloot haar ogen. Ze stond te zwaaien op haar benen. Ze wachtte op het getinkel van ijsblokjes in een glas. Het water liep haar al in de mond.

Ze klemde haar kaken opeen. Dwong haar ogen open.

Het verlangen naar een borrel was te sterk. Als Jared terugkwam, zou ze het glas neerzetten en een paar minuten wachten om aan zichzelf te bewijzen dat ze heel goed zonder kon.

Om aan hém te bewijzen dat ze de drank niet nodig had.

Haar handen deden pijn toen ze haar spijkerbroek losknoopte. Op de dag van de inval had ze haar *shotgun* zo stijf vastgeklemd dat het was alsof haar vingers voor altijd krom zouden blijven. Ze begreep niet waarom alles nog pijn deed. Ze hoorde nu hersteld te zijn, maar haar lichaam hield de pijn vast. Hield het gif vast dat haar vanbinnen verteerde.

'Oké.' Jared was terug. Deze keer kwam hij de kamer binnen. Terwijl hij naar haar toe liep, schonk hij een flinke wodka in. De fles klokte en de vloeistof spatte in het glas. 'Heb je morgen weer dienst?'

'Ja, vroege dienst.'

Hij reikte haar het glas aan. 'Niet eens even vrij?'

Lena pakte het glas en dronk het in één teug half leeg.

Jared zei: 'Dat is dan net als toen...' Zijn stem stierf weg. Hij hoefde zijn zin niet af te maken. In plaats daarvan keek hij door het achterste raam. In de donkere ruiten zag hij zijn eigen spiegelbeeld. 'Wedden dat je nu tot brigadier wordt bevorderd?'

'Misschien,' zei ze, hoewel ze haar hoofd schudde.

Hij keek haar afwachtend aan. Vol behoefte.

'Wat wordt er op het bureau gezegd?' vroeg ze.

Jared liep naar de kast. 'Dat je stalen ballen hebt.' Hij draaide aan het combinatieslot van de wapenkluis. Lena keek naar zijn nek. Er liep een roze verbrande streep overheen waar de huid niet beschermd was geweest door de helm. Hij wist ongetwijfeld dat ze naar hem keek, maar hij ontkoppelde gewoon zijn holster en legde zijn wapen naast dat van haar. Een eindje ervanaf. Hij zorgde dat zelfs hun wapens elkaar niet raakten.

'Zit het je dwars?' vroeg ze.

Hij deed de kluis weer dicht en draaide aan het combinatieslot. 'Waarom zou het me dwarszitten?'

Lena sprak het niet uit, maar het schreeuwde door haar hoofd: *Omdat ze mij stoerder vinden dan jou. Omdat je vrouw een stel zware criminelen heeft uitgeschakeld terwijl jij op je motor rondtoerde en bekeuringen uitschreef aan voetbalmoeders.*

'Ik ben trots op je,' zei Jared. Hij zei het op zo'n redelijk toontje dat ze hem het liefst op zijn gezicht zou timmeren. 'Je zou een medaille moeten krijgen voor wat je gedaan hebt.'

Hij had geen idee wat ze gedaan had. Jared kende alleen de hoogtepunten, de bijzonderheden die Lena naar buiten mocht brengen.

Ze herhaalde haar vraag. 'Zit het je dwars?'

Hij zweeg iets te lang. 'Wat me dwarszit, is dat je wel dood had kunnen zijn.'

Hij had haar vraag nog steeds niet beantwoord. Lena bestudeerde zijn gezicht. Zijn huid was glad en fris. Ze had Jared leren kennen toen hij eenentwintig was, en in de tussenliggende vijfenhalf jaar was hij er op de een of andere manier steeds jonger op geworden, alsof hij achterstevoren leefde. Of misschien werd Lena zelf sneller oud. Er was zoveel veranderd sinds die eerste dagen. In het begin wist ze altijd wat hij dacht. Uiteraard had ze hem sindsdien voldoende specie aangereikt om een hele muur rond zichzelf te kunnen optrekken.

Hij begon zijn overhemd los te knopen. 'Ik ga die kastjes maar eens in elkaar zetten.'

Ze lachte geschrokken. 'Meen je dat?' De keuken lag er al drie maanden gesloopt bij, voornamelijk omdat Jared elk weekend een nieuwe reden bedacht om er niet aan te hoeven werken.

Hij liet zijn overhemd op de vloer vallen. 'Dan weten ze in elk geval bij IKEA dat ik nog altijd de man in huis ben.'

Nu het eruit was, wist Lena niet hoe ze moest reageren. 'Je weet dat dat niet zo is.' Het klonk als een slap excuus, dat vond ze zelf ook. 'Het is gewoon niet zo.'

'O nee?'

Lena antwoordde niet.

'Oké.' Jareds mobiel ging. Hij haalde het ding uit zijn zak, keek naar het nummer, maar nam niet op.

'Je vriendin?' Lena haatte haar ijle stem. Het was geen leuk grapje. Dat wisten ze allebei.

Hij rommelde in de wasmand tot hij zijn spijkerbroek en een van zijn T-shirts had gevonden.

'Het is bijna twaalf uur.' Lena keek op het klokje naast het bed. 'Later zelfs.'

'Ik heb geen slaap.' Hij kleedde zich snel om en stopte zijn telefoontje in zijn achterzak. 'Ik zal zachtjes doen.'

'Heb je je telefoon nodig als je de kastjes in elkaar gaat zetten?'

'De batterij is bijna leeg.'

'Jared...'

'Ik ben zo klaar.' Daar was dat neplachje weer. 'Het minste wat ik kan doen, toch?'

Lena lachte terug en stak haar glas toostend omhoog.

Hij bleef staan. 'Ga je nou maar douchen, voor je omvalt.'

Ze knikte, maar onwillekeurig dwaalde haar blik af naar het T-shirt, waaronder zijn borst en zijn strakke buikspieren zich aftekenden. De wodka had haar in een aangename roes gebracht. Eindelijk kon haar lichaam zich ontspannen. Iets aan Jareds houding bracht een stroom van oude herinneringen op gang. Lena liet zich door haar gedachten meevoeren naar een plaats die ze meestal afgesloten hield: het stadje waar ze had gewoond voor ze met Jared naar Macon verhuisde, de plaats waar ze het politievak had geleerd.

Destijds in Grant County had Jareds vader Lena alles geleerd wat ze als politievrouw moest weten. Nou ja, bijna alles. Lena had het vermoeden dat commissaris Jeffrey Tolliver pisnijdig zou zijn geweest als hij van de trucjes had geweten die Lena na zijn dood had opgestoken. Ook al ging Jeffrey zelf nog zo vaak over de schreef, hij pakte Lena altijd keihard aan als ze ook maar een stap verkeerd zette.

'Lee?' vroeg Jared. Hij had Jeffreys ogen, en hij hield zijn hoofd op dezelfde manier schuin terwijl hij op haar antwoord wachtte.

Lena dronk haar glas leeg, hoewel haar hoofd tolde. 'Ik hou van je.'

Nu was het Jareds beurt om geschrokken te lachen.

'Ga je niet zeggen dat je ook van mij houdt?'

'Wil je dat graag?'

Lena antwoordde niet.

Hij zuchtte berustend en liep naar haar toe. Ze droeg alleen een bh en een slip, maar hij kuste haar op haar voorhoofd, net zoals hij dat bij zijn zusje deed. 'Niet onder de douche in slaap vallen.'

Lena keek hem na. Hij droeg dat vuile T-shirt de laatste tijd vaak. Op de achterkant en schouders zaten gele verfspatten van toen hij drie weken geleden begonnen was de logeerkamer op te knappen.

Lena had gezegd dat hij de muren niet mocht verven, dat hij nog een paar weken moest wachten – niet omdat er wel tien andere klussen waren die nog gedaan moesten worden, maar omdat het ongeluk bracht.

Jared luisterde nooit naar haar.

Uiteraard luisterde zij ook nooit naar hem.

Lena nam de wodkafles mee naar de badkamer. Ze zette het lege glas op de spoelbak van de wc en dronk rechtstreeks uit de fles, met haar hoofd achterover. Waarschijnlijk was dat niet verstandig in combinatie met de pijnstillers die ze geslikt had zodra ze thuiskwam, maar Lena voelde zich momenteel niet bepaald slim. Ze verlangde hevig naar de verdoving. De pillen en de alcohol moesten alles wegvagen uit haar hoofd: alles wat er voor, tijdens en na de inval was gebeurd. Ze wilde alles wissen, zodat ze kon gaan liggen en alleen maar duisternis zou zien in plaats van die flakkerende stomme film die haar de afgelopen zes dagen had achtervolgd.

Ze zette de fles ook op de spoelbak. Haar vingers voelden dik toen ze haar haar opbond. Lena staarde naar zichzelf in de spiegel. Onder haar ogen zaten donkere kringen, en niet alleen vanwege de kneuzingen. Ze drukte haar vingers tegen de spiegel. Haar gezicht begon te verraden wat ze allemaal kwijt was geraakt.

Het aantal lijken in haar kielzog.

Lena keek naar beneden. Ongemerkt had ze haar hand op haar platte buik gelegd. Nog maar negen dagen geleden was die gaan zwellen. Haar slip had te strak gezeten. Haar borsten waren gevoelig geweest. Jared kon niet van haar afblijven. Soms werd Lena wakker van zijn hand op haar buik, alsof hij opeiste wat hij zelf had gemaakt. Het leven dat hij in haar had verwekt.

Maar natuurlijk bleef dat leven daar niet zitten. Zijn hand kon de hevige pijn niet stoppen die Lena uit een diepe slaap had gerukt. Zijn woorden konden haar niet troosten toen het bloed begon te stromen. In de badkamer. In het ziekenhuis. Tijdens de rit naar huis. Het was een rode vloed die niets dan dood achterliet.

En telkens als ze langs dat klotekamertje liep met zijn lichtgele muren, werd ze door zo'n kille haat jegens hem overvallen dat ze beefde van woede.

Lena staarde naar het plafond. Even hield ze haar adem in en toen liet ze de lucht als een duister geheim zachtjes ontsnappen. Het was haar allemaal te veel vandaag. Het verlies, het verdriet.

De wodka en de pillen hielpen niet. Die zouden nooit voldoende kunnen helpen.

Ze zocht naar de dop van de fles, maar kon hem niet vinden. Ze trok de deur open. De slaapkamer was verlaten. Jareds kleren lagen op de vloer, nog precies zoals hij ze had laten vallen toen hij ze uittrok. Lena raapte zijn overhemd op. Ze rook uitlaatgassen, zweet en olie van een hele dag op de motor. Zijn portefeuille zat nog in de achterzak van zijn broek. Ze haalde hem eruit en legde hem op het nachtkastje. Zijn voorzakken zaten vol. Wat kleingeld. Een potje Burt's balsem om zijn lippen te beschermen tegen de wind. Een paar briefjes van twintig dollar, zijn rijbewijs en drie creditcards, allemaal met een groen elastiekje bijeengehouden. Een zwart fluwelen zakje waarin hij zijn trouwring bewaarde.

Lena wurmde haar vinger in het zakje en haalde de gouden ring eruit. Jared deed hem niet langer om naar het werk nadat een van zijn maten een schuiver met zijn motor had gemaakt. Zijn trouwring was aan zijn knokkel blijven haken en had de huid er als een sok afgestroopt. Lena had Jared laten beloven dat hij zijn ring niet droeg als hij op de motor zat. Het zwarte zakje was een compromis. Ze had gezegd dat hij de ring thuis moest laten, maar haar man was romantisch – romantischer dan welke vrouw ook die Lena kende – en hij vond het niet prettig om de ring niet bij zich te hebben.

Inmiddels ging ze ervan uit dat hij het uit gewoonte deed.

Lena stopte de ring weer in het zakje en sloeg Jareds portefeuille open. Die had ze hem in hun eerste jaar samen gegeven en hij droeg hem nog steeds bij zich, ook al had hij nooit eerder een portefeuille gehad. Eigenlijk was het niet veel meer dan een draagbaar fotoalbum. Lena bladerde door de vele kiekjes die Jared de afgelopen vijf jaar stiekem van haar had genomen: Lena voor hun huis op de dag dat ze er introkken, Lena op zijn motor, Jared en Lena in Disney World, een wedstrijd van de Braves, de play-offs in het SEC-toernooi, het nationale kampioenschap in Arizona.

Ze stopte bij de foto van hun bruiloft, die had plaatsgevonden in het kantoor van een rechter in de rechtbank van Atlanta. Lena's oom Hank stond aan haar ene kant, Jared aan de andere. Naast Jared stonden zijn moeder, stiefvader, zusje, grootmoeder, grootvader, twee neven en een onderwijzeres van de basisschool, die altijd contact met hem had gehouden.

Iedereen had zich in zijn mooiste kleren gestoken, behalve Lena, die een marineblauw broekpak droeg dat ze normaal naar haar werk aanhad. Haar haar hing los en haar bruine krullen vielen over haar schouders. Ze had zich laten opmaken bij Macy's in de mall aan Lenox, door een transseksueel die helemaal lyrisch was geweest over haar teint. Dat was tenminste één vrouw die haar die dag op waarde had weten te schatten. Het norse gezicht van Jareds moeder verklaarde waarom de bruidegom niet op een wat plechtiger ceremonie had aangedrongen. Op dit moment was Darnell Long ergens in Alabama aan het bidden dat haar zoon zijn verstand terugkreeg en zich zou laten scheiden van de bitch met wie hij getrouwd was.

Soms vroeg Lena zich af of ze alleen bij Jared bleef om dat mens te treiteren.

Ze bladerde naar de volgende foto en opeens begonnen haar knieën te beven.

Ze ging op het bed zitten.

Ze had de foto talloze keren gezien, alleen nooit in Jareds portefeuille. Hij kwam uit de schoenendoos die Lena in de kast bewaarde. Het was een foto van haar tweelingzus, Sibyl. Even ging er een steek van jaloezie door Lena heen, maar toen moest ze lachen. Jared dacht vast dat het een foto van haar was. Hij had Sibyl nooit ontmoet. Die was al tien jaar dood toen Jared in haar leven kwam.

Lena sloeg haar hand voor haar mond toen de lach in een snik overging. Zodra ze ontdekte dat ze zwanger was, had ze aan Sibyl gedacht. Heel even vlamde het geluk in haar op toen ze de telefoon pakte om haar zus te bellen.

En toen sloeg het verlies als een moker toe.

Terwijl Lena naar de foto keek, veegde ze voorzichtig de tranen onder haar ogen weg. Ze snapte wel waarom Jared juist die had uitgekozen. Sibyl zat op een deken in het park. Haar mond stond open en ze hield haar hoofd schuin naar achteren. Ze lachte vol overgave, met het soort blijdschap dat Lena zelden vertoonde. De genen van hun Mexicaans-Amerikaanse grootmoeder waren duidelijk zichtbaar. Sibyl was zongebruind. Ze droeg haar donkere krullen los, net als Lena vandaag. Sibyl had echter niet Lena's coupe soleil, om nog maar te zwijgen van die paar grijze strengen.

Hoe zou Sibyl er nu hebben uitgezien? Dat had Lena zich in de loop van de jaren vaak afgevraagd. Ze nam aan dat dat typisch een vraag was die de ene helft van een tweeling zichzelf stelde als de andere was overleden. Sibyl had nooit Lena's scherpe, harde trekken gehad. Haar gezicht bezat altijd een zekere zachtheid, een openheid die anderen uitnodigde in plaats van af te stoten. Alleen een dwaas zou de een voor de ander hebben aangezien.

'Lee?'

Ze keek op naar Jared, alsof het de gewoonste zaak van de wereld was dat ze in haar ondergoed boven zijn portefeuille zat te huilen. Hij stond weer in de deuropening, met zijn voeten net niet over de drempel.

'Wie belde er?' vroeg ze. 'Op je mobiel?'

'Het was een geblokkeerd nummer.' Met zijn duimen door zijn gereedschapsriem leunde hij tegen de deurpost. 'Gaat het?'

'Ik... eh...' Haar stem haperde. 'Gewoon moe.'

Lena keek nog één keer naar Sibyl voor ze de portefeuille dichtklapte. Tranen stroomden over haar wangen. Haar kaak verstrakte toen ze haar gevoelens probeerde te onderdrukken. Maar wat ze ook deed, ze bleven opborrelen, vormden een brok in haar keel, een strakke band om haar borst.

'Lee?' Nog steeds kwam hij de kamer niet in.

Lena schudde haar hoofd als om hem te dwingen weer weg te gaan. Ze kon hem niet aankijken; zo mocht Jared haar niet zien. Dat ze instortte was precies waarop hij zat te wachten. Wat hij verwachtte.

Wat hij wílde.

Maar toen brak er iets in haar. Weer kwam er een snik, een diepe, treurige snik. Lena kon zich er niet langer tegen verzetten, ze kon hem niet langer op afstand houden. Ze wachtte niet tot Jared naar haar toe kwam. In een oogwenk was ze aan de andere kant van de kamer; ze sloeg haar armen om zijn schouders en drukte haar gezicht tegen zijn borst.

'Lena...'

Ze kuste hem. Haar handen gingen naar zijn gezicht, raakten zijn hals aan. Eerst verzette Jared zich, maar hij was een man van zesentwintig die de afgelopen week op de bank had geslapen. Er was niet veel voor nodig om een reactie bij hem teweeg te brengen. Zijn ruwe handen wreven over haar blote rug. Hij trok haar dicht tegen zich aan en zijn kus werd wilder.

En toen schokte zijn hele lichaam naar achteren.

Bloed spoot Lena's mond in.

Seconden later hoorde ze de schoten.

Nadat Jared geraakt was. Nadat hij tegen haar aan in elkaar was gezakt.

Hij was te zwaar. Lena struikelde en viel achterover, met Jared languit boven op zich, zodat ze geen kant op kon. Ze kon zich niet verroeren. Ze probeerde hem omhoog te duwen, maar toen klonk er weer een schot. Zijn lichaam verkrampte, verhief zich een paar centimeter en viel toen weer tegen haar aan.

Lena hoorde een schel gejammer. Het kwam uit haar eigen mond. Ze krabbelde onder Jared vandaan en greep hem bij zijn T-shirt om hem uit de vuurlinie weg te trekken. Ze slaagde erin hem een eindje te verplaatsen, tot zijn gereedschapsriem achter het kleed bleef haken.

'Nee-nee-nee,' stamelde Lena, waarna ze haar hand voor haar mond sloeg om het geluid te smoren. Met haar rug tegen de muur vocht ze tegen een golf van hysterie. De wodka en de pillen lieten zich gelden. Braaksel steeg op in haar keel. Ze wilde schreeuwen. Ze móést schreeuwen.

Maar ze kon het niet.

Jared bewoog niet. De schoten galmden na in haar oren. Uit een shotgun. De hagelkorrels hadden zich verspreid, waren zijn rug en zijn hoofd binnengedrongen. Helderrode bloedkringen trokken over de opgedroogde gele verf op zijn T-shirt. Een schroevendraaier uit zijn gereedschapsriem stak in zijn zij. Onder zijn lichaam werd de bloedplas steeds groter. Ze legde haar hand op zijn been en voelde zijn gespierde kuit.

'Jared?' fluisterde ze. 'Jared?'

Zijn ogen bleven dicht. Bloed borrelde tussen zijn lippen door. Zijn vingers lagen trillend op de vloer. Ze zag de witte streep van zijn trouwring, ook al had hij beloofd dat hij die niet zou dragen.

Lena wilde zijn hand pakken, maar deed het niet.

Voetstappen.

De schutter liep de gang door. Langzaam. Met beleid. Hij droeg laarzen. Ze hoorde de echo van de houten hak op de kale planken, gevolgd door het zachtere schrapen van de neus.

Eén stap.

Nog een stap.

Stilte.

De schutter rukte het douchegordijn in de badkamer op de gang open.

Lena's blik schoot door de slaapkamer. Hun wapens zaten achter slot en grendel. Haar mobiel lag aan de andere kant van de kamer. Ze hadden geen vaste telefoon. Het raam was te veel in het zicht. De badkamer was een val.

Jareds mobiel.

Ze streek langs zijn been, voelde in zijn zakken. Leeg. Leeg. Ze waren allemaal leeg.

Weer hoorde ze de voetstappen, een geluid als van knappende twijgen dat weergalmde door de gang.

En toen... niets.

Hij was bij de eerste slaapkamer blijven staan. Twee bureaus. Dozen met oude dossiers. Jared liet de kastdeur altijd openstaan. De schutter kon dat vanaf de gang zien.

Hij kuchte en spuwde op de vloer.

Hij wilde Lena laten weten dat hij eraan kwam.

Ze drukte haar rug tegen de muur en dwong zichzelf overeind te komen. Ze was niet van plan zittend te sterven. Rechtovereind zou ze vechten voor haar leven en voor dat van haar man.

Weer stopten de voetstappen. De schutter controleerde de volgende slaapkamer. Lichtgele muren. Kastdeur op een stel schragen, zodat Jared er ballonnen op kon schilderen. Vanaf de gang kon je de dunne potloodlijnen zien die hij uit de vrije hand had getekend. Vandaar kon je ook recht in de lege kast kijken.

De schutter liep verder de gang door.

Lena bracht haar bevende hand weer naar Jared. De hamer aan zijn gereedschapsriem hing al half uit de metalen ring. Met haar vingers gaf ze hem het laatste duwtje. Ze klemde de steel vast. Die voelde warm, bijna heet tegen haar huid.

Jareds oogleden gingen knipperend open. Hij keek naar Lena toen ze overeind kwam en haar rug weer tegen de muur drukte. Zijn ogen hadden iets glazigs. Pijn. Hevige pijn. Het sneed door haar heen. Zijn mond bewoog. Lena legde een vinger op haar lippen, dwong hem om stil te zijn, om te doen alsof hij dood was, zodat er niet weer op hem werd geschoten.

De voetstappen bleven vlak bij de slaapkamerdeur staan, op zo'n anderhalve meter afstand. De man wierp zijn schaduw vooruit in de kamer, waardoor Jared voor de helft in het donker lag.

Lena draaide de hamer rond, tot de klauw naar voren stak. Ze hoorde de pompactie van een shotgun. Het geluid had het gewenste effect. Ze moest haar knieën op slot zetten om niet te vallen.

De schutter wachtte even. Zijn schaduw bewoog iets, maar drong niet verder de kamer binnen.

Lena spande haar spieren en telde de seconden. Eén, twee, drie. De man kwam niet binnen. Hij bleef daar gewoon staan.

Ze probeerde zich in de schutter te verplaatsen om erachter te komen wat hij dacht. Twee politiemensen. Allebei met een wapen dat ze niet hadden gebruikt. De een lag op de vloer. De ander had zich niet verroerd, had niet teruggeschoten, had niet geschreeuwd, was niet uit het raam gesprongen en had hem niet aangevallen.

Lena spitste haar oren, terwijl ze allebei doodstil wachtten.

Uiteindelijk zette de schutter weer een stap naar voren – een korte, aarzelende stap. Toen nog een. Het eerste wat Lena zag was het uiteinde van de loop. Afgezaagd. Het metaal had een ruwe rand, was recent onder handen genomen. Even was het stil, waarna de schutter iets opzijzwenkte. Lena zag een tattoo op de hand die de loop ondersteunde. Een zwarte doodskop met gekruiste beenderen bedekte de huid tussen duim en wijsvinger.

Een laatste, behoedzame stap.

Lena nam de hamer in beide handen en zwaaide hem recht in het gezicht van de man.

De klauw drong in zijn oogkas. Ze hoorde bot kraken toen de scherpe stalen punten zich versplinterend in zijn schedel boorden. De shotgun ging af en sloeg een gat in de muur. Lena probeerde de hamer eruit te trekken voor de volgende klap, maar de klauw zat vast in het hoofd van de man. Hij wankelde en probeerde zich schrap te zetten tegen de deur. Hij sloeg zijn vingers om haar pols. Bloed stroomde vanuit zijn oog zijn mond in en langs zijn hals naar beneden.

Op dat moment zag Lena de tweede man. Hij rende de gang door, met een 5-schots cilinder Smith & Wesson in zijn hand. Lena gaf een ruk aan de hamer en gebruikte die als hevel om de schutter vóór haar omhoog te trekken en als schild te gebruiken. Vlak achter elkaar klonken drie schoten en elk schot werd opgevangen door het lichaam van de man. Met kracht duwde Lena hem tegen de tweede belager aan. Beide mannen struikelden. De S&W vloog over de vloer.

Lena pakte de shotgun op. Ze haalde de trekker over, maar de huls was geblokkeerd. Ze probeerde het wapen opnieuw te laden om de storing op te heffen en het weer schietklaar te maken, toen de tweede man overeind krabbelde. Hij dook op haar af, en zijn vingers streken langs de mond van de loop, maar toen liet hij zich op zijn knie vallen.

Jared had zijn enkel vastgegrepen. Hij hield hem stevig beet en zijn arm beefde van inspanning. De man kwam weer overeind en wilde al met zijn vuist naar Jareds slaap uithalen.

Lena draaide de shotgun snel om, greep het wapen bij de loop en zwaaide het als een honkbalknuppel tegen het hoofd van de man. Bloed en tanden vlogen in het rond toen zijn kaak losschoot. Hij smakte op de vloer.

'Jared!' riep Lena, en ze liet zich naast hem neervallen. 'Jared!'

Hij kreunde. Bloed sijpelde uit zijn mond. Met lege blik staarde hij in het niets.

'Het komt goed,' zei ze. 'Het komt goed.'

Hij hoestte. Er ging een huivering door hem heen en toen begon hij hevig te schokken.

'Jared!' gilde Lena. 'Jared!' Haar blik werd wazig doordat haar ogen zich vulden met tranen. Ze omvatte zijn gezicht met haar handen. 'Kijk me aan,' smeekte ze. 'Kijk me dan aan.'

Er bewoog iets. Ze zag het vanuit haar ooghoek. De tweede man schoof langzaam in de richting van het bed en probeerde de shotgun te pakken. Zijn halve lichaam was verlamd. Hij sleepte zichzelf op één arm voort, een gewonde kakkerlak die een spoor van bloed achterliet.

Lena's hart stond stil. Er was iets veranderd. Verschoven. De wereld draaide niet langer.

Ze keek neer op haar man.

Jareds lichaam was verslapt. Zijn oogleden waren bijna helemaal gesloten. Ze raakte zijn gezicht aan, zijn mond. Haar hand beefde zo hevig dat haar vingers tegen zijn huid roffelden.

Sibyl. Jeffrey. De baby.

Hún baby.

Lena stond op.

Ze bewoog als een robot. De hamer zat nog vast in het gezicht van de eerste man. Lena zette zich schrap met haar voet op zijn voorhoofd, sloeg haar handen om de steel en wrong de klauw los.

De kakkerlak kroop nog steeds in de richting van het bed, stukje bij beetje. Lena wachtte het juiste moment af, tot hij enkele centimeters van de shotgun verwijderd was, en toen liet ze zich met haar knie op zijn rug vallen. Ze voelde zijn ribben breken onder haar gewicht. Kapotte tanden spoten als brokjes nat zand uit zijn mond.

Lena hief de hamer hoog boven haar hoofd. Met een versplinterend gekraak kwam die op de ruggengraat van de man terecht. Hij schreeuwde het uit, spreidde zijn armen en onder haar bokte zijn hele lijf. Lena bleef zitten, op één punt geconcentreerd en met haar lichaam strak van woede. Weer hief ze de hamer hoog boven haar hoofd en richtte die op zijn achterhoofd, maar toen – opeens – kwam alles tot stilstand.

Ze kon de hamer niet bewegen. Die zat vast in de lucht.

Lena keek achter zich. Er was een derde man. Hij was groot en wat slungelig gebouwd, en met zijn sterke handen weerhield hij Lena van de doodsklap.

Ze was te geschokt om te kunnen reageren. Ze kende die man. Ze wist precies wie hij was.

Hij was gekleed als een biker, met een bandana om zijn hoofd en een ketting aan zijn leren riem. Hij legde een vinger op zijn lippen, net zoals ze zelf bij Jared had gedaan. Hij had een waarschuwende blik in zijn ogen en daaronder zag ze pure angst.

Langzaam kwam Lena weer bij haar positieven. Eerst haar gehoor: het schraperige geluid van haar moeizame ademhaling. Toen voelde ze de stekende pijn in haar gespannen spieren, haar verschroeide handpalmen waarmee ze de shotgun had vastgeklemd. De bittere lucht van de dood drong haar neus binnen. En vlak daaronder ving ze een zweem op van de open weg, de vertrouwde geur van uitlaatgassen en olie en zweet waarmee Jared elke avond thuiskwam.

Jared.

De achterkant van zijn T-shirt was doordrenkt en plakte aan zijn huid. De opgedroogde gele verfspatten waren verdwenen. Die waren nu zwart, net als zijn haar – zwart van het bloed.

Lena's hele lichaam verslapte. Alle vechtlust stroomde uit haar weg. Ze liet de hamer zakken en op de vloer vallen.

Sirenes verscheurden de stilte. Twee, drie, meer dan ze kon tellen.

Ergens buiten riep een schorre stem: 'Hé, man, waar zit je?'

De sirenes werden luider. Kwamen dichterbij.

Will Trent keek Lena nog één keer aan. Toen liep hij de kamer uit.

Twee

DONDERDAG

Atlanta, Georgia

Ziekenhuisliften waren berucht vanwege hun onbetrouwbaarheid, maar dokter Sara Linton vond die van het Grady Memorial Hospital wel erg krakkemikkig. Toch drukte ze telkens weer op de knop, als een gokverslaafde bij een fruitmachine, ook al was de kans klein dat de deuren opengingen.

'Kom op,' mompelde ze, turend naar de nummers boven de lift, alsof ze ze wilde dwingen om op 7 te springen. Met haar handen in de zakken van haar doktersjas stond ze te wachten terwijl het digitale scherm op 10 en toen op 9 sprong, maar bij de 8 bleef het steken.

Sara tikte met haar voet. Ze keek op haar horloge. En toen zag ze tot haar ontzetting Oliver Gittings op een drafje naderen.

Sara was als kinderarts werkzaam op de afdeling Spoedeisende Hulp van het Grady, en ze had verscheidene studenten onder haar hoede die er ondanks bepaalde tekenen die op het tegendeel wezen van uitgingen dat ze arts zouden worden. Vooral nachtdiensten waren vervelend. Alsof er iets in het maanlicht zat dat hun hersens in pap veranderde. Van sommigen vroeg Sara zich regelmatig af of ze zich al zelf konden aankleden, laat staan een medicijnenstudie volgen.

Oliver Gittings was een van de betere voorbeelden. Of een van de slechtere, afhankelijk van hoe je het bekeek. De afgelopen acht uur had hij al een urinemonster over zich heen gemorst en per ongeluk een steriele doek aan de mouw van zijn artsenjas gehecht. Tenminste, ze hoopte dat het per ongeluk was.

'Dokter Linton!' riep hij.

'Deze kant op,' zei Sara, die de lift voor gezien hield en naar de trap liep.

'Blij dat ik u gevonden heb.' Oliver huppelde als een onstuimige pup achter haar aan. 'Ik had zojuist een interessant geval.'

Oliver vond al zijn gevallen interessant. 'Neem de hoofdpunten maar even door,' zei Sara.

'Een meisje van zes,' ging hij van start terwijl hij twee keer aan de deur naar de uitgang trok voor hij besefte dat die naar buiten openging. 'Volgens de moeder heeft het kind haar midden in de nacht wakker gemaakt omdat ze wilde drinken. Ze gaan de trap af. Dan valt het kind. De moeder grijpt haar arm. Er knapt iets. Het meisje begint te gillen. De moeder brengt haar ijlings hierheen.'

Sara ging hem voor de trap af. 'Op de röntgenfoto was een spiraalbreuk te zien,' raadde ze.

'Ja. Het meisje had een blauwe plek op haar arm, hier...'

Sara keek even achterom naar de plek die hij aanwees. 'Dus je denkt aan mishandeling. Heb je opdracht gegeven tot skeletonderzoek?'

'Ja, maar op Radiologie is het heel druk. Mijn dienst zit er bijna op. Ik dacht dat ik maar vast D-FACS moest inschakelen om schot in de zaak te krijgen.'

Sara bleef abrupt staan. Jeugd- en gezinszorg. 'Wil je dat kind echt door de molen halen?'

Oliver trok zijn schouders even op, alsof het niet veel voorstelde. 'Het meisje is veel te stil. De moeder is ongedurig, geïrriteerd. Het enige wat ze wil weten is wanneer ze weer weg mogen.'

'Hoe lang zitten ze hier al?'

'Geen idee. Volgens mij was de triage om één uur.'

Sara keek op haar horloge. 'Het is nu twee voor zes 's ochtends. Ze zitten hier al de hele nacht. Ik zou ook weg willen. En verder?'

Voor het eerst leek Oliver te aarzelen. 'Tja, de breuk...'

Sara liep weer door. 'Geen enkele specifieke breuk is kenmerkend voor kindermishandeling. Zodra je D-FACS erbij haalt wordt het een juridische zaak. Als de moeder haar kind mishandelt, wil je niet dat ze ermee wegkomt. Je hebt ondersteunend bewijs nodig. Is het kind bang voor haar moeder? Kijkt ze je aan en geeft ze antwoord op je vragen? Zijn er nog meer blauwe plekken? Een ontwikkelingsachterstand? Zindelijkheidsproblemen? Komt ze vaker op Spoedeisende Hulp? Wat was je algehele indruk?' Oliver gaf niet meteen antwoord. 'Is ze gezond?' drong Sara aan. 'Goed gevoed?'

'Ja, maar...'

'Stop maar.' Sara had geen zin in een discussie. Weer keek ze op haar horloge. 'Dokter Connor neemt het van me over, maar je hebt al mijn telefoonnummers. Geef opdracht tot een skeletonderzoek om te zien of er al eerder breuken of fracturen zijn geweest. Laat Beveiliging een oogje op de moeder houden. Bel de andere spoedafdelingen om uit te vinden of het meisje eerder is behandeld.' Sara matigde haar toon om hem duidelijk te maken dat ze hem iets leerde in plaats van hem te berispen. 'Oliver, vijfenzestig procent van alle gevallen van kindermishandeling wordt gesignaleerd op de spoedafdeling van een ziekenhuis. Als je je in kindergeneeskunde gaat specialiseren, krijg je hier wekelijks mee te maken. Ik zeg niet dat je je vergist. Ik zeg alleen dat je alle feiten moet weten voor je het leven van dit meisje op z'n kop zet. En dat van haar moeder.'

'Ja, dokter.' Hij liep weer door, met zijn handen diep in zijn jaszakken.

Sara volgde hem niet onmiddellijk, zich ervan bewust dat Olivers ego al zwak genoeg was zonder haar hete adem in zijn nek. Ze ging op de onderste tree zitten en checkte haar ziekenhuis-BlackBerry. Ze kreeg al koppijn toen ze door de administratieve puinzooi scrolde die haar mailbox vervuilde. Vergaderingen, congressen, afgewezen aanvragen en nieuwe procedures voor aanvragen, het bijwonen van congressen en het plannen van vergaderingen.

Ze stak haar hand in haar andere zak en verwisselde de BlackBerry voor haar privételefoon. Dat was een stuk beter. Haar vader had een malle mop over slakken gemaild, die hij in het Waffle House had gehoord. Haar moeder had een recept doorgestuurd waar Sara zich nooit aan zou wagen. Ze had een lange e-mail van haar zus met als bijlage een foto van haar nichtje. Deze markeerde ze als ongelezen om hem voor later te bewaren. Het volgende bericht was een mailtje van Sara's vriend. Een uur geleden had hij haar een foto gestuurd van zijn ontbijt: zes minichocoladedonuts, een broodje kaas en ei en een grote cola.

Sara wist niet wie van hen tweeën het eerst een hartaanval zou krijgen.

De deur vloog open. Dokter Felix Connor stak zijn hoofd om de hoek van het trappenhuis. Hij nam Sara achterdochtig op. 'Waarom kijk je zo blij?'

'Misschien omdat ik naar huis mag nu jij er bent?'

'Ogenblikje, ik moet nog even naar de plee.'

Terwijl ze ging staan liet Sara de telefoon in haar zak glijden. Oliver was niet de enige die weg wilde. Sara had een hele reeks nachtdiensten gedraaid vanwege een buikgriep die in het ziekenhuis om zich heen greep. Het leek wel of ze gestraft werd voor haar eigen uitstekende gezondheid.

Naar huis. Slapen. Stilte. Terwijl ze over de afdeling liep, was ze al plannen aan het maken. Dankzij haar krankzinnige werkschema had ze nu vier volle vrije dagen voor de boeg. Ze zou een boek kunnen lezen. Hardlopen met de honden. Haar vriend eraan herinneren waarom ze ook alweer samen waren.

Bij die laatste gedachte werd haar grijns nog breder. Het leverde haar een paar nieuwsgierige blikken op. Er waren niet veel mensen die het leuk vonden in het Grady, het enig overgebleven ziekenhuis in Atlanta dat op publieke middelen draaide. Het personeel had de geharde houding van oorlogsveteranen. Als het beoefenen van de geneeskunst een gevecht tegen de bierkaai was, was het werk in het Grady te vergelijken met de Slag om Guadalcanal. Steekpartijen, vuistgevechten, vergiftigingen, verkrachtingen, schietpartijen, moorden, drugsoverdoses.

En dat was alleen nog maar de kinderafdeling.

Sara bleef staan bij de computer van de verpleegpost en riep het dossier van Olivers patiëntje op. Op de röntgenfoto was duidelijk te zien waar het rechteropperarmbeen van het kind verdraaid was. Of de moeder had de waarheid gesproken over wat er op de trap was gebeurd, of ze was zo snugger om een geloofwaardige leugen te verzinnen.

Sara keek op en liet haar blik door de wachtkamer gaan, die vol zat met de gebruikelijke vaste klanten. Verscheidene dronkenlappen sliepen hun roes uit. Er was een junk die zich van kant dreigde te maken telkens als hij werd gearresteerd, en een oudere dakloze vrouw die eigenlijk in een psychiatrische inrichting thuishoorde, maar wist hoe ze de kluit moest belazeren zodat ze op straat kon blijven. Olivers meisje lag lekker te slapen op de laatste brancard. Haar moeder zat op een stoel naast haar. Ze sliep ook, maar hield de hand van het meisje vast. Ze had nog niet gezien dat er een paar meter verderop iemand van de beveiliging stond.

Had de natuur maar een systeem ontworpen dat de rest van de wereld alarmeerde als iemand een kind mishandelde, dacht Sara voor de zoveelste keer. Een kenmerk. Het teken van het beest. Een symbool waardoor fatsoenlijke mensen wisten dat dergelijke monsters niet te vertrouwen waren.

Tot een paar jaar geleden woonde Sara in een stadje op vier uur rijden ten zuiden van Atlanta. Ze werkte daar als districtskinderarts en als patholoog-anatoom. Haar vader grapte altijd dat Sara met haar twee banen de mensen in- en uitluidde. Dat was zeker waar, maar Sara had uit hoofde van haar beroep te vaak de vreselijke dingen gezien die mensen kinderen aandeden. De röntgenfoto's die herhaaldelijk gebroken botten vertoonden. De gebitsgegevens met door verwaarlozing weggerotte tanden en kiezen. De huid die voorgoed getekend was door brandwonden en slaag.

Bovendien had Sara hier in Atlanta een relatie gekregen met een man die was opgegroeid in een kindertehuis. Sara's vriend sprak liever niet over zijn jeugd. Als ze over de geheelde brandwonden van uitgedrukte sigaretten op zijn borst streek of het gekartelde litteken op zijn bovenlip kuste, die ooit door een klap in tweeën was gespleten, kon ze zich amper een voorstelling maken van de hel die hij had overleefd.

Toch gebeurden er nog veel ergere dingen met kinderen. Het systeem kende vele gebreken, maar het had wel bestaansrecht.

'Haal die grijns eens van je gezicht.' Felix Connor droogde zich af met een papieren handdoekje terwijl hij op Sara af liep. 'Ik moet zeggen dat ik die griep nog niet helemaal kwijt ben.'

'Beter ziek op je werk dan ziek thuis,' zei Sara opgewekt.

'Zeg je dat ook tegen je patiënten?'

'Alleen tegen de baby's.' Voor Felix een smoes had verzonnen om weer naar huis te kunnen gaan, begon Sara haar patiënten met hem door te nemen. Net toen ze haar verslag over Olivers patiëntje afrondde, kreeg ze een warm gevoel in haar nek. Ze keek even achterom, want het was alsof iemand haar gadesloeg. Pas na twee keer kijken besefte ze dat het haar vriend was.

Will Trent leunde tegen de muur. Hij droeg een antracietgrijs driedelig pak waarin zijn slanke lichaam goed uitkwam. Hij had zijn handen in zijn zakken. Zijn lichtblonde haar was vochtig en kwam van achteren tot net boven zijn boord.

Hij lachte naar haar.

Sara lachte terug en voelde de vertrouwde tinteling in haar

borst. Ze kende Will nu bijna twee jaar – ze had hem hier in het ziekenhuis ontmoet –, maar de laatste tijd had hun relatie zich verdiept. De intensiteit van haar gevoelens was een onverwachte schat. Vijf jaar geleden had Sara haar man verloren. Ze was ervan uitgegaan dat ze de rest van haar leven alleen zou blijven.

En toen had ze Will leren kennen.

'Felix, ik...' zei Sara. Ze keek om zich heen, maar hij was al weg.

Will maakte zich los van de muur en liep naar haar toe. 'Wat zie je er leuk uit.'

Sara moest lachen om die schaamteloze leugen. 'Wat doe jij hier? Ik dacht dat je aan het werk was.'

'Mijn briefing is pas over een uur.'

'Tijd voor een tweede ontbijtje?'

Langzaam schudde Will zijn hoofd.

'O.' Opeens besefte Sara dat hij niet zomaar langs was gekomen. 'Wat is er?' vroeg ze.

'Zullen we ergens gaan zitten?'

Ze nam hem mee naar de artsenkamer. Die was zo'n tien meter verderop, en dat gaf Sara net genoeg tijd om zich op het ergste voor te bereiden.

Will was agent bij het Georgia Bureau of Investigation. De afgelopen tien dagen had hij undercover gewerkt. Hij kon – of wilde – Sara geen verdere mededelingen over zijn opdracht doen, maar hij belde haar telkens vanaf onbekende nummers en dook op de merkwaardigste tijdstippen op. Ze had geen idee waar hij vandaan kwam of waar hij naartoe ging, en telkens als ze ernaar vroeg, veranderde hij van onderwerp of moest opeens weg. Als Sara zich niet lichtelijk stoorde aan dat alles, werd ze wel verteerd door angst dat er iets ergs ging gebeuren. Of al gebeurd was. Sara's overleden echtgenoot was een politieman geweest. Hij was in het harnas gestorven, en zijn verlies was bijna haar eigen dood geworden. De gedachte dat hetzelfde met Will kon gebeuren was ondraaglijk.

'Ga je gang.' Will reikte langs Sara om de deur te openen. Gelukkig was de kamer leeg. Nadat ze aan tafel had plaatsgenomen, ging hij tegenover haar zitten.

'Wat is er?' vroeg ze nogmaals.

Zwijgend pakte hij haar hand en terwijl Sara toekeek streken zijn vingers over haar handpalm en de binnenkant van haar pols. Will keek ook; zijn donkerblauwe ogen volgden het pad van zijn vingers. Alleen al van de blik in die ogen terwijl hij haar aanraakte begon haar huid te tintelen.

Ze hield zijn hand tegen. Stel dat een van haar studenten binnenwandelde en haar hoorde spinnen als een kat. Bovendien herkende ze de tactiek waarmee Will tijd probeerde te rekken.

Ze boog zich naar voren. 'Wat is er?'

Hij glimlachte flauwtjes. 'Werkt mijn afleidingstruc niet?'

'Bijna wel,' zei ze.

Will ademde diep in. 'Mijn opdracht is wat ingewikkelder geworden.'

Sara had al zoiets verwacht, maar toch had ze tijd nodig om de informatie te verwerken.

'Ik kan niet zeggen waarom,' zei hij, 'maar ik ga meer uren maken. Ik zal niet meer zo vaak in Atlanta kunnen zijn. Ik zal je niet meer zo vaak kunnen zien.'

Sara was er niet echt zeker van dat Will haar niets over zijn opdracht mocht vertellen, maar ze wilde het kleine beetje tijd dat ze samen hadden niet bederven met de zoveelste zinloze discussie.

'Oké,' zei ze.

'Mooi.' Hij keek weer naar hun handen. Sara volgde zijn blik. Zijn polsen waren gebruind, maar alleen tot aan de manchetten van zijn overhemd. Zijn haar was hier en daar gebleekt door de zon. Wat Will ook uitspookte, hij moest in elk geval veel buiten zijn.

'Wat ik wilde zeggen,' vervolgde hij, 'is dat je niet moet denken dat ik ertussenuit knijp. Of dat ik...' Zijn stem stierf weg. 'Ik bedoel, wat we samen hebben.' Hij zweeg even. 'Wat we samen hebben gehad.'

Sara wachtte.

'Dat ik er niet ben wil nog niet zeggen...' Hij leek naar de juiste woorden te zoeken. 'Dat ik niet geïnteresseerd ben?' Hij bleef maar naar hun handen staren. 'Want dat ben ik wel. Geïnteresseerd, bedoel ik.'

Sara keek naar de bovenkant van zijn hoofd, naar zijn haar, dat in een spiraal vanuit zijn kruin groeide. Het zou niet lang meer duren of er brak een moment aan dat ze dat ontwijkende gedrag van hem niet langer accepteerde. Hij zou zich voor haar moeten openstellen of anders zou ze haar opties moeten heroverwegen. Hoe langer Sara erover nadacht, hoe sneller ze dat beslissende moment zag naderen.

Ze zette de gedachte uit haar hoofd.

'Wat je ook doet, je moet beloven dat je voorzichtig bent.'

Hij knikte, maar ze zou het prettiger hebben gevonden als hij het hardop had uitgesproken. Will was niet de enige rechercheur in deze relatie. Het GBI verhield zich tot de staat Georgia zoals de FBI zich verhield tot de Verenigde Staten. Behalve als het drugshandel of de ontvoering van een kind betrof, kon het bureau alleen aan een zaak werken als daar specifiek om verzocht werd, en meestal schakelde de plaatselijke politie het GBI pas in als alle andere middelen waren uitgeput.

Hoe Sara het ook bekeek, de zaak waarvoor Will undercover moest, was te link om door de plaatselijke politie te worden afgehandeld. Erger nog, door undercover te gaan moest Will de steun van zijn vaste partner missen. Hij stond er alleen voor en begaf zich waarschijnlijk onder lieden met een achtergrond vol geweld en verslaving.

'Dus het is goed tussen ons?' vroeg Will.

Sara perste haar lippen op elkaar en slikte de woorden weer in die ze eigenlijk had willen zeggen. 'Natuurlijk is het goed tussen ons.'

'Mooi.' Will liet zich achteroverzakken en zijn opluchting was bijna tastbaar. Voor de zoveelste keer vroeg Sara zich af hoe een man die zijn hele volwassen leven ingewikkelde zaken had opgelost in zijn privéleven zo eigenzinnig en traag van begrip kon zijn.

'Hoe lang gaat dit duren?' vroeg ze.

'Een week of twee, drie.'

Ze keek hem afwachtend aan, maar Will wendde simpelweg zijn blik af. Het ging allemaal heel ongekunsteld, alsof hij een lijst van nonchalante gebaren afwerkte. Hij knipperde eens met zijn ogen. Krabde aan zijn kaak. Deed alsof hij geïnteresseerd was in wat er aan de muur hing.

Sara draaide zich om en bekeek de posters die opeens zijn volle aandacht hadden. Het waren typische ziekenhuisposters: voorlichting over HIV en hepatitis C naast een nogal grof bekladde reeks plaatjes over hygiëne met SpongeBob in de hoofdrol.

Ze keerde zich weer naar Will toe. In passief-agressieve spelletjes was ze nooit goed geweest. 'Kunnen we in elk geval toegeven dat er nog iets aan de hand is? Want dat voel ik, Will. Er speelt iets anders mee, en ik denk dat je dat voor me verzwijgt omdat je niet wilt dat ik me zorgen maak.'

Het pleitte voor hem dat hij niet met valse tegenwerpingen kwam aanzetten. 'Zou je je dan beter voelen?'

Ze knikte.

'Goed.'

Sara beet op haar onderlip. Weer wachtte ze, maar toen bedacht ze dat ze graag naar huis wilde voor ze de pensioengerechtigde leeftijd had bereikt. 'Is dat alles?'

Hij haalde zijn schouders op.

Het was trekken aan een dood paard, en daar was ze te moe voor. 'Ik word echt knettergek van je.'

'In positieve zin?'

Ze kneep in zijn hand. 'Niet echt, nee.'

Hij moest lachen, hoewel ze allebei wisten dat ze het meende.

'Heb je gehoord dat de Binnenlandse Veiligheidsdienst SpongeBob op het vliegveld heeft gearresteerd?'

'Will.'

'Nee, echt. Het was vanochtend op het nieuws.'

Sara kreunde. 'Openbare schennis van de eerbaarheid?'

'Dat spreekt voor zich, maar de hoofdaanklacht was dat hij veel te veel vloeistoffen mee aan boord probeerde te nemen.'

Ze schudde haar hoofd. 'Wat vreselijk.'

'Hij zei dat hij er ingeluisd was.' Will zweeg om de spanning op te voeren. 'Maar ze hebben hem eens even goed uitgeknepen.'

Sara bleef haar hoofd schudden. 'Hoe lang heb je daarover na moeten denken?'

Will boog zich naar voren en kuste haar. Het was geen verontschuldigend kusje op haar lippen of een afscheidszoen, maar iets diepers, vol betekenis.

Heel even bedacht Sara dat de hele afdeling Spoed zich aan de andere kant van de deur bevond, dat er elk moment iemand binnen kon komen, maar Wills kus werd intenser en niets deed er meer toe. Hij stond op van zijn stoel en knielde voor haar neer. Hij drukte zich tegen haar aan, duwde haar tegen de rugleuning van haar stoel. Sara werd helemaal licht in haar hoofd.

'Toetje!' riep een man vanuit de gang.

Ze schrok op. Will ging op zijn hurken zitten. Met de rug van zijn hand veegde hij zijn mond af.

'Sorry,' zei ze, alsof zij verantwoordelijk was voor het gedrag van de patiënten. Ze trok Wills boord recht en streek zijn das glad. Ze voelde zijn hartslag aan de zijkant van zijn hals. Die ging gelijk op met haar eigen hart. 'De dronkenlappen worden wakker.'

'Ik zou ook wel een toetje lusten.'

'Will...'

'Ik moet maar eens aan het werk.' Hij stond op en sloeg het stof van zijn broek. 'Niet vergeten wat ik gezegd heb, hè? Ik loop echt niet weg.' Hij grijnsde. 'Ik bedoel, ik ga nu wel weg, maar ik kom weer terug. Zo snel mogelijk. Oké?'

Haar hoofd vulde zich met alles wat ze tegen hem wilde zeggen: dat hij haar moest beloven het gevaar niet op te zoeken, dat hij haar moest verzekeren dat alles goed kwam. Sara wist dat dit soort beloften in het beste geval zonder betekenis was, en in het ergste geval een last. Het laatste waar een politieman zich mee bezig wilde houden als hij zich in de vuurlinie bevond, was of zijn vriendin het wel goed zou vinden.

'Oké,' zei ze uiteindelijk.

Hij lachte haar toe, maar weer was er iets vreemds met zijn lach. Sara zag het ook in zijn blik: aarzeling, bezorgdheid. Zoals gewoonlijk gaf Will haar geen kans om vragen te stellen.

Ze ving een glimp op van de overvolle gang toen hij de deur opendeed en wegging. Het ochtendspitsuur was aangebroken. De kakofonie van piepende monitoren en apparaten zwol aan. Brancards met patiënten stonden al in de gang geparkeerd. De dronkenlap riep weer om een toetje, waarop een andere dronkenlap riep dat hij zijn bek moest houden en dat hij zelf ook een toetje wilde.

Sara legde haar gevouwen handen op haar schoot en nam in gedachten het gesprek met Will nog eens door. Wat wilde hij haar eigenlijk vertellen? Waarom was hij naar het ziekenhuis gekomen als alles wat hij had gezegd ook via de telefoon had gekund? In elk geval had hij bevestigd dat er meer speelde. Hij kon zo verdomd ondoorgrondelijk zijn, en Sara wilde best toegeven dat hij haar vaak te slim af was.

Ze raakte haar lippen aan, betastte de afdruk van Wills mond. Was dat de reden van zijn bezoekje? Wilde hij zich er met die kus van verzekeren dat ze hem niet zou vergeten als hij weg was? Of bakende hij zijn territorium af voor hij de stad verliet?

Maar één van beide opties was vleiend.

Haar telefoon ging. Ze tastte in haar zak naar het trillende apparaatje. Ze verwachtte – hoopte – dat het Will was, maar de nummermelder gaf TALLADEGA CO, AL. aan. De afgelopen week had hij vanuit allerlei vreemde oorden gebeld, maar nog nooit vanuit Alabama.

Sara nam op. 'Hallo?'

Ze hoorde niets, op een zacht gezoem na.

Ze probeerde het nog eens. 'Hallo?' Nog steeds geen reactie, maar het gezoem werd luider en klonk eerder dierlijk dan elektronisch.

'Hallo?' Sara wilde de verbinding al verbreken toen vanuit het niets het beeld van Will in haar hoofd opflitste, languit op het asfalt, met zijn lichaam uiteengereten. Ze stond op van haar stoel. 'Will?'

Ze hoorde een zucht aan de andere kant van de lijn.

'Hallo?' Sara trok de deur open. Ze rende de gang op en botste bijna tegen een patiënt aan. Dit was belachelijk. Met Will was niks aan de hand. Hij was nog geen twee minuten weg. Ze voelde zijn lippen nog op de hare.

'Hallo?' Sara drukte de telefoon tegen haar oor. 'Met wie spreek ik?'

'S-s-s-ara?' De vrouw aan de andere kant van de lijn kon amper praten.

Opgelucht bracht Sara haar hand naar haar ogen. 'Ja?'

'Het is... Het is... Sorry, maar ik...'

'Nell?' Vlug legde Sara alle puzzelstukjes bij elkaar, want ze had de stem van haar mans jeugdvriendinnetje herkend. Hij had een kind bij Darnell Long verwekt, maar daar was dan ook alles mee gezegd.

'Nell?' herhaalde Sara. 'Is er iets?'

'Jared!' jammerde de vrouw. 'O god!'

Sara leunde tegen de muur. Jared, haar stiefzoon. Ze had hem maar een paar keer ontmoet. Hij werkte bij de politie, net als zijn vader had gedaan.

'Ik wilde niet...' Nells stem haperde. 'Ik had moeten...'

'Alsjeblieft, Nell. Zeg nou wat...'

'Ik had naar jou moeten luisteren!' riep ze. 'Ze heeft hem te pakken... o god...'

'Naar mij moeten...' Sara zweeg. Ze wist precies over wie Nell het had.

Lena Adams.

Sara's man had Lena getraind nadat ze van de politieacademie was gekomen, hij had haar onder zijn hoede genomen en haar tot rechercheur bevorderd.

En als dank voor Jeffrey Tollivers vertrouwen in haar had Lena Adams hem de dood in gedreven.

'O god, Sara! Alsjeblieft!' snikte Nell.

'Nell,' zei Sara, hoewel haar adem stokte. 'Zeg het dan. Vertel wat er gebeurd is.'

Daar was de vrouw te hysterisch voor. 'Waarom heb ik niet naar je geluisterd? Waarom heb ik het niet verboden? Waarom heb ik niet...' Haar woorden losten op in een hartverscheurend gekreun.

Met moeite zoog Sara lucht in haar longen. Ze voelde haar borstkas beven, haar handen beven. Haar hele lichaam trilde van angst. 'Alsjeblieft, Nell. Vertel nou wat er gebeurd is.'

Drie

Will Trent stond in de kamer van zijn baas, op de bovenste verdieping van City Hall East, en keek uit over de stad. Atlanta werd net wakker; de zon schitterde tussen de wolkenkrabbers door en forensen in hun BMW's en Audi's claxonneerden erop los. Aan de overkant van de straat stonden tientallen mannen in de rij bij de Home Depot. Will keek toe terwijl achterlichten opgloeiden en de ene na de andere pick-up stopte. Handen schoten naar buiten, vingers wezen, en twee, drie, soms vier mannen tegelijk sprongen op de laadbak om aan een nieuwe werkdag te beginnen.

Dat soort leven had Will ook kunnen hebben. In het kindertehuis van Atlanta werd niet aan beroepskeuzeadvies gedaan. Toen Will achttien werd, had hij honderd dollar gekregen en een routebeschrijving naar het daklozencentrum. De daaropvolgende maanden was hij ook in en uit pick-ups gesprongen, had hij in de bouw gewerkt en alles aangepakt wat hij kon vinden. Will had het grote geluk gehad dat de juiste mensen op zijn pad waren verschenen. Anders was hij nooit agent bij het GBI geworden. Dan had hij zijn huis niet gehad, evenmin als zijn auto of zijn huidige leven.

Dan had hij Sara niet gehad.

Will keerde zich van het raam af. Hij keek rond in Amanda Wagners kamer, die niet veel veranderd was in de bijna vijftien jaar dat hij voor haar werkte. De locatie was een paar keer gewijzigd en de elektronica was gestroomlijnder geworden in de jaren dat ze zich had opgewerkt tot adjunct-directeur van het GBI, maar Amanda richtte haar kamer altijd op dezelfde manier in. Dezelfde foto's aan de muur. Hetzelfde oosterse tapijt onder haar kolossale bureau. Zelfs haar stoel was nog hetzelfde oude hout-met-leren geval en zou niet hebben misstaan als de stoel van George Baileys baas in *It's a Wonderful Life*.

De flatscreen-tv was een van haar zeldzame concessies aan de moderne tijd. Will pakte de afstandsbediening en zapte langs alle plaatselijke nieuwszenders om te zien of ze al op de hoogte waren van wat er die nacht in Macon was gebeurd. Macon lag op nog geen twee uur rijden van de hoofdstad van de staat en was een niet onbelangrijke plaats met zijn honderdvijftigduizend inwoners en florerend hoger onderwijs. Omdat de stad zich geografisch in het hart van de staat bevond, vormde die een soort compromis voor mensen die Atlanta te druk en de kleinere stadjes te saai vonden. In veel opzichten gaf Macon een beter beeld van Georgia dan Atlanta. Je trof er kunstmusea naast tweedehandswinkels. Gerenommeerde hogescholen waren slechts een paar straten verwijderd van dure privéscholen met creationisme op het lesrooster. Het toeristenbureau prees zowel het Harriet Tubman African American Museum aan als het Hay House, een negentiende-eeuws huis op ruim zevenduizend hectare grond, dat was gebouwd door de schatkistbewaarder van de Confederatie.

Kennelijk vonden de nieuwszenders van Atlanta Macon minder interessant. Will schakelde de televisie uit en legde de afstandsbediening weer op Amanda's bureau. Hij kon maar beter niet te vroeg juichen. Waarschijnlijk was het slechts een kwestie van tijd voor alle zenders het over niets anders hadden dan de bloedige bijzonderheden van de aanslag op Jared Long. De nieuwsproducers in Atlanta hadden vast nog geen lucht van het verhaal gekregen. Soms duurde het pijnlijk lang voor er telefoontjes waren gepleegd en mensen te horen hadden gekregen dat hun leven onherroepelijk was veranderd.

Will had bij het Grady Hospital in zijn auto gezeten toen hij Sara's telefoontje ontving. Hij had nog nooit boven aan iemands bellijst gestaan, maar als er iets aan de hand was, dacht Sara tegenwoordig het eerst aan hem. Ze huilde. Ze stopte een paar keer voor ze hem het hele verhaal kon vertellen, hoewel ze geen idee had dat Will het al wist. Dat hij haar zelfs van ontbrekende gegevens kon voorzien.

Jared was neergeschoten.

Zijn leven hing aan een zijden draad.

Op de een of andere manier was Lena erbij betrokken.

Will had wezenloos door de voorruit gestaard terwijl hij Sara moeizaam naar woorden hoorde zoeken. In gedachten zag hij Lena weer voor zich in die kleine slaapkamer. Halfnaakt. Onder het bloed. In paniek was Will de gang door gestormd, stuiterend van de ene muur naar de andere. Het was alsof hij een video in slow motion zag. Lena ramde haar knie in de man zijn rug en zwaaide de hamer hoog boven haar hoofd. De slow motion werd nog trager toen de hamer voor de eerste keer neerdaalde. De gang werd langer. Alsof Will tegen een zandhoop op rende. Hij kwam steeds dichterbij, maar het leek wel of elke stap hem verder wegvoerde.

Sara wist niets van dat alles. Ze wist alleen dat Jared was neergeschoten. Dat Lena Adams weer had staan toekijken terwijl opnieuw een doodgoeie man het doelwit was. Vijf jaar geleden was het Sara's man overkomen en nu was zijn zoon aan de beurt.

Het was niet eens zo'n vergezochte gedachte van Sara dat Will hetzelfde lot zou kunnen treffen.

Het frustrerende was dat Will die ochtend speciaal naar het ziekenhuis was gegaan om alles op te biechten. Hij had tegen Sara willen zeggen dat hij gelogen had over zijn undercoveropdracht omdat hij niet wilde dat ze zich zorgen maakte, en vervolgens had hij moeten liegen over waar hij werkte omdat ze er anders achter zou komen, en toen had hij de ene leugen op de andere moeten stapelen tot hij besefte dat het gemakkelijker zou zijn geweest als hij haar meteen de waarheid had verteld.

Maar toen had Will haar bij de verpleegpost zien staan en de moed was hem in de schoenen gezonken. Hij kreeg zelfs geen lucht meer. Dat was niets nieuws. Telkens als hij Sara Linton zag, stokte de adem hem in de keel. Dat was vast niet goed voor zijn hersens. Die kregen geen zuurstof. In plaats van alles op te biechten was hij uiteindelijk neergeknield om haar te kussen alsof ze elkaar nooit meer zouden zien.

Dat zou uiteindelijk weleens het geval kunnen zijn. Will was zich pijnlijk bewust van zijn zwakke greep op de situatie.

Op Sara.

'Je bent laat,' zei Amanda Wagner, die scrollend door haar BlackBerry de kamer binnenstapte.

Will ging niet op de opmerking in, die hooguit een automatisme was, iets wat ze meestal zei in plaats van te groeten. 'Ik heb mijn rapport een uur geleden ingediend,' zei hij.

'Ik heb het gelezen.' Amanda's duimen waren druk in de weer terwijl ze midden in de kamer bleef staan om een e-mail te beantwoorden. Ze droeg een rood mantelpak, waarvan de rok haar knie net bedekte, en een witte bloes die keurig bij de taille was ingestopt. Haar peper-en-zoutkleurige haar droeg ze zoals gebruikelijk in een soort helm. Haar nagels waren kort en de doorzichtige lak glansde.

Ze zag er uitgerust uit, hoewel Will wist dat Amanda die nacht niet veel slaap had gehad. De politiecommissaris van Macon. De directeur van het GBI. De afdeling Technische Recherche van het GBI. De patholoog-anatoom van het GBI. Het Forensisch Laboratorium van het GBI. Ze moesten allemaal ingelicht, eropaf gestuurd of van orders voorzien worden. En toch was Amanda erin geslaagd Will vóór zonsopkomst drie keer terug te bellen. Aan haar kalme toon merkte hij dat ze zich zorgen maakte – ze sprak tegen hem alsof hij met een lekke band in de berm van de autoweg stond in plaats van op een bloedbad te zijn gestuit. Meestal schiep Amanda er een zeker genoegen in om Will een rotgevoel te bezorgen, maar de afgelopen nacht was dat anders geweest.

Het was wel van voorbijgaande aard.

'Goed.' Ze stuurde de ene mail weg en begon aan de volgende. 'Je hebt jezelf weer mooi in de nesten gewerkt, Wilbur.'

Hij wist niet precies op welke nesten ze doelde.

'Dat we er alleen voor staan hoef ik je niet te vertellen, maar we hangen ook nog eens boven de afgrond. Aan een draadje.'

'Inderdaad.'

'Wie deze mannen ook zijn, ze zien er geen been in de politie te pakken.' Amanda keek vluchtig naar hem op. 'Zorg dat je het er levend afbrengt. Ik mis het geduld om een nieuweling in te werken.'

'Afgesproken.'

Ze richtte zich weer op haar e-mail. 'Waar is Faith?'

Faith Mitchell, Wills vaste partner. 'Je zei dat we hier om halfacht moesten zijn.' Hij keek op zijn horloge. 'Ze heeft nog zes minuten.'

'Geweldig. Je kunt inmiddels klokkijken.' Al lezend liep Amanda naar haar bureau en ging op haar stoel zitten. Het oude kussen maakte een geluid als een knorrend varken. 'Ik heb de directeur ingelicht over je nachtelijke escapades. Hij houdt dit nauwlettend in de gaten.'

Will wist niet hoe hij op deze informatie hoorde te reageren, en daarom nam hij plaats en wachtte op de volgende voltreffer. De laatste tijd was Will gaan accepteren dat Amanda Wagner nog het dichtst de moeder benaderde die hij nooit had gehad – tenminste, als je een moeder had van het soort dat je in de koelkast opsloot of je vastklikte op de achterbank van haar auto en je dan een meer in reed.

Ze legde haar BlackBerry neer en zette haar leesbril af. 'Verder nog iets wat je kwijt moet?'

'Nee.'

Tegen de verwachting in drong Amanda niet aan. Ze schakelde haar computer in en wachtte tot hij opgestart was. Will schatte Amanda op minstens vijfenzestig, maar eigenlijk kon je niet zeggen hoe oud ze was. Ze was nog steeds in topconditie, nog steeds won ze het op haar sloffen van mannen die half zo oud waren als zij – zo oud als Will, om precies te zijn. Maar als je haar met een computermuis bezig zag, was het alsof je naar een kat keek die een kiezelsteen probeerde op te pakken.

Ze sloeg met de muis op het bureaublad en mompelde: 'Wat is er toch mis met dat ding?'

Will was niet zo dom om zijn hulp aan te bieden. Hij veegde een vuiltje van de knie van zijn broek. Dat deed hem aan Sara denken. Waarschijnlijk zat ze nu in haar auto, op weg naar Macon. Het was ongeveer anderhalf uur rijden. Will had haar eigenlijk een lift moeten aanbieden. Dan had hij haar onderweg de hele armzalige waarheid kunnen vertellen.

En dan zou Sara hem voor de keus hebben gesteld: te voet terug naar Atlanta of het hele eind naar Macon lopen.

'Je zit te somberen,' zei Amanda.

Will liet het woord bezinken. 'Het zal het weer zijn,' was zijn reactie.

'Gevat, hoor.' Amanda leunde achterover en richtte haar volle aandacht nu op Will. 'Jij hebt vorig jaar toch onderzoek naar Lena Adams gedaan?'

'Anderhalf jaar geleden,' verbeterde Will haar. 'Faith heeft me toen geholpen. Lena's partner werd neergestoken. Hij lag zowat leeg te bloeden op straat. Nadat ze de verdachte had gearresteerd, overleed die in de cel.'

'Roekeloos gedrag, nalatigheid?'

'Ja,' zei Will. 'Ze heeft een officiële berisping gekregen, maar een week later vertrok ze uit Grant County om bij de politie van Macon te gaan werken. Daar hadden ze kennelijk geen bezwaar tegen de smet op haar blazoen.'

Amanda frunnikte aan de poot van haar bril. Haar stem werd wat zachter. 'Ze was toch Jeffrey Tollivers vaste partner toen hij vermoord werd – wanneer was dat, vijf, zes jaar geleden?'

Will staarde uit het raam. Hij voelde haar blik als een laser de zijkant van zijn gezicht aftasten.

'Eric Clapton heeft een song over dat je de waarheid moet spreken. Dat de hele show aan je voorbijgaat, zoiets. Dat je in je hart moet kijken. Et cetera.'

Will kuchte. 'Dat jij naar Eric Clapton luistert – ik moet er niet aan denken.'

In Amanda's zucht klonk een zweem van droefheid door waar hij liever niet bij wilde stilstaan. 'Hoe denk je dat dit gaat aflopen?' vroeg ze.

Hij wees naar de grijze wolken die voor de zon trokken. 'Volgens mij gaat het regenen.'

'Er is storm op komst, dat zeker.' Ze veranderde snel van toon. 'Ah, hoofdinspecteur Branson. Fijn dat je hiernaartoe wilde komen.'

Will stond op toen een vrouw in een donkerblauw politie-uniform de kamer binnenkwam. Haar borst was bezaaid met lintjes en onderscheidingen. In haar hand had ze een zware leren diplomatentas. Ze was klein en gedrongen, met zwart kroeshaar dat bijna tot op haar hoofdhuid was afgeschoren. Ze leek al even blij om hier te zijn als Will.

Amanda stelde hen aan elkaar voor. 'Agent Trent, dit is hoofdinspecteur Branson van het Macon Police Department. Denise is onze contactpersoon in de zaak-Jared Long.'

Will kreeg een wee gevoel. 'Doe ik het onderzoek?'

Met een lachje om haar lippen zei Amanda: 'Nee, Faith heeft de leiding.'

'Heb je alles al geregeld?' Zo te horen kon Branson elk moment ontploffen. 'Ik zal er geen doekjes om winden, mevrouw de adjunct-directeur. Het staat me helemaal niet aan dat jouw mensen straks op mijn terrein rondstampen alsof jullie er de baas zijn.'

Amanda's toon bleef luchtig. 'Toch heeft je commissaris je een rit van twee uur naar het noorden laten maken om jullie dossiers aan ons over te dragen.'

'Anderhalf uur,' verbeterde Branson haar. 'En al werk ik voor die man, ik ben het niet altijd met hem eens.'

'Dat is zo.' Amanda wees naar de stoel voor haar bureau. 'Als wij ons potje ver pissen nou eens afronden, dan haalt agent Trent koffie.'

Branson ging zitten, met haar tas stevig vastgeklemd op haar schoot. Zonder Will aan te kijken zei ze: 'Zwart, twee klontjes.'

Amanda lachte haar kattengrijns. 'Voor mij alleen zwart.'

Will was niet gelukkig met zijn rol van loopjongen, maar hij was zo verstandig om meteen de kamer uit te gaan. Bij de receptie zat Amanda's secretaresse, Caroline, aan haar bureau. Ze lachte naar Will. 'Melk. En twee zoetjes.'

Will salueerde en liep de gang op. Zijn schoenen zonken weg in het dikke tapijt op de vloer. Hij voelde de kilte van de airco. City Hall East was gehuisvest in een oud Sears-gebouw uit de jaren twintig van de vorige eeuw. Toen de gemeente het gebouw in de jaren negentig overnam, werden alleen de belangrijke gedeelten opgeknapt, namelijk de vertrekken van de leidinggevenden. Drie verdiepingen lager, in Wills schoenendoos van een kamer, rook het muf en de lucht was er ongetwijfeld vervuild. De ramen zaten vastgeroest. De gebarsten asbesttegels op de vloer waren rood uitgesleten van alle Georgia-klei die een kleine honderd jaar lang op de zolen van brogues was binnengebracht.

Niet alleen de lucht was beter op de bovenste verdieping. De keuken was een toonzaal, met donkere kersenhouten kasten en roestvrijstalen apparatuur. Het koffiezetapparaat leek op iets wat een Transformer van zijn been zou kunnen schudden. Will vermoedde dat het een van die ingewikkelde dingen was waarvoor je pads nodig had. Hij keek in de kastjes en vond twee dozen. Hij vermoedde dat Amanda de roze-met-oranje van Dunkin' Donuts dronk. In de andere doos zaten paars-met-gele pads met op het folie bloemen en vanillebonen. Will pakte drie hazelnootpads en sloot het deurtje.

Na een paar valse starts had hij eindelijk door hoe hij een pad in het apparaat moest stoppen. Een volle minuut verstreek voor hij erin geslaagd was het deksel van het waterreservoir open te wrikken en dat tot het streepje te vullen. Hij pakte drie bekers van de haken en wachtte tot het water kookte.

Uit gewoonte opende Will de koelkast. Er lagen een paar papieren zakken in, maar geen oude dozen van afhaalmaaltijden of rottend voedsel dat rook alsof het in het mortuarium thuishoorde. Voor Will een relatie met Sara kreeg, ging hij nooit voor een maaltijd zitten, maar werkte bij het aanrecht een kom cornflakes naar binnen of at onderweg naar huis de hotdogs op die hij bij het benzinestation had gekocht.

Tegenwoordig betekende thuis meestal Sara's appartement en een avondmaal dat niet de hele dag onder een warmtelamp had liggen ronddraaien.

Voorlopig nog tenminste.

Eindelijk begon het rode lampje op het koffiezetapparaat te knipperen. Will drukte de hendel voor de pad naar beneden en keek toe terwijl de hete vloeistof naar buiten spoot. De geur deed hem denken aan het weeïge parfum dat sommige vrouwen gebruikten om de stank van sigaretten te verhullen.

Hij vulde het reservoir voor een nieuwe ronde. De hazelnootgeur zweefde zijn neusgaten binnen toen hij het melkpoeder door de eerste beker roerde. Will had nooit van koffie gehouden, maar tegenwoordig zette hij die elke ochtend voor Sara. Ze hield van sterke koffie zonder trendy smaakjes. Hij was de geur met haar gaan associëren.

Will legde het lepeltje weg en staarde naar het apparaat.

Het had geen zin zich er nog langer tegen te verzetten. Hij kon alleen nog maar aan Sara denken en stond stil bij alle dingen die hij ging verliezen. Haar lange koperrode haar dat over zijn gezicht kriebelde. De sproeten onder op haar rug, waar zijn lippen overheen gleden. De rode blos op haar borst als hij haar aanraakte. En zoals ze hem soms kuste en hem met haar mond duidelijk maakte wat ze van hem verlangde.

'Will?'

Hij keek op en tot zijn verbazing stond Faith Mitchell in de deuropening.

'Wat is er?' vroeg ze. 'Je ziet er bescheten uit.'

Het rode lampje knipperde weer. Will deed een nieuwe pad in het apparaat. 'Wil je ook?'

'Als ik vandaag nog meer cafeïne binnenkrijg, barst mijn kop uit elkaar.'

'Heeft Emma je uit je slaap gehouden?'

Emma was Faiths dochtertje van tien maanden. Will wist dat de baby deze week bij haar vader was, maar hij luisterde naar het hele verhaal alsof hij het voor de eerste keer hoorde.

'Goed,' rondde Faith de klaagzang over de vader van haar baby af, en toen vroeg ze: 'Hoe denk jij over het toeval?'

Will wist wanneer hij met een strikvraag te maken had.

'Het ene moment zit je bijvoorbeeld undercover op een zaak,' zei ze, 'en het volgende moment word je de zoveelste Lena Adams-rampenfilm binnengezogen.' Schouderophalend spreidde ze haar handen. 'Toeval?'

'We hebben altijd geweten dat ik haar weer eens tegen het lijf kon lopen.'

'Echt waar?' zei ze, op een hoog toontje, alsof ze het tegen een peuter had.

Will richtte zijn aandacht weer op het koffiezetapparaat. Hij deed alles heel langzaam, alsof hij onzeker was, in de hoop dat Faith het van hem zou overnemen.

In plaats van erin te trappen, zei ze: 'Sara heeft me een kwartier geleden gebeld.'

Uiterst geconcentreerd vulde Will het waterreservoir precies tot aan het streepje.

'Ze weet dat het GBI elke gewelddadige dood onderzoekt waarbij een politiebeambte betrokken is.'

Hij stopte de volgende pad in het apparaat.

'Ze wilde weten hoe het met Jared ging.' Faith zweeg even en voegde er toen aan toe: 'Ze wilde jou er niet mee lastigvallen, maar we weten allebei dat ze als de dood is dat jij met Lena in aanraking komt, dus...' Ze haalde haar schouders op. 'Ik zei dat ik ernaar zou informeren.'

Will kuchte. 'Dat wordt dan makkelijk. Amanda geeft jou de leiding over het onderzoek.'

'O, fantastisch, maar dat wist ik niet toen ik met Sara sprak. Ik heb tegen haar gelogen. Zoals ik ook heb gelogen toen ik beaamde dat het maar goed was dat je god-mag-weten-waar undercoverwerk doet en dat je hier dus niet in meegesleept wordt, want ik weet niet of je het weet, maar Sara is doodsbang dat je bij Lena in de buurt komt.'

Will zocht in de keukenladen naar zoetjes. Hij vond twee roze sticks en scheurde de bovenkant eraf.

'Je weet dat Sara Lena verantwoordelijk acht voor de moord op haar man. Ik ben het eigenlijk wel met haar eens.'

Will tikte de zoetstof in de beker.

'Ze denkt straks ook dat het Lena's schuld is dat Jared is neergeschoten, wat gezien haar geschiedenis heel goed mogelijk is.' Weer zweeg Faith even. 'Het lijkt inmiddels wel een patroon. Ik zag het al toen je anderhalf jaar geleden onderzoek deed naar Lena Adams. Mensen die te dicht bij haar komen, moeten het met de dood bekopen. Ik snap wel waarom Sara bang is. Jared is gewoon het nieuwste slachtoffer.'

Will gooide de troep in de afvalemmer. Roestvrij staal, net als de apparaten. Hij vroeg zich af of Amanda die uit eigen zak had betaald.

Faith bleef maar doorgaan. 'Jared is Sara's stiefzoon via haar overleden man, die volgens haar door Lena's schuld vermoord is.'

Het rode lampje van het koffiezetapparaat begon weer te flikkeren. Will drukte de hendel naar beneden. Hij begon maar eens over het weer. 'Volgens mij gaat het vandaag regenen.'

Faith kreunde. 'Wat ben je toch een sukkel, weet je dat?'

Hij trok een grimas, vooral omdat hij er niets tegen in kon brengen.

'Sara wordt niet nijdig van de zaak op zich, maar van al dat stiekeme gedoe.' Faith zweeg weer even, maar alleen om adem te halen. 'Hoewel, ze wordt niet nijdig. Daarvoor is het te pijnlijk voor haar. Ze is er vast kapot van. En dat is stukken erger dan dat ze kwaad zou zijn. Kwaad zijn gaat wel over.'

Will pakte de drie bekers op. 'Amanda zit te wachten.'

Faith liep achter hem aan de keuken uit. Will trok zijn schouders op om zich af te schermen tegen de teleurstelling die ze uitstraalde, maar gelukkig hield ze haar mond toen ze hem volgde naar Amanda's kamer. Toch maakte hij zich geen illusies dat het voorbij was. Waarschijnlijk was Faith al een lijst aan het opstellen met alle punten waarop ze gelijk had wat deze kwestie betrof.

Helaas kon Will er niets tegen inbrengen, want Faith had inderdaad gelijk. Sara zou niet kwaad zijn. Ze zou gekwetst zijn. Ze zou er kapot van zijn. En vervolgens zou ze de dampende hoop stront inventariseren die Will in haar verder zo normale leven had gedeponeerd, en tot de conclusie komen dat het de moeite niet waard was. Zijn dickensiaanse jeugd. Zijn familiegeschiedenis. Zijn vurige wens om over geen van beide onderwerpen te praten, hoe vriendelijk Sara ook aandrong. Er was maar weinig wat voor Will pleitte. Het had niet veel gescheeld of hij was van de middelbare school gestuurd. Hij was dakloos geweest. Hij had met de hakken over de sloot zijn studie afgerond. Om nog maar te zwijgen van Wills vreselijke vrouw, die van de aardbodem was verdwenen zodra hij de echtscheidingsformulieren had ingediend, maar die er toch in slaagde af en toe een gemeen briefje onder Sara's ruitenwisser te stoppen.

Caroline zat nog aan haar bureau. Ze hielp Will met de bekers en pakte zelf die met melk. Hij besefte dat hij de bestelling had verknald, maar besefte eveneens dat het hem geen bal kon schelen.

Sinds Wills vertrek was de spanning in Amanda's kamer zo mogelijk nog hoger opgelopen. Amanda's kaken stonden strak. Denise Branson zat er verstard bij, met haar handen tot vuisten gebald. Het potje ver pissen was nog lang niet afgelopen.

Met Amanda's stem zou je staal kunnen snijden. 'Hoofinspecteur Branson, dit is agent Mitchell.'

Denise Branson schonk Faith een merkwaardig warme glimlach. 'Ik heb met je moeder gewerkt toen ik nog een groentje was. Hopelijk geniet ze van haar pensioen?'

'Ja.' Faith schudde haar de hand. 'Ik zal tegen mijn moeder zeggen dat u naar haar gevraagd hebt.'

'Evelyn was altijd op en top de professional,' vervolgde Branson. Ze keek Amanda nog steeds niet aan, maar iedereen snapte wat ze bedoelde. 'Jammer dat ik geen tijd heb om even bij haar langs te gaan nu ik in de stad ben.'

Faith glimlachte plichtmatig en reageerde verder niet, want zo gemakkelijk liet ze zich niet door de tegenpartij inpalmen.

Om de ongemakkelijke situatie te doorbreken deelde Will de koffie rond. Amanda bracht de beker naar haar lippen, maar deinsde terug toen ze de geur opving. Branson zag het en zette haar eigen beker op het bureau.

'Laten we het kort houden,' zei Amanda. 'We hebben allemaal werk te doen.'

Will wachtte tot alle vrouwen zaten en leunde toen tegen de vensterbank. Hij voelde zich een vreemde eend in de bijt. Weliswaar was hij het gewend door vrouwen omringd te zijn, maar in dit groepje kon hij maar beter zijn benen over elkaar geslagen houden.

'Oké,' begon Amanda, 'laten we dan maar beginnen met dit eh...' – ze zocht naar de juiste uitdrukking – '...hamerincident waarbij een politiebeambte betrokken is.' Ze moest hierom lachen, maar Will wist uit de eerste hand dat het helemaal niet grappig was. 'Denise, heb je aanwijzingen waarom ze het op Adams en Long hadden voorzien?'

'We hebben enkele theorieën.'

Ze keken haar afwachtend aan, maar Branson hield haar mond.

'Goed,' zei Amanda. 'We zullen alle recente dossiers opnieuw moeten bekijken, met hun vaste partners en teamleden gaan praten en zien of die met een...'

'Dat hebben we al gedaan,' onderbrak Branson haar. 'Niemand die in het oog sprong. Het zijn politiemensen. Ze krijgen geen bedankjes als ze iemand arresteren.'

Amanda ging hier niet tegen in. 'En toch was er een reden waarom ze gepakt werden.'

'We hebben alle zaken van het afgelopen jaar waarbij Adams betrokken was nog eens onder de loep genomen. Hetzelfde met Long. Ze hebben vooral routineklussen gedaan. Niets gevaarlijks. Niets wat dit soort aandacht rechtvaardigt.'

Amanda lachte meesmuilend. 'Fascinerend dat jullie in minder dan zes uur tot die conclusie zijn gekomen.'

'We hebben een eersteklas korps in Macon.'

Amanda keek haar onderzoekend aan, evenals Will. Branson genoot duidelijk van het spel, maar haar mondhoeken trilden als ze iets verborg. Alsof ze een glimlach onderdrukte.

'Heb je met Charlie Reed kennisgemaakt?' vroeg Amanda.

'Dat is toch die technisch rechercheur van jullie?' Branson schudde haar hoofd. 'Daar kreeg ik de kans niet toe. Overeenkomstig jullie verzoek aan mijn chef is het huis onmiddellijk verzegeld nadat Jared Long naar het ziekenhuis was gebracht. Het leek me tijdverspilling om ernaartoe te rijden en te wachten tot jullie jongens aan kwamen kuieren.'

'Bedankt voor je medewerking, hoofdinspecteur. Ik weet zeker dat die bijdraagt tot een soepeler verloop van het onderzoek. Twee kapiteins op een schip – nou, dan weet je het wel.' Amanda lachte gemaakt. 'Het lab zal elk spoor dat Charlie vindt met voorrang behandelen. Hij brengt rechtstreeks verslag aan mij uit en ik zal alles wat relevant is met jouw bureau delen. Faith neemt de leiding bij het onderzoek.' Tegen Faith zei ze: 'Vergeet niet Macon op de hoogte te houden.'

'Komt in orde.' Faith pakte haar notitieboek en sloeg een leeg blad op. 'Hoofdinspecteur Branson, wat kunt u mij zoal vertellen?'

Branson had zich duidelijk voorbereid. 'Haal die foto's eens op van de zip-drive,' zei ze tegen Amanda.

Die trok haar wenkbrauw even op, maar voldeed aan het verzoek. Ze schoof wat met de muis en keek naar de tv alsof ze verwachtte dat er iets ging gebeuren. Het scherm bleef zwart. 'Waarom werkt dit niet?'

Will zweeg, maar Faith vroeg: 'Staat-ie wel aan?'

'Natuurlijk staat-ie aan.' Amanda pakte de afstandsbediening en drukte op de rode knop. Het scherm kwam flikkerend tot leven en vervolgens verscheen er een foto. De dienstfoto van Jared Long, vermoedde Will. Hij had de jongeman één keer ontmoet. Long was een knappe vent met het charmante zelfvertrouwen van een geboren leider. Iedereen zei dat hij sprekend op zijn vader leek.

'Jared Long, de man van Lena Adams,' lichtte Branson toe. 'Motoragent, werkt inmiddels zeven jaar bij het korps van Macon. Een prima politieman. Vindt het heerlijk op de motor. Geen aantekeningen, niets. Een topagent.'

'In tegenstelling tot zijn vrouw,' mompelde Faith.

Als Branson de opmerking al hoorde, verkoos ze die te negeren. 'Long is een halfuur geleden uit de operatiekamer gekomen. Het is kantje boord, maar wat ons betreft verandert dat niets aan de zaak. Een politiebeambte is neergeschoten. Een tweede is bijna vermoord. Iemand heeft daar opdracht toe gegeven. Volgende foto, graag.'

Amanda klikte met de muis. Ze staarde naar het scherm in afwachting van het volgende beeld. 'O, allejezus...'

'Tik eens op de spatiebalk,' zei Faith.

'Dat werkt niet.' Toch tikte Amanda op de spatiebalk en het beeld versprong. De nieuwe foto was van een wat oudere man met een pokdalig gezicht en een loensende blik. Hij droeg een oranje gevangenistrui. Onder zijn kin had hij een bordje met zijn naam en gevangenennummer.

'Samuel Marcus Lawrence,' zei Branson, 'de eerste aanvaller die het huis binnenkwam. Even later was hij dood. Hij is onze eerste schutter. Een crimineel van het middenkaliber. Heeft respectievelijk twee en drie jaar gezeten voor geweldpleging. Beide keren vervroegd vrijgelaten wegens goed gedrag. Riep rond te tetteren dat hij een ex-Hell's Angel was, maar daar is geen enkel bewijs voor.'

'Drugs?' vroeg Faith al schrijvend.

'Speed. Hij had meer zweren op zijn gezicht dan een stoephoer.'

'Hoe dan ook,' zei Amanda, 'nu is hij dood.' Ze tikte weer op de spatiebalk. Het volgende boevenportret verscheen. Deze man was van dezelfde leeftijd als de eerste, met grijs haar en een verbleekte tattoo van een cobrakop in de plooien van zijn kalkoenenhals.

'Fred Leroy Zachary,' zei Branson. 'Heeft acht jaar gezeten voor geweldpleging met dodelijke afloop, en later nog eens de volle tien voor ontvoering en verkrachting. Verhuurt zich als krachtpatser, zo staat hij bekend. Hij leeft, maar daar is alles mee gezegd. Zijn kaak is gebroken. Zijn ruggengraat is verbrijzeld. Gebroken ribben. Het hele lichaam in het gips. Zijn mond is dichtgenaaid. Hij kan niet praten, en al kon hij dat wel, dan mocht hij dat niet van zijn advocaat.'

'Wat je ook van Adams kunt zeggen, ze is wel grondig te werk gegaan,' zei Amanda. 'Wat had ze er zelf over op te merken?'

Branson was meteen weer op haar hoede. 'Niet veel. Volgens de artsen verkeerde ze in shock. Ze moest ter plekke behandeld worden. Ze heeft de hoofdzaken aangegeven: een gewapende man drong het huis binnen. Long werd in zijn rug geschoten. Shotgun met afgezaagde loop, zodat de hagel zich verspreidde. Adams pakte de hamer uit Longs gereedschapsriem om zich te verdedigen. Een tweede gewapende man viel haar aan. Er ontstond een worsteling, maar ze slaagde erin beide indringers uit te schakelen.'

Branson was kennelijk klaar met haar verhaal. 'Dat is alles?' vroeg Amanda.

'Zoals ik al zei, was Adams onder medische behandeling wegens zware shock. Ze heeft haar man neergeschoten zien worden. Ze heeft gevochten voor haar leven. Trouwens, ook voor zijn leven. We komen later wel bij haar terug, maar zoals ik het zie heeft ze wel een adempauze verdiend.'

Zwijgend plaatste Amanda haar vingers in een driehoek onder haar kin. Faith bleef schrijven, maar Will zag bijna hoe haar oren zich spitsten. Er ontbrak een groot stuk aan het einde van het verhaal. Of Lena had gelogen over Wills aanwezigheid in het huis, of Branson loog over wat Lena haar verteld had.

Amanda zei: 'Faith gaat met Adams praten. Die heeft nu voldoende adempauze gehad, vind ik. We moeten precies weten wat er vannacht is gebeurd. Dat staat je misschien niet aan, maar het is onze zaak en zo doen we het.'

Bransons kaak verstrakte, maar ze gaf een kort, instemmend knikje.

Deze keer verbrak Faith de spanning. 'Hoofdinspecteur Branson, misschien kunt u me nog wat algemene gegevens verschaffen.' Ze sloeg een nieuw blad op. 'We hebben het hier over een woonwijk?' Branson knikte. 'Midden in de nacht klinkt er een schot. Heeft iemand iets gezien? Gehoord?'

Net als Amanda nam Branson alle tijd voor ze een vraag beantwoordde die haar niet aanstond. Ze zweeg langer dan nodig was en toen zei ze: 'Eerst wisten de buren het niet zeker. Het is een nogal landelijk gebied. Als je vlak na middernacht een schot hoort, kunnen het stropers zijn of een knallende uitlaat. Het is daar nogal bosrijk. De huizen staan elk op twee hectare grond. Het is heel anders dan hier in de stad, waar jullie als ratten op elkaar wonen.'

Faith knikte zonder op de steek onder water in te gaan, of misschien was ze het er wel mee eens. 'Wie heeft de politie gebeld?'

'De buurvrouw van vier huizen verderop. Haar naam en verklaring staan op de zip-drive, als je chef tenminste snapt hoe ze die moet openen.' Ze wierp een blik op Amanda en richtte zich toen weer tot Faith. 'Er wonen nog twee politiemensen in die straat. De een is getrouwd met een ambulancemedewerkster, de ander woont samen met iemand van de brandweer. Dankzij hen is Long niet ter plekke gestorven. Tegen de tijd dat ze arriveerden, stond zijn hart al stil. Ze zijn om beurten met hem bezig geweest tot de ambulance kwam. Dat was na bijna twintig minuten.'

'Als Long bijkomt,' zei Amanda, 'zal Faith hem verhoren om te zien of zijn verklaring overeenkomt met die van zijn vrouw.'

Weer liet Branson een lange stilte vallen. Haar mondhoeken trilden en plooiden zich toen tot een glimlach. 'Ben je niet nieuwsgierig naar hoe ik weet dat die jongen van je daar vannacht in het huis was op het moment dat er doden vielen?'

Will vermoedde dat hij de jongen in kwestie was. Hij dacht aan de hamer, aan het bloed dat nog warm was toen hij het metaal met zijn blote hand vastgreep. De lijnen van zijn vingerafdrukken in het opgedroogde bloed waren als een neonlicht voor een ervaren politievrouw als Denise Branson.

Amanda slaakte een diepe zucht. 'Ik vind dat we Will wel een man mogen noemen, want zonder hem zou uw rechercheur een verdachte dood hebben gehamerd. Een tweede verdachte, om precies te zijn.'

'Denk je?' snauwde Branson.

'Ondanks mijn orders om je mensen bij mijn plaats delict weg te houden,' zei Amanda, die zo haar vermoedens had, 'ga ik ervan uit dat je vingerafdrukken hebt onderzocht?'

Branson rechtte haar schouders, alsof ze zich opmaakte voor een gevecht. Waarschijnlijk had ze een team naar Lena's huis gestuurd zodra Amanda opdracht gaf om het af te sluiten. Will kon zich de woede van de hoofdinspecteur goed voorstellen toen zijn GBI-dossier op haar computerscherm opdook. Hij kon het haar niet kwalijk nemen. Niemand vond het prettig om ertussen genomen te worden.

'Goed.' Amanda richtte zich tot Will. 'Onze beurt om te delen. Zou jij je avond even voor de hoofdinspecteur willen doornemen?'

Will had niet verwacht dat hij ook een bijdrage moest leveren, maar niettemin zei hij: 'Gisteravond werd ik benaderd door een connectie met wie ik al een tijdje optrek als onderdeel van een undercoveractie. Hij zei dat hij iemand zocht die op de uitkijk wilde staan bij een inbraak. Er kwam geen geweld aan te pas, de bewoners waren niet thuis. Duidelijk een dubbele leugen. Het leek me een mooie kans om in de groep te infiltreren, dus ik zei ja.'

'En toevallig was je in Macon?' Branson lachte meesmuilend toen niemand reageerde. 'Heeft die connectie ook een naam?'

'Anthony Dell,' zei Amanda.

Branson nam dit voor kennisgeving aan. 'Goed,' zei ze, 'Dell zei dus dat hij een klus had. En verder?'

'We reden naar het huis. Dell zette me aan het begin van de straat af en zei dat ik hem moest bellen op zijn mobiel als er iemand aankwam. Hij reed door en parkeerde voor een huis met een steile oprit. Op straat stond al een lichtgrijs busje. Twee mannen stapten uit – Zachary en Lawrence, neem ik aan. Ze gingen het huis binnen. Dell bleef buiten bij het busje. Ik heb niet gezien dat ze gewapend waren, maar ik stond dan ook vijftig meter verderop.'

'Een half footballveld,' merkte Branson op. 'Heb je het kenteken van het busje?'

'Het was midden in de nacht.'

'Vollemaan.'

'Geen straatlantaarns. Vanwaar ik stond zag ik alleen maar schaduwen.'

Branson bleef Will aandachtig aankijken, alsof ze hem op een leugen wilde betrappen. Ten slotte zei ze: 'De Kia van Dell stond er nog steeds toen onze mensen arriveerden.'

Het werd Will zwaar te moede. Hij was Tony's auto helemaal vergeten.

'We hebben Dell vanochtend van zijn bed gelicht,' vervolgde Branson. 'Hij leek oprecht te schrikken toen zijn auto niet meer op de oprit stond. Wilde zo snel mogelijk aangifte van diefstal doen. We hebben hem gecontroleerd op kruitresten en we hebben zijn strafblad nagetrokken. Het stond vol met onbenullige bullshit, maar dat wisten jullie vast al.'

'Hebben jullie hem laten gaan?' vroeg Amanda.

'Op welke gronden zou ik hem vast moeten houden? Kan iemand getuigen dat hij ter plekke is geweest?'

Will zag Amanda's neusvleugels trillen.

'Er zat een sticker op Dells voorruit,' ging Branson verder. 'Personeelsparkeerplaats Macon General Hospital. Dat deed bij mij een belletje rinkelen, want vorige maand hebben we onderzoek gedaan naar pillen die waren verdwenen uit de ziekenhuisapotheek. We hebben geen enkel bruikbaar spoor gevonden, maar ik weet dat het GBI een kopie krijgt van elk rapport dat betrekking heeft op de diefstal van verboden middelen. Vanochtend ben ik naar het ziekenhuis gegaan om te kijken wie Dells collega's zijn. Hoe bevalt je ziekenhuisbaan?' vroeg ze aan Will.

'Uitstekend werk, hoofdinspecteur. Bravo!' zei Amanda op een toon die het midden hield tussen ergernis en verveling. 'Waar is die Kia van Dell nu?'

'Die staat in onze garage. Je zei dat we het huis moesten verzegelen, niet de straat.' Met zichtbaar genoegen zei ze tegen Amanda: 'Ik zal zorgen dat alle relevante informatie met jouw bureau wordt kortgesloten.'

'Buitengewoon vriendelijk. Dank je.'

'Niks te danken.' Branson richtte zich weer tot Will. 'Twee mannen gingen het huis binnen, jij en Dell bleven op straat. En toen?'

Will moest even nadenken voor hij de draad van het verhaal weer te pakken had. 'Ik hoorde het schot en toen ben ik naar het huis gerend.'

'Een half footballveld verderop,' constateerde ze. 'En daarna?'

'Dell probeerde me tegen te houden. Er ontstond een worsteling. Ik weet niet hoe lang die geduurd heeft, maar hij is sterker dan hij eruitziet, en hij flipte helemaal. Terwijl we aan het vechten waren, klonken er nog meer schoten.'

Branson bekeek hem van top tot teen. 'Je ziet er niet uit alsof je gevochten hebt.'

'Dell probeerde me tegen te houden, niet uit te schakelen.'

'Aardige vent.'

Will haalde zijn schouders op, maar volgens de wet van de onderwereld had Dell hem een dienst bewezen. Hij had Will tot vluchten proberen over te halen in plaats van hem rechtstreeks de hel in te laten rennen.

'Tegen de tijd dat ik binnenkwam, waren beide mannen uitgeschakeld,' vervolgde Will. 'Lena Adams herkende me, of daar leek het tenminste op. Ik dwong haar de hamer te laten vallen en toen ben ik weer naar buiten gegaan. Dell was verdwenen. De politie kwam er al aan. Ik hoorde de sirenes. Ik rende om het huis heen naar achteren, sprong over de schutting en liep het bos in.'

Will leunde nog steeds tegen het raam en stak zijn handen in zijn zakken. Eigenlijk had hij niet gelopen, maar was hij door het bos gestormd alsof de duivel hem op de hielen zat. Dat hoefden ze echter niet te weten.

'Heb je nog contact met Lena Adams gehad sinds jij en je collega anderhalf jaar geleden dat onderzoek naar haar deden?' wilde Branson weten.

Will antwoordde naar waarheid: 'Sinds het einde van het onderzoek hebben we Lena geen van beiden meer gezien.'

'Heb je haar sinds vannacht nog gesproken?'

Will schudde zijn hoofd, en hij zag Lena's gezicht weer voor zich toen hij haar met zijn vinger op zijn lippen het zwijgen oplegde. Kennelijk had ze zich eraan gehouden.

'Interessant dat rechercheur Adams er zonder enig overleg voor koos om je aanwezigheid niet te verraden,' zei Branson.

'Dat werkt in haar voordeel, niet?' benadrukte Faith. 'In plaats van dat Will voorkomt dat ze boef nummer twee de hersens inslaat, doet ze dat zelf.'

Branson was niet van plan een van haar rechercheurs publiekelijk af te vallen. 'Ik zal een opsporingsbericht voor dat grijze busje laten uitgaan, ook naar de nieuwszenders.'

'Het nieuwste model,' zei Will. 'Waarschijnlijk een Ford. Geen achter-of zijramen. Lichtgrijs, niet donker.'

Branson diepte haar BlackBerry op uit haar tas. 'En je hebt dus geen idee wat het kenteken is, ook al was je er vlakbij toen je dat huis binnenging.' Met haar duimen tikte ze een e-mailbericht.

'Heb je nog gezocht naar auto's die op naam van Lawrence en Zachary stonden?' vroeg Amanda.

Branson tikte door. 'Natuurlijk heb ik dat gedaan. Ze woonden allebei in hetzelfde trailerkamp aan de I-16. Zachary heeft een Harley. Lawrence rijdt in een pick-up. Die stonden beide bij hun respectievelijke krotten geparkeerd. Geen van beiden heeft een grijs busje op zijn naam staan.'

'Komen ze uit Macon?'

'Geboren en getogen.'

'Is de familie op de hoogte?'

'Lawrence heeft een ex die bepaald niet rouwig was om zijn dood. Zachary heeft een broer die in Holman Prison op de spuit zit te wachten. Wegens moord op een pompbediende tijdens een roofoverval. Het zit in de familie.'

'Dat is meestal het geval.' Het was duidelijk dat Amanda de bijeenkomst wilde afsluiten. 'Zo te zien is er werk aan de winkel.' Ze richtte zich tot Faith. 'Als je in Macon bent moet je allereerst met Lena Adams gaan praten. Zorg dat ze haar mond houdt over Will. Neem haar recente zaken nog eens door. De hoofdinspecteur heeft er ongetwijfeld geen bezwaar tegen als iemand anders nog eens naar het goede werk kijkt dat haar mensen al hebben verricht. Ga met Adams' team praten en probeer erachter te komen wat ze zoal heeft uitgespookt. Het zou me niets verbazen als ze buiten het boekje is gegaan. Kijk eens of iemand wil praten.'

Branson liet haar BlackBerry weer in haar tas glijden. 'Dan zul je haar in het ziekenhuis moeten opzoeken. Ze wijkt niet van Longs zij. Ze zei dat we haar daar alleen geboeid weg kregen.'

'Dat kan geregeld worden,' zei Faith. Tijdens het vorige onderzoek naar Lena had ze achter de schermen gewerkt en het zat haar nog steeds dwars dat ze de zaak niet rond hadden gekregen. 'Adams heeft per slot van rekening een moordaanslag gepleegd.'

Branson keek haar woedend aan. 'Ben je soms niet op de hoogte van de Castle Doctrine, agent Mitchell? De staat garandeert het recht van een burger om zijn of haar huis tegen indringers te beschermen. Zoals ik het zie, is die wet juist aangenomen voor dit soort zaken.'

Faith had niets in te brengen tegen de rechtsgeldigheid van de daad, maar ze was niet het type dat een grief snel opgaf. 'Dat kan wel zijn, hoofdinspecteur Branson, maar gezien de manier waarop Lena Adams haar leven inricht moet ze niet raar opkijken als ze op een gegeven moment aan de verkeerde kant van de tralies staat.'

'Het enige wat Lena Adams op dit moment bezighoudt, is of haar man weer wakker wordt. Dat geldt voor ons allemaal. Jared Long is een prima politiebeambte. Net als Lena trouwens, en ik vind het zorgwekkend, agent Mitchell, dat u zich door andere ideeën laat leiden.'

'Ik laat me door het bewijs leiden,' antwoordde Faith nijdig.

'Hoe dan ook,' zei Amanda. 'Lena moet ervan doordrongen zijn dat ze Wills dekmantel niet prijsgeeft. Hij moet nog steeds zijn act in het ziekenhuis opvoeren en gezien de gebeurtenissen van vannacht is dat een stuk gevaarlijker geworden. Hoofdinspecteur, ik ga ervan uit dat je ons verzoek om geheimhouding respecteert. We hebben te veel tijd in dat zaakje gestoken om het in rook te zien opgaan.'

'Dat záákje,' herhaalde Branson.

Amanda zweeg. Niet om tijd te winnen, maar om Branson te laten wachten. Wat Denise Branson betrof, die leek bereid zo nodig een slaapzak uit te rollen.

'Will?' zei Amanda ten slotte, nadat er een volle minuut was verstreken.

Hij keek haar aan en vroeg zich af wat hij van haar mocht onthullen. Ze maakte een handgebaar, alsof ze wilde zeggen dat hij met het hele verhaal voor de dag mocht komen. Uiteraard was er een verschil tussen wat ze Branson wilde doen geloven en wat ze werkelijk bedoelde.

Will ging met beleid te werk en gaf een lichte draai aan de waarheid. 'Een aantal dagen geleden kregen we een tip dat een zware jongen z'n pijlen op Macon had gericht. Zijn bijnaam is Big Whitey. We hebben hem door het systeem gehaald en kregen beet in Florida, maar daar is ook bijna alles mee gezegd.'

'Welk deel van Florida?' wilde Branson weten.

'Sarasota.'

‘Heb je een foto?’

Will aarzelde iets te lang. Met veel vertoon opende Amanda een van haar bureauladen en haalde er een foto van een beveiligingscamera uit. Ze schoof hem over het bureau en zei: ‘Deze is van vier jaar geleden.’

Branson boog zich eroverheen om het korrelige beeld beter te bestuderen.

Will zou de foto slapend kunnen beschrijven. Big Whitey droeg een honkbalpet van de Miami Marlins en had de klep diep over zijn ogen getrokken. Hij had een dikke jas aan, niet wat je zou verwachten in het warme Florida. Een zonnebril met spiegelglas omsloot de bovenkant van zijn gezicht. Hij had een donkere, dichte baard en er was maar weinig huid zichtbaar. Zijn handen staken in zijn zakken. Big Whitey wist precies hoe hij zich voor een beveiligingscamera moest opstellen. Je kon onmogelijk zeggen of de man groot of klein, blank of gekleurd was.

‘De politie van Florida heeft hem nooit persoonlijk gezien,’ legde Will uit. ‘Deze foto komt van een beveiligingscamera in een kiprestaurant aan de Tamiami Trail.’

‘Weten ze in Florida zeker dat dit Big Whitey is?’ vroeg Branson.

‘Een van de koks daar gaf hem aan. Hij zei dat hij hem herkende van zijn plaatselijke pillenwinkel.’

‘Waarom gaf hij hem aan?’

Will wees naar de foto. ‘Zo’n halve minuut na die opname deed Whitey een stap terug van de camera, schoot een agent door zijn hoofd en vluchtte door de achteruitgang, waar een auto klaarstond.’

Branson had haar twijfels. ‘En Sarasota zette niet alles op alles om de moordenaar van een politieman te pakken?’

‘De kok wist niet veel meer dan zijn bijnaam. Hij zou de volgende dag weer ondervraagd worden, maar later die avond werd hij bij zijn huis doodgeschoten.’

'Dus Sarasota liet hun enige ooggetuige gewoon naar huis gaan?'

'Ze hadden geen idee dat Whitey hem wist te vinden en ze hadden geen enkele wettelijke grond om de man vast te houden.'

Amanda voegde eraan toe: 'En Sarasota kreeg het plaatje van Big Whitey pas rond toen het FDLE zich erin mengde en ze een handje hielp.' Het sarcasme droop ervan af toen ze zei: 'Het Florida Department of Law Enforcement werkt ongeveer net zoals het GBI. Ze coördineren zaken die de districtsgrenzen overschrijden. Ze zijn heel goed in het totaalbeeld; ze weten het soort feiten boven te krijgen waarvoor de plaatselijke politie te bijziend is.'

Weer bleef het even stil. 'Heb je nog meer gegevens over die Big Whitey?' vroeg Branson ten slotte.

'Niets recents,' zei Will. 'Het FDLE denkt dat hij oorspronkelijk bij de Palmetto Street Rollers hoorde, een bende die zijn basis in Miami had, vooral Cubanen, maar ook een paar blanken. De FBI schatte het ledental op zo'n twintigduizend, langs de hele oostkust.' Branson knikte en Will vervolgde zijn verhaal. 'Na wat territoriumgevechten viel de bende uiteen in kleinere groepen. Zeker weten ze het niet, maar Florida denkt dat Big Whitey het van Sarasota tot aan de Florida Keys heeft overgenomen. We vermoeden dat hij zo'n twee jaar geleden zijn gebied heeft uitgebreid naar Savannah en Hilton Head.'

'Op basis waarvan vermoeden jullie dat?'

'In zowel Savannah als Hilton Head dook zijn naam telkens op. Vooral via verklikkers, maar niks concreets. Aanvankelijk dacht de plaatselijke politie aan een broodje aap, een soort clichéboeman. "Je speelt het spel mee of Big Whitey neemt je te grazen." "Dat heb ik niet gedaan, agent, dat was Big Whitey." Savannah is ervan overtuigd dat hij bestaat,' voegde Will eraan toe, 'maar Carolina heeft de speciale eenheid voor Hilton Head een halfjaar geleden opgedoekt. Dat geld hebben ze in de drugshandel in de kuststreek gestopt, want dat leverde meer op, dachten ze.'

'Waarom denken ze in Savannah dat die Big Whitey geen

broodje aap is?' Branson kon het niet laten en zei: 'Behalve dan dankzij de uitstekende antibijziendheidscampagne van het geweldige GBI?'

Will negeerde het sarcasme. 'Er begon zich een patroon af te tekenen. De junkies en criminelen gingen opeens een stuk geraffineerder te werk. De misdaadcijfers stegen, maar het aantal veroordelingen daalde. De criminelen hadden meer geld voor advocaten – meestal betrof het dezelfde advocaten van dezelfde bureaus. Mooiere auto's, mooiere kleren, grotere wapens. Iemand had van een zootje ongeregeld zakenlui gemaakt.'

'Dus Big Whitey bestaat,' vatte Branson het samen. 'En alle criminelen in de stad speelden het spel mee?'

'Tenzij ze met hun neus in het zand wilden eindigen.' Will vertelde haar maar niet dat veel agenten het spel ook hadden meegespeeld, maar dan op hun eigen manier. De rechercheurs die niet om overplaatsing verzochten, wilden vervroegd met pensioen. 'De meeste criminelen schikten zich. Ze waren geen drugsdealer geworden om er geld bij in te schieten.'

'En nu denk je naar aanleiding van een tip dat Big Whitey eenzelfde soort organisatie in Macon wil oprichten,' concludeerde Branson. 'Ik neem aan dat Whitey gespecialiseerd is in pillen, die Tony Dell dan weer uit de ziekenhuisapotheek steelt?'

'Dat is een deel van zijn business,' zei Will, 'maar het grote geld komt van de heroïne. Whitey trekt de buitenwijken in en breidt zijn handel uit naar de rijke blanke buurten. Ze beginnen met pillen en dan zet hij ze aan de heroïne.'

'Hoe ben je Dell eigenlijk op het spoor gekomen?' wilde Branson weten.

'Geheime bronnen,' zei Amanda snel.

Branson keek haar niet aan. 'Dezelfde bron die je attent maakte op Big Whitey?'

'Zo gaat dat meestal,' zei Amanda.

Branson bleef haar negeren en vroeg aan Will: 'En daarom ging je op de uitkijk staan tijdens die zogenaamde roofoverval van vannacht, om als een geloofwaardige crimineel op Dell over te komen?'

Will knikte.

'Tja, dat klinkt allemaal aannemelijk. Bedankt voor jullie tijd.' Branson pakte haar tas van de vloer en zette die weer op haar schoot. 'Je weet me te vinden, adjunct-directeur.'

Amanda werd zelden van haar à propos gebracht, maar Denise Branson wist zelfs haar te overrompelen. 'Dat is alles?'

'Jullie gaan mij verder toch niets vertellen en ik pieker er niet over om ook maar iets met jullie te delen.' Branson ging staan. 'Als ik me vanochtend had willen laten verneuken, had ik beter met mijn vibrator in bed kunnen blijven.'

De vrouw wist op indrukwekkende wijze van het toneel te verdwijnen. Met haar neus in de lucht en haar tas stevig onder haar arm verliet ze de kamer.

Will keek Amanda aan, die zwijgend naar de lege deuropening staarde.

'Wauw.' Faith verbrak de stilte. 'Wat een show.'

Amanda speelde weer met een poot van haar leesbril. 'Ze wist dat Lawrence het schot loste waarmee Long werd uitgeschakeld. Wedden dat ze een paar tests heeft aangevraagd?'

Will had ook al zo'n vermoeden. 'Ze is in het huis geweest voordat het werd afgesloten. Ze wist dat Lawrence' gezicht vol zweren zat van de speed, maar op die politiefoto is zijn huid ongeschonden. Ze noemde Dell Tony, niet Anthony.'

Amanda zei: 'Ze had ongeveer twee uur vóór Charlie en zijn team in Macon arriveerden. Ze is duidelijk met haar eigen onderzoek bezig.' Amanda keek Will veelbetekenend aan. 'En ik mag doodvallen als zij ons vertelt wat ze wellicht in Dells auto heeft gevonden.'

Will knikte, want de berisping was verdiend.

'Ik betwijfel of die auto iets heeft opgeleverd.' Faith bladerde haar aantekeningen nog eens door. 'Branson heeft uiteraard vingerafdrukken afgenomen bij de lijken om hun identiteit te kunnen achterhalen. Zachary en Lawrence waren niet zo stom om hun portefeuille mee naar binnen te nemen. Waarschijnlijk hebben ze die in het busje laten liggen.'

'Dell zal hun creditcards ondertussen wel verkocht hebben,' vermoedde Will. 'De rijbewijzen houdt hij zelf. Het busje is vast al gestript voor de onderdelen.' Dat Tony Dell de Kia op de plaats delict had laten staan, was riskant geweest, maar hij was niet het type dat zich een makkelijk handeltje door de neus liet boren.

'Dells strafblad stelt niet veel voor, klopt dat?' vroeg Amanda.

'Ja,' antwoordde Will. Tony Dell had tot nu toe veel geluk gehad. 'Hij heeft een paar keer in de cel gezeten voor wat kleine misdrijven, maar de echte gevangenis heeft hij nog nooit vanbinnen gezien.'

'Wat vertel je hem als je hem weer tegenkomt?'

'Dat ik kwaad ben. Waarom heeft hij gelogen over die klus? Wat heeft hij de politie verteld? Moet ik de stad uit? Krijg ik mijn geld nog?'

'Mooi. Leg het er niet te dik bovenop.'

Will schudde zijn hoofd.

Faith liet zich achteroverzakken. 'Waarom heeft Lena niet tegen Branson gezegd dat jij daar was?'

'Geen idee,' moest Will bekennen. 'Ik ga ervan uit dat ze in shock was. Ze had zúlke pupillen. Ze droop van het zweet. Ze had net met haar blote handen een man gedood en stond op het punt een tweede koud te maken.'

'Ja, wat vind je daarvan?' zei Amanda. 'We mogen niet vergeten dat ze bereid was tot moord in koelen bloede.'

'Branson heeft gelijk wat die Castle Doctrine betreft,' zei Will. 'Twee mannen drongen Lena's huis binnen en probeerden haar te doden. Ze dacht dat haar man al dood was. Ze vreesde voor haar leven. Je kunt er een zaak van maken, maar er is geen jury ter wereld die haar schuldig verklaart.' Dat was het probleem met Lena Adams, althans Wills probleem met haar: hij keurde haar daden niet goed, maar diep in zijn hart begreep hij ze wel.

'Niet vergeten, zei ik.' Amanda klonk kortaf. 'Ik heb niet gezegd dat je haar moest opsluiten.' Ze keek Faith aan. 'Kijk eens of je Will en Lena samen in één kamer krijgt. Misschien is ze tegenover hem wat openhartiger.'

'Dat is vast niet moeilijk met Sara aan het andere eind van de gang.' Will las de afkeuring in Faiths blik. 'En bedenk wel met wie we hier te maken hebben. Voor het geval het niet duidelijk is: het zit me nog steeds dwars dat Lena er de vorige keer mee weg is gekomen. Het zou me niks verbazen als we deze keer ontdekken dat ze heel goed weet waarom dit gebeurd is en wie er opdracht toe heeft gegeven. Misschien heeft ze bij de verkeerde inval geld achterovergedrukt. Of van de verkeerde jongens smeergeld aangenomen. Misschien is hoofdinspecteur Branson daarom met een eigen onderzoek bezig. Lena is lid van haar team. Branson wil niet voor gek staan als blijkt dat ze een corrupte smeris in haar ploeg heeft gehad.'

'Lena speelt geen dubbelspel,' wierp Will tegen. Zijn hele leven had hij te maken gehad met beschadigde vrouwen zoals Lena Adams. Hun motieven waren gemakkelijk te doorgronden als je wist waarnaar je moest zoeken. 'Ze zou zich nooit laten omkopen. Ze doet foute dingen, maar ze vindt altijd dat ze er een goede reden voor heeft.'

'Zal wel.' Faith had nooit veel met nuance opgehad. 'Hoofdinspecteur Branson denkt dat je in Macon zit vanwege die diefstal uit de ziekenhuisapotheek. Ze gaat net zo lang door tot ze weet wie jouw informant is.'

'Dat komt ze alleen te weten als iemand het haar vertelt,' zei Amanda ten overvloede.

'Vond je het niet raar dat ze om een foto van Big Whitey vroeg?' zei Will.

'Ja,' zei Amanda. 'Een foto is niet het eerste waar ik naar zou vragen.'

'Ze had niet dat rare trekje om haar mond toen ze die foto zag,' merkte Faith op, 'maar wie zal het zeggen?' Ze klapte haar notitieboekje dicht. 'Wat zou ze nog meer voor ons verzwijgen?'

'Meer dan wij voor haar verzwijgen,' zei Amanda, 'en dat vind ik hoogst irritant.' Ze verhief haar stem. 'Caroline, zou je Gil Gonzalo van het FDLE voor me willen bellen?'

'Daar is het wintertijd,' riep Caroline terug. 'Wacht nog een halfuur, tenzij je een ondergeschikte wilt spreken.'

'Die werken zeker wanneer het hun uitkomt,' bromde Amanda. 'Will, in je verslag stond dat Dell je rond halftwaalf gisteravond benaderd heeft. Heeft hij je rechtstreeks mee naar die klus genomen?'

'Mijn dienst in het ziekenhuis zat er net op. Hij sprak me aan op het parkeerterrein.' Will had nog niet eerder over de timing nagedacht. 'Misschien moest ik het van iemand anders overnemen.'

'Hoe bracht Dell het?' wilde Faith weten.

'Hij vroeg of ik vijfhonderd dollar cash wilde verdienen door mijn mond dicht en mijn ogen open te houden.'

'Vijfhonderd dollar is veel geld voor zomaar een beetje op de uitkijk staan,' vond Faith. 'Voor minder kun je iemand laten vermoorden.'

'Dat klopt.' Het begon Will te dagen dat hij die nacht heel veel dingen over het hoofd had gezien. Adrenaline en onversneden paniek waren nog nooit goed geweest voor je kortetermijngeheugen.

'Het viel me op,' zei hij, 'dat ze elkaar allemaal een hand gaven toen ze bij Lena's huis waren aangekomen. Niet zo'n schouderstoot zoals je bij ouwe makkers ziet, maar heel formeel een handdruk, alsof ze elkaar niet goed kenden.'

Faith trok haar mond scheef terwijl ze over de situatie nadacht.

'Dus het plan was op het laatste moment in elkaar gezet. Ze hadden geen team voorhanden.'

'Dell zit zowat elke avond in een tent die Tipsie's heet. Een striptent in de buurt van de autoweg, hoofdzakelijk voor bikers en ex-veroordeelden. Ik ben een paar keer mee geweest om een band op te bouwen.'

'Een band?' herhaalde Faith.

Will negeerde haar sarcasme. 'Als je in Macon hulp zoekt om een paar agenten te vermoorden, ga je naar Tipsie's.'

'Komt op mijn lijstje,' zei Faith. 'Hopelijk is de rest van het Macon Police Department behulpzamer dan hoofdinspecteur Branson. Ze is mij iets te streberig. Wie speldt er nou al z'n lintjes op voor een simpele vergadering? En wat moest dat lepe lachje voorstellen?'

'Het lijkt wel een lesje in nederigheid. Moordaanslag op een agent, één man dood, een andere man levensgevaarlijk gewond, en dan stuurt haar chef haar naar ons toe om ons te briefen? Niet wat je noemt een topopdracht.'

'En al helemaal niet als je bedenkt dat ze al vanaf weet ik hoe vroeg op is,' benadrukte Faith. 'Als je het mij vraagt staat Branson aan Lena's kant. Een soort "wij-tegen-de-wereld"-gedoe, alsof ze van hetzelfde laken een pak zijn.'

'Misschien,' moest Amanda toegeven. 'Gedeelde smart...'

Will luisterde niet langer. Hij dacht aan de afgelopen nacht, aan de rit naar Lena's huis. Dell was onrustig geweest, maar dat was hij bijna standaard. Hij had aan de radio zitten frunniken, had met zijn vingers op het dashboard getrommeld, op het stuur, op zijn been, en ondertussen reed hij de auto met één hand naar wat een makkelijk klusje moest worden. Dell was de hele tijd aan het woord geweest: over het weer, over zijn zieke moeder in Texas, over een vrouw in het ziekenhuis met wie hij dolgraag naar bed wilde. Will hoefde alleen maar af en toe te knikken om hem aan de praat te houden. Meer aanmoediging had Dell niet nodig. Eigenlijk praatte hij meer dan goed voor hem was. Hoofdinspecteur Branson had het verhaal achterstevoren te horen gekregen. Tony Dell was het oorspronkelijke doel van Wills onderzoek geweest. Tijdens zijn eerste dag undercover was de man niet uitgepraat geraakt over een grote dealer die Big Whitey heette.

Will besefte opeens dat Amanda en Faith zwegen.

'Wat is er?' vroeg Faith.

Will schudde zijn hoofd, maar niettemin zei hij: 'Big Whitey.'

'Het kan geen toeval zijn,' zei Amanda. 'Je zit daar vanwege Dell. Dell zet je op het spoor van Big Whitey. Big Whitey doodt politiemensen. Een dikke week later worden twee politiemensen aangevallen.'

'De timing zit me dwars,' zei Will. 'Als ik een paar agenten ga omleggen, doe ik dat niet zomaar. Eerst ga ik het plannen. Ik volg ze. Ik probeer achter hun gewoontes te komen. Dan duurt het nog dagen, misschien wel een week, voor ik een team bij elkaar heb. Het was twee voor twaalf wat die aanslag betrof, anders zouden ze Dell nooit hebben gevraagd, en ze zouden mij al helemaal niet ongezien hebben ingehuurd.'

'Denk je dat er een paar mensen van het oorspronkelijke team bang zijn geworden?' Faith beantwoordde haar eigen vraag. 'Het lijkt me logisch dat ze Dell en jou niet vertelden wat ze echt van plan waren nadat hun eerste keus 'm gepeerd was.'

'Vandaar die vijfhonderd dollar,' zei Will. 'Je betaalt te veel om de vragen te beperken en de ander gemakkelijker over te halen.' Hij dacht nog eens na over de timing. 'Dat soort gasten houdt niet van de lange termijn. Dit was iets recents. De moordaanslag is op z'n vroegst twee weken geleden gepland. We moeten dus natrekken wat er in de afgelopen twee weken gebeurd is.'

'Macon ligt tegenwoordig in Bibb County.' Amanda zat op haar toetsenbord te rammelen. 'Dat is regio...?'

'Twaalf,' zei Will.

Weer verhief ze haar stem. 'Caroline, bel Nick Shelton eens.'

'Ik heb elke dag de plaatselijke krant gelezen,' zei Will. Hij negeerde hun verbaasde blikken. 'Ongeveer een week geleden zijn twee agenten gewond geraakt tijdens een inval bij een drugshol waar vooral speed en pillen werden verkocht. De bijzonderheden werden vaag gehouden. Een van hen ligt nog in het ziekenhuis. De ander is arbeidsongeschikt.'

'Verder nog iets?' vroeg Amanda.

'Ze hebben wat cash opgestreken onder de bepaling inzake de inbeslagneming van drugs. De krant noemde het bedrag niet, maar het korps van Macon wil er nieuwe patrouilleauto's van kopen, en wat AK's voor het arrestatieteam.' Will haalde zijn schouders op. 'De rest betrof de gebruikelijke politieverslagen: vermiste tienermeisjes, een hasjvangst op de hogeschool, een man die dood op de wc werd aangetroffen.'

Amanda vouwde haar handen samen op het bureau. Ze vond duidelijk dat er genoeg was gepraat. 'Goed. Hebben we een plan?'

'Mijn dienst in het ziekenhuis begint om elf uur,' zei Will tegen Faith. 'Bedenk maar een manier om Lena en mij in dezelfde kamer te krijgen zonder dat je me verraadt.'

'Ze wil vast wel meewerken,' zei Faith, hoewel ze sceptisch klonk. Aan Amanda vroeg ze: 'Heeft het zin als ik naar het trailerpark ga waar Zachary en Lawrence woonden?'

Amanda schudde haar hoofd. 'Branson zal daar alles wel binnenstebuiten hebben gekeerd. Wacht maar een dag of twee. En dan pas je de zachte aanpak toe, zodat het contrast des te scherper is.'

'Oké,' zei Faith. 'Over Branson gesproken, ik zal de informatie die ze ons gegeven heeft nog eens extra controleren en het strafregister doorzoeken op Zachary en Lawrence, zodat we zeker weten dat ze niets verzwegen heeft. Als ik toch bezig ben, pak ik Adams en Long er meteen bij. Ik stuur alles naar Data-analyse, zodat die bankrekeningen, hypotheken, medeplichtigen voor zover bekend en familieleden kunnen opsporen, en wat zich verder nog voordoet.'

'Dat is wel heel veel informatie om te doorzoeken,' zei Amanda. 'Probeer wat hulp te krijgen van het plaatselijke GBI-bureau. Laten zij Jared Long maar voor hun rekening nemen, zodat we een flink papieren spoor hebben als het voor de rechter komt. We willen niet beschuldigd worden van vooringenomenheid.'

'Opnieuw, bedoel je?' Faith kwam uit haar stoel overeind. 'Ik bel het telefoonbedrijf voor een lijst met alle zendmasten in de buurt van Adams' huis. Het was middernacht in een landelijk gebied, dus zoveel actieve telefoontjes kunnen er niet geweest zijn.'

'Laat het even weten als ze niet meewerken,' zei Amanda. Mobiele providers waren de laatste tijd nogal zuinig met hun gegevens. 'Als we een gerechtelijk bevel nodig hebben, gaat het een paar dagen duren.'

'Amanda?' riep Caroline. 'Nick Shelton op lijn twee.'

Amanda nam de hoorn op, maar die legde ze op haar schouder in plaats van tegen haar oor. 'Will, doe voorzichtig. Hou je telefoon altijd bij je, zodat we precies weten waar je bent.'

'Komt in orde.' Hij volgde Faith naar de deur.

'En nog iets...' Amanda wachtte tot ze zich allebei weer hadden omgedraaid. 'Will heeft gelijk wat die timing betreft. Wat de aanleiding ook geweest is, het is onlangs gebeurd. Faith, als jij nou eens een tijdlijn opstelt. Je begint bij afgelopen nacht en vandaar ga je dag voor dag terug, minuut voor minuut als het moet. Probeer te achterhalen wat Lena Adams in godsnaam heeft gedaan om dit in werking te zetten.'

Vier

Macon, Georgia

ZEVEN DAGEN EERDER – DE DAG VAN DE INVAL

In het kobaltblauwe licht van de vroege ochtend scheurde het overvalbusje over een grindweg. Achterin zaten tien agenten, vijf aan elke kant en allemaal schouder aan schouder, zodat ze bij elke hobbel eendrachtig op en neer schokten. Uit de speakers schalde 'Cop Killer' van Ice-T. De lucht in het busje trilde mee op de razende beat.

Cop killer. Better you than me.

Lena Adams klemde haar shotgun vast toen ze het zoveelste spoor in de weg raakten. Ze controleerde de Glock aan haar dijbeen en keek of het klittenband het pistool goed op zijn plaats hield. Ze naderden hun doel en de stem in haar hoofd schreeuwde mee met Ice-T. Ze ademde een paar keer snel in en uit, niet om zich leeg te maken, maar om haar brein te laten tollen, de adrenaline te laten stromen, de gigantische kick toe te laten bij de gedachte dat ze nog maar enkele minuten verwijderd was van de grootste klapper van haar carrière.

En toen kwam alles tot stilstand.

De muziek zweeg. Boven hun hoofd ging het rode lampje aan.

Stilte.

Nog twee minuten en dan waren ze er.

Het busje minderde vaart. Grind knerpte onder de banden. Wapens werden getrokken, magazijnen gecontroleerd. Helmen en beschermende brillen werden bijgesteld. Je kon de testosteron ruiken. Negen mannen en een vrouw. Allemaal in kogelwerend vest en zwart pak, en voorzien van voldoende munitie om een klein leger uit te schakelen.

Lena ademde door haar mond en proefde de angst en opwinding in het busje. Ze monsterde haar team. Ogen wijd opengesperd. Pupillen zo groot als stuivers. De gespannen verwachting had iets seksueels. De opwinding steeg, dat zag ze aan de manier waarop de mannen gingen verzitten en hun wapen nog steviger vastklemden. Ze hadden de afgelopen twee weken bij het huis gepost, hadden de inval gepland terwijl de junkies en hoeren in en uit liepen als mieren bij een mierenhoop. Er zouden bergen geld liggen. Percocet. Vicodin. Hillbilly-heroïne, oftewel oxycodon. Coke. Wapens.

Heel veel wapens.

De ploeg die de afgelopen nacht had gepost had gemeld dat er vier mannen in het huis waren. Een van hen was een kleine crimineel die voorwaardelijk had gekregen na geweldpleging. De tweede was een verslaafd stuk uitschot dat een hond nog zou pijpen om aan zijn oxy te komen. De derde was Diego Nuñez, een kleerkast van de oude stempel die graag vuile handen maakte. De vierde was hun leider, een klootzak die Sid Waller heette en die opgepakt was in verband met een verkrachting en twee verschillende moorden, maar die er op de een of andere manier in geslaagd was vrijuit te gaan.

Ze hadden het vooral op Waller voorzien. Lena had hem al acht maanden in het vizier en voerde een masochistisch dansje met hem op: de cel in, er weer uit, er weer in en er weer uit.

Maar deze keer niet.

Door die drugs en wapens zou Waller voor minimaal twintig jaar de bak in gaan, maar Lena wilde meer. Hij moest er de rest van zijn ellendige leven van doordrongen zijn dat hij door een vrouw in de boeien was geslagen en opgesloten en dankzij een vrouw was veroordeeld. Niet dat hem nog een lang leven beschoren was als Lena klaar met hem was. Als het aan haar lag ging Sid Waller de dodencel in. Ze wilde erbij zijn als de naald in zijn arm werd gestoken. Ze wilde het laatste vonkje leven bij hem zien uitdoven. En ze durfde er haar loopbaan onder te verwedden dat dat ging gebeuren.

Twee weken lang had ze met de hoge omes overhoopgelegen, erop aangedrongen om de operatie te laten doorgaan, hun gesmeekt om meer overuren, om meer mankracht, om geld en gunsten voor de verklikker die hen naar dit huis midden in het bos had gevoerd.

Sids clubje zou het niet lang achter de tralies uithouden. Diego Nuñez zong het wel uit, maar de andere twee waren junkies, en als Sid Waller was uitgeschakeld waren drugs belangrijker dan loyaliteit. Binnen vierentwintig uur zouden ze beiden maar al te happig op een deal zijn, en Lena had een officier van justitie achter de hand die bereid was daarop in te gaan. Sid Waller had een jongen van negentien vermoord. Hij had zijn eigen nichtje verkracht en zijn zus de keel doorgesneden toen ze 911 belde. Geen agent in dit busje die hem niet als eerste te pakken wilde krijgen.

Bij Lena was het geen kwestie van willen. Zij ging het doen.

Ze keek naar het plafond, met haar blik op het rode lampje gericht tot het uit flikkerde en weer aanging.

Nog één minuut.

Lena sloot haar ogen en nam in gedachten het plan nog eens door. Eerst hadden ze de gegevens van het huis boven water gehaald. Er was door de bank beslag op gelegd, zoals dat met zoveel huizen aan de rand van de stad was gebeurd. Het was van steen, wat gunstig was, want dat hield kogels tegen. Het had geen bovenverdieping en stond op één hectare grond, aan de ene kant begrensd door een nationaal park en aan de andere kant door een weg die dwars door Macon liep en uitkwam op de Interstate 75, waar die in noordelijke richting naar Atlanta voerde. Hun zoektocht op het belastingkantoor had bovendien een bouwtekening opgeleverd: achterin een hobbykamer, een badkamer en twee slaapkamers. Voorin een eetkamer en keuken, met tegenover het aanrecht een trap naar het souterrain.

Ze hadden de inval zo vaak geoefend dat Lena die voor zich zag als een strak gechoreografeerde dans. DeShawn Franklin en Mitch Cabello zouden met een MonoShock-deurram de zijdeur forceren. Lena zou de voorkant van het huis voor haar rekening nemen, samen met Paul Vickery, die al een jaar haar vaste partner was. Eric Haigh en Keith McVale zouden de badkamer en de twee slaapkamers achterin veiligstellen. DeShawn en Eric zouden eventuele arrestanten onder hun hoede nemen. De overige mannen zouden de omgeving van het huis bewaken en ervoor zorgen dat niemand via een raam of een deur ontsnapte. Lena had graag minstens acht man extra gehad, maar de kosten van de operatie naderden het miljoen en ze was zo verstandig de leiding niet om meer te vragen.

Ze opereerden altijd in tweetallen; niemand ging in z'n eentje een kamer binnen. Het huis had een rommelige indeling, en elke kamer had één deur naar binnen en één deur naar buiten. In de garage van het politiebureau hadden ze alle vertrekken met tape op schaal nagemaakt. Lena en Paul moesten twee deuren door voor ze bij het souterrain waren: van de hobbykamer naar de eetkamer en van de eetkamer naar de keuken. Elke doorgang hield de kans in dat ze neergeschoten werden.

Het souterrain was het lastigst. Op de bouwtekening was het een grote open ruimte, maar de tekening dateerde uit de jaren vijftig, toen het huis werd gebouwd. Ergens in de afgelopen zestig jaar was het souterrain ongetwijfeld onder handen genomen. Er zouden onbekende muren zijn. Dichte deuren en kasten. Er was geen deur naar buiten, alleen twee smalle, dichtgetimmerde ramen, die te krap waren voor een volwassen man. Het souterrain was een val.

Op het bureau hadden ze erom geloot wie het eerst naar beneden zouden gaan. Lena en haar partner hadden gewonnen, maar zij had dan ook de strootjes vastgehouden.

Het busje kroop nu voort. Aan de achterkant zaten geen ramen, maar Lena kon langs het hoofd van de bestuurder kijken. De zon knipoogde onder de klep door. Een dicht dennenbosje begrensde de zijkant van het huis. Op luchtfoto's was een oprit te zien die dwars door het bos liep en direct op de weg uitkwam. Als de criminelen ervandoor wilden gaan, zouden ze die kant op rennen, en daarom hielden twee patrouillewagens dat stuk weg in de gaten.

Het busje stopte. Boven hun hoofd knipperde het rode lampje nog één keer en ging toen definitief uit.

Lena laadde haar shotgun. Weer controleerde ze de Glock. Haar team volgde haar voorbeeld en controleerde alle wapens. De bestuurder, die Kirk Davis heette en een oudgediende was, fluisterde iets in de radio om de leiding te laten weten dat ze gearriveerd waren. De mobiele commandopost stond anderhalve kilometer verderop, op het parkeerterrein van de Piggly Wiggly. Uit ervaring wist Lena dat Denise Branson zou wachten tot haar team het huis veilig had gesteld, om vervolgens haar entree te maken en alle eer voor zichzelf op te eisen.

Het zij zo.

Lena's beloning zou het moment zijn waarop ze Sid Waller tegen de grond had geworsteld en met haar voet op zijn nek de plastic boeien zo strak aantrok dat ze in zijn dikke polsen sneden. Het was het enige wat ze nog wilde in haar leven, wat ze nog kon. Ze stond er elke ochtend mee op en nam het 's avonds mee naar haar lege bed.

Ze pakte de handgreep van het portier, wierp een blik over haar schouder en keek iedere man recht in zijn ogen om zich ervan te verzekeren dat hij er klaar voor was. Iedereen knikte. Ze trok het portier open.

En de dans kon beginnen.

Lena sprong als eerste naar buiten en liep op een drafje naar het huis. Achter zich hoorde ze stampende voetstappen: negen tot de tanden gewapende mannen die popelden om een paar koppen in te slaan. Met haar shotgun tegen haar borst geklemd rende ze naar de carport. Haar Glock sloeg tegen haar dijbeen. Haar blik streek langs het bos rondom het huis en ze zag het afval waarmee de grond bezaaid was, de kapotte flessen en de sigarettenpeuken.

Het team dat buiten bleef verspreidde zich en koos positie. Lena voerde de overige mannen mee de carport in. Ze stelden zich twee aan twee naast de deur op. Paul Vickery gaf Lena een schouderstootje. Hij knipoogde, alsof dit niks voorstelde, hoewel ze zijn borst op en neer zag gaan onder zijn kogelwerend vest. Vanuit het huis klonk het ingeblikte gelach van een tv-show, gevolgd door muziek. *The Jeffersons*. 'Movin' On Up'.

Lena drukte op de timer van haar horloge. Ze knikte naar De-Shawn en Eric, die de MonoShock gereedhielden in afwachting van haar seintje.

Ze zwaaiden de ram twee keer naar achteren om kracht op te bouwen en toen sloegen ze de dertig kilo zware metalen cilinder tegen de deur aan. Het hout versplinterde alsof het glas was.

'Politie!' riep Lena terwijl ze binnenstormden met hun wapens in de aanslag, klaar om de hele tent op zijn kop te zetten.

Maar het feestje was al voorbij.

Op een gele corduroy bank tegenover de televisie zaten twee mannen. Ze droegen geen hemd. Hun spijkerbroeken hingen laag op hun heupen. De een had zijn hand in zijn voorzak. De ander hield een blikje bier vast. Ze hadden allebei hun ogen open. Hun uiteengeweken lippen toonden de gaten van ontbrekende tanden. Op de gebutste salontafel voor hen lag een verzameling handwapens.

Ze verroerden zich niet en zouden dat ook niet meer doen tot de patholoog arriveerde.

Ze waren gekeeld. De huid gaapte open en de witte punten van de nekwervels staken door de donkerrode pezen heen.

Paul voelde hun pols, hoewel Lena op drie meter afstand kon zien dat beide mannen al uren dood waren. Wasachtige huid. De stank van ontbinding. Een van de doden was de junk, Elian Ramirez. Zijn blote borst was ingevallen en de ribben staken als tandenstokers omhoog. Zijn moordenaar had hem de kosten van een oxy-dood bespaard.

Paul boog zich over de tweede man en draaide zijn hoofd om hem beter te bekijken. 'Shit,' zei hij. Zijn teleurstelling vulde de kamer.

Diego Nuñez, de rechterhand van Sid Waller. Lena zag een vlieg over zijn oogbal kruipen. De paarszwarte tong van Nuñez hing als bij een chowchow uit zijn mond. Volgens de verklaringen had Nuñez zich aan Sid Wallers nichtje vergrepen zodra zijn baas klaar met haar was. Hij had achter het stuur gezeten toen er vanuit de auto op een negentienjarige jongen was geschoten die zo stom was geweest een grote bek tegen Waller op te zetten. Lena vermoedde dat Diego als beloning voor goede diensten mee mocht doen toen Waller met zijn zus afrekende. De vrouw was op beestachtige wijze verkracht en geslagen voor haar keel werd doorgesneden.

Moordenaar. Verkrachter. Boef. Hij was gestorven met een biertje in zijn hand en zijn blik op het tv-scherm gericht.

'Shit,' herhaalde Paul. Achter de bank had hij een derde lijk gevonden. Deze man was het mes door de keel bespaard gebleven, maar bij hem ontbrak een deel van zijn hoofd, dat dwars doormidden was gehakt. Lena had zo'n idee dat de bijl die tegen de muur stond er de oorzaak van was. Aan de rand van het blad zaten aangekoekte strengen haar, flarden hoofdhuid en stukken wit bot.

Eric Haigh sloeg zijn hand voor zijn mond. Kots spoot tussen zijn vingers door toen hij naar buiten rende. Wat Lena betrof mocht hij blijven rennen. Met zwakte had ze weinig geduld. En ze was al helemaal niet van plan een aanval op haar team uit te lokken terwijl ze daar een beetje hun reet stonden te krabben.

Ze knipte met haar vingers om hun aandacht te vragen, en het scherpe geluid sneed door het galmende tv-koor. Lena wees naar de drie lijken en stak toen vier vingers op. Volgens het team dat gepost had, waren er vier mannen in het huis. Sid Waller moest nog gevonden worden.

Meer aansporing hadden ze niet nodig. DeShawn bewaakte de deur zodat ze van achteren niet verrast konden worden. Mitch verving Eric en volgde Keith naar de gang achterin. Lena koerste op de eetkamer af, met Paul in haar kielzog.

Ze slopen er ineengedoken naartoe. De vloer lag bezaaid met rommel, vooral bierblikjes en lege fastfoodzakken. Op het tapijt lag een dikke laag vuil. Het plakte aan Lena's zolen toen ze de deuropening naar de eetkamer naderde. Bedacht op het souterrain probeerde ze zich zo geruisloos mogelijk te verplaatsen. Voor haar geestesoog zag ze Sid Waller daar al staan, met zijn pistool omhooggericht, alert op elk geluid waarop hij kon schieten.

De herkenningsmelodie van *The Jeffersons* eindigde met een gospeluithaal. Lena kon die nauwelijks horen boven het pompende bloed in haar oren uit. Ze stelde zich naast de deuropening naar de eetkamer op, met haar schouder tegen de muur. Gips, tengels, een paar bouten. Daar ging een 9-mm Parabellum moeiteloos doorheen – Sid Wallers favoriete munitie, wist Lena.

Paul tikte twee keer op haar been, ten teken dat ze kon doorlopen. Ineengedoken draaide ze razendsnel om de deurstijl heen en richtte haar shotgun de kamer in. Er stond geen eettafel, op de vloer lag alleen een matras vol bloedvlekken, met daaromheen de troep die je meestal aantrof in een drugshol. Crackpijpjes. Verschroeid aluminiumfolie. Gebruikte naalden. De scherpe, azijnachtige lucht van heroïne brandde in haar neusgaten. Door lekkage na een recente regenbui was het plafond ingezakt. Op de vloer lagen brokken gips. Het hout was kromgetrokken en boog om als de romp van een kano. Lena keek naar boven om te zien of zich niemand tussen de balken verschool.

De kamer was verlaten. Door het kapotte raam zag Lena een van de andere rechercheurs in de voortuin. Speurend, met zijn Colt AR-15 op borsthoogte, bewoog hij zich als de slinger van een klok heen en weer. Hij stopte en keek Lena hoofdschuddend aan ten teken dat niemand het huis had verlaten.

Ze wierp een blik achterom, op Paul, en wees toen naar de volgende deur. Deze zat dicht. Erachter was de keuken en dan kwam de deur naar het souterrain.

Zoals afgesproken ging Paul voorop. Met haar shotgun in de aanslag liep Lena achterwaarts, om dekking te geven.

'Leeg!' riep Mitch vanuit een van de slaapkamers.

Lena tikte op Pauls been ten teken dat hij verder kon gaan. In navolging van haar trapte hij de deur open en richtte zijn Glock op de keuken. Lena tastte met haar shotgun de ruimte af.

Leeg.

Voor de kastjes zaten geen deuren meer. Het halve plafond was naar beneden gekomen. De andere helft was donkerbruin gevlekt. De spoelbak was uit het aanrecht getrokken. Pleister ontbrak waar koperen buizen en elektriciteitsdraad van de muren waren gerukt om als schroot te worden verkocht. Uit de open afvoer kwam een misselijkmakende stank. Met zijn Glock op het plafond gericht zocht Paul naar schuilplekken en hij schudde zijn hoofd toen alles veilig was.

Ze keken allebei naar de souterraindeur.

Dit was onverwacht.

De deur had een houten balk, zoals bij een boerenschuur. Een balk steunde op twee metalen U-groeven, die met bouten aan weerskanten van de deurlijst bevestigd zaten.

Paul keek Lena vragend aan. Ze kon hem bijna horen denken. Ze hadden het vaak over de souterraindeur gehad. In alle scenario's waren ze van twee dingen uitgegaan: de deur zou op slot zitten en aan de andere kant stond een crimineel met een geladen wapen. Volgens het plan zouden ze met hun rug tegen de muur te werk gaan: met de kolf van de shotgun werd de deurknop, het slot of wat hun ook in de weg zat eraf geslagen, dan rukten ze de deur open en stormden de hel binnen die hun wachtte.

Die balk veranderde de zaak, maar misschien niet al te veel.

Lena ging naast de deur staan, met haar rug plat tegen de muur terwijl ze met de loop van haar shotgun het hout omhoog probeerde te duwen. Het zat te vast. De balk liet zich er niet even uit schuiven. Een van hen tweeën zou hem met beide handen omhoog moeten hengsten, maar dan was hij of zij meteen een schietschijf als er iemand aan de andere kant van de deur stond.

Lena dacht er niet lang over na. Ze wierp Paul haar shotgun toe. Hij ving het wapen met zijn vrije hand op en deed toen een stap terug om haar rugdekking te geven.

Ze moest haar schouder onder de balk zetten om er beweging in te krijgen en hurkte om de zaak omhoog te duwen. Het stomme ding zat muurvast. Het kwam niet van zijn plaats. Ze probeerde het nog eens, boog diep door haar knieën en ramde haar schouder naar boven. Dat werkte, min of meer. De balk schoot los, maar Lena strompelde naar achteren, verloor haar evenwicht en viel plat op haar gat.

Tot zover het verrassingselement.

De balk kletterde op de vloer. Het leek wel of haar stuit gebarsten was. Een felle, bijtende pijn trok door haar hoofd vanaf de plek waar dat in aanraking was gekomen met de scherpe rand van het gelamineerde aanrechtblad. Haar helm was naar voren geschoven waardoor haar veiligheidsbril tegen de rug van haar neus was geklapt. Lena voelde aan haar achterhoofd. Het haar was nat. Ze keek naar haar vingers: bloed.

Paul keek haar fronsend aan, alsof hij niet snapte hoe ze iets zo simpels had kunnen verknallen. Lena snapte het ook niet, maar er was geen tijd om erbij stil te staan. Terwijl ze de dichte deur in de gaten hield, hees ze zichzelf overeind. Ze probeerde het voorval van zich af te schudden. Haar zicht was wazig. Haar neus voelde alsof er een tikkende metronoom in zat. Ze nam de veiligheidsbril af. Die was gebarsten bij de brug. Ze smeet hem in een van de open kastjes.

Uit de andere kamer klonk een zacht fluitje: *Niet schieten*. Keith kwam de keuken binnen, gevolgd door Mitch. Het waren allebei forse, breedgeschouderde kerels, en opeens leek de keuken niet groter dan een kast.

Lena voelde een zweetdruppel langs haar nek naar beneden glijden. Ze veegde hem weg. Haar vingers waren plakkerig. Geen zweet, maar bloed.

Paul beet met zijn voortanden op zijn tong, een tic die haar in de eerste week dat ze samenwerkten al was opgevallen. Het betekende dat hij het niet met haar eens was. Hij deed het niet vaak, maar als hij het deed, was het menens.

Lena opende haar mond al om weer de leiding te nemen, maar alsof het stilzwijgend was afgesproken, stapten Mitch en Keith naar voren, haalden hun zaklantaarns tevoorschijn en stelden zich aan weerskanten van de deur op. Ze keken allemaal naar Lena, maar deze keer geërgerd in plaats van verwachtingsvol.

Met tegenzin liep ze naar het aanrecht en plantte haar shotgun tegen haar schouder, zodat ze hun in elk geval rugdekking kon geven. Het ingeblikte gelach op de tv scheen de draak met haar te steken. Lena kon de woorden niet verstaan; ze hoorde alleen het zachte gebrom van Wheezy gevolgd door George, die op schelle toon antwoord gaf.

Met een zwaai wierp Mitch de souterraindeur open. Niemand schoot en daarom liep hij de trap af, gevolgd door Keith. Paul bleef boven staan, met zijn Glock in de aanslag voor het geval iemand zich langs een kleine tweehonderd kilo smeris wist te wurmen.

En toen begon het wachten.

De tijd veranderde. Zelfs de stofjes zweefden rond in een ander ritme.

Paul verroerde zich niet. Het zweet droop van zijn handen en spatte op de vloer. Met ingehouden adem wachtte Lena op een soort ontknoping: geweerschoten, schreeuwende mannen. Haar hoofd tikte de seconden af. Vijf. Tien. Weer liet de tv een lachsalvo horen. Weer Wheezy. Toen Lionel.

Twintig seconden. Paul had zich nog steeds niet verroerd. Hij stond als een standbeeld zo stil.

Zachtjes liet Lena haar ingehouden adem ontsnappen. Opnieuw zoog ze lucht op.

Vijfendertig seconden.

Veertig.

Toen riep Keith: 'Leeg.'

Paul liet zijn handen zakken. Lena voelde haar longen trillen toen ze uitademde.

'Zoek alles nog een keer door,' beval ze. Ze zette de shotgun tegen het aanrechtblad om haar helm af te doen. Beneden werd stevig gevloekt, maar dat deerde Lena niet. Er lagen drie dode mannen in het huis, een huis dat vierentwintig uur per dag bewaakt was. Ze had een miljoen politiedollars aan deze rampenzooi verspild. Ze had haar kop opengehaald en haar neus gekneusd. Haar kont deed zeer als de hel. Haar hele hoofd bonkte. Ondertussen zat Sid Waller ergens op een strand van een margarita te nippen terwijl hij zich afvroeg welke vrouw hij nu eens ging volgen om haar die avond nog te verkrachten.

Lena keek op haar horloge. De timer liep nog. Ze zaten nu vier minuten en tweeëndertig seconden in het huis.

'Shhhh-it,' zei Lena met klem. Ze keek naar het plafond. Op

de kale balken zaten witte schimmelvlekken. In een gat in de bitumen shingles waren plastic zakken gepropt. Ze hoorde zware voetstappen in de aangrenzende kamer toen de rest van het team binnenkwam om poolshoogte te nemen.

Op luide toon, zodat het door het hele huis te horen was, beval Lena: 'We trekken ons zo snel mogelijk terug. Dit is een plaats delict.'

DeShawn riep terug: 'Branson is al onderweg. De patholoog kan hier over een halfuur zijn.'

'Fantastisch,' zei ze. 'Het wordt steeds gezelliger.'

Paul zette zijn helm af. Hij streek door zijn bezwete haar. 'Gaat het?'

Lena schudde haar hoofd, te kwaad om iets te kunnen zeggen. Dit had verandering teweeg moeten brengen. Dit had alles beter moeten maken. Het enige wat er goddorie nog klopte in haar leven was haar werk, en dat had ze nu ook mooi verkloot.

Ze trok het klittenband van haar vest los, zodat ze kon ademen. Haar shirt plakte aan haar rug. Ze wist dat haar nek onder het bloed zat. Dit stopte niet bij Denise Branson. De commissaris zou antwoorden willen. De hoge omes zouden zich ermee bemoeien. Interne Zaken. Lena zou haar man moeten bellen om hem te vragen schone kleren te brengen, zodat ze er niet al te bescheten uitzag als ze op haar donder kreeg. Niet dat Jared haar telefoontjes beantwoordde. Naar alle waarschijnlijkheid beschouwde hij zichzelf niet eens meer als haar man.

Lena sloeg haar handen voor haar gezicht. Ze schudde haar hoofd. Ze moest weer greep op zichzelf krijgen. Ze mocht nu niet instorten.

'Wat Branson betreft kun je op me rekenen,' zei Paul. 'Hoe dan ook.'

Lena liet haar handen zakken. 'Ik moet weten waarom die deur van buiten dichtzat.'

Weer fronste Paul zijn voorhoofd. Zover had hij nog niet doorgedacht.

'Je slacht drie kerels af en dan ga je er als de sodemieter vandoor,' zei Lena. 'Je blijft niet in het huis rondhangen. Je gaat het souterrain niet barricaderen.' Ze wees naar de deur. 'Kijk eens naar de rand van dat hout. Iemand heeft het erin geramd.' Lena veegde het zweet van haar voorhoofd. Het huis leek wel een oven. 'Godverdomme. Wedden dat Branson me weer de straat op stuurt?'

'Dan kun je samen met Jared rondtoeren.'

'Sodemieter toch op.'

'Hé.' Paul legde zijn Glock op het aanrechtblad. Zijn hand ging naar haar arm en vervolgens naar haar gezicht. Hij glimlachte in een poging haar een hart onder de riem te steken.

Lena trok zich los. Ze stampte op de vloer, zodat ze haar in het souterrain konden horen. 'Cabello? McVale? Waarom duurt het zo lang daar beneden?'

'We hebben geld gevonden!' riep Keith. 'We zijn rijk!'

'Godzijdank.' Lena liep naar het souterrain. 'Laat het alsjeblieft een miljoen zijn.' Een dergelijke drugsvangst zou in elk geval alle overuren dekken.

Tegen Paul zei ze: 'Stuur iedereen het huis uit. Zeg tegen de technische recherche dat ze felle lampen meenemen. Ik wil de patholoog spreken zodra hij arriveert.'

Hij bracht haar een kort saluut. 'Ai ai, baas.'

Lena haalde haar Maglite uit haar broekzak en liep de trap af. Beneden streek ze langs de muur op zoek naar een lichtschakelaar. De meterkast stond open. Ze zag oude stoppen naar buiten steken. Ze tikte er een paar aan, maar er gebeurde niets.

Zoals verwacht was het souterrain in kleine kamertjes opgedeeld. Lena scheen met haar zaklantaarn op kromgetrokken, goedkope lambrisering en opengebarsten vuilniszakken die van de trap waren gesmeten. Achter de trap was een open ruimte en het enige wat er lag was nog meer vuil. Er was geen gang, alleen een reeks open deuren van het ene kamertje naar het andere. In totaal waren er vier deuren, dus vijf kamers, als ze de ruimte waarin ze stond meetelde.

Verderop zag ze een zachte gloed, waarschijnlijk van Keith en Mitch die in de achterste kamer de buit aan het tellen waren. Lena's blik werd troebel van het licht. Ze moest een vloeksalvo onderdrukken toen ze aan haar achterhoofd voelde. Het bloed bleef maar stromen. Waarschijnlijk moest de wond gehecht worden. Haar hoofd klopte van de pijn. Haar neus voelde gebroken. De ene vernedering stapelde zich op de andere. Ze kon alleen nog iets van de operatie redden als ze een stapel honderddollarbiljetten vond die tot aan het plafond reikte.

Lena deed haar mond al open om de mannen te roepen, maar iets weerhield haar. Een zesde zintuig. Beroepsintuïtie. Ze hoorde geen stemmen. Onmogelijk dat Keith en Mitch buit hadden gevonden zonder dat iedereen het moest horen. Ze waren op een berg geld gestuit, maar maakten niet eens grapjes over hoe ze het gingen uitgeven?

Er klopte iets niet.

Lena sloeg haar hand om de Glock. Ze schakelde de Maglite uit en wachtte tot haar ogen zich aan het donker hadden aangepast.

Ze spitste haar oren en probeerde het getetter van de televisie boven te negeren.

Niets.

Lena liep de volgende kamer binnen. Ook al deed ze nog zo voorzichtig, geluid was onvermijdelijk. Er lag te veel troep op de vloer: lege bierblikjes, glazen crackpijpjes, aluminiumfolie. Het tapijt was dik en nat, en zoog zich aan haar zolen vast. In de krappe ruimte werd elk geluid versterkt. Ze kon net zo goed gaan zingen.

Nee.

Eigenlijk zou ze naar boven moeten gaan om versterking te halen. Je ging nooit in je eentje een kamer binnen. Je werkte altijd met z'n tweeën. Lena overtrad haar eigen hoofdregel.

Maar ze was al op haar kont gevallen, ze had haar hoofd al opengehaald en ze had een fortuin verspild aan de arrestatie van drie dode mannen en het veiligstellen van een plaats delict die waarschijnlijk meer DNA bevatte dan een herentoilet in het plaatselijke truckerscafé. Wat er nog restte van haar reputatie ging ze niet op het spel zetten vanwege een slecht voorgevoel.

Wel trok ze de losse band van haar kogelwerend vest strak om haar middel. Ineengedoken stapte ze naar voren, met haar zwaartepunt zo laag mogelijk voor het geval ze op de grond moest duiken of zich een belager van het lijf moest houden. Hoe dichter ze de achterste kamer naderde, hoe zekerder ze wist dat er iets gruwelijk was misgegaan.

Nog zeven meter. Vijf. Op zo'n drie meter afstand zag Lena de punt van een schoen. Zwart leer. Stalen neus. Van hetzelfde soort dat zij droeg, alleen drie maten groter.

En hij wees naar het plafond.

Lena verstijfde. Ze knipperde met haar ogen. Ze zag alles dubbel. Bloed verzamelde zich rond de boord van haar kogelwerend vest. Haar mond was kurkdroog.

Weer zette ze een stap. Ze zag alleen het stuk vloer vlak voor zich. De zaklantaarns in de andere kamer wezen verschillende kanten op: de ene naar de deur, de andere naar de muur. Tegenover de deur lag een koffer. De vloer eromheen was bezaaid met geld. Briefjes van honderd, precies waarop ze gehoopt had.

Lena nam de Glock in beide handen. Ze zweette niet langer. Ze voelde geen angst meer. Elke irrelevante gedachte had haar hoofd verlaten. Ze telde haar stappen: één, toen twee, en toen was ze in de achterste kamer en richtte haar pistool op Sid Waller.

Hij had Keith in een wurggreep en hield de loop van een 9-mm Sig Sauer tegen zijn hals. Mitch lag plat op zijn rug. Zijn hoofdhuid was opengescheurd. Zijn gezicht zat onder het bloed.

Vanaf het moment dat je op de academie een wapen in handen

kreeg, werd je verteld dat je je vinger altijd op de trekkerbeugel moest laten rusten, nooit op de trekker. Zo kregen je hersenen een paar extra milliseconden om te verwerken wat ze zagen en vast te stellen of je met een vriend of een vijand te maken had. Je legde je vinger pas op de trekker als je bereid was iemand neer te schieten.

Lena legde haar vinger op de trekker.

'Terug,' beval Sid Waller.

Lena schudde haar hoofd. 'Nee.'

Met veel vertoon verstevigde hij zijn greep op de Sig. 'Ik wil een auto. Ik wil dat de weg wordt vrijgemaakt.'

'Je hebt niks te willen.' Keith sperde zijn ogen open toen Lena nog een stap dichterbij kwam. 'Laat hem gaan.'

'Haal een onderhandelaar.'

'Ik ben je onderhandelaar,' zei ze. 'Je laat hem gaan of je bent dood.'

'Terug.' Waller ramde de Sig nog harder in Keiths hals. 'Ik doe het, hoor.'

'Doe het dan.' Ze zette weer een stap naar voren. Geen denken aan dat ze hem Keith zou laten meenemen het souterrain uit. 'Je maakt hem toch van kant. Doe het nu maar, dan kan ik jou doodschieten.'

'Ik meen het.'

'Ik ook.'

Wallers blik kreeg iets zenuwachtigs. Dit was niet de eerste keer dat Lena en hij elkaar in de ogen keken, maar wel de eerste keer dat ze een pistool op zijn hoofd gericht hield. 'Je bent hartstikke gestoord.'

'En jij hebt hartstikke gelijk.' Weer zette Lena een stap naar voren. Ze voelde zich verdoofd, alsof ze iemand anders dit alles zag doen. Een andere vrouw hield haar Glock vast. Een andere vrouw keek deze moordenaar aan, deze kinderverkrachter. 'Leg dat pistool neer.'

Keith kon een snik niet onderdrukken. 'Alsjeblieft...' fluisterde hij.

Waller richtte de Sig op Lena. 'Dan schiet ik jou dood. Wat vind je daarvan?'

Ze keek vluchtig in de zwarte leegte van de vuurmond. 'Benieuwd of je de bovenkant van de trap haalt.'

'Terug godverdomme!' schreeuwde Waller, en het speeksel vloog uit zijn mond. 'Ik doe het, hoor!'

'Doe het dan.' Lena stond nu een halve meter van hem vandaan.

'Ik doe het echt!'

'Doe het dan!' riep ze. 'Haal die trekker over, mietje dat je bent!'

Waller bewoog zijn hand razendsnel. Lena zag niet eens een waas. Het ene moment was de Sig op haar gericht, het volgende moment had hij het wapen tegen zijn hoofd gedrukt. Zijn vinger schokte. Er was een flits en toen barstte de zijkant van zijn hoofd open.

'Jezus christus!' Keith sloeg de schedelbrokken en hersenklodders weg die tegen zijn hals waren gespat. 'Jezus!' Hij probeerde overeind te krabbelen, maar zijn voeten gleden weg op het natte tapijt.

Lena zocht steun tegen de muur. Alle energie had haar lichaam verlaten. 'Ga bij Mitch kijken.'

'Kut!' Keith duwde zichzelf overeind en strompelde de kamer uit. 'Jezus!'

'Haal de ambulancejongens,' riep ze. Ze knielde naast Mitch neer en liet hem weten dat ze bij hem was. 'Rustig maar,' bracht ze met moeite uit. 'Er komt hulp.'

Mitch hoestte. Zijn borst zwoegde van inspanning. Zijn ogen stonden al net zo verwilderd als die van Keith.

'Godsalle...' Geschokt nam Paul het tafereel in zich op. 'Gods...' Hij zei verder niets meer, maar schopte het pistool uit

Wallers hand, alsof een man met zijn halve hoofd eraf nog een bedreiging vormde.

Vanaf de andere kant van het souterrain klonk de stem van DeShawn. 'Alles in orde daar?'

'Alles in orde. Blijf waar je bent.' Lena ging op haar hurken zitten en schoof haar Glock weer in de holster. 'Waller heeft zichzelf door het hoofd geschoten,' zei ze tegen Paul.

'Tering,' zei Paul. 'Mitch? Ben je...'

'Haal me hier weg.' Mitch stak zijn hand omhoog en voelde aan het blote bot van zijn schedel. Hij staarde Lena aan. Ze kon zijn blik niet doorgronden. Hij was doodsbang of diep onder de indruk. Ze wist het nog steeds niet toen hij zei: 'Jij wilt echt dood, hè?'

'Kom op.' Paul vouwde Mitch' hoofdhuid weer op zijn plek alsof het een lap was. 'Kun je staan?'

Mitch deed een poging, maar Paul moest hem overeind hijsen. 'Branson is hier over vijf minuten,' zei hij tegen Lena.

Lena voelde iets kriebelen in haar hals. Ze bracht haar vingers ernaartoe en wreef klontjes van Sid Wallers hersenen weg. Aan de andere kant van het souterrain zag ze het schijnsel van zaklantaarns. Lena vermoedde dat vrijwel het hele team naar beneden was gekomen toen ze het schot hoorden.

'Jezus christus, opgerot!' riep ze. 'Waarom moet ik iedereen er telkens weer aan herinneren dat dit een plaats delict is?'

Er klonk gemor, maar niemand ging tegen het bevel in.

'Reken maar dat Interne Zaken hier werk van gaat maken,' zei Paul.

Lena antwoordde niet. Over Interne Zaken hoefde niemand haar iets te vertellen.

'Ik ga met Keith praten, kijken hoe hij zich houdt.' Paul legde Mitch' arm om zijn schouders. 'Heb je het hele verhaal op een rijtje?' vroeg hij aan Lena.

'Zorg jij nou maar dat Mitch boven komt.'

Paul hees Mitch praktisch van de grond en wankelend liepen ze naar de souterraintrap. Klimmen was lastig, maar een paar mannen hadden Lena's bevel genegeerd en waren achtergebleven om Paul met Mitch te helpen. Ze hoorde hen door de keuken klossen en toen waren ze eindelijk weg.

Het was stil in het huis. Het hout kraakte en werkte met het stijgen van de temperatuur. De zon kwam snel op. Een zweem van wit licht drong langs de randen van de dichtgetimmerde ramen.

Lena had geen greintje energie meer. Ze zag alles nog steeds wazig. Het leek wel of de kamer scheef hing. Een gevoel van isolement maakte zich van haar meester. Ze voelde zich alleen en vervolgens eenzaam. Ze verlangde naar Jared. Ze wilde niets liever dan dat hij de kamer binnen kwam stormen en zijn armen om haar heen sloeg. Als ze er maar diep genoeg aan dacht, voelde ze bijna hoe hij met zijn handen over haar rug wreef, hoorde ze bijna de kalmerende klank van zijn stem.

Lena veegde haar tranen weg. Waarom smachtte ze toch zo naar Jared als hij er niet was, terwijl ze telkens als hij voor haar stond hem alleen maar zo snel mogelijk weg wilde hebben?

Ze sloeg haar blik neer. Haar hand lag weer op haar buik. Op haar platte buik.

Lena schudde haar hoofd en probeerde zich te concentreren, want Paul had in één opzicht gelijk: zodra Branson beneden kwam, zou ze een glashelder verhaal willen horen. Die nacht waren er drie mannen vermoord, terwijl er op nog geen vijfhonderd meter afstand een politiebusje had staan posten. Keith zat waarschijnlijk nog steeds in zijn broek te schijten omdat hij een pistool tegen zijn hals had gehad. Mitch was zowat gescalpeerd. Sid Waller had de hand aan zichzelf geslagen.

Wat moest Lena zeggen? Dat ze ergens had gehoopt dat Sid Waller haar zou doden? Dat zo ongeveer iedereen in haar leven erbij gebaat zou zijn geweest als hij dat had gedaan?

Nee. Ze zou tegen Branson zeggen dat ze professioneel te werk was gegaan. Je liet een gijzelaar niet bij een gek achter. Je liet hen niet naar een andere locatie vertrekken. Als je kans zag, schoot je.

Of je liet je tegenstander schieten.

Ze richtte haar zaklantaarn op Sid Waller. Zijn mond hing open. Ze zag de titanium kroon op een van zijn voortanden. Er stonden een doodskop en gekruiste beenderen op geëtst. Tijdens verhoren had Lena die zo vaak gezien dat ze ze uit haar hoofd kon natekenen. Waller zat dan wijdbeens aan tafel, alsof hij extra ruimte nodig had voor zijn ballen. Hij keek Lena nauwelijks aan, maar als hij dat wel deed, was het met zoveel walging dat ze zich alleen al door zijn nabijheid bezoedeld voelde. Ondanks de aanwezigheid van zijn advocaat bespotte en bespuwde hij haar en schold haar uit voor stom kutwijf. Paul werd er helemaal gestoord van, maar Lena trok het zich niet aan. Waller was op een reactie uit. Het liefst had hij gezien dat ze zich op hem stortte zodat hij haar in haar gezicht kon uitlachen. Je hoefde geen genie te zijn om een vrouwenhater te herkennen. De klootzak maakte zich nog liever van kant dan dat hij zich door een vrouw liet opbrengen.

Ze liet het licht schijnen op het glanzende natte gat waar de zijkant van Wallers hoofd had gezeten.

Zijn wens was in vervulling gegaan.

Lena keerde zich van het lijk af en scheen in de koffer. Op dat punt had ze zich vergist: er waren meer briefjes van vijftig dan van honderd. Zo'n half miljoen dollar. Denise zou al haar lintjes en onderscheidingen weer op haar borst moeten spelden voor de foto in de krant. Het feit dat een misdadiger twee doorgewinterde politiemensen te slim af was geweest zou het nieuws niet halen.

Toch wilde Lena antwoord op de vraag. Mitch en Keith hadden beter moeten weten. Tenminste, dat dacht ze. Met haar Maglite speurde ze de kamer rond in een poging het gebeurde te reconstrueren. Een stuk lambrisering hing scheef van de muur. Ze verdraaide haar nek om erachter te kunnen kijken. Wallers schuilplaats. Rond de fundering was de aarde uitgegraven. Als ratten naar een val waren Keith en Mitch rechtstreeks op het geld af gegaan en voor ze een kik konden geven, was Sid Waller vanachter de muur opgedoken en had ze allebei uitgeschakeld.

Eerst Mitch, waarschijnlijk gevloerd door een klap op zijn hoofd met de loop van de Sig. Voor Keith beseft wat er aan de hand is, krijgt hij de Sig tegen zijn keel geduwd. Een stuk angstaanjagender dan het vooruitzicht op een kogel door je hoofd. Na een halsschot leef je misschien nog. Misschien kun je nooit meer lopen, misschien moet je de rest van je leven door een slang ademen of in een zak pissen, maar je leeft nog.

Iemand kwam de trap af. Lena wachtte tot Denise Branson zich een weg had gezocht door het smerige souterrain.

'Adams? Wat is hier in godsnaam gebeurd?' riep Denise. 'Gray geeft je ongenadig op je sodemieter, of je moet wel erg veel geluk hebben.'

Lena had het dreigement vaker gehoord, en van mensen die een stuk angstaanjagender waren dan Denise Branson. 'Waller had Keith gegijzeld,' zei ze. 'Hij richtte zijn wapen op mij. Ik richtte mijn wapen op hem. Toen heeft hij een keus gemaakt.'

Vol afkeer keek Denise naar Wallers lijk. Nog even en ze ging spugen, zo woedend was ze. 'En wie moet Big Whitey nu aan ons uitleveren, denk je?'

Lena had schoon genoeg van die stomme naam. 'Alsof dat me ook maar ene moer interesseert, Denise.'

'Beetje dimmen graag, want anders...'

Ze zweeg.

Er klonk een geluid. Ze hoorden het allebei. Het kwam uit Wallers schuilplaats. Er zat nog iets achter die muur.

Lena had haar Glock alweer in haar hand. Ze wist niet eens dat ze die getrokken had.

Denise ging behoedzamer te werk. Ze deed een stap terug en trok haar wapen.

Weer klonk dat geluid. Lena stapte naar rechts en probeerde met haar zaklantaarn achter de lambrisering te schijnen. Net als eerst stond ze met haar schouder tegen de muur. Ze knielde en probeerde om de hoek te schijnen. De hele linkerkant van het gat lag in het donker. Het enige wat Lena zag was vochtige, zwarte aarde en een vuile, opgepropte sportsok.

Ze ging weer staan. De twee vrouwen keken elkaar aan. Zoals te verwachten knikte Denise naar Lena ten teken dat ze het voortouw moest nemen.

Lena dacht dat de verdoving zou terugkeren, dat de automatische piloot het zou overnemen. Maar niets van dat alles. Alle bravoure van daarnet was vervlogen. Haar lichaam weigerde dienst. Vijf minuten geleden had ze nog dood willen zijn, maar nu de kans zich opnieuw aandiende, was de wens verdwenen.

Denise siste tussen haar tanden. Lena keerde zich naar haar toe. De hoofdinspecteur wachtte, met haar wapen laag gericht en haar vinger op de trekkerbeugel. Ze sperde haar ogen open. Haar lippen weken uiteen en haar tanden werden zichtbaar.

Lena draaide zich weer om. Ze keek naar de vuile, natte sok, naar het donkere hol waar Sid Waller uit gekropen was.

Weer klonk dat geluid.

Lena dacht niet langer na.

Ze trok het paneel weg.

Vijf

Hoewel Sara maar een paar keer in Macon was geweest, had ze altijd het gevoel dat de stad er een beetje bij hing tussen de liberale hoofdstad op nog geen honderdvijftig kilometer naar het noorden en de behoudender plaatsen die het grootste deel van de staat vormden. De meeste bewoners van Atlanta wisten nauwelijks van het bestaan van Macon af, maar alles aan Macon leek erop gericht te zijn indruk te maken op de rijkere buur.

Het Macon General Hospital was een prachtig voorbeeld van dit niet-aflatende streven. Sara was het pas bestrate parkeerterrein nog niet op gereden of ze werd al getroffen door het verschil in schaal tussen de torenhoge monoliet van het Grady Hospital en de drie stenen gebouwen met hun barokke architectuur waaruit het veel kleinere districtsziekenhuis bestond. Tot de jaren zestig had het Grady twee gescheiden afdelingen gehad: een voor zwarten en een voor blanken. Zoals dat op veel terreinen in het moderne Zuiden het geval was, had zich in Macon een ander soort afscheiding voltrokken. Het ging niet langer over ras, maar over klasse. Iedereen was welkom, zolang hij zich de toegangsprijs kon veroorloven.

Sara besefte pas dat ze naar de achterkant van het parkeerterrein was gereden toen ze de bordjes naar de uitgang zag. Ze parkeerde haar auto onder een groepje bomen. Ze bleef nog een paar minuten in de auto zitten zonder goed te weten wat ze moest doen. Toen nam haar brein het over en ging haar hand naar het portier, lieten haar voeten zich op het asfalt zakken en zetten haar benen zich in beweging, in de richting van het ziekenhuis. Vochtige nevel steeg op toen ze langs de grote fontein in het midden van de ronde oprit liep. Het ritmische geklots van het water was waarschijnlijk bedoeld om bezoekers te kalmeren, maar bij Sara werkte het geluid behoorlijk op haar zenuwen.

Ze voelde de tijd wegvallen toen ze op de ingang van het hoofdgebouw af stapte, niet met decennia, maar met jaren. Plotseling was ze weer terug in Grant County, op de dag dat haar man werd vermoord. Sara's lichaam legde de link nog voor haar hersens zover waren. Het kwam waarschijnlijk door al die politiemensen: een zee van blauw vulde de parkeerplaats, de hoofdingang en de hal.

Bij hun aanblik schoot de adrenaline recht naar Sara's hart. Een hoog gegalm vulde haar oren. Ze kreeg hoofdpijn. Haar spieren verkrampten. Het was alsof alle draden waarmee haar lichaam bijeen werd gehouden plotseling strak werden getrokken.

Of misschien was het geen adrenaline. Misschien was het woede, want tegen de tijd dat Sara het ziekenhuis binnenliep was ze zo kwaad dat ze nauwelijks wist wat ze deed.

Nee, ze was niet gewoon kwaad; ze was laaiend.

Laaiend omdat ze hier was. Laaiend omdat ze niet thuis was, niet lekker onder de douche stond of ontbeet of de honden uitliet of in haar bed lag of haar normale dagelijkse gangetje ging. Laaiend omdat ze weer verstrikt was geraakt in het zoveelste dodelijke web dat Lena Adams had gesponnen.

Als de draden strak stonden, dan kwam dat doordat Lena eraan had getrokken.

De woede was langzaam komen opzetten op de afdeling Spoed van het Grady, vanaf het moment dat Sara de verbinding met Nell verbrak. Sara had die woede op de achtergrond horen gonzen, als een lied waarvan ze de tekst was vergeten. Ze had Will gebeld. Ze had de reservekleren en -toiletspullen ingepakt die ze in het ziekenhuis bewaarde. Ze had het een en ander geregeld met de hondenoppas, met het hoofd van haar afdeling en met haar studenten. Ze had haar auto volgetankt. Iets sneller dan toegestaan was ze de stad uit gereden. Jared had haar nodig. Darnell had haar nodig. Dat dreef Sara voort. Dat waren de enige twee zaken die ertoe deden. Sara had de plicht er voor hen te zijn. Dat was ze Jeffrey verschuldigd. Dat was ze Jared en Nell verschuldigd.

Maar halverwege Macon werd het lied luider en Sara's brein begon woorden aan de melodie toe te voegen.

Jeffrey. Lena's vaste partner. Sara's man.

Sara's leven.

Ze had hem in haar armen gehouden toen hij stierf. Ze had nog één keer met haar vingers door zijn dikke haar gestreken. Ze had nog één keer de ruwe huid van zijn wang aangeraakt. Ze had haar lippen op de zijne gedrukt, had zijn laatste haperende ademtocht in haar mond gevoeld. Ze had hem gesmeekt haar niet te verlaten terwijl ze het leven langzaam uit zijn prachtige ogen zag wegvloeien.

Sara had hem willen volgen. Door verdriet raakte ze op drift, raakte ze ontkoppeld van alles wat belangrijk was. Weken verstreken, maanden, maar de pijn was een genadeloze vloed die zich weigerde terug te trekken. Ten slotte had Sara een overdosis pillen genomen. Ze had tegen haar moeder gezegd dat het een vergissing was, maar Sara had zich niet vergist. Ze had willen sterven, en toen ze merkte dat ze niet kon sterven, zat er maar één ding op en dat was opnieuw beginnen.

Ze had haar familie, haar thuis, haar leven achter zich gelaten en was naar Atlanta vertrokken. Ze had een appartement gekocht dat in niets leek op het huis waarin ze met Jeffrey had gewoond. Ze had meubels gekocht die Jeffrey niet mooi zou hebben gevonden, ze had zich in kleren gestoken die hij nooit bij haar verwacht zou hebben. Sara had zelfs werk aangenomen dat Jeffrey haar nooit had zien doen. Ze richtte haar leven zo in dat het ook zonder hem ging.

En toen had ze Will leren kennen.

Will.

Alleen al de gedachte aan zijn naam sleep de scherpe kantjes enigszins glad. Sara verlangde opeens zo hevig naar hem dat ze bijna was omgekeerd. Ze zag zichzelf al in de auto stappen, naar de snelweg rijden, op haar schreden terugkeren, terug naar Atlanta.

Ze had een strakke rode jurk in haar kast hangen. Daaronder zou ze de pijnlijk hoge hakken dragen waarbij Will telkens als hij ze zag zijn lippen aflikte. Ze zou haar haar borstelen en het los op haar schouders dragen, zoals hij het graag zag. Ze zou donkere eyeliner opdoen en een dikke laag mascara. Ze zou een vleugje parfum aanbrengen op elke plek waar hij haar moest kussen. En zodra hij binnenkwam zou Sara tegen Will zeggen dat ze dodelijk, tot over haar oren verliefd op hem was. Dat had ze nog nooit tegen hem gezegd. Nooit had ze er de tijd voor genomen.

Tijd.

Een scherpe, heftige herinnering rukte Sara weg uit haar plannen. Ze stond voor de haard in haar oude huis. Wat had ze aan? Sara hoefde niet lang na te denken. Dezelfde zwarte jurk die ze naar de begrafenis van haar man had gedragen. Dagen gingen voorbij voor haar moeder erin slaagde Sara uit die jurk te praten, zich te douchen, iets aan te trekken wat niet de stank van Jeffreys dood met zich meedroeg.

Toch was Sara steeds naar de haard teruggekeerd. Ze staarde almaar naar de kersenhouten klok op de schoorsteenmantel. Het was een prachtig oud voorwerp, dat Sara's grootmoeder op haar huwelijksdag had gekregen en dat Sara had geërfd, net als het horloge dat ze om haar pols droeg. Dat ze twee uurwerken had geërfd was niet iets wat ze ooit als bijzonder had ervaren. Wat ze zich nog het best herinnerde van de dagen na de begrafenis was het bewegen van de kleine wijzer op haar grootmoeders klok, en het luide getik waarmee de raderen de tijd aangaven.

Sara had de klok stilgezet. Ze had haar horloge in een la gelegd. Ze had de stekker van de klok naast haar bed uit het stopcontact getrokken – het bed waarin ze niet langer kon slapen. Met ducttape dat ze op Jeffreys werkbank had gevonden, had ze het magnetronklokje afgeplakt, het ovenklokje, het klokje op het kastje van de kabelmaatschappij. Het werd een obsessie. Niemand mocht een horloge dragen als hij het huis binnenkwam. Niemand mocht iets zeggen over het verstrijken van de tijd. Alles wat Sara eraan herinnerde dat het leven ook zonder Jeffrey doorging, moest uit het zicht blijven.

'Mrs. Tolliver?'

Weer ging er een schok door Sara heen. Ze was blijven staan. Als door de bliksem getroffen stond ze stokstijf midden in de hal van het ziekenhuis.

'Mrs. Tolliver?' herhaalde de man. Hij was al wat ouder, met een bos grijswit haar en een keurige snor.

Net als toen Nell belde, duurde het even voor Sara's geheugen de informatie uit het verleden had opgediept. 'Commissaris Gray,' zei ze ten slotte.

Hij schonk haar een warme lach, hoewel zijn blik iets gereserveerds had dat ze maar al te goed kende. Sara noemde het de weduweblik – niet de blik waarmee een weduwe je aankeek, maar de blik die ze van anderen ontving. Die blik waarmee anderen aangaven dat ze niet goed wisten wat ze moesten zeggen omdat ze stiekem opgelucht waren dat het hun niet was overkomen.

Hij stak haar zijn hand toe. 'Lonnie.'

'Sara.' Ze schudde zijn hand, die stevig en geruststellend was, net als de man zelf. Lonnie Gray was een politieman van de oude stempel, van het soort dat het werk nooit echt kon loslaten. Zelfs nu hij met pensioen was, maakte hij zich nog verdienstelijk als adviseur en trok de hele staat door om allerlei politiekorpsen weer in vorm te kneden. Sara had Gray sinds de begrafenis niet meer gezien. Of in elk geval ging ze daarvan uit. Ze was tijdens de dienst zo zwaar gedrogeerd geweest dat haar enige herinneringen door haar moeder en zus in haar hoofd waren geplant.

'Ik wist niet dat je tegenwoordig commissaris in Macon was,' zei ze.

'Dat advieswerk was nog saaier dan het klonk. Ik had heimwee naar de tijd dat ik een welwillende dictator was.' Gray moest lachen om zijn eigen grapje, dat niet van waarheid ontbloot was, zoals ze allebei wisten. Ook al leek hij een vriendelijke opa, Sara zag hem nog geen adviezen uitdelen waaraan niemand zich hoefde te houden.

'Macon mag zich de handen dichtknijpen met jou,' zei ze.

'Tja, laten we het er maar op houden dat ik blij ben dat er niet over gestemd is.' Hij wierp een blik op Sara's hand, waarschijnlijk om te zien of ze hertrouwd was. 'Ik hoor dat je tegenwoordig in Atlanta woont.'

'Ja.' Sara besloot het onderwerp niet langer uit de weg te gaan. 'We ontmoeten elkaar telkens onder akelige omstandigheden.'

'Inderdaad.' Gray leek haar eerlijkheid op prijs te stellen. 'Jareds toestand is voorlopig stabiel. Hij is in uitstekende handen.'

Sara was blij dat ze zich op vertrouwder terrein bevond. 'Mag ik vragen waarom hij niet naar het MCCG is overgebracht?' Het Medical Center of Central Georgia was een eersteklas traumacentrum, veel beter toegerust om schotwonden te behandelen dan het Macon General.

'Sorry,' zei Gray, zonder op haar vraag in te gaan. 'Ik noemde je net Mrs. Tolliver. Je bent toch arts?'

'Ja.' Sara kon alleen maar gissen waarom hij de vraag ontweek. Het ambulancepersoneel had duidelijk in seconden moeten denken, niet in minuten. Jareds verwondingen waren zo ernstig dat hij naar de dichtstbijzijnde spoedafdeling moest worden overgebracht.

'Wees maar gerust, we komen er wel achter wie dit je stiefzoon heeft aangedaan.' Gray knikte bedachtzaam, als om te benadrukken dat ze de schuldige altijd te pakken kregen. Het was om gek van te worden, zo zwart-wit als sommige mensen dachten. Ze meenden dat wraak alles gemakkelijker maakte, terwijl het verdriet alleen maar bleef woekeren.

'We hebben Jeffrey zeer gemist de afgelopen jaren,' vervolgde Gray. 'Ik had zijn talenten nu wel kunnen gebruiken.'

'Heb je het GBI ingeschakeld?' vroeg Sara, hoewel ze het antwoord al wist.

'Een paar extra handen zijn nooit weg.'

Het was geen diplomatiek antwoord. Commissaris Lonnie Gray was uit hetzelfde hout gesneden als Jeffrey. Om roem gaven ze niet. Ze wilden alleen dat de schuldigen gepakt werden en dat de onschuldigen 's avonds rustig naar huis konden gaan.

'Je komt er vast wel achter waarom dit gebeurd is,' zei Sara.

'Ongetwijfeld, dokter Tolliver. Dat beloof ik.' Zijn stem kreeg die geoefende klank waarvan hij zich waarschijnlijk altijd bediende als de plicht hem riep. 'Jared is een beste jongen. Daar wil ik er wel vijftig van hebben. En rechercheur Adams is een enorme aanwinst voor het team. Voor je het beseft hebben we ze weer op de been. Je weet dat we goed voor onze mensen zorgen.'

Sara zocht naar een gepast antwoord, maar Lonnie Gray leek daar niet op te wachten. Hij zag er al net zo afgemat uit als Sara zich voelde. Ze had Jeffrey vaak onder vergelijkbare omstandigheden meegemaakt. Hij ging gebukt onder de last die op zijn schouders rustte. Zijn gezicht stond strak. Politiewerk was gewoon werk, maar zonder roeping bracht je het niet tot commissaris.

Sara volgde Grays blik toen hij naar zijn mannen keek. Ze probeerde geen lijstje te maken van overeenkomsten met vijf jaar geleden. De pleisters op hun arm nadat ze allemaal bloed hadden gegeven. De verveling waardoor ze de randjes van hun piepschuim bekers af braken. De verwachtingsvolle blik in hun ogen als er een nieuw iemand verscheen.

'Mijn zoon is onlangs overleden,' zei Lonnie Gray.

Sara wist niet dat hij een zoon had. 'Wat vreselijk. Gecondoleerd.'

'Dank je.' Hij klonk berustend. 'Zoals je ongetwijfeld weet, went het nooit.'

Weer knikte Sara. Ze had een brok in haar keel die ze niet kon doorslikken. 'Ik ga maar eens.'

'Ik loop wel met je mee.'

'Nee,' zei ze, hem bijna onderbrekend. 'Dank je, ik vind het wel. Blijf maar bij je mannen.'

Hij leek opgelucht. 'De moeder is ook boven. Ik heb niet het idee dat zij en mijn rechercheur erg dol op elkaar zijn. Misschien kun je...?'

Ondanks de omstandigheden kon Sara een glimlach niet onderdrukken. Hij sprak tegen haar zoals hij tegen iedere vrouw van een politieofficier zou spreken. Ze stelde zich voor dat het net zo ging als in het leger of in welk door mannen gedomineerd beroep dan ook, waar van vrouwen werd verwacht dat ze thuis de boel op orde hielden terwijl de mannen de wereld aan het veroveren waren.

'Ik weet niet of dat mijn taak is.'

'Adams was de vaste partner van je man.'

'Inderdaad,' beaamde Sara, hoewel ze vermoedde dat Gray niet op de hoogte was van hun ingewikkelde geschiedenis. Ze zweeg even en zei toen: 'Nu moet ik echt gaan. Nell wacht op me.'

'Bedankt.' Hij nam haar hand in zijn beide handen. 'En niet vergeten: als ik iets voor je kan doen, moet je het vragen.'

Opnieuw kon Sara alleen maar knikken. Dat was kennelijk de reactie die commissaris Gray nodig had. Hij raakte haar elleboog even aan en liep weg. Sara zag hem op een van zijn rechercheurs af stappen. De man had er ontspannen bij gestaan, maar schoot onmiddellijk in een militaire houding. Hij knikte naar Sara met het bekende, overdreven respect dat ze was gaan verwachten wanneer een politieman hoorde dat ze de weduwe van een collega was.

Sara knikte terug en bedacht dat troost ook verstikkend kon worden. Ze wilde geen tragische figuur zijn. In het Grady, waar meestal bij elke derde deur een agent stond te posten, had ze jarenlang tegen het stigma gevochten. Merkwaardig genoeg hadden anderen haar pas van het voetstuk laten afdalen toen ze een relatie met Will kreeg.

Ze bracht het niet op er weer op te klimmen.

Sara volgde de groene streep op de vloer, want ze wist dat die naar de liften voerde, zoals ze ook wist dat de blauwe bordjes haar naar de intensive care zouden brengen. Particuliere ziekenhuizen bezaten een geruststellend soort eenvormigheid met hun heldere lampen en vrolijke schilderijen, die aan de wereld verkondigden dat de meeste patiënten hier zelf hun rekeningen betaalden.

Sara drukte op de knop naast de liftdeur. Het was moeilijk te geloven dat ze nog maar een paar uur eerder hetzelfde had gedaan in Atlanta. Net als de buitenkant was ook de binnenkant van het Grady heel anders dan die van het Macon General. Alles was hier schoon en modern, passend bij de clientèle. Het ziekenhuis verdiende waarschijnlijk nog het meest aan luxueuze geboortesuites, routinecoloscopieën en MRI-scans van de knieën van babyboomers. De verf bladderde niet van de muren. Er stonden geen strategisch geplaatste emmers onder lekkende buizen. Er was geen permanente politiepost in het gebouw of een cellenblok voor gevangenen en gevaarlijke psychopaten.

Eerlijk gezegd gaf Sara de voorkeur aan het Grady.

Met een zacht piepje gleden de liftdeuren open. Sara stapte in. Ze was alleen. De deuren sloten weer. Ze drukte op de knop naast het blauwe bordje. De nummers flitsten aan en uit terwijl de lift opsteeg naar de vierde verdieping. Bij elke lichtexplosie onderdrukte ze de neiging om het zinnetje uit te spreken dat door haar hoofd spookte: *Ik wil hier niet zijn. Ik wil hier niet zijn. Ik wil hier niet zijn.*

Ook vóór Jeffreys dood had Sara Lena Adams al niet sympathiek gevonden. Ze was gevaarlijk. Arrogant. Slordig. Jeffrey liep altijd te klagen over Lena's eigenzinnige gedrag, maar Sara wist hoe haar man in elkaar stak. Er was geen seksuele aantrekkingskracht tussen die twee – soms zou Sara willen dat het zo simpel was –, maar Lena vormde gewoonweg een uitdaging die Jeffrey niet uit de weg kon gaan. Zij was het destructieve kleine zusje en hij de grote broer die alles vergaf. Ze was stoer en dat vond Jeffrey prachtig. Hij vond haar vechtlust prachtig. Hij vond het prachtig dat Lena, hoe hard ze ook werd geslagen, altijd weer overeind krabbelde.

En als Lena daar toch niet helemaal in slaagde, stond Jeffrey klaar om haar een handje te helpen. Het was gemakkelijk om risico's te nemen als je wist dat iemand anders voor de gevolgen opdraaide, en dat was precies wat er vijf jaar geleden was gebeurd. Weer was Lena er in haar eentje op uit gegaan en had op roekeloze wijze een stel zeer zware jongens achtervolgd. Toen ze te gevaarlijk bleken te zijn en Lena het niet alleen afkon, belde ze Jeffrey, die haar moest redden, net als die keren daarvoor. Maar deze keer, deze laatste keer, lieten de zware jongens zich niet kennen. In plaats van met Lena af te rekenen, hadden ze Jeffrey vermoord.

Sara twijfelde er niet aan of hetzelfde scenario had zich hier afgespeeld, met Jared in de hoofdrol. Moordcommando's kwamen niet bij motoragenten binnenvallen. Sara durfde er al haar spaargeld onder te verwedden dat Lena weer een stel slechteriken had dwarsgezeten, en dat die net als de slechteriken van destijds hadden besloten dat ze Lena het best konden straffen door het liefste wat ze had van haar af te pakken.

Alsof Lena Adams tot liefde in staat was.

De liftdeuren gleden open. Datzelfde smetteloze wit. Dezelfde heldere lampen. Op de automatische piloot volgde Sara de pijlen naar de wachtkamer van de intensive care. Ze liep langs een lange man met een oranje-blauwe honkbalpet op. Hij herkende haar niet, maar Sara wist onmiddellijk dat hij Jerry Long was, Darnells man en Jeffreys jeugdvriend. Hij werd Possum genoemd vanwege een ongeluk met illegaal vuurwerk toen hij nog een jongen was. Hij had Jeffrey aanbeden, op die merkwaardige manier waartoe alleen heteromannen in staat zijn. Jeffrey was quarterback geweest, met Possum als zijn wide receiver. Hij was met Jeffreys exvriendin getrouwd. Hij had Jeffreys kind grootgebracht.

Sara liep door, met haar hoofd gebogen om niet herkend te worden.

Als arts moest ze altijd voortdurend op de zaken vooruitlopen, ze moest drie of vier stappen vooruitdenken, maar om de een of andere reden ontvouwde deze dag zich met kleine stukjes tegelijk. Ze had niet verder willen denken dan de routinehandelingen die ze moest verrichten: Verlaat het Grady. Pak nu de snelweg. Neem nu de afslag. Parkeer nu de auto. Ga nu het ziekenhuis binnen.

De aanblik van Possum gaf haar een voorproefje van wat zou volgen. Ze zouden herinneringen aan Jeffrey willen ophalen. Ze zouden oude verhalen willen vertellen over streken en practical jokes en wilde vrouwen en woedende echtgenoten, en Sara zou het allemaal moeten aanhoren alsof haar leven gelijk met het zijne was gestopt.

En het wás ook gestopt. Alles was tot stilstand gekomen. Maar uiteindelijk moest er weer schot in komen, en Sara had een nieuw leven voor zichzelf opgebouwd, een leven waarvan ze niets zouden begrijpen.

Het schuldgevoel was als een gier die op haar schouder zat en het juiste moment afwachtte om haar te verslinden.

Sara was alleen maar in staat de ene voet voor de andere te zetten, en zo liep ze de gang door. Ze ging de kleine wachtkamer binnen naast de gesloten dubbele deuren van de intensive care. Het vertrek was verlaten op een oudere vrouw na. Haar haar was ooit bruin geweest, maar inmiddels was het overwegend grijs.

'Sara,' zei Nell. Ze zat op een tweezitsbankje onder een raam. Op haar schoot lag een groot breiwerk. Ze had allerlei tijdschriften om zich heen verspreid.

Ze scheelden maar vijf jaar, maar Nell was ouder geworden, zoals dat op het platteland gebeurt met nette vrouwen: geen haarverf, geen make-up, geen laserbehandelingen om ouderdomsvlekken te verwijderen of rimpels glad te strijken. Eigenlijk zag ze er precies zo oud uit als ze was, en dat kwam Sara in Atlanta niet vaak tegen.

'Blijf zitten,' zei Sara. Ze boog zich voorover en nam Nell in een stevige omhelzing. Nell was altijd gezet en sterk geweest, maar nu had ze iets kwetsbaars. Hulpeloosheid had haar kleiner gemaakt.

'Je bent geen steek veranderd,' zei Sara niettemin.

Nell schaterde het uit. 'Jezus, schat, niet liegen. In Alabama hebben we ook spiegels.' Ze schoof de tijdschriften opzij, zodat Sara naast haar kon gaan zitten. Ze pakte Sara's hand, wat ongebruikelijk was. Nell was geen innig type. Ze was spraakzaam, en soms kort door de bocht, op het botte af, maar ze was ook ontzettend aardig, het soort vrouw dat je midden in de nacht kon bellen, ongeacht hoeveel jaren er verstreken waren, en dan zou ze hemel en aarde bewegen om naar je toe te komen.

Het soort vrouw dat Sara hoorde te zijn.

Ze pakte Nells hand stevig vast. 'Vreselijk wat er gebeurd is.'

'Ik had je er niet mee lastig moeten vallen. Ik was gewoon...'

'Ik ben blij dat je het gedaan hebt,' zei Sara, en op dat moment meende ze het ook echt. Ze had onmogelijk in Atlanta kunnen blijven. Ze hoorde hier te zijn. 'Kan ik iets doen?'

Nell slaakte een diepe zucht. 'Ik weet niet wat je anders zou kunnen doen dan wachten. Ze vertellen me niks. Nog vierentwintig uur, zeggen ze, dan weten ze misschien meer. Wat betekent dat eigenlijk?'

Het betekende dat ze geen idee hadden, wist Sara; nu kwam het op Jared aan. Maar tegen Nell zei ze: 'Het betekent dat hij jong en sterk is en dat zijn lichaam tijd nodig heeft om hiertegen te vechten.'

'Ik hoop dat je gelijk hebt.' Nell liet Sara's hand los. Ze stopte haar breiwerk in een denim tas. 'Je had gelijk wat haar betrof, Sara. Eerst Jeffrey en nu dit. Die vrouw is puur gif.'

Sara kreeg dat bekende gevoel, alsof haar keel werd dichtgesnoerd. 'Laten we ons nu maar op Jared concentreren.'

Nell schudde haar hoofd. 'Ze weigert de kamer uit te gaan. Ze zit daar als een gnoom in d'r hoekje.' Haar lippen werden een dunne, witte streep. 'Ik kan haar niet eens aankijken. Als ik niet uitkijk spuug ik d'r nog in haar gezicht.'

Sara was geneigd het met haar eens te zijn, maar ze schoten er niets mee op als ze elkaar zaten op te jutten. 'Hoe heet zijn behandelend arts?'

'Shammers. Shaman. Ik weet het niet meer. Iets buitenlands.'

'Werkt hij in dit ziekenhuis of is hij vanuit het Central Georgia opgeroepen?'

'Geen idee. Hij heeft me zijn kaartje gegeven.' Nell pakte haar tas en begon te zoeken. 'Ik weet niet eens of dit wel zo'n goed ziekenhuis is.'

'Ja hoor,' zei Sara, hoewel ze hoopte dat de grote jongens van het traumacentrum erbij waren gehaald. 'Hoe lang is hij al uit de operatiekamer?'

Ze keek op haar horloge. 'Ongeveer een uur.'

'Hebben ze je nog bijzonderheden verteld?'

'Jezus, Sara, ik snap niks van die medische dingen. Hij is met een shotgun neergeschoten. De hagel zat overal. In zijn hoofd, in zijn nek, in zijn rug.'

'Is die ook door zijn schedel gedrongen?'

'Ze houden zijn hersenen in de gaten om te zien of die opzwellen. Dat zal wel betekenen dat er ook iets in zijn hoofd zit.' Ze keerde zich naar Sara toe. 'Ze zeiden dat ze misschien de druk moeten verminderen. Is dat erg?'

'De schedelinhoud is een vast gegeven,' legde Sara uit. 'Als de hersenen opzwellen, moet het vocht ergens naartoe.'

'Dus dan zagen ze gewoon de bovenkant van zijn hoofd eraf?'

'Niet zoals jij denkt. Het is een uiterst nauwkeurige chirurgische ingreep.' Ze legde haar hand op Nells schouder. 'Maar daar moet je nu nog niet aan denken, afgesproken?'

Nell knikte aarzelend. 'En hoe zit het met zijn ruggengraat?'

'Bedoel je of hij invalide wordt?' Strak en schokkerig haalde ze haar schouders op. 'Hij wordt onder narcose gehouden. Ze zeggen dat hij maar het best kan slapen, maar ik ken mijn zoon. Hij zou het vreselijk vinden om vol pijnpillen gepompt te worden.'

Sara wist dat Nell geen idee had van de pijn die haar zoon leed. 'Heeft Jared nog iets gezegd voor hij onder narcose ging?'

'Volgens commissaris Gray was hij bewusteloos toen hij binnengebracht werd. Ken je die?'

'Gray?' Sara knikte. 'Voor we elkaar leerden kennen, zat Jeffrey samen met hem op een zaak. Jeffrey had vertrouwen in hem. Net als iedereen. Gray heeft overal in de staat gewerkt en allerlei onderscheidingen gekregen.'

Nell was niet onder de indruk. 'Kan wel wezen, maar hij heeft niet kunnen voorkomen dat Jared werd neergeschoten.' Ze begon van alles uit haar tas te halen. Een haarborstel. Haar zakbijbeltje. Een blikje lippenbalsem van Burt's Bees. 'Waar heb ik dat stomme kaartje nou gelaten?'

'Hoe ging het de laatste tijd met Jared?' vroeg Sara.

'Gezond als een paard.'

'Nee, ik bedoel niet zijn gezondheid.' Sara wist niet goed hoe ze het onderwerp moest aansnijden en daarom besloot ze recht op haar doel af te gaan. 'Werkte hij aan een zaak waarover hij zich zorgen maakte? Of heeft Lena iets aan de hand gehad?'

'O, van hem hoor je geen kwaad woord over haar, over juffie Kijk-mij-eens-goed-zijn.' Nell pakte een blisterverpakking kauwgum. Ze bood Sara ook een stukje aan.

Die schudde haar hoofd. 'Wanneer heb je hem voor het laatst gesproken?'

'Hij belt me elke zondag en woensdag na de kerk. Niet dat hij zelf gaat, hoor. Daar is hij mee gestopt toen hij haar had leren kennen.'

Het was donderdag. 'Dus je hebt hem gisteravond nog gesproken?' vroeg Sara.

'Om negen uur. Toen zat hij met vrienden in een bar. Wat vind je daarvan?' Nell verwachtte geen antwoord. 'Dat wil toch zeggen dat er iets niet helemaal klopt? Op woensdagavond hoort hij thuis te zijn bij zijn vrouw, in plaats van ergens met zijn maten te gaan drinken.'

Sara hield haar mening voor zich. Jared was een volwassen man. Getrouwd of niet, hij had recht op een avondje uit. 'Zei hij nog iets over de telefoon wat een beetje vreemd klonk?'

'Nee. Gewoon de gebruikelijke dingen. "Het werk gaat prima. Lena is een schat. Doe de groeten aan pa." Allemaal even leuk en aardig.' Ze snoof bij de gedachte. 'Ze zijn niet eens in de kerk getrouwd. Ze zijn gewoon naar het stadhuis gegaan, alsof ze een contract ondertekenden. Ken je haar oom?' Weer knikte Sara. 'Hij was de enige van haar kant. Nou, dan weet je genoeg. Geen vrienden. Niemand van het werk. Alleen een ouwe looikop die eruitziet als een zwerver die om geld moet schooien.' Ze wees naar haar blote armen. 'Zijn armen zaten onder de naaldsporen. Hij verstopte ze geeneens. God mag weten of die oud of nieuw zijn.'

Sara perste haar lippen opeen en ving een glimp op van de bodemloze put waar ze zichzelf met moeite uit had getrokken. 'Nell, je schiet er niks mee op als je jezelf zo zit op te fokken.'

Nell kon het onderwerp moeilijk loslaten, maar uiteindelijk zei ze: 'Je hebt gelijk. Als ik over haar blijf doorgaan, loop ik daar nog naar binnen en vermoord haar.' Nell keek in haar tas en begon weer vol overgave naar het kaartje van de arts te zoeken. 'Hij moet zijn pyjama hebben. Hij vindt het vast vreselijk om wakker te worden in zo'n ziekenhuishemd.'

'We gaan een pyjama voor hem halen,' bood Sara aan, hoewel ze wist dat het nergens op sloeg.

'Ik wil zijn huis zien. Ik heb het alleen nog maar op foto's gezien. Wat vind je daarvan? Ik woon op nog geen vier uur rijden, maar ze heeft me nog nooit uitgenodigd voor de kerst of de feestdagen of zo.'

Sara wilde het niet voor Lena opnemen, maar ze betwijfelde of Nell het haar gemakkelijk had gemaakt. 'Waarschijnlijk is de technische recherche daar nog bezig.'

'De technische recherche.' Nell liet de woorden bezinken. 'Ik wil langs zijn huis. Ik wil zien waar het gebeurd is.'

'Dat lijkt me niet zo'n goed idee,' wierp Sara tegen. 'De politie laat de zaak niet schoon achter. Het ziet er nog net zo uit als gisteravond.'

Daar leek Nell van te schrikken. Ze herstelde zich snel en pakte een notitieboekje en een pen uit haar tas. 'Ik stuur Possum wel even naar de Dollar Store. D'r zit er een vlak bij de uitgang.' Ze klikte op haar pen en begon te schrijven. 'We hebben schoonmaakdoekjes nodig. Een spuitbus lysol. Vuilniszakken. Handschoenen. Wat nog meer... bleekwater?'

Sara probeerde haar tot rede te brengen. 'Er zijn bedrijven die dat soort dingen doen.'

'Ik laat het huis van mijn kind niet door een of andere vreemde schoonmaken.' Ze klonk ontzet. 'Ik heb nog nooit zoiets belachelijks gehoord.'

Sara ging er maar niet tegen in.

'Waarom doet iemand zoiets?' vroeg Nell zich af. 'Het is altijd zo'n lieve jongen geweest. Die zou nooit iets slechts over een ander zeggen. Altijd klaar om te helpen. En hij hoefde er nooit iets voor terug. Waarom, Sara? Waarom zou iemand hem iets aan willen doen?'

Sara schudde haar hoofd, hoewel Lena's naam op het puntje van haar tong lag.

'Zijn ogen zijn dichtgeplakt. D'r lopen allemaal slangetjes uit hem. En dan steekt er ook nog zo'n plastic ding uit zijn zij dat aan Vier-op-een-rij doet denken.'

'Waarschijnlijk een thoraxdrain,' vermoedde Sara. 'Daarmee wordt zijn long opengehouden, zodat die kan genezen.'

'Nou, fijn, dan heb je me zonet meer verteld dan ik al die tijd gehoord heb.'

Sara betwijfelde of dat waar was. Ze had die glazige blik in Nells ogen eerder gezien. In traumatische situaties was het moeilijk om de informatie te verwerken die artsen je gaven, laat staan dat je ook nog relevante vragen kon stellen.

Sara zei tegen Nell wat ze ook altijd tegen de familie van haar patiënten zei. 'Schrijf alle vragen die bij je opkomen maar op. Als ik ze niet kan beantwoorden, zoeken we iemand die dat wel kan. Afgesproken?'

'Dat is goed. Daar had ik zelf aan moeten denken. Ik ben gewoon zo...' Ze maakte haar zin niet af. 'Ik bedoel, als je hem daar zo ziet...' Haar woorden gingen over in een schorre zucht. Ze legde het notitieboekje en de pen op haar schoot en dacht niet meer aan het boodschappenlijstje. Tranen biggelden over haar wangen. Misschien wilde ze dat haar man terugkwam, dacht Sara. Maar waarschijnlijk bad ze dat haar zoon zou komen binnenlopen.

Weer pakte Sara Nells hand, maar ze kon haar niet aankijken. De pijn was te rauw. Hoewel Sara bijna dagelijks met de dood te maken kreeg, was dit anders, want ze kende Nell, ze kende Jared. Ze was haar objectieve blik kwijt.

'Ah, dit heeft geen enkele zin.' Nells stem was vol zelfverwijt. 'Huilen heeft nog nooit geholpen.' Ze haalde een pakje papieren zakdoekjes uit haar tas en droogde haar ogen. 'Ik heb het nog niet aan Delia verteld.' Delia was Jareds zusje, Nells jongste kind. 'Die werkt in de Golf van Mexico. Ze is dierenarts. Wist je dat?' Sara knikte. 'Ze moet olie van zeeschildpadden schrapen. Ze zegt dat die hele kust nog steeds één grote teerbak is.'

'Je moet het haar vertellen.'

'Wat zeg ik dan? "Die bitch met wie je broer getrouwd is heeft hem misschien de dood in gejaagd"?' Boos schudde Nell haar hoofd. 'Zodra ik ontdekte dat hij met haar omging, wist ik dat er niets goeds van zou komen.'

Sara zweeg.

'Hij heeft het een heel jaar voor me verborgen gehouden. Hij wist dat ik het zou afkeuren. Hij wist ook waarom.' Nell snoot haar neus. 'Je hebt me gewaarschuwd, Sara. Je hebt hem ook gewaarschuwd. Het kan geen kwaad om daar nog eens op terug te komen.'

Sara reageerde niet. Dat ze gelijk had gehad schonk haar geen enkele vreugde.

'Jared wilde gewoonweg niet luisteren. Hij zei dat Jeffrey de risico's kende toen hij zijn penning opspeldde. Alsof zij er geen aandeel in had. Alsof zij hem niet in de steek liet toen het erop aankwam.' Nells gezicht was een en al afkeer. 'Soms vraag ik me af of ik gewoon m'n mond had moeten houden, of hij dan misschien voor een ander had gekozen.'

De argumenten waren zo vertrouwd dat Sara ze bijna samen met Nell had kunnen opdreunen. Na Jeffreys dood had ze zichzelf ook met dit soort verwijten gekweld. Sara had hem moeten verbieden met Lena samen te werken. Ze had voet bij stuk moeten houden. Ze had moeten zeggen dat het te gevaarlijk was, te riskant, om bij Lena's leven betrokken te raken.

Maar hij was er altijd op gericht geweest anderen te redden in plaats van zichzelf.

'Je moet jezelf achteraf geen verwijten maken,' zei Sara.

'O nee?' Nell wees om zich heen. 'Ik heb alle tijd in de wereld om aan alles te denken wat ik verkeerd heb gedaan.'

Sara ging snel op een ander onderwerp over. 'Ik zag Possum zonet op de gang.'

Nell liet zich achteroverzakken op het bankje. Ze zweeg even. 'Hij is een wrak. Op het randje van instorten. Zo heb ik hem in geen vijf jaar zien huilen. Hij wil niet naar de dokters luisteren. Hij weigert Jareds kamer binnen te gaan. Niet vanwege Lena trouwens. Hij heeft altijd goed met haar kunnen opschieten. Je weet wat een vriendelijke man het is. Die zou met een boom nog een praatje maken. Maar dit alles...' Ze maakte een handgebaar dat het hele ziekenhuis omvatte. 'Het komt allemaal weer bij hem boven. Bij jou ook, denk ik.'

Sara keek langs Nell heen naar het bloemenschilderij aan de muur. Onwillekeurig moest ze aan Will denken. Hoe ze samen met hem op de bank lag. Tv-keek. Hij met zijn armen om haar heen. Hun honden in een knoedel rondom.

'We zijn die avond allemaal naar het ziekenhuis gegaan,' zei Nell. Ze hoefde niet te zeggen welke avond ze bedoelde. 'We zijn er zonder één keer te stoppen naartoe gereden. Alsof het voor hem nog enige zin had dat hij in een ziekenhuis was. Alsof er nog iets voor hem gedaan kon worden. Jezus, als er iets gedaan had kunnen worden, had jij het wel gedaan.'

Sara zag het beeld van Will oplossen. De gier met het schuldgevoel was terug, en hij sloeg zijn klauwen in haar huid.

'Ik weet dat er een reden is dat we het contact met jou zijn verloren,' vervolgde Nell. 'Het is gewoon te pijnlijk, vind je niet? En nu heb ik je er weer in meegesleurd. Het spijt me, Sara. Maar ik wist niet wie ik anders moest bellen.'

Sara knikte. 'Jeffrey zou ook gewild hebben dat ik hier was,' kreeg ze er met moeite uit.

'Had ik hem maar eerder over Jared verteld,' zei Nell. 'Had ik hem maar een kans gegeven zijn zoon te leren kennen.'

'Hij begreep wel waarom je dat niet gedaan had,' zei Sara, hoewel dat niet helemaal waar was. Voor zijn dood had Jeffrey geprobeerd een band met Jared op te bouwen. Het was lastig. Nell kon heel hard zijn, en Possum verdiende het niet dat er opeens een andere man kwam opdagen die Jareds vader probeerde te zijn.

'Weet je nog, toen we elkaar voor het eerst ontmoetten?' vroeg Nell.

'Ja,' zei Sara, ook al leek het wel honderd jaar geleden.

'Je dacht vast dat Jeffrey gek was geworden toen hij je helemaal de rimboe in reed.'

Sara glimlachte. Sylacauga in Alabama was boerenland bij uitstek, maar ze was heel blij geweest dat Jeffrey haar aan zijn familie, aan zijn mensen wilde voorstellen. 'We kwamen je tuinfeestje binnenvallen.'

'Je zei dat je stripper was.'

Sara moest lachen. Dat was ze alweer vergeten. Nell had dat antwoord uitgelokt toen ze Sara vroeg of ze stewardess of stripper was. Dat was het beeld dat ze van Jeffrey hadden, van het soort man dat hij was, en van het soort vrouw waarmee hij omging.

Ze hadden zich zwaar vergist.

'Hoe dan ook,' zei Nell. 'Het is allemaal al ellendig genoeg zonder dat we het verleden oprakelen. Ik weet dat je er nog elke dag mee bezig bent.' Weer pakte ze Sara's hand vast, maar deze keer streek ze over de vinger waaraan ze haar trouwring had gedragen. 'Blij dat je die hebt afgedaan, schat. Als er genoeg tijd overheen is gegaan komt er wel een dag dat je je leven weer oppakt.'

Opnieuw knikte Sara, en ze dwong zichzelf haar blik niet af te wenden.

Vijf jaar.

Ze had vijf jaar om haar man gerouwd. Ze was vijf jaar alleen geweest. Vijf lange, eenzame jaren had ze gewacht op het moment dat de pijn wegtrok.

'Sara?'

Blijkbaar had Nell iets gevraagd. 'Ja?'

'Ik vroeg of je misschien even bij hem zou willen gaan kijken. Ik weet dat het moeilijk is met Lena in de kamer, maar als je nou eens wat doktersvragen stelt ontdek je misschien iets wat ze mij niet hebben verteld.'

Sara kon geen reden bedenken om het niet te doen. Daarom was ze per slot van rekening hier: om Nell te helpen. Om Jared te helpen. Als plaatsvervanger van haar man nu zijn zoon in een ziekenhuisbed lag. Zelfs commissaris Lonnie Gray was ervan uitgegaan dat Sara wist wat haar taak was.

En dat wist ze inderdaad.

Ze stond op van de bank en liep het wachtkamertje uit. Ze had haar doktersjas nog aan. De verpleegkundigen merkten haar amper op toen ze de deuren naar de intensive care openduwde en de gang op liep. Op het bord achter de balie stond Jareds kamernummer, maar alleen al aan de politieagent bij de deur zag Sara waar ze moest zijn. De man stond op een paar meter van de verpleegpost. Zijn arm rustte op zijn holster. Een glazen wand scheidde Jareds kamer van de gang. Het gordijn was half gesloten. Er was geen deur.

De agent knikte naar Sara. 'Dokter.'

Ze antwoordde niet, maar bleef in de opening staan en deed alsof ze daar moest zijn.

De plafondlampen waren uit. De apparaten gaven een zachte gloed af, voldoende om te kunnen zien. Jareds gezicht was gezwollen. Hij lag er roerloos bij. Sara hoefde zijn status niet te zien. De apparatuur in de kamer zei haar genoeg. Een thoraxdrain voor de klaplong. Een beademingsapparaat. Drie infusen die hem van vloeistof en antibiotica voorzagen. Een maagsonde om de maag leeg te houden. Een pulse-oxymeter. Een bloeddrukmeter en hartritmebewaking. Een urinekatheter. Chirurgische drains. Tegen de muur stond een reanimatietrolley met de defibrillator.

Het zou nog wel even duren voor Jared weer bijkwam.

Met diepe berusting dwong Sara zichzelf om naar de hoek tegenover het bed te kijken.

Lena sliep. Tenminste, haar ogen zaten dicht. Ze lag opgerold in een grote stoel. Ze had haar armen om haar benen geslagen en haar knieën tot haar borst opgetrokken. Ze droeg een operatiepak, waarschijnlijk omdat haar kleren als bewijsmateriaal in beslag waren genomen.

Ze was maar weinig veranderd. Onder haar linkeroog liep een halfronde kneuzing, die al geel verkleurde. Op de rug van haar neus zat een rechte streep waarop zich een korst vormde. Geen van beide was onverwacht. Sara kon zich niet herinneren dat ze Lena ooit had aangetroffen zonder blauwe plekken of andere verwondingen die het gevolg waren van haar onbesuisde levensstijl. Alleen haar haar was anders. Het was langer dan de laatste keer dat Sara haar had gezien. Was dat bij de begrafenis geweest? Ze wist het niet meer. In de familie Linton was er niemand die Lena's naam over zijn lippen kreeg.

Sara haalde diep adem en liep de kamer in.

In allerlei opzichten vond ze het moeilijker om Jared te zien dan Lena. Hij leek heel veel op Jeffrey: het donkere haar, zijn teint, de tere wimpers. Hij had ook de bouw van zijn vader. Hij had hetzelfde atletische loopje. Jared had zelfs Jeffreys diepe stem.

Sara legde haar hand op zijn gezicht. Ze kon het niet laten. Met haar duim streelde ze zijn voorhoofd en volgde ze de boog van zijn wenkbrauw. Hij had dik, verbazend zacht haar, net als Jeffrey. Zelfs zijn stoppelbaard voelde vertrouwd en groeide in hetzelfde patroon als bij zijn vader.

Lena had zich nog steeds niet verroerd, maar Sara voelde dat ze inmiddels wakker was... en naar haar keek.

Langzaam trok Sara haar hand terug van Jareds gezicht. Ze weigerde zich te schamen omdat ze hem had aangeraakt, voor de onvermijdelijke gedachten die bij haar opkwamen of de onvermijdelijke verbanden die ze zag.

Lena ging verzitten. Ze rekte zich uit en zette haar voeten op de vloer.

Sara pakte Jareds hand. De binnenkant voelde ruw. Jeffrey had altijd gladde handen gehad. Zijn nagels waren altijd keurig geknipt, niet tot op het leven afgebeten. Zijn nagelriemen waren niet rafelig bij de randen. Soms had Sara hem erop betrapt dat hij de geurige havermeellotion gebruikte die ze op het nachtkastje had staan.

Lena stond op van haar stoel.

Sara's hart bonkte in haar borstkas. Ze wist niet waarom. Alleen al van het feit dat ze samen met Lena in één kamer was kreeg ze de zenuwen. Ondanks de agent bij de deur. Ook al wist ze dat Lena haar onmogelijk iets kon aandoen, toch voelde ze zich onveilig.

En zoals gewoonlijk was Lena zich nergens van bewust. Ze ging naast het bed staan. Ze raakte Jared niet aan. Ze boog zich niet voorover om het hem gerieflijk te maken of om zich ervan te overtuigen dat hij er nog was. In plaats van hem vast te houden, klemde ze zichzelf vast. Ze had haar armen om haar middel geslagen. Nog altijd had ze genoeg aan zichzelf.

'Sara...' fluisterde Lena. Het klonk als een snik. Lena had zich nooit voor haar tranen geschaamd. Die zette ze met maximaal effect in. Terwijl haar lichaam beefde van inspanning zoog ze een mondvol lucht naar binnen. Ze klemde de rand van het bed vast. Ze droeg een geelgouden trouwring met een klein diamantje. In de zetting zat aangekoekt bloed. Ze wachtte tot Sara iets zei, tot Sara het allemaal wat gemakkelijker zou maken.

De woorden kwamen als vanzelf boven, het advies dat ze bij talloze ziekbedden had gegeven: *Raak hem maar aan. Pak zijn hand maar. Praat tegen hem. Kus hem. Let maar niet op al die slangetjes die uit zijn lichaam steken en ga naast hem liggen. Laat hem ergens diep vanbinnen weten dat hij niet alleen is. Dat jij er bent om hem te helpen bij zijn strijd om terug te keren.*

Sara zei niets van dat alles. Ze beet op het puntje van haar tong tot ze bloed proefde. Haar hart ging nog steeds tekeer. De angst was verdwenen. Kilte was ervoor in de plaats gekomen, een kilte die Sara door haar lichaam voelde trekken, die ijzige vingers om haar romp sloeg en over haar keel krabde.

'Ik kan niet...' Lena's stem stokte. Sara had het gevoel dat ze naar zichzelf van vijf jaar geleden luisterde. Die drie woordjes brachten alles weer terug. De ontreddering. Het verlies. De eenzaamheid.

'Ik kan niet...' zei Lena nog eens. 'Ik kan het niet. Ik kan niet leven zonder hem.'

Voorzichtig maakte Sara haar hand los van die van Jared. Ze streek het laken glad en stopte het aan de zijkant in. Ze keek Lena aan, ze keek haar recht in haar ogen.

'Mooi,' zei Sara. 'Dan weet je hoe het voelt.'

Zes

Will reed net zo lang rondjes op zijn motor over het parkeerterrein van het Macon General tot hij Sara's BMW ontdekte. Het was een nogal stomme actie, maar de laatste tijd voelde hij zich nou eenmaal behoorlijk stom. Ze was langs het parkeergedeelte voor artsen gereden en had een plek achteraan uitgekozen, in de schaduw van een groepje bomen. Hij onderdrukte de neiging af te stappen en de motorkap van haar auto aan te raken. Will maakte zichzelf wijs dat hij alleen maar wilde voelen hoe lang ze hier al was, maar diep in zijn hart wist hij dat hij op de een of andere manier met haar verbonden wilde zijn.

En dat was zo gênant en triest dat hij een dot gas gaf en met een roekeloze vaart naar het personeelsgedeelte reed.

Gelukkig was het helemaal in stijl met zijn alter ego om een spoor van verbrand rubber op het parkeerterrein achter te laten. Will had vaker undercover gewerkt. Hij vleide zichzelf met de gedachte dat hij zich behoorlijk goed in een personage kon inleven. In het noorden van Georgia woonden een paar prettig gepensioneerde hoenderen die hem prima referenties konden geven. Een bende oprollen die hanengevechten organiseerde was echter minder gevaarlijk dan zijn huidige opdracht, en deze keer was de informatieafdeling van het GBI erin geslaagd Will een nog indrukwekkender coveridentiteit te bezorgen.

Net als bij die losse arbeiders op de stoep van de Home Depot kon Will zich goed voorstellen dat deze Bill Black hem een glimp toonde van wat zijn leven had kunnen zijn. De man was crimineel, zo'n type dat het systeem goed wist te bespelen. Hij had een verzegeld jeugdstrafblad en was oneervol ontslagen bij de luchtmacht. Belangrijker was dat er drie zware aanklachten op zijn volwassen strafblad stonden: twee keer wegens de mishandeling van diverse vrouwen en een derde keer omdat hij in een winkelcentrum een bewaker van de trap had geduwd.

Die laatste aanklacht had Bill Black drie maanden in de Fulton County Jail opgeleverd. Wegens goed gedrag was hij vervroegd vrijgelaten, maar hij werd kort gehouden door een reclasseringsbeambte die rechtstreeks verslag uitbracht aan Amanda. De man had het ziekenhuis al een paar keer bezocht voor een onverwachte controle. Bill Black was een enge vent. De politie verdacht hem van nog andere misdaden. Een overval op een benzinestation. Een smerig zaakje ergens in Kentucky. Een geval van geweldpleging waaraan iemand een blind oog had overgehouden. Black was zo'n figuur die volgens ingewijden in de gaten moest worden gehouden.

Het GBI was erin geslaagd een stel verklikkers te vinden die bereid waren Blacks achtergrondverhaal te bekrachtigen in ruil voor strafvermindering. Een andere crimineel bracht Will op de hoogte van alle roddels die in de bak de ronde deden ten tijde van Bill Blacks gevangenschap. De bewakers hadden de lugubere bijzonderheden bevestigd, en het klonk als een combinatie van *Cool Hand Luke* en *The Sopranos*. Ze hadden zelfs een paar onflatteuze foto's van Will gemaakt waarop hij een bordje vasthield met Blacks naam en gevangenennummer. Het was dat het hem ontbrak aan sneue gevangenistattoos, anders zou Will moeite hebben gehad om gaten in zijn eigen verhaal te prikken.

Uiteraard waren er altijd gaten te vinden, maar Will was niet bereid het grootste gat met Amanda te delen: de naam Bill Black, die Amanda Will vol trots als op een presenteerblaadje had aangereikt, gaf zijn brein het gevoel dat hij in een schilderij van Salvador Dalí thuishoorde.

'Bill rijmt op Will,' had ze gezegd toen ze hem het dossier overhandigde dat hij uit zijn hoofd moest leren. 'En uiteraard is Black een kleur.'

Will begreep hieruit dat hij dankbaar hoorde te zijn. Maar eerlijk gezegd had ze net zo goed een balletpakje kunnen aantrekken om hem de naam voor te dansen.

Will was dyslectisch, een gegeven waarmee Amanda alleen op de proppen kwam als ze geen scherper mes in haar la had liggen. Hij voelde er niet voor zijn probleem bij haar aan te kaarten – daar had je het internet voor –, maar als Amanda de moeite had genomen het op te zoeken, zou ze hebben beseft dat dyslexie geen leesafwijking was, maar een aandoening op het gebied van de taalverwerking. Daarom had Will geen rijmgevoel en snapte hij niet dat 'Black' op een kleur kon slaan terwijl de hoofdletter toch aangaf dat het een naam was.

Toch had Will in Amanda's kamer Bill Blacks dossier doorgebladerd alsof het allemaal zo logisch als wat was.

'Ziet er goed uit,' was zijn commentaar geweest.

Ze had zich niet laten overtuigen. 'Moet ik je helpen met de moeilijke woorden?'

Will had het dossier dichtgeklapt en was de kamer uit gelopen.

Hij kon lezen – zo stom was hij nou ook weer niet –, maar het kostte tijd en heel veel geduld. In de loop van de jaren had Will een paar trucjes geleerd waarmee het hem vlotter afging. Zoals een liniaal onder een tekstregel om te zorgen dat de letters niet aan de haal gingen. Een computer waaraan hij zijn rapporten kon dicteren of waardoor hij zich zijn e-mails liet voorlezen. Op school had hij te horen gekregen dat hij het leesniveau van een zevenjarige had. Niet dat zijn leraren hem een andere diagnose hadden opgeplakt dan dat hij gewoon dom was. Pas toen hij ging studeren had hij ontdekt dat zijn probleem dyslexie heette, maar toen was het te laat om er iets anders aan te doen dan te bidden dat niemand erachter kwam.

Er waren dan ook niet veel mensen die het wisten. Amanda hield het graag achter de hand als een wapen in haar arsenaal. Faith had het ontdekt tijdens hun eerste gezamenlijke zaak, en telkens als er zich iets voordeed waarbij gelezen moest worden, sloeg ze zo'n moederlijk toontje aan dat Will het liefst zijn hoofd in een houtversnipperaar zou steken.

En uiteraard wist Sara het. Ze had het onmiddellijk gemerkt. Doordat ze arts was herkende ze de signalen beter, vermoedde Will. Het rare was dat ze hem niet anders behandelde dan daarvoor. Ze beschouwde zijn dyslexie als iets wat bij hem hoorde, net als zijn haarkleur of zijn schoenmaat.

Ze vond hem normaal.

En als hij gas bleef geven, zou ze uit het raam kijken en hem over het parkeerterrein zien scheuren.

De ironie van de situatie ontging Will niet: de afgelopen tien dagen had hij zijn best gedaan de waarheid voor Sara verborgen te houden, maar nu bevond hij zich niet alleen in dezelfde stad als zij, maar ook in hetzelfde gebouw, waar hij met min of meer dezelfde mensen te maken had. Hij zou er een lief ding voor overhebben als ze nu in Atlanta zat, waar liegen een stuk gemakkelijker was. In Macon liep hij voortdurend de kans dat hij een hoek om ging en oog in oog met Sara kwam te staan, die antwoorden van hem verwachtte.

Hij liet de Triumph uitlopen en rolde zijn vaste parkeerplek op, in de buurt van de personeelsingang. Het grootste deel van de rit vanaf Atlanta had het geregend, en de druppels hadden als scherpe naaldjes tegen zijn gezicht geslagen. Will had geen integraalhelm maar een *shorty*, die zijn hoofd de minimale bescherming bood die de wet nog toestond. Het ding leek meer op een beanie. Telkens als een grote vrachtwagen te dichtbij kwam op de snelweg vroeg Will zich af of hij voor hij stierf zijn hersenen nog op het asfalt zou zien spatten of dat hij onmiddellijk dood zou zijn.

De gedachte was niet nieuw. Toen hij ergens in de twintig was, had Will een Kawasaki gehad, omdat de motor goedkoop en benzine duur was. En het moest gezegd worden dat zo'n groot, vibrerend apparaat onder je kont geen onplezierig gevoel was voor een jongeman die weinig ervaring met vrouwen had. Een tiental jaren later was het verhaal een stuk minder aangenaam. Zijn rug deed zeer. Zijn handen waren pijnlijk. Zijn schouders schreeuwden het uit. Andere lichaamsdelen waren al even ontstemd. Will schudde met zijn benen nadat hij was afgestapt. Hij gespte zijn helm los en pelde die van zijn hoofd.

'Hé, Bud!' riep een verpleegster.

Will keek op. De vrouw stond tegen het gebouw geleund en nam een hijs van haar sigaret. Hij had tegen iedereen gezegd dat ze hem Buddy moesten noemen, want telkens als hij de naam Bill Black hoorde, werd hij weer aan zijn gesprek met Amanda herinnerd. Dat zijn ziekenhuiscollega's het allemaal tot Bud hadden afgekort was een onvoorziene ontwikkeling.

'Lekker ritje?' vroeg ze.

Will bromde wat, een typische Bill Black-reactie.

'Da's dan fijn.' Ze keek hem glimlachend aan. Haar gebleekte haar bewoog niet eens op de wind. Haar strakke roze operatiepak was bezaaid met springende dolfijntjes. 'Heb je gehoord wat er gisteravond met die twee smerissen is gebeurd?'

'Jep.' Will trok de bandana van zijn hoofd en veegde er het vuil van de rit mee af.

'Eentje ligt er op de intensive care. Die wordt misschien nooit meer wakker.' Ze plukte iets van het puntje van haar tong. 'Het stikt hier van de politie.'

Weer bromde Will iets. Hij propte de bandana in zijn achterzak.

Ze blies een lange rookpluim uit. 'Tony zei dat ze vanmorgen bij hem langs zijn geweest. Die idioten hebben zijn auto gestolen en gebruikt bij de moordaanslag. Dat geloof je toch niet?'

Will keek haar aan om te peilen of het een retorische vraag was. Hij besloot dat hij er maar het best geen antwoord op kon geven. 'Ik ga maar eens inklokken.'

Met zijn helm onder zijn arm liep hij naar de deur. De verpleegster nam een laatste hijs van haar sigaret. Ze leek zich niet aan zijn barsheid te storen. Dat was typisch voor de vrouwen in de kringen waarin Bill Black verkeerde: ze verwachtten van hun mannen dat ze zwijgzaam waren, dat ze gromden en grauwden, zich krabden en spuugden. Voor Will, die nog voor hij uit de luiers was geleerd had dat hij de wc-bril weer naar beneden moest doen, was het alsof hij op de maan was geland.

Of in Utopia, het was maar hoe je het bekeek.

'Het beste, hè,' zei de verpleegster. Ze knipoogde naar Will toen hij de deur opendeed. Hij liep door zonder hem voor haar open te houden. Hij kende haar type, dat zich zijn leven lang in de periferie van zijn bestaan had opgehouden. Hij had ze in het kindertehuis meegemaakt. Ze hingen op straat. Vaak zaten ze achter in een politieauto. Ze vielen op verkeerde mannen, namen de verkeerde beslissingen. Hoe slechter je ze behandelde, hoe steviger ze zich vastklemden.

Will had altijd geweten dat dat soort vrouw hem aantrekkelijk vond. Misschien kwam het door de littekens op zijn gezicht. Misschien kwam het door een of ander onzichtbaar teken dat hij aan zijn kindertijd had overgehouden en dat alleen lotgenoten konden zien. Hoe dan ook, ze voelden zich tot Will aangetrokken omdat ze dachten dat hij beschadigd of gevaarlijk was of allebei. Zijn hele leven was hij ze uit de weg gegaan. Als je de belangstelling van een wanhopige vrouw wilde vasthouden, moest je een bepaald soort man zijn. Will had nooit een dergelijk type willen zijn.

'Hé,' riep de verpleegster. Ze stond met haar hand in de zij in de deuropening. 'Ik heet trouwens Cayla.'

Will keek haar aan. Hij stond bij de personeelskleedkamer, tien meter verderop. De grijze dolfijntjes op haar shirt leken net bedorven sperma.

Ze lachte flirterig. 'Cayla met een C.'

Will was bang dat nog een grom iets te veel van het goede was. Hij probeerde gevat te zijn. 'Moet ik dat opschrijven of zo?'

'Echt wel.' Ze lachte en hij voelde zich opeens heel klein. 'Heb je iets te doen na het werk?'

Hij haalde zijn schouders op.

'Waarom kom je niet bij mij eten? Wedden dat je sinds je weer vrij bent geen zelfgemaakte prak meer hebt gehad?'

Bill Blacks voorgeschiedenis had snel de ronde gedaan. Will werkte nog geen twee weken in het ziekenhuis, maar ze wist nu al dat hij gezeten had.

'Nou?' drong ze aan. 'Een uur of zeven? Niemand die zo'n lekker korstje op een kip krijgt als ik.'

Will aarzelde. Hij kende Cayla Martins naam van haar strafblad. Vier jaar geleden was ze gearresteerd omdat ze dronken achter het stuur had gezeten. Daar stond een hoge boete op. Cayla moest nog duizend dollar afbetalen voor ze weer ergens anders naartoe mocht rijden dan heen en terug naar haar werk. Ze had een tweede baan in de ziekenhuisapotheek, wat betekende dat ze toegang had tot al die pillen die telkens weer gestolen werden.

Cayla stampte met haar voet. 'Kom op, Bud. Laat me nou eens lekker voor je koken.'

Will was zijn opties nog aan het overwegen toen Tony Dell de kleedkamer uit kwam. De man raakte in paniek. Zijn sneakers piepten over de vloer toen hij er halsoverkop vandoor wilde gaan.

Schurk of smeris, dat maakte niet uit. Als iemand bij je weg wilde vluchten, hield je hem tegen. Will liet zijn helm op de vloer vallen. Hij greep Tony bij zijn nekvel en sloeg hem met zijn gezicht tegen de deur.

'Hé!' riep Tony. Het was een klein mannetje. Will was zo'n

veertig centimeter langer en ruim twintig kilo zwaarder. Hij tilde Tony even moeiteloos op als hij met Sara deed.

'Wat heb je me nou godverdomme geflikt?' snauwde Will.

'Ik wist niet...' begon Tony, maar praten ging hem niet zo gemakkelijk af met zijn gezicht tegen de deur. 'Kom op, Bud! Ik probeerde je erbij te halen!'

'Pas maar op dat ik geen strop om je nek haal.'

'Bud! Ik meen het, dude. Ik wist het niet!' Met zijn tenen schopte hij tegen de deur in een poging houvast te vinden. 'Kom op nou!'

Will liet hem los. Tony's voeten gleden naar de vloer. Het duurde even voor hij weer bij zinnen was. Hij hijgde. Zweet stroomde van zijn voorhoofd, maar Will wist niet of dat van angst kwam of doordat hij high was. Hoe dan ook, nu Tony niet langer bang was dat zijn nek gebroken zou worden, kwam hij tegen de ruwe behandeling in opstand. 'Jezus, man. Wat is er met jou?'

'Wie zat er achter die klus?' vroeg Will.

Tony keek de gang op en neer om er zeker van te zijn dat ze alleen waren. Cayla was verdwenen. Dat soort vrouw wist wanneer ze weg moest wezen.

'Verdomme.' Tony wreef over zijn nek. 'Dat deed zeer, man.'

'Wie zat erachter?' Will priemde zijn vinger in Tony's schouder. 'Vertel op, klootzak.'

Tony sloeg met zijn hand naar zijn schouder. 'Dat weet ik niet. Ik zat aan de bar toen er twee mannen naar me toe kwamen en vroegen of ik geld wilde verdienen.'

'Gisteravond?'

'Ja, na het werk.'

'Kende je ze?'

'Ik had ze weleens gezien.' Hij begon over zijn schouder te wrijven. 'Jij hebt ze ook weleens gezien. Dat zijn die gasten die altijd achterin rondhangen, in die ene hoek.'

De viphoek van Tipsie's. Die was Will inderdaad opgevallen.

De plek was ongeveer even uitnodigend als de doucheruimte van de staatsgevangenis. 'Hoeveel geld boden ze?'

Nu begon Tony wat te draaien.

Will legde zijn hand op zijn borst en duwde hem weer tegen de deur. Hij oefende geen enkele kracht uit, maar alleen al door de dreiging begon het mannetje te praten.

'Vijftienhonderd dollar.'

Will trok zijn vuist naar achteren. 'Jij vuile...'

'Ze zeiden dat het hartstikke veilig was!' riep Tony en hij stak zijn handen omhoog. 'Ze zeiden dat we alleen maar op straat hoefden te staan, precies zoals we gedaan hebben. Dat het niks voorstelde.'

Will hield zijn vuist paraat. 'Dus jij krijgt duizend en ik vijf briefjes van honderd?'

'Ik was het dichtst bij het huis.' Weifelend haalde hij zijn schouders op. 'Waar ik stond was het gevaarlijker.'

Will liet zijn vuist zakken. 'Je wist dat het meer was dan een inbraak.'

Tony deed zijn mond open en toen weer dicht. Opnieuw keek hij of er niemand in de buurt was. 'Ik ga niet tegen je liegen, Bud. Ik wist dat er mensen in dat huis waren die weleens gewond zouden kunnen raken. Ik zweer op een stapel bijbels dat ik geen idee had dat ze van de politie waren. Dan had ik die klus echt niet aangenomen, en jou d'r al helemaal niet bij gehaald. We zijn toch vrienden?'

'Mijn vrienden laten me niet in de stront zakken als ik toch al voorwaardelijk heb.' Wills shirt hing uit zijn broek. Terwijl hij de gang in keek, stopte hij het weer in. 'Als ik hier maar geen gedonder mee krijg.'

Tony was minder dom dan hij eruitzag. 'Waarom moest je zo nodig dat huis binnenrennen? Wat moest dat voorstellen?'

De hamvraag. Will had tijdens de rit een antwoord bedacht. 'Ik heb dat geld nodig. Dooien betalen niet.'

‘Zit dat zo,’ zei Tony, maar hij stonk er duidelijk niet in. ‘Je ging daar als een gloeiende duivel naar binnen. Je liep me zowat van de sokken. Ik wilde je alleen maar helpen.’

Weer keek Will de gang in. ‘Ik heb een ex, snap je? Een meid ergens in Tennessee. Ze krijgt een kind van me. Eerst geloofde ik haar niet, maar de test was positief.’ Will probeerde woede in zijn stem te leggen. ‘Die bitch zei dat ze me zou aangeven als ik geen vijfduizend ballen op tafel leg voordat de baby komt.’ Hij sprak het zinnetje uit dat hij menige crimineel had horen zeggen. ‘Ik wil niet meer zitten, man. Ik kan het niet.’

Tony knikte begrijpend. Uit allerlei gesprekken in Tipsie’s had Will opgemaakt dat de DNA-test die het meest werd gevreesd de test was waarmee vaderschap werd aangetoond. Het was moeilijker te geloven dat Wills stoere taal, die hij had opgepikt door naar een bikerserie op de kabel te kijken, nog werkte ook.

‘Zit dat zo.’ Tony krabde over zijn arm, een zenuwtrek waaraan hij blijvende rode strepen op zijn huid had overgehouden. ‘Als je wilt, ga ik wel met je mee naar d’r toe, dan zal ik eens zeggen waar het op staat.’

‘Praat eens wat zachter,’ zei Will. ‘Zowat elke smeris uit het district zit boven. Stel dat die agent het niet redt. Wat denk je dat er dan gaat gebeuren?’

Tony bleef over zijn arm krabben. ‘Wat heb je eigenlijk gezien?’ Hij keek de gang in. ‘In dat huis. Wat heb je gezien?’

‘Eén dooie, één halve dooie.’ Will probeerde het bloedige beeld te verdringen van Lena die schrijlings op Fred Zachary zat, op het punt zijn ruggengraat doormidden te breken. ‘Een of andere geflipte chick met een hamer.’

‘Heeft ze jou gezien?’

‘Denk je dat ze dan nog zou leven?’

Tony dempte zijn stem. ‘Ik heb gehoord dat ze de klauw heeft gebruikt.’

‘Ken je haar? Die vrouwelijke agent, bedoel ik. Heeft ze je ooit opgesloten?’

'Shit, nee. Ik laat me echt niet door een bitch te grazen nemen, man.'

Will vermoedde dat een chihuahua van twee kilo Tony Dell nog te grazen kon nemen. 'Waarom wilden ze twee smerissen koud maken? Waren die soms corrupt?'

'Dat hebben die gasten niet verteld, en ik heb d'r ook niet naar gevraagd.' Tony ging alvast met zijn rug tegen de deur staan in plaats van dat aan Will over te laten. 'Eerlijk waar, Bud. Ik heb geen idee.'

Will vroeg zich af waar een man als Bill Black zich in een dergelijke situatie zorgen om zou maken. 'Wat heb je met het busje gedaan?' vroeg hij.

Die vraag had Tony niet verwacht. 'Rustig maar. Ik ken een paar jongens.'

'De helft van wat je gekregen hebt, is van mij.'

'Ik heb niet veel gekregen,' zei Tony.

'Bullshit.' Will greep Tony's arm vast om hem bij de les te houden. 'Ik vraag het je nog één keer: voor wie werken ze?'

'Geen idee, dude. Echt niet.'

'Nou, daar zou ik goddomme dan maar eens goed over nadenken, want we zijn een mooi stel losse eindjes, jij en ik.'

'Denk je dat ze ons te grazen gaan nemen?'

'Denk je dat degene die dit in gang heeft gezet echt gelooft dat je niet gaat praten?'

'Jezus christus.' Tony trok wit weg. 'Het moet Big Whitey wezen. Voor zover ik weet is dat de enige gast die daar de ballen voor heeft.'

Will nam Tony's arm in een nog steviger greep. Het was stukken makkelijker iemand te ondervragen als hij in zijn broek scheet van angst. 'Waarom zeg je dat?'

'Omdat hij al eerder politie heeft vermoord. Dat weet iedereen. Jezus, man, ik heb gehoord dat hij in Florida een FBI-agent koud heeft gemaakt.'

Weer een moord die onderzocht moest worden. 'Weet je zeker dat je ze niet verteld hebt hoe ik heette?'

'Jezus, nee, gast. Jezus, nee.'

'Als ik daarachter kom...'

'Ik zweer het!' Tony's stem steeg enkele octaven. 'Hoor eens, man. Ik ben geen verklikker. Ik vertel het je recht voor z'n raap.' Met zijn vrije hand groef hij in zijn achterzak. 'Kijk, is het zo goed?' Hij haalde een stapel geld tevoorschijn. 'Dat is alles wat ik voor dat busje heb gekregen. Neem maar, oké? Dan staan we quitte. Oké?'

Will nam het geld aan. Het voelde klam, maar daar probeerde hij niet aan te denken terwijl hij de briefjes telde. 'Zeshonderd dollar. Is dat alles?'

'Dat is meer dan je vannacht dacht te krijgen.'

Will bromde wat. Bill Black zou tevreden zijn met het bedrag.

'Hoor eens.' Tony krabde weer over zijn arm. 'Big Whitey is een zakenman. Laten we met hem gaan praten. Misschien wil hij naar ons luisteren.'

'Ik ga echt niet...'

'Hoor eens, maat.' Tony bleef maar krabben, ook al liep het bloed over zijn arm. 'Je weet dat ik hier een pillenhandeltje heb. Jij en ik kunnen gaan samenwerken en...'

'Nee,' zei Will. 'Ik heb deze baan via mijn reclasseringsman gekregen. Bij wie denk je dat ze langsgaan als er opeens een vracht pillen weg is?' Dreigend ging hij weer voor Tony staan. 'Wat heb je tegen de politie gezegd toen die vanmorgen op je stoep stond?'

De schichtige blik was terug. 'Hoe weet jij dat?'

'Van die verpleegster. Het hele ziekenhuis zal het nou wel weten.'

'Cayla,' constateerde Tony. Hij sprak haar naam liefdevol uit en Will wist genoeg. Cayla Martin was de vrouw over wie Tony niet uitgepraat raakte toen ze gisteravond naar Lena's huis reden.

Het was logisch dat een pillenfreak het met een apothekersassistente aanlegde.

'Heeft ze verder nog iets over me gezegd?' vroeg Tony.

'Nee.'

'Zeker weten?'

Will begon er genoeg van te krijgen. 'Ze vroeg of ik bij haar kwam eten.'

Dat kwam harder aan dan Will had verwacht. De man trok zijn kin in. 'En, doe je dat?'

'Vertel op: wat heb je vanmorgen tegen de politie gezegd?'

Tony antwoordde niet. 'Ik dacht dat je mijn vriend was, Bud. Ik kan niet geloven dat je met haar hebt afgesproken.'

Will kon niet geloven dat hij dit gesprek voerde. 'Wat heb je tegen de politie gezegd, Tony? Moet ik het eruit slaan?'

Nog steeds mokkend zei hij: 'Dat de auto gestolen was. Ze zeiden dat ik naar het bureau moest komen om aangifte te doen.'

'Jij blijft bij dat bureau uit de buurt,' waarschuwde Will. 'Als je daar eenmaal binnen bent, kom je er niet meer uit.'

'Ik vertel ze echt niks.'

'Denk je dat dat wat uitmaakt? Twee agenten zijn bijna vermoord. Daar pakken ze de eerste de beste idioot voor die ze kunnen vinden.'

'Ze hebben hun idioten al,' zei Tony. 'Die twee gasten van vannacht... Eentje is dood. De ander kan zich geeneens meer verroeren, laat staan dat die z'n mond opendoet. Hoe vaak moet ik het nog zeggen: Big Whitey, die heeft macht. Hij vermoordt ze in het ziekenhuis. In de cel. In de bak. Nergens ben je veilig voor Big Whitey. Geloof me, man. Over een erge gast gesproken.'

Will klemde zijn kaken op elkaar. Elk gesprek dat hij ooit met Tony Dell had gevoerd kwam op zeker moment bij Big Whitey uit. Ergens voelde dat niet goed, en Wills gevoel zei hem er niet op in te gaan. 'Zie maar, man. Zolang je mij er maar buiten laat.'

Tony voelde dat hij zijn gehoor kwijtraakte. 'Als we nou eens met hem gaan praten. Dan maken we hem duidelijk dat we hem niet gaan verlinken. Misschien neemt hij ons wel in dienst.'

'Nee.' Will raapte zijn helm op van de vloer. Met de achterkant van zijn mouw veegde hij over de slijtplekken. Hij sloeg het stoere bikertoontje maar weer eens aan. 'Ik moet dokken voor een jong, ik heb de reclassering aan m'n kont hangen. Ik zit echt niet op nog meer shit te wachten.'

'Die krijg je ook niet.'

'Zie maar, gast. Als je mijn naam maar niet noemt.'

Will rukte de deur naar de kleedkamer open. Er was niemand. Rijen blauwe kastjes stonden langs de muren en verdeelden de ruimte in drieën. Hij wachtte even en vroeg zich af of Tony Dell hem zou volgen. Toen de deur dicht bleef, liep hij naar de kastjes langs de achterwand.

Op zijn kastje zat een stuk afplakband met de naam Bill Black. Will had met een viltstift de naam doorgestreept en er BUD op geschreven. Drie letters. Mooi was anders – Will had bepaald geen schitterend handschrift –, maar het was beter dan wat er op het aangrenzende kastje stond: een spuitende penis met maar één bal. Will ging ervan uit dat het een grapje voor ingewijden was.

Om zijn kastje te kunnen afsluiten had Will een bagageslot gekocht in plaats van een combinatieslot. Hij had altijd wat moeite met links en rechts, maar getallen waren geen enkel probleem. Hij draaide de vier cijfers op de datum waarop hij Sara voor het eerst had gezoend. Of liever gezegd, de datum waarop Sara hem voor het eerst had gezoend. Verdere bijzonderheden gingen het slot niet aan.

Will hing zijn helm in het kastje en pakte zijn opgevouwen werkuniform, dat uit een overhemd en een broek bestond. Onderhoud was niet eens zo'n slecht baantje. Repareren kon Will als de beste. De formulieren die hij had moeten invullen waren ontworpen voor iemand met een geringe kennis van de Engelse taal.

Er waren maar vijf hokjes die hij al of niet moest aankruisen, en aan het eind één lange streep, met een X ernaast, zodat hij wist waar hij zijn handtekening moest zetten. Niet dat Will een handtekening zette. Hij schreef twee hoofdletters B en dat was alles.

Will trok zijn gewone kleren uit en zijn werkpak aan. Aan een koord om zijn hals hing Bill Blacks identiteitsfoto. Aan een spiraalsnoer aan zijn riem zaten een beveiligingskaart en een sleutelbos. Opzij stak een zaklantaarn in een metalen haak. Will stopte het nog altijd klamme geld van Tony Dell in de voorzak van zijn werkbroek, in de hoop dat de bankbiljetten droog zouden zijn tegen de tijd dat hij ze als bewijsmateriaal registreerde. In een blauwe klittenbandportefeuille zaten een paar creditcards op naam van Black, de kopie van een bekeuring wegens te hard rijden, die als rijbewijs dienstdeed, en een paar bonnetjes die aantoonden dat de heer Black het liefst zijn boodschappen deed bij het benzinestation in de buurt van de ingang naar de Ocmulgee Trail.

Hij controleerde de batterij van zijn iPhone. In zijn echte leven gebruikte Will geen smartphone, maar Bill Black was iets wereldwijzer. Niet dat zo'n apparaat bijster ingewikkeld was. Will had de meeste functies in zijn eentje uitgevogeld terwijl hij de tijd doodde in het goedkope motel waar Bill Black per week een kamer huurde.

Blacks belangrijkste e-mailaccount zat op de server van het ziekenhuis. Zijn tweede account ging via Gmail. In de inbox zat een verzameling berichten die steeds hatelijker van toon werden en zogenaamd afkomstig waren van een boze zwangere vrouw ergens in Tennessee. Verder waren er een paar lichtelijk racistische doorstuurberichten van nepaccounts, maar Bill Black had niet veel vrienden. Zijn mail bestond grotendeels uit troep van mailinglijsten die reclame maakten voor jachtspullen en naakte vrouwen, en uit coupons voor zaken als *beef jerky* en Old Spice.

Blacks muzieksmaak ging in de richting van country, met een beetje Otis Redding als eerbetoon aan Macon, waar de zanger vandaan kwam. Er stonden een paar foto's op de telefoon van vergezichten die vanaf de autoweg waren genomen. Black was een jager, dus het was logisch dat hij van bos en bomen hield. Black hield ook van vrouwen. Hij had verschillende nogal pikante foto's van internet gedownload. Vooral blondjes en Aziatische dames. Will had nog even overwogen om er een paar roodharige vrouwen op te zetten, maar dat voelde raar in verband met Sara. Eveneens in verband met Sara wist hij dat het rode haar meestal niet echt was.

De technisch specialist van het GBI had het moeilijke werk voor zijn rekening genomen en wat verborgen functies aan de telefoon toegevoegd. De apps draaiden op de achtergrond mee en waren onzichtbaar voor iedereen die niet precies wist waarnaar hij moest zoeken. Eentje wiste automatisch alle in- en uitgaande telefoonnummers en mails. Een andere veranderde de speakers in een opnameapparaat als je drie keer op de aanknop drukte. Weer een andere zorgde voor een wisselend nummer voor het geval Will moest bellen terwijl hij zijn locatie niet wilde prijsgeven. De belangrijkste app verbond het apparaat met het volgsysteem van het leger – niet met het gps waarover de hele wereld kon beschikken, maar met de realtime global positioning die gebruikt werd om drones uit de lucht te halen en bommen te droppen.

De laatste app was de reden dat Will voortdurend de batterij controleerde. Amanda had op veel punten gelijk, maar vooral nu ze meende dat er een verband bestond tussen Wills onderzoek naar Big Whitey en de aanval op Lena Adams en Jared Long. Zelfs Tony Dell had de link gelegd.

Will wilde niet van de radar verdwijnen omdat hij vergeten was zijn telefoon op te laden.

De deur vloog open. Will draaide zich om. Half en half verwachtte hij Tony Dell weer te zien, maar de nieuwe was een gespierde kerel met een volle bos haar en een kaak waarmee je glas kon snijden.

Will had aan één blik genoeg om een politieman te herkennen. Hij deed precies wat Bill Black gedaan zou hebben: hij sloeg het deurtje van zijn kastje dicht en liep naar de uitgang.

De politieman hield zijn penning omhoog. 'Rechercheur Paul Vickery, Macon Police Department.'

Lena's vaste partner. Niet zo vreemd dus. Will deed nog steeds alsof hij hem niet zag en koerste recht op de deur af.

Vickery greep Will bij zijn schouder en draaide hem met een ruk om. Hij was een paar centimeter kleiner dan Will, maar hij had een penning en een wapen, en die gaven hem kennelijk het recht zich hufterig te gedragen. 'Waar gaan we naartoe?' Hij keek even naar de naam die op Wills overhemd was genaaid. 'Buddy?'

Will probeerde de zaak te sussen. 'Ik wil geen problemen, oké?'

Vickery stond te trappelen van ongeduld, zo graag wilde hij vechten. 'Nou, daar zou ik dan maar wel op rekenen, klootzak. Waar is Tony Dell?'

Will haalde zijn schouders op, want het leek hem niet zo'n goed idee om Lena's partner naar de man te leiden wiens auto was aangetroffen voor het huis waar Jared Long bijna was vermoord. En Lena zelf trouwens ook. 'Weet ik veel. Vraag maar bij de balie.'

'Ik vraag het jou, lamlul. Jij bent toch Bill Black?' Een antwoord was niet nodig. Vickery keek naar het identiteitsplaatje van het ziekenhuis dat om Wills hals hing. 'Volgens je baas zijn Dell en jij dikke maten. Twee handen op één buik.'

Will had het vermoeden dat Ray Salemi snel iets had gezegd om Paul Vickery zijn kamer uit te krijgen. 'Zo dik zijn we nou ook weer niet,' zei Will. 'We hebben afgesproken dat we ook met anderen mogen omgaan.'

'Heel grappig, klootzak.' Vickery kwam dichterbij. 'Waar zat je gisteravond? Was je bij Dell toen hij en zijn maten mijn partner te grazen probeerden te nemen?'

Will had zijn alibi al paraat. 'Vraag maar aan mijn reclasseringsbeambte. Die kwam rond middernacht nog even langs.'

‘Reken maar dat ik dat doe.’ Vickery kneep zijn kraaloogjes nog verder samen. ‘Ergens spoor je niet, klootzak. Dat voel ik aan m’n water.’

Will ging er niet op in.

‘Je zit tot je nek in de stront. Ik ruik het gewoon.’ Vickery snoof om zijn woorden te benadrukken. ‘Dell is een beroepsverklikker. Gewoon een kwestie van tijd voor hij jou erbij lapt. Als je hem nou eens voor bent? Je vertelt me wat er gisteravond gebeurd is en ik zorg dat je de bak niet in draait.’

‘Sorry, maar ik kan je niet helpen, rechercheur.’ Weer probeerde Will weg te lopen, maar Vickery’s hand schoot naar zijn borst en hield hem tegen.

‘Je krijgt nog één kans om me te vertellen waar je vriendje uithangt,’ waarschuwde Vickery, ‘en anders ben je nog niet jarig.’

‘Ik zei toch dat ik niet weet...’

Vickery stompte hem in zijn gezicht. Will zag de klap aankomen, maar had geen tijd om die te ontwijken. Zijn hoofd vloog opzij. Er knapte iets in zijn kaak. Hij proefde bloed. Als vanzelf gingen zijn vuisten omhoog.

Met moeite dwong hij ze weer naar beneden. Vickery was Lena’s vaste partner. Will hoefde niet lang na te denken over het aantal stommiteiten dat hij zelf zou begaan als iemand Faith en haar gezin bedreigde.

‘Kom op, Buddy.’ Vickery sloeg Will met zijn vlakke hand in zijn gezicht. ‘Wou je me slaan, Buddy?’ Hij floot alsof hij een hond bij zich riep. ‘Kom op, jongen. Kom dan.’

Will moest zijn vingers uit zijn handpalm lospellen, zo stijf had hij zijn vuisten gebald. In plaats van Paul Vickery helemaal verrot te slaan zei hij: ‘Je weet dat hier een beveiligingscamera hangt, hè?’

Vickery’s blik schoot naar de hoek. De camera was recht naar beneden gericht en het rode lampje knipperde. Hij leek te overwegen of het genoegen waarmee hij Will dood zou slaan het verlies van zijn penning waard was.

Blijkbaar niet.

'Ik ben nog niet klaar met jou,' zei Vickery. Hij schopte de deur open en met zijn vuisten langs zijn zij stormde hij naar buiten.

Will keek omhoog naar de camera, die op een batterij van negen volt liep en nergens mee verbonden was, want het hooggerechtshof had bepaald dat werknemers privacy mochten verwachten als ze in een kleedkamer waren.

Een rechercheur zou dat toch moeten weten.

Will keek in de spiegel boven de wasbak. Vickery had geen zichtbare schade aangericht. Met zijn tong tastte Will naar de bron van het bloed in zijn mond. Hij had de binnenkant van zijn wang aan zijn kiezen opengehaald. Hij draaide de kraan open en nam een paar slokjes water. De wond begon te bijten. Will spoelde zijn mond tot het water dat hij uitspuugde nog maar heel lichtroze was.

Zijn telefoon begon te zoemen in zijn zak. Met het oordopje in beluisterde hij de e-mail die Ray Salemi, zijn hulpvaardige baas, hem had gestuurd. Will las de woorden met de blikkerige computerstem mee. Hij begreep dat Faith een manier had gevonden om hem en Lena samen in één kamer te krijgen.

Op de intensive care was een lekkende buis. Will kreeg opdracht die te repareren.

Via de trap aan de noordkant ging hij naar de vierde verdieping. Het viel hem niet gemakkelijk. Zijn gereedschapskist werd met elk stap zwaarder. Zijn lichaam bleef hem eraan herinneren dat hij de vorige nacht maar een paar uur had geslapen. Gewoonlijk probeerde Will elke dag enkele kilometers hard te lopen, maar op dat soort luxe was Bill Blacks leven niet ingericht. Tegen de tijd dat hij op de overloop van de tweede verdieping aankwam, beefde zijn arm. Op de derde verdieping trokken er pijnscheuten door zijn onderrug. Hij zette de gereedschapskist neer en veegde met zijn bandana het zweet van zijn gezicht.

'Hé.'

Hij keek op. Faith leunde over de balustrade.

Ze liet haar blik door het open trappenhuis gaan om te zien of ze alleen waren. Toen vroeg ze: 'Ben je via het souterrain gekomen?'

Hij pakte zijn gereedschapskist op en begon weer te klimmen. 'De lift stopt tegenover de wachtkamer, bij de andere trap.'

'Waarom heb je niet de lift naar de derde verdieping genomen en vanaf daar de trap?

Will zag een zweetdruppel langs zijn neus naar beneden glijden en op een betonnen tree spatten.

'Will?'

Hij nam de volgende trap. Faith schonk hem dat lachje waarmee ze altijd aangaf dat ze besefte hoe dom hij was, maar dat ze zo aardig was om dat niet hardop te zeggen. 'Het afgelopen kwartier heb ik alle deuren gecontroleerd.'

'Heb je die buis kapotgemaakt,' vroeg hij, 'of heb je gedaan alsof hij kapot was?'

'Waterpistool. Je zult het wel zien.' Ze knikte in de richting van de volgende trap. 'Ga je dat redden?'

Faith rende met twee treden tegelijk naar boven. Ze had haar werktenue aangetrokken: zwarte sneakers, een lichtbruine cargobroek en een poloshirt met lange mouwen en GBI in felgele letters op de rug. Haar blonde haar zat weggestopt onder een bijpassende blauwe honkbalpet met hetzelfde logo. Haar Glock zat om haar dijbeen gegespt.

Will zette zijn gereedschapskist bij de deur naar de intensive care. Hij keek door het kleine raampje de afdeling op. Achter de balie zat een verpleegkundige. De agent die Jareds kamer bewaakte was zo jong dat het leek alsof hij nog in cellofaan zat verpakt. Will had vaker onderzoek gedaan naar schietpartijen met politiemensen als slachtoffer. Als het in Macon net zo ging als bij elk ander korps op aarde, ramden alle ervaren agenten nu deuren in en zetten hun bronnen onder druk.

Will liep achter Faith aan de trap op. Het ging opmerkelijk soepel zonder het extra gewicht.

Hij duwde de metalen deur open. Zijn ogen begonnen te tranen van het plotselinge zonlicht. De regenwolken hadden zich teruggetrokken en plaatsgemaakt voor een helderblauwe hemel. Uit de weggeworpen sigarettenpeuken tussen de kiezelsteentjes maakte Will op dat het personeel bekend was met de uitgang naar het dak. Hij bekeek het medische complex. In het midden stond het ziekenhuisgebouw van vier verdiepingen. Aan weerskanten bevonden zich twee lagere gebouwen. Artsen huurden daar praktijkruimte. Will had begrepen dat er veel gynaecologen zaten. Hij was een paar keer in de geboortesuites geweest. Het leken wel hotelkamers. De meeste bedrijven en fabrieken hadden door de crisis hun poorten gesloten, maar de inwoners van Macon bleven baby's maken.

'Hierheen,' riep Faith.

Om de uitgang was een soort hokje gebouwd. Faith was naar de achterkant gelopen, zodat niemand hen kon verrassen.

'Sara?' vroeg Will.

'Die is boodschappen aan het doen met Nell, Jareds moeder. Ze wil het huis schoonmaken.'

'De plaats delict?'

'Die bedoel ik.'

Will fronste zijn voorhoofd. Hij kon zich niet voorstellen dat Sara dat een goed idee vond.

'Ik ga later naar dat huis om te kijken hoe het met haar gaat.' Turend las ze de naam op zijn shirt. 'Buddy?'

'Dat shirt is hiervoor van iemand anders geweest,' loog Will. 'Ik heb vanochtend met Tony Dell gepraat.'

'En?'

'Het is precies zoals we dachten. Zachary en Lawrence zochten hem in Tipsie's op en zeiden dat ze een paar man nodig hadden voor een klus.'

‘Kende Tony ze?’

‘Hij zegt van niet, dat hij ze alleen weleens in de bar heeft gezien. Ik geloof hem voor negentig procent. Ze zitten altijd achterin met de andere *rednecks* die het daar voor het zeggen hebben. Heel ander kaliber dan Tony.’

Faith haalde een zonnebril uit haar zak en zette die op. ‘Ik heb nog eens nagetrokken wat Branson ons vanochtend heeft verteld. Het klopt wat ze over die schutters zei. Het zijn kleine crimineeltjes. Dit soort geweld komt niet in hun dossier voor. En huurmoord al helemaal niet.’

‘Wat is de prognose voor Fred Zachary, de tweede schutter?’

‘Dat zou ik niet weten. Ik kan niet eens bij hem in de buurt komen. Zijn advocaat houdt zo ongeveer kantoor in zijn ziekenhuiskamer. Hij wijkt niet van zijn zij.’

‘Duur geintje.’

‘De man hoort bij een chique firma in Savannah. Vanhorn and Gresham. Ze hebben pas een kantoor in Macon geopend.’ Ze keek naar hem om te zien of hij het nog kon volgen. ‘Het is weer dezelfde werkwijze als in Sarasota en Hilton Head. Big Whitey vestigt zich in de stad, hij organiseert het plaatselijke uitschot, hij geeft ze dure advocaten en elke agent die hem voor de voeten loopt schakelt hij uit.’

‘Nog nieuws van de zendmasten?’ vroeg Will.

‘Lena heeft om tien voor twaalf een sms’je van Paul Vickery ontvangen. Niks belangrijks; hij wou alleen weten hoe ze het maakte. Een kwartier later werd Long gebeld door een geblokkeerd nummer dat we proberen op te sporen. Dat kan weleens morgen worden.’

‘Een kwartier later?’

‘Ja, zo’n tien minuten voor de aanval.’

Will nam het uitzicht in zich op. Het was een deprimerende mengeling van snelweg en winkelstraat. ‘Misschien een maat van Jared die gewoon even belde om te vragen hoe het ging.’

'Zou kunnen.'

'Heb je al met Lena's team gesproken?'

'Met wat ervan over is. DeShawn Franklin vindt het kennelijk niet zo bijzonder allemaal. Paul Vickery is een lul.'

Will streek over zijn kaak. 'Hij is flink aangeslagen omdat zijn partner bijna vermoord is. Hij was hier vanochtend en zocht naar Tony Dell.'

'En, heeft hij hem gevonden?'

'Dat weten we pas als Tony verrot is geslagen.'

'Ik dacht al dat Vickery zo'n type was,' beaamde Faith. 'Hij blies nogal hoog van de toren omdat ik zijn tijd zat te verdoen terwijl hij naar de man had kunnen zoeken die achter de aanslag op Lena en Jared zat.'

Will zei: 'Volgens Vickery heeft Bill Black er iets mee te maken.'

'Ik zou waarschijnlijk hetzelfde denken. Black is een crimineel met een gewelddadige achtergrond. Dells auto is bij de plaats delict aangetroffen. Ze werken allebei op dezelfde plek.'

'Mijn baas heeft tegen Vickery gezegd dat Tony Dell en Bill Black goede vrienden zijn.'

'Leuk. Hoe voelt die schietschijf op je rug?'

'Prikkerig,' moest Will toegeven. Hij zou op zijn qui-vive moeten zijn als hij ooit weer de pech had Vickery's pad te kruisen. 'Hoe is het hier op het politiebureau?'

'Op het eerste gezicht zijn ze allemaal heel behulpzaam, maar zodra je aan touwtjes gaat trekken, geven ze niet thuis.'

'Wat voor touwtjes?'

'Dagrapporten. Briefings. Papierwerk is niet hun sterkste kant, wat nogal vreemd is voor een politiebureau.'

'Politiemensen moeten toch altijd alles noteren?' zei Will.

'Dat dacht ik ook. Misschien moeten we maar in Macon gaan werken.' Ze leunde tegen het hokje. 'Commissaris Gray heeft de wind er goed onder, maar hij heeft de pers op zijn nek – zowel die van Macon als die van Atlanta – en nu schijnt er ook al een truck van CNN op de I-75 gesignaleerd te zijn.'

'Fantastisch,' mompelde Will. Hij had nog niet veel zaken meegemaakt die soepeler verliepen als de pers zich ermee ging bemoeien.

Faith zei: 'Gray heeft elke bevoegde agent de straat op gestuurd, en zelf doet hij ook mee. Dat moet je die ouwe knakker nageven; hij stroopt zijn mouwen op, net als de rest. Het nadeel is dat Branson nu het hele bureau voor zich alleen heeft. Samen met Paul Vickery. Ik heb het gevoel dat het bij DeShawn Franklin niet van harte gaat. Commissaris Gray heeft hem zelf uitgekozen toen hij het korps een paar jaar geleden overnam. Zijn loyaliteitsgevoelens zullen hem wel parten spelen.'

'Denk je dat hij maten gaat naaien?'

'Nee, zolang hij niet in bed wordt betrapt met een dode vrouw of een levende jongen.' Faith ademde hoorbaar uit. Haar frustratie was tastbaar. 'Ik heb het krediet van Jared en Lena nagetrokken en hun bankrekeningen gecontroleerd. Ze zijn door de blaastest gekomen. Lena's Celica is afbetaald; voor zijn pick-up staat nog een jaar. Ze hebben niet veel saldo op hun creditcards staan. Jared moet nog een paar duizend dollar studiefinanciering afbetalen. Verder hebben ze duizend dollar op een spaarrekening. Geen dure reizen of huisjes aan het meer. Ze lopen wat achter met hun hypotheek, maar wie niet?'

'En de zaken waaraan ze werkten?'

'We komen zowat om in de zaken. Jared probeerde een wedstrijd te winnen wie de meeste bekeuringen uitschreef. Lena heeft zó'n stapel arrestaties.' Faith hield haar handen een half metertje uit elkaar. 'De vier mensen die ik geleend heb van het plaatselijke GBI-kantoor kunnen me wel wurgen omdat ze verzuipen in het papierwerk. Die gaan diensten van achttien uur draaien.'

'Het is gemakkelijker om ze slecht te behandelen als je niet weet hoe ze heten.'

'Dat zal ik onthouden,' zei Faith. 'Het eerste waar ik om gevraagd heb is het rapport over die inval in dat drugshol waar de kranten vol van stonden.'

Will ging ervan uit dat ze hier niet zomaar over begon. 'En?'

'Interne Zaken heeft alle dossiers. Tot op de laatste snipper.'

Interne Zaken. 'Dat lijkt me logisch. Twee agenten zijn gewond geraakt tijdens die inval.'

'Keith McVale en Mitch Cabello. Je hoeft niet zo geïmponeerd te kijken. Ik ben achter die namen gekomen doordat ik het dienstrooster heb bekeken.'

'Heb je ze gesproken?'

'De een zit in Florida zijn arbeidsongeschiktheidsuitkering op te maken en de ander heeft zichzelf vanochtend uit het ziekenhuis ontslagen. Hij neemt niet op als ik hem bel en hij is niet thuis.' Ze haalde haar telefoon uit haar achterzak en veegde een paar keer over het scherm, waarna ze Will een paar foto's liet zien. 'DeShawn Franklin. Mitch Cabello. Keith McVale.'

Afgezien van hun huidskleur zagen de mannen er min of meer hetzelfde uit: vierkante kaak, kortgeknipt haar. Net als Paul Vickery. Het leek eerder een militaire eenheid dan een rechercheteam.

'Er is nog een derde man, die zo rond dezelfde tijd is vertrokken. Ook een rechercheur.' Ze hield het telefoontje omhoog zodat Will zijn foto kon zien. 'Ik weet niet wat zijn rol is, maar Eric Haigh heeft zeven dagen geleden tijdelijk verlof aangevraagd.'

Will bestudeerde de foto. Hetzelfde type. 'Niet beschikbaar?' vermoedde hij.

'Hij neemt zijn telefoon niet eens op,' zei Faith. 'Wat je noemt déjà vu.'

Will wist wat ze bedoelde. Zodra Big Whitey zijn invloed deed gelden, hadden de politiekorpsen van Hilton Head en Savannah een stijging gezien van het aantal vroegtijdige pensioneringen en overplaatsingsverzoeken.

'Het is dezelfde strategie die Whitey bij de dealers toepast,' zei

Will. 'Als je één agent doodt of verwondt is het gemakkelijker om de rest achter je te krijgen of ze te laten oprotten.'

'En dan pikt Big Whitey de drugsmarkt in.' Faith veranderde van onderwerp. 'Ik was vanmorgen zo aan het eind van mijn Latijn dat ik zelfs jouw krantenartikelen heb nagetrokken.' Ze scrolde naar de browser op haar telefoon. Ze had het register van de *Macon Herald* al op het scherm staan. 'Die inval bij dat drugshol is bekend – tenminste, dat die heeft plaatsgevonden. De twee weggelopen meisjes waren feestnummers; de volgende middag kwamen ze met hangende pootjes thuis. De hasjvangst op de hogeschool betrof een recidivist die voor de duizendste keer naar een afkickkliniek gaat. De man op het toilet kreeg een hartaanval. Hij werd beschreven als een drieënveertigjarige ondernemer.' Faith keek Will aan. 'Waarom schiet me nu geen woordgrapje te binnen?'

'Dat komt nog wel.'

Ze grinnikte goedhartig. 'Die inval, daar draait het om. Ik geef het niet graag toe, maar Denise Branson is goed. Ze heeft me gigantisch in de maling genomen.'

Will had vaker met dit soort zaken te maken gehad. Faith hoefde het hem niet uit te leggen. 'Interne Zaken geeft de documenten die betrekking hebben op de inval bij het drugshol pas vrij als ze een besluit hebben genomen. Volgens de wet mogen ze de bijzonderheden niet bespreken omdat de reputatie van een of meer agenten op het spel staat, of omdat er mogelijk een rechtszaak van komt. Alle betrokkenen hebben zwijgplicht, en ook al zou dat niet zo zijn, dan nog wil niemand met je praten omdat je die bitch van de staat bent die haar neus in zaken steekt die haar niet aangaan.'

'In een notendop,' beaamde Faith. 'Ik heb een puberzoon, dus ik zou het gewend moeten zijn dat mensen de pest aan me hebben, maar dit is van een heel ander niveau.'

Will zou haar het liefst vertellen dat het beter werd, maar liegen kon hij niet.

Faith stopte haar telefoon weer in haar zak. 'Toen ik daarnaartoe ging verwachtte ik dat ze zich tegen Lena zouden keren, maar ze wordt er aanbeden. Ze praten over haar alsof ze de beste rechercheur van de hele brigade is. Ik snap het niet. En als ik ze vraag waarom ze zo geweldig is, kijken ze me aan alsof ik debiel ben omdat ik het niet zie.'

Will had geen verklaring voor het feit dat Lena zoveel loyaliteit genereerde. Het was hem in Grant County ook al opgevallen. Voor iemand die er voortdurend een puinzooi van maakte, had ze wel erg veel fans.

'En Denise Branson?' vroeg hij. 'Heb je nog kunnen peilen hoe zij ligt?'

'Ze zijn niet al te dol op haar, maar dat kun je verwachten. Ze zit hoger in de voedselketen. Ze is zelfverzekerd. Ze is een vrouw. Drie keer raak. Wat heb jij trouwens nog uit Tony Dell weten te krijgen?' vroeg Faith.

'Big Whitey dit en Big Whitey dat.'

'Weet je dat ik daar zenuwachtig van word?'

Will ging hier niet op in. Ze hadden al menige discussie gevoerd over hoe gevaarlijk het was dat Tony Dell die naam bleef rondbazuinen. 'Ik heb hem duidelijk gemaakt dat Big Whitey ons waarschijnlijk gaat vermoorden. Losse eindjes.'

'Daar zit wat in.' Faith keek naar de snelweg. Will kon haar gedachten wel raden, want hoogstwaarschijnlijk waren ze een echo van de zijne: het werd tijd om tegen Big Whitey in actie te komen. Will moest zijn banden met Tony Dell aantrekken, misschien via Cayla de apothekersassistente.

'Tony vindt dat we een gesprek met hem moeten zien te regelen,' zei hij. 'Om Big Whitey te laten weten dat we geen bedreiging vormen. Kijken of we zaken met hem kunnen doen.'

Faith knikte, maar ze keek Will nog steeds niet aan. 'Laat het me horen zodra je het weet.'

'Als jij nou eens een pistool voor me achter de spoelbak van de wc plakt.' Ze reageerde niet. 'Net als in...'

'Ik heb *The Godfather* ook gezien, hoor.'

Will volgde haar blik naar de file op de weg. Door het lunchverkeer kwam de hele zaak vast te zitten. Geen megastore of fastfoodtent in de buurt van de afrit die niet afgeladen vol was.

'Heb je al een woordgrapje bedacht?' vroeg hij. 'Voor die ondernemer op het toilet?'

'Ik vind het opeens niet zo grappig meer.'

Will keek weer naar de auto's. Een pick-up week uit om een busje in te halen. Claxons toeterden. Faith tilde haar pet op en streek haar haar er weer onder.

'Gaat het wel goed met haar?' vroeg hij.

Faith schudde haar hoofd. 'Ik heb haar nog geen woord horen zeggen. Alsof je tegen een muur praat. Ze reageert nergens op. Ze kijkt me niet eens aan. Ik had bijna een spiegeltje onder haar neus gehouden om te zien of ze nog wel leefde.'

Will wachtte tot Faith besefte dat zijn vraag iemand anders betrof.

'Sara redt zich wel,' zei ze. 'Ze is moe. Niet dat ze het heeft gezegd, maar ik kan zien dat het moeilijk voor haar is om hier te zijn.'

Will knikte.

Ten slotte keek ze naar hem op. 'Je moet het haar vertellen, Will. Dit komt te dichtbij.'

Hij wreef over zijn kaak. Er kwam een bult opzetten waar Vickery hem geraakt had. 'Heeft Lena helemaal niks gezegd?'

Faith keek hem nog even aan en toen schudde ze weer haar hoofd. 'Ik heb haar proberen te benaderen alsof ze gewoon een getuige was. Vervolgens heb ik het op professionele toon geprobeerd. Maar de hele tijd loopt het zweet me over de rug, want mijn enige gedachte is dat ik misschien de volgende collega ben die ze de dood in jaagt.' Faith haalde haar schouders op. 'Of jij,' voegde ze eraan toe.

Will wist niet wat hij moest zeggen. Daarom haalde hij zijn schouders ook maar op.

Ze draaiden zich allebei om toen ze een kakelende lach hoorden. Een groep artsen was het dak op gekomen. Will liep voorzichtig om het hokje heen, met zijn rug naar de metalen wand. De kiezelsteentjes knerpten toen het groepje naar de rand van het gebouw liep.

Hij keek of de kust veilig was en glipte toen de deur door.

Will wierp een blik over de balustrade voor hij de trap af liep. Zijn gereedschapskist stond nog bij de ingang naar de intensive care. Hij pakte hem op en duwde de deur open. En toen stond zijn hart stil, want hij had niet eerst door het raampje gekeken. Gelukkig zag hij alleen de agent en de verpleegster.

De hand van de man schoot naar zijn wapen.

Will stak zijn identiteitskaart omhoog. 'Onderhoud. Ik heb een melding van een lekke buis.'

De agent keek Will doordringend aan. Zijn hand bleef op het pistool rusten.

'Agent Raleigh, het klopt, hoor.' De verpleegster stond op van achter de balie. 'Jeetje, Bud, wat heeft dat lang geduurd.' Snel verontschuldigde ze zich. 'Sorry, maar daar kun jij waarschijnlijk niks aan doen.'

'Nee, evengoed vervelend,' zei Will. 'M'n vorige klus liep wat uit.'

'Ik heet trouwens Ruth.' Met een glimlach wenkte ze hem mee.

Will nam de gereedschapskist in zijn andere hand en liep de gang door. Hij was één keer eerder op de intensive care geweest, voor een airco die siste. De indeling was hoefijzervormig en eindigde in een vierkant met in het midden de verpleegpost. De kamers waren klein. De enige ramen keken uit op de gang. Will vermoedde dat de patiënten op de intensive care zich niet al te druk maakten om dingen als daglicht, maar de hele afdeling gaf hem een claustrofobisch gevoel.

Agent Raleigh versperde hem de toegang tot Jareds kamer. Hij pakte het ID-kaartje dat om Wills hals hing en bestudeerde Bill Blacks foto. Will stond zo dichtbij dat hij de donshaartjes op de wang van de jongeman kon zien.

'Wat moet dat voorstellen?' Ruth keek perplex. 'Dit is Buddy. Die is hier al eens eerder geweest.'

Will bestudeerde de vrouw. Ze was al wat ouder en had donker haar met grijs bij de scheiding. Hij snapte niet goed waarom ze steeds voor hem opkwam. Hij kon goed gezichten onthouden en was er dan ook van overtuigd dat hij deze verpleegster nog nooit had gezien.

'Oké.' Eindelijk ging Raleigh opzij.

Will probeerde een zo neutraal mogelijk gezicht te trekken toen hij de kamer in liep, maar Lena, die ineengedoken op een stoel in de hoek zat, was minder voorzichtig. Haar mond viel open van verbazing.

Ruth begreep haar reactie verkeerd. 'Sorry, lieverd,' zei ze tegen Lena. 'Er moet even naar dat lek worden gekeken. Het is zo gebeurd.'

Will kon het niet helpen, maar hij was niet in staat naar Jared te kijken.

'Daar is het.' Ruth wees naar een bruine vlek op het plafond.

Will was lang genoeg om erbij te kunnen. De plafondtegel was vochtig en rook naar appels. Hij keek naar het etensblad naast Jareds bed. De kan met appelsap was leeg.

Will liet zijn hand zakken. De manier waarop Ruth hem aankeek, bezorgde hem een onbehaaglijk gevoel.

Ze knipoogde en fluisterde toen nogal hijgerig: 'Ik ben een vriendin van Cayla.'

Will probeerde een typische Bill Black-brom te produceren, maar op dat moment verscheen Faith.

'Wat is hier aan de hand?' Ze richtte haar woede op de agent. 'Dat heeft commissaris Gray je beter geleerd. Heb je die man gecontroleerd?'

Raleigh aarzelde. Het was duidelijk dat hij diep ontzag voor zijn chef had. 'Hij heeft een ID.'

'Die kun je bij elke copyshop laten maken.' Faith gaf een knik in de richting van de uitgang. 'Ga naar beneden en zoek het uit bij Personeelszaken.'

'Komt in orde.' Als Raleigh een paar jaar ouder was geweest, zou hij hebben gezegd dat Faith de pot op kon met haar orders, maar hij was nog zo'n groentje dat hij in de houding sprong zodra ze met haar vingers knipte.

Ruth keek naar het plafond en vroeg op een zakelijk toontje: 'Wat denk je, Bud?'

Will keek ook omhoog. 'Volgens mij zit er een lek.'

'Zullen we Long naar een andere kamer overbrengen?' stelde Faith voor.

Ruth schudde haar hoofd. 'Het komende uur zit ik hier alleen en ik kan hem niet in m'n eentje verplaatsen.'

'Ik wil wel helpen,' bood Faith aan.

'We mogen eigenlijk niet...'

'Toch zal de kamer leeg moeten,' onderbrak Will haar. Hij duwde de tegel omhoog en met de zaklantaarn die aan zijn riem had gehangen scheen hij boven het verlaagde plafond. De afgelopen tien dagen had Will praktisch elke dag wel een keer achter een plafond gekeken. Hij wist dat de kans groot was dat hij minstens één verdacht uitziende buis zou aantreffen, maar toch stond hij versteld van de wirwar aan leidingen die over de intensive care liepen.

Hij schoof de tegel aan de kant, zodat iedereen mee kon kijken, en zo deskundig mogelijk zei hij: 'Dat daar is zuurstof, dat is de condensatieleiding van de airco, een PVC-buis, wat oude leidingen van polybutyleen. Ik heb een schematekening nodig om...'

'Die haal ik wel,' onderbrak Ruth hem. 'Ik ga het hoofd van de afdeling even bellen en vraag of ze boven wil komen.'

Ze vertrok, en Faith liep met haar mee. Will hield zijn zaklantaarn op het plafond gericht, maar hij keek nu naar Jared Long.

Het gezicht van de jongeman was opgeblazen als een ballon. Overal staken slangetjes uit. Zijn ogen waren dichtgeplakt. Rond zijn neusgaten zat opgedroogd bloed. Zijn handen hadden een wasachtige, gelige tint. Geen enkele politieman wilde een collega in een ziekenhuisbed zien liggen. Gewoonlijk was Will niet bijgelovig, maar met moeite onderdrukte hij de huivering die langs zijn ruggengraat naar boven trok.

Jared Long was echter niet de enige in de kamer die hem tot voorzichtigheid maande.

Heel langzaam, alsof ze bang was iets te breken, richtte Lena zich op uit haar stoel.

'Gaat het een beetje?' vroeg Will.

'Nee.' Met haar armen om haar middel ging ze aan de andere kant van het bed staan. 'Sara weet niet dat je dit doet, hè?'

Lena was altijd al een scherp waarnemer geweest, maar Will voelde er niets voor met haar over Sara te praten. Hij wierp een blik over zijn schouder om te zien of Ruth in de buurt was. De verpleegster was aan het bellen. Faith week geen millimeter van haar zij.

'Ik zal het haar niet vertellen,' zei Lena. 'Ik heb het aan niemand verteld.' Ze wreef haar lippen over elkaar. Ze waren droog en gebarsten. 'Dat zul je uiteindelijk wel merken. Ik kan heel goed mijn mond houden. Ik weet inmiddels hoe ik de dingen beter moet aanpakken.'

'Wat is er vannacht gebeurd?' vroeg Will.

'Ze hebben op hem geschoten.' Daar hield Lena het bij, en zoals te verwachten bleef haar eigen rol buiten beschouwing. Toch zag Will dat ze nog lang niet van de schok was bekomen. Haar ogen waren bloeddoorlopen. Onder haar oog zat een vlekkerige blauwe plek. Kennelijk kostte het haar moeite om haar evenwicht te bewaren. Ze had grote pupillen, hoewel hij niet wist of dat door de donkere kamer kwam of van de medicatie.

'Vertel eens wat dit veroorzaakt heeft,' zei hij.

Langzaam schudde ze haar hoofd.

'Was het die inval van vorige week?' Hij laste een pauze in. 'Twee agenten zijn gewond geraakt. Heb jij daaraan deelgenomen? Hoorde jij bij dat team?'

Ze wachtte even voor ze antwoordde. 'Ik mag niet over de inval praten.'

'We weten allebei dat je je nooit aan de regels houdt.'

'Vraag Branson maar.'

'Ik vraag het aan jou.'

Ze begon weer met haar hoofd te schudden. Ze keek naar Jared. Zacht fluisterend zei ze tegen haar man: 'Het spijt me zo, schat. Het spijt me zo.'

'Lena,' zei Will, 'er is iets gebeurd wat dit in gang heeft gezet.'

Ze reageerde niet.

Hij probeerde het tactvol aan te pakken. 'Heeft Jared misschien iemand aangehouden die zich op hem zou willen wreken?'

Ze keek Will verward aan, alsof het nog nooit bij haar was opgekomen dat een motoragent die werkte op een deel van een drugsroute die langs de oostkust liep in een gevaarlijke situatie terecht zou kunnen komen.

'Denk je dat hij een stel handelaars dwars heeft gezeten?'

'Geen idee. Zeg jij het maar.'

Daar moest ze over nadenken. 'Die zouden hem ter plekke hebben neergeschoten.'

Will wist dat ze gelijk had, maar toch vroeg hij: 'Heeft Jared nergens iets over gezegd?'

'Eigenlijk praatten we niet meer met elkaar.'

Will liet haar woorden bezinken. Het verbaasde hem niet dat ze huwelijksproblemen hadden. Het eerste wat hem was opgevallen toen hij hun huis binnenliep, waren het kussen en het laken op de bank.

'En jij?'

‘Wat is er met mij?’

Will keek weer naar Ruth. Faith maakte een handgebaar om aan te geven dat ze niet veel tijd meer hadden.

Hij probeerde zijn geduld te bewaren. ‘Waardoor dit ook in gang is gezet,’ zei hij, ‘ik weet dat het niet je bedoeling was. Je bent niet slecht. Maar je hebt iets gedaan en daardoor zijn we op dit punt beland, en je moet me vertellen wat het is zodat ik degene kan pakken die dit gedaan heeft.’

Nog steeds schudde Lena zachtjes haar hoofd. Haar hand rustte op de veiligheidsrail van het bed. Ze strekte haar vingers en streek voorzichtig over het laken dat Jareds lichaam bedekte.

‘Je weet dat je me kunt vertrouwen,’ zei Will. ‘Ik ben hier met een reden.’

Ze ging niet op zijn verzoek in. ‘Die partner van je. Werk je al lang met haar?’

‘Faith.’ Will proefde bloed op zijn tong. Zonder erbij na te denken had hij de snee aan de binnenkant van zijn wang opengebeten. ‘Al een tijdje.’

‘Is ze goed?’

‘Ja.’ Will gooide het over een andere boeg. ‘Wie is Big Whitey?’

Nu schrok ze wakker. Hij zag woede opflitsen toen de oude Lena weer bovenkwam. ‘Wat heeft Branson gezegd?’

‘Wie is hij?’

‘Niemand.’ Nu leek ze pas echt bang. ‘Hij bestaat niet. Hij is een leugen.’

‘Lena...’

‘Ophouden.’ Haar stem kreeg iets smekends. ‘Hoor eens, Will. Als je van Sara houdt, zorg je dat je hier wegkomt.’ Wanhopig klemde ze de rail vast. ‘Ik meen het. Zorg dat je wegkomt.’

Will keek weer naar de verpleegster. Het was duidelijk dat ze het telefoongesprek aan het afronden was.

‘Praat met me,’ zei hij tegen Lena. ‘Laat me je helpen.’

Lena schudde haar hoofd. Tranen stroomden nu over haar

wangen. 'We horen mensen te beschermen. We horen te zorgen dat ze veilig zijn.'

'De beste manier om voor Jareds veiligheid te zorgen is...'

'Hoe besluit je dat?' Ze slikte iets weg. Het geluid steeg boven het gezoem van de apparaten uit. 'Hoe besluit je nou wie z'n leven belangrijker is?' Ze legde haar hand plat op haar buik, met de vingers gespreid. 'Hij zou het willen,' fluisterde ze. 'Jared zou ook gewild hebben dat ik het deed.'

Faith kuchte om haar terugkeer aan te kondigen.

Ruth stond achter haar. 'Hoe erg is dat lek?' vroeg ze aan Will. 'Ik bedoel, moet dat hele plafond er soms uit?'

Alsof hij alle tijd van de wereld had klikte Will de lantaarn uit en liet hem weer in de haak aan zijn riem glijden. Ten slotte schudde hij schouderophalend zijn hoofd. 'Dat weet ik pas als ik het van dichtbij heb bekeken.'

Ruth zuchtte. 'M'n afdelingshoofd kan pas over een uur helpen om hem te verplaatsen. Kun je dan misschien terugkomen?'

Bill Black nam het van Will over. 'Dan zul je opnieuw een aanvraag moeten indienen.'

Weer zuchtte Ruth, maar ze was duidelijk bekend met de ziekenhuisbureaucratie. 'Oké, Buddy. Toch bedankt dat je gekomen bent.' Ze liep naar Jared en begon de apparatuur te controleren. Lena hield haar scherp in de gaten. Het was verontrustend zoals ze daar stond. Ze strekte haar vingers, maar raakte hem niet aan. Ze keek nauwelijks naar zijn gezicht.

Ruth had het ongetwijfeld ook door. 'Je mag hem wel aanraken, schat,' zei ze. 'Hij gaat echt niet kapot.' Als om haar woorden kracht bij te zetten legde ze haar hand op Jareds wang. En liet hem daar rusten. Ze fronste haar wenkbrauwen.

Er was iets mis.

Ruth voelde aan Jareds voorhoofd. Toen aan zijn hals. Vervolgens voelde ze zijn pols. Ze keek op haar horloge en vergeleek zijn polsslag met het flitsende cijfer op de monitor. Will zag dat het hart sneller sloeg dan normaal. De bloeddruk was heel laag.

'Wat is er?' vroeg Faith.

'Hij voelt alleen wat klam.' Ruth pakte de handbediening en zette het voeteneind van het bed iets hoger. De vloer trilde onder Wills voeten. Op gemaakt vrolijke toon zei de verpleegster: 'Ik weet zeker dat het niets voorstelt, maar toch haal ik de arts er even bij.' Gejaagd liep ze de kamer uit. Faith liep achter haar aan, hoewel Will betwijfelde of Lena hem nog iets ging vertellen.

Hij pakte zijn gereedschapskist op, maar deed nog één poging. 'Lena, ik weet dat je alles onder controle denkt te hebben, maar daarin vergis je je.'

Zonder op te kijken zei ze: 'Ik heb nog nooit in mijn leven iets onder controle gehad.'

Will wachtte om haar nog één kans te geven haar hart te luchten. Ze negeerde hem. Ze stond daar maar en staarde naar Jared, met haar hand nog steeds plat op haar buik. Haar mond bewoog geluidloos, alsof ze aan het bidden was.

Voor Will zat er niets anders op dan de kamer te verlaten. Ruth stond bij de balie te bellen. Ze had nauwelijks door dat hij langsliep, wat Will een slecht teken vond. Jared was er kennelijk erger aan toe dan ze had laten blijken.

Hij liep de gang door en stapte op Faith af. Die las haar mailtjes. Of deed alsof. Will zag dat het schermpje zwart was.

Op een paar meter afstand bleef hij staan en maakte zijn gereedschapskist open.

'En?' vroeg Faith zachtjes.

Will pakte zijn klembord en pen. Hij keek weer naar Ruth. Ze stond met haar rug naar hem toe en hield de telefoon tegen haar oor gedrukt.

Niettemin dempte hij zijn stem. 'Ze beschermt iemand.'

'Ze beschermt zichzelf.'

Daar was Will niet zo zeker van. Hij vinkte een paar hokjes op zijn formulier af. 'Volgens mij heeft zij aan die inval bij het drugshol meegedaan. Ze zei dat ze er niet over mocht praten.'

'Natuurlijk heeft ze aan die inval meegedaan. Het zou me niet verbazen als ze de leiding heeft gehad.'

'Ze heeft me gewaarschuwd voor Big Whitey.'

Faith keek op van haar BlackBerry.

Will bleef maar hokjes afvinken om tijd te rekken, zodat hij kon bedenken of hij Faith de rest ook zou vertellen. Uiteindelijk wist hij dat hij geen keuze had. 'Ze zei dat als ik van Sara hield, ik de zaak moest laten rusten.'

Faith keek weer op haar telefoon. Haar duim scrolde over het zwarte scherm. Ze gaf zelden blijk van emotie, of het moest ergernis zijn, maar Will zag dat Lena's woorden haar hadden geraakt.

'Waarom krijg ik opeens het gevoel,' zei ze, 'dat ze vijf jaar geleden hetzelfde tegen Jeffrey Tolliver heeft gezegd?'

Zeven

DE DAG VOOR DE INVAL

Lena zat achter haar bureau en staarde naar haar monitor. Vuurwerk vulde het scherm. Als ze op een toets drukte, zou het bureaublad verschijnen. Ze wist welke bestanden erop zouden staan: lopende zaken, gesloten zaken, gerechtsdocumenten, getuigenverklaringen, verklaringen van verdachten – eindeloos veel bytes met gegevens die de levens van duizenden mensen samenvatten.

Op de computer stond maar één leven waarom ze werkelijk gaf.

Niet dat er nog leven was.

Lena sloot haar ogen en gaf zich over aan haar verdriet.

Ooit was ze geëlektrocuteerd. Niet zoals op de elektrische stoel, maar door een schok. Lena was vijftien toen het gebeurde. Ze had Sibyl geholpen met haar haar. Ze stonden allebei voor de spiegel. Het glas was beslagen omdat er net gedoucht was. Het rook er schimmelig.

De elektriciteit in het huis waarin ze opgroeiden was aangelegd door hun oom Hank, dus ze waren gewend aan rokende stopcontacten en springende lampen. Hij had ook de plankloze boekenkasten getimmerd en een draagmuur verwijderd, waardoor het dak was ingezakt, zodat het net een kamelenrug leek. Alleen al door het huis binnen te lopen wist je dat je je leven op het spel zette.

Daarom had Lena zo verstandig moeten zijn om eerst de stekker van de ventilator uit het contact te trekken voor ze die van de haardroger erin stopte. De schok was langs haar arm naar boven getrokken, langs haar ruggengraat naar beneden, toen naar haar benen en vervolgens naar haar tenen, die toevallig in een plas douchewater stonden. Er volgde een soort pauze. Lena voelde de klap van de schok pas echt toen ze het water zag. *Dit is gevaarlijk*, dacht ze. De lampen gingen uit. Haar lichaam begon te verkrampen. Toen ze weer bijkwam lag ze op de badkamervloer en hoorde ze Sibyl naar Hank schreeuwen dat hij een ambulance moest bellen.

Zo voelde Lena zich nu: alsof ze een schok had gekregen. Bijna alsof ze geëlektrocuteerd was. Tegen de grond geslagen. Haar hele lichaam spande zich. Haar zenuwen stonden in brand. Alleen was er deze keer niemand om haar te helpen. Deze keer was ze helemaal alleen.

Lena keek naar de kleurige lichtexplosies op het computerscherm. Ze legde haar hand op de muis. Zachtjes klikte ze erop. Het bureaublad verscheen. Ze bewoog het pijltje naar het bestand met de echo. Lena had de foto verscheurd, maar het filmpje had ze bewaard. Haar hand verstijfde op de muis. Ze hoefde het bestand niet te openen. Ze hoefde het beeld niet te zien. Het stond voor altijd op haar netvliezen gegrift. Telkens als ze het zag, werd ze slap als een vaatdoek.

Klein zwart bobbeltje. Witte plooien en ribbels. Het nietige fladderen van een kloppend hartje dat niet groter was dan een waterdruppeltje.

Hoe kon ze zoveel van iets houden wat niet eens met het blote oog zichtbaar was? Hoe kon ze dat hartje binnen in zich voelen kloppen terwijl een apparaat haar moest vertellen dat het er was?

Hoe had ze het zo gemakkelijk kunnen verliezen?

Hoe kon één vreselijk moment weken van geluk uitwissen, een toekomstig leven vernietigen dat Lena's hart gewichtloos van vreugde had gemaakt?

Het pijltje hing boven het bestand. Het beeld trilde een beetje.

Haar mobiel ging. Lena nam haar hand van de muis en pakte de telefoon. 'Rechercheur Adams.'

'O.' Het klonk alsof de vrouw verbaasd was dat Lena had opgenomen.

'Ja?' zei Lena. Haar hand raakte de muis weer aan. Ze hoefde het bestand niet meer te zien. Eigenlijk moest ze het verwijderen. In de prullenbak van de computer gooien.

'Mevrouw?' zei de stem. 'Hallo?'

'Ja.' Lena keerde zich van de computer af. Ze dwong zichzelf naar de vrouw te luisteren.

Die zei: '...van de praktijk van dokter Benedict? We hebben elkaar gisteren gesproken?'

Lena kon het niet uitstaan als mensen hun stem aan het eind van elke zin de hoogte in lieten gaan. 'Belt u over de rekening? Die hebben we nog niet ontvangen.'

'O nee, natuurlijk niet.' Ze klonk beledigd. 'Ik wilde alleen maar vragen hoe het gaat? Uw man zei dat u weer aan het werk was?'

Lena wreef in haar ogen. Jared had die nacht op de bank geslapen. Toen Lena vanochtend wakker werd, was hij verdwenen. Ze had op het rooster gekeken toen ze op het werk verscheen. Hij had van dienst gewisseld, zodat hij haar niet hoefde te zien.

'Mevrouw?'

Lena liet haar hand zakken. 'Is er iets?'

'Dokter Benedict vroeg of ik u wilde bellen om te vragen of de krampen al minder zijn geworden?'

Lena legde haar hand op haar buik. 'Het gaat al beter,' zei ze, zonder te weten of dat waar was. Telkens als ze eraan dacht voelde ze alles weer opnieuw gebeuren. De ondraaglijke pijn die haar uit een diepe slaap had gewekt. De paniek toen ze zich probeerde aan te kleden. De angst toen ze naar het ziekenhuis scheurden. De marteling toen ze de woorden van de arts hoorden. De knallende ruzie met Jared toen ze weer thuis waren.

Hij vond het niet goed dat Lena de bebloede lakens weggooide. Hij zei dat ze probeerde te doen alsof het niet gebeurd was. Dat ze geen gevoel had. Niet in staat was tot verdriet. Dat het weggooien van de lakens haar manier was om zich van het bewijs te ontdoen.

Alsof Lena een tastbare herinnering nodig had om te begrijpen wat ze kwijt was geraakt.

Wat zíj kwijt waren geraakt.

'Mevrouw?'

Lena schudde haar hoofd en probeerde haar gedachten van zich af te zetten. 'Ja?'

'Ik vroeg of er geen buitensporig bloedverlies is?'

Lena wist niet wat buitensporig was. Ze kon het nergens mee vergelijken.

'Mrs. Long?' De warmte die de vrouw in haar stem legde was tien keer erger dan dat stomme vragende toontje. 'Ik wil dokter Benedict wel vragen of hij een briefje schrijft voor uw werkgever. Eigenlijk zou u niet zo snel weer moeten gaan werken. De meeste vrouwen nemen een paar weken vrij, of een maand, en soms wel twee, als ze zo lang weg mogen blijven.'

'Dat kan ik dus niet,' zei Lena. Gisteren was al erg genoeg geweest. Ze waren om een uur of tien 's ochtends thuisgekomen uit het ziekenhuis. Lena had de hele middag geslapen en toen had ze tot diep in de nacht met Jared zitten ruziën. De gedachte dat ze thuis zou moeten wachten tot Jared weer binnen kwam lopen, was onverdraaglijk. Bovendien wist niemand op het werk dat ze zwanger was.

Dat ze zwanger was geweest.

'Ik heb werk te doen,' zei Lena tegen de vrouw.

'Ongetwijfeld, Mrs. Long, maar de mensen begrijpen het vast wel. Wat u verloren hebt...'

'Met mij is niks aan de hand,' onderbrak Lena haar. Ze wilde haar corrigeren, zeggen dat haar achternaam Adams was, dat ze die van Jared moest houden omdat Lena Long klonk als iets uit een infomercial.

'Ik hoef geen briefje,' was alles wat Lena zei. 'Dank u.'

'O, alstublieft, hang nou niet op.' Ze maakte zich duidelijk zorgen. 'U zou naar huis moeten gaan. Bij uw man moeten zijn. Geloof me, misschien laat hij het niet merken, maar hij heeft evenveel verdriet als u.'

Lena drukte haar vingers weer tegen haar ogen. Jared liet het wel degelijk merken. Lena zelf was het probleem. Volgens haar man was ze een soort robot. Ze was niet meer de vrouw met wie hij getrouwd was. Hij wist niet zeker of ze wel de vrouw was met wie hij getrouwd wilde blijven.

Lena keek op de klok. Over vijf minuten had ze een briefing. Haar team zat op haar te wachten. Ze moest een eind aan het telefoontje maken. Ze zou haar mond moeten houden. Maar de woorden waren er al uit voor ze ze kon tegenhouden. 'Ik vroeg me af...'

In plaats van aan te dringen of iets doms te zeggen met zo'n vragende uithaal aan het eind, zweeg de vrouw. De truc werkte. Lena paste die zelf ook toe tijdens een verhoor. Van nature wilden mensen een stilte altijd vullen, vooral als ze zich ergens schuldig over voelden.

'Ik heb ooit abortus laten plegen,' zei Lena.

De vrouw bleef zwijgen.

'Zes jaar geleden.' Lena legde haar hand op haar gezicht. Haar huid gloeide. 'Ik vroeg me af...'

'Nee. Dat heeft niets te maken met wat er nu is gebeurd.' Het antwoord had iets gedecideerds. 'Als dat het geval was, zou ik mijn twee kleintjes niet hebben...'

Lena voelde iets van de spanning uit zich wegvloeien. Ze opende haar mond en hapte naar lucht. Heel even kon ze weer ademen.

'Gun uzelf de tijd om te rouwen,' zei de vrouw. 'Uw man en u kunnen het opnieuw proberen. Geloof me als ik zeg dat wat u nu doormaakt gemakkelijker wordt. Het gaat nooit meer weg, maar het wordt wel anders.'

Lena pakte een doos tissues uit haar bureaula. Ze moest weer greep op zichzelf krijgen. Ze was op haar werk. Ze mocht hier niet langer bij blijven stilstaan. Ze zou onmogelijk haar team kunnen leiden als ze haar zagen janken achter haar bureau. Ze veegde haar ogen droog en snoot haar neus.

'Oké,' zei Lena. 'Dank u. Ik moet weer aan de slag.'

'Mrs. Long. Lena. Je moet naar huis, echt. Doe dit jezelf niet aan. Niemand krijgt een medaille voor stoer gedrag.'

'Oké.' Lena zette een krachtiger stem op. 'Bedankt dat u gebeld hebt. Ik moet ophangen.'

'Maar...'

Lena verbrak de verbinding. Weer snoot ze haar neus. Ze veegde haar ogen droog tot ze rauw aanvoelden. Misschien ging het anders in een dokterspraktijk, maar op het politiebureau werden er aan de lopende band medailles uitgedeeld voor stoer gedrag.

Ze richtte haar aandacht weer op haar computer. Ze klikte op het echobestand en sleepte het naar de prullenmand. Ze klikte het FINDER-menu aan en scrolde naar LEEG PRULLENMAND. Haar vinger rustte op de muis. Haar hart bonkte in haar borstkas.

'Lee?' Paul Vickery klopte op de deur en liep haar kamer binnen. Hij bleef staan. 'Wat is er? Heeft iemand je neushaar geplukt?'

'Ik ben gewoon verkouden.' Lena scrolde naar de bovenkant van het menu, ging naar WIJZIG en HERSTEL VERPLAATSEN NAAR PRULLENMAND. Ze keek Paul pas aan toen ze zag dat het bestand weer veilig op het bureaublad stond. 'Wat is er?'

'Heb je al een besluit genomen, baas?'

Het besluit. Ze hadden de inval voor de volgende week gepland, maar hun verklikker had gezegd dat er die nacht een grote partij binnenkwam. Ook voor ze de baby verloor, was Lena niet gelukkig geweest met het naar voren halen van de datum. Ze had meer tijd nodig om zich voor te bereiden. Kennelijk was zij de enige die er zo over dacht. Van alle kanten voelde ze de druk om in actie te komen. Meer geld, meer wapens, meer drugs, zwaardere gevangenisstraffen.

'Ja, je bent de enige die het nog niet weet,' zei ze tegen Paul.

'Ik vroeg het alleen maar, *kemosabe*. Je hoeft niet zo pissig te doen.'

Haar computer liet een vertrouwd tjoekgeluidje horen. Paul was niet de enige die ongedurig werd. Denise Branson had weer een e-mail gestuurd. Lena liet haar blik over de eerste regel gaan. Die betrof meteen al het feit dat Lena's onderzoek na het overwerk van de vorige avond de grens van een miljoen dollar had overschreden.

'Shit, meid.' Paul las over haar schouder mee. 'Je hebt haar flink op de kast gekregen. Wat ga je doen?'

'Die hoor je niet meer als ze haar foto straks in de krant ziet.'

'Vanhorn and Gresham,' las Paul voor uit de e-mail. 'Sid Wallers advocaat is toch van die firma?'

Terwijl ze opstond klikte Lena de mail dicht. 'We gaan strootjes trekken om te bepalen wie het eerst het souterrain binnengaat. Ik hou ze vast. Van elk tweetal mag één persoon trekken.'

Paul stond te grijnzen als een stinkdier. 'Mag je blij zijn dat het vandaag mijn geluksdag is, partner.'

'Zijn jullie al klaar met het afplakken van de plattegrond?'

'Ja. DeShawn had bijna zijn gradenboog gebruikt.'

'Mooi. We gaan dit net zo lang repeteren tot we het slapend kunnen doen.' Op weg naar de deur griste Lena haar jas mee.

'Het is zeventwintig graden daar in de werkplaats,' zei Paul.

'Bedankt voor het weerbericht.' Lopend door de gang trok Lena haar jas aan. Haar hormonen waren nog steeds van slag. Ze had het de hele tijd koud, behalve wanneer de vlammen haar uitsloegen. Daar had ze dat stomme mens van dokter Benedicts praktijk naar moeten vragen, niet naar iets wat zes jaar geleden gebeurd was.

'Je krijgt het nog...' zei Paul.

'Shit.' Haar overhemd raakte vast in de rits.

'Kom eens hier.' Paul ging voor haar staan. Hij ging met de rits aan de slag alsof ze een kind van drie was. Paul was niet de enige die de laatste tijd voorzichtiger met haar was omgesprongen. Lena vermoedde dat ze een soort zwangerevrouwenferomonen verspreidde. Of in elk geval had verspreid.

'Ik ben bang dat we problemen met Eric krijgen,' zei Paul. 'Hij doet raar.'

'Hoezo raar?'

'Hij is te stil. Dat van laatst in het busje was grappig, maar hij verbergt iets.'

'Wat verbergt hij dan?'

'Dat bedoel ik.'

Lena keek naar Pauls vingers terwijl hij haar overhemd uit de rits probeerde los te peuteren. Ze dacht aan het blauwe jasje dat ze online had besteld. Jareds hele familie aanbad het footballteam van Auburn University. Het was bijna een religie. Lena was kwaad op hem geweest omdat hij de kinderkamer had geschilderd, maar zelf had ze zich de vorige week niet kunnen inhouden en had online bij de clubwinkel een Auburn-hoodie in een babymaatje besteld.

Het jasje was niet op voorraad geweest. Ze vroeg zich af wanneer het bezorgd zou worden. Wanneer in de nabije toekomst zou ze bij thuiskomst een piepklein jasje aantreffen dat lag te wachten op piepkleine armpjes die nooit zouden bestaan?

'Lee?' zei Paul. 'Ben je er nog?'

Ze schudde haar hoofd. 'Het is te laat om Eric te wisselen. Tijd dat hij een kerel wordt.'

Eindelijk had Paul de rits los. 'Jij bent de baas.'

Het woord werkte op haar zenuwen, begon steeds meer een spottende bijklank te krijgen. 'Bof ik even,' mompelde ze. Theoretisch was hun inspecteur de baas, maar een buitengewoon agressieve vorm van leukemie had hem uitgeschakeld en Denise Branson zocht nog naar een geschikte vervanger. Lena had de taak aanvankelijk zonder problemen op zich genomen, maar inmiddels was ze de negatieve kant van haar nieuwe verantwoordelijkheden gaan inzien.

'Shit, schouders recht.' Hij stak zijn borst naar voren en met zijn rug tegen de muur sprong hij in de houding.

Lena hoefde niet te vragen waarom. Lonnie Gray kwam al pratend in zijn mobiel de gang door lopen. Hij beëindigde zijn telefoontje toen hij Paul en Lena zag. 'Stand van zaken?' vroeg hij zonder omhaal.

'We zijn aan het oefenen,' zei Lena. 'Deze keer worden er geen fouten gemaakt. We gaan Waller pakken.'

'Als je daar maar van doordrongen bent, rechercheur,' zei Gray op strenge toon.

'*Yes, sir*,' antwoordde ze, want ze wist dat hij het meende. Lena had al menig rechercheur voortijdig het Macon Police Department zien verlaten omdat hij de commissaris teleurgesteld had. 'Het hele team is er honderd procent klaar voor, daar sta ik voor in.'

'U kunt op ons rekenen,' voegde Paul eraan toe, als een jongetje van acht dat een appel voor de meester heeft meegebracht.

'Mooi.' Gray liep weer door, maar pas nadat hij even kort naar Paul had geknikt. Lena kon Vickery's balzak bijna horen trillen. Zelf had ze ook veel respect voor Gray, maar ze hoopte dat ze niet zichtbaar stond te soppen telkens als de commissaris in de buurt was.

Zodra Gray weg was, klapte Paul in zijn handen. 'Je hebt de chef gehoord. We zullen die rotzak eens te grazen nemen.'

Hij liep voor Lena uit de gang door in de richting van de werkplaats. Paul was zichtbaar opgefokt, en niet alleen vanwege de commissaris. Hij liep op een rare, wat verwijfde manier op de ballen van zijn voeten. Lena wist dat Paul twee keer naar Afghanistan uitgezonden was geweest voor hij een granaatscherf in zijn arm kreeg. Dankzij fysiotherapie was hij honderd procent genezen, maar toen hij eenmaal thuis was, was er van zijn krijgslust niet veel meer over.

Vechtlust bezat Paul nog wel – een van de vele eigenschappen die ze gemeen hadden. Aanvankelijk dacht Lena dat ze een goed team zouden zijn omdat ze wat temperament betrof op elkaar leken, maar ze begon in te zien dat een afwijkende mening misschien voor meer evenwicht zorgde.

Een van de redenen waarom Lena zoveel respect voor Jeffrey Tolliver had gehad was dat hij geen blad voor de mond nam als hij vond dat ze het mis had.

Paul schopte de deur naar de werkplaats open. Het geluid van metaal op metaal weergalmde door het hangarachtige gebouw. Geconfisqueerde auto's en boten werden naar de werkplaats gebracht om uit elkaar te worden gehaald op zoek naar drugs of smokkelwaar. Hier werd ook het routineonderhoud van de politiewagens uitgevoerd, en dat verklaarde waarom er drie patrouilleauto's op de brug stonden.

De monteurs hadden een groot stuk van de vloer vrijgemaakt voor Lena's team. Het oppervlak van het drugshol bedroeg een kleine tweehonderd vierkante meter, en zelfs in dit grote gebouw was ruimte schaars. Ze gebruikten het bureau van de baliebrigadier als werkplek, tot woede van de man zelf, maar bevel was bevel. Lena was verbaasd dat Denise Branson de ruimte niet van hen had afgepakt. Ze was pissig genoeg om Lena dwars te zitten, en Branson zou het niet tot hoofdinspecteur hebben geschopt als ze niet wist hoe ze straf moest uitdelen.

DeShawn Franklin, Mitch Cabello en Keith McVale stonden rondom het bureau. Lena liep Paul voorbij en versnelde haar pas om niet door hem ingehaald te worden. In Grant County was Lena de enige vrouwelijke rechercheur geweest in een korps dat verder alleen uit mannen bestond. Ze kende de regels toen ze aan dit werk begon. Elke seconde van de dag moest ze vechten om haar plaats in de pikorde te behouden.

'Hé, baas.' Mitch keek op van de plattegrond die ze op het belastingkantoor hadden bemachtigd. 'Ben je verkouden?'

Lena kon wel raden hoe ze eruitzag: roodomrande ogen die bloeddoorlopen waren van het huilen. Met de rug van haar hand veegde ze haar neus af. 'Ja. Van Jared opgelopen.'

'Reken maar.' DeShawn liet een soort gegrom horen dat een koor van pornomuziek aan het team ontlokte.

'Kappen, sukkels. Ik kwam commissaris Gray net tegen op de gang. Hij liet er geen misverstand over bestaan dat we Waller bij ons hebben als we hier terugkomen, want anders mogen we doorrijden, de stad uit.' Ze keek DeShawn veelbetekenend aan. 'En daar bedoel ik jou ook mee, grote jongen.'

Hoewel ze allemaal wisten dat DeShawn een lievelingetje van Gray was, maakte Mitch een *ruh-roh*-geluid dat hij rechtstreeks van Scooby Doo had gejat.

Lena keek de werkplaats rond. De monteurs waren gaan schaften en de baliebrigadier zat waarschijnlijk te mokken in zijn auto. Het B-team had de vorige avond bij het huis gepost. Lena had gezegd dat ze wat later mochten komen. Tijdens de inval moesten ze de omgeving bewaken, dus ze hoefden niet te oefenen, zoals de rest.

Toch ontbrak er nog iemand.

'Waar is Eric?' vroeg ze.

'Zo te horen zit hij z'n lunch uit te schijten,' zei DeShawn.

Lena wierp een blik op Paul, wiens gezicht meestal elke gedachte weerspiegelde die bij hem opkwam. Hij maakte zich nog steeds zorgen om Eric. Misschien was dat niet onterecht. Met een knipoog naar het oude gezegde: Erics buik was de spiegel van zijn ziel.

'Is er iets, baas?' vroeg DeShawn.

Lena probeerde zich te vermannen. 'Ja, ik zit met een stel kleine meisjes opgescheept.'

Dat werd begroet met het gebruikelijke gejoel en wijzende vingers.

Lena schonk er geen aandacht aan. Ze keek naar de betonnen vloer, waarop ze het huis hadden afgeplakt. De plattegrond was precies op schaal. Woonkamer, twee slaapkamers, badkamer, eetkamer, keuken. Ze konden hier het aantal stappen afpassen, zodat alles automatisch ging als ze de inval in realtime uitvoerden.

De enige onbekende factor was het souterrain.

Deurklink. Nachtslot. Schuifslot. Ze hadden geen idee hoe de deur werd afgesloten, hoewel ze kostbare tijd hadden verspild met het doornemen van alle opties.

Het grootste probleem waren de vier, misschien vijf mannen die zich gewoonlijk in het huis ophielden. Soms bleef er een stel junks slapen, maar dat was meestal nadat er een weekend lang gefeest was. Rond halfacht 's ochtends kwam de handel op gang: scholieren op weg naar school, of volwassenen op weg naar hun werk. Twee of drie uur later kwamen de moeders in hun SUV's, smachtend naar een snuifje om de dag door te komen. De handel rond lunchtijd was onvoorspelbaar, maar het spitsuur begon om halfvijf en ging door tot na drie uur 's nachts.

Dat was het moment waarop Sid Waller verscheen. Stipt op tijd nam hij de afrit in noordelijke richting die op Allman Road uitkwam, sloeg links af Redding Street in, en vervolgens reed hij zijn Corvette op zijn dooie gemak over de hobbelige grindweg naar het drugshol.

Meestal bleef Waller een uur of drie. Niemand wist wat hij

deed als hij daar was. Het was te gevaarlijk om de verklikkers er op dat tijdstip naartoe te sturen. Bovendien waren die dan meestal van de wereld. Paul dacht dat Waller de koopwaar keurde. DeShawn dacht dat hij meiden neukte. Denise Branson dacht dat hij het geld zat te tellen.

Lena hoopte van harte dat Sid Waller alle drie tegelijk deed, en dat hij tegen de tijd dat ze dat donkere, bedompte souterrain waren binnengedrongen te stoned, te sufgeneukt en te bang was om tot iets anders in staat te zijn dan hulpeloos toe te kijken terwijl zij de boeien om zijn polsen aantrok.

Ze keek op. Ze wachtten allemaal op haar. DeShawn staarde naar zijn handen alsof hij zich afvroeg of hij een manicure nodig had. Mitch en Keith stonden tegen elkaar te mompelen, want die twee konden hun mond nog niet houden als je een pistool tegen hun hoofd drukte. Pauls gezicht sprak boekdelen. Hij was net een puppy zoals hij stond te springen en zich bijna onderplaste van opwinding.

De deur knerpte open. Eric Haigh liep met een schaapachtig lachje de werkplaats binnen. Paul had gelijk: er was iets met de man aan de hand. Hij leek te aarzelend, wat helemaal duidelijk werd toen hij bij de rest van het team ging staan, dat zich om het bureau had verzameld. Ze waren er allemaal klaar voor. Alleen Eric zag eruit alsof hij maar één kant op wilde: de deur weer uit waardoor hij zojuist was binnengekomen.

Nou ja, zo had iedereen zijn problemen.

'Goed, dames.' Lena klapte in haar handen. 'Het besluit is gevallen. Vannacht om nul-nul-dertig uur gaan we dat huis binnen.'

Acht

DONDERDAG

Sara zat op de passagiersstoel van Nells pick-up en zag het landschap rond Macon aan zich voorbijtrekken. Atlanta was een stad vol bomen en prachtige tuinen, maar Sara voelde zich pas echt thuis in een bosrijke omgeving als deze. Grant County had een hogeschool, net als Macon, en het lag in een deel van de staat waar het leven zich nog in een trager tempo voltrok. Alleen al de aanblik van de bomen gaf Sara het gevoel dat haar longen het weer deden. De gier op haar schouder was even weggevlogen. Ze voelde zich weer meer zichzelf.

Misschien kwam het niet alleen door de omgeving dat ze een dergelijke rust ervoer. Terwijl Nell schoonmaakspullen aan het inslaan was, had Sara als een bezetene haar hart uitgestort in een lange e-mail aan haar zus. Tessa had al even uitgebreid geantwoord, maar in plaats van haar bericht te vullen met clichés over volharden en het genot van de zoete wraak, had ze lijstjes gemaakt: tien dingen die ze mooi vond aan Will Trent. Drie van de stomste moppen die hun vader ooit had verteld. Acht nieuwe woorden die Tessa in aanwezigheid van Izzie, Sara's nichtje, had uitgesproken en die haar waarschijnlijk een plaatsje in de hel zouden bezorgen. Zes redenen waarom niemand ooit zulke lekkere broodjes zou kunnen bakken als hun oma. Vijf dingen die hun moeder altijd deed en waarvan ze gezworen hadden dat ze die nooit, maar dan ook nooit zelf zouden doen, maar die ze nu vrijwel dagelijks deden.

De enige rechtstreekse verwijzing naar Sara's situatie stond in het postscriptum: *Ga alsjeblieft niet weer naar Dolly Parton luisteren.*

'Dat doe ik de hele tijd,' zei Nell.

'Pardon?' zei Sara, die diep in gedachten verzonken was geweest.

'Dan herinner ik me iets van Jeffrey en dan moet ik lachen.' Nu lachte Nell zelf ook. 'Hij vond het altijd heerlijk in het bos. Op de middelbare school trok hij er altijd op uit.'

Sara deed haar mond al open om haar te corrigeren, maar ze hield zich in.

'Geeft niet,' zei Nell. 'Bewaar je verhaal maar voor Jared als hij wakker wordt. Dan kunnen we er met z'n drieën om lachen.'

Sara knikte. Het was een vertrouwd deuntje aan het worden. Nell was ermee begonnen toen ze uit het ziekenhuis kwamen. Ze moest een schone pyjama zien te vinden voor als Jared wakker werd. Ze moest zorgen dat het huis schoon was als Jared wakker werd. Sara vond het prima dat Nell zich een doel had gesteld. Ze begreep dat het het enige was wat haar op de been hield.

Nells mobiel begon te piepen. Ze had het gps ingeschakeld om het huis van Lena en Jared te zoeken. 'Hier moet het zijn,' zei ze, en met een ruime bocht sloeg ze rechts af.

Sara perste haar lippen op elkaar. Nell reed als een oud wijf. Nooit overschreed ze de maximumsnelheid en ze remde telkens af als ze dacht dat een andere auto wilde invoegen. Af en toe zette ze de pick-up aan de kant om een bord te lezen of een opmerking over een voetganger te maken. Alles ging bij haar nog steeds op z'n dorps: haast werd als onbeleefd ervaren en je claxonneerde alleen als er een hond op de weg liep.

Nell bestudeerde de huizen langs de straat. 'Niet slecht,' was haar commentaar, en dat was het allerpositiefste wat ze over Macon had gezegd vanaf het moment dat ze in de auto waren gestapt. 'Ze zullen het ontwerp wel allemaal uit hetzelfde tijdschrift hebben gehaald.'

Sara volgde haar blik. De huizen in deze buurt hadden inderdaad iets uniforms, maar ze waren niet te groot voor de kavels waarop ze stonden en ze hadden ook niet allemaal extra slaapkamers waar niemand ooit gebruik van zou maken. De gazons waren goed onderhouden. Op de opritten stonden minibusjes. Aan verandaposten hingen Amerikaanse vlaggen. Echt zo'n straat waarvan je kon verwachten dat er twee politiemensen woonden.

Nell had haar gps niet langer nodig. Ze parkeerde haar auto naast een witte bus van de technische recherche van het GBI. Charlie Reed stond bij de geopende achterportieren. Een jongere man overhandigde hem plastic kratten, die Charlie voorzichtig in de laadruimte zette. Sara herkende de verzegelde bewijszakken uit de tijd dat ze als patholoog-anatoom werkzaam was geweest. Het verleden leek haar weer te besluipen, vooral toen ze de twee agenten zag die bij een patrouillewagen aan het einde van de straat stonden.

'Tja,' zei Nell, die wat onrustig naar het huis keek.

Sara vermoedde dat ze eerder een soort heksenhutje had verwacht in plaats van het schilderachtige houten huis van één verdieping dat boven op een steile heuvel stond. Het huis was rechttoe rechtaan, eerder diep dan breed, en met de voordeur precies in het midden. In plaats van een Amerikaanse vlag wapperde er een oranje-blauw vaandel aan de veranda, met het logo van Auburn University.

Dat kon Nells goedkeuring wel wegdragen. 'Zijn afkomst is hij in elk geval niet vergeten,' zei ze.

Sara mompelde iets wat als bemoedigend zou kunnen worden beschouwd. Misschien was het niet Nell, maar zijzelf die moeite had met de gedachte dat Lena in dit huis woonde. Het gazon was een donkergroen tapijt. Rond de brievenbus stonden langstelige petunia's. Slangenbaard groeide over de randen van het pad naar de voordeur, die rood was geschilderd. De houten plantenbakken op de veranda waren gevuld met nog meer petunia's. Sara kon zich moeilijk voorstellen dat Lena bloemen verzorgde, laat staan dat ze aantekeningen ging zitten maken uit een boek over feng shui.

'Kom je nog?' vroeg Nell.

Sara duwde het portier open. Vergeleken met de benauwde cabine van de pick-up was het kil buiten. De politieagenten aan het einde van de straat keken met onverholen nieuwsgierigheid toe. Sara zwaaide naar hen. Ze kreeg er twee knikjes voor terug.

'Ik bel Possum even om te vragen of hij al bij de verpleegster is geweest,' zei Nell. Ze klapte haar telefoon open en koos het nummer. Met haar hand in haar zij keek ze naar het huis terwijl ze wachtte tot Possum opnam.

Sara hoopte dat Nell haar plannen in heroverweging zou nemen. Het eerste halfuur van de rit hadden ze gepraat over wat ze konden verwachten als ze de plaats delict gingen schoonmaken. Uiteindelijk had Sara gezegd waar het op stond. Ze was vrij hard geweest, maar dat leek Nell alleen maar te sterken in haar besluit.

'Hoe gaat het nu met hem?' vroeg Nell in de telefoon.

Sara liep bij de auto weg om haar wat privacy te gunnen. Een briesje stak op terwijl ze naar de bus van de technische recherche stapte. Ze wreef over haar armen. Het speet haar dat ze geen jas had meegenomen.

'Dokter Linton.' Charlie Reed keek haar lachend aan. Hij zag er goed uit, als je de keurig verzorgde krulsnor die hem het aanzien gaf van een loungezanger buiten beschouwing liet. 'Zeg alsjeblieft dat Amanda er eindelijk in geslaagd is je voor ons team te strikken.'

'Lieve help, nee.' Voor Amanda Wagner werken was wel het allerlaatste wat Sara wilde. 'Ik ben met een vriendin meegekomen.' Ze wees naar Nell. 'Jared Long is haar zoon.'

'O.' De glimlach week van Charlies gezicht. 'Ze wil toch niet kijken...?'

'Erger nog, ze wil de boel schoonmaken.'

Charlie wenkte Sara mee naar de voorkant van de bus. Hij wierp een blik op Nell, waarschijnlijk om er zeker van te zijn dat ze hen niet kon horen. 'Het is niet bepaald prettig daar binnen. Niet dat ik niet erger heb gezien, maar er is geschoten en nogal heftig gevochten. Alleen al het bloed dat er ligt...'

Sara stak haar handen op. 'Ik zou het liefst meteen vertrekken als ik haar mee zou krijgen.'

Charlie keek weer naar Nell. De vastberadenheid straalde van haar af. 'Nou, in elk geval mooi dat jij bij haar bent.'

'Ik probeer haar nog steeds op andere gedachten te brengen.'

'Ze lijkt me niet het type dat zich laat overhalen,' constateerde hij. 'Zal ik je even snel bijpraten?'

Sara knikte, enigszins beschaamd omdat ze benieuwd was naar de bijzonderheden.

Charlies toon werd professioneel. 'De man die we Aanvaller Twee zullen noemen is door het voorste raam naar binnen gegaan.' Hij wees naar het betreffende raam. Op de witte lijst zat zwart vingerafdrukpoeder. 'Hoogstwaarschijnlijk heeft hij een zakmes gebruikt. Dat heeft hij tussen het kozijn gestoken en toen heeft hij de raamklink omhooggeduwd.'

Sara knikte. Een typische inbraakmethode.

'Uit de vingerafdrukken leiden we af dat Aanvaller Twee vervolgens de voordeur heeft geopend en de man heeft binnengelaten die we Aanvaller Een noemen. Uit de kruitresten op de vloer en op de muren maken we op dat Aanvaller Een in de voorkamer stond, bij de deur naar de gang, toen hij het eerste schot loste. Een Remmington 870 met afgezaagde loop, 28 kaliber.'

Uit het verleden wist Sara dat een schot op die afstand dwars door een stuk multiplex van anderhalve centimeter ging. Dankzij de afgezaagde loop hadden de hagelkorrels zich verspreid, en waarschijnlijk had Jared het daaraan te danken dat hij niet ter plekke dood was neergevallen.

'Ik heb het opnamerapport van het ziekenhuis gelezen,' zei Charlie. 'Uit mijn voorlopig veldonderzoek blijkt dat de meeste hagelkorrels in het thoraxgebied terecht zijn gekomen, in een kring van twintig centimeter, ruwweg vanaf Th 2 tot aan Th 7, terwijl enkele in de schedel zijn gedrongen. Op de plaats delict zijn een paar korrels in het hout van de deurlijst aangetroffen. We mogen ervan uitgaan dat de meeste hagelkorrels het lichaam van het slachtoffer zijn binnengedrongen.'

Sara was het verleerd naar mensen te luisteren alsof ze getuigenis aflegden. 'Stond Jared in de deuropening?'

'Ja. Het lichaam van het slachtoffer lag vrijwel midden in de deuropening. Waarschijnlijk had hij zijn armen over elkaar geslagen of hield hij ze voor zich uit. Volgens het opnamerapport had hij geen wonden op de achterkant van zijn armen of handen. Hij had een gereedschapsriem om, en we vermoeden dat rechercheur Adams daaruit de hamer heeft gepakt.'

Sara had zich dat al afgevraagd. Ze kon zich niet voorstellen dat Lena een hamer op haar slaapkamer bewaarde, hoewel ze tot god mocht weten wat in staat was.

'Met de hamer,' vervolgde Charlie, 'schakelde Adams Aanvaller Een uit, de schutter, in de deuropening van de slaapkamer.' Hij wees naar een punt vlak onder zijn oogkas. 'De klauw ging hier naar binnen. Raakte vast in de oogkas en ging recht door het glaslichaam. De shotgun ging een tweede keer af en sloeg een gat van zo'n tweeëndertig centimeter in de tegenoverliggende muur. Op zeker moment is de aanvaller op de vloer gevallen, waarop de hamer uit zijn hoofd werd gerukt. We hebben spatten en botfragmenten op de muur aangetroffen, zo'n vijfentwintig tot veertig centimeter boven de vloer, dus waarschijnlijk lag hij op zijn rug toen de hamer eruit ging. Er zijn ook spatten met een boog op het plafond terechtgekomen toen het ding werd losgerukt.' Charlie huiverde. 'Sorry, maar van hamers ga ik echt flippen.'

'Je bent de enige niet.'

'Maar toch.' Weer ging er een huivering door hem heen. 'Op een gegeven moment heeft Aanvaller Twee een poging gedaan zijn maat te hulp te schieten. Als je op de kruitsporen afgaat bevond hij zich op ruim anderhalve meter van de slaapkamer toen hij drie schoten loste uit een Smith & Wesson 5-schots revolver. Uiteindelijk heeft hij zijn maat geraakt. Ik weet niet precies hoe dat gegaan is, maar Aanvaller Een stond met zijn rug naar de deur toen hij neergeschoten werd. Uiteraard viel hij kort daarna op de vloer. Daarna is Aanvaller Twee op de een of andere manier ook ten val gekomen en Adams is hem te lijf gegaan.'

'Aanvaller Twee viel nog voor ze hem raakte?'

'Hij viel op zijn knieën,' verduidelijkte Charlie. 'Sorry. We hebben knie- en voetafdrukken gevonden in het bloed op de plek waar hij neerviel. Op dat moment heeft rechercheur Adams hem waarschijnlijk met de kolf van de shotgun op het hoofd geslagen. Er zitten bloed en haren op het wapen, en de spatten op de muur en het bed in aanmerking genomen – het bed is ongeveer tachtig centimeter hoog – doet het denken aan een honkbalswing. We hebben de losse tanden als bewijsmateriaal in beslag genomen, dus dat hoeft die moeder in elk geval niet te zien.' Hij wierp weer een blik op Nell. Ze was niet meer aan het bellen, maar zocht op de laadbak van de pick-up naar haar tassen met schoonmaakmiddelen.

'Wat is er gebeurd nadat de tweede schutter was uitgeschakeld?' wilde Sara weten.

'De buren arriveerden.' Charlie knikte naar ergens verderop in de straat. 'Er wonen hier twee politiemensen, en ook een ambulancemedewerker en een brandweerman. Sorry, een brandweervrouw. Zij kregen Jareds hart weer aan de praat. Gelukkig voor mij zijn de dienstdoende agenten die op de 911-oproep afkwamen niet in de slaapkamer geweest. Die zag er nog aardig ongerept uit toen ik arriveerde.'

'Zei je dat Jared een hartstilstand had?' vroeg Sara. Dat verklaarde waarom hij naar het dichtstbijzijnde ziekenhuis was gebracht in plaats van naar het traumacentrum.

'Dat klopt,' zei Charlie. 'Voor zover ik heb begrepen zijn de buren behoorlijk lang met het slachtoffer bezig geweest voor de ambulance er was. Eerlijk gezegd verbaast het me dat hij het gehaald heeft. Hij heeft een grote hoeveelheid bloed verloren. Ik schat – en pin me daar niet op vast voor ik het rekensommetje heb gemaakt – een liter of twee.'

Sara liet de informatie bezinken. Als Charlie gelijk had, had Jared een derdegraadsbloeding gehad en was hij dertig tot veertig procent van zijn bloedvolume kwijtgeraakt. Een zeer versnelde hartslag werd gevolgd door ademnood en orgaanfalen. Als de buren niet met fysieke inspanning Jareds hart weer aan het pompen hadden gekregen, zou Sara Nell die ochtend in het uitvaartcentrum hebben getroffen in plaats van in het ziekenhuis.

En dan werd de ernst van de wonden die het bloeden hadden veroorzaakt nog buiten beschouwing gelaten.

'Hallo,' zei Nell. Plastic handvatten van boodschappentassen sneden in haar handen, maar ze schudde haar hoofd toen Sara aanbood er een paar van haar over te nemen. 'Ik ben Darnell Long,' zei ze tegen Charlie. 'Jareds moeder.'

'Charlie Reed,' zei hij. 'Ik werk voor het GBI. Vreselijk wat er met uw zoon is gebeurd, Mrs. Long. Maar hij is in bekwame handen.'

'De Heer geeft ons nooit meer dan we kunnen dragen.'

Charlie vouwde zijn handen samen. '"Wie Mij volgt zal nimmer in de duisternis wandelen."'

Nell keek verbaasd toen ze hem de Bijbel hoorde citeren, en Sara al niet minder. Ze had in Charlie nooit een kerkganger gezien. Aan de andere kant was hij in het Zuiden geboren, waar baby's de Schrift met de moedermelk binnenkregen.

'Ik moet weer aan het werk.' Hij glimlachte om hun reactie.

'Als jullie me willen verontschuldigen, dames,' zei hij, en toen liep hij terug naar zijn bus.

'Heb je ooit,' zei Nell, terwijl ze Charlie nakeek. Sara kreeg de indruk dat het zinnetje met een zeker oordeel gepaard ging, want Nell had het ook al uitgesproken toen ze de volle parkeerplaats bij de striptent naast de Dollar Store had gezien.

'En wat moet hij met die rare snor?' vroeg ze.

'Charlie is een van de beste forensisch experts in de staat. En hij is ook heel aardig. Hij geeft om zijn werk.'

'Heb je ooit.' Nell deed er verder het zwijgen toe. Ze stapte op het huis af. De tassen waren zwaar en Sara zag dat de gekruiste handvatten de bloedsomloop in haar vingers afsneden.

'Weet je zeker dat ik niet hoef te helpen?' vroeg ze.

'Nee dank je, ik red me wel.' Niettemin kreunde Nell van inspanning toen ze het laatste stuk van de oprit nam.

Jareds politiemotor stond voor de garage geparkeerd. Het buitenlicht boven de deur brandde nog. Sara keek achterom naar de straat. Hier woonde onmiskenbaar een politieman. Zelfs in het holst van de nacht zou de motor duidelijk zichtbaar zijn.

'Wat moeten we hiermee?' vroeg Nell. De deur was afgezet met politielint, maar Charlie moest het huis nog verzegelen.

'Hier hebben ze meer van,' zei Sara en ze trok het lint weg. Ze maakte de deur nog niet open. 'Nell, nogmaals: ik vind dit een slecht idee. Het is veel erger dan je denkt. Er is hier hevig gevochten. Jared heeft veel bloed verloren. Het zit op de vloer, op de muren, op elk oppervlak. Het is riskant. Medisch afval moet op de juiste wijze verwijderd worden. Je moet dit echt aan de deskundigen overlaten.'

Nell tilde de tassen weer op. 'Ik weet heus wel hoe ik troep moet opruimen.'

'Je kunt het geld van me lenen. Of anders krijg je het. Het kan mij niet schelen of...'

'Nee,' zei Nell op besliste toon. 'Bedankt.'

Ze bleef afwachtend staan. Ten slotte draaide Sara de deurknop om en duwde de deur open.

Er hing de typisch penetrante lucht van een plaats delict: niet eens de metalige geur van bloed door ijzeroxidatie, maar de stank van angst. Sara had altijd een sterk vertrouwen in de intuïtie gehad. In een primitiever deel van het menselijk brein zat het besef van gevaar geprogrammeerd. Dat deel kwam in actie zodra Sara de eerste stap over de drempel van Lena's en Jareds huis zette.

Er was hier een man gestorven. Twee andere mannen waren bijna vermoord. Een vrouw had gevochten voor haar leven. In de muffe ruimte hing nog steeds de dreiging van geweld.

Sara keek toe terwijl Nell alles in zich opnam. Haar houding veranderde. Ze liet bijna een paar tassen vallen. 'Ga maar even zitten,' stelde Sara voor.

'Laat me maar.'

'Kom, we gaan zitten.'

Nell schudde haar hoofd. Ze liet haar blik door de voorkamer gaan. Het was een open indeling, een huiskamer en keuken ineen. Zonlicht stroomde door de ramen naar binnen. De bladen van de plafondventilator draaiden zacht jammerend rond. In dit vertrek was niets ergs gebeurd. De meubels waren niet omvergegooid. De muren waren zacht lichtgrijs geschilderd. Alleen de keuken lag overhoop, maar die werd duidelijk gerenoveerd. Bouwpakketten van keukenkastjes lagen keurig opgestapeld. De spoelbak was een emmer op een ouderwetse wastafel. De vaatwasser stond in de hoek, met het snoer en de afvoerslang er als een strik omheen. Het fornuis was van de muur gehaald, maar Sara zag dat de gasleiding er nog aan zat.

'Hij is al even erg als Jeffrey,' zei ze zonder nadenken.

Jeffrey moest altijd met een of ander project bezig zijn. Een oude auto oplappen. Een tweede wastafel in de badkamer installeren. De keuken opknappen. Dingen repareren gaf hem het gevoel dat hij iets gepresteerd had, maar iets afmaken was een ander verhaal. Toen hij pas een relatie met Sara had, diende een dik stuk plastic als buitenmuur voor zijn keuken. De koelkast stond in de eetkamer. Een tuinslang ging via het voorste raam naar binnen en was met allerlei kleppen aan de ijsmachine vastgemaakt.

'Jeffrey vond het altijd heerlijk om met zijn handen bezig te zijn,' zei Nell. Ze zette de tassen op het werkblad – een stuk multiplex op een stel balkjes. Met haar vinger streek ze over het hout. Haar blik ging naar de spoelbakemmer, naar de kale maar schoongeveegde vloer. 'Huishouden kan ze in elk geval wel. Dit is echt niet door Jared schoongemaakt.'

Sara reageerde niet. Lena was altijd al netjes geweest. Haar bureau op het werk zag eruit alsof het rechtstreeks uit een catalogus voor kantoormeubelen kwam.

'Ik vraag z'n pa of die het hier wil afmaken.' Nell knikte naar de opgestapelde dozen. 'Die heeft Possum binnen een dag in elkaar gezet. Ik help hem wel met het ophangen van de bovenste kastjes. De onderste kan hij zelf doen. Ze zullen nog wel geen werkblad hebben, maar we kiezen iets uit wat...' Ze zweeg. Sara volgde haar blik naar de bank. Er lag een kussen met daarop een netjes opgevouwen laken. Naast de afstandsbediening op de salontafel zag ze een bril, een glas water en een plastic houder voor een beugel.

'Hallo?' De voordeur stond nog open en Faith Mitchell liep naar binnen. In het ziekenhuis had ze al met Nell en Possum kennisgemaakt. Sara had hen aan elkaar voorgesteld.

'Zijn jullie hier net?' vroeg Faith.

'Ja.' Nell kon haar blik niet van de bank losmaken. Faith had de situatie kennelijk meteen door, maar ze gaf geen commentaar. Ze lachte even naar Sara, als om haar duidelijk te maken dat alles al pijnlijk genoeg was.

'We hebben Charlie gesproken,' zei Sara.

'Hij is de bus nog aan het inladen.'

Met veel kabaal begon Nell de tassen uit te pakken, en met een klap zette ze de fles bleekwater en de doos met handschoenen op het multiplex werkblad.

Faith liep de voorkamer door, pakte voorwerpen op en was duidelijk bezig zich de plek eigen te maken. Ze was een jaar jonger dan Will, haar vaste partner, maar ze had zich opgewerkt via het politiekorps van Atlanta voor ze bij het GBI in dienst kwam, en ze was al even pragmatisch als cynisch. Sara had zich geen betere collega voor Will kunnen wensen. Faith was intelligent en kundig. Ze nam niet graag risico's. Oftewel: ze was diametraal het tegenovergestelde van Lena Adams.

Ze was ook nieuwsgierig als de pest. Keurend liep ze de kamer rond en bekeek de gordijnen en de verdere inrichting met een blik die qua scherpte niet voor die van Nell onderdeed.

Langzamerhand drong het tot Sara door. Nell was hier niet alleen gekomen om schoon te maken. Lena had haar uit Jareds ziekenhuiskamer verdrongen, en nu drong Nell Lena's huis binnen.

Inmiddels had ze de tassen uitgepakt. Ze leunde met haar handen op het houten blad. 'Laat ik eerst maar eens rondkijken.'

Het had geen zin ertegen in te gaan. Nell was niet van haar voornemen af te brengen. Zwijgend volgden Sara en Faith haar naar de gang.

Nell kwam niet ver. Vlak voor de tweede badkamer bleef ze staan. Het douchegordijn was teruggetrokken. Een vuil stukje zeep lag naast een fles Axe-shampoo. De bril van de wc stond omhoog. De wastafel stond vol met mannentoiletartikelen: deodorant, een scheermes en scheerschuim, een tandenborstel die hard aan vervanging toe was en een halflege tube tandpasta. In de wasbak zaten baardhaartjes die Jared na het scheren niet had weggespoeld.

Mompelend liep Nell door. 'Ze zal hem ook wel uit de badkamer hebben geschopt.'

Faith mompelde al even zachtjes: 'Al kreeg ik geld toe, dan zou ik mijn badkamer nog niet met een man willen delen.'

'Amen,' zei Sara terwijl ze Nell volgde door de gang. Ze stapte over een met wit krijt afgetekend stuk vloer, waar Charlie DNA had verzameld. Zo te zien had iemand in de gang gespuugd, waarschijnlijk om zijn aanwezigheid te bekrachtigen.

Wat het nog waarschijnlijker maakte dat de schutters hun slachtoffers niet op goed geluk hadden uitgekozen.

Aan weerszijden van de gang was een extra slaapkamer. De eerste was in gebruik als kantoor. De tweede leek het zoveelste onvoltooide project te zijn. De muren waren vrolijk geel geschilderd. De kastdeur lag op twee schragen. Hoofdschuddend liep Nell erlangs; waarschijnlijk kwam dit ook op het klussenlijstje voor Possum. Op een paar passen van de hoofdslaapkamer bleef ze staan.

Sara hoorde Nells adem stokken. Haar handen beefden toen ze de deurpost vastgreep.

Misschien had Charlie een te voorzichtige inschatting gemaakt. Ondanks de tijd die er was verstreken, was de plas bloed op de plek waar Jared had gelegen nog steeds niet helemaal gestold. Licht glinsterde op het natte oppervlak. De roestkleur van de klonters langs de randen was in de hardhouten vloer gedrongen.

De rest van het bloed was uren geleden al opgedroogd, en de wijnrode vlekken getuigden van een hevige vechtpartij. Het plafond en de muren waren nog niet eens het ergst. Kriskras over de vloer liepen grote schoenafdrukken, met daardoorheen Lena's blote voeten. Spetters. Spatten. Een nevel van bloed. Druppels. Knieafdrukken. Handafdrukken. Vegen waar een los vloerkleed opgepropt onder Jareds lichaam moest hebben gelegen. Sporen die aantoonden dat iemand naar het bed was gekropen. Nog meer schoenafdrukken van buren en hulpverleners die naar binnen waren gestormd om Jared te helpen. Tegen de tijd dat ze weer vertrokken, moesten ze onder het bloed hebben gezeten. Lange rode bloedsporen waren zelfs in de voegen van de badkamervloer gesijpeld.

Maar de ware toedracht werd pas duidelijk bij de deur naar de slaapkamer. Hier was Jared neergeschoten. Hier had Lena zich tegen de indringers verweerd. Met de opgedroogde bloedspatten en -spetters op de muren en het plafond kon je een forensisch studieboek vullen. Ze varieerden in grootte en vorm, in dikte en bereik, en ze zouden ertoe bijdragen dat elke seconde van deze ongetwijfeld buitengewoon gewelddadige strijd in kaart kon worden gebracht. Ook al waren de stukjes tand en bot verwijderd, ook al waren de hamer en wapens als bewijsmateriaal meegenomen, toch loerde in elke hoek de schaduw van de dood.

'Ik kan niet... Ik weet niet wat...' hakkelde Nell.

Sara zei niets.

Nell haalde haar neus op, maar er kwamen geen tranen. 'Denk je dat een natstofzuiger...' Weer stierf haar stem weg. Ze klemde zich nog steviger vast aan het versplinterde hout van de deurlijst.

Sara keek Faith aan, maar die schudde alleen maar haar hoofd.

'Oké.' Nell duwde zichzelf de kamer in. Ze zocht zich een weg naar de ladekast. Hoe voorzichtig ze ook deed, het was onmogelijk om de restanten van het bloedbad te vermijden. Haar sneakers raakten opgedroogde voetafdrukken. Laarsafdrukken. Schoenafdrukken. Handafdrukken.

Haar stem was een octaaf gestegen. 'Jared heeft altijd graag een pyjama aan.' Ze trok laden open die ongetwijfeld al door Charlies team gefotografeerd en geïnventariseerd waren. 'Geen man die zichzelf respecteert wil zo'n ziekenhuishemd aan. Ik weet zeker dat hij zo snel mogelijk weer iets normaals wil aantrekken.'

Sara bleef samen met Faith aan de andere kant van de deuropening staan. Ze keken zwijgend toe terwijl de vrouw de persoonlijke bezittingen van Lena en Jared doorzocht. De bovenste drie laden waren duidelijk van Lena. Haar ondergoed was over het algemeen van het degelijke soort, hoewel Nell even verontwaardigd snoof toen ze iets vond wat grensoverschrijdend was. De onderste laden waren van Jared. Ze zaten vol basketbalshorts, T-shirts en boxershorts. Het overgrote deel van de dag droeg hij een uniform. In de kast hing ongetwijfeld één pak voor huwelijken en begrafenissen, en hij zou wel een paar poloshirts en kaki broeken hebben voor minder formele gelegenheden.

Nell stopte met zoeken. Met haar handen in de zij keek ze de kamer rond. 'Ik weet gewoon dat hij nog steeds pyjama's draagt.'

Sara hield haar mond, tot Nell naar het nachtkastje liep. 'Nell.'

Ze keek op, met haar hand aan de knop van de la.

'Dat is waarschijnlijk van Lena.' Sara wees naar het opengeslagen boek, duidelijk een romannetje, dat naast de handcrème en een tube lippenbalsem lag.

Toen Nell zich niet verroerde, zei Faith: 'Ik denk niet dat je wilt weten wat de vrouw van je zoon in haar nachtkastje heeft liggen. Of je zoon trouwens,' voegde ze eraan toe.

'Wat heeft dat er in godsnaam...'

Ze werd onderbroken door het geluid van motoren. Sara draaide zich om. De voordeur stond wijd open. Op straat zag ze minstens zes motorrijders. Als ze de politie een beetje kende, waren ze hier gekomen om zich over Jareds moeder te ontfermen. En ze kwamen precies op tijd.

Faith greep haar kans en zei tegen Nell: 'Als jij nou eens met Jareds vrienden gaat praten. Ze willen vast weten hoe hij het maakt.'

'Ik heb geen tijd om iedereen te bemoederen,' mopperde Nell, maar niettemin liep ze met grote passen de kamer uit.

'Jezus.' Faith wachtte tot Nell haar niet meer kon horen. 'Dat mens heeft een tong als een scheermes.'

Sara ging hier wijselijk niet op in. 'Heb je Charlie nog gesproken?'

'Hij heeft me eerder op de dag al gebrieft.' Faith keek de slaapkamer nog eens rond. 'Over een paar minuten krijgt Nell een telefoontje van het ziekenhuis. Jareds koorts is weer gestegen.'

'Heeft hij een infectie?'

'De verpleegkundige vreest van wel.'

Verpleegkundigen vergisten zich zelden wat dat soort zaken betrof. Sara dacht aan Nells stalen vastberadenheid, aan alle plannen die ze de afgelopen paar uur had gemaakt voor als Jared eindelijk wakker zou worden. 'Volgens mij overleeft ze het niet als hij sterft.'

'Het zijn altijd de sterken die het hardst breken.'

Sara trok haar kin in.

Faith liep de kamer in, en alsof ze als politievrouw boven de wet verheven was, stapte ze door het opgedroogde bloed. 'Ik zal maar eens een pyjama gaan zoeken. Misschien heeft ze dan het gevoel dat ze hem helpt.'

'Misschien.' Sara leunde tegen de deurpost terwijl Faith de kast doorzocht. Ze staarde naar de voetafdrukken die over de hele vloer verspreid waren. Het bloed was al zo opgedroogd dat alleen de omtrek van de afdrukken nog zichtbaar was, maar Charlie was voorzichtig te werk gegaan. Sara kon het hele proces nog steeds volgen. Het was gunstig dat Lena zulke kleine voeten had. Sara vergat altijd hoe tenger en klein ze was, amper een meter zestig en op een zware dag misschien nog minder.

Charlie Reed had gezegd dat de vier hulpverleners die het eerst ter plekke waren geweest in de buurt woonden. Te oordelen naar de bloederige afdrukken op de vloer hadden ze telkens bij de badkamerdeur op hun beurt gewacht terwijl een van hen Jared reanimeerde. De twee paar laarsafdrukken moesten dan van de aanvallers zijn. Ze hadden cowboylaarzen gedragen, met platte kunststof zolen die duidelijke uitroeptekens in het bloed hadden achtergelaten. Een van hen had hakken met een doodskop en gekruiste beenderen. Het andere paar was merkloos met onbekende groeven in de zool. Beiden liepen met naar binnen gedraaide voeten, waarschijnlijk omdat ze veel op de motor zaten.

Maar dan bleef er nog steeds een stel afdrukken over.

Sara liep naar het bed. Ze ging op haar hurken zitten. 'Er waren toch twee aanvallers?' vroeg ze aan Faith.

Faith was de planken van de kast aan het doorzoeken en haar stem klonk gedempt. 'Klopt.'

'Vier hulpverleners?'

'Eh...' zei ze nadenkend. 'Jep. Twee agenten, een ambulancebroeder buiten dienst en een grietje van de brandweer.'

'Maar dit dan?'

Faith draaide zich om.

Sara wees naar een afdruk vlak naast Jareds nachtkastje. Die was ook van een laars, maar hij was groter dan de andere twee en op de hak stond duidelijk het logo van een rubberen Cat's Paw-antislipzool.

Faith keerde zich weer naar de kast toe. Kennelijk boeide het haar niet. 'Dat heeft Charlie vast wel gezien.'

'Maar kijk eens naar de afdrukken. Lena was op blote voeten. De aanvallers droegen cowboylaarzen.' Ze wees naar de overige afdrukken. 'Twee van de buren droegen sneakers, een derde had waarschijnlijk slippers aan en de vierde was op sokken.'

Faith trok een paar trainingsbroeken van de plank. Ze deed er een T-shirt uit de mand met vuile was bij. 'Dit kan toch prima voor een pyjama doorgaan?'

Langzaam kwam Sara overeind. 'Kan het je niet schelen dat hier vannacht misschien een derde aanvaller is geweest?'

'Wil je beweren dat ik mijn werk niet goed doe?'

'Nee.' Sara voelde zich op haar nummer gezet. 'Nee, natuurlijk niet.'

'Je vergeet de ambulanceteams.' Faith telde ze op haar vingers af. 'Daarvan waren er drie, oké? Jared werd het eerst weggehaald. Daarna was de tweede schutter aan de beurt, de eerste werd naar het mortuarium gebracht, dus dat zijn minstens zes extra mensen, zodat je twaalf extra kansen op voetafdrukken hebt. En god mag weten wie hier allemaal van het Macon Police Department is komen binnenwandelen.'

'Charlie zei dat de agenten die op de 911-melding af kwamen niet in de slaapkamer zijn geweest.'

'Echt niet?' Faith klonk kribbig, maar Sara praatte door.

'Hij zei ook dat het even duurde voor de eerste ambulance hier was. Het bloed op de vloer zou in vijf, hooguit tien minuten zijn opgedroogd. Dus tenzij een van de ambulancemedewerkers opzettelijk in de plas bloed is gestapt waar Jared in lag en vervolgens hiernaartoe is gelopen, kan deze derde afdruk onmogelijk van een van hen afkomstig zijn.' Sara scherpte haar theorie nog iets aan. 'Degene die deze laarsafdruk heeft gemaakt, was aanwezig toen de misdaad gepleegd werd.'

'Daar is de tweede aanvaller onderuitgegaan,' zei Faith. Het kostte haar moeite om redelijk te blijven klinken. 'Ik weet zeker dat een van de eerste ambulancemensen bij hem gekeken heeft. Toch? Je denkt toch niet dat ze hier binnen kwamen stormen, één man zagen liggen en toen weer zijn vertrokken zonder bij de andere twee te gaan kijken?'

'De hulpverleners droegen hoogstwaarschijnlijk schoenen van 5.11 Tactical.' Sara wist dat omdat die schoen speciaal voor ambulancepersoneel en brandweerlieden was ontworpen. 'En afgezien daarvan was het bloed allang opgedroogd toen ze hier arriveerden. Je ziet geen andere afdrukken van het ambulancepersoneel, wel? Niet eens rondom Jared.'

Faith slaakte een diepe zucht. 'Er heeft zich hier vannacht heel veel afgespeeld. Het valt niet te zeggen van wie die afdruk afkomstig is. Duidelijk?'

Sara knikte, maar alleen om de vrede te bewaren. Het was zonder meer mogelijk, zelfs waarschijnlijk, dat een van de hulpverleners bij de tweede aanvaller was gaan kijken voor hij het huis verliet. Maar het was ondenkbaar dat hij bij het lichaam had gestaan en zich eroverheen had gebogen. De hulpverlener zou op zijn knieën hebben gezeten om de vitale functies te controleren. Tenzij hij een slangenmens was, had hij geen enkele reden gehad om zijn voet klem te zetten tegen het nachtkastje.

'Hoor eens.' Faith sloot de kastdeur. 'Ik weet dat je hier goed in bent, Sara, maar dit is Charlies klus. Zo ongeveer vanaf het moment dat Jared naar buiten werd gedragen, is hij hier aanwezig geweest. Misschien is het een afdruk van Charlies schoen, of van een van zijn jongens. Of misschien heeft hij die afdruk herleid tot een hulpverlener die struikelde of zijn voet op een plek zette waar die niet hoorde, wat dan ook. Charlie gaat vast alle mogelijkheden uitsluiten tot hij de afdruk getraceerd heeft naar degene die hem gemaakt heeft. Je kent de procedure. Geen steen wordt op de andere gelaten.'

'Dat is zo,' beaamde Sara, maar ze had Faith vaak genoeg zien liegen om te weten hoe dat eruitzag. Blijkbaar speelde er iets anders.

'Kom,' zei Faith. 'Eens kijken of mijn plannetje heeft gewerkt.' Ze liep de kamer uit.

Sara nam aan dat ze geacht werd haar te volgen. Ze keek nog één keer naar de laarsafdruk voor ze de gang weer op liep. Dat ze het vak van patholoog al jaren niet meer beoefend had, betekende nog niet dat ze zomaar de knop kon omdraaien. Dat logo van Cat's Paw vertelde heel veel over de eigenaar van de laars. Het was een zuinig type, zo iemand die eerder een nieuwe zool onder zijn schoeisel liet zetten dan dat hij het weggooide. Gezien de maat was hij minstens een meter tachtig. Voor zijn werk moest hij op isolerende antislipzolen lopen – waarschijnlijk een monteur, elektricien of bouwvakker. Analyse zou uitwijzen of de poreuze rubberen zool olie of andere resten had afgegeven. Dat verkleinde de kring van eventuele medeplichtigen. Afgezien daarvan zou een eenvoudig telefoontje naar de lokale schoenmakers moeiteloos een lijst opleveren van klanten die zolen van Cat's Paw hadden gekocht.

Waarschijnlijk was een lid van Charlies team daar op dit moment al mee bezig.

Faith had gelijk. Charlie beheerste zijn vak tot in de puntjes. Dat gold trouwens ook voor Faith zelf. Als ze iets verzwegen, hadden ze daar een goede reden voor. Ook al ervoer Sara het anders, ze mocht niet vergeten dat ze een buitenstaander was die even naar binnen had mogen kijken.

Faith stond bij de open voordeur. Op straat hadden de motoragenten een beschermende kring om Nell heen gevormd. Ze maakten een ontspannen indruk en er werd druk gepraat. Sara twijfelde er niet aan of ze vertelden Nell over Jareds talrijke wapenfeiten. Of die op waarheid berustten, deed er niet toe. Er was geen betere leugenaar dan een agent op zijn praatstoel.

'Tot mijn verbijstering hebben ze naar me geluisterd,' bekende Faith. 'Ik heb tegen ze gezegd dat ze geld moesten inzamelen voor een schoonmaakbedrijf. Ik ging ervan uit dat zelfs mevrouw Scheermes niet zo bot zou zijn om te weigeren.'

Onwillekeurig moest Sara lachen. 'Slim van je.'

'Een van Amanda's trucjes – niet zeggen dat ik hem gepikt heb. Mensen denken altijd dat er kwaad van ze gesproken wordt als ze iemand inhuren om hun troep op te ruimen. Het zal wel iets zuidelijks zijn.' Ze liep terug naar de keuken. 'Ik zal eens kijken of ik ze zo gek krijg dat ze die keuken ook even aanpakken. Jezus, ik zou hem eigenhandig vermoord hebben als ik de afwas in een emmer moest doen.'

'Het is minder erg dan het lijkt,' zei Sara. Er zat een gat in de emmer dat op de afvoer was aangesloten. Een tuinslang was aan de kraan gekoppeld, zodat het bereik groter was. Precies zoals Jeffrey het gedaan zou hebben. In elkaar geflanst, maar onmiskenbaar functioneel.

Will daarentegen zou geschokt zijn als hij de constructie zag. Hij had heel veel kwaliteiten met Jeffrey gemeen, maar hij zou niet rusten voor een project niet alleen af was, maar ook goed af. Of in elk geval wat bij hem voor goed doorging. Hij ergerde zich dood omdat de man die Sara's appartement had opgeknapt had nagelaten de bovenkant van de deuren te verven.

'Wil je iets voor me doen?' Faith doorzocht de stapel post op de keukentafel. 'Wil je even kijken of Nell nog buiten is?'

Sara ging op haar tenen staan om de voet van de heuvel te kunnen zien. Nell stond nog steeds met de agenten te praten. 'Ja. Hoezo?'

Faith scheurde een van de enveloppen open.

'Dat is toch verboden?'

'Alleen als ik betrapt word.' Faith liet haar blik over een soort factuur gaan. 'Jared heeft hem opengemaakt, afgesproken? Alleen kan hij het zich niet herinneren vanwege die hoofdwond.'

'Dat is het noodlot verzoeken.'

'En het was het niet eens waard.' Faith vouwde de factuur weer op. 'Het zal je deugd doen te horen dat Lena's uitstrijkje normaal was.' Ze stopte het blaadje weer in de envelop. 'Ik ga Nell maar eens over Jared vertellen. De dokter zal haar inmiddels wel gebeld hebben.'

'Wacht even,' zei Sara. 'Het komt waarschijnlijk niet ter sprake, maar Nell weet niks van Will. Van Will en mij, bedoel ik. Dat we samen zijn.' Ze voelde haar hart even overslaan, alsof ze jokte tegen haar moeder. 'Dat wil ik graag zo houden.'

Als Faith al verbaasd was, liet ze dat niet merken. 'Oké. Ik zeg niks.'

Sara voelde zich verplicht de zaak toe te lichten. 'Volgens de wet is Will namelijk nog getrouwd en...' Haar stem stierf weg. Er was geen enkele reden om erover te liegen. 'Ze waren gewoon dol op Jeffrey. Ze zouden niet snappen dat ik mijn leven weer heb opgepakt.' Sara zweeg even. 'Soms snap ik het zelf ook niet.'

'Ik ben blij dat je het gedaan hebt.' Faith leunde tegen de tafel. 'Weet je wel hoeveel Will van je houdt? Hij is knettergek op je. Zo is hij nooit met Angie geweest. Vanaf de dag dat hij jou ontmoette, hebben zijn voeten de grond niet meer geraakt.'

Sara lachte, hoewel Wills ongrijpbare vrouw de laatste was aan wie ze nu wilde denken.

'Serieus,' zei Faith, 'zo heb ik hem nog nooit meegemaakt. Je hebt hem veranderd. Je hebt hem...' Ze haalde haar schouders op, alsof ze het niet helemaal kon geloven. 'Je hebt hem gelukkig gemaakt.'

De tranen sprongen Sara spontaan in de ogen. 'Hij heeft mij ook gelukkig gemaakt.'

'Dat is het enige wat telt.' Faith bewoog haar wenkbrauwen op en neer. 'Ook dit gaat voorbij.'

Sara veegde langs haar ogen. 'Schrikbarend veel mensen slaan me vandaag met heilige teksten om de oren.'

'Mijn moeder heeft mijn naam uit de Bijbel. In mij zou alle hoop verenigd moeten zijn. Over wishful thinking gesproken.' Faith maakte zich los van de tafel. 'De hoogste tijd om naar Nell te gaan. Hoe erg is een infectie in dit stadium?'

'Waarschijnlijk wordt er iemand van het centrum voor ziektepreventie bijgehaald.' Het centrum beschikte over een toegewijd team dat het hele gebied rond Atlanta bestreek. 'Gelukkig zitten we er niet ver vanaf.'

'Dat klinkt niet al te vrolijk.'

'Nee,' moest Sara toegeven. 'Infecties zijn onvoorspelbaar. Iedereen reageert weer anders op de behandeling. Geen twee patiënten bij wie je dezelfde resultaten ziet. Als de infectie in de buurt van zijn hart of zijn hersenen zit, is de kans klein dat hij het overleeft, en zelfs dan wordt het een hele strijd. Maar hij is jong en verder gezond,' voegde ze er snel aan toe. 'Dat is heel belangrijk.'

'Shit, daar komt ze aan.' Faith wachtte tot Nell de verandatrap op was geklommen. In haar ene hand had ze een grote bubbelenvelop van FedEx en in haar andere een klein envelopje.

'Je hebt je zin gekregen.' Nell stopte de kleinere envelop in haar achterzak. 'Volgens hen wordt er altijd geld ingezameld als er iets dergelijks gebeurt. Ik wilde niet onbeleefd zijn, maar ze moeten niet denken dat ik invalide ben of zo.' Nells woorden waren hard, maar de opluchting stond op haar gezicht geschreven. De diepe rimpels waren van haar voorhoofd verdwenen. Haar kaak stond ook minder gespannen. 'Wat een aardige jongens. Ik mag niet klagen.'

'Ze voelen zich al even hulpeloos als u, Mrs. Long. Dat ze iets voor u kunnen doen, ook al zou u het zelf ook heel goed kunnen, geeft hun een beter gevoel.'

'Dat zal dan wel,' zei Nell. Ze hield de FedEx-envelop omhoog. Op de achterkant was met rode viltstift PERSOONLIJK geschreven. 'Dit werd bezorgd toen we op straat stonden. Het is voor Lena. Er staat op dat het persoonlijk is. Ik weet niet of ik het moet openmaken.'

'Staat er een afzender op?' Faith klonk ongeïnteresseerd, maar Sara wist wel beter.

Nell tuurde naar het etiket. 'Het is helemaal uitgelopen. Zal ik het openmaken?'

Het was bijna geloofwaardig zoals Faith haar schouders ophaalde. 'Als u wilt. Misschien is het iets wat Lena nodig heeft.'

Nell lachte luid. 'Zeggen ze hier hetzelfde als in Alabama: Je mag best op mijn gezicht pissen, als je maar niet zegt dat het regent?'

Faith lachte haar tanden bloot.

'Als ik het niet dacht.' Nell liep naar de keuken en pakte haar tas van het werkblad. Sara keek er niet van op toen ze een stanleymes tevoorschijn haalde, maar Faith was duidelijk verbaasd en haar wenkbrauwen schoten omhoog.

'Eens even zien wat dit voor persoonlijks is.' Nell sneed de bovenkant van de bubbelenvelop open. Ze tuurde erin en kneep haar ogen tot spleetjes, alsof ze niet geloofde wat ze zag.

'Wat is het?' vroeg Sara.

Nell stak haar hand erin. 'Ik weet niet...'

De envelop viel op de grond.

Nell hield een piepklein jasje omhoog, zo'n dingetje dat je voor een baby kocht. Het was donkerblauw met een oranje biesje langs de mouwen en het logo van Auburn University op de achterkant.

Haar mond viel open. Ze keek Sara aan, toen Faith, en toen keek ze weer naar het jasje. Ze hield haar hand onder de capuchon die achter aan de kraag was genaaid.

Zonder iets te zeggen rende Nell de gang op en botste met haar schouder tegen de hoek van de muur. Met Sara op haar hielen ging ze de logeerkamer binnen.

'Hij heeft niet eens...' Nells stem stokte. Ze ging in het midden van de kamer staan, met het jasje in haar handen geklemd. 'Dat hij niet eens...' Ze stootte een gesmoorde kreet uit en begroef haar gezicht in het jasje. 'O god.'

Faith kwam achter Sara staan. Haar mond stond strak. Het schuldgevoel straalde van haar af.

'Dit is een babykamer,' fluisterde Nell terwijl ze het jasje tegen haar borst klemde. 'Hij was met een babykamer bezig.' Ze streek over de achterkant van de kastdeur. Met potlood waren er de contouren van ballonnen op getekend. Op de vloer stonden blikken verf in vrolijke kleuren. Ook lagen er kwasten en sponzen en bakken voor de verf.

Nell staarde Faith aan. 'Je wist het,' zei ze op dodelijk scherpe toon.

Deze keer deed Faith geen moeite om te liegen.

Een telefoon ging over. Nell voelde in haar zak en pakte haar mobiel. Met bevende stem nam ze op. 'Possum, wat is er? Ik ben nu bezig.' Ze luisterde, knikte een paar keer, klapte het telefoontje dicht en stopte het weer in haar zak. 'Jared heeft een infectie.' Ze klonk nuchter. 'Ze zeggen dat ik terug moet komen.'

'Ik rij wel,' bood Sara aan.

'Nee.' Nell klemde het babyjasje tegen haar borst. 'Ik moet even alleen zijn, goed? Zou jij haar terug willen brengen?' Nu richtte ze zich tot Faith. 'Ik moet gewoon even alleen zijn.'

Nell wachtte niet op antwoord, maar liep de kamer uit. Het

leek wel of ze alle zuurstof met zich meenam.

Faith slaakte een diepe zucht. 'Dat was afschuwelijk.'

Sara zei niets.

Faith keek haar aandachtig aan. 'Sara?'

Hoofdschuddend nam Sara de babykamer in zich op en zag hoe het licht door de ramen op de vloer viel. De gele muren waren vrolijk en warm. In gedachten zag ze voor de ramen al vitrage hangen waarvan de randen door een zomerwindje werden opgetild. Langs de muren zouden ballonnen worden geschilderd, net als op de kastdeur. Het jasje zou aan een plastic miniknaapje hangen, iets kleurigs dat bij de inrichting paste. De hoodie was nog te groot voor een pasgeborene, maar met drie tot zes maanden zou Lena's baby erin passen.

'Sorry dat ik het je niet verteld heb,' zei Faith.

Sara kon nog steeds alleen maar haar hoofd schudden. Ze vertrouwde haar stem niet.

Een van de laatste dingen die Sara en Jeffrey samen hadden gepland was dat ze een baby zouden adopteren. Sara kon zelf geen kinderen krijgen. Het had jaren geduurd voor Jeffrey en zij op één lijn zaten wat adoptie betrof, voor ze wisten dat ze eraan toe waren om samen een kind op te voeden.

Toen was Jeffrey gestorven en Sara was volledig ontredderd geweest. Het adoptiebureau retourneerde hun aanvraag. Destijds drong de afwijzing nauwelijks tot Sara door. Ze kon niet eens voor zichzelf zorgen, laat staan voor een baby.

'Sara?' zei Faith. 'Wil je alsjeblieft iets zeggen?'

Gal steeg Sara naar de mond.

Het was niet eerlijk.

Dat wilde Sara zeggen. Dat wilde ze keihard uitschreeuwen.

Het was gewoonweg niet eerlijk.

Lena was niet sterk. Ze zou buigen, maar niet breken. Ze zou deze tragedie net zo moeiteloos te boven komen als ze elke eerdere tragedie te boven was gekomen.

Zelfs als ze Jared verloor, zou Lena altijd weten hoe het voelde om zijn kind in zich te dragen. Ze kon altijd het handje van haar baby pakken en zich verbeelden dat ze Jareds hand vasthield. Ze kon haar kind zien lachen en leren en groeien en aan sport zien doen en schoolprojecten zien maken en het zien afstuderen, en al die tijd zou Lena zich haar man kunnen herinneren. Ze zou Jared terugzien in haar kleinkinderen en achterkleinkinderen. Op haar sterfbed zou ze vrede vinden in het besef dat ze samen iets moois hadden gemaakt. Dat ze zelfs in de dood allebei zouden doorleven.

'Sara?' zei Faith. 'Wat is er hier aan de hand?'

Sara veegde haar ogen af, boos dat ze terug was op dezelfde duistere plek als die ochtend. 'Waarom gaat alles haar altijd zo verdomd makkelijk af?' Spreken kostte haar moeite. Haar keel klemde zich rond elk woord dat haar mond wilde verlaten. 'Alles gaat zomaar voor haar open en ze loopt overal ongedeerd doorheen en...' Sara zweeg om adem te halen. 'Het is gewoon zo makkelijk voor haar. Ze heeft het altijd zo verdomd makkelijk.'

Faith wees naar de deur. 'Kom.'

Sara kon zich niet verroeren.

'Kom mee.' Faith pakte haar bij haar arm en voerde haar mee de kamer uit. Sara dacht dat ze het huis uit gingen, maar Faith bleef bij de keukentafel staan. Ze hield de envelop omhoog die ze kort daarvoor had geopend.

Sara snapte het niet. 'Wat kan mij haar uitstrijkje schelen?'

'Kijk eens waar het vandaan komt.'

Sara keek naar de afzender. Macon Medical Center. Driscoll Benedict, gynaecoloog. 'En?'

Faith haalde de factuur van de arts uit de geopende envelop. Die hield ze Sara voor. De datum van behandeling was tien dagen geleden. Het bedrag was geannuleerd met als commentaar dat het ziekenhuis Lena een aparte rekening zou sturen voor haar bezoek aan de afdeling Spoed.

Onderaan had iemand geschreven: 'Sterkte voor jullie allebei. We zullen voor jullie bidden.'

Sara griste de factuur uit Faiths handen. Haar knieën knikten. Ze ging aan de tafel zitten. Zelfs zonder die betuiging van medeleven zou ze de medische code herkend hebben.

Lena had haar baby verloren.

Negen

Wills hoofd draaide als een geschutskoepel rond terwijl hij zijn motor over een verwaarloosde weg stuurde. Hoewel er af en toe een verdwaalde achttienwieler op dit soort achterafwegen opdook, baarden de herten hem nog de meeste zorg. Nog geen tien minuten geleden had Will een bok pal voor zijn wiel over de weg zien schieten. Het was een schitterend beest. Zonder meer. Golvende borst- en rugspieren. Dunne poten als van een ballerina. Zijn gewei was vertakt als een boom. Het dier had Will geen blik waardig gekeurd. Gelukkig maar, want die zou zich flink vernederd hebben gevoeld als een levend wezen de doodsbange blik in zijn ogen had gezien. Je hoefde geen wiskundige te zijn om te kunnen berekenen hoe groot je overlevingskans was bij een botsing tussen een voortscheurende motor en een hert op topsnelheid. De patholoog zou er een eeuwigheid over doen om alle brokstukjes Will uit de borstkas van de bok te peuteren.

Hij vermoedde dat er allerlei wilde dieren in de directe omgeving van Atlanta leefden, maar als je tussen de wolkenkrabbers stond en bussen, auto's en treinen langs zag razen, was dat moeilijk voor te stellen.

Een van de schokkendste dingen die Will in Macon had aangetroffen, was niet het wild, maar de kloof tussen arm en rijk. In Atlanta was Wills bescheiden huis slechts een paar straten verwijderd van Sara's penthouse, en dat bevond zich op een steenworp afstand van een methadonkliniek.

In Macon werd de stad niet door het spoor in een goed en slecht gedeelte opgesplitst, maar er was wel een brede straat die langs de stadsgrens slingerde en het gebied markeerde waar het armoe troef was. Oude herenhuizen maakten plaats voor eenvoudige woningen; daarna kwamen de houten optrekjes en vervallen trailerparken, en uiteindelijk de verveloze krotten. Will had voor zijn werk de hele staat doorkruist en de nodige armoe gezien, maar er was niets deprimerender dan was die te drogen hing bij een bouwval waar waarschijnlijk niet eens stromend water was.

Will minderde vaart. Hij tuurde over de weg, bedacht op verdwaalde herten. Toen hij wat beter keek, zag hij een gele Volkswagen kever – niet de nieuwere van het soort waarin je George Jetson kon verwachten, maar het oudere model dat een geluid maakte als een kind dat een lipscheet liet. De achterkant was bezaaid met bumperstickers. In plaats van remlichten knipperden de richtingaanwijzers. Weer schakelde Will terug. De kever scheurde naar de andere kant van de weg en reed met een scherpe U-bocht naar een rij brievenbussen langs een strook zand. Een hand schoot naar buiten, een brievenbus werd geïnspecteerd, en vervolgens maakte de kever weer een ferme U-bocht en zou een mooie hellingbaan voor Wills motor zijn geweest als hij niet had opgelet.

Hij schakelde verder terug en zette de motor stil tegenover de brievenbussen. Hij keek op zijn mobiel om te zien hoe laat het was. Will had een klein uur uitgetrokken voor een rit die niet langer dan twintig minuten hoefde te duren. Zijn richtinggevoel was niet bijster goed, en een telefoon die zei dat je naar links of naar rechts moest was niet bepaald handig voor de gemiddelde dyslecticus. Bovendien verdronk hij bijna in schuldgevoel. Sara vond het niet prettig dat hij undercoverwerk deed. En ze zou het al helemaal niet leuk vinden als ze wist dat Will een afspraakje had.

Niet dat hij het zelf als een afspraakje beschouwde, maar Cayla Martin blijkbaar wel, en dat gaf aan het uitstapje een akelig echt tintje.

Nadat Will met Faith had gesproken was hij tot de conclusie gekomen dat het tijd werd om de confrontatie met de verschrikkelijke Big Whitey aan te gaan. Hij had bijna een uur naar Tony Dell gezocht. Cayla Martin leek hem een goed reserveplan. De verpleegster was een stuk toegankelijker – in meer dan één opzicht. Will zat die middag te schaften in de kantine toen een hand stiekem een briefje onder zijn dienblad schoof. Het was een geoefend gebaar. Niemand die het doorhad. Will kon niet achterblijven en stopte het briefje heel onopvallend in zijn zak, als een rasechte spion. Hij betwijfelde echter of een spion ook naar de wc zou gaan om het ontvangen bericht te lezen.

19.00 uur. Afrit 12, eerst links en dan rechts bij zandweg. Enige huis met licht aan. Op tijd komen!!

Cayla had een smiley onder de uitroeptekens gezet, wat Wills schuldgevoel alleen maar vergrootte. Soms tekende hij smileys voor Sara. Hij sms'te ze aan haar. Zij sms'te ze terug. Op een keer, toen ze aan het dollen waren, bedekte ze zijn hele buik met smiley-kusjes.

Met een diepe, gekwelde zucht stapte Will van zijn motor.

Hij haalde het toetsenbord op zijn iPhone tevoorschijn en toetste de twaalfcijferige code in voor de verborgen apps. Het scherm flitste meteen op en hij hield zijn vinger al gereed om het programma te selecteren dat nummers veranderde. De app werd geopend. Hij toetste een getal van tien cijfers in.

De rand van de telefoon stootte tegen zijn helm. Will maakte de riem los en hing de helm aan zijn stuur. De telefoon ging vier keer onmogelijk lang over voor Sara opnam. Op de achtergrond hoorde Will een piano en het zachte geroezemoes van stemmen.

In plaats van 'Hallo?' te zeggen, vroeg Sara: 'Brunswick?'

De app had zijn werk kennelijk gedaan. 'Niet echt,' zei Will.

Hij probeerde het achtergrondgeruis te plaatsen. Het leek eerder een bar dan een ziekenhuis. 'Waar zit je?'

'Waar ik zit?' Die lijzige klank was weer helemaal terug, zoals altijd wanneer ze de stad uit was. 'Ik zit een scotch te drinken aan de hotelbar van de Macon Days Inn.'

Meteen zag Will alle schooiers voor zich die zich nu aan haar zouden opdringen. Hij probeerde rustig te blijven. 'O?'

'Jep.' De 'p' aan het eind knalde eruit. Will dacht aan de vorm van haar mond. Haar hartvormige lippen. En toen zag hij in zijn verbeelding een of andere debiel met een gouden halsketting die naast haar kwam zitten en vroeg of ze nog iets wilde drinken.

'Niks voor jou om in een bar te zitten,' zei hij.

'Nee,' beaamde Sara. 'Maar ik doe vandaag wel meer dingen die niks voor mij zijn.'

Will kon haar toon niet peilen. Tot zijn opluchting klonk ze niet aangeschoten. Voor zover hij wist was Sara geen drinker.

'Ik kan om twaalf uur of op z'n laatst één uur vannacht bij je zijn.'

'Nee, schat. Ik wil je hier niet hebben.'

Een schok van angst trok door Will heen. Meestal noemde Sara hem 'schat' als hij iets doms deed. Was ze erachter gekomen dat hij in Macon zat? Will liep alle mogelijkheden na op zoek naar een zwakke plek. Faith zou het niet vertellen, tenminste niet zonder Will te waarschuwen. Denise Branson keek wel uit, en zelfs als ze dat niet deed, had ze geen idee wie Sara was. Lena had beloofd dat ze haar mond zou houden, maar welke idioot vertrouwde een vrouw die een man met een hamer had gedood en had gelogen over wat er daarna was gebeurd?

'Will?'

Hij verdrong zijn paranoia. Eén ding wist hij zeker: Sara speelde geen spelletjes. Als ze zijn geheim ontdekt had, zou ze een verklaring eisen, niet in een bar naar pianomuziek zitten luisteren.

'Hoe is het met Jared?' vroeg hij.

'Niet goed.' Ze zweeg even om een slok te nemen. Will hoorde het glas tegen de bar tikken toen ze het neerzette. 'Een van zijn incisies is geïnfecteerd geraakt. Hij verkeert in shock. Er is iemand van het centrum voor ziektepreventie bijgehaald. Die verstaat zijn vak, maar...' Ze zweeg. 'Lena is zwanger geweest. Tien dagen geleden heeft ze de baby verloren.'

Hij kon haar scherpe toon nog steeds niet goed plaatsen. Sara was kinderloos, maar dat had niets met Lena te maken. 'Weet Faith het?' vroeg hij.

'Ze was erbij toen ik het ontdekte. Ik ben toen behoorlijk geflipt.'

Will keek naar zijn motor. Eigenlijk moest hij omkeren en naar haar toe gaan. De Days Inn lag praktisch aan de snelweg, op nog geen halfuur rijden.

'Faith ging er heel goed mee om,' zei Sara. 'Als je dan toch flipt, kun je maar het best Faith bij je hebben.'

'Ja.' Will hoorde een vrachtwagen aan komen denderen. De koplampen sneden door de schemering. Het geluid van de motor deed de lucht trillen en Sara's woorden gingen verloren.

'Wat zei je?' vroeg hij.

'Doet er niet toe.' Hij hoorde ijsblokjes tinkelen, gevolgd door een slok. 'Sta je aan de kant van de weg?'

'Ik wilde weten hoe het met je ging. Je was behoorlijk overstuur vanochtend.'

'Nou, ik ben nog steeds behoorlijk overstuur,' was haar weerwoord. 'Weet je, mijn vader heeft ooit tegen me gezegd dat het verlangen naar wraak net zoiets is als gif drinken en dan wachten tot de ander doodgaat.'

'Ben je daar nu mee bezig?'

'Ik weet het niet.' Weer zweeg ze even. 'Ik heb het gevoel dat ik een grens heb overschreden. Alsof ik iets van Lena heb gestolen. Iets persoonlijks dat niet van mij was.' Haar lach klonk wrang. 'Mijn wraak is niet half zo zoet als ik had gedacht.'

Will staarde naar de brievenbussen. Op de kleppen stonden nummers gespoten, in uiteenlopende kleuren en handschriften. Iemand had een madeliefje op zijn brievenbus getekend. Iemand anders het logo van de Georgia Bulldogs.

'Ik mis je,' zei Sara.

Nog geen twaalf uur geleden had Will haar voor het laatst gezien, maar nu hij deze woorden hoorde, besefte hij pas hoe hij naar haar smachtte. Hij zocht naar een uitweg uit deze akelige toestand. Hij zou haar zijn spijt moeten betuigen omdat hij geheimen voor haar had. Omdat hij nu niet bij haar was. Omdat hij een lafaard en een leugenaar was en Sara niet waard was, terwijl hij vrijwel zeker wist dat er zonder haar niets van hem zou overblijven.

'Goed.' Abrupt veranderde ze van toon. 'Aangezien één whisky duidelijk mijn taks is, moet ik maar eens terug naar het ziekenhuis en Nell gezelschap houden. Ik heb haar verteld dat Lena de baby heeft verloren. Ze wist het al. Lena zal het haar wel verteld hebben. Ik weet het niet. Ze zegt niet veel. Ikzelf natuurlijk ook niet – tenminste, niet tegen Nell.' Sara lachte wat gemaakt. 'Sorry dat ik zo zit te kletsen. Ik ben gewoon moe. Ik ben al sinds gisteravond op. Ik heb geprobeerd te slapen, maar het lukte niet.'

'Ga je vanavond nog naar huis?' Will begon al plannen te maken. Hij zou zich zo snel mogelijk van Cayla afmaken, op zijn motor springen en rechtstreeks naar Atlanta rijden.

Sara drukte zijn plan meteen de kop in. 'Ik heb al een kamer geboekt voor vannacht. Voor de honden wordt gezorgd en ik kan op dit moment maar beter geen lange afstanden rijden.'

'Ik wil je wel komen halen.' Hij probeerde niet te smeken. 'Zal ik je komen halen?'

'Nee,' zei ze gedecideerd. 'Je moet hier niet komen, Will. Ik wil je hier niet bij betrekken.'

Weer voelde hij zich verstrikt in zijn eigen leugens. 'Ik heb met je te doen.'

'Dat hoeft niet.' Ze zweeg even, alsof ze op adem moest komen. 'Je moet gewoon doorgaan met waar je mee bezig bent, waar dat dan ook is, en als het voorbij is moet je bij me thuis komen en dan gaan we lekker eten en praten en lachen, en dan moet je me meenemen naar de slaapkamer en...'

Weer denderde er een vrachtwagen voorbij, maar Will hoorde elk pornografisch detail dat ze in de telefoon fluisterde.

'Doe je dat?' vroeg Sara.

Wills tong voelde te dik voor zijn mond. Hij schraapte zijn keel. 'Dat doe ik allemaal.'

'Mooi, want dat heb ik nu nodig, Will. Je moet me het gevoel geven dat ik weer stevig in mijn leven ben geworteld. In mijn leven met jou.'

De piano zweeg. IJs tinkelde in een glas. Iemand lachte.

'We hebben het goed samen, hè?' zei ze.

'Ja.' Wat dat betrof kon hij haar in elk geval een eerlijk antwoord geven. 'We hebben het heel goed.'

'Dat vind ik ook.'

'Sara...' Will hoorde de wanhoop in zijn eigen stem, maar meer dan haar naam kreeg hij er niet uit.

'Ik moet nu ophangen.'

'Blijf nog even aan de telefoon.'

'Denk maar aan later, goed? Wanneer we weer thuis zijn, en wat je dan wilt eten, of misschien gaan we naar de film of wandelen met de honden. Gewoon ons leventje leven. Daar denk ik nu aan. Dat helpt me erdoorheen.'

'Dat gaan we doen. Dat gaan we allemaal doen.' Hij zweeg afwachtend, maar ze verbrak de verbinding.

Will keek naar het telefoontje alsof hij Sara weer aan de lijn kon toveren. Niet dat hij haar veel troost kon bieden. Eigenlijk was hij te stil geweest. Dat drong nu pas tot hem door. Hij had Sara maar laten praten, terwijl het duidelijk was dat ze van Will iets verwachtte, wat dan ook, iets wat haar op de een of andere manier verlichting zou brengen.

'Idioot,' mompelde hij.

Hij toetste de twaalfcijferige code weer in om de app te activeren. Hij was niet snel genoeg toen het schermpje verscheen. Weer toetste Will de code in, maar voor de laatste twee cijfers bleef hij steken.

Hij wist niet wat hij tegen haar moest zeggen. Hij wilde naar haar toe. Hij zou er in tien minuten kunnen zijn als hij door alle stoplichten scheurde. Hij zou alles doen wat ze van hem verlangde en nog veel meer.

En dan zou ze willen weten hoe hij zo snel bij haar had kunnen zijn.

Will had tien minuten om te bedenken hoe hij het haar zou vertellen. Een kwartier als er veel verkeer was in de buurt van de Days Inn. Hij nam zijn helm van het stuur en gespte de shorty vast. Zodra hij op de motor zat, draaide hij het voorwiel in de richting vanwaar hij gekomen was.

Nu had hij geen keus meer. Na dat telefoontje zat er maar één ding op: rechtstreeks naar het hotel of het ziekenhuis rijden, bij Sara gaan zitten en haar precies vertellen wat er aan de hand was. Faith had gelijk, dit kwam te dichtbij. Wat was begonnen als een simpel verzwijgen was uitgegroeid tot een gigantisch bedrog waaraan hun hele relatie te gronde zou kunnen gaan.

Sara zou niet door zijn toedoen op een dag gif moeten drinken.

Hij gaf een stoot gas en zette weer koers naar de snelweg. Hij keek naar de lucht, die steeds donkerder werd. Het hotel was vlak bij een vliegveld, dus aan de vliegtuigen kon hij zien of hij goed reed. Tenminste, Will ging ervan uit dat Sara deze Days Inn bedoelde. Het was een grote keten. Waarschijnlijk waren er meer vestigingen in Macon.

Net op tijd keek hij weer voor zich, want een zwarte pick-up bleek midden op de weg te staan. De andere rijbaan werd geblokkeerd door een witte Honda. Will minderde vaart, en het speet hem dat hij geen claxon had. Het was onmogelijk om de auto's via de berm te passeren, tenminste niet zonder een schuiver de helling af te riskeren. Slepend met zijn laarzen over de grond zette Will de motor stil.

'Hé!' riep hij. 'Ga eens aan de kant!'

'Rustig een beetje!' De chauffeur van de pick-up hing half uit de cabine. Nog voor Will zijn gezicht zag, had hij Tony's stem al herkend. 'Verdomme, Bud, je gaat helemaal de verkeerde kant op. Cayla woont daar.'

Hij wees naar een zandweg die met een scherpe hoek op de weg uitkwam. Hoge bomen onttrokken de afslag aan het zicht. Er was geen bord of iets anders wat erop wees dat dit meer was dan een simpel pad. Will zou het nooit in z'n eentje gevonden hebben, en Cayla was uitgekookt genoeg om hem een adres te geven dat hij moest opzoeken in plaats van een telefoonnummer waarmee hij de afspraak kon afzeggen.

'Kom.' Tony wenkte Will ten teken dat hij hem moest volgen.

Will gaf weer gas en probeerde intussen zo onopvallend mogelijk naar de chauffeur van de Honda te kijken. Net voor het raampje dichtging, zag hij donker golvend haar boven een hoog voorhoofd.

Tony reed de zandweg op. Hij had zijn radio zo hard staan dat Will de song moeiteloos kon horen. Lynyrd Skynyrd. 'Free Bird'. Niet wat je noemt een verrassing.

Hij bewaarde enige afstand van de pick-up, die genoeg rood stof opwierp om een olifant te laten stikken. Nu kon hij niet terug. Hij zou hooguit twee uur bij Cayla blijven, dan Sara opzoeken en doen wat al meteen gedaan had moeten worden.

Waarschijnlijk was ze nu op weg naar het ziekenhuis. Will kon niet opeens voor haar opduiken waar haar kennissen bij waren, en trouwens, wat hij haar te vertellen had, was alleen voor haar oren bestemd. Hij zou het haar in het hotel vertellen. Ze hadden nog nooit echt ruzie gehad. Hij had geen idee wat Sara zou doen. Misschien ging ze met dingen gooien of hem als een hond uitfoeteren. Aan de andere kant had hij haar nog nooit uit woede met iets zien gooien en ze vloekte zelden – een van de aardige bijkomstigheden als je de hele dag met kinderen werkte.

Misschien werd ze heel stil, net als wanneer ze bezorgd was. Will vond het altijd vreselijk als ze zo stil was. Maar misschien was dat beter dan het alternatief. Het enige wat hij zeker wist, was dat hij nog liever voor een aanstormende trein ging liggen dan dat hij haar moest verliezen.

De achterwielen van Tony's pick-up draaiden even rond toen hij in een spoor terechtkwam. Will stuurde de motor langs het gat in de weg, dat vol modderig water stond. De zandweg versmalde zich tot één baan. Will probeerde de omgeving in zich op te nemen, maar hij zag alleen de contouren van een paar huizen. Het daglicht had nu alle terrein prijsgegeven aan de nacht. Tony reed een heel eind voorop zodat Will niks aan zijn koplampen had. De man reed met zijn voet op de rem en door de achterlichten veranderde het rode zand in een ijzig zwart.

Even vroeg Will zich af of Tony hem de rimboe in voerde om hem te doden. De man leek niet tot moord in staat, maar Will had zich wel vaker vergist. Over het algemeen kondigde de dood zich niet aan. Hij wilde wedden dat de drieënveertigjarige ondernemer die de vorige week op het toilet was aangetroffen niet de bedoeling had gehad om met zijn broek op zijn enkels te worden gevonden.

Een klein verlicht bord gaf de ingang naar een trailerpark aan. De naam van het park stond er met sierlijke letters op, omgeven door palmbomen. Het terrein zag er goed verzorgd uit en richtte zich duidelijk op gezinnen. Kinderfietsjes stonden keurig op een rij voor veranda's. Alle lege vuilnisemmers waren van de weg gehaald. Auto's waren netjes op de daarvoor bestemde plek geparkeerd. Achter gesloten gordijnen ving hij de zachte gloed van tv-toestellen op.

Will zag het trailerpark verdwijnen in zijn zijspiegel, waarna de weg weer iets breder werd. Hij tuurde voor zich uit. Tony had zijn hand opgestoken. Hij knipte met zijn vingers op de maat van de muziek. 'I Want Your Sex' van George Michael. Zo ver van de beschaving kon een dergelijke song je dood worden, maar Will vermoedde dat Tony daar niet mee zat.

Opeens ging het zand over in verhard wegdek. De motor schoot naar voren. Gelukkig had Will niet veel vaart, anders zou hij een salto over het stuur hebben gemaakt.

Elke vierkante centimeter van het wegoppervlak werd door straatlantaarns beschenen. De fundering voor honderden huizen was al gestort, maar de aannemer had geen geld meer gehad of hij was ervandoor gegaan. Waarschijnlijk allebei. Afvoer- en rioleringsbuizen staken als tandenstokers uit de betonplaten. Vreemd genoeg stonden er bij sommige opritten brievenbussen, maar geen huizen. Bij andere brak het onkruid door het witte beton van de trottoirs heen.

Cayla Martin woonde in een van vier afgebouwde huizen aan het einde van een doodlopend straatje. Macon was niet de enige stad in Amerika waar de verpaupering had toegeslagen, maar Cayla's huis bood een wel erg trieste aanblik. Onkruid verstikte het gazon. Bij de voordeur stond een treurige, kromme boom dood te gaan. Al vanaf het begin had niemand om dit huis gegeven. De verf op de lijsten bladderde af omdat het hout niet eerst in de grondverf was gezet. Sommige ramen zaten er scheef in. Zelfs de voordeur hing merkwaardig schuin, alsof niemand de moeite had genomen hem goed af te hangen. Will vroeg zich af of de aannemer soms familie was van de luie donder die Sara's appartement had opgeknapt.

Tony Dell reed een korte inrit op en parkeerde de pick-up achter een zwarte Toyota. Het portier ging open. Tony tuimelde zowat naar buiten. De F-250 was te groot voor hem, alsof een kind op zijn vaders schoenen rondkloste. En al net zo parmantig als een kind kwam Tony in de schemering op Will af stappen. 'Shit,

Bud, vriezen je kloten er niet af op dat ding?'

Will haalde zijn schouders op, hoewel de man gelijk had wat de kou betrof. Hij gaf een knikje in de richting van de pick-up. 'Hoe kom je daaraan?'

'Geleend van een vriend.'

'Aardige vriend,' vond Will. De pick-up was nogal een verbetering na Tony's geconfisqueerde Kia.

'Hopelijk was je vanavond niks romantisch van plan.' Tony stopte zijn handen in zijn zakken en liep op het huis af. 'Ik heb mezelf zo'n beetje uitgenodigd. Cayla heeft al een tijdje een lekke kraan, dus ik zei dat ik langs zou komen om hem te maken.'

'Weet ze dat je komt?'

'Ja hoor,' zei Tony, maar zijn stem schoot iets te ver omhoog om voor eerlijk te kunnen doorgaan. 'Was je vroeg klaar met je werk?'

'Ja, iets eerder.' Wills baas ging over een halfjaar met pensioen en had ergens een andere vrouw zitten. Hij stond op het punt zich in negatieve zin over Salemi's werkhouding uit te laten, maar toen ging Tony Dell onder de verandalamp staan, en Will was op slag sprakeloos.

De man was helemaal verrot geslagen. Een betere beschrijving was er niet. Zijn neus stond scheef. Hij had twee blauwe ogen. Een lange, open jaap op zijn wang was met dikke, zwarte steken dichtgenaaid.

Tony lachte, ondanks de pijn die daarmee gepaard moest gaan. 'Akkefietje met een smeris.'

'Vickery?' vermoedde Will. Eerder had hij er met Faith grapjes over gemaakt, maar nu hij zag wat Paul Vickery geflikt had, was het niet grappig meer. 'Jezus, wat is er gebeurd?'

'Rustig maar, Bud.' Tony stak afwerend zijn handen op. 'Ik heb hem helemaal niks verteld. Volgens mij wilde die knakker gewoon iemand op z'n sodemieter geven. Had evengoed jou kunnen wezen. Maar nu was ik de pineut.'

Will snapte niet hoe hij er zo zorgeloos over kon praten. 'Ga je een klacht indienen?'

Tony bulderde bijna van het lachen. 'Shit, da's nog eens grappig, Bud. Alsof ze voor ons werken of zo.' Hij bracht zijn hand naar de deur en klopte aan. 'Je doet net alsof je me meegevraagd hebt, oké?'

'Alsof...'

Met een brede grijns op haar gezicht deed Cayla de deur open, maar haar lach maakte snel plaats voor een dodelijke blik toen ze Tony Dell zag. 'Wat doe jij hier?'

'Bud heeft me uitgenodigd.' Hij klopte Will op zijn rug. 'Toch, Bud?'

'Mja,' mompelde Will.

Cayla leek niet onder de indruk te zijn van het pak slaag dat Tony had opgelopen. 'Achterbakse lul,' snauwde ze.

'Ah, doe niet zo lelijk.' Tony liet zichzelf binnen. Daarvoor moest hij onder Cayla's arm door glippen.

Voor het eerst sinds Will Tony Dell had ontmoet, was hij blij dat hij het misbaksel bij zich had. Cayla had zich duidelijk op hun afspraakje voorbereid. De dikke laag make-up klonterde in haar ooghoeken. Haar spijkerbroek sneed haar zowat doormidden en onder haar bloes van witte kant was haar donkerpaarse bh goed zichtbaar. Zelfs vanaf de veranda kon Will haar parfum ruiken. Hij had er niet genoeg verstand van om te weten of het luchtje goedkoop was of niet, maar afgaande op de hoeveelheid die ze had opgespoten, hoopte hij dat ze kwantumkorting kreeg.

Met veel vertoon snoof Tony de lucht op. 'Shit, meid, wat ruik jij lekker.'

'Bek houden, Tony. Ik zei toch dat je niet zo tegen me moet praten.' Met een strak lachje wenkte ze Will binnen. 'Hij is mijn broer.'

'Stiefbroer,' verbeterde Tony haar. Hij knipoogde naar Will. 'Geen bloedverwant.'

Kreunend deed Cayla de deur dicht. 'Zijn pa trouwde met mijn moeder toen we in de brugklas zaten. Sinds die tijd is hij net een kleverig stuk stront dat ik niet van mijn zool krijg.'

Naar Tony's lach te oordelen vatte hij dat op als een compliment.

Will bromde iets, niet in zijn rol van Bill Black, maar omdat hij met zijn mond vol tanden stond.

'Je ziet er leuk uit,' zei Cayla, hoewel Will zich expres zo sjofel mogelijk had gekleed. Er zat een scheur in de zoom van zijn spijkerbroek. Zijn blauwe Oxford-overhemd was twee jaar geleden mooi geweest, maar de boord was gerafeld. Het zwarte T-shirt dat hij eronder droeg had gaten bij de oksels.

'Biertje?' vroeg Cayla.

'Nee, dank je.' Will dronk en rookte niet, wat ernstig afbreuk deed aan zijn criminele imago. 'Misschien later.'

'Ik zou wel een koud biertje lusten,' zei Tony.

'Dan hijs je die gratenreet toch in je pick-up en haal je d'r eentje?' stelde Cayla voor. Tony gromde iets wat voor een antwoord moest doorgaan. In elk geval praatten ze wel als broer en zus met elkaar.

Will keek de kamer rond terwijl hij wachtte tot de aanvaring voorbij was. Het huis was eerder schoon dan netjes. Cayla was dol op beeldjes en dergelijke. Grote poppen in schitterende jurken namen bijna alle beschikbare oppervlakken in beslag. Sommige stonden onder glas alsof het kazen waren. Andere op standaards, waardoor ze paraplu's omhoog konden houden of kinderwagens voort konden duwen. Cayla had alles in pasteltinten ingericht, overwegend roze en blauw. Een grote flatscreen-tv stond centraal opgesteld tegenover een hemelsblauwe bank van losse elementen.

De ruzie was voorbij. Tenminste, dat leek Tony te denken. Hij sprong over de rugleuning van de bank en plofte voor de tv neer. 'Gaan we hier eten? Volgens mij begint de wedstrijd zo.'

'Ga jij maar lekker in je eentje eten.' Cayla wenkte Will mee.

'In het vervolg ben ik liever met z'n tweetjes, 't is maar dat je het weet,' zei ze tegen hem.

Brommend volgde Will haar de keuken in. Het huis zat nogal onsamenhangend in elkaar, wat vreemd was voor nieuwbouw. Het leek wel of de muur die de keuken van de zitkamer scheidde met tape op zijn plaats werd gehouden. De klapdeurtjes in het midden hingen niet eens op dezelfde hoogte. Het verschil tussen de bovenkanten was minstens twee centimeter, alsof het blokjes waren in een spelletje Tetris.

'Wij gaan hier eten.' Cayla hield een van de klapdeurtjes open.

Will wierp een blik om zich heen. De keuken was klein en vol, maar het rook er zo heerlijk dat zijn maag er bijna van ging huilen. Zelfs de stank van een sigaret die lag te smeulen in de asbak kon het verrukkelijke aroma niet verhullen van gebraden kip, warme broodjes en een of ander vruchtendessert.

'Heb je honger?'

Will knikte. Zijn mond zat zo vol speeksel dat hij niet kon praten. Sara had veel talenten, maar al hing haar leven ervan af, koken kon ze niet.

'Ik zei toch dat ik altijd een lekker korstje op de kip krijg?' Cayla pakte een bord uit de kast. Op het fornuis stonden pannen die warm moesten blijven. Ze nam een opscheplepel en begon het bord vol te laden.

Will ging aan tafel zitten.

'Heb je al gehoord dat het niet goed gaat met die smeris?' vroeg ze.

Will reageerde niet.

'Een infectie of iets dergelijks. Hij kreeg een septische shock.'

Will probeerde haar aan de praat te houden. 'Wat wil dat zeggen?'

'Dat betekent dat hij bloedvergiftiging heeft.' Ze pakte haar sigaret uit de asbak en zette het overvolle bord voor Will neer. Gebraden kip, sperzieboontjes, witte bonen, aardappelpuree met jus en twee broodjes, die zich boven op de etensberg in evenwicht probeerden te houden.

Ze bracht de sigaret naar haar lippen en inhaleerde diep. 'Na een operatie ontstaat er vaak sepsis. Er gaan allemaal van die slangetjes naar binnen en naar buiten. Bacteriën komen in de bloedbaan. Het hart kan het niet aan. Gif stroomt door het lichaam en alles laat het afweten.'

Het viel hem op dat ze opeens veel correcter sprak. Cayla Martin leek er een accent voor elke gelegenheid op na te houden. 'Klinkt niet goed.'

Ze nam weer een hijs en drukte de sigaret toen uit. 'Nee, het loopt soms slecht af. Heb je nu zin in dat biertje?'

Will knikte. 'Gaat hij het redden?'

'Die agent?' Ze stond bij de koelkast en keek hem over haar schouder aan. Onder alle lagen make-up was Cayla Martin niet onaantrekkelijk. Ze leek over de merkwaardige eigenschap te beschikken doorgaans intelligente mannen tot domme dingen over te halen. 'Zou kunnen. Hij is jong. Sterk ook. Wat kan het jou eigenlijk schelen?'

Schouderophalend pakte Will zijn vork. 'Niks.'

De klapdeurtjes gingen open. Tony nam hen wantrouwend op. Zijn jaloezie tastte als een vuurtorenlicht het vertrek af.

Cayla keek hem vuil aan. 'Ik dacht dat je naar de wedstrijd zat te kijken.'

'Reken maar dat je dat dacht.' Tony liep met gebalde vuisten de keuken in. 'Ik heb gehoord dat je vandaag daar binnen bent geweest,' zei hij tegen Will. 'Op de intensive care.'

Will nam een grote hap witte bonen. Het zout en het spekvet streelden zijn smaakpapillen.

'Heeft ze je herkend?' vroeg Tony.

Will wierp een blik op Cayla.

'Rustig maar.' Ze trok het bierblikje open en zette het voor Will neer. 'Hij vertelt me altijd alles, of ik het wil horen of niet.'

'Die agente,' drong Tony aan. Hij was al net zo onvoorspelbaar als zijn stiefzus. De etterbak was verdwenen en de crimineel was ervoor in de plaats gekomen.

Will nam alle tijd voor hij antwoordde. 'Wat is er met die agente?'

'Heeft ze je herkend?'

'Nee.' Ondertussen schoof Will weer een vracht witte bonen zijn mond in. En omdat er nog wat ruimte in zijn mond over was, propte hij er ook een half broodje bij om het vet te absorberen.

Tony trok een stoel onder de tafel vandaan Hij ging een eindje van Will af zitten, met zijn armen over elkaar en zijn benen wijd. In het felle keukenlicht waren zijn verwondingen nog duidelijker zichtbaar. Aan de jaap op zijn gezicht zou hij een lelijk litteken overhouden.

'Dat was een slimme actie, Bud,' zei Tony. 'Zorg dat ze je niet herkent. Zorg dat we d'r geen problemen mee krijgen.'

Met moeite slikte Will de hap door. 'Ik weet niet hoe het met jou zit, maar ik heb geen problemen.'

Cayla lachte. Meteen daarna betrok haar gezicht. 'Wat doe jij hier beneden?'

Will draaide zich om. In de deuropening stond een jongetje. Zijn haar zat in de war. Zijn pyjama was te groot voor zijn magere lijfje. Hij klemde een prentenboek tegen zijn borst. Hij leek er al iets te oud voor te zijn, maar Will was bepaald geen deskundige.

'Shit,' zei Cayla. 'Ik had toch gezegd dat je boven moest blijven?'

De jongen deed zijn mond al open, maar ze liet hem niet antwoorden.

'Ik zei toch dat je honger zou krijgen.' Ze stond op van tafel om nog een bord te pakken. 'Dit is Benji, het zoontje van mijn zus,' zei ze tegen Will. 'Benji, dit is Mr. Black.'

'Haar échte zus,' vulde Tony aan. Hij schoof zijn stoel naar achteren tot die het aanrecht raakte. Benji kwam niet bij hem in de buurt. Hij liep met een boog om de tafel heen en ging tegenover Will zitten, met het boek op zijn schoot.

'Alsjeblieft.' Met een klap zette Cayla een bord voor het kind neer, met porties die aanzienlijk kleiner waren dan die van Will. 'En ik moet jou zeker ook te eten geven?' vroeg ze aan Tony.

'La' me eens lekker aan je tiet voelen.' Giechelend alsof het een spelletje was, probeerde hij haar te grijpen.

Cayla sloeg zijn handen weg. 'Jezus, Tony.' Mompelend liep ze weer naar het fornuis.

Will keek naar Benji, die zijn blik had neergeslagen. Hij probeerde het kind zo onopvallend mogelijk te bestuderen. Hij kende de uitdrukking op zijn gezicht: alsof de jongen elk moment verwachtte dat er iets ergs ging gebeuren. Hij had zijn schouders naar voren getrokken. Zijn hoofd was gebogen. Zijn oren draaiden praktisch rond om elke wisseling in toon, elke dreiging van gevaar op te pikken. Will herkende de overlevingstactiek. Als volwassenen ruzie kregen, werden kinderen vaak het slachtoffer.

'Woon je in Macon?' vroeg hij aan Benji.

In plaats van te antwoorden keek het kind zijn tante aan.

'In Baton Rouge,' zei Cayla. 'Tenminste, daar zaten ze op het laatst. Zijn moeder is aan de crack. Die komt er maar niet vanaf. Toen de politie ze oppakte, woonden ze in haar auto.' Ze legde haar hand op Benji's knokige schouder. Het was dat Will keek, anders zou hij de bijna onmerkbare huivering hebben gemist.

'Ik kon het niet over m'n hart verkrijgen Benji weer naar een tehuis te laten gaan,' zei Cayla. 'De laatste keer is het bijna z'n dood geweest. En dan bedoel ik echt z'n dood, niet zomaar een geintje.'

Will vermoedde dat dit alles geen nieuws voor Benji was, maar hij vond het niet prettig dat de jongen het weer moest aanhoren. 'Hoe oud ben je?' vroeg hij.

Deze keer antwoordde hij zelf door negen vingers op te steken.

'Wat lees je voor boek?'

Benji hield het boek omhoog. Will kon de cursieve letters niet lezen, maar aan de N van het tweede woord en het glimlachende aapje kon hij zien dat het *Het nieuwsgierige aapje* was. Het boek was bijna stukgelezen. Het zat vol ezelsoren. De band was versleten. Will vroeg zich af of de jongen iets mankeerde. 'Op welke school zit je?'

Benji legde het boek weer op zijn schoot. Hij keek strak naar zijn handen.

Cayla slaakte een moedeloze zucht. 'Wat heb je toch, kind? Vertel hem eens waar je op school zit.'

'Ik zit bij juf Ward in groep twee op de Barden Elementary School aan Anderson Drive.'

Will floot zachtjes, alsof hij onder de indruk was. 'Klinkt als een leuke school. Ga je er graag naartoe?'

De jongen haalde zijn tengere schoudertjes op.

'Wat is je lievelingsvak?'

Benji keek weer naar Cayla, maar voor ze kon antwoorden zei hij: 'Rekenen.'

'Ik hou ook van rekenen,' zei Will, en dat was nog waar ook. Getallen hadden Will een soort rust geboden, een vreemd soort bewijs dat hij ondanks zijn leesachterstand toch ergens goed in was.

'Breuken,' fluisterde Benji. 'Die doe ik samen met mijn moeder.' De blik waarmee hij Will aankeek was vochtig van de tranen. Zijn ooghoeken glinsterden in het tl-licht. Hij zag er zo wanhopig uit dat Will het niet kon aanzien.

'Eet maar, schat.' Cayla schoof het bord wat dichter naar Benji toe. Ze had hem één lepel witte bonen opgeschept en er een broodje en een kippenpoot bij gedaan. Het leek niet genoeg, maar Benji protesteerde niet. Hij at echter ook niet. Het leek of hij op toestemming wachtte.

Will pakte zijn eigen grote stuk gebakken kip, dat zwom in de jus. Het klopte wat Cayla over de korst had gezegd. Het knapperige velletje smolt zowat in zijn mond. Jammer dat hij geen trek meer had.

In het kindertehuis van Atlanta had Will menig getraumatiseerd kind gezien, maar Benji was het eenzaamste jongetje met wie hij ooit aan tafel had gezeten. Het kind bevond zich op een heel andere golflengte. Hij bewoog zich stijfjes. Zijn gezicht was een neutraal masker, maar zijn ogen... Op de hele wereld was geen negenjarige te vinden die in staat was het soort pijn te verbergen dat Will in Benji's ogen las.

Hij miste zijn moeder. Ze had hem duidelijk verwaarloosd, en waarschijnlijk mishandeld, maar toch had hij zijn moeder nodig. Ze had hem geholpen met zijn breuken. Misschien ook met de rest van zijn huiswerk. Ongetwijfeld had ze hem van hot naar haar gesleept om de kinderbescherming telkens een stap voor te blijven, want zelfs crackhoeren gaven niet graag toe dat ze slechte moeders waren.

Benji sprak accentloos, en dat zei al genoeg. Waarschijnlijk was hij nooit lang genoeg op één plek gebleven om zich een accent aan te meten. Hij klonk welopgevoeder dan de drie aanwezige volwassenen. Ook had hij betere tafelmanieren. Met mes en vork pelde hij het velletje van de kippenpoot.

Tony snoof. 'Waar heb je die aanstellerij geleerd, knul?'

'Laat hem toch,' bitste Cayla. Toen matigde ze haar toon en vroeg aan Will: 'Bevalt het werk in het ziekenhuis?'

Will knikte. Met zijn mond vol vroeg hij: 'Hoe lang werk jij daar al?'

'Een jaar of vijf,' antwoordde ze, maar dat was een leugen. Volgens Cayla's belastinggegevens had ze parttime gewerkt voor verschillende artsen voor ze een halfjaar geleden de baan in de ziekenhuisapotheek kreeg. Toch draaide ze op haar vrije dagen nog steeds diensten in de verschillende praktijken, waarschijnlijk om haar bekeuring wegens rijden onder invloed af te betalen. En voor de hypotheek op haar huis, dat zo ver onder water stond dat het een wonder was dat ze niet verdronk.

'Het ziekenhuis is goed te doen,' zei ze. 'Vooral in de apotheek is het fijn werken. Met Benji hier moet ik weer thuis zijn als de school uitgaat.'

Benji verstijfde, alsof hij verbaasd was dit te horen.

'Hoe lang woont hij al bij je?' vroeg Will.

'Deze keer?' Ze haalde haar schouders op. 'Een paar weken, schat ik. Dat klopt toch, Benji?'

'Een maand,' zei Benji. Waarschijnlijk had hij een kalender in zijn hoofd waarop hij de dagen aftelde. Met een nog zachter stemmetje zei hij: 'Ze hebben me een maand geleden meegenomen.'

'Ik werk nu een jaar in het ziekenhuis,' zei Tony. 'Ik kan niet zeggen dat het me bevalt. De hele dag stront en kots opruimen. En dan word je behandeld alsof je de werkster bent.'

Boos fronste Cayla haar voorhoofd. 'Waarom ga je dan niet terug naar Beaufort, naar al die zwartjes?'

Zonder acht te slaan op haar scherpe toon richtte Will zich op de inhoud van haar woorden. 'Beaufort? Dat is toch waar de Sea Islands zijn? In Carolina?'

Tony keek Will met samengeknepen ogen aan. 'Waarom wil je dat weten?'

Will haalde zijn schouders op. 'Een tijdje terug ben ik er op de motor doorheen gereden. Langs Charleston, Hilton Head. Helemaal naar Savannah. Mooie kust daar.'

Cayla's aansteker klikte toen ze een nieuwe sigaret opstak. 'Ja, maar Tony komt niet van het mooie gedeelte. 's Zomers was hij altijd bij zijn moeder, aan de verkeerde kant van Broad.'

Het verbaasde Will niet dat Tony aan de verkeerde kant van wat dan ook thuishoorde, maar hij was wel erg nieuwsgierig naar dit nieuwe beetje informatie. Het GBI had een uitgebreid achtergrondonderzoek naar Anthony Dell verricht. Hij was net buiten Macon geboren. Volgens zijn persoonsgegevens was hij zijn hele leven in dat gebied blijven wonen, maar in zijn dossier werd niet vermeld waar Tony zijn schoolvakanties had doorgebracht.

'Ben je weleens naar Hilton Head geweest?' vroeg Will.

In plaats van te antwoorden keek Tony hem alleen maar aan. Achterdocht sijpelde uit al zijn poriën.

Will beantwoordde zijn blik en vroeg zich af hoe ver hij kon gaan. Big Whitey was zowel in Hilton Head als in Savannah gesignaleerd. Tony had waarschijnlijk al jaren over de man horen praten. Opeens klopte het dat hij er zo ontzettend graag bij wilde horen. De kleintjes wilden altijd met de grote honden meerennen.

'Tony heeft een zomertje of drie op Hilton Head doorgebracht,' vertelde Cayla. Ze keek Tony met opgetrokken wenkbrauw aan. 'Zijn ma was serveerster als ze niet met haar benen wijd ging om de huur te betalen.'

Tony's gezicht verstrakte, maar hij sprak haar niet tegen.

'Ze trok van de ene kroeg naar de andere,' vervolgde Cayla, 'en werkte er net zo lang tot ze haar zat werden of ontdekten dat ze te veel pikte.' Ze nam weer een hijs van haar sigaret. ''s Zomers was Tony altijd bij haar, vanaf dat hij – wat zou het zijn – net zo oud was als Benji? Je was toch een jaar of acht, negen toen ze gingen scheiden?'

Knorrig haalde Tony een schouder op, maar nu snapte Will tenminste waarom dit stukje voorgeschiedenis ontbrak aan het achtergrondonderzoek. Tenzij een kind gearresteerd werd of in de jeugdgevangenis belandde, kwam het zelden in de openbare archieven voor. Dat gebeurde pas als iemand oud genoeg was om een auto te kopen, een flat te huren of belasting te betalen.

'Mooie streek daar,' zei Will.

'Mooi eiland, bedoel je,' zei Tony. Hij kneep zijn ogen samen. 'Het is een eiland, niet een streek.'

Cayla ging zich ermee bemoeien. 'Het is een eiland én een streek, idioot.'

'Officieel is het een eiland.'

Will liet ze maar bakkeleien. Hij was nooit goed in aardrijkskunde geweest, maar hij wist dat de Lowcountry van South Carolina tegen de kust van Georgia aan hing. Hij wachtte tot broer en zus weer waren uitgeruzied en zei toen: 'De stranden zijn daar in elk geval beter dan in Florida.'

'Wat weet jij nou van Florida?' zei Tony. Hij leek zich wel erg kwaad te maken om niks, wat Will sterkte in zijn overtuiging dat hij op het juiste spoor zat.

'Het is een staat,' zei Will.

'Niet met me fucken, jongen.'

'Jezus, Tony.' Cayla blies een stoot rook uit. 'Zit je een scheet dwars of zo?'

Tony boog zich over de tafel heen, met zijn vuisten op het blad. 'Wanneer ben jij ooit in Florida geweest?' vroeg hij aan Will.

'Hij komt uit Georgia,' zei Cayla. 'Waar moet-ie anders heen met vakantie?'

Tony liet zich niet vermurwen. Zijn woede vulde de ruimte. Benji klapte meteen dicht. Hij liet zich op zijn stoel naar beneden glijden. Zijn hals verdween praktisch tussen zijn schouders. Hij bestudeerde zijn boek alsof hij het nog nooit had gelezen.

Will nam een hap kip. Hij kauwde langzaam om tijd te rekken. Tony, die toch al niet geduldig was, zat onrustig heen en weer te schuiven. Eindelijk slikte Will zijn eten door. 'Ik zat op MacDill.'

'Was je bij het leger?' vroeg Cayla.

'De luchtmacht.' Terwijl hij Tony strak aankeek, nam Will weer een hap. De man had alle reden om achterdochtig te zijn. De toevalligheden stapelden zich op. MacDill Air Force Base was in South Tampa, niet ver van Sarasota, waar Big Whitey naar verluidt zijn eerste agent had gedood, bij de Tamiami Trail.

'Was je officier of zo?' wilde Cayla weten.

'Ik was schietschijf.' Met een broodje sopte Will het vet van zijn bord. Zonder zijn blik van Tony los te maken stak hij het in zijn mond.

'Hebben ze je eruit geschopt?' vroeg Cayla.

'We zijn als vrienden uit elkaar gegaan.'

Ze lachte, alsof het een grap was. 'Ik had je graag in uniform willen zien. Heb je foto's?'

Will deed alsof hij de vraag niet gehoord had. Tony was daar echter niet toe in staat.

'Waarom wil je een foto van hem?' riep hij uit. 'Je hebt mij nog nooit om een foto gevraagd.'

Cayla rolde met haar ogen. 'Ben je weleens in Miami geweest?' vroeg ze.

Will schudde zijn hoofd. 'Leek me de moeite niet waard.' Omdat Tony soms racistische trekjes vertoonde, voegde hij eraan toe: 'Het is me daar iets te zwart.'

Tony knikte, maar hij was nog steeds vreselijk opgefokt. Hij dacht vast dat Will een oogje op Cayla had, wat een al even schrikbarende als walgelijke gedachte was. Maar Will had Tony liever jaloers dan achterdochtig. Hoe dan ook, hij bleef hem in de gaten houden. Kleine mannetjes waren vaak vuile vechtersbazen.

Cayla probeerde de spanning te doorbreken. 'Hé Tony,' zei ze. 'Weet je nog dat ik een paar jaar geleden over de Tamiami ben gereden? Langs Naples, Venice, Sarasota. Chuck en ik zijn toen op zijn Harley de hele Trail af geweest.'

'Stomme sukkel,' gromde Tony. De naam viel kennelijk slecht.

Will deed alsof het hem niet interesseerde. Hij trok het laatste stuk kip los en wipte het in zijn mond. Tony's houding had opeens iets stoers dat hij nog niet eerder had gezien. Faith hield er de theorie op na dat Tony Dell gevaarlijker was dan ze dachten. Will had erom gelachen. De man was eerder irritant, net als een mug. Maar nu hij Tony zo zag, vroeg hij zich af of Faith misschien gelijk had.

'Drink je dat nog?' vroeg Tony.

Hij doelde op het bier. 'Ga je gang,' zei Will schouderophalend.

Tony sloeg het bier achterover. Hij dronk zo snel dat zijn adamsappel op en neer wipte. Het bier stroomde langs zijn mondhoeken. De verplichte boer werd gevolgd door de harde klap waarmee hij het blikje op tafel zette.

Cayla negeerde de hele vertoning. Ze draaide het uiteinde van haar sigaret rond in de asbak, zodat er een punt ontstond. 'Waar heb je voor gezeten?' vroeg ze aan Will.

Will haalde zijn schouders op.

Cayla bestudeerde hem aandachtig. 'Ik wil wedden dat jij nogal snel over de zeik gaat.' Zoals ze het zei klonk het als een compliment. 'Was dat je probleem?'

Weer haalde Will zijn schouders op, nu om haar vermoeden te bevestigen.

'Ik pak er nog eentje.' Tony liep om de tafel heen en op weg naar de koelkast legde hij zijn hand even op Benji's hoofd. Flessen rammelden toen hij de koelkastdeur opendeed. Cayla had genoeg bier voor de zombie-apocalyps. Voedsel was er nauwelijks.

'Waarom ben je bij de luchtmacht weggegaan?' vroeg Tony.

Will knaagde aan de kippenbotjes en zoog het merg eruit.

Weer probeerde Cayla de zaak in goede banen te leiden. 'Ik ben gek op de stranden aan de Golf, met dat witte zand. Vind je ook niet, Tony? De Atlantische Oceaan is me te koud.'

Tony begon te stralen. Het enige wat hij nodig had was een beetje positieve aandacht. De stoere bink was verdwenen. De mug was terug. 'Shit, meid,' zei hij plagerig. 'Je weet geeneens waarover je het hebt.'

'Ik weet toch zeker wel wat voor strand ik mooi vind?'

'Jij weet helemaal niks.'

Will liet de discussie over het fijne van zandsoorten en toeristenbars aan Tony en Cayla over terwijl hij Benji gadesloeg. De jongen bewoog zich als een vogeltje, met zijn armen dicht tegen zijn zij alsof hij bang was iets om te stoten. In het kindertehuis hadden ze altijd gegeten als een stel uitgehongerde beesten. Ze hadden het eten naar binnen gepropt, met hun arm om het bord om dieven op afstand te houden. Deze jongen had duidelijk een opvoeding gehad waarmee hij zich in het openbaar kon vertonen. Hij had een servet op zijn schoot gelegd. Hij veegde zijn handen en mond af. Elke hap werd goed gekauwd voor hij hem doorslikte.

Will was al een puber toen hij ontdekte dat hij telkens bijna stikte in zijn eten omdat hij het niet goed kauwde.

Benji keek hem vluchtig aan. Hij wist dat hij bekeken werd. Will gaf hem een knipoog. Snel sloeg Benji zijn blik weer neer. Waarschijnlijk dacht hij aan zijn moeder, vroeg hij zich af waar ze was, of ze ook aan hem dacht, en wat hij verkeerd had gedaan dat hij niet bij haar mocht blijven.

Ook die blik had Will eerder gezien.

'Hé.' Tony knipte met zijn vingers vlak voor Wills gezicht.

Meteen schoot Will in zijn rol van Bill Black. Hij sloeg Tony's hand weg.

'Verdomme, jongen.' Tony drukte zijn hand tegen zijn borst. Hij knikte in de richting van de kraan. 'Ik wou je alleen maar vragen of je me daarmee kon helpen.'

Will besefte opeens dat hij het gedrup al gehoord had vanaf het moment dat hij de keuken binnenstapte. 'Er zal wel een nieuw leertje in moeten.'

Cayla begon opeens op een hoog toontje te praten, zoals sommige vrouwen dat doen als ze een man om hulp vragen. 'Dat wil je zeker wel voor me maken, hè Bud? Ik ben niet zo goed met gereedschap.'

Will aarzelde. Dingen repareren was iets wat hij voor Sara deed, zoals een kapotte lamp vervangen of de bovenkant van haar deuren verven. 'Ik heb geen goeie spullen bij me,' zei hij.

'Ik heb wel wat in de pick-up liggen,' bood Tony aan.

Het was eruit voor Will het doorhad. 'Ik dacht dat je die pick-up geleend had.'

Tony grijnsde. 'Met alles wat erin ligt, jongen.'

'Heb je een leertje?' vroeg Will. 'Waarschijnlijk is dat het probleem. Of is het misschien een keramische kraan? Het is geen goedkoop dingetje.'

Dat deed Cayla zichtbaar plezier. 'Die heb ik bij de Home Depot gekocht. Ik vond dat ik mezelf weleens mocht trakteren.'

'De winkel is nog open.' Tony begon aan de kraan te frunniken. 'Als wij nou eens een leertje gaan halen en de zaak repareren.'

Will leunde achterover op zijn stoel. Hij voelde zich klem zitten tussen zijn werk en Sara. Hij was hun telefoongesprek nog niet vergeten. Zijn vriendin had hem nodig. Tenminste, tot Will haar de waarheid vertelde. Aan de andere kant maakte Tony een ontspannen en praatlustige indruk. Misschien dat hij wat meer van zijn verleden prijsgaf als Cayla niet in de buurt was.

Tony draaide de kraan weer dicht. 'Shit, Bud, kom op. Het is nou ook weer niet zo dat ik een afspraakje met je wil.'

'Nu we het daar toch over hebben,' mengde Cayla zich in het gesprek. 'Bud, als jij nou eens op je motor achter Tony aan rijdt? Dan kun je zelf terug hierheen rijden.'

'Hé, hé,' zei Tony. 'Da's niet aardig.'

'O nee?' zei ze. 'Kom op, Bud. Ik word al wekenlang gek van die kraan.'

Will keek naar Benji. Het joch keek strak terug. 'Wat vind jij?' vroeg Will aan hem.

Benji beet op zijn lip. Het vel was gebarsten. Zijn oogleden waren zwaar. Will zag dat er donkere kringen onder zaten. Misschien keek hij hele nachten uit het raam, wachtend op zijn moeder. Of misschien kon hij niet slapen van de schuldgevoelens omdat hij niet langer bij haar was.

Will stond op. De nabijheid van het jongetje ging hem op de zenuwen werken. 'Oké,' zei hij tegen Tony. 'Kom, we gaan.'

Will zat naast Tony in de pick-up. Zijn motor lag in de laadbak, vastgesnoerd met wat snelbinders die Cayla in haar garage had liggen. Bij elke bocht hoorde Will de motor kreunend protesteren, maar de avond was koud en regenachtig, en hij was blij dat hij in de warme, droge cabine zat.

Tony zou hem afzetten bij de doe-het-zelfzaak, maar Will wist nog steeds niet of hij naar Cayla zou teruggaan. Ze leek er wel op te rekenen. Ze had hem telkens aangeraakt: de ene keer wreef ze over zijn rug en dan weer pakte ze hem bij zijn arm. Ze had hem zelfs op zijn wang gekust voor hij wegging. Will had het over zich heen laten komen, maar hij gruwde bij de gedachte dat hij terug moest naar dat benauwde huis vol poppen en wanhoop.

Bovendien leek Tony een betere keus als hij wilde doordringen in de zo veranderlijke drugsscene van Macon. Tijdens de rit ontspande de man zich weer wat. Hij vertelde over Hilton Head, dat hij als jongen 's zomers op het strand sliep en portefeuilles stal van domme toeristen die hun spullen open en bloot lieten liggen als ze in zee gingen zwemmen.

Net als de vorige avond toen ze naar Lena's huis waren gereden, was Tony onrustig: hij zat aan de radio te prutsen, trommelde met zijn vingers op het dashboard en had moeite zijn hand aan het stuur te houden. Zijn muziekkeuze was verrassend. De Madonna-cd die hij draaide was uit de jaren tachtig. Hij drukte op REPLAY om 'Like a Virgin' nog eens te beluisteren.

'Ik heb haar in '87 in het Atlanta Omni gezien.' Tony nam een slok bier. Hij had al een paar pillen uit een plastic zakje in het dashboardkastje weggespoeld. 'Klein wijfie. Ze had van die rare bh's aan waardoor d'r tieten net kogels leken.'

Will keek uit het raam.

'Sorry van daarnet,' zei Tony. 'Toen ik zo pissig werd vanwege Florida.'

Will haalde zijn schouders op.

'Ik heb nogal een klotetijd gehad in Sarasota toen ik zestien was.'

In plaats van door te vragen haalde Will weer zijn schouders op. 'Maakt niet uit.'

'Ik ben daar opgepakt. Het had niet veel gescheeld of ik was in de bak gepleurd.' Hij liet een natte boer. 'Ik heb m'n broer toen aan de smerissen verlinkt. Halfbroer eigenlijk. Wat een stomme lul is dat. Heeft twintig jaar gekregen voor een bankoverval.' Tony moest lachen. 'Die sukkel pakt een bank. Dat geloof je toch niet?'

Will schudde zijn hoofd. In de wereld van de criminaliteit gaf een bank de laagste winst tegen het hoogste risico. 'Niet al te slim, nee.'

'Precies. Ze gingen rechtstreeks naar z'n vriendin en daar werd hij opgepakt.' Tony nam een laatste slok bier. Hij deed het raampje naar beneden en gooide het blikje weg. 'Niet tegen Cayla zeggen dat ik hem aan de politie heb verlinkt.'

'Van mij hoort ze niks.'

'Afgesproken.' Hij maakte een nieuw blikje open. 'Cayla blijft er maar over zeuren dat we familie zijn, maar mijn pa heeft het nog geen twee jaar bij haar ma uitgehouden. Dat stelt niks voor. En ook al was dat wel zo, dan interesseert het me nog geen reet.'

Will hield zich in.

'Ik zag je wel naar d'r kijken, Bud. Vind ik niet erg. Ik weet dat ze mooi is. Mannen kijken nou eenmaal graag naar d'r.' Hij richtte zijn vinger op Will. 'Zolang je maar van d'r afblijft.'

Zijn stem klonk dreigend, maar Will had zo weinig belangstelling voor Cayla Martin dat hij het niet serieus kon nemen.

'Haar moeder heeft nog vier kinderen. Ik moest in het souterrain bij de jongens slapen. Als ze dronken was, kwam ze vaak naar beneden, en man, dan hadden we toch een lol.'

De schok stond blijkbaar op Wills gezicht te lezen.

Tony zoog snuivend het bier in zijn neus. Hij hoestte en het kwam door zijn mond weer naar buiten. 'Nee, man, niet de moeder. Ik heb het over Cayla. Dan kwam ze de trap af in d'r slip en een strak hemdje, en voor je het wist stak m'n laken als een tentje omhoog.' Hij grinnikte als hij eraan terugdacht. 'Ik kan je niet half vertellen wat we daar beneden allemaal hebben uitgespookt. Het dak ging er zowat af.'

Will hoopte vurig dat hij het niet hoefde te horen. 'Hoe lang ken je haar al?'

Daar hoefde Tony niet over na te denken. 'Ik ben al verliefd op d'r sinds we vijftien waren.'

'Dat is lang.'

'Echt wel.'

Will keek uit het raampje terwijl Tony van zijn bier lurkte. Er waren nog drie blikjes over van het sixpack. Te oordelen naar de vorm en kleur van de pillen in het zakje vermoedde Will dat Tony van de oxy had gesnoept.

'Rij eens wat rustiger,' zei hij.

Tony had zijn voet al op de rem, maar de auto minderde nauwelijks vaart. 'Ik weet dat Cayla me soms verrot scheldt, maar als ze iets nodig heeft belt ze altijd mij.' Hij keek even naar Will. 'Dan weet je dat een vrouw om je geeft. Als het uit de klauwen loopt, wie belt ze dan?'

Will probeerde niet aan Sara te denken.

'Luister je eigenlijk wel?'

Will knikte.

'Ik meen het, Bud. Ik hou van haar. Als zij er niet was, kwam ik 's morgens m'n nest niet uit.' Met de rug van zijn hand veegde hij onder zijn ogen. 'Ze is alles wat ik heb.'

Will had niet veel vrienden, maar hij vermoedde dat het niet hoog op het lijstje van manlijke bezigheden stond om over de liefde te zitten praten met Madonna op de achtergrond. 'Als je zo doorgaat, krijg je nog tieten.'

Tony bulderde van het lachen. 'Jezus, Bud, de spijker op z'n kop. Ben jij nooit verliefd geweest?'

Will was zo verliefd dat hij er scheel van zag.

'Hoe was het eigenlijk op MacDill?'

Het duurde even voor Will antwoord gaf – niet omdat hij zich de bijzonderheden probeerde te herinneren, maar omdat Bill Black niet het type was dat scheutig was met informatie. 'Waarom wil je dat weten?'

'Weet ik veel. Gewoon, uit nieuwsgierigheid. Ik heb een stel piloten gekend die daar zaten. Die verkocht ik speed, zodat ze wakker bleven op lange vluchten.'

Dus dat had Tony Dell in Sarasota uitgespookt.

'Nou, hoe was het er?' drong Tony aan.

'Heet.'

'Tja, dat heb je in Florida.'

Will staarde uit het raampje. Ze waren nu op de autoweg. Er was meer verkeer, mensen die nog laat onderweg waren omdat ze ver van huis werkten. 'Hoe zit dat eigenlijk met dat neefje van je?'

'Benji.' De afkeer waarmee Tony de naam uitsprak stond Will helemaal niet aan. Waarschijnlijk vond hij dat het joch hem voor de voeten liep. 'Zijn moeder is een hoer. De politie betrapte haar toen ze crack zat te roken waar dat kind bij was.'

'Niet fijn.'

'Het is een ettertje. Grote bek op school. Cayla moest laatst van d'r werk komen om hem op te halen. Hij werd voor twee dagen geschorst.'

Will kon zich niet eens voorstellen dat Benji een grote bek tegen een poesje opzette. 'Het is wel een mager kereltje.'

'Ja, dat heb je als je het te druk hebt met de pijp om ze te voeren.' Tony zette de radio wat harder. Hij scrolde door de songlijst en koos Cyndi Lauper.

'Meen je dat?' zei Will.

'Ik hou van sterke wijven.' Tony gaf richting aan en minderde vaart voor een afslag.

'Waar gaan we naartoe?' vroeg Will. Home Depot was in de buurt van het ziekenhuis. Ze gingen de verkeerde kant op.

Tony hield het bierblikje omhoog. 'Tijd voor echte drank.'

'Ik heb geen dorst.'

'Jij zit niet achter het stuur.' Tony nam de afslag. Hij klonk opeens anders. De stoere gast was terug. 'Heb je in het buitenland gediend?'

'Hoezo?'

'Gewoon, dat vroeg ik me af.' Tony nam weer een slok. 'Hoe lang zit je nou in Macon – twee weken?'

'Bijna.'

'Heb je hiervoor in Atlanta gewoond?'

Will antwoordde niet.

'Hoe ben je aan die baan in het ziekenhuis gekomen?'

Will probeerde een draai aan het gesprek te geven. 'Je lijkt wel een smeris zoals je me zit uit te horen.'

'Shit.' Tony lachte. 'Zie je me echt voor een smeris aan?'

'Ben je dat dan?'

Hij keek Will over zijn bierblikje heen aan. 'Ben jij dat zelf soms?'

'Jezus, nee, natuurlijk niet.' In tegenstelling tot de verhalen mochten politiemensen ongestraft liegen. 'Anders had ik je tien dagen geleden wel bij je kladden gegrepen toen ik je pillen van dat karretje zag jatten.'

Tony moest lachen toen hij eraan terugdacht. 'Ik scheet zowat in m'n broek toen ik je zag kijken.'

Dat betwijfelde Will. Tony had hem duidelijk op de proef gesteld.

Het raampje ging weer naar beneden. Tony gooide het blikje weg. 'Cayla verkocht ze vroeger voor me op internet.'

'Gevaarlijk voor een vrouw.'

'Ik leverde ze altijd zelf af.' Hij maakte het zoveelste blikje open. 'Meestal aan studenten. Goedkope troep verkopen we niet.'

Will vroeg niet door, maar hij ging Tony Dell wel in een nieuw licht zien. Faith zou een paar telefoontjes naar Hilton Head en Sarasota moeten plegen. Tony leek hem het type crimineel dat zijn eigen moeder nog zou verlinken om uit de gevangenis te blijven.

'Maar goed,' zei Tony. 'Met die internettroep zijn we gestopt. Big Whitey heeft m'n handel flink opgekrikt. Ik heb nu zoveel geld op zak dat ik niet weet wat ik ermee moet.'

'Internet is veiliger.'

'Kruimelwerk, maat.'

'Hoe meer geld, hoe meer problemen.'

'Als je genoeg geld hebt, kun je de problemen afkopen.' Met een ruk aan het stuur reed Tony de auto een overvol parkeerterrein op.

Will herkende het gebouw. Ze waren bij Tipsie's. Op het neonbord op het dak stond een vrouw die langs een paal op en neer gleed. 'Wil je hier echt weer naartoe?'

'Geen zorg.' Tony parkeerde de pick-up. 'Ik ben hier net nog geweest, voor ik naar Cayla ging.'

Wills nekharen gingen overeind staan. 'Waarom dan?'

'Zelfde reden dat jij bij die smeris op de intensive care bent gaan kijken, om te zien of iemand me herkende.'

Will geloofde hem niet. 'En?'

'En... geen zorgen.' De beminnelijke Tony was opeens terug. Hij haalde de sleutel uit het contact en duwde met zijn schouder het portier open. 'Kom op, Bud. Ik heb nog steeds dorst.'

Will stapte uit, hoewel elke cel in zijn lichaam hem waarschuwde dat er gevaar dreigde. Maar eigenlijk had hij geen keus. Jared Long lag in het ziekenhuis. Lena Adams was bijna dood geweest. Er liep ergens een drugsdealer rond die het lekker vond om mensen te mishandelen. Als Will zijn werk niet naar behoren deed, belandden er nog veel meer mensen in het ziekenhuis. Of onder de grond.

'Kom, Bud.' Tony stapte als een vechthaan voort. Het was duidelijk dat hij iets in zijn schild voerde. En dat hij zeer met zichzelf was ingenomen.

Will vertraagde zijn pas en probeerde te gissen wat hem te wachten stond. Voor de zoveelste keer vroeg hij zich af of Tony Dell misschien Big Whitey was.

Meteen in het begin had Faith die mogelijkheid al geopperd. Over het algemeen had ze een dubbele agenda snel in de gaten, maar deze keer was Will het niet met haar eens geweest. Hij kende Tony Dell. Hij had tijd met hem doorgebracht. Hij maakte niet de indruk een meesterstrateeg te zijn.

Misschien was dat het 'm juist.

Met koeienletters stond het op Tony's voorhoofd geschreven: KRUIMELDIEF. Hij had een rotbaan. Hij reed in een rotauto. Hij woonde in een flat op een steenworp afstand van een goedkoop winkelcentrum. Wat zijn strafblad betrof: hij was twee keer gearresteerd wegens drinken in het openbaar, wat als een klein vergrijp werd beschouwd. Eén keer was hij aangeklaagd wegens het bezit van verdovende middelen, maar de zaak werd geseponeerd toen hij met succes was afgekickt. Een andere aanklacht wegens handel in verdovende middelen was na een formeel foutje uit de rechtbankverslagen verwijderd. Overige aanklachten betroffen het zich verdacht ophouden en door rood lopen. Hij veroorzaakte overlast, maar was geen zware jongen.

Als Tony Dell inderdaad Big Whitey was, was de man een genie.

Wills iPhone zat in de voorzak van zijn spijkerbroek. Hij vroeg zich af of de volgchip wel zou werken onder het metalen dak van de club. Sara had gps in haar auto. Het systeem liet het afweten zodra ze een ondergrondse parkeergarage in reed. Will vermoedde dat het signaal niet door al het staal en beton heen kwam. Waarschijnlijk net als in Tipsie's.

Ze waren nog tien meter van de deur verwijderd, maar de muziek stond zo hard dat Will het gedreun door het asfalt heen kon voelen. Zijn trommelvliezen veranderden de herrie in één langgerekt gerommel.

Tony keek even achterom naar Will voor hij de deur openduwde. Hij lachte niet, en dat had een eerste waarschuwing moeten zijn. De tweede waarschuwing was duidelijker. Zodra de deur achter Will dichtsloeg, greep een hand hem bij zijn schouder.

Will draaide zich om. Meestal stak hij zelf met kop en schouders boven iedereen uit, maar de kerel die achter hem stond was van het formaat koelkast. Geen standaardkoelkast, maar eerder een Sub Zero met de motor erbovenop.

Vragen stellen had geen zin.

De Koelkast knikte naar achteren. Will snapte de boodschap. De man hield zijn hand om Wills schouder geklemd en zo stuurde hij hem door de drukke bar.

Tony ging voorop. De nieuwste ontwikkeling leek hem niet te verbazen. En hij maakte zich al helemaal geen zorgen. Met een vuile grijns keek hij telkens over zijn schouder om te zien of Will hem nog wel volgde. De wondjes en blauwe plekken op zijn gezicht werden geaccentueerd door de stroboscooplampen en de spiegelbol, zodat ze op slecht aangebrachte schmink leken. Het deed ongetwijfeld pijn, maar Tony had een opgetogen blik in zijn ogen.

Het viel niet te ontkennen dat hij het perfect geregeld had. Tony had zich Cayla's huis binnengewurmd. Hij had Will weten mee te lokken. Het was Tony's idee geweest om de kraan te repareren. Het was Tony's idee geweest om Wills motor achter op de pick-up vast te snoeren. Hij had het probleem ongetwijfeld voorzien. Heel toevallig zat er een lier op de laadbak van de pick-up, en er lag een stel balken waarlangs de motor omhoog kon worden gereden. Als dit alles achter de rug was, zou hij die waarschijnlijk gebruiken om de motor de rivier in te rijden.

Will ademde zo diep mogelijk in. Zijn longen vulden zich met de zurige lucht van alcohol en zweet. Hij stak zijn hand in zijn zak. Met zijn duim zocht hij naar de AAN-knop van zijn telefoon. Hij drukte er drie keer op om de opname-app in werking te stellen. Een van beide: straks hoorde Amanda Will met een stel zware jongens praten, of ze hoorde hoe Will door een stel zware jongens werd vermoord.

De Koelkast trok Will met een ruk aan de kant om een troep luidruchtige dronkenlappen te omzeilen. Alleen met een omweg kwam je in het achterste gedeelte van de club. Het podium slingerde zich door de ruimte. Aan elke paal hing een vrouw die er iets obsceens mee deed. De mannen drongen massaal naar het podium tot een uitsmijter ze terugduwde, waarop ze weer naar voren drongen, want stel dat het de derde of vierde of honderdste keer wel lukte.

Voor een gesloten deur met een bordje erop bleef Tony staan. De achterbakse grijns zat nog steeds op zijn gezicht geplakt. Hij wachtte tot Will en de Koelkast bij hem waren. De grijns verbreedde zich toen hij de deur openduwde. De kamer erachter was donker. De hand op Wills schouder duwde hem naar voren. Will ontdekte dat de kamer geen kamer was, maar een lange gang. Het schaarse licht kwam uit de deuropening. Het laatste wat Will zag was de Koelkast die de deur dichtdeed.

Tony bracht zijn mond naar Wills oor. 'Lopen.' Hij duwde hem de gang door.

Will liet zijn opties de revue passeren. Tony Dell kon hij makkelijk aan. Hij had hem al eerder alle hoeken van de kamer laten zien. Maar dat was de oude Tony geweest, niet de Tony die mogelijk Big Whitey was. Soms maakte het niet uit hoe groot een man was, als zijn vechtlust maar op peil was.

En Tony had hulp.

Hij had heel veel hulp.

Terwijl Will de gang door liep, streek hij met zijn hand langs de muur van betonblokken. Hij werd zich pijnlijk bewust van zijn volle blaas. Het zweet droop langs zijn rug. In gedachten voelde hij zijn Glock in zijn hand, was hij zich bewust van de safe-action in de trekker, die pas werkte als je vinger naar achteren ging. Niet dat dit alles er ook maar iets toe deed. Het pistool lag veilig opgeborgen in een kluis in zijn kast in Atlanta.

Het achterste gedeelte van de club was ongetwijfeld geluidsdicht gemaakt, want de muziek was niet meer zo ondraaglijk. Will liep tegen iets aan. Hij raakte in paniek, tot hij besefte dat het een gordijn was. Hij schoof de stof opzij. In dit stuk gang was iets meer licht, dankzij een groen uitgangsbordje boven de deur. Will zou er in volle vaart op af gestormd zijn als niet een tweede Koelkast de doorgang had geblokkeerd. Bij hem vergeleken was Koelkast Een opeens een minikoelkastje. Zijn armen barstten zowat uit zijn mouwen. Zijn schouders waren bijna zo breed als de deur. Hij droeg een Bluetooth-oortje. Toen Will naar hem toe liep, tikte hij erop en mompelde iets onverstaanbaars.

Koelkast Twee trok een gordijn aan de muur open. Weer verscheen er een deur met een bordje. Als Will een woord maar vaak genoeg had gezien, herkende hij het. Op het bordje stond KANTOOR. Koelkast Twee deed de deur open. Zijn hand was zo groot dat de deurknop er volledig in verdween.

Will schermde zijn ogen af tegen het plotselinge felle licht. De achterkamer van de club vertoonde een opvallende gelijkenis met hetzelfde soort vertrek in maffiafilms: een zwart plafond, donkerrode muren. Drankreclame met naakte vrouwen. Een hoogpolig wit tapijt. Een groot bureau van metaal en glas. Een zwartleren bank waarop drie dikke rednecks zich breeduit hadden geïnstalleerd.

Ze aten pizza uit een doos die op de glazen salontafel voor hen stond. Wills maag draaide zich om toen hij de kaas en worst rook. Hij proefde gal en rispte witte bonen op.

De rednecks bekeken Will en Tony met een passief soort nieuwsgierigheid. In een maffiafilm zouden ze goed geklede Italianen zijn geweest. De Macon-variant was aanzienlijk sjofeler. Hun T-shirts spanden om hun buik. Hun spijkerbroeken hingen laag om hun heupen, maar alleen omdat ze het vertikten zes maten groter te kopen om ruimte te bieden aan hun uitdijende pens.

De Koelkast deed de deur dicht. Will ontdekte dat hij iets over het hoofd had gezien wat zich aan de andere kant van de kamer bevond.

Een man zat vastgebonden aan een stoel. Touw sneed in de blote huid van zijn armen en borst. Zijn hoofd hing naar beneden. De bovenkant van zijn hoofdhuid lag open. Dat was niet de enige bron van het bloed. Zijn handen en voeten waren opengesneden. Tientallen kruisen waren in zijn borst en onderlichaam gekerfd. De wonden waren niet diep genoeg om hem te doden, maar veroorzaakten wel ondraaglijke pijn.

De man was gemarteld.

'Shit,' zei Tony, maar eerder bewonderend dan geschrokken. 'Ik wist niet dat jullie bezoek hadden.'

'Bek houden,' zei een van de rednecks. Met een vouwmes maakte hij zijn nagels schoon. 'Heb je gedaan wat ik gezegd heb?'

'Doe ik dat niet altijd?' antwoordde Tony.

'Beetje dimmen, jongen.'

'Yes sir.' Het klonk niet al te toeschietelijk.

Tony was dus niet Big Whitey. Will vermoedde dat de redneck hier de baas was. Hij had de houding van een man die gebukt ging onder verantwoordelijkheden. Zijn twee handlangers zaten hun pizza te eten alsof ze op hun beurt wachtten bij het bowlen. Een van hen had een flesje bier waarmee hij zijn eten wegspoelde. De ander dronk cola light.

De redneck was nog steeds met zijn nagels bezig. Niemand die hem tot haast maande.

Will stond daar maar. Het was niet de eerste keer die avond dat hij zich afvroeg of Tony Dell hem naar zijn dood voerde, maar het was wel de eerste keer dat hij zag hoe dat in zijn werk zou kunnen gaan. De man op de stoel leefde nog. Zo stroomde je bloed niet meer als je hart was gestopt. Hij ademde oppervlakkig. Onwillekeurige krampen trokken door zijn spieren: eerst door zijn arm, toen door zijn kuit. Uit zijn keel steeg een soort geneurie op. Waarschijnlijk bad hij om dood te mogen gaan. Ze hadden in hem gesneden. Ze hadden hem geslagen. En toen waren ze gaan eten omdat ze geen enkele haast hadden om zijn lijden te bekorten.

Tony was minder geduldig. Of misschien was hij gewoon dom. Hij trok een zakje pillen uit zijn broekzak en wierp het op het bureau. 'Waar is de grote man? Je zei dat we zouden gaan praten.'

'Bek houden,' herhaalde de redneck. Hij was klaar met zijn nagels. Het lemmet van zijn mes was ongeveer tien centimeter – niet lang, maar wel scherp, met een gemene gebogen punt. Langzaam vouwde hij het lemmet weer in het heft, en al die tijd verloor hij Will geen seconde uit het oog. 'Had je soms een probleem?'

Will schudde zijn hoofd.

'Gaan wij problemen krijgen?'

Weer schudde Will zijn hoofd.

Kreunend van inspanning stond de redneck op. Het was een grote kerel, niet gespierd zoals de twee Koelkasten, maar met een dikke laag vet om zijn middel.

Traag en moeizaam liep hij naar het bureau. Hij pakte een dossiermap. 'William Joseph Black.'

Will wachtte.

De redneck nam een leesbril van het bureau. In plaats van die op te zetten gebruikte hij hem als vergrootglas om het dossier te lezen.

'Geboren in Milledgeville, Georgia,' las hij voor. 'Verzegeld jeugdstrafblad. Ging met tweeëntwintig in dienst. Met vijfentwintig er weer uit geschopt. Een paar aanrandingen. Heeft een bewaker in een winkelcentrum in elkaar geslagen. Heeft gezeten in Atlanta. Heeft een paar FBI-agenten in Kentucky nijdig gemaakt. Werd gezocht voor verhoor in verband met een overval en een paar inbraken.' De redneck zweeg even. 'Dat is het wel zo ongeveer?'

Will antwoordde niet.

De man wierp het dossier weer op het bureau. 'Je huurt een kamer in het Star-Gazer Hotel bij de snelweg. Nummer vijftien. Je zet je nachtblauwe Triumph op een parkeerplaats twee deuren verderop. Je eet bij de RaceTrac. Je werkt in het ziekenhuis. Je komt hier een stijve halen. Je moeder is gestorven toen jij in Irak zat. Je vader is onbekend. Je hebt geen broers of zussen en geen noemenswaardige familie.'

Will deed zijn lippen iets vaneen om lucht te krijgen. De enige reden waarom hij voor die motor had gekozen was om ervoor te zorgen dat niemand hem naar Atlanta volgde. Naar Sara. Wills hart ging tekeer terwijl hij wachtte tot de redneck hem vertelde waar ze woonde.

Maar in plaats daarvan zei hij: 'Zeb-deeks?'

Deze keer antwoordde Will niet omdat hij geen idee had waarover de man het had.

'Zeb-deeks?' herhaalde de redneck. 'Ken je die?'

Het was een naam. Een man.

De redneck wachtte. Hij leek over een eindeloze voorraad geduld te beschikken.

Gejaagd nam Will Bill Blacks leven door. Er kwam geen middelbare school of vervolgonderwijs in voor, alleen de luchtmacht en de gevangenis. De naam klonk buitenlands, maar dat soort bijzonderheden stond niet in zijn militaire dossier. Waarschijnlijk was Zeb-deeks een bijnaam, waar Will normaal niet veel mee opschoot, behalve dat er maar één figuur in Bill Blacks leven was wiens naam met een Z begon.

Zebulon Deacon was neergestoken in de gevangenis van Atlanta omdat hij zijn maten had verlinkt. Bill Black had in hetzelfde cellenblok gezeten. Hij had ongetwijfeld van de man gehoord. Hij zou de bijnaam zeker kennen.

Maar wat belangrijker was: Black zou ook weten dat je niemand verlinkte zonder dat er een gevecht aan voorafging.

In plaats van te antwoorden haalde Will zijn schouders op.

'Je kent hem dus niet?'

Weer haalde Will zijn schouders op.

'Junior?' zei de redneck.

Een van zijn handlangers hees zich van de bank overeind. Junior was al even fors als zijn baas, maar jonger. En ongetwijfeld sterker.

Enige inleiding bleef achterwege. Junior stompte Will zo hard in zijn gezicht dat hij lichtflitsen zag. Zijn hoofd sloeg naar achteren. Zijn nek kraakte. De rug van zijn neus voelde alsof een bijl het bot had geraakt.

'Zeb Deeks,' zei de redneck.

Will schudde zijn hoofd, niet om de man tegen te spreken, maar om weer bij zinnen te komen. Hij had talloze keren een dreun tegen zijn neus gehad. Het ergste was als je snoof en de bloedprop in je keel schoot. Het kostte Will moeite niet te kotsen toen hij die wegslikte.

Voor de vierde keer sprak de redneck de naam uit: 'Zeb Deeks?'

Junior zwaaide zijn vuist al naar achteren.

'Oké,' zei Will. 'Ja, die ken ik. De vuile verrader heeft z'n verdiende loon gekregen.'

'En waar precies?'

'In de bajes.'

'Waar precies?'

'In z'n kloten,' zei Will. 'Hij werd met een gebroken tandenborstel bewerkt. Hij lag op de binnenplaats leeg te bloeden.'

Tony grinnikte. 'Dat zal wel zeer hebben gedaan.'

De borst van de redneck ging op en neer. Hij keek Will aandachtig aan en knikte toen naar de man die nog op de bank zat.

Die stond al even langzaam op als de anderen, met knakkende knieën en uitpuilende pens. Tegen alle natuurwetten in gingen Junior en hij razendsnel te werk. Voor Will wist wat er gebeurde, zaten zijn armen al op zijn rug.

De redneck liep naar hem toe. Hij stonk naar pizza en drank. Hij was een roker. Hij ademde als een stoommachine. Hij was groot en hij was blank, maar Tony had duidelijk aangegeven dat hij Big Whitey niet was. Will betwijfelde of hij ooit de man zou ontmoeten die aan het hoofd stond van deze bende hillbilly's. Hij betwijfelde of hij in de weinige tijd die hem nog restte iets anders zou zien dan de muffe achterkamer van deze club.

De redneck stak zijn handen omhoog, zodat Will kon volgen wat hij deed. Het heft van zijn vouwmes was van parelmoer met gouden accenten. Het licht viel op het lemmet toen hij het openvouwde. Het scharnier en de klinknagels zaten onder het aangekoekte bloed, waarschijnlijk nog van de kruisen die hij in de borst van de man op de stoel had gekerfd. De redneck was een natuurtalent met het mes. Hij hield het in een lichte greep, alsof het een extra duim of vinger was.

Will kromp ineen toen hij het scherpe roestvrijstalen lemmet over zijn hals voelde gaan. Vervolgens over de zijkant van zijn gezicht. Toen onder zijn oog door. De redneck voerde de druk iets op en de huid sprong open. Will was zo bang dat hij de pijn niet eens voelde. Hij zou niet eens geweten hebben dat hij gesneden was als er geen bloeddruppel langs zijn wang naar beneden was gegleden.

Will deed zijn ogen dicht. Hij was hier niet. Hij was niet in deze kamer. Misschien kwam het door Cayla en Tony die over het strand hadden gepraat, maar hij rook de zilte lucht, hij voelde de warme, zachte zeebries.

Drie maanden geleden had Sara Will leren vliegeren. Het was op een strand in Florida. De vlieger was geel met blauw en had een lange witte staart. Het was Wills allereerste strandvakantie.

Alles wat hij over Florida wist had hij aan Wikipedia en *Miami Vice* te danken. Sara was een goede lerares. Geduldig, vriendelijk. Sexy als de pest in haar badpak. Toen ze klein was, had ze van haar vader leren vliegeren. Hij was bang geweest dat Sara zich buitengesloten zou voelen door haar pasgeboren zusje, en daarom had hij uitstapjes met haar gemaakt om haar het gevoel te geven dat ze bijzonder was.

Wills ogen vlogen open. Het mes zat nu in zijn oorschelp – niet bij de zachte, vlezige rand, maar aan de binnenkant, waar een dun laagje kraakbeen tegen de schedel rustte.

De redneck lachte; hij genoot van het effect. De man had prachtige witte tanden. Zijn tandvlees stak er bijna blauw tegen af.

Will verroerde zich niet. Het mes was vlijmscherp. De punt drong door zijn huid en sneed het kraakbeen open. Een bloeddruppel gleed zijn oor binnen en zakte tergend langzaam de gehoorgang in. Will voelde een huivering opkomen. Die begon langzaam, als het gedender van een naderende trein. Een lichte trilling, toen een geschud, dat steeds heviger werd, tot de aarde begon te bewegen en zijn tanden begonnen te klapperen en het was alsof de grond onder hem werd opengescheurd.

Net op tijd trok de redneck het mes terug.

'Fuck!' Woest schudde Will zijn hoofd. De klem om zijn armen werd strakker. Weer schudde hij zijn hoofd. Het bloed zat nog steeds in zijn oor.

Lachend vouwde de redneck het lemmet weer in het heft. 'Doe je kleren uit.'

Junior en nummer drie lieten hem los. Will propte zijn pink in zijn oor en bewoog hem als een klepel heen en weer.

'Doe je kleren uit,' herhaalde de redneck.

Will keek hem woedend aan. 'Sodemieter op.' Hij liep naar de deur, maar Junior hield hem tegen.

'We kunnen het ook op de harde manier doen,' opperde de redneck.

Junior duwde Will tegen zijn maat aan, die hem op zijn beurt tegen de muur aan kwakte.

'Hard of zacht?' vroeg de redneck.

Will kon niet meer aan het strand denken. Hij kon niet meer aan Sara denken, of aan wat dan ook, alleen aan overleven.

Bill Black zou hier wel raad mee weten. Die had al heel wat achterkamertjes gezien. Hij was zijn hele leven omringd geweest door schooiers en criminelen. Volgens zijn dossier was hij zelf altijd een schooier en crimineel geweest.

Will kende bootcamp alleen uit de film, maar hij was zeer goed op de hoogte van de intakeprocedure in de gevangenis van Atlanta. Bill Black zou een van de minstens honderd nieuwkomers zijn geweest die de bewakers dagelijks binnenkregen. Ze hadden hem uitgekleed, gefouilleerd, geschoren, ontluisd en vervolgens in een cel van zo'n vier vierkante meter gesmeten die hij moest delen met iemand anders en die een open rioolgat als wc had. De douches waren gemeenschappelijk. Af en toe werden je lichaamsholtes gecontroleerd. Je kon je nergens verschuilen.

Een man als Bill Black zou er geen enkele moeite mee hebben om zich uit te kleden voor een stelletje gewelddadige boeren.

Will rukte zijn shirt los. Een paar knopen sprongen eraf. Zijn T-shirt volgde en toen zijn spijkerbroek. Will zette de neus van zijn ene laars op de hak van de andere en stapte eruit, waarna hij zijn broek uit schopte.

Het werd stil in de kamer, op het gedempte gedreun van de clubmuziek na.

Ze staarden hem aan alsof hij een vreemd beest in de dierentuin was.

Will keek niet vaak naar zijn eigen lichaam. Ook al was hij Sara nog zo dankbaar, hij snapte niet hoe ze het kon verdragen. Er was geen stukje huid dat niet getuigde van misbruik: de littekens van brandende sigaretten rond zijn ribben, de elektrische schokken die een lukraak patroon van zwart poeder in zijn huid hadden gebrand. De littekens op zijn rug waar een vrouw hem gekrabd had toen ze high was nadat ze een hele ochtend spuitverf had gesnoven en dacht dat er insecten onder Wills huid rondkropen.

Om nog maar te zwijgen van de wonden die hij zichzelf had toegebracht.

Tony verbrak de stilte. 'Shit, Bud. Wat is er in jezusnaam met jou gebeurd?'

Will zei niets.

Even leek de redneck Will als een mens te zien in plaats van als een probleem dat moest worden afgehandeld. 'Irak?' vroeg hij.

Will ging zijn opties na. Zijn littekens hoorden niet bij zijn undercoverrol. De redneck was er kennelijk in geslaagd Bill Blacks politiedossier te pakken te krijgen. Hij had hier en daar langs de criminele voedselketen wat vragen gesteld. Zou hij voldoende invloed hebben om aan een militair dossier te komen? Het GBI was behulpzaam, maar de Amerikaanse overheid had zich niet al te bereidwillig getoond om Bill Blacks kortstondige legercarrière geloofwaardigheid te verlenen.

'Heeft een van die schapenneukers je te grazen genomen?' drong de redneck aan.

In plaats van te antwoorden wendde Will zich af en keek naar de muur. Hij vermoedde dat Bill Black hetzelfde zou voelen als Will. Hij was ooit vreselijk toegetakeld, en daar was hij niet trots op.

'La' maar zitten.' Blijkbaar legde de redneck zich bij Wills zwijgen neer, maar hij was nog niet klaar met zijn onderzoek. 'Die boxer mag ook uit.'

Will keek hem strak aan.

De redneck klonk bijna verontschuldigend toen hij zei: 'Ik weet van een vent die door de politie betrapt werd met een microfoontje aan zijn ballen geplakt.'

Will wist dat hij geen keus had. Hij kleedde zichzelf uit of anders deden de twee handlangers het. Hij schoof zijn onderbroek naar beneden.

De redneck wierp een blik op zijn onderlichaam, keek nog eens en zei toen: 'Oké.'

Tony trok zijn wenkbrauwen op. 'Shit, maat.'

Will hees zijn onderbroek weer op. Hij wilde zijn spijkerbroek pakken, maar die werd uit zijn handen gegrist.

Junior doorzocht de zakken. Bill Blacks portefeuille en telefoon kwamen tevoorschijn. De stapel bankbiljetten die hij die ochtend van Tony had afgepakt werd op het bureau gesmeten.

'Eens kijken wat we hier hebben.' De redneck stak zijn hand uit. Hij begon met de portefeuille. Het klittenband scheurde open. In het fotovakje zat Cayla's handgeschreven briefje met haar adres. Hij bladerde verder en doorzocht de vakjes. Hij vond vier briefjes van twintig, twee creditcards en de bekeuring wegens te hard rijden die Bill Black als rijbewijs gebruikte. 'Tachtig in een schoolgebied.' De redneck klakte afkeurend met zijn tong.

Junior reikte hem de telefoon aan. Will pakte zijn spijkerbroek.

'Wat is je code?' vroeg de redneck.

'Vier-drie-twee-een,' zei Will. Hij rukte zijn broek omhoog terwijl de man de code intoetste.

De redneck beheerste de kunst van het scrollen beter dan Will. Onder het lezen bewoog hij zijn lippen. 'Wie is die vrouw in Tennessee?'

Will trok zijn T-shirt aan. Het gat onder zijn oksel was uitgescheurd en had de zijnaad meegenomen.

'Ze krijgt een kind van hem,' zei Tony. 'Houdt zij soms van netjes gesnoeid?' kon hij niet nalaten te vragen.

Will deed zijn Oxford-shirt aan. Er zaten nog drie knopen aan de voorkant. Uiterst geconcentreerd probeerde hij ze dicht te maken, maar zijn vingers weigerden dienst.

Het leek wel of de redneck door elk schermpje scrolde. Toen Will de telefoon kreeg had hij hem eerst zelf uitgeprobeerd om te zien of je de verborgen apps per ongeluk kon openen. Het was hem niet één keer gelukt, maar elk systeem had een zwakke plek. Will had de telefoon nooit uitgeprobeerd terwijl de recorder aanstond. Misschien zat er een foutje in de software waardoor de apps zichtbaar werden, en dan zou de redneck zijn mes weer trekken.

'Waar is dit?' Hij liet Will een foto zien, een van de opnamen die hij vanaf de autoweg had gemaakt.

'Ergens bij de I-16,' zei Will. 'Vond ik mooi.'

'Volgens Geotag is het bij de I-475.'

Will haalde zijn schouders op, maar zijn mond werd kurkdroog. Hij had niet meer aan de geotags gedacht. Ze maakten deel uit van de locatiesoftware op de iPhone en toonden de lengte- en breedtegraden van de plek waar de foto's genomen waren. Hij had geen idee of ze door het GBI-programma werden afgeschermd.

'Heb je deze van internet?' Hij liet Will de naakte vrouwen zien.

Even had Will zich veilig gewaand, maar dat was van korte duur. Hij had de foto's gedownload van zijn computer in Atlanta. Hij wist niet wat de geotag vastlegde: waar Will zich bevond toen hij de foto's downloadde of waar ze oorspronkelijk waren genomen.

Will zweeg terwijl de man met zijn vinger over het schermpje veegde.

'Zelf hou ik niet zo van Aziatisch.' Hij bleef maar scrollen.

Will knoopte de manchetten van zijn overhemd dicht, zonder te laten merken dat hij zich bijna had onder gepist. Een van de knopen bungelde aan een draadje. Hij schoot los onder zijn handen. Will wist niet wat hij ermee moest doen, en daarom stopte hij hem maar in zijn zak.

Hij was benieuwd wie de knoop zou vinden als hij doodging. Waarschijnlijk de patholoog-anatoom. Pete Hanson was een paar maanden geleden met pensioen gegaan, en de nieuwe die Amanda had aangenomen was jong en eigenwijs, en geloofde alles wat uit zijn eigen mond kwam. Will vroeg zich af wat hij van de knoop zou denken. Hij vroeg zich af of Sara erover te horen zou krijgen. Zou ze aan Will denken telkens als ze een bloes aantrok?

Hij haalde de knoop weer uit zijn zak en gooide hem op de vloer.

Tony klakte met zijn tong. Will keek hem aan. Tony knipoogde samenzweerderig, alsof hij Will niet eigenhandig naar de slachtbank had gevoerd.

Waarom had Tony zich tegen hem gekeerd? Het kwam vast door dat etentje. Tony kon maar op één manier van die afspraak weten, namelijk van Cayla. Ze moest hebben geweten dat Tony zou komen opdagen. Ze vond het zeker leuk om hen tegen elkaar uit te spelen. Stiefbroer of niet, ze hield Tony al jarenlang aan het lijntje.

Of misschien was het iets gevaarlijkers. Misschien dacht Tony nog steeds dat Will van de politie was. Het was niet zo slim van hem geweest om de vorige nacht Lena's huis binnen te stormen. Geen crimineel die bij zijn verstand was rende op een schotenwisseling af, ook al had hij honderd zwangere vriendinnen die hem voor de rechter dreigden te slepen.

'Oké,' zei de redneck ten slotte. Hij stak Will de telefoon toe.

Die nam het apparaat weer aan. De behuizing voelde warm. Zijn handen waren zo bezweet dat hij het ding bijna liet vallen voor hij het in zijn zak stopte.

De redneck boog zich over het bureau en drukte op een knop van de vaste telefoon. Er klonk gezoem, waarna hij nog eens op de knop drukte. Het was een soort sein. Iedereen wachtte. En wachtte. Will telde in gedachten de seconden af, maar toen raakte hij de draad kwijt en moest opnieuw beginnen.

Een mobiel ging. De redneck nam er alle tijd voor. De telefoon lag onder een stapel papieren op zijn bureau. Nadat het ding zes keer was overgegaan nam hij op. Hij luisterde, knikte af en toe.

Zijn blik gleed naar Will. 'Ja, ik denk dat je gelijk hebt,' zei hij, en toen verbrak hij de verbinding.

'Was dat Big Whitey?' vroeg Tony, gretig als een kind. 'Vond hij het goed, dat van ons?' Hij gaf Will een klap op zijn rug. 'Ik zei toch dat ik het voor elkaar zou krijgen!'

De redneck haalde een stapel honderddollarbiljetten uit zijn zak. Hij wierp een blik op het zakje pillen dat Tony op het bureau had gegooid en telde tien briefjes uit. Hij stak Tony het geld toe. 'Dat is meer dan je verdient nu je ons met dat stuk stront hebt opgezadeld. Zorg dat je hem kwijtraakt.'

Will voelde de paniek alweer opkomen, maar toen besefte hij dat de redneck de man op de stoel bedoelde. Will bekeek hem eens. Hij was hem helemaal vergeten. Ergens had hij hem al als dood beschouwd.

'Dump hem maar ergens waar hij gevonden wordt,' zei de redneck.

'Geen probleem.' Tony stapte op de stoel af. Hij sloeg de man tegen zijn hoofd. 'Moven, dude.'

De man kreunde. Speeksel sijpelde uit zijn open mond.

'Kom.' Tony sloeg hem nog iets harder. 'Opstaan, lamlul. Tijd om te vertrekken.'

De man probeerde zich uit het touw te wurmen. Maar wat hij ook deed, hij kon niet overeind komen.

'Wat een klootzak, niet te geloven.' Tony's ogen spuwden vuur. Blijkbaar genoot hij ervan mensen pijn te doen. Hij gaf een schop tegen de stoel. Verdwenen was de mug – hier stond een pezige rabauw die het moeiteloos tegen de grote jongens opnam.

De redneck kreeg er genoeg van. 'Hou op met dat geklier en haal hem hier weg.'

Tony trok een mes uit zijn laars. Het was geen vouwmes, maar een jachtmes van vijfentwintig centimeter met een gemene kartelrand. Hij sneed het touw rond de stoel door. De man tuimelde voorover, kreunend van opluchting. Tony ving hem op voor hij de vloer raakte. Hij liet het mes rondtollen en reikte het Will aan, met het heft naar voren. 'Jij doet zijn voeten.'

Will zaagde het touw door waarmee de benen van de man aan de stoel vastzaten. Terwijl hij de laatste paar strengen doorsneed, keek hij even op. De ogen van de man waren gezwollen spleetjes, maar het bloeddoorlopen wit langs de randen was nog zichtbaar. Bloed was over zijn voorhoofd gestroomd en klonterde in zijn wenkbrauwen. Zijn voortanden waren kapot. De rug van zijn neus was ingeslagen. Toch had hij iets bekends, maar Will had geen tijd om erbij stil te staan.

'Wakker worden, klootzak.' Deze keer kwam Tony's vuist van beneden. Het hoofd van de man vloog naar achteren. Bloed spatte alle kanten op. 'Dit is geen spelletje, dude. Opstaan, godverdomme.'

De man deed een poging. Zijn bloederige blote voeten plakten aan het tapijt. Zijn benen trilden. Zijn knieën weigerden zich te strekken.

Will kwam tussenbeide. Hij kon het niet langer aanzien. Hij nam de man bijna met zijn volle gewicht over zijn schouder en hees hem overeind.

'Alsjeblieft...' smeekte de man nauwelijks hoorbaar.

Will keek de kamer rond, maar niemand leek geraakt door de smeekbede. Ze waren hooguit geërgerd.

'Haal hem hier weg,' beval de redneck. Hij liep terug naar de bank en ging voor de open pizzadoos zitten.

Will probeerde de man naar de deur te slepen. Als hij deze kamer maar eenmaal uit was, als hij deze club maar eenmaal uit was, zou hij hem misschien kunnen redden.

De redneck pakte een pizzapunt. 'Je hoort nog van me, Bud. We hebben een klus die jou volgens Mr. Whitey op het lijf is geschreven.'

Will bromde iets, maar alleen van inspanning. De man kon met geen mogelijkheid zelf lopen en daarom nam Will zijn volle gewicht op zijn rug. Anderhalve meter naar de deur. En dan ongeveer een meter naar de uitgang. Om het gebouw heen en naar het parkeerterrein. Hij zou Tony's pick-up nemen. Dan sloeg hij hem van achteren tegen de grond en pakte zijn sleutels af. Vervolgens zou hij de man naar het ziekenhuis brengen. Hij zou Faith vragen hem voor zijn eigen veiligheid in hechtenis te nemen. En dan zou Will Sara opzoeken en zich voor haar voeten werpen en bidden dat alles goed zou komen.

'Doe de deur open,' zei Will tegen Tony.

'En het kleed dan?' vroeg Junior. 'Dat kan echt niet meer naar de stomerij.'

'Shit,' mopperde Tony. 'Ik ben geen schoonmaker.'

'Meenemen en verbranden.' De redneck stak het laatste stuk pizza in zijn mond. 'Dump het lijk maar in zijn voortuin. Waar iedereen hem kan zien.'

Tony liet er geen misverstand over bestaan dat hij hun een dienst bewees. Hij hees zijn broek op en ging op zijn knieën zitten, waarna hij het kleed vanaf de rand begon op te rollen. Will draaide zich om, want hij kon alleen maar toekijken en wachten.

Op dat moment besloot de man in actie te komen.

Totaal onverwacht duwde hij Will weg.

Hij deed een greep naar de deurknop, maar zijn coördinatievermogen was naar de filistijnen. Zijn handen waren glibberig van het bloed. In plaats van de deur open te maken viel hij ertegenaan. Hij begon te schreeuwen en sloeg met zijn vuisten tegen de deur, alsof hij van de andere kant hulp verwachtte.

Wills intuïtie nam het van hem over. Van alle mannen in het vertrek was hij het minst gevaarlijk. Hij greep de man om zijn middel. Hij probeerde zijn hand voor zijn mond te slaan. De man schopte en beet Will tot die het niet langer hield.

Ze konden nergens naartoe. Er waren geen ramen, en de enige deur was de deur waardoor ze binnen waren gekomen. Gek van angst tolde de man in het rond en het kleed frommelde samen onder zijn voeten. Hij knalde tegen de salontafel op en tegen het bureau. Tony tackelde hem van achteren en wierp hem voorover op de vloer.

Hij ging schrijlings op hem zitten. Het jachtmes had hij in zijn hand. Hij ramde het lemmet in de rug van de man, in zijn schouders en in zijn nek. Telkens weer ging het mes als een piston op en neer. Met een plof en een zuig drong het staal door de huid. Spaghettislierten bloed vlogen om Tony heen, alsof hij in een horrorsneeuwbol zat.

Junior drukte een wapen tegen Wills borst om hem duidelijk te maken dat hij zich er niet mee moest bemoeien. Het was alsof de loop het naakte bot raakte. Junior bleef griezelig kalm terwijl Tony met het mes tekeerging. Hij keek even naar de redneck en schudde met zijn hoofd alsof hij wilde zeggen: *Wat heeft die vent?* Zijn maat bleef onverschillig op de bank zitten en sloeg de slachtpartij gade alsof hij naar een kaartspelletje keek.

Het steken ging door tot lang nadat de man de geest had gegeven. Tony stopte pas toen al zijn energie op was. Hij ging op zijn hurken zitten. Hij hijgde. Zweette. Met de mouw van zijn shirt veegde hij zijn gezicht af. Zijn voorhoofd, zijn mond en wangen. Alles kwam onder het bloed te zitten.

Junior stak het pistool in de holster aan zijn riem. Will kon zich weer bewegen, maar hij zou niet weten waar hij naartoe moest. Dit was al de tweede opeenvolgende nacht dat hij getuige was geweest van een gewelddadige aanval.

Lena had tenminste nog op een bedreigende situatie gereageerd. Tony Dell was als een jakhals die zijn prooi vernietigde. Hij had van elke seconde genoten. Grommend en gillend had hij het mes in het lichaam gestoten. De straal bloed die in zijn gezicht spoot had hem alleen maar gretiger gemaakt.

En nu zat hij daar te lachen.

Bloed had zich als lippenstift over zijn tanden uitgesmeerd. 'Wat vond je d'r van, Buddy? Zag je die halvegare rondsjezen? Helemaal kierewiet.'

De redneck vond het minder leuk. 'Heb je gezien wat een troep je d'r van gemaakt hebt?'

'Je wou dat kleed toch al weggooien.'

'Maar het zit niet alleen op het kleed, hè?'

Vol ontzag keek Tony naar wat hij had aangericht. Hij schudde zijn hoofd; toen veegde hij het jachtmes af aan zijn broek en probeerde het weer in zijn laars te schuiven. Het lemmet was verbogen, waarschijnlijk door het dikke schedelbot. Tony moest het heft verdraaien om het mes in de schede te krijgen. En toen zag hij de open wond op zijn handpalm. 'Shit, ik ben vast uitgeschoten. Zou jij me naar het ziekenhuis willen brengen, Bud?' vroeg hij. 'Van dat soort shit krijg je infectie.'

Op een toon die eerder ergernis dan walging uitdrukte zei de redneck: 'Junior, haal eens een paar meiden om dit op te ruimen.' Tegen Tony zei hij: 'Dat lijk moet hier weg. Dump hem in z'n voortuin, zoals ik al zei.'

'Weet je dat zeker?' vroeg Tony.

'Order van Big Whitey. Leg hem ergens neer waar hij gevonden wordt. Een boodschap komt alleen over als iedereen hem kan lezen.' Zijn volgende bevel was voor Will bestemd. 'Hou hem in de gaten. Zorg dat hij het niet verkloot.'

'Ik ga het echt niet verkloten,' riep Tony. 'Zeg maar tegen Big Whitey dat ik degene ben die dit voor hem geregeld heeft.'

'Wil je daar echt krediet voor?' vroeg de redneck. Hoofdschuddend keek hij Junior aan, die al even hoofdschuddend terugkeek.

'Komt voor elkaar,' zei Will, om maar zo snel mogelijk weg te kunnen. Hij knielde op de vloer neer. 'Rol het lijk in het vloerkleed.'

'Neem een voorbeeld aan je makker, Tony. Een goeie soldaat luistert naar bevelen.' De redneck leunde achterover. Hij haalde zijn mes tevoorschijn en begon weer onder zijn nagels te peuteren. 'Zoals ik al zei, Buddy: je hoort nog van me.'

Will was niet van plan nog langer te wachten. Hij wenkte Tony. 'Opschieten. Rol hem in het kleed.'

Tony duwde tegen het lijk, maar er zat geen beweging in. Dood was de man loodzwaar. Tony's sneakers gleden weg over de betonnen vloer. Zijn gezicht vertrok tot een masker van pure wilskracht. Ten slotte floepte de man op zijn rug. Zijn arm lag over zijn ogen, alsof hij niets meer wilde zien.

Tony pakte zijn handen en legde ze kruiselings over zijn borst. Hij wilde al naar de andere kant van het kleed lopen toen Will zei: 'Nee, we moeten het lichaam rollen.' Hij pakte de schouders vast, omdat dat het zwaarste gedeelte was en hij niet langer kon aanzien hoe Tony met het lijk liep te sollen.

'Klaar?' vroeg Tony.

Will keek naar het gezicht van de man. Nu herkende hij hem, hoewel zijn trekken zelfs in de dood nog verwrongen waren van pijn. Slechts een paar uur geleden had Faith hem zijn foto laten zien op haar mobiel.

De man op de stoel was rechercheur Eric Haigh.

Tien

VRIJDAG

Het was kort na middernacht, en weer zat Sara op de bank in de wachtkamer van de intensive care. Ze bladerde een tijdschrift door en probeerde de gesprekken om zich heen te negeren. Die middag waren er meer patiënten opgenomen. Familieleden vulden het kleine vertrek. De nieuwkomers waren van het mededeelzame soort. Ze wilden verhalen uitwisselen. De ene tragedie met de andere vergelijken. Nell had het onprettig gevonden. Ze kon niet tegen al die nieuwsgierigheid, tegen de krappe ruimte. Ze had zich moeiteloos door Sara laten overhalen om terug te gaan naar de hotelkamer en wat te slapen.

Haar aanwezigheid in het ziekenhuis had op dit moment weinig zin. Ondanks de antibiotica die in Jared werden gepompt, was zijn toestand ongewijzigd. Sara had ervaring met chirurgische infecties. Ze waren meedogenloos en sloegen lukraak toe. De antibiotica waarmee ze bestreden konden worden, waren schaars.

Zoals al een paar keer in de loop van de vorige dag, was Sara weer terug bij af. De vierentwintiguursklok stond weer op nul. Jared had de operatie overleefd. Alleen de tijd zou leren of hij de infectie ook overleefde.

Sara legde het tijdschrift terug op tafel. Ze had nu al drie keer hetzelfde roddelverhaal over een of andere beroemdheid gelezen en nog steeds ontging haar de clou. Ze bevond zich in een merkwaardig soort schemertoestand. Nog steeds had ze spijt van de dubbele whisky die ze eerder op de avond had gedronken. Zelfmedicatie was nog nooit goed geweest, maar stress, drank en dertig aaneengesloten uren zonder slaap vormden een dodelijke combinatie. Ze had wel de kater, maar niet de kick. Ze had hoofdpijn. Ze was nerveus. Ze wist hoe verkeerd het was toen ze die whisky dronk, en dat maakte de ellende alleen maar groter. Haar enige troost was dat ze geen tweede glas had besteld na haar telefoongesprek met Will.

Kon ze dat gesprek maar wissen. Of Sara was een buitengewoon ordinaire dronkenlap, of hun relatie ontwikkelde zich niet zoals ze had gedacht. Haar wanhopige verleidingstruc was even spannend geweest als een onderzoek door de belastingdienst. Godzijdank had ze niet gezegd dat ze verliefd op hem was. Stel je voor hoe gênant het zou zijn geweest als haar liefdesverklaring op doodse stilte was gestuit. Het was duidelijk dat Will afstand van haar nam. Sara had vast iets verkeerds gedaan of gezegd. Waarschijnlijk was hij opgelucht dat ze hem niet had gevraagd naar haar toe te komen, van waar hij zich ook ophield. Sara had nog steeds geen idee.

Ze was gewoon blij dat hij niet hier was.

En ze zou er alles voor overhebben om zelf ook niet hier te zijn.

Sara hield het niet langer uit op haar stoel. Ze ging staan en strekte haar rug. Het was alsof haar ruggenwervels waren samengesmolten. Van alle kanten kreeg ze beleefde lachjes. Op zoek naar wat privacy liep ze de gang op.

Op dit late uur was het licht gedempt. Possum bevond zich nog op dezelfde plek waar ze hem een halfuur geleden had gezien. Met zijn rug naar Sara toe stond hij bij de gesloten deuren van de intensive care en keek door het raam. Vanwaar hij stond kon hij niet in Jareds kamer kijken. De agent benam hem het zicht. Sara zag dat de jongeman zich stoorde aan Possums waakzame blik.

Afwisselend keek hij naar hem en naar de verpleegpost, alsof de arme zuster hem kon helpen.

Possum was amper in staat met Sara te praten, niet uit onbeleefdheid, maar omdat hij haar niet kon zien zonder tranen in zijn ogen te krijgen. Ze wist niet of hij moest huilen om het verlies van Jeffrey, om Jareds kritieke toestand, of om de ondraaglijke combinatie.

Sara wist wel dat ze het hier niet langer uithield.

Ze liep naar de lift, maar bedacht toen dat ze beter de trap kon nemen, want dan kreeg ze wat lichaamsbeweging. Ze snakte naar frisse lucht, naar een ruimte die niet muf was van angst en rampspoed. En het was de hoogste tijd dat ze zichzelf eens hartig toesprak over Will. Misschien was ze al die tijd blind geweest voor de diepere waarheid achter zijn zwijgen. Sara had nog nooit tegen Will gezegd dat ze van hem hield, maar Will had die woorden ook nog nooit tegenover haar uitgesproken.

In haar ervaring was de eenvoudigste verklaring meestal ook de lulligste.

Toen Sara twee trappen was afgedaald zag ze een roze-met-blauw bordje. De kraamafdeling. Met het grootste genoegen week ze even van haar route af. Altijd als ze in het Grady een vreselijke dag had, ging ze bij de baby's kijken. Het had iets buitengewoon geruststellends om splinternieuwe oogjes open te zien knipperen, om tandeloze mondjes zich tot een lachje te zien tuiten. Pasgeborenen waren het bewijs dat het leven niet alleen doorging, maar ook kon bloeien.

Sara vermoedde dat er op dit uur van de nacht niet veel mensen zouden zijn, en ze had gelijk. Het bezoekuur was allang voorbij. Er was geen verpleegkundige om treuzelaars weg te sturen. Niemand had de moeite genomen om het scherm voor de grote ramen te laten zakken zodat de baby's vredig konden slapen.

Het gedempte licht uit de gang wierp een warme gloed over de rijen wiegjes. De pasgeborenen droegen allemaal een roze of blauw gebreid mutsje. Ze lagen stevig ingestopt onder bijpassende dekentjes. Hun gezichtjes waren net rozijnen, en sommigen waren zo nieuw op deze wereld dat hun hoofdjes zachtjes heen en weer bewogen, alsof ze nog in de baarmoeder zweefden.

Sara drukte haar voorhoofd tegen het raam. Het glas was koud. Een van de baby's was wakker. Zijn loensende oogjes tastten het plafond af. Boven zijn hoofd waren kleurige cartoons geschilderd: regenbogen, donzige wolken en mollige konijnen. Dat was eerder voor de ouders dan voor de baby's. Pasgeborenen waren buitengewoon bijziend. De oogstructuur was in essentie aanwezig, maar het zou maanden duren voor ze die wisten te gebruiken. Voorlopig was de plafondkunst voor hen een vrolijke vlek.

Achter Sara ging de deur open. Ze draaide zich om in de veronderstelling dat het een verpleegkundige was die van het toilet kwam.

Maar het was Lena Adams.

Ze had een papieren zakdoekje in haar hand. Toen hun blikken elkaar kruisten zag Sara haar ontzetting, gevolgd door een zekere berusting.

Lena stapte op de lift af.

'Wacht,' zei Sara.

Ze bleef staan, zonder zich om te draaien.

Sara had meteen spijt. Ze wist niet wat ze moest zeggen. Dat ze het erg vond? Natuurlijk vond ze het erg dat Lena haar baby had verloren. Maar dat veranderde niets aan wat er allemaal aan vooraf was gegaan.

'Je hoeft niet weg,' was het enige wat ze kon bedenken.

Langzaam draaide Lena zich om. Ze keek Sara niet eens aan, maar liep naar het raam van de babykamer. Haar vingers rustten op de rand van de lijst. Ze drukte haar voorhoofd tegen het glas, net als Sara had gedaan. Het was alsof ze zich afschermde voor alles om zich heen. De blik waarmee ze naar de pasgeborenen keek, was buitengewoon tragisch. Het was alsof haar verlangen dwars door het glas sneed.

Sara kreeg weer het vertrouwde gevoel zich op verboden terrein te bevinden. Ze deed haar mond al open om haar vertrek aan te kondigen, maar Lena gaf haar niet de kans om iets te zeggen.

'Is alles nog hetzelfde met hem?'

'Met Jared?' vroeg Sara. 'Ja.'

Lena knikte alleen maar, terwijl ze nog steeds strak voor zich uit keek. Ze legde haar hand plat op haar buik.

Weer worstelde Sara met een natuurlijk verlangen om troost te bieden, om een wat positiever licht op de situatie te laten schijnen. Uiteindelijk bracht ze de energie niet op. Ergens diep in haar binnenste was ze in staat met deze vrouw mee te voelen. Af en toe roerde het medelijden zich, als een automotor op een koude dag. Telkens werd het opgestart, om uiteindelijk weer sputterend uit te doven.

Opnieuw maakte Sara aanstalten om weg te gaan. 'Ik kan maar het best...'

'Ik heb nooit beseft hoe klein ze zijn.' Lena's gezicht kreeg een zachte gloed toen ze naar het kindje vlak voor zich keek. 'Het is vast eng als je weet hoe kwetsbaar ze zijn.' Het glas besloeg van haar adem. Ze leek op een reactie te wachten.

'Je leert wat je moet doen.' Sara had altijd baby's om zich heen gehad. Ze kon zich geen leven zonder hen voorstellen.

'Ik heb nog nooit een baby vastgehouden,' zei Lena.

'Heb je geen neefjes en nichtjes?'

'Nee. En ik ben ook nooit babysit geweest of zo.' Ze lachte zachtjes. 'Ik was niet het soort puber aan wie mensen hun kinderen toevertrouwden.'

Daar kon Sara zich iets bij voorstellen.

Lena slaakte een haperende zucht. 'Ik had nooit gedacht dat ik van iets kon houden wat me zo hard nodig had.'

'Ik leef met je mee,' zei Sara. 'Voor wat het waard is.'

'Voor wat het waard is,' herhaalde Lena. 'Nell heeft opeens iets minder de pest aan me.'

Sara had de verandering ook opgemerkt, maar ze wist niet of die blijvend was.

'Het was beter toen ze nog een hekel aan me had,' zei Lena. 'Daar kon ik mee omgaan. Dat konden we allebei.' Ze keerde Sara haar gezicht toe. 'Alsof ze me een beter mens vindt nu ik de baby kwijt ben.'

Sara liet haar woorden bezinken en probeerde haar drijfveren te doorgronden. Lena wilde iets. Ze wilde altijd iets.

'Bedankt, Sara.' Lena keerde zich weer naar het raam toe. 'Ik wist dat ik erop kon rekenen dat je geen medelijden met me zou hebben.'

Sara moest weg. De vertrouwde haat bracht ze nu niet op, maar ze wist dat er maar weinig overredingskracht voor nodig was. 'Ik ga eens bij Possum kijken.'

'Telkens als hij je ziet gaat hij kapot vanbinnen.'

Daar was Sara zich maar al te zeer van bewust. 'Toch...'

'Heb je mijn brief gekregen?'

De brief.

Vier jaar geleden had Sara een handgeschreven brief van Lena in haar brievenbus aangetroffen. Ze had de gesloten envelop in haar tas gestopt. Ze was al aan de late kant voor haar werk. Ze wilde de brief niet lezen. Maar ze wilde hem blijkbaar ook niet weggooien. Bijna een jaar lang had de brief Sara overal vergezeld. Naar haar werk, als ze boodschappen deed, als ze uit eten ging, als ze thuis was. Als ze een andere tas pakte, stopte ze hem daarin. Ze zag hem telkens als ze haar portemonnee pakte of naar haar sleutels zocht.

Lena bekeek haar aandachtig. 'Je hebt hem gelezen.'

'Uiteindelijk wel,' zei Sara, hoewel ze het eigenlijk niet wilde toegeven.

'Ik had het mis.'

‘O?’ zei Sara. De brief bestond uit drie schrijfblokvelletjes. Drie akelige, betraande blaadjes vol smoezen en leugens en afgewentelde schuld. ‘Op welk punt had je het mis?’

‘Op alle punten.’ Ze leunde met haar schouder tegen het glas. ‘Ik wist dat Jeffrey me zou komen redden. En ik wist dat ik zijn leven in gevaar bracht.’

Sara voelde het bloed naar haar wangen stijgen. Haar hart was een vogel die gevangenzat in een kooi. Ze had zo lang op deze bekentenis gewacht, op deze bevestiging, maar nu was haar enige gedachte dat Lena weer op haar eigen voordeel uit was.

‘Je moet niet verbaasd kijken als je een lucifer aansteekt en je je huis in de hens ziet gaan,’ zei Lena.

Het kostte Sara moeite kalm te blijven. ‘Je probeerde hem te waarschuwen.’ Tenminste, dat had Lena beweerd in haar brief. Ze had vier lange alinea’s gewijd aan haar spijt dat Jeffrey haar redelijke advies simpelweg in de wind had geslagen. ‘Je hebt toch tegen hem gezegd dat hij weg moest blijven?’

‘Ik wist dat hij dat niet zou doen.’ Lena keek Sara recht in haar ogen. ‘Ik had dood moeten zijn, niet hij.’

Zo’n plotselinge bekering ging er bij Sara niet in. Ze probeerde Lena in de val te lokken door de woorden te herhalen die Jared tegen Nell had gezegd. ‘Hij wist wat de risico’s waren toen hij die penning opspeldde.’

‘Zou Will er ook zo over denken als hij naar zijn werk gaat?’

Vanuit het niets voelde Sara de neiging opkomen om Wills naam uit haar mond te slaan. Bijna twee jaar geleden had hij Lena aan een onderzoek onderworpen nadat ze een verdachte had laten doodgaan in de cel en werkeloos had toegekeken terwijl een collega bijna werd doodgestoken. Sara was nog teleurgestelder geweest dan Will dat het niet tot een arrestatie had geleid.

‘Het enige wat jij over Will Trent weet,’ zei ze, ‘is dat hij je bijna naar de gevangenis heeft gestuurd.’

‘Bijna.’ Een lachje speelde om Lena’s lippen. Het masker viel al bijna af. 'Weet je wat ik me nog kan herinneren van de tijd die ik met agent Trent heb doorgebracht?' Haar stem klonk merkwaardig zangerig. 'Dat hij al helemaal aan jou verslingerd was. En jij bent ook verliefd op hem, hè? Ik zie het aan je gezicht. Verliefdheid is je altijd al prima afgegaan.'

Sara schudde haar hoofd. Nu zag ze waar het heen ging. 'Het maakt het nog niet goed.'

'Je hebt je leven duidelijk weer opgepakt,' zei Lena. 'Dat hebben we allebei gedaan.'

'Ik had geen keus, Lena. Ik moest mijn leven weer oppakken, want mijn man was vermoord.' Sara drong het gif terug in haar mond. 'Ik had geen keus.'

'Ook al denk je van wel, ik ben geen slecht mens. Dat heb ik mezelf heel lang wijsgemaakt. Ik heb me door jou laten overtuigen dat ik tekortschoot. Dat ik het eigenlijk niet waard was.'

'Nou, dat spijt me dan vreselijk,' schamperde Sara. 'Zeg maar hoe ik het weer goed kan maken.'

'Uiteindelijk kom je er wel achter dat ik veranderd ben.'

'Je bent niet veranderd. Als dat zo was, zouden we hier geen van beiden zijn.' Het kostte Sara moeite om de bitterheid uit haar stem te weren. 'Voor jou is alles altijd een spel. Wat we nu doen is een spel. Je loopt nooit weg. Je laat een ander nooit winnen. Je denkt dat je een goede politievrouw bent, maar je geeft niks om het werk of om wie dan ook die dit werk doet. Het enige wat je wilt is winnen, ongeacht wat het kost.'

'U zegt het, dokter,' smaalde Lena.

'Hier heb ik geen zin in.' Sara liep al weg.

'Niet te geloven dat ik ooit jaloers op je ben geweest.'

Met open mond van verbazing draaide Sara zich om.

'Je familie. Je leven. Je huwelijk. De hele stad had respect voor je. Aanbad je.' Lena haalde haar schouders op. 'Maar op een dag besefte ik dat ik helemaal niet zoals jij wilde zijn. Dat ik het niet kon, ook al deed ik nog zo mijn best. Dat kan niemand. Je bent te volmaakt. Te veeleisend. Niemand kan aan je hoge maatstaven voldoen. Jeffrey niet.' Ze schudde haar hoofd, alsof ze het oprecht betreurde. 'En Will maakt geen schijn van kans.'

Heel even was Sara te verbijsterd om iets te zeggen – niet om Lena's woorden, maar omdat ze op geniale wijze een draai aan het gesprek had gegeven.

'Moet ik me soms schuldig voelen omdat ik mijn leven weer heb opgepakt?' vroeg ze.

Lena's zelfgenoegzame lachje sprak boekdelen. Ze herhaalde Sara's eigen woorden. 'Nu weet je hoe het voelt.'

'Gaan we het uitvechten?' zei Sara. 'Is dat echt je bedoeling?'

'Ben je niet bang dat ik win?'

Afwachtend sloeg Sara haar armen over elkaar.

'Al die verspilde jaren waarin ik dacht dat jij beter was dan ik. Arme Sara, de tragische weduwe. En dan ontdek ik dat je meteen weer in het zadel bent gesprongen met de eerste de beste smeris die je tegenkwam.'

Sara werd overmand door schuld. Lena was altijd al een haai geweest die het kleinste druppeltje bloed in het water kon ruiken. 'Zo is het niet gegaan.'

'Zo is het wel gegaan,' beet Lena terug. 'Je bent gewoon een chique matras. Weet je dat?'

Sara moest lachen, opgelucht dat het niet erger was. 'Matras' was de naam voor een vrouw die met een politieman naar bed ging. 'En?'

'Weet je wat je lekker vond aan Jeffrey? Dat hij risico's nam. Dat hij eropaf ging en iedereen aan de kant mepte die hem in de weg stond.'

'Dat is alles?'

Lena zette een stap in Sara's richting. 'Je zou hem niet eens hebben zien staan als hij gewoon een of ander watje was geweest dat een ander voor zich liet vechten.'

'Zoals jij, bedoel je?'

Lena tuitte haar lippen, het enige teken dat ze Sara's woorden had gehoord. 'Ik zag wel hoe je altijd naar hem keek, naar je held. Je grote, stoere politieman. Met Will zal het wel hetzelfde liedje zijn. Grappig hoe je de ene smeris voor de andere hebt ingeruild. Ik vraag me af wat Jeffrey ervan gevonden zou hebben.'

Sara schudde haar hoofd, alsof de klappen haar niet raakten. 'Gaat dit ergens naartoe?'

'Je wilde gewoon dat Jeffrey de nobele strijd streed. Je vond het prachtig als hij de bink uithing en anderen op hun sodemieter gaf. Laat ik je één ding vertellen, Sara: hij nam risico's omdat jij dat van hem verlangde. Het gaf je doodgewoon een kick om hem tot het uiterste te drijven. Ik gaf hem aanleiding, maar jij – jíj was degene die hem ervoor beloonde.'

'Bek houden!' snauwde Sara. De wond was te diep. 'Gewoon je bek houden.'

'Dat voelt niet zo fijn, hè? De schuld krijgen van iets waarover je geen controle had.'

'Einde gesprek.' Sara wilde weglopen, maar Lena klemde haar arm vast. 'Laat me los.'

'Ik dacht dat we het gingen uitvechten.'

Sara rukte zich los uit haar greep.

'Je vindt jezelf altijd zo slim,' zei Lena, 'maar je ziet niet eens wat recht voor je staat.' Ze liet een verbaasd lachje horen, dat weergalmde door de verlaten gang. 'Hé, ik geloof dat jij uiteindelijk ook fouten maakt.'

'Dacht je echt dat ik geen fouten maak?' Sara's stem trilde van woede. Ze had zichzelf nauwelijks in bedwang. 'Ík heb tegen Jeffrey gezegd dat hij je in dienst moest nemen. Ík heb tegen hem gezegd dat hij je promotie moest geven. Ík heb altijd gedacht dat je je vak verstond en hem rugdekking kon geven.'

Lena stond nu met haar rug tegen het raam. Sara stelde zich dreigend voor haar op. Ze herinnerde zich niet dat ze naar haar toe was gelopen, ze snapte niet hoe haar vinger opeens in Lena's borst priemde of hoe haar hand zich opeens tot een vuist had gebald.

Langzaam draaide Lena haar hoofd opzij en bood haar haar wang. 'Toe dan,' zei ze met een stem glad als zijde. 'Sla me dan.'

Sara voelde een rare kriebel in haar voeten. Het was alsof ze op de rand van een bodemloze put stond. Ze dwong zichzelf over Lena's schouder naar de rijen lekker ingepakte baby's te kijken. Naar de vrolijke regenbogen en wolken op het plafond boven hun hoofdjes.

Sara mocht Lena niet laten winnen. Niet nu. Niet op deze manier. Ze week terug van de rand. Ze liet haar hand zakken. Ze rechtte haar rug. Met opgeheven hoofd liep ze de lange gang door.

'Dat is het dan?' vroeg Lena.

Als Sara maar eenmaal beneden was. Als ze maar eenmaal buiten was, met frisse, koude lucht in haar longen, dan zou ze wel een manier bedenken om dit achter zich te laten. De afgelopen vijf minuten mochten de afgelopen vijf jaar niet ongedaan maken. Lena had geen idee wat Sara had doorstaan. Hoe ze had gestreden. Hoe ze een nieuw leven voor zichzelf had bevochten. Ze wist niks van Jeffrey en ze wist al helemaal niks van Will.

Een langzaam applaus echode door de gang. Sara dwong zichzelf niet ineen te krimpen. Elke klap klonk als een schot.

'Goed gedaan, dokter.' Lena begon harder te klappen. 'Sodemieter maar op met je arrogante kop.'

Sara draaide zich niet om. Ze kon zich niet omdraaien. Dan zou Lena toch de catfight krijgen waarop ze geaasd had.

Ze duwde de deur naar de trap open. Haar handen weigerden zich te ontspannen. Op een drafje nam ze de overloop. Bij elke stap die ze zette groeide haar woede.

Natuurlijk had Sara van Jeffrey gehouden omdat hij een stoere man was. Geen vrouw die niet naar een sterke man in haar leven verlangde. Maar dat maakte haar nog niet verantwoordelijk voor zijn dood. Ze had hem gesmeekt Lena niet te vertrouwen, om haar voor één keer haar eigen boontjes te laten doppen. En het idee dat Sara Jeffrey gewoon voor Will had ingeruild was absurd. De twee mannen hadden niets gemeen, behalve dat ze Lena bij haar nekvel naar buiten zouden hebben gesmeten als ze haar zo tegen Sara hadden horen praten.

Sara huilde bijna van opluchting toen ze de benedenverdieping bereikte. Weer was ze in een schemerig verlichte gang. Op dit uur van de nacht was er geen treuzelaar of bezoeker te bekennen. Sara volgde de groene streep op de vloer, want die voerde naar de liften, naar de uitgang.

Te veeleisend.

Te volmaakt.

Was het maar zo.

Sara maakte onvermijdelijk ook fouten. Ze maakte de ene fout na de andere. Kleine foutjes. Grote fouten. De afgelopen vijf jaar werd ze geteisterd door verbijsterende puinhopen die haar leven op zijn kop hadden gezet en een climax hadden bereikt in haar rit naar dit godvergeten ziekenhuis.

Haar mobiel ging. Sara nam niet op. Ze liep langs de gesloten cadeauwinkel. Ballonnen zweefden tegen het plafond. Op de koelkast zat een kettingslot. Sara's telefoon zweeg. Bijna onmiddellijk begon hij weer. Ze liet hem overgaan tot hij op de voicemail overschakelde. Het bleef een paar tellen stil en toen begon het opnieuw.

Sara keek op de nummermelder.

JASPER, GA.

Will.

Een paar uur geleden zat hij volgens zijn telefoon aan de kust. Nu zou hij in de bergen moeten zijn.

Sara nam op. Het kostte haar moeite haar stem in bedwang te houden. 'Ik kan nu niet praten.'

'Waar ben je?'

'In het ziekenhuis.'

'Boven?'

'Nee.' Ze veegde haar tranen weg. De hoofdingang was iets verderop. De lantaarns van de parkeerplaats wierpen een ijl licht in de hal. 'Ik wilde net weggaan.'

'Naar het hotel?'

'Naar huis.' Pas toen ze de woorden uitsprak, besefte Sara dat ze het meende. Haar tas zat in de kofferbak van haar auto. Haar sleutelbos zat in haar zak. De rest van haar spullen was in het hotel. Ze had een stel schone kleren en wat toiletspullen meegenomen uit haar kluis in het Grady. Geen van alle waren die het waard om er haar vlucht voor uit te stellen. Het schoonmaakpersoneel van het hotel mocht ze weggooien of anders zelf houden. Het kon Sara niet schelen. Ze belde de receptie wel als ze de stad uit reed.

'Sara?' vroeg Will.

'Ik kan nu niet praten.' Ze balde haar hand tot een vuist en ontspande hem weer. Haar kiezen deden pijn, zo stijf klemde ze ze op elkaar. 'Ik bel je later wel.'

'Niet ophangen.'

Ze schudde haar hoofd. 'Ik kan het nu niet.'

'Je moet blijven staan. Nu.'

'Will, ik...'

'Sara, staan blijven.'

Sara bleef staan.

'Ik moet met je praten.'

Sara keek naar het telefoontje. Toen keek ze op. Hoe wist Will dat ze liep? Ze liet haar blik door de verlaten hal gaan. 'Waar ben je?'

'Ik moet je vertellen wat er gebeurd is.' Hij klonk wanhopig. 'Niet alleen eerder, maar ook vanavond. Gisteravond.'

Toen zag ze hem. Hij stond bij de ingang, aan de andere kant van de glazen deuren. Hij had een donkere broek en een grijs shirt aan. Sara herkende het uniform. Het werd gedragen door het onderhoudspersoneel van het ziekenhuis.

Zijn hand ging naar het glas.

Ze bood hem een uitweg. Krankzinnig als het was, bood ze hem een uitweg. 'Je werkt met Faith samen.'

Will antwoordde niet, en eindelijk begreep Sara het. De telefoontjes vanaf telkens andere locaties. De undercoveropdracht waarover hij niet wilde praten. De schuldige blik waarmee hij haar die ochtend had aangekeken. Zijn weigering om te zeggen wat hij voor haar verborgen hield. Er was maar één reden waarom hij tegen haar zou liegen.

'Je doet weer onderzoek naar Lena,' zei Sara.

'Nee, maar ze weet dat ik hier ben,' zei Will. 'Sorry, schat. Het spijt me vreselijk.'

De tranen brandden in Sara's ogen. Lena wist niet alleen dat Will hier was; ze wist ook dat hij het voor Sara had verzwegen.

Je vindt jezelf altijd zo slim maar je ziet niet eens wat recht voor je staat.

'Klootzak,' siste Sara in de telefoon. Lena's lach galmde nog na in haar oren. 'Door jou heeft ze me voor schut kunnen zetten.'

'Het spijt me.' Wills hand ging weer omhoog. Hij drukte ermee tegen de glazen deur. 'Ik heb niet zo ver vooruitgedacht. Ik heb niet...' Hij zweeg. 'Je mag er niet te zwaar aan tillen, Sara. Alsjeblieft.'

'Je hebt tegen me gelogen.' Haar stem trilde weer. Alles trilde. Ze had zichzelf verweten dat ze Will afhield terwijl hij háár al die tijd op afstand had gehouden. 'Je hebt me recht in mijn gezicht voorgelogen.'

'Ik heb het je niet verteld omdat ik bang was dat je bij me weg zou gaan.'

Er knapte iets in haar. 'Dat klopt dus.'

'Sara...'

De pijn was te hevig. Ze klemde de telefoon vast en had hem het liefst in stukken gebroken. En toen bedacht ze dat ze dat inderdaad kon doen. Sara smeet de telefoon tegen de muur. Brokken plastic en glas knalden tegen haar gezicht. Ze raapte de stukken op en smeet ze weer tegen de muur.

'Sara!' riep Will. Hij stond nog steeds buiten en rukte aan de gesloten glazen deuren. 'Sara!'

Wat een idioot was ze geweest. Ze had haar hart voor deze man geopend. Ze had het bed met hem gedeeld. Ze had hem dingen verteld die ze zelfs niet aan haar man had verteld.

En hij had Lena Adams een mes gegeven om in haar rug te steken.

'Sara!' De deursloten rammelden.

Ze keerde zich van hem af en liep weer naar de trap.

'Wacht!'

Sara liep door. Ze ging niet op hem wachten. Ze zou nooit meer op hem wachten. Ze moest het gebouw uit. Ze moest deze stad uit. Weg van Lena. Weg van Will en zijn leugens. Het enige wat Sara nu nog kon, was weglopen. Ze was dom en blind geweest. Hij had haar verraden. Ze had Will alles gegeven en hij had haar verraden.

'Sara!' Wills stem klonk nu luider. Hij was in het gebouw.

Ze versnelde haar pas. Wills voetstappen denderden door de lege hal, weergalmden door de gang. Hij kwam achter haar aan.

Sara begon te rennen. Ze moest er niet aan denken dat ze zijn gezicht weer zou zien. Haar armen pompten en haar knieën gingen op en neer. Wills voetstappen werden steeds luider. De deur sloeg tegen de muur toen ze het trappenhuis in rende. In plaats van naar boven ging ze naar beneden. De personeelskleedkamer zou wel in het souterrain zijn. Net als onderhoud. Opslag. Het mortuarium. Er was vast ergens een laadperron of een uitgang waardoor ze kon ontsnappen.

'Sara!'

Ze was op de overloop toen de deur boven haar opensloeg.

'Wacht!' brulde Will.

Sara struikelde en greep naar de leuning terwijl ze de laatste paar treden af gleed. Ze trok de deur open. Weer een gang. Het felle licht stak in haar ogen.

'Staan blijven!'

Will was al op de overloop. Hij was sneller dan Sara. Voor ze bij de uitgang was, zou hij haar ingehaald hebben. Haar schoenen gleden uit op de vloer toen ze naar een open deur rende.

'Ik kan het uitleggen! Sara!'

Ze sloeg de deur dicht en zocht wanhopig naar een manier om hem op slot te doen.

Maar de deur werd al opengeduwd. Ze wankelde naar achteren. Will greep haar arm en trok haar met een ruk naar zich toe. Sara sloeg hem zo hard als ze kon. Hij pakte een van haar handen. Ze stompte hem met de andere. Ze haatte hem. Ze wilde zijn ogen uitkrabben. Ze wilde zijn hart uit zijn lijf rukken, net als hij bij haar had gedaan.

'Sara, alsjeblieft...'

Weer stompte ze hem. Ze kon er niet mee stoppen. Hem slaan voelde gewoon te goed. Ze gaf hem een klap in zijn gezicht. Met haar nagels haalde ze zijn huid open. Hij pakte haar beide handen in een van de zijne. Ze kon zich niet losmaken. Hij duwde haar met haar rug tegen de muur. Haar hoofd sloeg tegen het beton. Ze trok haar knie op, maar Will stond te dichtbij om hem goed te kunnen raken.

Hij kuste haar. Hun tanden knalden tegen elkaar. Zijn vingers wrongen haar kaken open. Zijn tong vulde haar mond. Sara ramde haar vuist in zijn borst. Hij rukte haar spijkerbroek los. Sara hield hem niet tegen. Ze hielp hem. Ze voelde zich verdoofd. Alle emoties op één na hadden haar verlaten. Ze was het zat om voor mensen te zorgen. Ze was het zat om de goede vriendin te zijn, om altijd te doen wat correct was, om zich dingen te ontzeggen.

Will spuwde in zijn hand. Het was niet genoeg. Sara's adem stokte toen hij binnendrong. Hij ging diep. Te diep. Ze kreeg geen lucht meer. Toch greep ze zijn schouders en klemde zich vast, beantwoordde elke stoot, tot haar lichaam het overnam en ze zich liet gaan.

Sara's mond zocht de zijne. Ze zoog zijn tong naar binnen. Ze beet op zijn lip. Haar hielen sloegen tegen de achterkant van zijn benen. Will kromp ineen toen haar handen onder zijn shirt gleden. Het kon haar niet schelen. Ze krabde over zijn met littekens bezaaide rug. Er kwamen woorden uit haar mond, schunnige woorden om aan te geven wat hij moest doen. En elke stoot van hem beantwoordde ze tot ze haar kiezen op elkaar moest klemmen om het niet uit te schreeuwen.

Er was geen langzame opbouw, alleen een onbedwingbare drang die diep in haar binnenste tot bloei kwam. De extase was ondraaglijk. Sara beet in Wills schouder. Ze proefde het zout van zijn zweet. Elke molecuul in haar lichaam klopte, zo intens was het. Ze riep zijn naam. Ze kon er niets aan doen, ze kon de hevige stortvloed van de ontlading niet stoppen.

Will viel tegen haar aan. Ze konden geen van beiden op hun benen staan. Ze gleden op de vloer, allebei buiten adem, allebei geschokt door wat ze hadden gedaan.

'Sara...'

Ze sloeg haar handen voor haar gezicht. Ze kon hem niet aankijken. Ze kon niet onder ogen zien wat er zojuist was gebeurd.

'Sara...' Wills mond was vlak bij haar oor. Onwillekeurig huiverde ze toen hij met zijn lippen langs haar streek. 'O god,' fluisterde hij. 'Sara, alsjeblieft...'

Ze duwde hem weg. Ze voelde hem nog kloppen tussen haar benen. Ze vond zichzelf laf. Gestoord.

'Sara...'

Ze schudde haar hoofd en het liefst was ze in het niets opgelost. 'Ga weg,' smeekte ze. 'Alsjeblieft, ga weg.'

'Sara...'

'Ga weg!' schreeuwde ze.

Moeizaam krabbelde Will overeind. Ze hoorde hem zijn broek dichtritsen, zijn shirt instoppen. Met een luide klik ging de deur open en met een even luide klik viel hij dicht.

Sara keek op.

Hij was weg.

Elf

VIER DAGEN VOOR DE INVAL

Met haar handen diep in haar jaszakken zat Lena in het krappe surveillancebusje. Vóór zich had ze drie schermen. De computers onder het bureaublad bliezen warmte uit. DeShawn en Paul droegen allebei een overhemd met korte mouwen. Ze zweetten, maar Lena had het zo koud dat ze evengoed in een iglo had kunnen zitten. Ze was nog maar zes weken zwanger en nu al was haar lichaam totaal ontregeld. Daarom waren zwangere vrouwen altijd zo chagrijnig: hun thermometer stuiterde als een pingpongballetje op en neer.

DeShawn scrolde langs de beveiligingscamera's. 'Waar zit je, Mr. Snitch?'

'Mr. Snitch,' zei Paul hem na, met een zwierige uithaal alsof het een show betrof.

Alle geheime informanten hadden codenamen. Het pact met de duivel hield in dat de identiteit van zo iemand beschermd werd. Je gebruikte die naam in al je papierwerk. Je gebruikte hem in het veld, waar het per ongeluk noemen van een naam de dood van een informant kon betekenen. Mr. Snitch – oftewel Meneer de Verrader – was niet de meest creatieve naam, maar hij paste goed bij de junk die ze een paar dagen geleden hadden omgepraat. De man had iets glibberigs, iets slangachtigs. Lena dacht dat het misschien kwam door zijn schilferige huid en zijn kraaloogjes.

'Kom op, Snitchy.' DeShawn rammelde op het toetsenbord en ging langs alle camera's die bij de Chick-fil-A stonden opgesteld. 'Hier, Snitchy-Snitchy.'

'We hebben er niet voor niks een extra uur bij gesmokkeld,' liet Paul hem weten.

Lena zag de schermen verspringen terwijl DeShawn langs de verschillende invalshoeken scrolde. Ze had altijd de pest aan junkies gehad – waarschijnlijk omdat haar oom er een was. Hank was inmiddels clean, maar in zijn hart zou hij altijd een junk blijven. Bij hem draaide alles om één vraag: *Hoe word ik er beter van?*

'Komt-ie.' Paul wees naar een van de schermen. Een witte auto stopte op een parkeerplek vlak bij de deur. De handrem werd aangetrokken. De raampjes gingen dicht.

'Staat zijn microfoon aan?' vroeg Lena.

DeShawn draaide aan de wijzer van de ontvanger die op Snitch' microfoontje was afgesteld. Op zijn autoradio klonk reclame voor een pizzatent. Het geluid ging uit. Sleutels rammelden. Het portier werd geopend.

Snitch was klein en pezig, en had zich al een tijdje niet geschoren. Zijn honkbalpet had hij laag over zijn voorhoofd getrokken. Zijn gezicht ging half schuil achter een zonnebril. Hij droeg zwarte jeans en een zwart T-shirt. Terwijl hij naar het restaurant liep, keek hij voortdurend achterom en naar links en rechts.

'Debiel,' kreunde Paul. 'Alsof hij een neonbord omhooghoudt.'

Nog steeds om zich heen kijkend stapte Snitch het restaurant binnen. Hij ging in de rij bij het buffet staan. Een vrouw liep met een boogje om hem heen op weg naar de zijuitgang. Lena had de ontmoeting voor vlak na het drukke lunchuur gepland, maar een paar late gasten stonden nog op een tweede portie te wachten. Ze hoorde kleren ruisen, maar ook het geroezemoes van stemmen.

Snitch schoof een plaats op. Hij bestelde icetea. Terwijl hij onrustig stond te schuifelen krabde hij zich aan de lopende band.

'Junkie moet z'n pilletje hebben,' merkte DeShawn op.

'Junkie moet doen waarvoor hij is ingehuurd,' zei Lena, 'anders is het afgelopen met zijn immuniteit.'

Mr. Snitch wachtte bij het buffet. Nog steeds was hij onrustig. Het liefst had Lena haar hand door het scherm gestoken om hem stil te laten staan.

Hun hele operatie hing af van dit verslaafde stuk uitschot. Na een anonieme tip had Lena's team bijna twee weken lang bij een drugshol gepost. Ze wilden het niet simpelweg sluiten. Ze wilden Sid Wallers handel decimeren. Al snel was de klus een oefening in zinloosheid geworden. Normaal was er altijd wel een schooier te vinden die bereid was door te slaan in ruil voor geld en prijzen. Deze keer ging het anders. Niemand wilde Sid Waller verraden. Niemand wilde een microfoontje dragen als hij iets ging kopen. Niemand wilde een verklaring afleggen over drugs en wapens.

Niemand, tot Mr. Snitch op het toneel verscheen.

Het was alsof Paul haar gedachten kon lezen. 'Denk je nog steeds dat Snitch van twee walletjes eet?' vroeg hij.

'Ik weet het niet,' moest Lena toegeven. Mr. Snitch had om haar persoonlijk gevraagd. Ze liep net de praktijk van de arts uit toen ze het telefoontje ontving. Haar feestelijke etentje met Jared werd een afhaalmaaltijd op het bureau. 'Wel vreemd dat hij kwam opdagen toen onze zaak de soep in draaide.'

'Hoe wist hij dat die de soep in draaide?' vroeg Paul.

Lena haalde haar schouders op. 'Snitch zat nog geen twee uur vast toen hij de bewaker al vroeg om mij te halen. Hoe wist hij mijn naam eigenlijk?'

Daar moesten Paul en DeShawn smakelijk om lachen. Lena was een keiharde tante. Geen junkie in de stad die haar naam niet kende.

'Oké, oké,' gaf ze toe. 'Maar we zitten allemaal lang genoeg in het vak om te weten dat niemand iets doet omdat hij je zo aardig vindt.'

'Ik weet het niet,' zei Paul. 'Zo'n iel ventje als hij, en dan zit hij voor het eerst achter de tralies – die gaat naar mijn idee al helemaal flippen na twee uur.'

'Oxy is moeilijk te krijgen in de bak,' vulde DeShawn hem aan.

'Niet als je weet wie je moet pijpen.' Paul stak zijn hand op voor een high five. DeShawn sloeg gretig toe.

'Waar is hij naartoe gegaan?' Lena boog naar voren en bestudeerde de schermen.

Al schakelend ging DeShawn de camera's weer langs. 'Hebbes.'

Lena zag de bovenkant van een deur die dichtging. Snitch was naar de speelplaats gegaan. Rondom een zandbak stonden felgekleurde kunststof glijbaantjes en schommels. Twee kinderen, een jongen en een meisje, speelden op het klimrek van touw. Op het speelplaatsje waren meer camera's dan in het restaurant. Elke hoek was in beeld.

Snitch ging op een bankje zitten. De zon scheen in zijn gezicht. Hij legde zijn armen langs de rugleuning, alsof hij alle tijd van de wereld had. Ze hoorden hem neuriën door het microfoontje dat op zijn borst zat geplakt.

'Die wordt eruit geschopt,' zei Paul. 'Volwassen mannen zonder kinderen mogen niet op het speelplaatsje komen.'

'Volgens mij hoeft hij nergens bang voor te zijn.' Lena zag het personeel lusteloos achter het buffet rondhangen. Ze deden het rustig aan nu het lunchspitsuur voorbij was. Een van de jongens wierp telkens een kopje in de lucht. Met een mengeling van verveling en vermoeidheid keken de anderen toe.

'En de moeder is zo te zien ook geen probleem.' DeShawn wees naar een vrouw die in haar eentje aan een tafeltje zat. Ze typte op haar iPad en voerde ondertussen een gesprek op haar mobiel. De tafel lag bezaaid met papieren. Ze was duidelijk aan het werk.

'Wedden dat ze tegen haar man zegt dat ze tijd met de kids doorbrengt?' zei Paul.

Lena hield zich in. Nu ze zelf moeder werd, stond ze veel minder snel met haar oordeel klaar. 'We hebben drie kwartier, hè?'

'Min of meer,' zei DeShawn. 'Waller heeft de reputatie meestal te laat te komen.'

Zoals altijd ging Paul er weer tegen in. 'Misschien komt hij vroeger, om de tent te verkennen.'

'Bel me maar als dat het geval is.' Lena duwde het portier open. 'Ik ben zo terug.'

Met gebogen hoofd stak ze het parkeerterrein over. De kans dat ze gezien werd was klein. Ze hadden zich geïnstalleerd voor een vestiging van de Target, op zo'n vijftig meter van de Chick-fil-A. Inbreken in het draadloze beveiligingssysteem van het restaurant was niet volgens de regels, maar dan had de manager zijn hotspot maar beter moeten beveiligen. Ze zouden de beelden trouwens niet gebruiken. DeShawn was niet aan het opnemen. Ze hielden Mr. Snitch goed in de gaten. Tenminste, dat gold voor Lena. Ze vertrouwde niet uitsluitend op de audio. Ze wilde hem met eigen ogen zien.

De man spoorde niet. Ze had hem nog maar een paar dagen geleden ontmoet, maar haar intuïtie fluisterde haar in dat er iets niet klopte. De allereerste keer dat ze in de gevangenis tegenover hem zat had ze het al gevoeld. En ze was zich er helemaal scherp van bewust geworden toen hij zei dat hij haar Sid Waller in handen kon spelen.

Sidney Michael Waller.

Lena kende die naam maar al te goed. Net als de rest van het bureau. Waller was niet zomaar een drugsdealer. Ook was hij niet zomaar een pooier en wapenhandelaar. Vorig jaar hadden ze zich allemaal uit de naad gewerkt om een zaak op te bouwen tegen Waller, die zijn nicht had verkracht en zijn zus had vermoord. En toen had de nicht haar aanklacht ingetrokken. Getuigen verdwenen. Mensen wijzigden hun verhaal. Drie dagen voor het proces zou beginnen was de zaak stukgelopen en iedereen, maar vooral Lena, had er een smerige smaak aan overgehouden.

Maar toen was Mr. Snitch opgedoken met een troefkaart. Ze had zelf geen beter scenario voor de man kunnen schrijven. Hij had bijzonderheden bevestigd over het drugshol vlak bij de snelweg. De wapens. De hoeren. De enorme hoeveelheden drugs die er in de stad omgingen terwijl Sid Waller op zijn dooie gemak de centen zat te tellen. Ze kregen de zaak op een presenteerblaadje aangereikt. Waller zou voor jaren de cel in gaan. De straf voor de wapens zou nog veel hoger uitvallen dan wat hij voor die verkrachting had moeten krijgen.

Kon Lena haar intuïtie maar het zwijgen opleggen. Telkens weer drukte ze dat innerlijke stemmetje de kop in dat zei dat het allemaal te gemakkelijk ging. Ze loerde nu al een jaar op Waller, en opeens zou ze hem zomaar in haar schoot geworpen krijgen? Wat zat erin voor Mr. Snitch? De immuniteitsdeal was mooi, maar woog acht maanden strafvermindering echt op tegen het riskeren van zijn leven?

Lena stond zichzelf niet toe er al te lang over na te denken. Ze mocht deze operatie niet laten mislukken.

Het punt was dat Sid Waller haar op de zenuwen ging werken. Lena was vastbesloten hem met gelijke munt terug te betalen. Telkens als ze een aannemelijk excuus had, rekende ze hem in voor verhoor. Ze kon hem niet achter de tralies zetten – nog niet –, maar ze kon wel zorgen dat hij kapitalen kwijt was aan advocaten. Vorige week nog had Waller haar tijdens een verhoor voor kutwijf uitgemaakt. Twee weken daarvoor had hij haar verteld op hoeveel verschillende manieren hij haar kon neuken. Dat al zijn uitspraken werden opgenomen en voor het nageslacht bewaard bleven, leek hem niet te deren. Waller had een goede advocaat, van het soort dat de wet beter kende dan de meeste politiemensen.

Misschien dat de rechter daarom zo moeilijk deed. Naar aanleiding van al die verdachte figuren die op elk uur van de nacht het drugshol in en uit gingen, had Lena geprobeerd een huiszoekingsbevel te regelen. De rechter had nee gezegd. Denise Branson leverde bewijs dat Mr. Snitch, een geheime informant, de locatie had prijsgegeven. De rechter bleef nee zeggen. Alleen door stug vol te houden hadden ze hem omgepraat en mochten ze de bijeenkomst van vandaag opnemen. Overigens had hij alleen toestemming gegeven voor audio.

Dit was hun laatste kans. Lena wist dat de rechter onmogelijk nee kon zeggen als ze het op de band hadden staan. Mr. Snitch hoefde Waller alleen maar over het huis te laten praten, of over de wapens, de drugs of het geld, en dan konden zij hun inval plegen en een paar zware jongens inrekenen.

Dat hoopte Lena tenminste vurig. Sid Waller was de laatste grote zaak waaraan ze voorlopig zou werken. Straks zouden maanden van haar leven door haar zwangerschap bepaald worden, en dan kwamen er nog een paar weken, misschien een hele maand, waarin ze thuisbleef bij de baby voor ze weer aan het werk ging.

Ze werd helemaal kriegel bij de gedachte dat ze zo lang haar werk niet zou kunnen doen. Lena was een geboren politievrouw. Ze kon niet zonder dat deel van haar identiteit. Maar de laatste tijd leek ze zich erin te moeten schikken. Ze was te moe om te slapen, te slaperig om zich te kunnen concentreren. Ze moest voortdurend plassen. Ze had het koud. Ze had het warm. Ze had het weer koud. Als dat zwangerschap was, wist Lena niet of ze het aankon. En de misselijkheid wist van geen wijken. Waarom werd het ochtendziekte genoemd als het de hele dag aanhield?

Lena ging op een bankje voor de Target zitten. Ze trok de rits van haar jack open omdat ze was gaan zweten tijdens het wandelingetje over het parkeerterrein. Ze haalde een papieren zakdoekje uit haar zak en snoot haar neus. Ze had geen idee waarom ze tegenwoordig steeds een loopneus had. Volgens Jared produceerde ze snot voor twee.

Ze keek op haar mobiel om te zien hoe laat het was. Sid Waller werd pas over veertig minuten verwacht. Ze zou even rusten en dan naar het busje terugkeren. Tenminste, als ze niet in slaap viel. Met zware oogleden liet ze haar blik over het parkeerterrein gaan.

Lena vroeg zich af of er altijd al zoveel kinderen op de wereld waren geweest of dat ze ze nu pas zag omdat ze zwanger was. Een peuter schreeuwde toen zijn moeder hem meesleepte naar de winkel. Een ander kindje rende gillend rond een minibusje terwijl zijn geteisterde moeder achter hem aan joeg. Bij de ingang naar de winkel liet een andere arme vrouw een jankende baby op haar heup dansen.

Het vrolijke schouwspel werd bekroond door een hoogzwangere vrouw die tassen in de kofferbak van haar auto laadde. Haar buik was zo groot als een strandbal. Haar haar plakte tegen haar hoofd van het zweet. Haar auto stond op een parkeerplek voor aanstaande moeders. Lena had er de noodzaak nooit van ingezien, maar inmiddels had ze er alle begrip voor. De vrouw verdiende het om dichter bij de deur te mogen parkeren. Ze zag er ellendig uit. Ze duwde haar vuist tegen haar rug terwijl ze de laatste tas uit het karretje hees. Haar jurk zat veel te strak. Zelfs van een afstand zag Lena de string die als flossdraad tussen haar billen stak.

'Jezus,' fluisterde ze. Ze voelde zich net een koe die door de etalageruit van de slager gluurde.

Lena huiverde. Ze had koude handen. Zo begon het meestal. De verandering in temperatuur zette in bij de uiteinden. Ze stak haar handen in de zakken van haar jack. Haar vingers krulden zich om de foto. Ze ging ervan uit dat je de echo een foto kon noemen. In elk geval was het een kiekje van wat er zich binnen in haar afspeelde.

In de loop van de jaren had Lena de nodige röntgenfoto's en medische rapporten onder ogen gehad. Ze had echofoto's gezien, op koelkasten geplakt, op tv en zelfs als bewijs in rechtszaken waar het een vermoorde moeder betrof.

De beelden hadden haar nooit echt geraakt. In haar ogen waren het gewoon zwart-witte vlekken. Ze ging ervan uit dat ze niet over het vermogen beschikte in extase te raken bij het aanschouwen van die kloddertjes en rare plooien. Bovendien had het iets verontrustends om in iemands binnenste te kijken. Misschien was Lena preuts, maar ze was vast niet de enige die vond dat een echofoto laten zien hetzelfde was als de wereld onomstotelijk bewijzen dat je seks had gehad.

Maar dat was voor ze een echo van haar eigen baby had gezien. Twee dagen geleden was alles op slag veranderd. Ze snapte het niet. Hoe was het mogelijk dat dat piepkleine kloppende boontje zo'n grote ruimte in haar hart had geopend?

En hoe kon het toch dat ze daardoor nog meer van Jared was gaan houden? Ze kon de verandering niet verklaren. Dat ze van Jared hield stond buiten kijf, maar de plotselinge diepte van haar gevoelens was verbijsterend. Dit had ze nog nooit voor een man gevoeld. Ze was volslagen stuurloos, niet in staat haar kwetsbaarheden te verbergen. 's Nachts klampte ze zich aan hem vast. Overdag moest ze hem telkens aanraken. Eerst had het Jared lichtelijk geërgerd. Eigenlijk was hij helemaal geen aanrakerig type, tenzij het op meer uitdraaide, maar de afgelopen paar weken was hij gevoeliger geworden. Het lag vast aan een of ander hormoon dat Lena afscheidde. Zelfs de jongens op het werk keken anders naar haar.

Werk.

Lena moest er niet aan denken wat er zou gebeuren als het zichtbaar werd. Hoewel dat nu al het geval was. Waarschijnlijk dachten ze dat ze dik werd – en dat was ook zo. Haar broek sneed in haar taille. Ze barstte uit haar bh. Vooral die laatste ontwikkeling bracht Jared in vervoering. Het enige wat Lena dacht was dat ze onmogelijk achter een of andere boef aan kon rennen terwijl haar tieten alle kanten op floepten. Over een paar maanden zat ze waarschijnlijk aan een bureau. Dan deed ze papierwerk en handelde getuigenverklaringen af, en ondertussen hadden de anderen alle lol.

Was het het waard?

Lena keek weer naar de echofoto. Ze raakte het witte boontje aan dat zich wiegde in zijn witte, sikkelvormige armpjes.

Natuurlijk was het het waard.

Haar telefoon trilde in haar jaszak. Denise Branson. Ze liep waarschijnlijk door het bureau te ijsberen, wachtend op een bericht.

'Wat is er, Denise?' vroeg Lena.

'Al nieuws?'

Lena keek hoe laat het was. Ze moest terug naar het busje. 'Hij heeft nog een halfuur, maar hij komt altijd te laat.'

'Ik ben al met een vergadering aan het schuiven,' zei Denise. 'Je weet dat we nu allebei onze nek uitsteken, hè?'

'Ja, dat weet ik.' Met tegenzin kwam Lena van het bankje overeind. 'En dat waardeer ik.'

'Hoor eens.' Blijkbaar popelde Denise om haar nog iets te vertellen. 'Ik heb weer een stukje van de Big Whitey-puzzel.'

'Denise...'

'Luister nou, ik luister ook naar jou, oké?'

Dat moest Lena haar nageven. 'Oké.'

'Ik kwam een artikel tegen in de *Savannah Tribune*. Anderhalf jaar geleden zijn er achter een kerk twee dode blanke meisjes gevonden. Ze waren weggelopen, kwamen uit goede gezinnen. Allebei een heroïneoverdosis. In minder dan een maand van topleerlingen naar steenkoude junkies. De naalden staken nog uit hun armen. Klinkt dat bekend?'

'Topleerlingen gaan voortdurend dood aan de heroïne,' zei Lena. 'Ik zou wel honderd andere gevallen kunnen vinden op diezelfde dag. Misschien wel duizenden.'

'Maar het is precies wat hier gebeurd is.'

Het had geen zin ertegen in te gaan. 'Denise, ik zeg dit als vriendin. Je bent er bezeten van. Je zit er te dicht bovenop.'

'En wat dan nog?'

Hoofdschuddend liep Lena terug over het parkeerterrein. Alleen bij de politie werd bezetenheid als deugd beschouwd.

'Jij bent bezeten van Sid Waller,' zei Denise.

'En ik sta op het punt hem te pakken,' was Lena's verweer. 'Ik heb een zaak. Ik heb een getuige. Ik heb aanwijzingen, foto's, tijdlijnen. Het enige wat jij hebt is een schim.'

'Had je dat alles al toen je begon of heb je het in elkaar gepuzzeld?'

Ergens had ze gelijk, maar dat wilde Lena niet toegeven. Voordat Mr. Snitch als bij toverslag verscheen, had Denise Lena hetzelfde over Waller kunnen vragen. Maar dat had ze niet gedaan. Ze had Lena de steun en de tijd gegeven die ze nodig had om te doen wat ze moest doen. 'Heb je die advocatenfirma nog nagetrokken?'

'Daar werk ik aan. Er moet een of andere band zijn.'

'Als je gelijk hebt kunnen we elkaar misschien helpen. Sid Waller is de grote jongen op de campus. Als we hem eenmaal klein hebben gekregen, kan hij ons Big Whitey geven.'

Denise lachte smalend. 'Denk je echt dat Sid Waller gaat praten? Die heeft net zoveel macht in de bak als daarbuiten.'

Ze had gelijk. De bendes hadden het voor het zeggen in de gevangenissen en Waller zou nog steeds de grote jongen zijn. 'Toch is het mogelijk,' zei Lena.

'Ik ga niet met Waller onderhandelen. Voor mijn part rot hij weg in de bak. Ik krijg Big Whitey wel in m'n eentje te pakken.'

Lena besefte dat ze haar vuist tegen haar rug had geduwd, net als die andere zwangere vrouw. Ze liet haar hand zakken. 'Goed.

Als je denkt dat je een zaak hebt, heb je hulp nodig. Dit is te groot voor één persoon. Voor twee personen, als je mij meetelt, want je weet dat ik achter je sta.'

Denise snoof. 'Je weet dat ik buiten m'n boekje ga. Hoe kan ik Lonnie nou om hulp vragen als hij maanden geleden al gezegd heeft dat ik de zaak moest sluiten? Hij gaat echt geen stuiver politiegeld aan Big Whitey spenderen. Tenminste, niet tot het te laat is.'

Weer had ze gelijk. Gedreven door een krap budget reageerden politiekorpsen tegenwoordig eerder achteraf dan dat ze preventief optraden.

Lena kreeg een idee. 'Ik ken iemand bij het GBI die ons vast wel een handje wil helpen.'

'Ik kan Lonnie niet passeren.'

'Weet ik,' zei Lena. Gray werkte nog niet zo lang in Macon, maar hij had de afgelopen vijftien jaar overal in de staat leidinggegeven aan politiekorpsen. Ze hadden allebei te veel respect voor hem om hem een mes in de rug te steken. Nog afgezien van het feit dat Gray als het erop aankwam datzelfde mes weer in hun rug kon steken. 'Je zou het informeel kunnen aanpakken. Ik ken een GBI-agent die heel discreet is.' Ze zei er niet bij dat de man bijna twee jaar geleden onderzoek naar haar had gedaan. 'Het is een politieman, maar zo gedraagt hij zich niet. Hij kan je de steun geven die je nodig hebt. In elk geval kan hij je helpen een paar van die puzzelstukjes in elkaar te zetten.'

'Denk je echt dat ik het GBI op mijn terrein toelaat en hen met de eer laat strijken?' Ze liet een bitter lachje horen. 'Weet je wel hoeveel uur ik hierin heb gestoken? Hoeveel autokilometers? Hoeveel slapeloze nachten? Deze strijd heeft me laten bloeden, Lee. Ik laat hem nu niet schieten.'

Lena herkende de rechtschapen verontwaardiging in haar stem. Vijf jaar geleden zou zij hetzelfde hebben gezegd, zou ze net zo hebben geklonken. Voor Jeffrey stierf was ze altijd zeer van zichzelf overtuigd geweest. Zij had altijd gelijk. Ze had geen hulp nodig. Ze zat niet op een of andere klootzak te wachten die zich alle eer zou toe-eigenen. Elke dag had Lena in haar eentje de wereld het hoofd geboden, tot aan het moment dat de wereld haar plat op haar bek had laten gaan.

'Als jij met dat meisje had gepraat,' zei Denise, 'als jij naar haar moeder had geluisterd, zou je er net zo over denken als ik.'

'Dat is zo,' zei Lena. Ze was blij dat ze met geen van beiden gesproken had, anders zou ze zich al net zo hebben laten meeslepen als Denise. 'De zaak is je werk. Zorg dat de zaak niet je leven gaat beheersen.'

'Wat bedoel je daar nou weer mee?'

'Die schim die je najaagt – die tast je leven aan.'

'Hoezo dan?'

Lena antwoordde niet. Denise zocht duidelijk iemand om zich op af te reageren. Uit ervaring wist ze dat het werk zwaar was voor eenzame vrouwen. Het maakte je soms te gedreven. Te hard. Het schrok mensen af.

Voor Lena was dat veranderd sinds Jared in haar leven was gekomen. Hij had een deel van de last op zich genomen. Hij had haar het gevoel gegeven dat ze de dingen van zich af mocht laten glijden.

En nu was er de baby. Lena legde haar hand op haar buik. Haar gezicht gloeide. Een idiote grijns plooide zich om haar mond. Het waren de hormonen. Gelukkig zat ze nu niet bij Paul en DeShawn in het busje. Waarschijnlijk sloegen de vlammen van haar af.

'Kom op, Adams,' drong Branson aan. 'Zeg het maar recht voor z'n raap.'

Lena ging niet op de uitdaging in. 'Heb je gehoord dat DeShawn weer gaat scheiden?'

'En omdat hij zwart is en ik zwart ben vind je zeker dat we voor elkaar geschapen zijn?'

'O, dan mocht hij zijn handjes dichtknijpen.' Ook al klonk het hypocriet, toch zei Lena: 'Ik wil alleen maar zeggen dat het niet allebei kan: met je werk en met een vrouw getrouwd zijn. Waar werk je eigenlijk voor als er 's avonds niemand is als je thuiskomt?'

'Geen man, bedoel je zeker,' zei Denise bits.

Het was even doodstil op de lijn. Denise Branson ging elke zondag naar de kerk. Ze maakte de juiste geluiden als er een knappe vent voorbijkwam. Maar dat had Lena's zus ook gedaan, en Sybil was zo lesbisch als de pieten geweest.

Denise had haar zakelijke toon hervonden. 'Bel me zodra ze elkaar gesproken hebben. Als je Waller niet op tape krijgt, kunnen we een donderpreek van Lonnie verwachten. En ik ga er niet tegen in, want hij heeft nog gelijk ook.'

'Denise, doe me een lol.'

'Het wordt pas lollig als we straks blut zijn. Weet je hoeveel dit het korps kost? Vierentwintiguurssurveillance, en dat al bijna tien dagen. Overuren voor de hele wereld en z'n ouwe moer. Afgelopen weekend zijn we voorbij de half miljoen gegaan. Ik zou niet meer weten waar we nu staan. Dat geintje moet straks goed aflopen, want als ik ermee naar Lonnie ga, wil ik niet vierkant de deur uit getrapt worden.'

'Ik weet dat je de kastanjes voor me uit het vuur haalt.'

'Shit,' mompelde Denise. 'Waren het maar kastanjes. Ik sta zelf midden in de vlammen.'

Lena stond op het punt naar het busje te lopen. Ze keek snel om zich heen om er zeker van te zijn dat niemand haar zag. 'Ik pak Waller. Dat beloof ik.'

'En in het andere geval koop je maar een krant. Dan zullen we allebei op zoek moeten naar een nieuwe baan.' Lena hoorde de klap waarmee ze de telefoon op de haak smeet.

Lena stak haar hand weer in haar zak. Terwijl ze langs de rand van de echofoto streek, liep ze naar het witte busje met het AT&T-

logo. Voor zover ze wist had niemand het telefoonbedrijf om toestemming gevraagd. Lena vond dat ze niet mochten klagen, maar blij moesten zijn met de gratis reclame.

'Hé, baas.' DeShawn doemde opeens naast het busje op. Hij was zo groot dat ze helemaal in zijn schaduw verdween.

Lena's hand ging naar haar keel. 'Voor een Mack-truck maak je weinig geluid.'

'Dat zeggen de dames allemaal.' Hij knipoogde. 'Alles goed?'

Lena zette haar stekels op. 'Hoezo?'

Hij schudde zijn hoofd en zijn schouders gingen omhoog. 'Gewoon.'

'Dus jij loopt zomaar bij die monitoren weg om me hier buiten op te wachten?'

Hij was zo fatsoenlijk om toe te geven dat hij betrapt was. 'Ik weet dat dat Waller-gedoe je nogal zwaar valt.'

'O? Heeft Lonnie iets gezegd?' Lena wist dat DeShawn de ogen en oren van Gray was, maar ze had hem nooit als een klikspaan beschouwd. 'Wat heeft hij gezegd?'

'Niks, en ik heb ook niks tegen hem gezegd.' DeShawn keek haar aan alsof ze zich zonder enige reden paranoïde gedroeg. 'Kom op, meid. Je weet dat ik aan jouw kant sta.'

'Wat is er aan de hand?' vroeg Lena. Nu ze hem eens goed bekeek, leek hij nogal gespannen, alsof er iets anders speelde. 'Waarom doe je zo raar?'

DeShawn slaakte een diepe zucht. 'Het viel me gewoon op dat je de laatste tijd zo moe bent.'

'Nou en? We zijn allemaal moe. We hebben ons wekenlang uit de naad gewerkt.'

Weer zuchtte hij. 'Ik wou alleen maar zeggen dat ik niet vreemd zou opkijken als je je wat meer op de achtergrond houdt bij...'

'Sodemieter op met je achtergrond,' snauwde Lena. 'Ik heb me m'n hele leven nog nooit ergens op de achtergrond gehouden.'

‘Oké.’ Hij stak zijn handen omhoog. ‘Ik maakte me gewoon zorgen, dat is alles.’

‘Waarom zou je je zorgen om mij maken?’

Hij vertrok zijn mond, alsof hij haar iets wilde vertellen maar nog twijfelde. Lena wist dat DeShawns zus twee dochtertjes had. Misschien had hij geraden dat Lena zwanger was. In dat geval moest ze het gesprek snel afkappen.

‘Hou eens op met dat wijvengejank, Shawn,’ zei ze. ‘Fijn dat je zo bezorgd om me bent, maar op dit moment kun jij maar het best jouw werk doen en ik het mijne. Afgesproken?’

Weer stak hij sussend zijn handen op. ‘Jij bent de baas.’

Ze klopte op de zijkant van het busje.

Eric Haigh deed het portier op een kiertje open. Het hele team zat binnen. ‘We hebben een telefoontje gekregen van degene die Waller schaduwt. Hij kan hier over zo’n vijf minuten zijn.’

‘Ik had dus gelijk,’ kon Paul niet nalaten te zeggen. ‘Waarschijnlijk komt hij zo vroeg om het restaurant te verkennen.’

Lena had geen zin om pluimen uit te delen. Ze wilde haar hand al uitsteken om ondersteuning, maar bedacht toen dat ze DeShawn beter kon laten zien dat ze zich zelf kon redden. Niettemin hees ze zich kreunend het busje in.

DeShawn sprong moeiteloos naar binnen, waarschijnlijk om zijn gelijk te halen. Hij knalde het portier achter zich dicht.

‘Jezus christus.’ Lena sloeg haar handen voor haar gezicht. De stank was niet om te harden. ‘Wat hebben jullie hier uitgespookt?’

‘Sorry,’ zei Eric. ‘Ik heb vanmiddag Mexicaans gegeten.’

‘Je wordt bedankt, kutgast.’ Paul gaf hem een stoot tegen zijn arm. Eric beloonde hem met de natste scheet die Lena ooit had gehoord.

‘O god.’ Ze kneep haar neus dicht en ademde door haar mond. ‘Zeg alsjeblieft dat Snitch daar nog steeds zit.’

‘Mr. Snitchy zit op het bankje naar de kindjes te kijken,’ zei Paul.

'Hoe zit hij naar ze te kijken?' Lena wierp een blik op de monitor. Snitch had zijn zonnebril nog op. Zijn armen lagen over de rugleuning van het bankje. 'Weet je zeker dat hij niet slaapt?'

'Kijk maar naar zijn voet.'

Hij had gelijk. Snitch' hak wipte zo snel op en neer dat de camera het nauwelijks kon bijhouden. 'Waar is de moeder?' wilde Lena weten.

DeShawn zat weer op zijn stoel. Hij haalde de betreffende camera naar voren. De moeder was nog steeds aan het bellen en had zich ontspannen op de bank uitgestrekt, alsof ze van plan was er een tijdje te blijven.

'Nog een geluk dat hij geen pedo is,' zei Lena. Ze gebaarde naar Eric dat hij haar stoel vrij moest maken.

'De zitting zou weleens aan de warme kant kunnen zijn,' waarschuwde Eric.

Paul moest weer lachen en ze gaf hem een pets tegen zijn achterhoofd. 'Waarom is iedereen in dit busje behalve ik zo'n gigantische eikel?'

'Alles goed, baas?' vroeg Paul.

Lena keek hem woedend aan. 'Sinds wanneer ben ik hier de baas?'

'Je hebt toch de leiding?' Paul wees naar zijn lege stoel. 'Wat heb je? Je hele kop is rood.'

Ze legde haar hand op haar wang. Haar huid gloeide. 'Waarschijnlijk gasvergiftiging.'

'Zeker weten?' Hij trok een wenkbrauw op, maar drong niet aan.

'Goed, dames en Lena.' DeShawn wreef in zijn handen. 'Mr. Waller is gearriveerd.'

Een rode Corvette stond met draaiende motor op het parkeerterrein. De raampjes waren naar beneden gedraaid. Vervolgens reed Sid Waller een paar rondjes en parkeerde de auto vlak bij de weg. Hij had een lijfwacht bij zich. Diego Nuñez zat op de passagiersstoel. Zijn arm leunde op het portier. Een sigaret bungelde tussen zijn vingers.

Eric tuurde naar het scherm. 'Is dat een joint?'

DeShawn keek nog eens goed. 'Zo te zien wel.'

'Shit,' zei Paul. 'In de Chick-fil-A moeten ze al niks van flikkers hebben. Wat gaan ze doen met een tacovreter die een joint zit te roken?'

'Bek houden,' zei Lena. Ze probeerde hun geklets te negeren terwijl ze naar Sid Waller keek, die uit de auto stapte. De metalen ketting aan zijn portefeuille zwaaide heen en weer toen hij over het parkeerterrein liep. Zijn lange, slonzige haar zat in een paardenstaart. Hij droeg een rafelige spijkerbroek en een flanellen overhemd waarvan de mouwen waren afgescheurd. Beide armen zaten onder de tattoos. Evenmin als Paul was hij in staat een deur normaal open te doen. Hij zwaaide hem open om zijn aanwezigheid aan te kondigen.

Eensgezind draaiden ze alle vier hun hoofd naar het scherm met de camerabeelden uit de lobby. Waller zorgde voor wat opgetrokken wenkbrauwen in het restaurant, maar dit was Macon en het was moeilijk om het verschil te zien tussen een onschuldige langharige redneck en de gewelddadige variant. De meisjes achter het buffet hadden het echter al snel door. Lena had altijd al geweten dat vrouwen gevaar eerder in de gaten hadden dan mannen. Daarom raakte ze dat rotgevoel over Mr. Snitch maar niet kwijt.

De junk in kwestie had Waller al in de smiezen. Hij schoot overeind op het bankje. Zijn hand zwaaide omhoog. En hij bleef zwaaien, want Waller weigerde zijn kant op te kijken. Ten slotte stond Snitch op en liep naar de deur. In plaats van naar binnen te gaan, wenkte hij Waller naar de speelplaats.

Lena keek naar de vrouw aan het tafeltje. De mond van de moeder viel open toen ze Sid Waller zag.

'Kom op, mama,' zei DeShawn. 'Tijd om bij de kindjes te gaan kijken.'

Waller rukte de deur open. Lena schrok op toen zijn stem uit de speaker in het busje schalde. 'Wat wou je, sukkel?'

Snitch keek nerveus naar de kinderen.

Gelukkig was hun moeder als een haas naar de deur aan de andere kant van de speelplaats gerend. Via Snitch' verborgen microfoon konden ze haar schelle stem horen. 'Britney. Randall. Komen, nu.'

De kinderen hadden aan één waarschuwing genoeg. Sid Waller kon als geen ander een zaal ontruimen.

'Moven,' zei Waller, en Snitch schoof een eind op. 'Wat doe je hier? Ik dacht dat ze hier geen mietjes toelieten.'

Snitch grinnikte, alsof hij het een goeie grap vond.

'Dimmen, pikkie.' Waller haalde een pakje sigaretten uit zijn zak. Hij schudde er een uit en zocht naar zijn aansteker.

Snitch keek speurend om zich heen.

'Ben je soms bang?' vroeg Waller. Hij hield het vlammetje enkele centimeters van zijn sigaret.

Snitch schudde zijn hoofd.

'Zet die stomme bril af.'

Snitch nam zijn zonnebril af.

Waller stak zijn sigaret aan. Hij inhaleerde tot het ding half opgebrand was en blies toen een lange stoot rook uit. 'Wat doen we hier eigenlijk?'

'Ik heb nog wat pillen.' Snitch wilde zijn hand al in zijn zak steken.

Met zijn blik hield Waller hem tegen. 'Zie ik eruit als een drugsdealer?'

Snitch verstijfde, met zijn hand al half in zijn zak. Ze hadden hem opgedragen in elk geval de pillen te overhandigen, zodat ze Waller konden pakken op het aannemen van gestolen narcotica.

De spanning in het busje was om te snijden.

'Moet je hem zien,' zei Eric. 'Hij flipt helemaal.'

Hij had gelijk. Snitch raakte in paniek.

Waller stond op om weg te gaan.

'Toe nou,' zei Snitch. 'Doe niet zo flauw.'

In plaats van de deur te openen, leunde Waller ertegenaan. Hij had zijn armen voor zijn brede borst geslagen. De sigaret bungelde tussen zijn lippen.

Lena hield haar adem in. Ze keek naar de twee mannen. Het leek wel of ze een staarwedstrijdje hielden.

Het was ongelooflijk, maar Snitch won. Waller sloeg zijn blik neer en tikte de as van zijn sigaret.

'Ik wil hogerop,' zei Snitch.

Waller bracht de sigaret weer naar zijn mond.

'Ik kan aan meer spul komen.'

'Waarom denk je dat ik daarop zit te wachten?'

Snitch stond op. Hij nam zijn honkbalpet af en streek door zijn haar.

'Was dat een teken?' vroeg Lena.

'Volgens mij is het gewoon zweet,' zei Paul. 'Moet je zien hoe hij voortdurend zijn broek van zijn ballen trekt.'

Dat klopte. Snitch kon niet van zijn kruis afblijven.

'En?' zei Waller. 'Ga je er nog meer over zeggen?'

Opmerkelijk genoeg had Snitch zijn tekst onthouden. 'Ik heb een contact in het ziekenhuis. Zo kan ik aan goed spul komen. Merkspul. Niet die troep uit China.'

Rook kringelde in Wallers oog. Hij dacht erover na. Lena wist dat hij erover nadacht.

'Toe dan,' smeekte ze. Iedereen in het busje schoof wat dichter naar de schermen toe. Nu was het erop of eronder, en misschien hun enige kans om de man te pakken.

Waller draaide zich om en deed de deur open.

'Fuck.' DeShawn sloeg met zijn vuist op het tafelblad. De schermen trilden. 'Niet te geloven dat hij het verkloot heeft.'

Snitch leek hetzelfde te denken. Hij nam zijn pet weer af. 'Wat ben je toch een sukkel.'

Waller bleef staan.

'Halleluja,' fluisterde Eric.

'Bek houden,' beval Lena.

Waller draaide zich weer om. Hij zei pas iets toen de deur dicht was.

'Wat zei je daar?'

'Ik zei dat je een sukkel was.'

Lena's hart stond stil. Waller was als een slang die gaat aanvallen. Ze zouden hem van Snitch af moeten pellen als ze zijn leven wilden redden.

'Dus jij vindt mij een sukkel?' vroeg Waller, alsof er geen misverstand over mocht bestaan.

In plaats van in te binden zei Snitch: 'Ik bied aan om je dubbel zoveel te leveren, een product van topkwaliteit, en dan loop je gewoon weg?' Hij deed een stap in Wallers richting, blind voor het feit dat hij met zijn leven speelde. 'Ik wil hogerop, Sid. Ik ben een goeie soldaat, maar op een dag wil ik generaal zijn.'

'O ja?' zei Waller geamuseerd.

'Ja.' Snitch klapte zijn pet weer op zijn hoofd. 'Ik vind dat ik wat respect heb verdiend.'

Waller haalde zijn sigaretten weer tevoorschijn. Hij stak een nieuwe met de oude aan. 'Hoe word ik hier beter van?'

'Je weet dat ik geld inbreng,' zei Snitch. 'Je weet ook dat ik goed ben voor het smerige werk.'

'Volgens mij kick je op smerig werk.'

'Moet ik iemand voor je koud maken?'

Waller antwoordde niet, maar Lena schudde haar hoofd. Nu dreef Snitch het op de spits.

Waller tikte zijn oude sigaret in de zandbak. 'Doe jij nou maar waar je goed in bent. Verdubbel de bestelling. Breng het naar het huis bij Redding. Daar staan de junks aan de deur te krabben.'

DeShawn deelde geluidloze high fives rond. Het huis bij Redding was het drugshol. Ze hadden hun gerede aanleiding.

Snitch kon het niet zomaar laten gaan. 'Wanneer wil je het hebben?'

'Zo snel mogelijk. De vracht is laat deze week.' Sid nam een trek van zijn sigaret. 'In Miami is een truck van ons gestolen. De Cubanen zijn er met tweehonderdduizend dollar aan oxy vandoor.'

Snitch' innerlijke junk nam het van hem over. 'Ik word bij levering betaald. Dat is de deal.'

Waller lachte. 'Nu gaat de grote man ook nog orders uitdelen.' Hij gaf Snitch zo'n harde klap op zijn rug dat die bijna tegen de schommels viel. 'Ik ben daar altijd vanaf drie uur 's nachts te vinden. Geen domme dingen doen en op tijd komen.'

'Godsallemachtig.' Lena lachte ongelovig toen Sid Waller de speelplaats verliet. 'God-ver-domme.'

Paul lachte ook al. 'Pak je enkels maar beet, Waller. Bereid je maar voor op het bajesleven.'

Eric liet een scheet als een klaroenstoot, en de mannen moesten nog harder lachen.

Kreunend kroop Lena langs hen naar de voorkant van het busje. 'Wat zijn jullie ranzig.'

Ze lachten te hard om haar te kunnen horen.

Met een plof ging ze achter het stuur zitten. Ze deed het raampje naar beneden en vulde haar longen met schone, frisse lucht. Met heel haar hart hoopte ze dat ze geen jongetje kreeg. Of nog erger: twee jongetjes. Zoiets was erfelijk. Dokter Benedict had gezegd dat hij dat pas zeker wist bij de volgende echo.

Lena pakte haar telefoon en koos het nummer van Denise Branson. Door de voorruit kon ze het gebouw van de Chick-fil-A zien. De afstand was te groot om details te onderscheiden, maar ze zag dat Snitch nog steeds op de speelplaats was. Hij was weer op het bankje gaan zitten, met zijn armen en benen gespreid. De zonnebril stond weer op zijn neus. Lena kon zijn gezichtsuitdrukking niet zien, maar ze ging ervan uit dat hij zeer met zichzelf was ingenomen. Hij wist dat hij nu veilig was. Zodra hij Waller aan de praat had over het huis, was Snitch' immuniteitsdeal in steen gebeiteld.

Lena kreeg Denise Bransons voicemail. Ze verbrak de verbinding. Waarschijnlijk zat Denise in een vergadering. Lena ging naar berichten en tikte snel een bericht: *Baldy krijgt binnen het uur zijn pakketje.*

Baldy was hun bijnaam voor de rechter die hun aanvragen telkens afwees. Het zou wel paranoïde zijn, maar Lena wilde niet het risico lopen dat haar telefoon werd afgeluisterd.

Ze wierp een blik over haar schouder. De mannen waren nog steeds in een uitgelaten stemming en probeerden elkaar te overtreffen met botte grappen over verkrachtingen in de bajes.

Vertwijfeld keek Lena weer voor zich uit. Mr. Snitch zat nog op het bankje op de speelplaats. De zon scheen op zijn gezicht. Vóór hem op de schommels speelden kinderen. Hij hoefde zich nergens meer druk om te maken.

Ze haatte dit deel van haar werk. De junk was betrapt toen hij pillen verkocht aan scholieren, en hij zou zijn handeltje meteen weer oppakken, want de politie had hem laten gaan. Ze mocht hem nu niet meer in de gaten houden om te wachten tot hij weer onvermijdelijk de fout in ging. Geen crimineel die nog iets met Lena te maken wilde hebben als ze wisten dat ze niet te vertrouwen was. Ze zou zich moeten inhouden en wachten tot Mr. Snitch het zelf verklootte.

Of misschien was dat niet nodig.

Ze opende haar e-mail. Ze koos het Google-account dat ze gebruikte als ze op internet iets bestelde. Waarschijnlijk kon het e-mailadres naar haar getraceerd worden, maar dat interesseerde haar niet. Ze ging het advies opvolgen dat ze eerder aan Denise Branson had gegeven. Geen agent zou alleen moeten werken. Je hoefde je niet te schamen als je om hulp vroeg. Bovendien had

Mr. Snitch een immuniteitsdeal met Macon gesloten, niet met de staat Georgia.

Lena moest van Anthony Dell afblijven, maar dat gold niet voor Will Trent.

Twaalf

VRIJDAG

Will strompelde het ziekenhuis uit. Zelfs buiten kon hij Sara nog horen huilen. Hij voelde de sporen die ze op zijn huid had achtergelaten. Hij rook haar. Hij proefde haar.

Hij liep langs zijn motor en stak het parkeerterrein over. Zijn voet stootte tegen de stoeprand. Hij stapte het trottoir op en liep het bos achter het gebouw in. Ver kwam hij niet. Hij viel op zijn knieën. Toen deed hij zijn mond open en probeerde de gal uit te spuwen die hem vanbinnen verteerde.

Wat had hij gedaan?

Hij drukte zijn voorhoofd tegen de koude grond. Telkens nam hij in gedachten de afgelopen vierentwintig uur door. Alle geweld. Alle pijn. Alles wat hij had gezien. Wat hij teweeg had gebracht. Lena met de hamer. Tony met zijn mes. En nu Sara.

Wat had hij Sara aangedaan?

Hij was haar kwijt. In dat ene, beestachtige moment was hij haar voor altijd kwijtgeraakt.

'Hé, klootzak!'

Will keek op. Paul Vickery kwam op hem af stormen. Voor Will zich kon verweren, schopte de man hem al tegen zijn hoofd.

Hij smakte tegen de grond. Sterretjes dansten voor zijn ogen. Alle lucht werd uit zijn borstkas geslagen.

Vickery dook boven op hem. Vuistslagen regenden op Will

neer. Bokkend probeerde hij hem af te werpen. Vickery greep hem bij zijn hals. De man gooide zijn hele gewicht in de strijd en kneep Wills luchtpijp zowat fijn. Will probeerde zijn vingers los te wurmen. Zijn mond stond wijd open. Vickery drukte nog harder, wurgde hem. Wills tong zwol op. Zijn ogen brandden. Hij begon het bewustzijn te verliezen. Was dit het dan? Zou hij na alles wat hij had overleefd op deze manier aan zijn einde komen?

Opeens verdween de druk. Will stikte bijna toen de lucht naar binnen stroomde.

Paul Vickery vloog van hem af. Hij smakte keihard op het asfalt en zijn hoofd bonkte tegen de stoeprand.

Will moest zo hevig hoesten dat zijn voeten uitschoten.

'Gaat het?' Faith stond naast hem. Ze had een stalen wapenstok van vijftig centimeter in haar hand. 'Gaat het?' vroeg ze weer aan Will. Om beurten keek ze naar Vickery en naar Will. 'Kun je me zien?'

Will zag haar dubbel en toen driedubbel.

Vickery probeerde zichzelf overeind te duwen.

Faith ramde de wapenstok in zijn nieren. Twee harde klappen, de ene na de andere.

'Bitch!' schreeuwde hij terwijl hij op de grond lag te kronkelen. 'Jezus!'

Faith duwde de wapenstok in Vickery's gezicht. 'Liggen blijven.'

'Hij heeft een politieman vermoord!'

De wapenstok bleef voor Vickery's gezicht hangen. Faith trok haar Glock en nam Will onder schot. 'Opstaan.'

Will keek met knipperende ogen naar het wapen. Ze had haar vinger op de trekkerbeugel. Hij wist niet of hij zich kon verroeren. Alles deed zeer. Alles deed verschrikkelijk zeer.

'Black,' zei Faith. 'Opstaan zei ik, verdomme.'

Black.

Will snapte niet wat ze zei. Was het een of andere code?

'Opstaan,' herhaalde Faith. Ze had haar politiestem opgezet, die stem die zei dat ze eerder op een verdachte had geschoten en dat met alle plezier nog eens deed. 'Opstaan, zei ik.'

Eindelijk slaagde Wills brein erin contact met zijn armen en benen te maken. Hij duwde zichzelf in zithouding. De inspanning werd hem bijna te veel.

'Daar blijven,' beval Faith, alsof Will een keus had. 'Bill Black, ik arresteer je wegens het schenden van de voorwaarden voor je vrijlating.'

'Schenden van voorwaarden?' riep Vickery. 'Hij heeft goddorie een politieman gedood!'

'Heb je bewijs?' Toen Vickery daar geen antwoord op gaf, zei ze tegen Will: 'Je hebt het recht te zwijgen.'

'Stom kutwijf,' mompelde Vickery.

Faith praatte er gewoon overheen. 'Alles wat je zegt of doet kan in de rechtszaal tegen je gebruikt worden.'

Will boog zich voorover en kotste. Sperzieboontjes. Iets wits. Witte bonen. Hij kon zich niet herinneren dat hij er ook maar iets van had gegeten.

'Je hebt het recht een advocaat te raadplegen.'

Will snoof, maar moest bijna weer overgeven.

'Als je je geen advocaat kunt veroorloven, zal het hof je er een toewijzen.'

'Oké.' Will stak zijn hand op om haar tot zwijgen te brengen. De klank van haar stem was als een ijspriem in zijn hoofd. 'Ik zie af van mijn rechten.'

Faith stak haar Glock in de holster, maar hield de wapenstok paraat. Ze wierp Will haar handboeien toe. 'Omdoen.'

Vickery zag zijn kans schoon. Hij probeerde te gaan staan.

Met een zwiep sloeg Faith de wapenstok tegen zijn enkel. Het klonk als een brekende twijg.

'Bitch!' Vickery schreeuwde het uit van de pijn. 'Smerige bitch die je bent!'

'Opstaan.' Faith pakte Wills arm. Ze kreeg hem niet van zijn plaats. 'Kom op.' Ze bukte zich om hem te helpen. 'Alsjeblieft,' fluisterde ze in zijn oor, en het klonk alsof ze onder water praatte.

Van ergens diep in zijn binnenste putte Will kracht om te gaan staan. Hij wankelde op zijn benen, als een veulen dat zijn eerste stappen zet. Faith sloeg haar hand om zijn arm en trok hem mee naar het parkeerterrein. Weer struikelde hij over de stoeprand. Met inspanning van al haar krachten hield Faith hem overeind.

'Doorlopen,' gebood ze. 'Gewoon doorlopen.'

Will probeerde haar te gehoorzamen. Zijn voeten zwabberden, alsof de pezen waren losgeschoten. De grond zag er raar uit. Alles was te groot of te klein. Hij liep dwars door een lachspiegel. Als Faith hem niet had ondersteund, was hij plat op zijn gezicht gevallen.

Paul Vickery wist van geen wijken. 'Ik heb een getuige die hem vannacht in de achterkamer van Tipsie's heeft gezien.' Hij hinkte achter hen aan, maar hield afstand. 'Dezelfde tent waar die schutters waren die het op Lena hadden voorzien.'

Faith antwoordde niet. Ze trok Will mee en probeerde hem tot haast te manen.

'Vraag hem maar eens waar hij daarna naartoe is gegaan,' zei Vickery. 'Vraag hem goddorie maar waar hij was toen mijn team werd aangevallen.'

Waarschuwend hief Faith haar wapenstok.

Vickery bleef staan. 'Ik krijg hem op het bureau wel te pakken.'

'Hij gaat niet naar het bureau.' Faith liet Will tegen een zwarte Suburban leunen. 'Ik breng hem naar het GBI-kantoor. Het GBI heeft hem in hechtenis genomen.'

'Je kunt hem daar toch niet houden.'

Faith maakte het achterportier open. Terwijl ze Will op de bank hielp, bleef ze met haar gezicht naar Vickery toe staan. Will was te zwaar en ze hield hem niet. Uiteindelijk liet hij zich naar binnen vallen.

'Je zult proces-verbaal moeten opmaken,' waarschuwde Vickery. 'Of je hem naar de districtsgevangenis stuurt of naar Fulton, ik krijg hem toch wel te pakken.'

Wills polsen zaten nog in de boeien. Hij spande zijn buikspieren zodat hij rechtop kon zitten. De pijn was niet te harden. Hij deed zijn mond open. Hij moest weer overgeven.

'Staan blijven, Vickery. Ik meen het.' Faith sloeg het portier dicht. Met de afstandsbediening klikte ze het op slot. Ze hield de wapenstok in de aanslag en zo liep ze aan de voorkant om de Suburban heen.

'Je bent dood, Black!' Vickery gaf een klap tegen het portier. Hij beukte met zijn vuisten op het glas. 'Hoor je me! Ik maak je helemaal af!'

Will sloot zijn ogen. Alles tolde. De auto bleef maar schudden. Vickery zette zijn schouder ertegenaan, alsof hij een wagen van tweeënhalve ton van zijn plaats kon krijgen.

'Terug jij!' riep Faith. Ze stond voor de auto. Ze zei nog iets, maar Wills gehoor liet het telkens afweten. Wel hoorde hij dat Vickery haar alle scheldwoorden naar het hoofd slingerde die een man tegenover een vrouw ter beschikking stonden. Faith schold al even hard terug en gaf hem lik op stuk.

Het linkerportier ging open.

'Reken maar, lul de behanger!' riep Faith. Met een geluid als een kanonschot sloeg ze het portier dicht. De motor startte. Ze schakelde en de auto schokte naar voren. De banden gierden over het wegdek.

Will boog zich voorover. Hij legde zijn hoofd op zijn knieën. Hij klemde zijn samengevouwen handen tussen zijn borst en zijn benen. Speeksel en bloed dropen uit zijn open mond. Hij wachtte tot Faith iets zou zeggen. Tegen hem tekeer zou gaan. Hem zou vragen wat hij in godsnaam gedaan had.

Ze deed de raampjes een paar centimeter open. Will voelde de koude nachtlucht om zich heen wervelen. Hij sloot zijn ogen en ademde door zijn mond. Het licht werd zachter. De banden zoefden over het wegdek.

Faith reed maar door. Ze zei geen woord. Ze keek niet eens achterom.

Will begon weer wat regelmatiger te ademen. Uiteindelijk trok de misselijkheid weg. Dat gold helaas ook voor het verdoofde gevoel. Zijn lichaam zinderde van de pijn. Zijn neus leek gebroken. Zijn oogleden klopten. Zijn lip was gescheurd. Zijn hals voelde alsof er een scheermes overheen was gehaald, en zijn hoofd bonkte gelijk op met het kloppen van zijn hart.

Faith gaf gas. Ze waren op de autoweg. Dat hoorde Will aan het zachte, gestage geronk van de motor. Hij wist niet hoeveel tijd er verstreken was toen ze ten slotte vaart minderde en afsloeg. Het geluid in de Suburban veranderde van een rustig gezoem in een onderbroken geknerp. Met piepende remmen bracht Faith de auto tot stilstand. Ze zette hem in de parkeerstand. De handrem klikte toen ze het pedaal indrukte.

Faith deed haar portier open. Will hoorde haar om de auto heen lopen.

Hij duwde zichzelf overeind. Zijn bewegingen waren traag. Hij kromp weer ineen, zo zeer deed zijn hoofd. Zijn keel voelde rauw en hij kreeg de bloedsmaak niet uit zijn mond.

Het achterportier zwaaide open. Faith zei nog steeds niets. Ze deed de plafondlamp aan. Will knipperde met zijn ogen en kneep ze samen. De handboeien gingen af. Will wreef over zijn polsen in een poging de bloedsomloop weer op gang te krijgen. Faith trok de eerstehulpdoos onder de stoel vandaan en maakte die open. Ze haalde er een rol wattenschijfjes, uiteenlopende verpakkingen, ontsmettingszalf en pleisters uit. Will hoorde aan weerszijden auto's. Faith was op een vluchtstrook langs de middenberm gaan staan. Om hen heen stonden bomen. De grond was bezaaid met gebroken bierflesjes en condooms.

'Kijk me eens aan,' zei ze.

Will keerde zijn hoofd naar haar toe. Hij sloot zijn ogen. Verpakkingen werden opengescheurd. Alcoholdoekjes. Ontsmettingsmiddel. Hij hield zijn ogen dicht terwijl Faith zijn schrammen en wonden verzorgde. Ze ging vakkundig, maar niet al te zachtzinnig te werk. Will was haar dankbaar. Sara had hem weleens behandeld. Ze raakte hem altijd heel voorzichtig aan. Ze streelde hem, kuste de zere plekken die volgens haar wel een beetje extra hulp konden gebruiken.

Faith veegde met een tissue onder zijn ogen.

Will deed zijn lippen vaneen om meer lucht in zijn longen te krijgen. Hij wilde haar bedanken, haar laten weten hoeveel haar zwijgen voor hem betekende. Faith was altijd een olifant in de porseleinkast van zijn leven geweest. Will was te kapot om haar te kunnen vertellen wat er die avond met Sara was voorgevallen.

Faith boende het bloed rond zijn neus weg. 'Eric Haigh is dood,' zei ze.

'Weet ik.' Will kon amper praten. Het leek wel of er een prop watten in zijn slokdarm zat die hij weg moest slikken.

'Een uur geleden hebben we zijn lijk gevonden,' zei Faith.

'In zijn voortuin,' fluisterde Will. 'Ik heb Tony Dell geholpen hem daar neer te leggen.'

Faith hield haar hand stil.

Will deed zijn ogen open. 'Ik heb gezien dat hij hem vermoordde. Dat Tony Dell Eric vermoordde.' Will hoestte. De watten waren scheermessen geworden. 'Het was in Tipsie's. Met een jachtmes. Die zit in Dells laars. Zat.' Will probeerde te slikken, maar zijn keel weigerde dienst. 'We hebben het mes in de rivier gegooid. Ik weet niet in welke. Betonnen brug. Geen huizen in de buurt.'

'Dat vinden we wel.'

'Jullie moeten Tony oppakken.'

'Hij is weg. Zijn huis is leeg. Zijn auto staat nog in het depot.' Faith scheurde een zakje antibioticazalf open. 'Met zijn pinpas heeft hij zijn bankrekening leeggehaald.' Ze kneep wat zalf op een wattenstaafje. 'We hebben een opsporingsbericht laten uitgaan.'

Will kon nog steeds niet slikken. Het enige wat hij produceerde was een hol geklik. 'Er waren daar drie mannen. Rednecks. Grote kerels. Dik.' Will wist niet meer of hij haar al had verteld waar dit alles had plaatsgevonden. 'In Tipsie's. Daar heeft Tony Eric Haigh vermoord.'

Ze bette zijn voorhoofd met het wattenstaafje. 'Ik zal iemand op die club zetten.'

'Ze zaten in een kamer achterin. Dell nam me ermee naartoe om me aan ze voor te stellen. Pas toen we binnen waren, kreeg ik door wat hij wilde.'

Faith kneep nog wat zalf op het wattenstaafje.

'Ze kenden mijn Bill Black-verhaal. Ze wisten alles. Ze hebben me al die tijd in de gaten gehouden. Niet als ik terugging naar Atlanta – ze konden me niet volgen op mijn motor –, maar ze wisten van het hotel, van mijn gewoonten.' Will zocht in zijn zak naar zijn telefoon. Hij keek naar het gebroken glas.

Sara had haar telefoon tegen de muur gesmeten. Will had hem in stukken zien breken. Hij had haar nog nooit eerder met dingen zien smijten.

'Will?' vroeg Faith.

Hij had zijn telefoontje in zijn hand. Het glas was kapot. Will liet het weer in zijn zak verdwijnen. 'Een van hen heette Junior.' Het lukte hem eindelijk te slikken. Hij raakte bijna buiten westen van de pijn. 'Die hield een wapen tegen mijn borst. Een Smith & Wesson met een parelmoeren handvat. Het mes had ook een parelmoeren heft. Dat van de redneck, niet dat van Tony. Dat hebben we van een brug gegooid.'

Faith draaide het wattenstaafje rond onder Wills oog. Hij herinnerde zich weer dat de redneck hem sneed; de eerste snee van die avond.

'Mijn kleren zitten in een vuilniszak in mijn kastje. Ik moest me omkleden, douchen. Tony was op de afdeling Spoed. Hij sneed zich in zijn hand toen hij Haigh neerstak. Het moest gehecht worden. Ik weet niet hoeveel hechtingen,' voegde hij er voor de volledigheid aan toe.

'Zijn vrouw heeft hem gevonden,' zei Faith.

'Heeft Tony een vrouw?'

'Eric Haigh. Zijn vrouw heeft zijn lijk bij het huis gevonden. Eerst was er behoorlijk veel verwarring. Ze herkende hem niet.'

'We moesten hem in zijn voortuin dumpen,' herinnerde Will zich. 'Het bevel kwam van Big Whitey.' Hij zag haar vragende blik. 'Over de telefoon. Ik heb hem niet ontmoet. De redneck nam het telefoontje aan en zei toen tegen Dell waar hij het lijk moest dumpen en dat het bevel rechtstreeks van Big Whitey kwam.'

'We zullen kijken of we het telefoontje naar de club kunnen traceren.'

'Het was een mobiel, waarschijnlijk zo'n wegwerpding.'

'We gaan het toch even natrekken.' Faith wierp het wattenstaafje in de eerstehulpdoos. Het uiteinde was rood van het bloed. 'Haigh werd al twee dagen vermist,' zei ze. 'Zijn vrouw heeft niks gezegd, want hij gedroeg zich vreemd sinds die inval. Ze wist dat Interne Zaken erbij betrokken was. Ze wilde niet dat hij in de problemen kwam.'

'De inval,' herhaalde Will. Faith had het er al eerder over gehad, maar hij kon zich het gesprek niet herinneren. 'Ze hebben hem gemarteld.'

'Dat weet ik.'

'De redneck zei tegen Dell...' Hij raakte de draad van zijn gedachten kwijt. 'Wat zei ik?'

'De redneck zei tegen Dell? We hadden het over Eric Haigh,' zei ze.

Het werkte niet. 'Hij zei dat hij contact met me zou opnemen. Dat hij een klus voor me had.'

'Hoe laat kwamen jullie in de club aan?'

‘Laat?’ De vraag drong niet tot hem door.

‘Hoe laat?’

Will haalde zijn telefoon uit zijn zak. Het glas was gebarsten. Toch kwam het schermpje tot leven toen hij op de knop drukte. ‘Het is één uur eenendertig,’ zei hij tegen Faith.

Faith hield zijn hoofd schuin omhoog, zodat ze hem kon aankijken. ‘Zal ik je naar het ziekenhuis brengen? Een ander ziekenhuis, bedoel ik?’

Will schudde zijn hoofd. Geen denken aan dat hij naar een ziekenhuis ging.

‘Volgens mij heb je een hersenschudding.’

‘Hoezo?’

‘Paul Vickery heeft je tegen je hoofd geschopt.’

‘Wanneer dan?’ vroeg Will, maar dat was niet de goede vraag. Hij wist dat Vickery hem geschopt had. ‘Ik bedoel, waarom was Paul in het ziekenhuis?’

‘Iemand heeft op hem geschoten.’ Ter verduidelijking zei Faith: ‘Paul Vickery was in het ziekenhuis omdat iemand hem vanavond wilde vermoorden.’

‘Sorry dat ik steeds dingen vergeet.’

‘Geeft niet.’ Faith sprak langzamer dan nodig was. ‘Vickery was thuis. Er werd een schot gelost door een raam aan de voorkant van zijn huis. Daarom had hij zijn arm in het verband.’

Will kon zich niet herinneren dat hij verband had gezien. ‘Verder alles goed met hem?’

‘Goed genoeg om jou aan te vallen.’ Ze fronste haar voorhoofd. ‘Hij vecht als een wijf. Je hebt allemaal krassen op je hals.’ Faith draaide zijn hoofd. ‘Heeft hij je gebeten?’

Will wendde zijn blik af. Dat was niet het werk van Paul Vickery. Sara had hem gekrabd. Ze had hem geschopt en gebeten, maar Will was niet opgehouden, want door alles wat ze deed wilde hij haar alleen maar harder neuken.

Faith liet het wattenstaafje voor wat het was. Ze smeerde de antibioticazalf op haar vinger en wreef die op Wills gezicht. 'Ze hadden het ook op DeShawn Franklin voorzien. Hij werd vanavond bij een bioscoop gepakt. Zijn vriendin begon te gillen en heeft 911 gebeld.'

'Is hij naar het ziekenhuis gebracht?'

'Will, kijk me eens aan.' Ze zorgde dat ze zijn volle aandacht had. 'Iemand heeft Franklin en Vickery te grazen genomen op dezelfde avond dat Eric Haigs lijk in zijn voortuin werd gedumpt.'

Will was al van de bijzonderheden op de hoogte, maar door de bondige manier waarop Faith het samenvatte, vielen de stukjes eindelijk samen. 'Het was afgesproken werk.'

'Precies. Iemand heeft een boodschap willen afgeven.' Ze peuterde een pleister open.

'Dat zei de redneck ook al: een boodschap komt alleen over als iedereen hem kan lezen.'

'Nou, als je hem weer eens ziet, zeg je maar dat de boodschap luid en duidelijk is overgekomen. Draai die kant eens op.'

Will draaide zijn hoofd. Faith plakte de pleister op zijn hals om de krassen te bedekken.

'Was je daarom in het ziekenhuis?' vroeg hij. 'Omdat ze allemaal zijn aangevallen?'

'Ik was op zoek naar jou.'

'Vanwege DeShawn Franklin.' Will schudde zijn hoofd. Dat klopte niet. 'Je ging naar het ziekenhuis vanwege Eric Haigh. Toen je hem gezien had dacht je dat ze hetzelfde met mij hadden gedaan.'

'Ik dacht dat hij jou wás,' zei Faith. 'Zijn eigen vrouw herkende hem niet eens. Ik ging naar het ziekenhuis in de veronderstelling dat ik je lijk moest identificeren.'

'Wat erg.'

'Godzijdank dat Sara haar telefoon niet opnam.' Ze gebood hem weer omhoog te kijken. De krassen waren te breed voor één pleister. 'En toen werd het echt wat je noemt een feestje. Paul Vickery en DeShawn Franklin werden naar binnen gereden net toen ik terugkwam van het mortuarium. Ik was met Amanda aan het bellen.'

'Moest jij ze vertellen dat Haigh dood was?'

'Ja,' zei Faith. Ze klonk gespannen. 'Maar toen zagen ze dat Tony Dells hand werd gehecht en ze besloten zich op hem te wreken.' Will hoefde de vraag niet te stellen. 'Er waren zes agenten voor nodig om ze van die vent af te halen.'

'Waarom pakten ze hem?'

'Ik denk omdat Dells auto in de nacht van de aanval bij Lena's huis stond. Die getuige van Vickery die jou op de club heeft gezien heeft Tony vast en zeker ook gezien. Het is geen al te grote sprong om te bedenken dat jullie allebei iets met de moord op Haigh te maken hadden.'

Het was helemaal geen sprong, want het klopte. 'Wat zegt Tony?'

'Weet ik het?' Faith klonk geërgerd. 'Vijf seconden geleden nog heb ik gezegd dat er zes agenten aan te pas kwamen om DeShawn en Vickery van Tony Dell af te pellen. Toen ze eindelijk naar Dell omkeken, was hij 'm gesmeerd. We hebben het ziekenhuis binnenstebuiten gekeerd, maar hij is ertussenuit gepiept.'

'Waarschijnlijk had hij al tien ontsnappingsroutes in zijn hoofd.' Opeens herinnerde Will zich iets. Hij pakte zijn portefeuille. Cayla Martins handgeschreven briefje zat nog in het fotovakje. 'Dit is Tony's stiefzus. Ga bij haar huis kijken.'

Enigszins sceptisch pakte Faith het briefje aan. 'Dell had geen broers of zussen toen we zijn achtergrond natrokken.'

'Het was maar voor een paar jaar,' zei Will. 'Hij is verliefd op haar.'

Naar haar blik te oordelen overwoog ze weer om hem naar het ziekenhuis te brengen.

'Ik weet dat het raar klinkt, maar het is waar. Ze is verpleegster in het ziekenhuis.'

'Ik stuur er wel een auto op af.'

Will hoestte. Hij keek naar zijn handpalm en verwachtte bloed te zien. 'Vickery noemde me een politiemoordenaar.'

Faith schudde haar hoofd, alsof zij het ook niet begreep. 'Misschien heeft hij jou bij Eric Haighs huis zien weggaan?' Ze gaf zelf het antwoord. 'Nee, als hij jou bij Haighs huis had gezien, had hij je ter plekke gedood. Kun je je herinneren dat je Vickery vanavond ergens gezien hebt? Of een van de anderen?'

Will dacht over de vraag na. Hij voelde hem in zijn hoofd rondrollen als een knikker die niet stil wilde liggen.

'Ik ga Sara bellen,' zei Faith.

'Niet doen.'

'Ze heeft het recht om...'

'Nee.' Will greep haar arm. Even snel liet hij weer los. 'Ze weet alles.'

Faith bestudeerde zijn gezicht. Hij vroeg zich af wat ze zag. Het zou nog een paar uur duren voor de blauwe plekken kwamen opzetten. Op de zijkant van zijn hoofd stond waarschijnlijk een afdruk van Paul Vickery's schoen. De rug van zijn neus was vast rood. Zijn kapotte lip bloedde. De krassen. De beten. Wat zou ze daarvan denken?

'We moeten naar het GBI-kantoor,' zei ze.

Will wilde terug naar Atlanta. Zijn hond was nog bij Sara, die moest hij ophalen. Net als zijn tandenborstel en de kleren in de laden die ze voor hem had uitgeruimd. Het was niet nodig dat ze nog aan Will herinnerd werd. Dat was het minste wat hij kon doen.

'Het is voorbij,' zei hij. 'Met Sara. Het is voorbij.'

'Weet je dat zeker?'

'Ja.' Nog nooit in zijn leven had Will iets zo zeker geweten.

Faith deed de eerstehulpdoos dicht. Ze klikte het plastic slot vast. 'Nou, pech voor haar.'

'Ze heeft goede redenen.'

'Nee, die heeft ze niet,' zei Faith met klem. 'Wat je ook gedaan hebt, ik zou me vreselijk in Sara vergissen als ze je niet kan vergeven.'

Will zei niets. Ze zou snel genoeg achter de waarheid komen.

'Ga voorin zitten,' zei Faith. 'Straks zijn we nog te laat.'

'Waarvoor?'

'Branson.' Door de toon waarop ze het zei dacht Will dat ze het misschien al eerder had gezegd. 'Ik heb haar net in het ziekenhuis gezien. Ze is bereid te praten.'

'Waarom nu?'

'Iemand heeft geprobeerd twee van haar rechercheurs te doden – drie als je Lena meetelt. Eric Haigh is gemarteld en doodgestoken. Jared Long is bijna vermoord. Jezus, reken maar dat ze met ons wil praten. Ze neemt haar dossiers mee. We hebben afgesproken op het GBI-kantoor.' Faith keek op haar horloge. 'Tien minuten geleden.'

'Wat voor dossiers?'

'Die van dat drugshol.' Faith gebaarde dat Will moest opschieten. 'Denise Branson heeft al die tijd tegen ons gelogen. Ze laat ons eindelijk haar dossiers van die inval zien.'

Will keek in de spiegel van het toilet in het lokale GBI-kantoor en nam de schade op. Het leven had een wondenexpert van hem gemaakt. Hij wist het verschil tussen een snee waar je een dun wit streepje aan overhield en een snee die slechts een vage herinnering achterliet. Zoals hij het inschatte, zou de enige blijvende herinnering aan die avond van het mes van de redneck afkomstig zijn. Het sneetje onder Wills oog had wel één of twee hechtingen kunnen gebruiken. Maar dat moest in een ziekenhuis gebeuren, en Will zou nooit meer een voet in een ziekenhuis zetten.

De misselijkheid was in elk geval weggetrokken. De pijnscheuten in zijn hoofd waren minder fel. Het trillen was gestopt – voor hem het bewijs dat hij geen beroerte of attaque had gehad. Slikken was nog steeds een probleem. Dat merkte hij toen Faith hem dwong twee flesjes cola leeg te drinken. Vervolgens bleef ze net zo lang bij hem staan tot hij half stikkend een pak kaascrackers had weggewerkt. Will had zich geërgerd aan haar bazige gedrag, wat betekende dat haar methode effect had.

Hij keek naar zijn hals en raakte voorzichtig de roodachtige kneuzingen aan die nu kwamen opzetten. Als Will ergens goed in was, dan was het in overleven. Hij had het gered die nacht. De redneck had niet al te veel schade toegebracht. Tony Dell had hem niet vermoord, hoewel hij daar zonder meer toe in staat was. Paul Vickery had een reeks rake klappen uitgedeeld, maar Faith had waarschijnlijk zijn enkel gebroken, dus die had zijn verdiende loon.

Will had het overleefd. Dat zou hem een goed gevoel moeten geven.

Maar hoe moest het nu met Sara?

Toen Will een jongen was, had hij alle stenen en pijlen die op hem werden afgeschoten zeer draaglijk gevonden. Hij hoefde ze niet mee te zeulen. Hij kon ze allemaal in dozen stoppen. Na een tijdje had hij wel heel veel dozen. Die kon hij nergens kwijt. Ze zweefden boven zijn bed in het kindertehuis. Ze volgden hem naar school. Ze joegen hem als pestkoppen achterna als hij over straat rende.

Met het klimmen van de jaren werd opslag een probleem. Of misschien was de metafoor met hem meegegroeid. De zwevende dozen werden blaadjes papier. De blaadjes gingen in dossiers. De dossiers werden in archiefkasten gestopt. De archiefkasten gingen op slot zodat hij ze nooit meer hoefde te zien.

Toen Sara in Wills leven verscheen, vergat hij dat hele archief. Hij vergat de eindeloze blaadjes papier. De roestige sloten van de kasten, die soms niet eens wilden draaien.

Dat was nu voorbij.

Terwijl Will in de toiletruimte stond, stopte hij Sara Linton in een dossiermap en schoof de la dicht.

'Will?' Faith klopte zachtjes op de deur. 'Alles goed daar?'

Hij draaide de kraan open om haar te laten weten dat hij nog leefde. Het water was ijskoud. Hij wilde het in zijn gezicht plenzen, maar het zou er waarschijnlijk meteen weer af stromen. Faith had zoveel antibioticazalf gebruikt dat zijn huid ervan glom.

Will deed de deur open. Daar stond Faith, met in elke hand een fles water.

Zijn stem klonk als die van een oude man. 'Bang dat ik op het toilet zou sterven?'

'Dat is niet grappig.'

'Het kan zomaar gebeuren,' zei hij schor. 'Ik heb er in de krant over gelezen.'

Ze reikte hem de flessen aan. 'Je hebt toch niet weer overgegeven?'

'Nee.' Hij verlangde terug naar haar eerdere zwijgen, maar was niet zo wreed om dat tegen haar te zeggen. 'Niks aan de hand. Bedankt.'

'Je moet ze helemaal leegdrinken.' Ze nam hem mee de gang door. 'Ik heb een patrouillewagen naar Cayla Martins huis gestuurd. Het duurde een eeuwigheid voor ze het gevonden hadden. Het staat niet op MapQuest of op Google of waar dan ook.'

Will knikte. Zonder Tony's hulp zou hij de straat ook nooit gevonden hebben.

'Hoe dan ook, uiteindelijk hebben ze het gevonden. Martin was thuis. Wat haar betrof mocht Tony Dell doodvallen. En toen vroeg ze of er een beloning was uitgeloofd voor als je hielp met zoeken.'

Weer knikte Will. Cayla Martin ten voeten uit.

'De jongens rijden nog een paar keer langs voor hun dienst

erop zit, om te zien of Dell is komen opdagen. Ondertussen heb ik Amanda op de hoogte gebracht van alles wat zich vannacht heeft afgespeeld. We proberen haar via Skype aan de vergadering te laten meedoen, maar er zijn een paar technische problemen.'

Will ging ervan uit dat de problemen zich niet aan deze kant voordeden.

'Lonnie Gray is hier. De commissaris van politie in Macon.'

'Heeft Amanda hem gebeld?'

'Nee, Denise Branson. Petje af dat ze het tegen de chef durft op te nemen. Ze staan buiten te praten terwijl wij de verbinding tot stand proberen te brengen. En met praten bedoel ik dat Denise hoofdzakelijk luistert terwijl hij tekeergaat. Gray beukt zo op haar in dat hij inmiddels bij haar galblaas moet zijn aangekomen.'

Will nam een slok water. 'Raakt ze haar baan kwijt?'

'Als ze geluk heeft, is dat het enige wat ze kwijtraakt. Gray had geen idee dat Branson tegen ons loog. Misschien wordt ze aangeklaagd wegens belemmering van de rechtsgang of nog erger.' Faith wierp een blik over haar schouder. 'Ik heb Gray nog niet verteld wat Vickery met je gedaan heeft.'

Will schudde zijn hoofd. 'Doe ook maar niet. Ik regel het wel met Vickery.'

'Dan moet je Amanda voor zijn. Die zou hem het liefst scalperen.'

Will bleef zijn hoofd maar schudden. 'Had je het haar maar niet verteld.'

'Tja, en was ik maar niet ontmaagd tijdens een nachtvoorstelling van *Die Hard*. Wen er maar aan.' Faith duwde de deur open.

De vergaderkamer leek griezelig veel op willekeurig welke vergaderkamer in willekeurig welk GBI-kantoor in Georgia. De muren gingen schuil achter nepeiken lambrisering. Een lange tafel deelde de ruimte in tweeën. Versleten stoelen van namaakleer stonden zo dicht opeen dat twee stevige mannen niet zonder moeite naast elkaar konden zitten. Op een metalen rolkar stond een kleine plasma-tv. Snoeren hingen naar beneden en waren aangesloten op de elektronica op de plank eronder. Het beeld op het scherm moest wel Amanda's persoonlijke Skype-foto zijn. Die was ergens in de jaren tachtig genomen. Ze was in tennistenue. Een houten racket rustte op haar schouder. Haar haar bolde op boven een hoofdband à la Jane Fonda. Ze glimlachte, wat nog het meest verontrustend was.

Amanda's stem snerpte uit de speaker op tafel. 'Zien jullie me zwaaien?'

'Nee.' GBI-agent Nick Shelton, het hoofd van het regionale kantoor, raakte de laptop vóór hem niet eens aan. In plaats daarvan drukte hij zijn vingers tegen zijn ogen en schudde zijn hoofd. 'Ik doe mijn uiterste best. Weet u zeker dat het probleem niet aan uw kant zit?'

'Ja, dat weet ik zeker,' snauwde Amanda. 'Ik zie alleen maar het GBI-logo. Er is helemaal geen bewegend beeld.'

Nick keek Faith hoofdschuddend aan. Hij stak Will zijn hand toe. 'Agent Trent.'

'Is Will daar?' vroeg Amanda. 'Ik zie geen hol.'

'Present,' zei Will zo luid mogelijk.

'Waarom fluister je?'

'Omdat hij bijna gewurgd is,' zei Faith.

Zoals gebruikelijk was Amanda weer buitengewoon bezorgd. 'Ga dan wat dichter bij de microfoon zitten. Ik wil niet de hele tijd "Wat zeg je?" moeten zeggen.'

'Komt in orde.'

'Ik zal eens een hartig woordje wisselen met de idioot die mijn computer heeft geïnstalleerd,' mopperde Amanda. 'Hij is hier al drie keer geweest, en hij is nog niet weg of dat ding weigert dienst.'

Faith kon zich niet langer inhouden. 'Met stroop om de mond bereik je meer.'

'Ja, Faith, bedankt. Stroop, daar zit ik op te wachten.'

Will liet zich op een stoel zakken terwijl de vrouwen nog meer nuttige tips uitwisselden. Op tafel stonden alle benodigdheden voor een officiële vergadering. Vijf flesjes water waren voor vijf stoelen neergezet. Ernaast lagen blocnotes en pennen. Will was bij talloze briefings geweest waar agenten hun baan kwijtraakten, maar dit raakte hem. Denise Branson had een vergissing gemaakt die het einde van haar carrière betekende, maar ze had het waarschijnlijk uit volle overtuiging gedaan.

Het was slechts een kwestie van tijd voor Lena Adams ook een vergissing zou maken.

Will keek naar de digitale klok aan de muur. 03.01 uur 's nachts. Eigenlijk zou hij uitgeput moeten zijn. Misschien had de cafeïne in de cola hem opgepept. Of misschien had zijn lichaam eindelijk geaccepteerd dat hij toch bleef leven.

Hij keek naar de flesjes water die Faith hem in handen had geduwd. Het ene was voor ongeveer een kwart leeg. Wills mond was kurkdroog, maar alleen al bij de gedachte dat hij weer moest drinken deed zijn keel pijn. Alsof hij verdronk in zee, zo voelde het.

De deur ging open. Nick stond op. 'Mrs. Wagner, commissaris Gray en hoofdinspecteur Branson zijn binnengekomen.'

Denise Branson was niet langer in haar blinkende uniform. Ze droeg een spijkerbroek en een wijde bloes. Van haar voorheen zo kaarsrechte houding was niets meer over. Ze zag er verslagen uit. De leren diplomatentas was de enige aanwijzing dat ze dezelfde vrouw was met wie ze de vorige ochtend in Atlanta hadden gesproken.

Lonnie Gray daarentegen was in vol ornaat. Zijn goudkleurige epauletten schitterden in het licht van de plafondlamp. Hij had zijn pet onder zijn arm. Hoewel hij al wat ouder was, had hij de uitstraling van een man die voor dag en dauw honderd push-ups deed. Nu droop de woede van hem af. Zijn mond was een nauwelijks waarneembare witte streep onder zijn snor. Zijn voorhoofd was gerimpeld als een geploegde akker.

Er werden handen geschud. Will bleef zitten en hoopte dat iedereen het zou begrijpen.

'Commissaris Gray,' zei Amanda. 'Sorry voor de technische mankementen. Ik ben aan het skypen vanuit mijn huis.'

Will wist niet wat erger was: de foto van Amanda in tenniskledij of Amanda die hen in haar nachtpon te woord stond.

'Maakt niet uit.' Lonnie Gray ging tegenover Will zitten. Hij keek hem aan en sperde zijn ogen toen open. Denise Branson vertoonde dezelfde reactie. Langzaam en met open mond van verbazing liet ze zich naast de commissaris op haar stoel zakken.

Will bedacht dat hij voorlopig de verbijsterde blikken voor lief moest nemen.

'Mrs. Wagner,' zei Nick, 'we zitten nu allemaal.'

'Fijn,' zei Amanda. 'Lonnie, gecondoleerd met je zoon. Ik hoorde nu pas dat hij overleden is.'

'Dank je.' Het was duidelijk dat Gray het niet over zijn privéleven wilde hebben. Hij kwam meteen ter zake. 'Mandy, ik bied jou, je agenten en het GBI mijn excuses aan voor de daden van een politiebeambte die het heft in eigen handen heeft genomen. Je kunt erop rekenen dat ik orde op zaken zal stellen.' Hij wierp Branson een vernietigende blik toe. 'En daar begin ik nu mee.'

'Dat waardeer ik, Lonnie.' Zo te horen waardeerde Amanda het helemaal niet. 'Hoofdinspecteur Branson, aangezien er een officieel onderzoek naar u loopt, moet ik u meedelen dat dit gesprek wordt opgenomen. Alles wat u zegt, kan tegen u gebruikt worden. U hebt recht op een advocaat...'

'Ik heb geen advocaat nodig,' zei Branson, hoewel ze allemaal wisten dat dat niet waar was. 'Geef me het formulier maar.'

Nick had zich goed voorbereid. Hij schoof Branson een document toe, zodat ze officieel kon verklaren dat ze op haar rechten was gewezen.

Branson las het document niet eens door. Waarschijnlijk had ze het al duizenden keren gezien. Ze klikte de pen open en zette haar handtekening op de bestemde plaats, waarna ze het papier weer naar Nick schoof.

Lonnie Gray gaf haar een knikje ten teken dat ze kon beginnen.

Branson wachtte even, niet omdat ze weer een spel aan het spelen was, maar omdat ze wist dat dit waarschijnlijk de allerlaatste briefing was die ze ooit nog zou bijwonen.

Ten slotte haalde ze diep adem en sprong in het diepe. 'Ongeveer drieënhalve week geleden kwam rechercheur Adams naar me toe met een verhaal over een verdacht drugshol in een zijstraat van Redding Street. Ik gaf haar toestemming de zaak te onderzoeken. Ze hield het huis een paar dagen in de gaten en kwam tot de conclusie dat ze betrouwbare informatie had gekregen.' Branson zweeg even. Ze begon met de balpen te spelen en liet hem tussen twee vingers heen en weer wiebelen. 'Tijdens de surveillance ontdekte rechercheur Adams dat het drugshol onder leiding stond van ene Sidney Waller.'

Gray nam het van haar over. 'Waller is een buitengewoon gewelddadige drugssmokkelaar die hoog op de ranglijst staat. Toen ik hier twee jaar geleden begon, had ik me als prioriteit gesteld hem te arresteren en aan te klagen. Ik heb er het hele bureau op gezet, maar geen enkele aanklacht is overeind gebleven.'

Will vond het fatsoenlijk van de man om zijn eigen falen toe te geven.

Branson kon het blijkbaar ook wel waarderen. Ze gaf hem een knikje en zei toen: 'We wisten dat we het drugshol zonder veel problemen konden sluiten, maar omdat Sid Waller erbij betrokken was, zagen we een kans. Tijdens een gesprek met rechercheur Adams besloot ik de operatie uit te breiden met als doel Waller te arresteren en voor de rechter te slepen.'

'Op dat punt ging ik me ermee bemoeien,' zei Gray. 'We hadden de officier van justitie aan onze kant en vormden een taskforce in samenwerking met andere bureaus. Er kwam van alles bij kijken. Denise en ik moesten het samen coördineren.'

Will zag Denise verstrakken toen hij haar roepnaam gebruikte in plaats van haar rang. Niettemin pakte zij het verhaal weer op. 'De operatie liep al een dag of tien toen duidelijk werd dat we het wel konden vergeten om Waller op te pakken. Niemand wilde praten. Iedereen was doodsbang voor hem. De junkies doken onder. Niemand wilde een microfoontje op zijn lichaam. Het zag ernaar uit dat we een inval moesten doen en dan iedereen oppakken die we konden vinden. We zouden het zo kunnen timen dat Waller aanwezig was, maar dat was een schrale troost.'

'Omdat jullie niet konden bewijzen dat Waller de leiding had, zou hij samen met de rest van de junks weer op borgtocht worden vrijgelaten,' zei Amanda. Ze klonk ongeduldig. 'Maar kennelijk veranderde er iets?'

'Een geheime informant nam contact op met rechercheur Adams,' zei Branson. 'Hij zat in de cel omdat hij pillen had verkocht aan studenten van Mercer University. Niet op de campus, maar in een van de eethuisjes.'

Het was een belangrijk onderscheid. De verkoop of verspreiding van verboden middelen op een school- of universiteitsterrein betekende een aanzienlijke strafverzwaring.

'Was het een van Adams' vaste geheime informanten?' wilde Amanda weten.

'Nee, ze had hem nog nooit ontmoet. Hij had nog geen twee uur vastgezeten toen hij al naar haar vroeg. Adams heeft een bepaalde reputatie bij de junkies in de stad,' voegde Branson eraan toe. 'Het betekende nog niet dat er een belletje moest gaan rinkelen.'

Amanda's brein werkte sneller dan dat van Will. 'En de verklikker was Tony Dell?'

Branson aarzelde. 'Inderdaad. Hij zei dat hij haar Sid Waller in handen zou spelen in ruil voor immuniteit bij die drugsdeal.'

Will wierp een blik op Faith. Nu snapten ze tenminste waarom Lena Will dat mailtje had gestuurd: ze wilde niet dat Tony Dell vrijuit ging.

'Jullie hebben Waller op tape opgenomen,' zei Amanda tegen Branson, 'en toen hadden jullie gerede aanleiding voor een arrestatiebevel?'

'Ja,' beaamde Branson. 'Vier dagen later hebben we die inval gepleegd. Volgens de verklikker kwam er een grote vracht binnen. Rechercheur Adams en haar team zijn het huis binnengevallen. Daar troffen ze dit aan.' Ze knikte naar Nick.

Hij sloeg een paar toetsen van de laptop aan en Amanda's tennisfoto maakte plaats voor een foto van de plaats delict.

Will keek naar het scherm. Twee dode mannen. Latino's. Met ontbloot bovenlijf. Ze zaten op een afgetakelde oude bank. Ze waren gekeeld.

'Kunt u het zien?' vroeg Nick aan Amanda.

'Ja.'

'De man rechts is Elian Ramirez,' zei Branson. 'Een oxy-freak die zich op het verkeerde moment op de verkeerde plek bevond. De man links is Diego Nuñez. Hij was Wallers rechterhand. Beroepscrimineel. Heeft tussen zijn twintigste en dertigste vastgezeten wegens doodslag met nog wat extra tijd voor wangedrag.'

Met een knik gaf Branson te kennen dat ze de volgende foto wilde zien. Nick schoof de laptop naar haar toe zodat ze het zelf kon doen.

Ze gaf een toelichting bij de volgende opname, waarop een man was te zien bij wie de bovenkant van zijn hoofd was afgehakt. 'Thomas Holland. Hij kwam nog maar pas kijken. Raakte in zijn eindexamenjaar aan de crack. We weten niet waarom hij daar was behalve om high te worden. Hij werd met een bijl om het leven gebracht.' Er verscheen een foto van Hollands schedel, en daarna van zijn gezicht vanuit een andere hoek. Hij was jong, een jaar of zeventien. Blond haar, felblauwe ogen. Afgezien van het ontbrekende stuk hoofd had hij zo op een poster voor een Disneyfilm kunnen staan.

Branson liet een reeks neutralere foto's de revue passeren: opnamen van de slaapkamers, van de badkamer en de eetkamer. Will was vaker in een drugshol geweest. Het tafereel was bekend: vloeren bezaaid met crackpijpjes en naalden, matrassen in elke kamer. Hij had nooit begrepen waar die matrassen vandaan kwamen of waarom iemand die gif in zijn aderen spoot behoefte had aan een behaaglijke plek om knock-out te gaan.

'Hier.' Branson stopte bij een foto. Die was van een geopende kelderdeur. Aan weerszijden zaten metalen klampen. Een balk lag op de vloer.

'Het souterrain,' zei ze. 'Hier had Sid Waller zich verstopt.'

Will vroeg zich af of hij nog steeds de kluts kwijt was. Als iemand je in een souterrain opsloot, was je je niet aan het verstoppen. Dan zat je vast.

'Twee rechercheurs zijn het souterrain binnengedrongen,' zei Branson. 'Mitch Cabello en Keith McVale.'

Faith verstijfde. Ze herkenden allebei de namen van de twee rechercheurs. McVale had verlof genomen en Cabello was op de dag van de inval in het ziekenhuis beland.

'Rechercheurs Adams en Vickery bleven in de keuken,' vervolgde Branson. 'Cabello en McVale riepen dat alles veilig was in het souterrain. Ze lieten rechercheur Adams weten dat ze een grote hoeveelheid geld hadden gevonden. Vermoedelijk kwam Sid Waller kort daarna uit zijn schuilplaats.'

Ze klikte naar de volgende foto, waarop een los stuk lambrisering te zien was, met daarachter een donker, vochtig gat dat in de aarde was uitgegraven. De opname was niet geweldig, maar Will zag dat het gat diep genoeg was om een volwassen man te verbergen.

'Waller sloeg Cabello buiten westen met een klap op zijn hoofd. Toen gijzelde hij McVale, en dat alles zonder geluid. Kort daarna kwam rechercheur Adams de trap af om het geld veilig te stellen. Ze stuitte op de gijzeling. Ze richtte haar pistool op Sid Waller, die een wapen tegen McVales hoofd hield. Even was er een impasse. In plaats van zich door rechercheur Adams te laten inrekenen, schoot Waller zichzelf door het hoofd.'

Zwijgend liet Will het volkomen onverwachte nieuws tot zich doordringen. 'Heeft Sid Waller zichzelf doodgeschoten?' vroeg hij toen verbijsterd.

'Alle drie de rechercheurs hebben hetzelfde verhaal verteld.' Ze stak haar handen op om de onvermijdelijke vraag voor te zijn. 'De technisch rechercheurs onderschrijven elk woord van hun verklaringen. Autopsie bevestigde dat de wond door hem zelf is toegebracht. Uit bloedonderzoek is gebleken dat Waller genoeg pillen had geslikt om een boeddhistische monnik tot amok te drijven. Op geen enkel punt lopen de feiten uiteen. Alles wijst erop dat Waller zichzelf van het leven heeft beroofd.'

Amanda had behoefte aan een second opinion. 'Lonnie?'

Gray ging verzitten. 'Onze verklikker heeft Waller horen zeggen dat de aanvoer gestokt was. Een van zijn trucks was in Miami gestolen door een stel Cubanen. Ik heb een telefoontje gepleegd naar contacten die ik nog steeds in Florida heb. Waller verkeerde op het randje van oorlog met het Cubaanse kartel.'

'Sid wist dat hij hooguit een dag zou overleven in de gevangenis,' zei Branson. 'Liever de kogel dan het mes van een of andere Cubaan op de luchtplaats.'

Amanda zette de vaart er weer in. 'Wat is Big Whiteys rol in dit hele verhaal?'

Gray keek naar Branson. Hij leek verdrietig, alsof een van zijn kinderen hem teleurgesteld had.

'Ik was buiten het boekje om met die zaak bezig,' zei ze. 'Commissaris Gray had gezegd dat ik me er niet langer mee mocht bezighouden, zelfs niet in mijn eigen tijd, maar ik wilde met alle geweld Big Whitey opsporen.'

'Heeft dit iets met Waller te maken?' vroeg Amanda.

'Zijdelings,' moest Branson toegeven.

'En waarom slaan we dat zijspoor niet in?'

Branson stak haar hand weer in haar tas. Ze haalde een lijvig dossier tevoorschijn. Toen pakte ze er nog een. En nog een. Ze legde ze boven op elkaar op tafel.

Faith reikte gedecideerd naar de hele stapel en trok die naar zich toe.

'Anderhalf jaar geleden kreeg ik Big Whitey op de radar,' zei Branson. 'Ik houd van cijfers. Ik mag graag getallen analyseren, ze koppelen aan misdaden en kijken waar we met mensen moeten schuiven om de criminelen voor te zijn.' Ze zweeg even. Will vermoedde dat ze besefte dit voortaan niet meer te kunnen doen.

'Goed,' zei Branson. 'Zoals je gisteren al zei, is het hetzelfde verhaal als in Savannah en Hilton Head. Het leek wel of er een grotere, organiserende factor in het spel was. Het gebruikelijke schoelje maakt promotie. Er is een advocatenkantoor waarvan ze allemaal gebruikmaken, van die ambulancejagers, slordig en goedkoop. Plotseling fuseerde het met een chique firma in Florida.'

'Vanhorn and Gresham.' Faith keek op van het rapport dat ze aan het lezen was. 'De schutter die het op Jared Long had voorzien wordt door die club vertegenwoordigd.'

'Klopt,' zei Branson. 'We zagen opeens dat criminelen zoals Fred Zachary, die onder aan de pikorde stonden, vrijuit gingen na aanklachten die klopten als een bus, en dat alles vanwege deze jongens. Ik legde mijn oor te luisteren, ging met mijn rechercheurs praten en kwam tot de conclusie dat er een nieuwe speler in het veld was.'

'Big Whitey,' zei Faith.

'Klopt,' herhaalde Branson. 'Whitey regelde zijn geldzaken

eerst legaal door middel van een stel pijnbestrijdingsklinieken. Zo gaat dat meestal. Junkies worden ingezet om de recepten te verzilveren. Vooral rednecks. Die gaan over de speedhandel, dus het was logisch dat Whitey profiteerde van een bestaande markt.'

Gray vond het nodig om dit toe te lichten. 'Ik was er niet van overtuigd dat Big Whitey bestond. We hadden wat vage gegevens uit Florida, maar geen naam, geen signalement, geen connecties. Hij was een schim.' Gray haalde zijn schouders op. 'Bovendien kregen we in die tijd veel op ons bord. Er was een epidemie van heroïneoverdoses op een van onze particuliere scholen. Jonge vrouwen uit welgestelde gezinnen. Niet het type dat we doorgaans in die toestand aantreffen.'

'Rijke blanke meiden,' vulde Faith aan, zonder zich iets van politieke correctheid aan te trekken. 'Gingen ze dood of kwamen ze in het ziekenhuis terecht?'

'Drie gingen er dood,' zei Branson. 'Zes belandden er op de Spoedeisende Hulp en werden toen afgevoerd naar de blankemeidengevangenis.' Ze bedoelde de afkickkliniek. 'Ze kwamen uit gerenommeerde families. We stonden onder grote druk om tot arrestaties over te gaan. Zoals ik al zei verkocht Whitey pillen via rednecks. De meesten van onze niet-farmaceutische dealers waren zwart en latino. Je ziet zo wie er voor wie werkt.'

Faith vatte het bondiger samen. 'Dus de blanken sloegen op tilt en eisten gerechtigheid. Jullie arresteerden wat zwarten en latino's. Dat werd vast met applaus ontvangen,' benadrukte ze sarcastisch.

Tot Grays ongenoegen nam Faith geen blad voor de mond, of misschien was hij zich ervan bewust dat het gesprek werd opgenomen. 'We hebben de dealers gearresteerd van wie we wisten dat ze heroïne verkochten. Mijn korps doet niet aan rassendiscriminatie en zal dat ook nooit doen.'

Will maakte uit Grays toon op dat hij dergelijke beschuldigingen vaker had moeten weerleggen. Atlanta kende genoeg politieke schandalen om het hele plaatselijke nieuws mee te vullen, maar hij herinnerde zich vaag dat hij reportages had gezien over de commotie in Macon. Ongetwijfeld had Lonnie Gray zich elke dag wanneer hij naar zijn werk ging afgevraagd of hij zijn baan zou houden.

Aarzelend nam Branson weer het woord. 'Vanwege onze harde acties verzwakten we Whiteys concurrentie op straat. We veroorzaakten een raciale storm die de stad verscheurde en waardoor alle politici om bloed begonnen te roepen.'

'Toen heb ik dat onderzoek van Denise afgekapt,' gaf Gray toe. 'Er was te veel gaande om middelen te verspillen aan een man van wie we niet eens wisten of hij wel bestond.'

'Dat...' Will probeerde de pieptoon in zijn stem te onderdrukken. 'Dus daar was Big Whitey uiteindelijk op uit? Dat hij de heroïnehandel kon overnemen?'

'Hij nam alles over,' zei Branson. 'Denk schaken, niet dammen. Hij komt de stad binnen en maakt vrienden, hij gaat de voedselketen langs en geeft geld aan figuren zoals Sid Waller, zodat iedereen tevreden blijft. Whitey beschikt over bedrijfskapitaal. Hij opent een paar pijnbestrijdingsklinieken, krijgt vaste klanten, zet de junkies op zijn loonlijst en die beginnen te dealen. Dan breidt hij zijn terrein uit naar de winkelcentra, naar de buitenwijken. Hij maakt de rijke jongelui verslaafd en als ze meer willen, laat hij ze op heroïne overgaan.' Ze schudde haar hoofd, hoewel Will zag dat ze ergens ook onder de indruk was. 'Zodra zijn bedrijfsmodel goed loopt, begint hij de concurrentie uit te schakelen.'

'Hoe weet je dat dat een patroon is?' vroeg Amanda.

'Omdat ik naar Savannah ben gereden om met een paar gepensioneerde rechercheurs te praten die te bang waren om dat alles over de telefoon te vertellen.'

Grays gebalde vuisten lieten er geen misverstand over bestaan dat hij dit nu pas hoorde. Hij wierp Branson een vernietigende blik toe.

Will kon het maar niet loslaten. 'Commissaris Gray,' zei hij, 'dus u geloofde niet dat Whitey bestond?'

Met tegenzin keerde Gray zich van Branson af. 'We zijn niet gewend aan een dergelijke mate van raffinement in onze criminele onderwereld. Mandy, je weet dat ik in de hele staat heb gewerkt, maar dit zou je eerder in Miami of New York verwachten.'

De logica waarmee Whitey zich op de kleinere steden had gericht, was die van de grote vis in de kleine vijver. En dan koos hij ook nog eens twee gebieden in Georgia waar de bevolking overwegend Afro-Amerikaans was. Het leek erop dat hij zijn bedrijfsmodel in franchise gaf.

'Hoofdinspecteur Branson,' zei Will, 'waarom was u er zo zeker van dat Whitey bestond?'

'Mag ik even?' zei Branson tegen Faith. Ze wilde een van haar dossiermappen terug.

'Ga je gang.' Faith schoof de stapel weer over de tafel.

Branson bladerde door een van de dossiers tot ze op een foto stuitte. Die legde ze op tafel. Het jonge meisje op de foto was knap en blond, en ze poseerde voor de camera op die typisch verleidelijke manier waarvan pubermeisjes niet beseffen hoe gevaarlijk die is.

'Marie Sorensen,' zei Branson. 'Zestien jaar. Ze werkte in een kaaswinkel in River Crossing, een van onze duurdere winkelcentra. Er hangt daar veel verveelde jeugd uit de buitenwijken rond. Sorensen is verreweg de knapste. Ze slaagde erin Big Whiteys aandacht te trekken.'

'Ik zal hem voor u scannen,' zei Nick tegen Amanda.

'Doe geen moeite. Big Whitey kreeg Sorensen aan de heroïne?' raadde ze.

'Hij kreeg haar in zijn auto.' Branson pakte een andere foto, waarop Sorensen tien jaar ouder en tien kilo lichter leek. Ze had twee blauwe ogen. Op haar gezicht zaten open zweren. Ze had kale plekken op haar hoofd.

'Ook zo'n patroon van Big Whitey,' zei Branson, 'maar dit doet hij zelf omdat hij het lekker vindt.' Ze legde de foto's naast elkaar op tafel. 'Hij zegt dat hij voor een modellenbureau werkt. Ze geloven hem omdat ze al hun hele leven gehoord hebben hoe mooi ze zijn. Hij lokt ze naar zijn auto, stopt ze in de kofferbak en brengt ze dan naar een hotel aan de kust – Tybee, Fort King George, Jeckyll. Daar verkracht hij ze. Zijn maten verkrachten ze. Hij spuit ze vol heroïne. Hij stuurt ze de straat op.'

Branson zweeg even. Ze wendde haar blik van de foto's af.

'Aanvankelijk bood Sorensen verzet. Hij stopte haar in een hondenbench om haar een lesje te leren. Het duurde ongeveer een week voor hij haar gebroken had; toen bood hij haar te koop aan op internet. Honderdzestig dollar voor het lunchnummertje, tweehonderdvijftig voor een uur. Vierhonderd voor twee uur. Ze heeft tien, vijftien klanten per dag. Haar verslaving kost een paar honderd dollar. Geen slecht bedrijfsplan. Reken maar uit.'

Faith staarde recht voor zich uit. Ook zij kon niet naar de foto's kijken. Will vroeg zich af of ze aan haar dochtertje Emma dacht.

'Hoe is het met haar afgelopen?' vroeg Will.

'Sorensen werd snel oud,' antwoordde Branson. 'Dat is het probleem met die jonge meiden: ze blijven niet lang jong. Na twee maanden werd ze naar de volgende halte op het circuit overgeplaatst. Dat doen die kerels; ze sturen ze van hot naar haar zodat ze nooit ergens kunnen wennen.'

Weer zweeg ze. De wond was nog te rauw. 'Uiteindelijk worden de meisjes naar Californië gestuurd, waar ze aan de tippel worden gezet. Sorensen eindigde in LA. Ze slaagde er een paar keer in haar moeder te bellen om haar te vertellen wat er gebeurd was. De moeder huurde een privédetective in om haar op te sporen.'

‘Heeft ze geen aangifte gedaan in Macon?’ vroeg Faith. ‘Het meisje was nog maar zestien.’

Bransons gezicht sprak boekdelen. Hier had ze gefaald. Daarom was ze ook zo bezeten van de zaak. ‘Toen ze verdween hebben we een opsporingsbericht laten uitgaan. Nadat haar moeder me over die telefoontjes had verteld, nam ik contact op met LA. Daar werd gezegd dat het een verloren zaak was. Er komen zoveel meiden de stad binnen dat ze het busstation bij Hollywood moesten sluiten.’

Faith wreef haar lippen samen alsof ze net lipstick had opgedaan.

Branson haalde er een andere foto bij. Will herkende het liniaaltje naast het hoofd van Marie Sorensen: het werd door de patholoog-anatoom gebruikt tijdens een autopsie.

‘Die privédetective in LA wist een adres te achterhalen,’ zei ze. ‘Pas nadat de politie de flat drie keer had doorzocht, werd ze gevonden. Ze was in een koffer gepropt die onder het bed stond. Ze leefde nog.’ Branson ademde langzaam uit. ‘Ze leefde nog.’

Ze keek naar de autopsiefoto. Niemand dwong haar om door te gaan.

‘De moeder pakte het eerste het beste vliegtuig naar Californië. Marie ligt drie weken in het ziekenhuis. Ze wordt opgelapt, komt weer wat aan, ze kickt af van de heroïne, maar alleen haar hoofd laat zich niet genezen. Twee weken nadat haar moeder haar naar huis heeft gehaald, glipt ze de deur uit en pleegt zelfmoord. Heroïne. De politie vond haar achter de kerk. Het was op de dag af een halfjaar nadat ze met Big Whitey dat winkelcentrum uit was gelopen.’

Iedereen zweeg. Will keek naar de drie foto’s. Branson had niet overdreven. Sorensen was beeldschoon. Natuurlijk had het meisje geloofd dat een modellenbureau belangstelling voor haar had. De autopsiefoto vormde een scherp contrast, een huiveringwekkende getuigenis dat alleen haar rouwende moeder nu nog in haar geïnteresseerd was.

Ten slotte vroeg Amanda: 'Heb je Sorensen gesproken toen ze terugkeerde naar Macon?'

'Ja.' Branson keek naar haar handen. 'Hij heeft haar nooit verteld hoe hij heette. Vanaf het begin moest ze hem Big Whitey noemen. Zijn ware identiteit kende ze niet, en ze kon ons geen informatie verschaffen waarop we actie konden ondernemen. Het grootste deel van de tijd was ze geblinddoekt, en als ze niet geprostitueerd werd, zat ze opgesloten in een kast of in een koffer. Het signalement dat ze gaf was vaag: donker haar, donkere ogen. Geen opvallende gelaatstrekken.'

'Denk je dat ze loog?' vroeg Faith.

'Ja,' gaf Branson toe. 'Ze was als de dood voor hem. Ze durfde niet in haar eigen bed te slapen. Thuis sloot ze zich de hele tijd in de kast op en dan zat ze met haar rug tegen de muur te wachten tot hij haar kwam halen.'

'Ze is meegenomen in het winkelcentrum,' zei Faith. 'Hoe zat het met de bewakingscamera's?'

'De camera's deden het niet. We weten niet of hij iemand van de beveiliging op zijn loonlijst had of gewoon geluk heeft gehad. Hij heeft altijd geluk,' voegde Branson eraan toe.

Faith vroeg door. 'Heeft niemand iets gezien in het winkelcentrum of op het parkeerterrein? Geen klanten of vrienden?'

'Nee. En er stond ook niets op haar mobiel of in haar e-mail, dus hij heeft haar duidelijk gedwongen zich gedeisd te houden. Daar is hij goed in,' zei Branson, 'in onzichtbaar blijven.'

Eindelijk nam Amanda het woord, en nu besefte Will dat ze niet uit respect haar mond had gehouden. Ze was laaiend. 'Nu moet je mij eens vertellen, Mrs. Branson, hoe het kan dat je een geval van sekshandel in je stad hebt zonder dat het Georgia Bureau of Investigation er ook maar iets van weet.'

Bransons wangen kleurden rood. 'Je hebt gelijk. Het is allemaal mijn schuld. Ik schaamde me omdat ik niets kon doen om haar te redden, en ik was kwaad omdat ik niet langer jacht op Big

Whitey mocht maken.' Ze keerde zich naar commissaris Gray toe. 'Ik had het je moeten vertellen, Lonnie. Ik wilde met alle geweld bewijzen dat je ongelijk had. In plaats van achter je rug om in actie te komen, had ik je om hulp moeten vragen.'

Gray was niet mild. 'Als je dat maar weet.'

'Het spijt me.'

'Zo is het wel genoeg,' zei Gray. 'Vertel ze maar wat je in het huis hebt gevonden.'

'Je bedoelt dat drugshol?' Faith klonk verbaasd. Kennelijk dacht ze dat dat gedeelte was afgehandeld.

Will had een donkerbruin vermoeden wat het antwoord was, maar niettemin vroeg hij: 'Wat zat er achter die lambrisering?'

Branson keerde zich weer naar de laptop toe. Met een druk op de knop bracht ze het scherm tot leven en ging toen naar het volgende beeld.

De foto van een jongetje verscheen. De opname was korrelig en duidelijk afkomstig van een mobiele telefoon. De ogen van het jongetje waren zwarte spleetjes. Net als bij Marie Sorensen was zijn gezicht ingevallen. Zijn lippen waren droog. Zijn huid zat onder de zweren. Maar het waren zijn ogen waardoor Will uiteindelijk zijn blik afwendde. Ze waren zo hol dat hij er niet naar kon kijken.

Amanda verbrak de stilte. 'Wat was de doodsoorzaak? Ondervoeding?'

Branson keek verbaasd op. 'Nee, hij leeft nog.'

Voor het eerst sinds het begin van de vergadering was Will echt geschokt.

'We hebben geen idee wie hij is,' zei Branson. 'Hij weigert te praten, hoewel hij dat wel kan.'

Faith keek alsof ze haar over de tafel wilde sleuren. 'Heeft hij al een week niks gezegd?'

Branson antwoordde niet. Ze had dit zo lang voor zich gehouden dat ze alle perspectief uit het oog was verloren. Nu ze het hardop had uitgesproken, werd ze zich pas echt bewust van de rampzalige fouten die ze had gemaakt.

'Ik heb niks over hem op het nieuws gezien,' zei Faith.

'Ik heb hem in de databank van de FBI ingevoerd, maar ik heb Macon niet op de hoogte gesteld.' Branson wierp een blik op commissaris Gray. De man had zijn handen zo stijf in elkaar geslagen dat het niet veel scheelde of zijn botten braken. 'Als de plaatselijke nieuwszenders het verhaal oppikten, zou Whitey weten dat de jongen nog in leven was. Het enige wat we met zekerheid over hem kunnen zeggen is dat hij iedereen vermoordt die hem voor de voeten loopt. De jongen zou eraan gaan, dat zweer ik.'

'In welk ziekenhuis is hij?' vroeg Faith.

'Hij staat onder streng medisch toezicht.' Branson lichtte dit niet verder toe. 'De kans bestaat dat hij in een andere staat is ontvoerd,' zei ze tegen haar chef. 'Waar hij ook vandaan komt, de plaatselijke politie heeft er bericht over ontvangen. Voor wat het waard is.'

Will wist dat iedereen in het vertrek het bericht had zien langskomen. Het was onmogelijk om ze allemaal te lezen. Jaarlijks werden er bijna achthonderdduizend kinderen als vermist opgegeven. Omgerekend waren dat er tweeduizend per dag.

'De jongen heeft geen opvallende uiterlijke kenmerken,' zei Branson. 'We weten niet uit welk gebied hij komt. We weten niet wanneer hij verdwenen is. We hebben alle verslagen van ontvoeringen door onbekenden doorgespit, maar...' Branson leek te beseffen hoe mager haar excuses waren. Met zwakke stem zei ze: 'Hij is de enige levende getuige die Big Whitey kan identificeren.'

'Hoe weet je dat als hij niet praat?' vroeg Faith.

'Door zijn reactie toen ik Big Whiteys naam uitsprak. Door de... opvallende littekens op zijn lichaam... net als bij Marie Sorensen.'

'Wacht even,' zei Faith. 'Rustig aan. Wie weet hier nog meer van?'

'Die zijn op de vingers van één hand te tellen.' Branson noemde ze op. 'Rechercheur Adams bleef beneden terwijl ik iedereen wegstuurde uit het pand. Alleen twee ambulanceverpleegkundigen mochten het souterrain in: meiden die ik al vanaf de middelbare school ken. Ze hebben de jongen om beurten vierentwintig uur per dag in de gaten gehouden. We konden hem niet naar het ziekenhuis brengen. Hij is op een geheime plek ondergebracht. Dokter Thomas behandelt hem. Ik ken Dean al sinds mijn kindertijd. Verder is er een collega die hem bewaakt als ik dat niet kan. Alleen de mensen voor wie ik mijn hand in het vuur zou steken weten waar de jongen is.'

Will keek naar Lonnie Gray. Naar zijn gezicht te oordelen had de man pas heel kort tevoren over deze samenzwering gehoord. Het bloed was hem naar de wangen gestegen. Zijn snor hing als een stukje krijt boven zijn mond.

'En wie is die collega die de jongen op dit moment bewaakt?' wilde Gray weten.

'Ze is hulpsheriff. Het is een goede vriendin van me.' Branson keek Gray niet aan. Weer verschoot ze van kleur. Will vermoedde dat de hulpsheriff meer dan een goede vriendin was. 'Ik vertrouw haar.'

'Blijkbaar meer dan je mij vertrouwt.'

'Sorry, chef. Ik wist dat je het bij het GBI moest melden als je erachter kwam. Anderen op het bureau zouden het ook te weten komen. Dan zouden we niet langer voor zijn veiligheid kunnen instaan. Big Whitey heeft te veel macht. De jongen zou binnen enkele uren dood zijn.'

'Kom je daar weer mee?' Gray richtte zich tot de luidspreker op tafel en zei tegen Amanda: 'Denise houdt er een theorie op na dat Big Whitey een mol in mijn team heeft.'

Will dacht aan de map op het bureau van de redneck. Ze hadden Bill Blacks politiedossier. Ze hadden zijn militaire gegevens. Het was niet eens zo vergezocht om te denken dat Whitey één of twee agenten op zijn loonlijst had staan. Als het patroon klopte, waren het er meer dan twee.

Faith had een andere kijk op de situatie. 'Jij denkt dat iemand Big Whitey getipt heeft over die inval,' zei ze tegen Branson.

Die haalde haar schouders op, maar zei niettemin: 'Het overvalteam gaat het huis binnen en treft daar drie dode mannen aan. Sid Waller zit opgesloten in het souterrain met een ontvoerd jongetje. Er zat bij wijze van spreken een strik omheen.'

'Wie denk je dat die mol is?' wilde Gray van Branson weten. 'Vickery en Franklin zijn vanavond bijna gedood. Adams is aangevallen. Eric Haigh is doodgemarteld. Waarom denk je dat dat is gebeurd, Denise? Waarom denk je dat ze hem gemarteld hebben?' Hij gaf zelf antwoord. 'Ze zijn op zoek naar de jongen. Als ze iemand binnen het team hadden, hoefden ze geen agenten te martelen om aan informatie te komen.'

Branson keek de tafel langs. Iedereen zweeg.

Will dacht aan Lena Adams op de intensive care. Ze had tegen hem gezegd dat hij uiteindelijk zou ontdekken dat ze het juiste had gedaan. Zoals zij het zei zou al het voorgaande kwaad erdoor teniet worden gedaan. Had ze gedacht dat het redden van de jongen het verlies van haar baby goed zou maken? Of was het simpelweg weer Lena's eeuwige overtuiging dat alles wat ze deed voor het grotere goed was?

'Weet Lena waar de jongen is?' vroeg Will.

'Ik weet het in elk geval niet,' liet Gray zich ontvallen.

'Nou?' vroeg Will nogmaals.

Branson schudde haar hoofd. 'Lena heeft geen idee. Ik heb haar wijsgemaakt dat het GBI al was ingeschakeld en dat we in verband met zijn veiligheid er verder het zwijgen toe moesten doen. Volgens mij heeft ze het niet eens aan Jared verteld.'

'Dus ze heeft gelogen tegen Interne Zaken,' besefte Gray. 'Niets van dit alles is tijdens een van de verhoren aan de orde gekomen.' Zijn stem was vervuld van walging. 'Jezus christus, Denise. Je hebt haar gedwongen om openlijk te liegen.'

'Lena beschermde de jongen,' bracht Branson hiertegen in. 'Ze wist wat Big Whitey zou doen als hij ontdekte dat er een getuige was.'

'En je hebt haar zeker wijsgemaakt dat ik het wel goed zou vinden?' Gray wuifde elke reactie van Branson bij voorbaat weg. 'Allemachtig. Niet te geloven dat ik jou ooit heb vertrouwd.'

'Kennelijk is iemand erachter gekomen dat de jongen nog in leven was,' zei Faith. 'Waarom is Lena anders midden in de nacht aangevallen? Waarom hadden ze het anders voorzien op de rest van het team dat bij die inval aanwezig was? Je wordt bedankt dat je mijn tijd hebt zitten verkloten,' zei ze tegen Branson, 'en dat mijn partner dankzij jou bijna dood was geweest.'

Amanda mengde zich erin. 'Waar is de jongen nu?'

Gray keerde zich met veel vertoon naar zijn voormalige vertrouwelinge toe en wachtte op antwoord.

Branson bleef eromheen draaien. 'Dat zeg ik liever niet op een open lijn,' zei ze tegen Amanda, 'maar zodra dit voorbij is breng ik je mensen ernaartoe.'

Verbazend genoeg ging Amanda hier niet tegen in. 'Denise, zeg tegen die ambulanceverpleegkundigen dat ze hem gereed moeten maken voor transport. We zullen het geheimhouden, maar we moeten die jongen naar Atlanta overbrengen.'

De politievrouw in Branson nam het over. 'De logistiek kan wel enige tijd in beslag nemen. We moeten aan een ambulance zien te komen. De verpleegkundigen draaien om beurten diensten. Dokter Thomas moet hem voorbereiden op het vervoer.'

Amanda was Will net iets voor. 'Sara Linton zit daar nog steeds, toch?'

Faith keek Will aan. 'Ja,' zei ze.

'Will,' zei Amanda, 'zet alles op alles om Sara in die ambulance naar Atlanta te krijgen. Als er inderdaad een lek is, moeten we zo veel mogelijk gebruikmaken van onze eigen mensen.'

Zijn mond werd droog. Weer kon hij niet slikken.

Amanda hield zijn zwijgen voor instemming. 'Er wordt nog steeds naar Tony Dell gezocht. Als die jongen niks wil zeggen, kunnen we Dell misschien aan de praat krijgen. Will, hoe laat begint jouw dienst?'

Will had helemaal niet meer aan Bill Blacks ziekenhuisbaan gedacht. 'Om acht uur.'

'Ga niet te vroeg. Blijf in je rol. Je bent een crimineel. Dell is ervandoor. Het wemelt er van de politie. Het zou niet vreemd overkomen als je wat om je heen vraagt.'

'Er werkt daar een verpleegster met wie ik contact heb. Dells stiefzus. Ze weet dat ik heb gezeten wegens geweldpleging. Met een beetje druk krijg ik haar wel aan de praat.'

'Jaag haar de stuipen op het lijf als het moet.' Amanda was er blijkbaar helemaal klaar voor. 'Lonnie, je hoort nog van me.'

'Bedankt,' zei Gray. 'Ik waardeer je...'

'Commissaris,' zei Nick verontschuldigend. 'Ze heeft de verbinding al verbroken.'

Gray liet de formaliteiten voor wat ze waren. Als een woedende leeuw stortte hij zich op Branson. 'Wat een lef, dame. Je laat me midden in de nacht opdraven alsof ik goddorie een schooljongen ben die bij de rector moet komen. Je laat me voor gek staan in aanwezigheid van een van de meest gerespecteerde gezagsdragers in de staat. En als ik het goed heb wil je me nog steeds niet vertellen waar die jongen is?' Hij keek haar afwachtend aan. Toen haar antwoord uitbleef, mompelde hij: 'Waardeloos stuk stront. Ik word kotsmisselijk bij de gedachte dat jij ooit het uniform hebt gedragen.'

Met tranen in haar ogen zei Branson: 'Chef, met alle respect...'

'Je weet niet eens wat dat woord betekent.' Gray griste zijn pet van de tafel. 'Personeelszaken weet je te vinden. Je neemt geen contact op met mij of met wie dan ook van het korps. Probeer je zaak niet te bepleiten. Waag het niet mijn naam ook maar uit te spreken. Wat mij betreft is je betrokkenheid bij mij en mijn bureau beëindigd.' Hij stormde de kamer uit.

Branson slikte moeizaam. Ze sloeg haar blik neer en drukte haar handen plat op tafel, alsof ze tijd nodig had om tot zichzelf te komen.

Die tijd gunde Faith haar niet. 'Ben je lesbisch?'

Will verbaasde zich over de botheid van de vraag. Branson leek beschaamd. Ze wendde zich af en keek naar de muur.

'Een paar minuten voor hij werd aangevallen, kreeg Jared Long een telefoontje van je op zijn mobiel,' zei Faith.

Branson leek het te begrijpen. Ze veegde de tranen uit haar ogen. 'Je dacht dat ik stiekem iets met hem had.'

'Waarom zou je Lena's man anders midden in de nacht bellen?'

'Ik maakte me zorgen om haar. Er klopte iets niet.'

'Vanwege die inval?'

'Nee, het was nog van daarvoor. Ze was gewoon...' Branson zocht naar woorden. 'We zijn bevriend. Meer niet. Maar er is al een tijdje iets mis met Lena. Ze maakte een gelukkige indruk, was er helemaal klaar voor om Waller uit te schakelen, en toen het eenmaal zover was, kreeg ze iets heel treurigs. Ze wilde er niet met mij over praten. Ik dacht dat Jared me misschien kon vertellen wat er aan de hand was.'

Will vermoedde dat Lena Denise Branson niet over de baby had verteld.

Faith ging meteen door naar het volgende punt. 'Waar heb je die jongen verstopt?'

Branson haalde diep adem. Het duurde even voor ze weer uitademde. Will zag hoe ontredderd ze was. Elke seconde van de afgelopen acht dagen had ze zich ingezet voor de veiligheid van de jongen. Ze had alles geriskeerd: dat haar vrienden van haar vervreemd zouden raken, dat ze haar baan zou verliezen, dat ze haar chef op de kast joeg. Er was geen politieman of -vrouw die een zaak uit handen wilde geven, vooral niet als die zo hartverscheurend was als deze.

'Oké,' zei Branson ten slotte. 'We hebben hem op de boerderij van mijn vriendin ondergebracht.'

'De hulpsheriff?'

'Ja. Ze is twee districten verderop gestationeerd. We zijn nu ongeveer een jaar samen. Niemand weet ervan.'

'Mooi,' zei Faith. 'Hoe ver is die boerderij?'

'Niet ver, maar het zal even duren voor we dit alles geregeld hebben. We bellen elkaar niet. Zoals je maar al te goed weet, kunnen alle telefoontjes nagetrokken worden, zelfs van geblokkeerde nummers. Ik wilde niet dat hun nummers op mijn telefoon verschenen. We loggen in op een messageboard voor homoseksuele hulpverleners.' Branson keek op haar horloge. 'Dokter Thomas komt altijd om zes uur, voor hij aan het werk gaat. Mijn ex is er al – ze werkt op de ambulance. Haar vriendin komt om zes uur om haar af te lossen. Mijn hulpsheriff heeft het van me overgenomen. Ik zou de nachtdienst nemen, maar toen brak de pleuris uit.'

Faith keek op haar eigen horloge. 'Dus over een dikke twee uur is iedereen daar aanwezig?'

'Tenzij ze om vier uur 's nachts het messageboard lezen. Mag ik je laptop even lenen?' vroeg ze aan Nick.

'Als je de computer op mijn kamer pakt, heb je meer privacy.' Hij veegde alle dossiers van Big Whitey bij elkaar en zei tegen Faith: 'Ik begin wel met deze.'

Branson volgde hem naar de deur, maar daar bleef ze staan. 'Sorry dat ik jullie tijd heb verdaan. Als het moet probeer ik altijd hard te zijn, maar nooit harder dan nodig is.'

Will knikte, maar Faith gaf geen duimbreed toe. Ze wachtte tot Branson weg was en toen zuchtte ze eens diep.

'Wat denk je?' zei Will.

'Ik denk dat Tony Dell dichter bij Big Whitey zit dan we dachten.'

Hij knikte, hoewel ze allebei wisten dat hij daar niet naar gevraagd had.

'Wie die Big Whitey ook is, het is een genie van de bovenste plank.' Faith kon de bewondering niet uit haar stem weren. 'Hij heeft ze als een kleuterklasje naar zijn hand gezet.'

'Die twee mannen in het huis.' Will hoestte een paar keer voor hij weer kon praten. 'Ik zie Tony hun keel wel doorsnijden en dan met een bijl achter de derde aan gaan. Het is een killer. Hij houdt van het handwerk. Hij schakelt er drie uit, dan zet hij de balk voor de souterraindeur zodat Sid Waller vastzit en daarna gaat hij ervandoor.'

'Hij voorzag Lena van informatie. Hij wist wanneer de inval zou plaatsvinden.' Faith wachtte tot de volgende hoestbui voorbij was. 'Denk je nog steeds dat Tony Big Whitey niet is?'

Half stikkend dronk Will wat water. 'Ik weet niet meer wat ik moet denken. Hij lijkt me eerder de punt op het zwaard van iemand anders.' Weer moest hij hoesten. 'En dan die rare toestand met zijn zus. Stiefzus. Maar ik zie hem nog niet met kleine jongetjes. Hij hield het niet eens uit toen hij met zijn eigen neefje in één kamer moest zitten.'

'Je weet nooit wat mensen allemaal uitspoken,' zei Faith. 'Denk je dat die stiefzus iets weet?'

Will haalde zijn schouders op om zijn stem te sparen. Op de een of andere manier moest hij Cayla Martin aan het praten krijgen. Een andere optie was er niet.

Faith staarde naar de korrelige foto op het scherm. 'Arm schaap. Hij is hooguit zeven.'

Hij wilde er eigenlijk niet naar kijken, maar toen hij het toch deed kon hij zijn blik niet meer van het jongetje losmaken. Het leek onmogelijk dat hij nog leefde. Hoe had hij het uitgehouden in dat bedompte, donkere hol? En wat was hem aangedaan toen hij daar zat?

'Ik bel Sara.' Faith pakte haar mobiel en draaide het nummer.

Will deed zijn mond al open om te zeggen dat het geen zin had. Hij kreeg er geen woord uit. Hij kon niet praten, maar niet vanwege zijn zere keel. De jongen sprak niet, besefte hij, omdat hij niets te zeggen had.

De uitdrukking op zijn gezichtje vertelde het hele verhaal. De jongen zou nooit meer de oude worden. Hij zou nooit meer zo diep slapen als eerst, hij zou nooit meer zo vol overgave spelen. Achter een bal aan rennen, vliegeren, zijn moeder helpen met tafeldekken – hij zou niets van dat alles ooit nog doen zonder voortdurend op gevaar bedacht te zijn. De jongen wilde niet terug naar zijn ouders. Ze zouden hem niet herkennen. Na één blik op dat beschadigde schepseltje zouden ze vragen wie hij was en wat hij gedaan had met hun echte zoon. Dat alles stond op die korrelige foto op het scherm: de angst, de eenzaamheid, de overweldigende schaamte.

Marie Sorensen had dezelfde blik gehad. Ze was geroofd. Ze was misbruikt. Ze was gedumpt. Zelfs toen ze weer thuis was, voelde ze zich niet meer veilig. Ze had de enige keus gemaakt die ze echt de hare kon noemen.

Will kon het haar niet kwalijk nemen.

Er was geen doos op de wereld die groot genoeg was om deze gruwelen te bevatten. Alles wat ze had overleefd, had haar doodsverlangen versterkt. Wie kon het de jongen verwijten dat hij hetzelfde dacht?

'Sara neemt niet op.' Faith beëindigde de oproep. 'Denk je dat ze in het ziekenhuis is?'

Will antwoordde niet.

Sara was klaar met hem. Dat was duidelijk. Maar in de korte tijd dat ze samen waren geweest, was ze er op de een of andere manier in geslaagd hem te veranderen. Ze had zijn monsters getemd. Bij haar had hij zich veilig gevoeld. Bij haar had hij zich heel gevoeld. Sara had de archiefkamer niet helemaal kunnen sluiten, maar door haar leek die verder weg, alsof het de herinneringen van iemand anders waren, alsof het het leven van iemand anders was.

Dat moest Will haar vertellen, hij moest uitleggen waarom haar aanwezigheid zo dringend gewenst was.

'Ik zoek haar op,' zei hij.

Als er iemand was die de jongen aan het praten kon krijgen, dan was het Sara Linton.

Dertien

'Sara?'

Sara draaide zich om in haar bed, weg van het geluid. Ze was de vorige avond niet gewoon in slaap gevallen, maar van uitputting ingestort.

'Sara?' zei Nell. 'Sara?'

Langzaam werd Sara wakker uit een diepe, droomloze slaap. Ze hield haar hand boven haar ogen. 'Hoe laat is het?'

'Net halfvijf geweest.'

Sara liet haar hand zakken. Ze keek naar Nell. Ze waren in de hotelkamer. Na wat ze die nacht met Will had meegemaakt, had ze het niet kunnen opbrengen naar Atlanta terug te rijden. 'Is er iets met Jared?'

Nell lachte flauwtjes. 'Possum heeft net gebeld. Ze gaan hem wakker maken. Ik wilde net naar het ziekenhuis gaan.'

Met moeite kwam Sara overeind. Het deed zeer op alle verkeerde plekken. 'Ik ga met je mee.'

'Je moet opendoen. Er staat een man voor de deur die je wil spreken.'

Eindelijk drong het tot Sara door waarover dit gesprek ging. Er was op dat moment maar één man in Macon die haar zou willen spreken. Of ze hem ook wilde spreken wist ze nog niet. Niettemin streek ze met haar vingers door haar haar toen ze op de deur af stapte.

Ze zag Will en haar mond viel open.

Heel even betrapte Sara zichzelf op de gedachte dat zij verantwoordelijk was voor de schade aan zijn gezicht.

Toen besefte ze dat hij in elkaar geslagen was.

'Wat is er gebeurd?' Ze stak haar hand naar Will uit, maar nergens was een plek waar hij niet gewond was. Zelfs de adertjes in zijn ogen waren gesprongen. 'Heeft iemand je proberen te wurgen?'

Hij slikte en verbeet zijn pijn. Zijn stem klonk schor. 'Amanda heeft me gestuurd.'

Sara verstond hem amper. 'Kom binnen.'

Will verroerde zich niet. Sara pakte zijn arm en trok hem de kamer in.

'Nell, dit is een vriend van me.' Sara maakte zichzelf wijs dat ze de verdere bijzonderheden verzweeg omdat Will undercover was. 'Hij woont in Atlanta.'

'Aangenaam.' Nell zocht in haar tas, maar ondertussen hield ze haar blik op Sara's hand gericht, die nog steeds Wills arm omklemde.

Sara liet hem los.

'Rustig maar, Sara,' zei Nell. 'Ik vind het heel fijn voor je.' Ze stak haar sleutelkaart omhoog. 'Ik ben naar het ziekenhuis.'

Ze knikte even naar Will en vertrok. De deur sloot automatisch en sloeg met een klap in de metalen stijl.

Sara wist dat het geen zin had achter haar aan te gaan. 'Wat is er gebeurd?' vroeg ze nogmaals.

Will legde zijn vingers op zijn strottenhoofd, alsof hij het volume van zijn stem zo kon vergroten. 'We hebben ongeveer een uur.'

Ze keek hem verbluft aan. 'Wat?'

'Ik weet dat je me niet wilt zien.' Hij hoestte, zoveel inspanning kostte het om te praten. 'Amanda heeft gevraagd of ik...' Weer hoestte hij. En nog eens. Zijn gezicht liep rood aan.

'Ga zitten.' Sara was nog steeds kwaad, maar ze kon hem niet onder haar ogen van zijn stokje laten gaan. Uit de minibar haalde ze een flesje Tennessee-whisky. 'Drink de helft hiervan.'

Will ging zitten, maar hij nam het flesje niet aan. Hij haatte alcohol.

'Je wordt er echt niet dronken van,' zei Sara. Nog steeds weigerde hij het aan te nemen. Ze hield het flesje voor zijn gezicht. 'Beschouw het maar als medicijn. Het verdooft je keel.'

Met tegenzin pakte Will het aan. Hij draaide de dop eraf. In plaats van de whisky op te drinken, rook hij eraan en trok meteen een vies gezicht. Hij bestudeerde het etiket, ook al wist Sara dat hij het cursieve schrift niet kon lezen.

'Verdorie, Will, drink die whisky op.'

Haar toon was scherper dan bedoeld, maar het werkte wel.

Met moeite nam hij een slok, waar hij bijna in stikte.

'Jezus!' Van diep uit zijn borst kwam een hoestbui opzetten. De tranen sprongen hem in de ogen. Als een hond schudde hij zijn hoofd.

Sara sloeg haar armen over elkaar omdat ze hem anders getroost zou hebben. Die nacht was ze te moe geweest om aan iets anders dan slaap te denken, maar nu kwam het allemaal weer als een golf over haar heen. Elk grammetje bezorgdheid moest het afleggen tegen haar woede.

Will hoestte nog een paar keer. Hij schroefde de dop weer op het flesje en gooide het in de prullenbak.

'Gaan we praten over wat er gebeurd is?' vroeg Sara.

Hij knipperde de tranen uit zijn ogen. 'Amanda...'

'Schat, als je nog één keer haar naam noemt, zal een van ons de kamer uit moeten. En ik ben het niet.'

Zijn kaak verstrakte.

Sara liet zich niet vermurwen. 'Ik meen het, Will. Je komt hier binnen met je hele gezicht in puin. Die snee moet gehecht worden. Je hebt bloed in je oor. Waarschijnlijk is er een MRI nodig.

En ik moet zeker doen alsof er niks aan de hand is, net zoals ik doe alsof je geen jeugd hebt gehad en alsof je lichaam niet onder de littekens zit en...' Ze gaf het op. De lijst was eindeloos. 'Praat met me, Will. Dat stoere kan ik wel aan, maar het zwijgen trek ik niet langer.'

Zoals te verwachten deed hij precies het tegenovergestelde. Hij legde zijn enkel over zijn been. Ze zag de onderkant van zijn laars. Het logo van Cat's Paw stond op de hak.

Sara sloot haar ogen om de greep op zichzelf niet te verliezen. Ze telde tot tien, vervolgens tot twintig, en toen kon ze hem pas weer aankijken. 'Will, doordat je weigert over dingen te praten zijn we in deze ellende beland.'

Hij slikte. De alcohol had zijn werk gedaan. Deze keer kromp hij niet ineen. 'Het spijt me.'

Sara voelde zich net een schooljuf, maar ze moest het vragen. 'Wat spijt je?'

Hij peuterde aan de naad van zijn laars. 'Dat ik achter je aan ben gegaan. Dat ik...' Hij zweeg. 'Wat ik heb gedaan toen ik je te pakken kreeg.'

Sara bloosde bij de herinnering.

'Ik was mezelf niet meer,' zei hij.

Ze kon hem niet alle schuld op zich laten nemen. 'We waren geen van beiden meer onszelf.'

'Ik heb je pijn gedaan.'

'Ik ben geen amish, Will. Ik heb wel eerder ruige seks gehad.'

Uit zijn verblufte blik maakte ze op dat hij dacht dat het iets anders was geweest.

'Ik heb je niet tegengehouden.' Sara snapte niet hoe hij zich zo kon vergissen terwijl het zo voor de hand lag. 'Ik ben nooit bang voor je geweest. Ik was woedend. Ik wilde je pijn doen. Maar bang was ik niet.'

Zijn ogen glinsterden. Ze wist niet of het nog steeds van de whisky kwam.

'Will, ik was woest op je – ik ben nog steeds woest – omdat je tegen me gelogen hebt. Niet één keer, maar herhaaldelijk. Het is duidelijk dat er gisteravond ook iets met jou is gebeurd. We hebben het op elkaar afgereageerd. Soms doen volwassenen dat. Maar besef wel dat je me niet suf kunt neuken en kunt verwachten dat dan alles goed komt.'

Hij was nog steeds van streek. Zijn stem was vol zelfverwijt. 'Zo heb ik nooit willen zijn met jou.'

'Liefje...' Het woord kwam heel natuurlijk over haar lippen. Sara zag het effect dat het op hem had, en ook al had ze het die nacht zwaar gehad, ze begreep dat het voor Will nog veel erger was geworden nadat hij was vertrokken.

Sara ging op de rand van het bed zitten. 'Praat alsjeblieft met me.'

Hij keek haar niet aan. Hij boog zich voorover en zette zijn ellebogen op zijn knieën. Ze zag hoe zijn kaak zich spande en ontspande. Een donkerrode vlek liep kriskras over de zijkant van zijn voorhoofd. Het patroon was wafelvormig, alsof iemand hem geschopt had.

'Ik ben hier voor iemand anders,' zei hij.

'Voor wie dan?'

Will sloeg zijn handen ineen. Hij staarde naar de vloer. Toen hij ten slotte begon te praten, was zijn stem zo zacht dat ze hem nauwelijks verstond. 'Het is alsof ik aan het verdwijnen ben.'

Van alles wat hij had kunnen zeggen, had Sara dit het minst verwacht. Ze wist niet hoe ze moest reageren.

Dat verwachtte Will ook niet van haar. Weer trilde zijn kaak. Ze zag dat hij met elke vezel van zijn lichaam wilde stoppen. Toch zei hij: 'Mijn hele leven ben ik onzichtbaar geweest. Op school. In het tehuis. Op het werk. Ik doe wat me wordt opgedragen. Ik ga naar huis. De volgende ochtend sta ik op en doe ik alles weer opnieuw.' Hij klemde zijn handen nog steviger samen. Seconden verstreken voor hij weer kon praten. 'Jij hebt dat veranderd.

Dankzij jou kwam ik 's ochtends mijn bed uit. Dankzij jou wilde ik thuiskomen, bij jou.' Eindelijk zocht hij haar blik. 'Je bent de eerste mens in mijn leven die me ooit echt heeft gezien.'

Sara kon nog steeds niet praten, maar deze keer kwam het doordat ze te aangeslagen was. Ze voelde zich verscheurd, zo ontredderd klonk hij.

'Ik kan daar niet naar terugkeren,' zei hij afgemeten. 'Dat kan ik niet.'

Dat wilde Sara ook niet. Haar woede gleed als zand door haar vingers. Voorzichtig legde ze haar hand om zijn gezicht. Ze kende deze man. Ze kende zijn hart. Will had haar niet met opzet pijn gedaan. Hij was dom en koppig geweest, maar niet boosaardig. En Sara kon niet de vrouw zijn voor wie Lena Adams haar aanzag. Ze kon geen perfectie eisen. Ze kon haar normen niet zo hoog opschroeven dat niemand eraan voldeed.

De eerste liefde van haar leven had ze al verloren. Ze mocht de tweede niet ook nog verliezen.

'Het komt goed.' Ze legde haar hand in zijn nek. 'Het komt goed met ons.'

Zijn blik streek over haar gezicht en zocht naar het geringste teken van aarzeling. 'Meen je dat?'

Ze knikte.

Hij knikte ook, alsof hij zichzelf nog steeds moest overtuigen. 'Het spijt me dat ik je pijn heb gedaan. Dat was verkeerd van me.'

'Doe het dan maar niet weer.' Sara schoof naar hem toe. Ze sloeg haar armen om zijn schouders. 'Ik ben je vriendin. Het gaat er niet alleen om dat je geen dingen voor me verborgen houdt. Het gaat erom dat je me vertrouwt. Misschien begrijp ik het niet, of misschien ben ik het er niet mee eens, maar je moet me voldoende vertrouwen om me de waarheid te kunnen vertellen.'

'Je hebt gelijk.' Hij drukte haar dicht tegen zich aan. Hij streelde haar haar. Ze voelde zijn lippen op de bovenkant van haar hoofd. 'Je moet me iets beloven.'

Ze week iets terug, zodat ze hem kon aankijken. 'Oké.'

'Beloof me dat we nooit meer uit elkaar zullen gaan.'

Ze begon te lachen, maar stopte toen ze de oprechtheid in zijn stem hoorde.

'Of beter nog: ik beloof het zelf,' zei Will. 'Ik ga nooit meer bij je weg.' Ze had hem nog nooit zo overtuigd gehoord. 'Ook al stuur je me weg, ik doe het niet. Dan slaap ik wel in mijn auto voor je huis. Ik volg je naar je werk. Naar de sportschool. Als je uit eten gaat, zit ik aan het tafeltje naast je. Als je naar de film gaat, zit ik in de rij achter je.'

Sara fronste haar voorhoofd. 'Ga je me stalken?'

Hij haalde zijn schouders op, alsof het een voldongen feit was. 'Ik hou van je.'

Eindelijk kon ze lachen. 'Nou, wat een bezopen manier om dat te zeggen.'

'Ik hou van je.'

Haar antwoord was even natuurlijk als de hap lucht die je neemt voor je in het diepe duikt. 'Ik hou ook van jou.'

Hij boog zich voorover, maar kuste haar niet. Ondanks zijn krachtige woorden wachtte hij op toestemming. Zo voorzichtig mogelijk bracht Sara haar lippen naar de zijne. Het was een kuise kus, maar dat was voldoende.

'Het komt goed,' zei hij.

Ze knikte. 'Het komt goed.'

Met beide handen pakte hij haar hand. Hij kuste haar vingers. Toen draaide hij haar pols om en keek op haar horloge. 'We moeten weg.'

'Waarnaartoe?'

Abrupt stond hij op. 'Dat vertel ik je onderweg wel. Lena heeft iets gevonden.'

'Het winnende lot?' raadde ze.

'Nee.' Hij hielp haar van het bed overeind. 'Een jongetje.'

Sara parkeerde haar BMW in een open vak in de garage. Er stonden nog twee auto's in de metalen constructie, die zich op enige afstand bevond van een laag huis met allerlei aanbouwen. Ze waren op een paardenranch. Bij een rode schuur zag Sara een paar merries en een veulen. De zon gluurde net boven de horizon uit. De paarden stonden stilletjes aan het gras te knabbelen en keken toe terwijl de garagedeur dichtging.

In de zwarte Suburban die verderop stond herkende Sara een G-ride, een door de overheid verstrekte SUV. Ze concludeerde dat Faith of Amanda hier al was. De cruiser in het derde vak was waarschijnlijk van de eigenares van de ranch. Paarden houden was al even kostbaar als gevaarlijk. De meeste amateurfokkers hielden er dan ook een vaste baan op na. Sara was twee keer in haar leven van een paard geworpen. In haar verbeelding was een paardenranch runnen bijna net zo riskant als het werk van een hulpsheriff.

Will stapte uit. Hij deed het achterportier open en pakte Sara's dokterskoffer van de achterbank. In plaats van hem aan haar te geven droeg hij hem zelf.

'Deze kant op.' Hij stapte op een zijdeur af.

Sara volgde Will terwijl hij zich een weg zocht langs allerlei kleine werktuigen waarmee de achterste van de vier parkeerplekken was gevuld. Ze pakte zijn hand om zich in evenwicht te houden toen ze over een tractoraanhangsel stapte dat nog het meest weg had van een gigantische hark. Hij hield haar hand langer vast dan nodig was. Met haar duim streelde ze zijn vingers. Kon ze de afgelopen vierentwintig uur maar uitwissen en opnieuw beginnen. Of misschien beter van niet. In allerlei merkwaardige opzichten voelde ze zich meer verbonden met Will dan ooit tevoren.

Ze waren nog niet bij de deur of Faith deed die al open. Ze meed Sara's blik. 'Kon je het vinden?'

'Met het gps was het een fluitje van een cent,' zei Sara.

'Mooi.' Uit haar tas toverde Faith een handvol snoepjes tevoorschijn. 'De jongen slaapt nog. We wilden hem niet eerder wakker maken dan nodig was. Denise en haar vriendin zijn binnen, met een van de ambulanceverpleegkundigen. De arts heeft het messageboard gelezen, dus die weet dat hij niet hoeft te komen.'

'Prima.' Will nam het snoep van haar over en stopte het in zijn zak. 'Ik moet over ongeveer twee uur in het ziekenhuis zijn. Hoe ziet het plan eruit?'

Sara's maag draaide zich om bij de gedachte dat hij weer undercover ging, maar ze zei niets.

'De andere verpleegkundige is onderweg met de ambulance,' zei Faith. 'Ik wilde net naar de meldkamer gaan. Ik wil erbij zijn, zodat niemand in paniek raakt als ze het radiocontact verliezen. We weten niet hoe ver het bereik is. Ik blijf daar net zo lang tot ik bericht krijg dat de jongen in Atlanta is.'

'Wie volgt de ambulance?' vroeg Will. 'Zonder back-up gaat Sara niet mee.'

'Denise blijft de hele tijd achter hen rijden. Met haar pistool en haar shotgun onder handbereik. Amanda denkt dat Big Whitey onraad ruikt als we een groter escorte inzetten.'

Will stak Sara zijn telefoon toe. 'Hiermee meld je je elk halfuur bij Faith.'

Sara liet zich niet graag commanderen, maar ze hield zich in. 'Ik heb mijn ziekenhuis-BlackBerry bij me.'

'Met dat 689-nummer?' Ze knikte en hij stak zijn mobiel weer in zijn zak. 'Ik meen het. Dat soort lui kijkt niet op een dode meer of minder. Je moet Faith elk halfuur bellen tot je veilig in het ziekenhuis bent.'

Sara zag de noodzaak er niet van in, maar Will gaf haar geen kans om tegen te sputteren. Hij liep naar het huis. Ze zag dat hij een snoepje uit zijn zak pakte. In plaats van het papiertje eraf te peuteren, scheurde hij het los met zijn tanden.

Opnieuw volgde ze Will. Hij was weer in topvorm en had alles onder controle. Zelfs in dat vreselijke ziekenhuispak leek hij weer de oude. Ze zag hoe hij liep, keek naar zijn soepele, atletische gang, naar de gespierde lijn van zijn brede schouders. Haar grote, stoere politieman. Als Sara al een matras was, was ze van het soort dat zich niet makkelijk voegde.

Faith liep naast Sara. Zwijgend stapten ze over het erf. De spanning knetterde tussen hen in, alsof de lucht statisch was.

'Wat kun jij geweldig liegen,' zei Sara.

'Reken maar,' zei Faith grijnzend.

Sara kon een lach evenmin onderdrukken.

'Heeft Will je op de hoogte gebracht?' vroeg Faith.

'Hij heeft me alles verteld.'

Faith trok een wenkbrauw op.

'Alles wat er in Macon is gebeurd,' verbeterde Sara zichzelf. Zodra ze de hotelkamer hadden verlaten was Will gaan praten. Ze had hem nog nooit zo lang achtereen aan het woord gehoord. Hij had verteld over Lena's e-mail met die tip, over de rednecks, het jongetje dat ze in het souterrain hadden gevonden en wat Denise Branson had gedaan om zijn veiligheid te waarborgen. Het enige detail dat Sara liever niet had gehoord was dat Will motor had gereden, maar zelfs toen haar adem stokte van schrik was Will door blijven praten. Op zeker moment had ze vaart geminderd, zo genoot ze van zijn plotselinge openhartigheid, en het liefst had ze hem uitgehoord over de rest van zijn leven. Zijn kindertijd. Zijn familie. Zijn slechte huwelijk.

Maar daarvoor was de weg niet lang genoeg.

'Weet je nog dat je een tijdje geleden hebt gezegd dat je niet anders kon dan aan Wills kant staan?' vroeg Faith.

Sara kon zich het gesprek nog goed herinneren. Faith had haar naar bijzonderheden over Wills achtergrond gevraagd. Sara had het kleine beetje dat ze wist liever niet willen delen. 'Ik snap het. Voor jou geldt hetzelfde.'

Faith glimlachte, zichtbaar opgelucht.

'Heeft de arts je nog iets over de behandeling verteld?' vroeg Sara.

'De eerste paar dagen heeft hij de jongen vloeistof toegediend en een antibioticakuur, maar dat was alles. Hij komt vooral telkens langs om weer regelmaat in zijn leven te brengen en om te kijken of er niks nieuws opduikt.'

'Waarschijnlijk heeft dat meer geholpen dan al het andere. Kinderen hebben altijd structuur nodig.'

'Alles is bij hem nog op overleven gericht. Denise denkt dat hij via zijn eten gedrogeerd werd toen hij gevangen werd gehouden. Hij weigert cola te drinken, maar hij drinkt wel bronwater uit een flesje. Hij peutert alles uit elkaar, alsof hij naar pillen zoekt. Hij neemt een hap en dan wacht hij om te zien of hij er misselijk of slaperig van wordt, en pas daarna neemt hij weer een hap. Ze hebben hem dingen gegeven waarmee je niet makkelijk kunt knoeien, zoals fruitrepen en vleeswaren. Maar ook die haalt hij helemaal uit elkaar voor hij het opeet.'

Sara knikte, want er viel niets te zeggen. De wetenschap dat er verschrikkelijke dingen met kinderen gebeurden was verlammend. Faith voelde ongetwijfeld hetzelfde. Ze zweeg tot ze bij het huis waren.

De deur ging open en een tengere Afro-Amerikaanse vrouw kwam naar buiten. Ze droeg een spijkerbroek en T-shirt, maar op haar heup had ze een pistool en zo te zien wist ze ermee om te gaan. Aan het boerenwerk had ze gespierde armen overgehouden. Haar stem was verbazend zacht. 'Bent u de arts?'

'Ja,' zei Sara.

Met haar hand op de kolf van haar pistool deed de vrouw een stap opzij om hen binnen te laten.

De keuken was warm en behaaglijk. Het was duidelijk dat de bewoonster van het huis niet veel tijd aan de inrichting spendeerde, maar ze was er wel in geslaagd een uitnodigende ruimte te creëren, met zachte houttinten. Sara vermoedde dat de vrouw bij de tafel Denise Branson was. Ze maakte een verslagen indruk, alsof ze alles wat ertoe deed kwijt was geraakt. Ineengedoken zat ze erbij. Voor haar stond een beker thee. In plaats van te drinken liet ze het theezakje doelloos aan het touwtje ronddraaien.

'Denise?' zei Faith.

Denise keek op en glimlachte moeizaam. 'Dokter Linton?'

'Sara.' Ze gaf de vrouw een hand. 'Ik heb gehoord dat je goed voor mijn patiëntje hebt gezorgd.'

Denise keek haar achterdochtig aan, alsof ze zich afvroeg of Sara een wrede grap maakte.

Faith verbrak het pijnlijke moment. Ze deed de keukendeur open. 'Ik vertrek naar de meldkamer. Bel me maar als jullie zover zijn. Will, hou je telefoon de hele tijd paraat.'

Hij gaf haar een knikje. Sara zag de blik die ze wisselden en die stond haar niet aan.

De hulpsheriff deed de deur op het nachtslot en stopte de sleutel in haar zak. 'Ik heet trouwens Lila. Jasmine is achter, bij de jongen. Ben jij Will?'

'Ja,' zei Will. Hij zette Sara's dokterstas op het aanrecht en schudde Lila's hand.

Ze moest haar hals strekken om hem te kunnen aankijken. 'Ik heb het ook al tegen je collega gezegd, maar bedankt dat je dit doet. We hebben er al die tijd alleen voor gestaan.'

'Jullie zijn nu niet meer alleen,' zei Will. Toen zag hij de doos Pop-Tarts bij het fornuis en begon te stralen. 'Mag ik?'

Lila hield hem de doos voor. 'Ga je gang.'

Will slikte het snoepje door dat hij nog in zijn mond had. Hij hoestte een paar keer, maar dat weerhield hem er niet van de verpakking van de Pop-Tarts open te scheuren.

'De jongen slaapt nog,' zei Lila tegen Sara. 'Hij heeft nog niet gegeten. Ik wilde flensjes voor hem bakken. Gisteren weigerde hij zijn pannenkoek op te eten. Volgens mij was die te dik.'

'Eten jullie samen met hem of zetten jullie hem eten voor?' vroeg Sara.

Lila stond bij de open koelkast. Ze was zichtbaar in zichzelf teleurgesteld. 'Verdorie. Als hij ons ziet eten, weet hij natuurlijk dat het veilig is.' Hoofdschuddend pakte ze een doosje eieren en een kan melk. 'Ik zette hem gewoon een dienblad voor, net zoals zijn kidnappers dat waarschijnlijk hebben gedaan.'

Sara probeerde iets van haar schuldgevoel weg te nemen. 'Jullie zijn al die tijd bij hem gebleven. Ik heb makkelijk praten, want ik kijk er met een frisse blik naar.'

'Hij komt zijn kamer niet uit,' zei Lila. 'Ik heb er een tv voor hem neergezet. Hij heeft het geluid uitgezet en leest de ondertitels. Denise heeft wat boeken voor hem gehaald, maar die raakt hij niet aan. Op die leeftijd kunnen ze toch al lezen?'

'Ja,' zei Sara. 'Maar waarschijnlijk is hij gewend om hardop te lezen.'

'Hij las zijn moeder voor,' zei Denise, min of meer in zichzelf.

Will had inmiddels een pak Pop-Tarts op. Hij maakte het volgende open. 'Hebben jullie videospelletjes geprobeerd?'

Weer betrok Lila's gezicht. 'Videospelletjes. Waarom hebben we daar niet aan gedacht?' zei ze tegen Denise. Ze deed een klontje boter in de koekenpan. 'Ik had de Xbox van mijn broer moeten ophalen. Die is daar toch te groot voor.'

'We hadden hem meteen aan de deskundigen moeten overdragen,' zei Denise.

'Jullie hebben gezorgd dat hij veilig was,' zei Sara. 'Dat is het enige wat telt.'

Denise staarde weer naar haar beker. Lila tikte eieren kapot boven een kom.

Sara vroeg zich af wat er van deze vrouwen zou worden. Denise Branson kon disciplinaire maatregelen verwachten en mogelijk worden aangeklaagd, maar haar lot lag in Lonnie Grays handen. Sara had gehoord dat de man eerlijk was, maar ook in een lik-op-stukbeleid geloofde. Ze hoopte dat Lila niets te vrezen had. Tenzij iemand het aan de sheriff vertelde, zou haar aandeel in dit avontuur anoniem blijven.

'Hij is wakker.' Sara vermoedde dat de vrouw in het ambulance-uniform die in de deuropening verscheen Jasmine was. Evenals haar vriendinnen was ze tenger, maar aan haar hele houding zag je dat er met haar niet te spotten viel. Faith had hetzelfde over zich. Sara vermoedde dat het niet slecht voor je zelfvertrouwen was als je met een stalen wapenstok een ex-commando van negentig kilo zoals Paul Vickery kon uitschakelen.

'Ik wil hem graag meteen zien,' zei Sara.

Lila haalde de pan van het vuur. 'Wij gaan wel mee.'

'Misschien niet allemaal.' Sara koos haar woorden met zorg. 'Jullie zijn heel goed voor hem geweest. Jullie hebben voor hem gezorgd. Denise, je hebt hem letterlijk gered.' Ze zweeg even. 'Misschien krijgt hij het gevoel dat jullie hem niet meer aardig vinden als hij vertelt wat er gebeurd is.'

Weer zocht Lila de schuld meteen bij zichzelf. 'We hebben zijn zwijgen zelfs versterkt door hem met fluwelen handschoenen aan te pakken.'

'Jullie hebben hem een veilige omgeving geboden waarin hij kon genezen,' bracht Sara ertegen in.

Lila keerde zich weer naar het fornuis toe. Ze maakte geen overtuigde indruk.

'Jij moet ook mee,' zei Sara tegen Will.

Daar leek iedereen van te schrikken.

'Het druist misschien tegen je gevoel in, maar soms voelt een slachtoffer zich veiliger met een man in de buurt. Dan denkt zo iemand dat brute kracht hem kan beschermen.'

'Ik heb slachtoffers van verkrachting meegemaakt die om een manlijke rechercheur vroegen,' beaamde Lila. 'Soms, niet altijd.'

Will was wat aarzelender dan de anderen. 'Weten jullie het zeker?'

'Ga maar gewoon zitten als je de kamer binnenkomt,' raadde Sara hem aan. 'Laat hem eerst aan je wennen. Zevenjarigen zijn buitengewoon plooibaar. Ze zijn ook zeer nieuwsgierig. Hij wil vast weten wat er allemaal gebeurt en hoe het verdergaat.'

'We hebben hem niets verteld,' zei Lila. 'We hebben alleen steeds gezegd dat hij veilig was.'

'Daar had hij behoefte aan, Lila,' zei Jasmine. 'Je hebt gehoord wat de dokter zei. Hij had behoefte aan veiligheid en die hebben we hem gegeven.' Ze keek Will aan. 'Van jou weet ik het niet zo zeker. Sorry, maar hij is nog zo klein, en de mensen die hem kwaad hebben gedaan lijken verdomd veel op jou.'

Sara wilde het niet op de spits drijven, maar niettemin zei ze: 'Ik wil hem er echt graag bij hebben. Volgens mij helpt het.'

De spanning leek te groeien. Lila was de eerste die de stilte verbrak. 'Wat die andere dingen betreft had ze ook gelijk. Ik vind dat we het moeten proberen. Als de jongen het niet trekt, kan Will altijd nog weggaan, toch?'

'Jazeker,' vond Will.

Denise en Jasmine wisselden een blik. Sara zag dat ze gewend waren vanuit een harmoniemodel te handelen.

'Dee,' zei Lila, 'als iets niet werkt, dan stop je er gewoon mee en probeer je iets anders.'

'Maar de jongen is al kapot.'

Lila richtte de houten lepel op haar. 'Misschien wordt het tijd dat we hem door de professionals weer heel laten maken.'

Denise sloeg haar handen om de beker. Ze keek naar de donkere thee. 'Goed,' zei ze ten slotte. 'Maar zodra hij overstuur dreigt te raken, vertrek je. Beloofd?'

'Dat beloof ik,' zei Will, hoewel hij nog steeds het meest aarzelde van iedereen.

Denise stond op van tafel. 'Ik sta aan de andere kant van de deur, zodat hij weet dat ik er ben.'

'Bedankt.' Sara pakte haar dokterstas van het aanrecht.

Denise ging hun voor de gang door. Sara voelde dat de vrouw dit het liefst zou willen stoppen, dat ze Will en Sara het liefst het huis uit wilde werken, zodat ze weer kon doen wat ze gedaan had vanaf het moment dat ze de jongen uit dat bedompte souterrain had gered. Ze hadden het kind nu ruim een week beschermd. Ze hadden hem verzorgd en gevoed, ze hadden als beschermengelen over hem gewaakt. Een man van bijna een meter negentig de kamer binnen laten walsen leek wel het laatste wat de jongen nodig had.

Eerst werd ze bevestigd in haar bange vermoeden. Het kind zette grote ogen op toen hij Will zag. Hij schoot in zijn bed overeind en drukte zijn rug tegen het hoofdeinde.

'Rustig maar, schat,' zei Denise zachtjes. 'Dit zijn vrienden van ons. Ze zijn gekomen om je te helpen.'

De jongen trok het laken om zijn borst. Ze hadden hem in een Spiderman-pyjama gestoken en bijpassend beddengoed uitgekozen. Overal stond speelgoed: Matchbox-auto's, een gigantische transformer, genoeg Lego om een stadje mee te bouwen. Op de ladekast lag een stapel prentenboeken. Alles leek onaangeroerd. Kennelijk was iemand naar de plaatselijke speelgoedwinkel gegaan en had gevraagd wat een zevenjarig jongetje zoal leuk vond, maar dit zevenjarige jongetje was er niet in geïnteresseerd.

'Goeiemorgen.' Sara zette een zo neutraal mogelijke stem op toen ze de kamer binnenliep. Ze had er een gewoonte van gemaakt nooit neerbuigend tegen kinderen te praten. 'Ik ben dokter Linton. Dat is agent Trent. Hij is van de politie, van de staatspolitie.' Ze wenkte Will binnen. 'Dokter Thomas komt vanochtend niet. Ik moest je de groeten van hem doen. Nu zorg ik voor jou, als je dat goedvindt.'

De jongen verroerde zich niet, maar hij protesteerde evenmin.

Sara nam hem even op met haar artsenblik. Dokter Thomas had goed werk verricht. Op het eerste gezicht was de jongen een doodgewone, gezonde zevenjarige. Zijn teint was goed. Hij was aan de lichte kant, maar er waren geen tekenen die op uitdroging of verwaarlozing wezen. De wonden op zijn gezicht genazen voorspoedig. Afgezien van de angstige, ontwijkende blik in zijn ogen zou ze nooit geraden hebben dat ze met een ontvoerd kind te maken had.

Sara wees Will de stoel in de hoek. 'Agent Trent heeft met een stel heel slechte mannen gevochten. Daarom is zijn gezicht zo toegetakeld. Zie je die rode plekken op zijn hals? Die zijn over een paar weken weer genezen. Heb jij weleens eerder zere plekken gehad?'

De jongen staarde Will aan. Hij klemde het laken vast bij zijn hals.

'Over een dag of twee worden die vlekken bij agent Trent donkerpaars of misschien wel zwart.' Sara opende haar dokterstas. 'Over een dag of tien worden ze groen, dan bruin, en na ongeveer tweeënhalve week verdwijnen ze gewoon. Jij hebt toch ook weleens zere plekken gehad?' vroeg ze.

Nog steeds antwoordde de jongen niet, maar nu keek hij naar Sara in plaats van naar Will.

'Ik ga mijn vingers op je pols leggen, oké?' De jongen gaf geen krimp toen Sara zijn pols voelde. Als zevenjarige was hij waarschijnlijk talloze keren bij een arts geweest. Hij wist hoe een onderzoek in zijn werk ging.

'Weet je hoe je aan zo'n zere plek komt?' vroeg Sara.

De jongen reageerde niet, maar ze zag dat hij luisterde.

'Dan gaat er bloed vastzitten onder je vel. Smerig, hè?'

Hij staarde Sara aan.

'Nou, ik vind het smerig, en ik ben nog wel dokter.'

De jongen richtte zijn blik weer op Will, maar nu om hem wat beter te bekijken in plaats van hem aan te staren.

Sara haalde haar stethoscoop tevoorschijn. Het was een oude, die ze als reserve-exemplaar bewaarde. Ze had hem van haar ouders gekregen toen ze medicijnen ging studeren. Sara hield de kop voor haar mond om hem met haar adem te verwarmen. Ze hoefde de jongen niet te vertellen wat hij moest doen. Hij boog zich voorover op het bed zodat Sara naar zijn longen kon luisteren.

Ze trok zijn pyjamashirt aan de achterkant omhoog. Er zaten brandwonden op zijn huid. Sara deed alsof ze die niet zag.

'Haal eens diep adem,' zei ze, waarna ze langer luisterde dan nodig was. Dokter Thomas had de brandwonden behandeld, maar om infectie te voorkomen had hij ze niet verbonden. Het kind zou er littekens aan overhouden, van hetzelfde soort dat Sara bij Will had gezien.

'Wauw,' zei ze ten slotte. 'Wat een sterke longen heb jij.' De jongen leunde nu achterover, zodat ze naar zijn hart kon luisteren. Hij hield het laken om zijn middel geklemd, maar zijn hoofd bleef driehoekjes beschrijven. Eerst keek hij naar Denise, die in de deuropening stond, toen weer naar Will en vervolgens naar Sara. Hij hield zijn omgeving voortdurend in de gaten. Zijn vingers frunnikten aan de zoom van het laken, alsof hij er elk moment onder kon duiken.

'Je weet dat je in de staat Georgia bent, hè?' vroeg Sara. 'Dat is vlak boven Florida.'

De jongen antwoordde niet, maar aan de manier waarop hij keek kon Sara zien dat ze hem niets nieuws vertelde.

'Over een paar minuten,' zei Sara, 'gaan we een ritje maken in een ambulance, net als laatst. Alleen brengen we je deze keer naar Atlanta.' Ze wachtte even. Hij lette nu heel goed op. 'Dat ritje duurt ongeveer anderhalf uur. Als we daar aankomen, ben je in een ziekenhuis. Ik blijf de hele tijd bij je.'

De jongen keek Denise aan.

'Jasmine en Vivica rijden je erheen,' zei ze. 'Ik rij vlak achter de ambulance. Lila komt later naar je kijken.' Ze glimlachte, alsof ze een geheimpje deelden. 'Ik heb toch gezegd dat we je niet in de steek laten?'

Sara nam aan dat Vivica de andere ambulanceverpleegkundige was. 'We laten de sirene uit,' zei ze, 'want het is geen noodgeval. Je bent niet ziek. Ik denk dat je gewoon heel moe en bang bent. En omdat je niet praat, moet ik even in je mond kijken om te zien of daar niks zit waardoor dat komt. Oké?'

De blik van de jongen schoot weer naar Sara. Hij wist dat ze geen medische verklaring voor zijn zwijgen zou vinden.

'Momentje.' Sara zocht in haar tas, net als Nell altijd deed als ze de indruk wilde wekken dat ze bezig was. 'Ik heb geen tongspatel,' jokte ze. 'Hebben jullie misschien ijslolly's?' vroeg ze aan Denise.

Die begreep het niet. 'IJslolly's?'

'Dan kan ik het houten stokje als tongspatel gebruiken. Heb je echt niks in de vriezer?' Ze keek Denise doordringend aan. 'Zou je even willen kijken?'

Daar voelde Denise duidelijk niets voor. Niettemin zei ze tegen de jongen: 'Ik ben even naar de keuken. Goed?'

De jongen knikte niet, maar er vond een woordloze uitwisseling plaats tussen hem en Denise. Ze begreep dat hij haar toestemming gaf om weg te gaan.

Sara begon weer in haar tas te rommelen. 'Ik vind Denise heel aardig,' zei ze. 'Vind je ook niet, agent Trent?'

Will kuchte en zei toen: 'Ja. Ze zijn allemaal heel lief.'

'Agent Trent klinkt een beetje raar omdat hij een zere keel heeft,' zei Sara.

Weer keek de jongen naar Will, en waarschijnlijk bestudeerde hij de kneuzingen in zijn hals.

'Agent Trent houdt niet van opscheppen,' vervolgde Sara, 'maar hij kent een paar heel goeie moppen. Dat is toch zo?'

Will keek verbijsterd en toen lichtelijk panisch.

Ze probeerde een andere toon tegen hem aan te slaan dan tegen de jongen. 'Vertel hem eens een mop.'

Daar zat Will met zijn mond vol tanden. Hij vertelde haar altijd idiote moppen. Ze snapte niet waarom hij er nu geen kon bedenken.

'Eentje van SpongeBob?' drong ze aan. 'Zat hij laatst niet in de problemen?'

Will haalde een snoepje uit zijn zak. Hij frunnikte aan het papiertje. Sara wilde hem al van zijn plicht ontheffen toen hij zei: 'Vlinders proeven met hun poten.'

De jongen staarde hem aan. Net als Sara. Ze had geen idee waar dit heen ging.

Will wipte het snoepje in zijn mond. 'Vlinders hebben geen mond waarmee ze kunnen kauwen of bijten, maar ze hebben een soort rietje waarmee ze nectar opzuigen. Zo eten ze.' Hij kuchte. 'Maar hoe weten ze wat ze kunnen eten? Ze landen met hun poten op bladeren en zo, en op die manier proeven ze of iets lekker is. Hun smaakpapillen zitten in hun poten.'

De jongen kneep zijn ogen samen. Hij was sceptisch, maar zijn nieuwsgierigheid was gewekt.

Will zag het ook. Hij trok zijn stoel iets dichter naar het bed toe. 'Wist je dat de meeste schildpadden kunnen ademen door hun kont?'

De jongen keek Sara even opgewonden aan, waarschijnlijk omdat Will 'kont' had gezegd.

'Echt waar.' Will trok zijn stoel nog iets dichterbij. 'Ze hebben van die luchtzakjes in hun kont. Zo kunnen ze hun kop onder water houden en als ze moeten ademen steken ze gewoon hun kont omhoog.'

De jongen klemde het laken niet langer vast. Hij keek Will nu met onverholen nieuwsgierigheid aan.

'Trouwens,' zei Will, 'ik heb net gehoord dat er een soort strijd is geweest in het bos.' Weer kuchte hij. Ze hoopte dat zijn verhaal niet door een nieuwe hoestbui werd afgebroken. 'Insecten tegen de dieren,' zei hij. 'Heb je dat ook gehoord?'

De jongen zei nog steeds niks, maar hij leunde nu iets naar voren.

'Ik heb het geloof ik in de krant gelezen,' zei Sara.

'Vast wel. Het was groot nieuws. Heb je het niet op tv gezien?' vroeg hij aan de jongen.

Bijna onmerkbaar schudde de jongen zijn hoofd.

'Ze besloten het eindelijk eens uit te vechten,' zei Will. 'De dieren en de insecten. Dus organiseerden ze een partijtje football. De winnaar wordt koning van het bos, voor eeuwig en een dag. En dan bedoel ik echt voor eeuwig plus een volle dag extra.' Will zette zijn ellebogen op zijn knieën. 'Heb je echt niet over die wedstrijd gehoord?' vroeg hij. 'Het was wereldnieuws.'

Deze keer schudde de jongen duidelijk zichtbaar zijn hoofd.

'Het was dan ook een wereldwedstrijd,' zei Will. 'Onvergetelijk, echt waar. De insecten en de dieren zullen het nog jarenlang aan hun kinderen vertellen.'

Gespannen leunde de jongen nog verder naar voren.

'Tijdens de eerste twee kwarten van de wedstrijd hadden de dieren geen partij aan de insecten. Ze stampten ze de grond in. Lijkt me logisch, ze waren gewoon veel sterker.' Will deed alsof hij een bal gooide. 'Het was de ene touchdown na de andere. De dieren beheersten het veld. De insecten konden ze met geen mogelijkheid tegenhouden. Dan wordt het pauze.' Will stak zijn handen op, alsof hij de wedstrijd stillegde. 'De insecten zaten als baby's te janken in de kleedkamer. Ze gingen verliezen. Dat wisten ze. Ze voelden het in hun pantser. Vernederd voor de rest van hun leven. Maar ze gaan het veld weer op. Ze kunnen toch niet zomaar weglopen? Niet na al die jaren. Ook al zijn ze ongewerveld, slapjanussen zijn het niet. Toch?'

De jongen schudde zijn hoofd. Hij hing aan Wills lippen.

'Het derde kwart begint, en opeens komt de rups het veld op. Tjonge, wat zet die een hoge borst op. Hij neemt de positie van wide receiver in – in de volle breedte. Je kunt je voorstellen wat een bereik zo'n ding heeft. De krekel heeft de bal, en opeens, *woesj...*' – Will liet zijn handen door de lucht zoeven – '...gaat de rups ervandoor. Met de bal in zijn poten rent hij als een gek het veld op en neer. De ene touchdown na de andere. Ongelogen, die rups heeft de vlam in de pijp. Hij wint de wedstrijd niet alleen; hij drijft de score ook op. Aan het eind is het 34 voor de dieren en 212 voor de insecten.'

Bij de gedachte alleen al viel de mond van de jongen open.

'De insecten zijn opgetogen,' vervolgde Will. 'Ze rennen met z'n allen het veld op. Ze hijsen de rups omhoog. Ze dragen hem rond. Ze kunnen het niet geloven. Nu zijn ze de koning van het bos voor eeuwig en een dag. En dan zegt iemand tegen de rups: "We hadden al voor de pauze kunnen winnen, man. Waar bleef je toch?"' Will zweeg even voor het effect. 'En de rups zegt: "Ik moest mijn schoenen nog aantrekken!"'

Verbluft hield de jongen zijn adem in en toen begon hij te schateren. Zijn mond ging wijd open. Hij lag dubbel. Hij balde zijn vuistjes van inspanning. Toen keek hij Sara aan, alsof hij wilde vragen: *Dat geloof je toch niet?* Het kostte Sara geen enkele moeite om met hem mee te lachen. De ongebreidelde vreugde van de jongen was het mooiste wat ze in lange tijd had meegemaakt.

Hij liet zich op zijn zij vallen. Het laken was een vergeten herinnering. Heel even was hij weer gewoon kind.

Maar toen, alsof er een gordijn werd dichtgetrokken, stierf het gelach weg en opnieuw donderden de herinneringen over hem heen. Langzaam schoof hij weer naar het hoofdeinde. Hij trok het laken strak om zijn middel.

Will haalde een handvol snoepjes uit zijn zak. 'Pak maar.'

De jongen koos een watermeloensnoepje. Bedreven en zorgvuldig peuterde hij het papiertje eraf. Sara stak haar hand er al naar uit. Met getuite lippen zoog het joch op zijn snoepje. Er was iets veranderd. Sara wist dat hij zich nog steeds verschanste, maar er schemerde licht door de kieren.

'Weet je,' zei Will. 'De man die dit met mijn gezicht heeft gedaan is nog niet jarig als hij gepakt wordt.' Achteloos sloeg hij zijn enkel over zijn knie. 'Die gaat voor de rest van zijn leven de gevangenis in. Misschien wordt hij wel door Denise of Lila gearresteerd. Of misschien door iemand anders. De meeste politieagenten zijn goeie mensen. Ze zorgen dat de boeven worden opgesloten, zodat ze niemand meer kwaad kunnen doen.'

De jongen rolde het snoepje heen en weer in zijn mond. Sara hoorde het tegen zijn tanden tikken.

'Mensen die slechte dingen doen, worden altijd gepakt,' zei Will. 'Wist je dat?'

De jongen leek over de vraag na te denken. Uiteindelijk schudde hij zijn hoofd.

'Wist je het niet of geloof je het niet?' vroeg Will.

Weer schudde de jongen zijn hoofd, en toen stopte hij. In plaats van te antwoorden stak hij twee vingers op.

'Dus je gelooft het niet?' zei Will.

De jongen knikte.

'Ik weet dat je een slim ventje bent,' zei Will, 'maar nu vergis je je. Dat is namelijk mijn werk. Op slechteriken jagen en ze opsluiten.'

De jongen keek naar het laken. Hij begon weer aan de zoom te peuteren.

'Een paar maanden geleden heb ik een paar gevaarlijke boeven gearresteerd. Ze hadden tegen een jongetje gezegd dat ze zijn papa en mama pijn zouden doen als hij met de politie praatte.'

Geschokt keek het kind op.

'De boeven jokten natuurlijk,' zei Will. 'Ze probeerden dat jongetje alleen maar bang te maken. Zijn papa en mama waren al die tijd veilig. En toen hij me vertelde wat er gebeurd was, kon ik de boeven pakken en het jongetje naar huis brengen.' Will boog zich weer naar voren. 'Begrijp je wat ik zeg?'

De jongen leek het te snappen, maar hij reageerde niet.

Will zei: 'Hoe sneller je me vertelt wat er gebeurd is, hoe sneller ik je weer naar je familie kan brengen. En neem maar van mij aan dat ze je vreselijk graag terug willen hebben. Ze denken de hele dag aan je. Wat die slechte mannen ook met je gedaan hebben, ze willen je gewoon weer terug, zodat ze voor je kunnen zorgen en je kunnen beschermen.'

De jongen keek weer naar het laken. Tranen biggelden over zijn wangen.

'Praat maar met me, jochie,' zei Will. 'Wat er ook met je gebeurd is, het was niet jouw schuld. Je bent nog maar een kind. En je papa en mama houden heel veel van je. Ze willen dat je weer thuiskomt. Dat is het enige wat telt. Wat die slechte mannen ook met je gedaan hebben, je papa en mama blijven altijd, maar dan ook altijd van je houden.'

De jongen liet zijn hoofd hangen. Zijn lippen bewogen. Hij moest erover nadenken hoe hij klanken weer in woorden kon omzetten. 'En Benjamin dan?'

Will keek even naar Sara.

'Is dat je broertje?' vroeg ze.

De jongen knikte.

'Ik weet zeker dat hij je ook terug wil hebben,' zei Will. 'Ook al hadden jullie weleens ruzie of konden jullie elkaar soms niet uitstaan, dat doet er allemaal niet toe. Benjamin wil ook dat je weer thuiskomt, bij hem.'

Eindelijk keek de jongen Will aan. 'Hij is niet thuis,' fluisterde hij. 'Hij zat ook in die kelder.'

Sara's hart stond stil. Ze was te verlamd om iets te kunnen zeggen. Nog een jongetje, een broertje, dat nog steeds ergens gruwelijke wreedheden moest ondergaan. Of misschien was hij nergens meer, lag hij in een ondiep graf.

Will dacht duidelijk hetzelfde. Het kostte hem zichtbaar moeite om zijn kalmte te bewaren. 'Dus Benjamin zat samen met jou in die kelder?'

De jongen knikte. 'De slechte man heeft hem meegenomen.'

Wills zelfbeheersing begon barsten te vertonen. Zijn stem sloeg over. 'Kun je zeggen hoe je heet?'

De jongen antwoordde niet.

'Ik heb gisteravond een kleine jongen gesproken die wist hoe zijn school heette. Weet jij hoe jouw school heet?'

De jongen zei nog steeds niets. Hij werd weer angstig, bang dat hij te veel had gezegd. Hij schoof dieper het bed in en trok het laken over zijn hoofd.

Will deed zijn mond al open om nog iets te zeggen, maar er kwam niets uit. Hij wilde niet opgeven, maar hij wist ook niet hoe hij verder moest gaan.

Sara legde haar hand op de arm van de jongen. Hij beefde. Ze hoorden hem snikken onder het laken. 'Rustig maar, liefje,' zei ze. 'Je hoeft even niets meer te zeggen. Het was heel moedig van je dat je dat aan agent Trent hebt verteld. En je bent nog steeds veilig. Er zal je niets ergs meer overkomen.'

Denise Branson liet een kuchje horen. Ze stond in de deuropening.

'We laten je even alleen,' zei Sara, 'maar we zijn allemaal vlak bij je als je ons nodig hebt.' Ze stond op en wenkte Will mee. 'Ik ben in de keuken, oké? Je hoeft pas weer te praten als je zelf wilt.'

Sara liep de kamer uit, maar het was alsof ze een stuk van haar hart bij de jongen achterliet. Zijn broertje was ook ontvoerd. Waarom hadden ze hem niet in het huis gevonden? Waar was hij naartoe gebracht?

'Ik probeer het over een paar minuten nog eens,' zei ze tegen Will.

Will haalde zijn telefoon tevoorschijn. Het glas was gebarsten, maar het ding deed het nog wel. Ze ging ervan uit dat hij Faith belde, maar toen hoorde ze hem zeggen: 'Met agent William Trent. Op gezag van onderdirecteur Amanda Wagner wil ik dat er onmiddellijk een nationaal opsporingsbericht uitgaat. Twee vermiste broertjes, die allebei op dezelfde dag verdwenen zijn, waarschijnlijk ruim een week geleden. We weten niet hoe het eerste kind heet, maar hij is een jaar of zeven, heeft donker haar en bruine ogen. De tweede jongen heet Benjamin.'

‘Of Ben. Of Benji,’ zei Sara.

Will keek verbijsterd. Hij liet de telefoon bijna vallen. ‘Wat zei je?’

Ze wist dat hij niet goed was in bijnamen. ‘Benjamin wordt soms afgekort tot Ben of Benji.’

‘Benji?’ Will zocht steun bij de muur. Hij leek wel verdoofd.

‘Wat is er?’ vroeg ze.

‘Geef me je sleutels.’

Veertien

Met plankgas scheurde Will weg van Lila's ranch. Ze woonde maar een paar kilometer van de snelweg. Bij de bocht nam hij nauwelijks gas terug. De banden stuiterden over het wegdek, maar de BMW bleef overeind. Bij het invoegen sneed Will dwars door een rij auto's op de rechterrijbaan. Hij reed snel, maar naar zijn gevoel nog niet snel genoeg. Hij vloog langs de afrit naar het Macon General Hospital. Weer gaf hij gas en de motor brulde.

Toen hij de afrit naderde die naar het huis van Cayla Martin voerde, ging zijn telefoon. Met één hand aan het stuur nam hij op. 'Hebben ze hem?'

'Ze kunnen Cayla Martins straat niet vinden,' zei Faith.

Will vloekte zachtjes. 'En de agenten die gisteravond bij haar langs zijn geweest?'

'Die hebben geen van beiden dienst. En ze nemen niet op. Waarschijnlijk slapen ze.'

'Stuur iemand om ze wakker te maken.'

'Dacht je dat ik dat nog niet gedaan heb?'

Will probeerde zijn frustratie te onderdrukken. 'Dat huis móét gevonden worden, Faith. Zeg maar dat ze een helikopter sturen.'

'Er loopt vijftig kilometer snelweg door dat postcodegebied, Will. We hebben de verkeerspolitie gebeld. We hebben de parkwacht gebeld en de vuilnisdienst, het postkantoor en de middelbare school. Er zijn daar al drie patrouillewagens naartoe. Iedereen doet zijn best.'

'Het is een zandweg. Er is daar een trailerkamp en...'

'We vinden het wel.'

'Zeg dat ze naar mij moeten uitkijken. Ik ben net voorbij het Macon General. Ik neem nu afrit twaalf.'

Het geluid klonk gedempt toen Faith de informatie doorgaf. Ze kwam weer aan de lijn. 'Een halfuur geleden is Cayla Martin bij het ziekenhuis gesignaleerd. Ze heeft haar looncheque afgehaald. Haar auto staat nog op het parkeerterrein, maar we kunnen haar nergens vinden.'

'Is er bij de personeelsingang gekeken? Daar staat ze altijd te roken.'

'Wacht even.' Weer legde Faith haar hand op de telefoon om met de telefonist te overleggen. 'Ze gaan er nu kijken.'

'Heb je een Amber Alert langs zien komen voor twee vermiste broertjes?'

'Nee, niks gezien.'

'Dat kan niet,' zei Will. 'Twee broertjes worden op dezelfde dag vermist. Waarom hebben we daar niet over gehoord?'

'Misschien dacht de politie dat een van de ouders ze had ontvoerd?' zei Faith, want dat lag voor de hand. 'Iets dergelijks haalt het nieuws niet, tenzij er lijken worden gevonden. Weet je zeker dat de jongen het niet verzonnen heeft?' vroeg ze. 'Kinderen van die leeftijd jokken aan de lopende band. Misschien was dat andere kind een neefje of een vriendje of...'

'Hij jokte niet,' zei Will. 'En jij gelooft niet in toeval. De naam Benjamin komt hier niet veel voor.'

'Dat is zo,' moest Faith toegeven. 'Amanda heeft contact met de mounties.' De Canadese federale politie. 'Nieuws van hun kant bereikt ons niet echt, tenzij je in een grensstaat woont. Ze dacht dat de jongens misschien daarvandaan komen.'

'En het Franssprekende deel?' vroeg Will. 'Daar heb je geen mounties.'

'Had een van de jongens een Frans accent?'

'Misschien zijn ze tweetalig. Ik weet het niet, Faith. Zeg maar dat ze iedereen moet bellen.'

'Ik ben haar al aan het sms'en.'

Zwijgend wachtte Will tot ze het bericht had ingetikt. Zijn hoofd tolde. Hij snapte niet hoe het mogelijk was. Benjamin was binnen handbereik geweest. Hij had Will praktisch gesmeekt om hem te helpen. Hij had gezegd dat hij een maand geleden was meegenomen. Will had gedacht dat hij bedoelde dat hij door de politie bij zijn moeder was weggehaald, niet dat hij door een sadist was ontvoerd.

Big Whitey.

Will wist wat er met Marie Sorensen was gebeurd. Vanochtend had hij de brandplekken op de rug van de jongen gezien. Denise Branson had hem uit het souterrain gered. Wat gebeurde er met de jongens die niet werden gered? Wat voor beestachtige dingen werden er op dit moment met Benjamin uitgespookt?

'Oké,' zei Faith. 'Ik heb Amanda ge-sms't. Cayla is niet bij de personeelsingang van het ziekenhuis gesignaleerd. Ze is niet op het dak of in een van de trappenhuizen. Hoe ver ben je nu van het huis?'

Will ging vol op de rem. De hele auto schudde. Hij ramde de versnelling in zijn achteruit. Hij had de afslag bijna gemist. 'De weg komt met een scherpe hoek op de autoweg uit, zo'n kilometer of vijftien van de snelweg.' Inwendig verweet hij zichzelf dat hij de kilometerteller niet op nul had gezet toen hij van de snelweg kwam. 'Er zijn allemaal bomen met overhangende takken. Bij de bocht staat een bord.' Hij herkende het logo. 'Het wijst naar een trailerkamp. Er staan palmbomen op.'

'Ik geef het aan de patrouillewagen door.'

Will gaf gas en racete over de zandweg. Achter hem stoof rood stof op. Het schermpje op Sara's dashboard werd zwart. Het gps had geen kaart voor deze weg. Weer vloekte Will binnensmonds omdat hij zo dom was geweest. Hij had het schermpje de hele tijd voor zich gehad.

'Zeg tegen Sara dat ze haar auto bij LoJack aanmeldt. Ze heeft een opsporingssysteem.'

'Doe ik,' zei Faith. 'Bel me wanneer je er bent.'

Will verbrak de verbinding en gooide de telefoon op de zitting naast hem. Toen bedacht hij zich en propte het apparaat in zijn achterzak. De vorige avond had hij er lang over gedaan om bij Cayla's huis te komen, maar vanochtend leek er helemaal geen eind aan de rit te komen. De weg strekte zich voor hem uit. Voor zijn gevoel was er wel een halfuur verstreken toen het trailerkamp voor hem opdoemde. Kinderen speelden buiten. Will minderde vaart en bestudeerde hun gezichten om te zien of Benjamin ertussen zat. Ze staarden hem allemaal aan. Sommigen renden naar huis. Ze hadden waarschijnlijk te horen gekregen dat ze ervandoor moesten gaan zodra een vreemde man iets te lang naar hen keek.

Het stuur schokte toen de BMW door een diepe kuil in de weg reed. Met een zijwaartse ruk probeerde Will de klap op te vangen. Hij trok de auto net op tijd recht voor de volgende harde hobbel, toen hij eindelijk weer op de verharde weg belandde. Nu was hij in de nieuwe wijk. Bij daglicht zagen de lege percelen en onaffe gebouwen er nog troostelozer uit. Gelukkig sprong het groepje voltooide huizen meteen in het oog. Slippend kwam Will bij Cayla's oprit tot stilstand. Er stond geen auto. Hij sprong uit de BMW. Allereerst keek hij door de ramen van de garage. Leeg.

Terwijl hij naar de voordeur rende, toetste hij Faiths nummer in. 'Ik ben er. Er is geen auto. Het huis ziet er verlaten uit.'

'De agenten van gisteravond zijn onderweg. Ze hebben twee extra patrouillewagens bij zich. Ik weet dat je geen wapen hebt. Wacht op back-up.'

'Ik ga niet wachten.' Will verbrak de verbinding. Hij deed een stap naar achteren en trapte toen de voordeur open. 'Benjamin?' riep hij. Zijn stem weergalmde door het huis. 'Benjamin?'

Will opende de garderobe. Hij controleerde de achterwand om te zien of er geen verborgen paneel was. Vervolgens ging hij de garage binnen. De ruimte was niet afgetimmerd en de draagconstructie lag bloot. Nergens was een schuilplaats.

De keuken zag er net zo uit als de vorige avond. Wills schone bord stond nog op tafel. De potten en pannen stonden nog op het fornuis. Tony Dells bierblikjes waren netjes opgestapeld op het aanrecht.

'Benjamin?' riep Will. Hij rende met twee treden tegelijk de trap op. Bij de badkamer bleef hij staan, maar hij ging niet naar binnen. Op een van de slaapkamerdeuren zat een grendel die door een zwaar combinatieslot op zijn plaats werd gehouden.

'Benjamin?' Will bonsde op de deur. 'Ik ben het, Mr. Black van gisteravond. Ik ben van de politie. Ik kom je helpen.' Het slot zat met bouten vast in plaats van met schroeven. Die kon Will onmogelijk loswrikken. 'Benjamin, je moet een eindje naar achteren gaan. Ik ga de deur openbreken.'

Will wachtte een paar tellen, tilde zijn voet op en schopte tegen de deur. Het slot ratelde tegen het hout. Weer schopte hij. Het hout van de stijl versplinterde. Opnieuw tilde hij zijn voet op en gaf een trap. En nog een. Eindelijk, door telkens weer te trappen, kon hij het hout losbreken. De deur knalde aan zijn scharnieren naar achteren. De knop bleef in de gipsplaat steken.

Benjamin was aan de vloer vastgeketend. Hij zat in de hoek, met zijn rug tegen de muur. Hij was doodsbang.

'Rustig maar,' zei Will. 'Ik ben van de politie. Ik kom je helpen.'

Benjamin reageerde niet. Snel nam Will de situatie in ogenschouw. De enkel van de jongen zat met een paar handboeien aan de ketting vast. Het uiteinde was aan een ooghaak bevestigd die in de vloer was geschroefd. Iemand had er bouwlijm overheen gegoten om te voorkomen dat de jongen de schroef eruit trok. Waarschijnlijk Tony, naar het prutswerk te oordelen. Tony had moeten bedenken dat Benjamin niet over een wc beschikte. Het hout was helemaal zacht geworden van de urine. Moeiteloos wrikte Will de haak uit de vloer.

Toen hoorde hij een autoportier dichtslaan.

Hij rende naar het raam aan de voorkant. Paul Vickery stapte uit een witte Honda. Hij had een pistool in zijn hand.

'Shit,' mompelde Will. Hij had kunnen weten dat Vickery hierbij betrokken was.

Hij pakte zijn iPhone en vroeg aan Benjamin: 'Weet jij hoe je een sms-bericht moet versturen?'

Benjamin knikte, met zijn ogen nog steeds opengesperd van angst.

'Je moet een berichtje aan mijn collega sturen.' Will veegde over het schermpje. Hij selecteerde de juiste app, toetste Faiths nummer in en gaf het apparaat aan Benjamin. 'Eerst je naam typen. Dan zeg je dat je je in Cayla's huis hebt verstopt. Zeg dat ze moet opschieten.' Will pakte de jongen op en liep de kamer uit. Op de overloop was een zolderluik, dat had hij gezien toen hij boven aan de trap stond. Hij tilde Benjamin omhoog. Die snapte meteen wat de bedoeling was. Hij duwde het luik open en klom de zolder op.

'Geen geluid maken,' zei Will. 'Als je gepakt wordt, hou je dat telefoontje bij je. Snap je? Er zit een tracker in. We kunnen je vinden als je de telefoon bij je hebt. Stop die in je zak. Niet verliezen.'

Benjamin trok de ketting om zijn enkel omhoog. Net toen het luik op zijn plaats viel, vloog de voordeur open.

In volle vaart denderde Will de trap af. Paul Vickery had hem al twee keer aangevallen, maar telkens had hij het verrassingselement aan zijn kant gehad. Deze keer was Will in het voordeel. Maar hij wist ook dat Vickery, ook al was hij nog zo corrupt, wel een getrainde politieman was. Hij zou hetzelfde doen wat Will had gedaan. De kast controleren. De garage controleren. De keuken controleren.

Op het moment dat Vickery de keuken uit kwam stortte Will zich vanaf de trap boven op hem. Vickery's mond ging open, maar hij kreeg geen tijd om te schreeuwen. Als een heimachine ramde Will hem tegen de vloer. Vickery's pistool vloog uit zijn hand. Will sloeg hem met zijn vuist recht in zijn gezicht. Hoe vreselijk de situatie ook was, hij kon een gevoel van zoete wraak niet onderdrukken toen Vickery's neus als een klapband uit elkaar sprong.

Will boog zich naar achteren voor de volgende uithaal, maar Vickery verroerde zich niet meer. Zoals de meeste bullebakken had hij een glazen kaak. Eén klap en hij was buiten westen. Diep teleurgesteld ging Will op zijn hurken zitten.

'Shit, Bud.' Cayla Martin stond in het gat waar de opengebroken voordeur had gezeten. Ze hield een taser op Wills borst gericht.

De M26-C was geladen met een stikstofgaspatroon, die twee koperdraadjes met weerhaakjes lanceerde – met een bereik van vijf meter. De pijltjes waren bevestigd aan stroomdraden. De draden zaten vast aan acht AA-batterijen die een stroomstoot van vijftigduizend volt afgaven. Krachtig genoeg om volledig neuromusculair falen te veroorzaken.

Will dook op Vickery's pistool af, maar hij was niet snel genoeg om het gaspatroon te ontwijken. De pijltjes drongen in zijn nek.

Hij was al bewusteloos voor hij de vloer raakte.

Vijftien

VIJF DAGEN VOOR DE INVAL

Lena lag op de onderzoekstafel in dokter Benedicts spreekkamer. Haar hoofd werd ondersteund, maar haar benen bungelden wat ongemakkelijk over de rand. Telkens trok ze het papieren hemd naar beneden. Het hielp niet echt. Ze kreeg al snel door dat zwangerschap en zedigheid niet samengingen. Dat was een van de vele compromissen waarvoor Lena zich in de toekomst gesteld zag. Ze had nu al het gevoel dat haar lichaam werd overgenomen. Ze moest vaker plassen. Ze had meer slaap nodig. Jezus, ze had zelfs meer lucht nodig. Vreemd genoeg had ze niet het gevoel dat een indringer bezit van haar had genomen, maar was ze juist gelukkiger dan ooit.

'Ben je toonbaar?' Jared stak zijn hoofd om de deur. Toen hij Lena zag, floot hij zachtjes en liep naar de tafel. 'Wauw, baby, dat brengt me op gedachten.'

Lena trok een getergd gezicht, ook al voelde ze een vreemde opwinding bij het horen van zijn woorden. Dat soort dingen zei hij de laatste tijd vaker.

'Wat heb je gezegd om vrij te kunnen krijgen?' vroeg ze.

'Dat ik wat tijd voor mezelf nodig had. Ze denken dat ik vreemdga.'

Ze gaf hem een pets tegen zijn arm. 'Dat is niet grappig.'

Met een goedmoedig lachje keek hij de kamer rond. 'Wat is dat allemaal voor shit?'

'Al sla je me dood,' zei Lena, hoewel ze het echoapparaat herkende. Ze werd al zenuwachtig als ze ernaar keek. Ze zou niet weten wat ze moest als er iets niet goed was. Geen hartslag. Hersentjes die buiten de schedel groeiden. Het hele internet stond vol horrorverhalen. De vorige avond had ze de computer uitgezet en daarna overgegeven op de wc in de gang.

Jared trok een van de beensteunen uit. 'Zou je deze dingen online kunnen bestellen?'

'Doe niet zo walgelijk.' Met haar hiel schoof ze de beugel weer terug. 'Het is al erg genoeg dat ze de komende acht maanden in me gaan porren en prikken.'

'Zevenenhalf.' Hij pakte het plastic model van een baarmoeder. Het ding viel in zijn handen uiteen. 'Shit, de baby is onder de tafel gerold.'

Lena keek toe terwijl hij zich op zijn knieën liet zakken om de plastic foetus te pakken. Zijn kont stak omhoog. Zijn uniformbroek spande uitnodigend om zijn billen. Bijna elke ochtend trainden ze samen in de sportschool. Soms keek Lena vanaf de loopband naar hem als hij aan het squatten was.

'Hebbes.' Jared stond op, met de foetus als een tandenstoker tussen zijn duim en wijsvinger. 'Is er iets? Je ziet helemaal rood.'

Lena legde haar hand op haar wang en veranderde snel van onderwerp. 'Gisteren zag ik een zwangere vrouw in de winkel. De caissière klopte op haar buik alsof ze een hond was. Toen zei ze: "Goed zo, moedertje", alsof het een prestatie is om je met jong te laten schoppen.'

Jared grijnsde. 'Denk je dat ik nou op mijn kruis word geklopt, zo van "Goed zo, jongen"?'

'Krijgen ze gegarandeerd mijn Glock in hun reet.'

Lachend stopte hij de plastic baby weer in de baarmoeder en

klikte de zaak in elkaar. 'Je weet dat mijn moeder wil komen als het zover is.'

Daar wilde Lena het niet over hebben. Dit moest een vrolijke dag blijven.

'Ik waarschuw je alleen maar,' zei Jared. 'En ik wil haar er zelf ook graag bij hebben.'

'Heb ik een keus?'

'Waarschijnlijk komt die enge oom van je ook.'

'Hank is tenminste zo fatsoenlijk om een motel te nemen en de volgende dag weer te vertrekken.'

Daar had Jared niets tegen in te brengen. Sinds hun huwelijk was Hank een paar keer op bezoek geweest. Hij zorgde altijd dat hij vertrok voor hij niet langer welkom was.

'Het is de goden verzoeken om hier nu al over te praten,' zei Lena. Ze kon het niet laten en voegde eraan toe: 'Net als de babykamer schilderen. En wiegjes kijken. We moeten nog een paar weken wachten.'

Met een klap zette hij de baarmoeder terug.

'Trouwens, als je gaat klussen in huis, moet je eerst de keuken afmaken.'

'Die is klaar voordat de baby komt.'

'Daar hou ik je aan.' Lena voelde een ruzie opkomen. Ze bond in, want ze wilde de dag niet verpesten. De hele week had Jared het er al over dat hij de baby voor het eerst ging zien. Ze mocht het niet voor hem verknallen.

'Je bent trouwens aan de late kant. Waar bleef je?'

'Vanochtend is de steen voor Lonnies zoon geplaatst. We zijn er met een paar jongens naartoe gereden bij wijze van eerbetoon.'

'Dat is aardig.' Lena voelde een golf van medelijden met de commissaris. Zijn zoon was na een lang ziekbed gestorven. Lonnie wilde hem niet laten gaan, zelfs niet toen duidelijk werd dat hij niet meer te redden was. Uiteindelijk zat hij vastgekoppeld aan zo ongeveer elk apparaat op de intensive care.

'Als er zoiets met mij gebeurt,' zei Jared, 'moet je me beloven dat je de stekker eruit trekt.'

'Dat wil ik gelijk wel doen.'

'Ik meen het,' zei hij. 'Zo moet je me niet laten leven. Dat ik in een zak moet pissen. Dat ze aan me zitten alsof ik een baby ben. Waarom zou je iemand aanraken als hij in coma ligt? Stel dat hij dat helemaal niet wil. Hij kan er niks tegen doen. Hij ligt daar maar te liggen. Dat is pas echt enge shit.' Hij huiverde. 'En mijn moeder mag me geen pyjama aantrekken. Je weet waartoe ze in staat is.'

Lena's lip begon te trillen.

Verbluft keek hij haar aan. 'Moet je huilen?'

'Ja, ik moet huilen, eikel.' Met de rug van haar hand veegde ze langs haar ogen. 'Waarom moet je het nou over doodgaan en ziekenhuizen hebben terwijl ik goddorie je baby draag?'

'Jezus,' mompelde hij. Hij trok een tissue uit de doos op het werkblad. Er was er nog maar één en die gaf hij aan Lena. 'Niet huilen als de dokter binnenkomt. Straks denkt hij nog dat ik je geslagen heb of zo.'

Lena snoot haar neus. 'Ander onderwerp.'

De keus viel hem niet zwaar. 'Hoe gaat het met die inval?'

Jared had haar getipt over een drugshol bij Redding Street. Hij volgde de zaak als een gokker die hoog had ingezet.

'Klote, als je het weten wil,' zei ze. Met de gebruikte tissue veegde ze haar ogen af. 'Ik moet er nog een paar.'

Jared deed de deur open en riep: 'Zuster? Mogen we nog wat tissues?' Terwijl hij in de deuropening bleef staan vroeg hij: 'Heb je iemand die Sid wil verlinken?'

'Wat denk je?' Weer snoot ze haar neus. 'Denise kan elk moment een hartaanval krijgen. Ze weet zeker dat dit onze kans is om Big Whitey te pakken.'

Jared rolde met zijn ogen. Hij mocht Denise wel, maar meiden zoals Marie Sorensen liepen zo vaak weg. Door Big Whitey als boeman te gebruiken, schoof ze een deel van de schuld af.

Lena vond dat ze het voor haar vriendin moest opnemen. 'Misschien bestaat hij echt. Denise heeft zijn naam op een telex uit Florida gevonden.'

Jared schudde geringschattend zijn hoofd, en Lena kon hem wel slaan. 'Op dat punt ben ik het met Lonnie eens. Het is een doodlopend spoor.'

'Sid Waller is de sleutel,' benadrukte Lena, hoewel ze de laatste tijd ging beseffen dat Waller nog op vrije voeten zou zijn tegen de tijd dat haar kind eindexamen deed. 'Zodra die achter de tralies zit, slaat hij door.'

'Dan wordt hij nog eerder door die rotzak van een Big Whitey om zeep geholpen. Of niet?'

Lena keek Jared met samengeknepen ogen aan. Daar begon het gezeik weer.

'Echt,' zei hij, 'zodra Sid Waller dood is, trekt commissaris Gray zich terug uit dat Big Whitey-gedoe. Het is hem gewoon te gevaarlijk. En we weten allebei dat hij minder scherp is sinds de dood van zijn zoon.'

'Klopt.' Lena zat weer op één lijn met hem. 'Lonnie Gray doet voor het eerst van zijn leven een stap terug.'

De verpleegster reikte Jared een nieuwe doos tissues aan. 'Dank je,' zei hij, en hij draaide zich weer naar Lena toe. 'Misschien is Lonnie zelf Big Whitey. Heb je daar weleens bij stilgestaan?' De deur klikte dicht. Grijnzend zei hij: 'Dat zou nog eens idioot zijn. Commissaris Gray die stiekem een drugsdealende kinderpooier is.'

'Stop eens met dat domme gelul.' Lena pakte een paar tissues en snoot luid tetterend haar neus. Tot haar ergernis was dat domme idee van hem niet eens zo vergezocht. Gray was zijn carrière in Florida begonnen. In de loop van de jaren had hij in verschillende steden langs de kust als politieofficier of consulent gewerkt, onder andere in Savannah. Alle ellende die ze nu in Macon zagen, viel samen met Grays komst. Als Denise gelijk had en er bevond zich inderdaad een verrader in het korps, dan moest het een verrader zijn die alles wist. Was er een betere dekmantel dan de baan van politiecommissaris?

En was er een grotere idioot dan een vrouw die elke onbezonnen theorie van haar man geloofde? Nog geen vijf minuten geleden zei Jared nog dat Big Whitey niet bestond. Vorige week zou hij gehoord hebben dat Fort Knox beroofd was van al het overheidsgoud. Waarom luisterde ze nu wel naar hem?

Lena schudde haar hoofd en hoopte van harte dat ze last had van zwangerschapshormonen en niet gek aan het worden was.

'Waarom schud je je hoofd?' vroeg Jared.

Ze antwoordde niet, want dat had toch geen zin. 'Ik ben bang dat die inval in de soep draait. Denise en ik leggen allebei ons hoofd op het blok en je weet dat Lonnie niet vergeeft en niet vergeet.'

Jared matigde zijn toon. 'Er komt heus wel een oplossing.' Hij wachtte even tot ze haar neus weer had gesnoten. 'Er komt altijd een oplossing. Je bent een goeie rechercheur, schat. Je bent slim en gedreven, en je geeft nooit op. Het gaat je lukken.'

Toen Lena de blik zag waarmee hij haar aankeek moest ze onwillekeurig bijna weer huilen. Ze schoof haar hand in de zijne. Jared spande zijn arm, maar trok hem niet terug. Affectie was hij niet gewend. Zijn moeder was een kouwe kikker. Lena had Nell nog nooit op een liefdevol gebaar kunnen betrappen. Uiteraard was ze zelf ook geen aanhankelijk type. Onverklaarbaar genoeg was Jared aanraken het enige wat haar de laatste tijd rust bracht. Met dat soort dingen kon ze niet bij dokter Benedict aankomen. Ze had het op internet opgezocht, maar de meeste zwangere vrouwen online leken hun man juist niet te kunnen uitstaan. En er was maar een beperkt aantal trefwoorden over zwangerschap die je kon googelen zonder overspoeld te worden met ranzige porno.

'Gaat het?' vroeg Jared.

Ze beet op haar lip en dwong zichzelf niet te gaan huilen.

'Je weet dat ik van je hou, hè?' zei hij wat onbeholpen.

'Ja,' zei Lena. 'Zeg dat nog maar eens als ik eruitzie als iets wat in een aquarium in Sea World thuishoort.'

'Schat, zolang je ook op andere plekken dikker wordt, vind ik het prima.'

Lena rolde met haar ogen. De deur ging open en ze trok snel haar hand terug.

Dokter Benedict liep naar de wastafel om zijn handen te wassen. 'Sorry dat ik u heb laten wachten,' zei hij tegen Lena.

Jared knipoogde naar haar. Dat was het eerste wat de man zei telkens als hij de kamer binnenkwam. Waarschijnlijk zei hij hetzelfde tegen zijn vrouw als ze in bed lagen, grapten ze tegen elkaar.

'Ga maar achteroverliggen.' Benedict trok het verlengstuk van de tafel uit.

Lena legde haar hoofd op het kussen en strekte haar benen. Ze keek op naar Jared. Hij legde zijn hand op haar voorhoofd. Het was een onhandig gebaar – alsof hij wilde voelen of ze koorts had – maar ze zei niets.

Benedict schakelde het echoapparaat in. Zonder plichtplegingen tilde hij het papieren hemd op. Lena zag wat ze de hele week al liep te ontkennen. Haar slip zat te strak. Nog even en hij zou als een stuk elastiek onder haar buik heen en weer rollen. Ze keek naar Jared en verwachtte een grapje. Maar hij lachte niet. Hij keek naar het scherm, ook al was er nog niets op te zien.

Benedict schudde met de gelfles boven Lena's buik. 'Het voelt een beetje koud,' zei hij, op zijn gebruikelijke dokterstoon. Hij kneep in de fles, maar er kwam niets uit. 'Momentje,' zei hij tegen Lena, en hij rolde zijn stoel naar de deur. 'Zou je me wat gel willen brengen?' riep hij de gang in.

Hij rolde zijn stoel terug naar de onderzoekstafel. Met zijn koude handen betastte hij Lena's buik, zonder te zeggen waarnaar hij zocht. Weer vroeg ze zich af of ze niet beter naar een vrouwelijke arts had kunnen gaan. Aan de andere kant: haar huisarts was een vrouw, maar dan had ze nog liever een dingo aan haar bed.

Weer ging de deur open. Het was druk op de gang, en Lena was blij dat haar benen niet in de steunen hingen.

'Alstublieft.' Het was dezelfde verpleegster die de tissues had gebracht. Ze overhandigde de arts een nieuwe fles gel. 'Deze komt uit de warmtekast?'

Lena wist niet wat ze irritanter vond: zoals de vrouw elke zin in een vraag liet eindigen of het feit dat de eerste fles niet verwarmd was geweest.

Benedict leek het verschil niet op te merken. Hij schudde de fles en zei: 'Het kan een beetje koud zijn.'

Lena keek Jared aan toen de warme vloeistof op haar huid werd gespoten. Weer knipoogde hij. Ze voelde de kop van het echoapparaat op haar buik drukken. Het vet rolde mee, maar dat probeerde ze voorlopig te negeren. In plaats daarvan keek ze naar het scherm, naar de verschuivende witte en zwarte plooien.

Dit was echt het stomste wat ze ooit had gedaan. Lena begreep waarom de arts het beeld wilde zien, maar er was geen enkele reden dat Jared naar het gerommel in haar binnenste moest kijken. Op het politiebureau was een zwangere secretaresse die elke nieuwe echofoto in een lijstje stopte. Lena kon niet in haar kamer komen zonder de ontwikkelingsgeschiedenis van het rare buitenaardse kloddertje te moeten volgen. Het leek wel of niets meer privé was.

Benedict fronste zijn wenkbrauwen. Hij staarde naar het scherm terwijl hij de kop nog harder op haar buik drukte.

Lena stelde de vraag die ze zo vreesde. 'Is er iets mis?'

Benedict antwoordde niet, wat het tien keer erger maakte.

'Luister,' zei de verpleegster. Ze draaide aan een van de knoppen op het apparaat. Uit de speakers klonk een traag *wah-wah*, als in een onderzeefilm.

Lena was al bang dat ze gemist had wat ze had moeten horen

toen het snelle *bonk-bonk-bonk* van een hartslag de ruimte vulde.

Jareds adem stokte. 'Is dat het...' Hij keek Lena aan. 'Het is het hartje.' Hij drukte zijn hand op haar borst en voelde haar eigen hart. 'Het is anders.'

Hij had gelijk. Lena's hart sloeg in het gebruikelijke langzame ritme, terwijl het hartje van de baby klonk als kolibrievleugeltjes die tegen een raam fladderden.

'Ziet u de baby?' vroeg de verpleegster.

Lena keek naar het scherm. Tussen alle plooien zat een zwarte stip. Dokter Benedict bewoog zijn hand en de stip werd een boon. Lena zag het hartje trillen.

'Allejezus,' fluisterde Jared. 'Allejezus.'

Lena hoorde zichzelf hetzelfde denken. Hoe hadden ze dit voor elkaar gekregen? Hoe hadden ze zoiets volmaakts kunnen maken? Ze kon haar blik niet van het boontje losmaken. De ronde randen, de welving in het midden die tot een maag zou uitgroeien. Nog even en het boontje zou echte armpjes en beentjes krijgen, en een hoofdje met lieve oogjes en een halvemaanvormig mondje.

Maar voorlopig was het nog een piepklein fladderend boontje.

Haar boontje.

Nog nooit in haar leven had Lena zoiets moois gezien.

'Alles ziet er goed uit,' zei dokter Benedict. 'U bent nu zes weken zwanger. Kom volgende week rond deze tijd maar terug.' Hij drukte een paar knoppen in op het echoapparaat. Een printer kwam zoemend tot leven. Benedict stond op. Hij liep weer naar de wasbak om zijn handen te wassen. 'Ik zal zorgen dat u een schijfje met de echo krijgt. De foto is over een paar minuten klaar.'

Jared boog zich voorover en keek Lena in haar ogen. 'Dit is het, schat. Jij en ik en het begin van alles.'

Lena's brein zei dat zijn woorden melodramatisch waren, maar haar hart... haar hart zag de tranen in zijn ogen, de dwaze grijns op zijn gezicht, voelde zijn hand terwijl hij zijn vingers verstrengelde met die van haar, en toen brak er iets in haar.

'Niets wordt meer zoals vroeger,' zei hij. 'Op een dag zitten we in onze luiers in het bejaardenhuis en dan praten we over dit moment, dat alles toen veranderde.'

Lena legde haar hand op zijn wang. Met haar duim streek ze over zijn lippen en toen duwde ze hem zachtjes weg. Ze ging niet weer huilen waar vreemden bij waren.

Jared begreep het. Hij knipoogde en zei grappend tegen Benedict: 'Bedankt, dokter. Goed werk.'

'Graag gedaan.' Het was duidelijk dat Benedict liever niet uit zijn rol viel. Hij keek naar de verpleegster terwijl hij zijn handen afdroogde. 'Jij valt toch in voor Margery?'

'Inderdaad, dokter.' Met een vriendelijke lach veegde de vrouw de gel van Lena's buik. 'Ik heb hier eerder gewerkt? U weet wel, Cayla Martin?'

Zestien

VRIJDAG

Wills hersens brandden in zijn schedel. Zijn spieren trilden nog na van de taser. Maar zijn lichaam stond niet langer strak als een vuist. Zijn handen en voeten waren niet langer tot ballen samengeknepen. Hij kon zijn knieën en ellebogen strekken. Ondanks al die verbeteringen was het nog steeds onmogelijk om rechtop te gaan zitten. Hij lag op zijn rug op de vloer. Boven hoorde hij Cayla Martin in een van de slaapkamers heen en weer lopen. Tenminste, hij vermoedde dat het Cayla was. Paul Vickery lag geboeid en met een prop in zijn mond naast hem. Degene die boven rondliep, droeg hoge hakken.

Recherchewerk.

De kloppende pijn in zijn hoofd kon niet alleen van de taser komen. Will was al eens eerder getaserd. Volgens Amanda was het een ongeluk geweest, maar toen hij haar kakellach hoorde, had hij er het zijne van gedacht. Voorzichtig bewoog Will zijn hoofd. Aan de achterkant zat een gevoelige plek. Hij knipperde met zijn ogen en vroeg zich af hoe vaak hij de afgelopen vierentwintig uur alles door een waas had gezien. Daar kon hij maar beter niet over nadenken. Eigenlijk kon hij nergens over nadenken, want weer lukte het zijn brein niet ook maar één gedachte vast te houden.

Benjamin.

Die naam was het enige wat hem niet ontglipte. Benjamin zat

op zolder. De ketting zat nog om zijn enkel. Will had tegen de jongen gezegd dat hij Faith moest sms'en. Waar bleef ze toch? Ze had gezegd dat de patrouillewagens onderweg waren.

Will moest hier weg. Hij moest de politie vinden voor Cayla verdween. Paul Vickery was buiten westen en niet alleen omdat Will hem had geslagen. Aan de zijkant van zijn hoofd zat een diepe snee. Die moest behandeld worden. Ondanks Wills vermoedens werkte Vickery blijkbaar toch niet samen met de criminelen. Of dat een recente ontwikkeling was, was minder duidelijk.

Will probeerde te gaan zitten. Zijn spieren reageerden niet. Hij kon zich alleen op zijn zij laten vallen. Op dat moment zag hij zijn polsen. Ze waren met touw samengebonden. De knopen waren strak aangetrokken. Het touw sneed in zijn huid. Will probeerde zijn benen te bewegen. Ook zijn enkels waren samengebonden. Nu snapte hij tenminste waarom hij zijn tenen niet voelde.

Moeizaam probeerde hij overeind te komen. Zijn voeten gleden weg. Zijn handen vonden nergens houvast. Uiteindelijk wurmde hij net zo lang heen en weer tot hij zat. Hij moest alleen even zijn ogen sluiten tot de misselijkheid wegtrok. Toen hij ze weer opendeed kwam het rotgevoel in alle hevigheid terug.

Er zat een man op de bank. Hij hield een Glock op Wills hoofd gericht.

Will had rechercheur DeShawn Franklin nooit persoonlijk ontmoet, maar hij herkende hem van de foto op Faiths mobiel. Hij had de bouw van een linebacker, met brede schouders en benen als boomstammen. Hij nam twee kussens op Cayla's bank in beslag. Het politiepistool in zijn hand leek een speeltje, maar Will wist dat het een echte killer was.

Weer keek Will naar Paul Vickery. Hij was nog steeds vastgebonden. Gekneveld, om precies te zijn. Wat nog niet verklaarde waarom DeShawn Franklin zijn wapen op Will gericht hield.

Nu liet Franklin de Glock zakken en legde hem op zijn knie. 'Paul kwam je redden.'

Will slikte de reeks vloeken weer in die hem naar zijn lippen steeg, want dat genoegen gunde hij hem niet. 'Heeft mijn collega hem gestuurd?' vroeg hij.

'Je collega heeft zo ongeveer iedereen gestuurd die naar de scanner luisterde.' DeShawn grijnsde. 'Bedankt dat je Paul al had uitgeschakeld toen ik hier kwam. Afgezien van zijn losse handjes is hij geen corrupte smeris. Ik zou niet weten hoe ik aan hem had moeten uitleggen waarom ik hem moest vastbinden.'

Will ging niet op de opmerking in. Faith wist in elk geval dat hij hier was. Ze zou de patrouillewagens sturen. Nog even en tien agenten ramden de deur open.

Franklin leek Wills gedachten te kunnen lezen. Hij nam hem zijn opties een voor een af. 'Ik heb tegen de jongens gezegd dat Paul en ik het huis voor onze rekening zouden nemen. Het laatste wat we van je gezien hebben, was dat je naar het bos liep. Aan de andere kant van de autoweg wordt een stuk terrein afgezet. Het hele korps is daar naar je aan het zoeken, jongen.'

Will wreef over zijn gezicht. Zijn vingers voelden koud, waarschijnlijk doordat het touw om zijn polsen de bloedsomloop afkneep. 'Werk je met Cayla samen?'

'Ik bewijs een oude vriend een dienst.'

Will had het gevoel dat hij het niet van harte deed. 'Waar is de jongen?'

'Zeg het maar. Hij is niet in het huis. Hij zit niet in jouw BMW.' Weer grijnsde hij zijn tanden bloot. 'Mooi wagentje. De staat betaalt vast stukken beter dan het Macon Police Department.'

'Ben jij Big Whitey?' vroeg Will.

Daar moest hij smakelijk om lachen. 'Ik ben Big Blackie, klootzak. Ben je soms kleurenblind?'

Will wist niet wat hij daarop moest zeggen. 'Wie is Big Whitey?'

Franklin antwoordde niet meteen. Hij keek naar zijn Glock en draaide hem heen en weer op zijn knie. 'Ik was bevriend met zijn zoon. Chuck en ik zijn samen opgegroeid. We zijn tegelijk van de academie gekomen. We zijn samen nogal eens verkast. Hij kreeg zijn inspecteursrang eerder dan ik, maar zo gaat dat soms.'

Will schudde zijn hoofd, alsof hij een herinnering boven wilde krijgen.

'Een maand of acht, negen geleden waren we aan het hardlopen. Chucks been breekt als een twijg. Geen enkele reden, het knapt gewoon doormidden.'

Will had iets dergelijks vaker gehoord. 'Leukemie?' raadde hij.

'Nu begin je het te snappen.'

'Nog niet echt,' zei Will.

'Chuck zou het familiebedrijf overnemen. Wie weet wat er gaat gebeuren nu hij er niet meer is.'

'Chuck,' herhaalde Will. De naam klonk heel bekend.

'Ik dacht dat jullie van het GBI wat slimmer waren.'

'Ik heb een paar slechte dagen achter de rug,' zei Will.

'Reken maar, makker. Zo te zien gaat het er niet beter op worden.'

Will hoorde boven iets zwaars op de vloer vallen. Het leek verdacht veel op het geluid van de hint die opeens in zijn schoot viel. 'Cayla Martin zei dat ze met een zekere Chuck over de Tamiami Trail had gereden,' zei hij.

Franklin lachte. 'Misschien ben je minder stom dan ik dacht.'

Will besefte dat hij een muur achter zich had. Hij schoof ernaartoe, zodat hij ertegenaan kon leunen. Zo rustte hij even uit. 'De zoon van commissaris Gray is onlangs overleden,' zei hij, en hij herinnerde zich iets wat Faith hem de vorige ochtend had verteld. 'Toen Gray het korps overnam, koos hij jou persoonlijk uit om hem naar Macon te vergezellen.'

Franklin zweeg afwachtend.

'Commissaris Gray is Big Whitey,' raadde Will.

Franklin bevestigde zijn ontdekking niet, maar zei: 'Lonnie

werkte in Jacksonville, maar hij woonde in Folkston. Ik woonde met m'n moeder en m'n zusje bij de Funnel. Er waren daar niet veel zwarte kinderen, maar Lonnie vertrok geen spier toen ik op een dag aan tafel zat om mee te eten.'

'Wees maar blij dat hij je niet ontvoerd en verkracht heeft.'

Het pistool ging omhoog. Franklin richtte de loop weer op Wills hoofd.

'Je wist niet dat Lonnie op kinderen kickte, hè?'

Franklin schonk hem een woedende blik. Toen liet hij het pistool weer op zijn knie zakken. 'Hij heeft meer aan mijn opvoeding gedaan dan mijn eigen vader.' De walging droop van zijn gezicht. 'Ik heb Lonnie nooit iets over kinderen horen zeggen. Ik heb hem nooit naar kinderen zien kijken, ik heb hem nooit met ze horen praten, niks van dat alles. Lonnie kon de buitenwereld belazeren als de beste, maar wat dat andere betrof heeft hij zijn vrienden nog het meest belazerd.'

'Hoe voelde het toen je het ontdekte?' vroeg Will.

Franklin zweeg bij wijze van antwoord.

'De stoere drugsdealer en killer uithangen is één ding,' zei Will. 'Kinderen verkrachten is een heel ander verhaal.' Hij zag dat Franklin het met hem eens was. 'Dan ga je de grens over, vind je niet? Een junk een kogel door zijn kop jagen, goed, daar heeft hij min of meer om gevraagd, maar kinderen zijn onschuldig. Die hebben nergens om gevraagd.'

'Ik wist het niet, zei ik toch?'

'Denise Branson wist het wel.'

'Denk je dat ook maar iemand naar die stomme pot luistert?'

Will wees hem er maar niet op dat de stomme pot al die tijd gelijk had gehad.

'Ik zag Lonnie als een soort god. Zo zagen we hem allemaal. Ik had geen idee dat hij...' Franklin kreeg de woorden niet eens over zijn lippen. 'Ik ben blij dat Chuck dit niet meer heeft meegemaakt. Alleen dat al zou zijn dood zijn geweest.'

'Hoe ben jij erachter gekomen?'

'Dat huis,' zei Franklin. Hij bedoelde het drugshol. 'Vóór de inval heb ik er een mannetje op af gestuurd om Waller en zijn maten uit te schakelen.'

Will vermoedde dat het mannetje Tony Dell was. Er was geen andere speler in het veld die zo'n bedreven moordenaar was.

'Wat heeft die gevonden?' vroeg Will.

'Wat we al hadden verwacht. In de voorkamer zaten drie kerels tv te kijken. Geen probleem, de man maakt ze zonder een kik af. Dan gaat hij naar het souterrain, op zoek naar Waller, en in plaats van hem vindt hij die twee jongetjes.' Franklin schudde zijn hoofd, en Will zag dat zijn verbijstering niet gespeeld was. 'Een van de jongens was al dood. Hij lag daar maar, zei de man.'

Will dacht aan de jongen op Lila's farm. Hij had gedaan alsof hij dood was en dat had hem eindeloos veel meer ellende bespaard.

'Het tweede jongetje ademde nauwelijks,' vervolgde Franklin. 'Mijn handlanger heeft hem hiernaartoe gebracht zodat Cayla voor hem kon zorgen.'

Will vroeg zich af of hij wist hoe Cayla voor hem gezorgd had. 'De jongen wist wie Big Whitey was?' Franklin knikte. Will huiverde bij de gedachte dat Benjamin zich veilig had gewaand omdat Franklin een penning droeg. 'Dus volgens die man was Waller niet in het souterrain?'

'Klopt. Maar als hij met het kind de achterdeur uit gaat hoort hij Waller door de voordeur naar binnen stormen.' Franklin haalde zijn schouders op. 'Waller rent het souterrain in om bij zijn buit te kijken. Mijn handlanger zet de deur met een balk vast zodat hij er niet uit kan, en dan gaat hij ervandoor.'

'Waarom wilde je vóór de inval Wallers team uitschakelen?'

Na enige aarzeling zei Franklin: 'Ik was bang dat Lena gewond zou raken.'

De twijfel stond waarschijnlijk op Wills gezicht te lezen.

'Ik ben geen beest, man. Ik heb twee nichtjes. Ik heb geholpen mijn zus op te voeden nadat mijn pa was doodgegaan. Ik wist dat Lena zwanger was,' zei Franklin. 'Cayla draait nogal wat diensten bij allerlei artsen. Ze hoorde Jared tegen Lena zeggen dat hij dacht dat Lonnie Big Whitey was.'

Om er zeker van te zijn dat hij het goed had gehoord, luisterde Will in gedachten de woorden nog eens terug. 'Was Cayla ze aan het afluisteren?'

'Nee. Jared stond in de deuropening. De halve wachtkamer heeft hem gehoord toen hij Lonnies naam uitsprak.'

'En Cayla dacht dat hij het meende, dat hij zo'n theorie zomaar even luchtte in de spreekkamer van een arts, waar iedereen hem kon horen?'

'Dat is wat Cayla zei.'

'Wat denk jij?'

'Dat hij stond te bullshitten.' Franklin haalde zijn schouders op. 'Jared is een praatjesmaker. Dat zijn al die motorjongens. Ze denken dat ze met de grote kerels kunnen meedoen, maar ze snappen er geen reet van.'

Het duurde even voor Will de informatie had verwerkt. Als het klopte wat DeShawn zei, dan had Lena gelijk. Zíj had al die ellende niet over hen afgeroepen. Dat was Jared Long geweest. 'Geloofde Lena wat Jared zei?'

'Ik denk het niet. Lee heeft er in elk geval niks over gezegd tegen mij of de andere jongens,' gaf DeShawn toe. 'Maar ze is slim als ze iets in d'r kop heeft. Jared doet haar een idee aan de hand, en dan gaat ze misschien op dingen letten die haar eerst niet waren opgevallen. Ik moest haar bezighouden. Ze was helemaal bezeten van die Waller. Ik wist dat ze elke kans zou aangrijpen om hem uit te schakelen.'

Eindelijk begon Will het hele plaatje te zien. 'Dus Cayla vertelt jou over dat gesprek bij de dokter. Jij zoekt contact met een pillendealer, een zekere Tony Dell. Tony wordt gearresteerd. Twee uur later verlinkt hij Waller en levert Lena het bewijs dat ze nodig heeft om dat drugshol binnen te gaan.'

'Ik weet dat je me een ijskouwe vindt, maar ik probeerde haar te beschermen,' legde Franklin uit. 'Lena arresteert Waller en zit vervolgens een halfjaar tot aan haar nek in de papieren. Ik bedacht dat ze zo haar zwangerschapsverlof wel haalt, en als ze haar baby eenmaal heeft besluit ze misschien dat ze moedertje wil spelen en komt ze niet meer terug.'

Will vroeg zich af of er ook maar één man in Lena Adams' leven was die niet bereid was risico's voor haar te nemen. 'Lena heeft de baby verloren.'

'Weet ik.' Franklin vond het erg, zo te zien. 'Cayla heeft haar gebeld om te zeggen dat ze een tijdje vrij moest nemen. Ze wilde niet luisteren. Die meid luistert naar niemand.'

Daar kon Will niets tegen inbrengen. 'En Jared?'

'Hoezo Jared? Die schrijft bekeuringen uit en veegt glasscherven van de weg. Hij kan geen onderzoek beginnen.'

'Lonnie Gray laat zo'n los eindje niet hangen,' vermoedde Will. Hij had met eigen ogen gezien hoe keihard de man kon zijn. 'Jíj hebt hem niet over dat gesprek in de spreekkamer verteld, hè? Dat was Cayla. En Gray was een stuk makkelijker te overtuigen dan jij.'

Franklin antwoordde niet, maar ze wisten allebei dat Cayla daar kwaadaardig genoeg voor was. Franklin gaf er een wat mooiere draai aan: 'Cay heeft zes jaar lang iets met Chuck gehad. Ze is tot het eind bij hem gebleven. Op het laatst is ze heel hecht met Lonnie geworden. Ze geeft om hem.'

Dat geloofde Will graag. Cayla reageerde op drama als het getij op de maan. 'Daarom ben jij hier, om een dienst te bewijzen aan een oude vriend.'

'Ik kan haar niet laten opsluiten. Dat ben ik Chuck verschuldigd.'

Will wist dat er een erecode bestond, zelfs onder criminelen, maar het kostte hem moeite te geloven dat Cayla die waard was. 'Lonnie heeft de rednecks op Lena en Jared af gestuurd,' zei hij.

Franklin knikte.

'Hij heeft ze Eric Haigh laten doodmartelen.'

Franklins gezicht betrok. 'En hem als een stuk vuil laten dumpen.'

'Lonnie probeert grote schoonmaak te houden,' zei Will. 'Jij werd gisteravond bij de bioscoop aangevallen. Iemand heeft op Vickery geschoten. Tony Dell loopt nog ergens rond. Big Whitey stopt pas als jullie allemaal dood zijn.'

'Lonnie doet me echt niks. Hij zocht naar de jongetjes. Hij wist dat iemand ze in het souterrain had gevonden. Ze hebben allebei zijn gezicht gezien, ze wisten wie hij was. Ik praat het niet goed, ik zeg alleen dat het zich tegen hem zou kunnen keren.'

'Zou dat zo slecht zijn, dat dit alles zich tegen Lonnie keert? Zodat hij niet nog meer kinderen kapotmaakt?'

Franklin haalde zijn schouders op, maar het was niet zonder reden dat hij nu praatte.

'Vóór de inval wist je niks van die kinderen af,' zei Will.

'En?'

'En je liet Sid Waller en zijn team ombrengen nog voor je van die kinderen wist.' Will vermoedde dat het bedrijfsmodel van Big Whitey inderdaad in franchise werd gegeven.

'Alles veranderde nadat Chuck was gestorven,' zei Franklin. 'Lonnie en ik waren niet zo hecht meer. Eerst meende ik dat het door zijn verdriet kwam, maar toen bedacht ik dat het iets anders was.'

'Waller en Lonnie waren allebei pedo. Ze deden het niet voor het geld. De enige keer dat Lonnie risico's nam was als hij een nieuw kind aan het groomen was.'

'Je hebt gelijk,' zei Franklin. 'Alleen ontdekte ik pas dat ze het samen deden nadat Waller dood was.'

'Kinderen stalken?'

'Ze deden alles samen.' DeShawn keek alsof hij een vieze smaak uit zijn mond wilde spuwen. 'Lonnie zei dat hij nog nooit zoveel lol had gehad.'

Will vermoedde dat de twee mannen verscheidene lange gesprekken hadden gevoerd, die geen van alle gunstig uitpakten voor DeShawn Franklin. 'Nog voor de inval begon de zaak uiteen te vallen. Je wist dat het foute boel was. Je zag dat Lonnie en Waller heel close waren. Je was bang dat Lonnie de zaak aan Waller zou overdragen.'

Franklin lachte snuivend. 'Daar was ik niet bang voor. Ik wist al dat het zo zou gaan. Dat vertelde Lonnie me voor de inval. Nog voor Cayla dat van Jared had opgevangen. Nog voor die hele shitzooi begon, riep hij me bij zich en zei dat Waller naar zijn idee meer greep op de dingen had. Hij wilde mij als tweede man, na die klootzak van een redneck. Hij bracht het alsof hij me een dienst bewees.' Franklin lachte bitter. 'Hij heeft dus toch niet als een vader van me gehouden.'

'Wie heeft van je gehouden?' Cayla Martin kwam met een grote koffer de trap af klossen. Ze had hem veel te vol gepakt en kon hem niet houden. De koffer hobbelde de trap af en bleef pas liggen toen hij tegen de voordeur knalde.

Cayla leek het niet erg te vinden. Voorzichtig daalde ze op haar hoge hakken de rest van de treden af. Ze had zich mooi uitgedost – tenminste, die indruk kreeg Will. Haar strakke leren minirok leek splinternieuw en de bijpassende zijden bloes was zo laag uitgesneden dat je het roze strikje op haar bh kon zien.

'Ga maar vast in de auto zitten,' zei Franklin.

'Neu.' Ze viste een pakje sigaretten uit haar tas. 'Ik moet zeggen, Bud, dat ik het behoorlijk klote vind dat je Benji hebt laten gaan.'

Will keek Franklin aan, maar die gaf geen sjoege.

'Ik had een gezin in Duitsland dat dertigduizend dollar voor hem wilde betalen,' zei ze.

‘Een gezin?’ Will wist niet of ze aan wanen leed of naïef was.

‘Goed dat ik dat stomme ticket nu heb.’ Ze stopte een sigaret in haar mond, maar stak hem niet aan. ‘Als Shawn me niet bij het ziekenhuis had opgepikt zou ik nu gezellig in de bak zitten. Toch, liefie?’

Franklin antwoordde niet. Hij zat daar maar op de bank alsof hij zelf niet geloofde dat hij ooit weer overeind zou komen. Ergens moest er nog een politieman in hem schuilgaan. Hij had Lena willen beschermen. Paul Vickery was geboeid, maar niet vermoord. Franklin had zijn best gedaan om Tony Dells naam buiten het verhaal te houden. En dan was er het onweerlegbare feit dat Will nog ademde.

DeShawn Franklin was klaar met alles. Misschien kwam het door de kinderen. Misschien kwam het door het verraad van Lonnie Gray. Hoe dan ook, hij had zijn portie gehad.

‘Shit, Shawn.’ Cayla leek zijn aarzeling te voelen. Wiebelend op haar hoge hakken liep ze op Franklin af. ‘Je moet het doen, dat weet je.’

Franklin stak zijn hand in zijn zak en haalde zijn autosleutels tevoorschijn. ‘Zet hem maar op het parkeerterrein.’

‘O, echt niet.’ Cayla bewoog haar hoofd heen en weer. ‘Geen denken aan.’

‘Jij gaat pleite,’ zei Franklin. ‘Wat ik ga doen, is mijn zaak. Dat heeft niks met jou te maken. Ik ben het aan Chuck verplicht om te zorgen dat jouw naam hierbuiten blijft.’

‘Shi-it, je kunt geen kant op, Shawn, en denk maar niet dat ik de rest van m’n leven wienerschnitzel ga eten.’ Cayla liet de aansteker vlammen en hield het vuur voor haar sigaret. ‘Kom op. Afmaken die handel. We hebben geen tijd om te wachten tot je geweten zover is.’

‘Ik ga niet…’

Cayla greep de Glock en vuurde vier kogels op Paul Vickery af.

De schoten weergalmden door de kleine kamer. De lucht trilde van het lawaai. Vickery's lichaam schokte hevig toen de kogels in zijn rug sloegen.

Wills handen vlogen naar zijn gezicht. Hij trok zijn knieën in alsof een deeltje van zijn brein dacht dat hij zich tot een bal moest oprollen om de kogels te weren. Hij wachtte tot Cayla het pistool op hem richtte. En wachtte.

Er gebeurde niets.

Will gluurde omhoog in de overtuiging dat hij recht in de loop van de Glock zou kijken.

Hij zag echter dat Franklin het wapen had weggegrist. Hij hijgde, hoewel er duidelijk geen worsteling was geweest. 'Fuck, Cayla!' schreeuwde hij. 'Wat de fuck moest dat voorstellen!' Franklin knielde naast Vickery neer. Hij drukte zijn vingers tegen zijn hals. 'Je hebt hem vermoord!'

'Graag gedaan, klootzak.' Cayla's sigaret wipte op en neer in haar mond. 'Ik heb je wel gehoord toen ik boven was, Shawn. Je hebt ze goddorie alles verteld wat er gebeurd is. Geen wonder dat Lonnie de zaak niet aan jou wilde overdragen.'

'Bek houden!' Franklin richtte de Glock op Cayla. 'Bek houden, godverdomme!'

De sigaret viel uit haar mond. 'Weg met dat pistool.'

'Bek houden, zei ik!' Franklin drukte het wapen tegen Cayla's borst. 'Ik zei dat je dit aan mij moest overlaten. Ik zei dat je voor één keer in je ellendige leven je bek moest houden en mij moest laten doen waar ik goed in ben.'

'Wat ga je dan doen, Shawn?' vroeg Cayla. 'Tegen ons getuigen? Ga je naar de politie om te zeggen dat het je spijt?'

'Hou je mond.'

'Ga je me een kogel door mijn borst jagen, Shawn? Heb je dat aan Chuck beloofd? Dat je me ging vermoorden?' Ze sprak krachtige taal, maar deed wel een stap terug. 'Je weet dat hij uit de weg geruimd moet worden, anders gaat hij rechtstreeks naar de politie.'

'Hij gaat niet naar de politie!' riep Franklin. 'Hij is een crimineel. Hij heeft voorwaardelijk!'

Will staarde naar de vloer om zichzelf niet te verraden. Hij had geen idee waarom Franklin hem niet verried.

En dat zou hij nooit weten ook.

Tony Dell duwde de klapdeurtjes van de keuken open. Will had geen idee hoe lang hij daar al gestaan had. Wel dat hij genoeg had gehoord.

Tony was met drie stappen aan de andere kant van de kamer en stak zijn mes door Franklins hals.

Franklins mond ging open. Hij liet het pistool vallen. Hij bracht zijn ene hand naar zijn keel en met de andere probeerde hij grip op het heft van het mes te krijgen.

En toen trok Tony het lemmet terug.

Als uit een waterpistool spoot het bloed uit de wond.

Franklin zakte op een knie, happend naar adem. Will hoorde de lucht piepend ontsnappen door de open spleet in zijn hals.

'Jezus, Tony, maak het af,' zei Cayla.

Daar had Tony geen zin in. Hij zoog het schouwspel van Franklins doodsstrijd in zich op. Hoe het bloed uit zijn hals stroomde. Hoe hij met bevende vingers naar hulp reikte. Ten slotte verloor Franklin zijn evenwicht. Zijn lichaam kantelde en zijn knie gleed onder hem weg. Zijn schouder sloeg tegen de vloer. Rond zijn hoofd vormde zich een plas bloed. Zijn vingers bleven trillen. Een penetrante lucht steeg van hem op. Zijn brede borst ging nog één keer omhoog voor een laatste hap lucht die hij nooit meer zou uitademen.

En toen was het voorbij.

'Verdomme,' fluisterde Tony. 'Volgens mij heeft-ie zich onder gescheten.'

Cayla gaf hem een klap tegen zijn achterhoofd. 'Hoe vaak moet ik jou wel niet bellen? Ik zweer het, ik dacht echt dat Shawn me ging arresteren daar bij het ziekenhuis. Ik zei toch dat het niet goed zat met hem?'

'Ik zou m'n waffel maar houden en me bedanken omdat ik hier met gevaar voor eigen leven naartoe ben gekomen.' Tony veegde het lemmet af aan zijn spijkerbroek en stopte het mes in zijn laars. 'Aan de andere kant van de autoweg staan twintig politieauto's te wachten. Ik moest een achterafweg nemen.'

'O, wat zielig.' Cayla raapte haar nog brandende sigaret op van de vloer. Ze pakte Franklins Glock en smeet die de keuken in. 'Reken jij maar met Bud af en neem mijn koffer mee. Als we om moeten rijden haal ik mijn vlucht niet.'

'Shit,' zei Tony, 'je hoeft er niet vier uur van tevoren te zijn. Dat is voor anderen, niet voor jou.'

'Heb je ooit een internationale vlucht genomen?' vroeg ze. Tony's gezicht verried hem. 'Schiet nou maar op en vergeet mijn koffer niet.' Ze deed de deur open, maar vertrok nog niet. Ze liep naar Will en stak haar vingers in zijn voorste zak. Hij hield zich roerloos. Ze haalde de sleutels van Sara's BMW tevoorschijn. 'Laten we er maar in stijl naartoe rijden.'

Tony sloeg haar op haar kont. 'Shit, yes, baby.'

Cayla wierp Will een vuile blik toe. Haar stem veranderde van het gebruikelijke hoogtonige geteem in een hekserige grauw. 'Laat het hem maar voelen, baby. Die hufter heeft me dertigduizend dollar gekost.'

Ze sloeg de deur achter zich dicht.

In de stilte hoorde Will geklik. Hij besefte dat het zijn adem was die stokkend zijn mond in en uit ging.

Tony schudde zijn hoofd. 'Wat een moordwijf is het toch.'

Will zweeg. Hij had nu twee keer gezien waartoe Tony Dell in staat was. Toen Eric Haigh werd neergestoken, was zijn enige gedachte geweest dat hij zelf niet op die manier wilde eindigen. Nu hij het alternatief had gezien, was hij daar niet meer zo zeker van.

Tony slaakte een diepe zucht. 'Opstaan, Bud. Ik ga je niet liggend van kant maken.'

Moeizaam ging Will op zijn knieën zitten. Uiteindelijk greep

Tony hem bij zijn arm en trok hem overeind. Will probeerde zich los te rukken, maar dat lukte niet. Zijn handen en voeten waren gebonden. Hij kon geen kant op. Hier in dit huis ging hij sterven, op deze vloer, naast Paul Vickery en DeShawn Franklin.

Het enige wat hem een zekere rust gaf, was de wetenschap dat Benjamin veilig op zolder zat. Hij had Wills telefoon. Zo zou hij opgespoord worden. Benjamin zou met zijn broertje herenigd worden. Beide jongens zouden spoedig thuis zijn.

Maar Sara zou niets hebben. Voor de wet was Will nog steeds met Angie Polaski getrouwd. Het maakte de rechter niet uit dat hij haar al maanden niet gezien had, dat hij een echtscheidingsadvocaat had ingehuurd om haar op te sporen. Zijn vrouw kon op alles aanspraak maken, niet alleen op zijn lichaam, maar ook op zijn herinneringen. Angie was samen met Will opgegroeid. Omdat ze zo lang in elkaars nabijheid hadden verkeerd, wist ze meer over hem dan wie ook. Ze was zijn doos van Pandora die alleen openging als er pijn toegemeten moest worden.

Sara had Wills hond, zijn tandenborstel en wat hij aan kleren in haar appartement had achtergelaten.

'Juistem.' Tony trok het mes uit zijn laars. 'Laten we d'r maar een eind aan maken.' Hij hield het omhoog, zodat Will het kon zien. Een truc die hij ongetwijfeld van de redneck had overgenomen. En net als toen miste die zijn uitwerking niet. Will voelde zijn darmen verkrampen.

'Toch niet bang, Bud?' vroeg Tony lachend.

Will probeerde Bill Black weer op te roepen. Hij mocht niet als een lafaard sterven. 'Toe dan, man, doe het. Schiet een beetje op.'

Tony was altijd een dwars mannetje geweest. Hij liet het mes zakken. 'Volgens mij heb je iemand flink pissig gemaakt.' Hij wees naar Wills gezicht. 'Twee blauwe ogen, een gebroken neus. Dat is niet het werk van Junior.'

Will slikte. Zijn keel deed nog steeds pijn. Hij dacht aan de whisky die hij van Sara had moeten drinken. Ze had gelijk gehad.

Hij had zich inderdaad beter gevoeld. Alles wat ze deed, gaf hem een goed gevoel.

'Wie heeft je te grazen genomen, Bud?' vroeg Tony.

Will wist dat Tony een antwoord wilde horen. Dit hoorde niet bij het moordspelletje. 'De smeris. Hij kreeg me gisteravond te pakken. Hij viel me van achteren aan.' Hij keek naar Paul Vickery. 'Die doet dat vast niet weer.'

Tony lachte. 'Da's een goeie, Bud. Vast niet.' Met zijn mes begon hij zijn nagels schoon te maken. Het lemmet drong door de huid onder zijn duimnagel. In plaats van te schrikken, keek Tony naar het bloed dat uit het sneetje drupte. 'Hoe kom je aan dat mooie wagentje?'

Sara's BMW. Haar autopapieren lagen in het dashboardkastje. 'Gestolen van een vrouw in de kantine.'

'O?'

'Ze liet haar sleutels op tafel liggen. Ik ging naar het parkeerterrein en drukte net zo lang op de knop tot ik hem gevonden had.'

'Goeie truc. Die moet ik onthouden.' Tony hief het mes, wierp het telkens in de lucht en ving het weer op. 'Ik zat me iets af te vragen, Bud.' Hij keek even achterom, alsof hij zeker wilde weten dat ze alleen waren. 'Ik ben geen flikker of zo, maar ik heb gezien dat je je een beetje opgeknapt hebt. Daar in die club,' legde hij uit. 'Toen je van Denny je broek moest laten zakken.'

'Wat?' zei Will hoofdschuddend.

'Het lijkt mij dat een man zich alleen zo opknapt als er een vrouw in het spel is. Toch?'

Weer moest Will slikken. Het was moeilijk te accepteren dat het laatste gesprek voor zijn dood over zijn schaamhaar ging.

Tony was nog steeds met het mes aan het gooien. 'Van Cayla moest ik ooit m'n ballen scheren. Het jeukte zo erg dat ik ze er bijna af gekrabd heb.' Hij haalde zijn schouders op. 'Dat van jou ging vast beter.'

Will wist niet of dat een vraag of een constatering was.

Tony ving het mes bij het heft. Hij lachte, alsof hij net iets had bedacht. 'Je hebt het nog steeds te pakken van dat vrouwtje in Tennessee, hè?'

Will probeerde een Bill Black-antwoord te bedenken, maar toen besefte hij dat dit precies het soort dood was waar een man als Bill Black op kon rekenen. 'Ja,' zei hij. 'Ik ben hartstikke gek op haar. Daar was ik op weg naartoe, naar Tennessee. Ik wil niet dat mijn kind zonder vader opgroeit.'

'Dacht ik al,' zei Tony. 'Je probeerde haar alleen maar jaloers te maken, hè? Daarom ging je met Cayla.'

Will knikte. 'Ja.'

'Daarom kwam je toch hier, om dat tegen Cayla te zeggen? Dat er niks van zou komen?'

'Ik weet dat ze jouw meisje is, Tony.' Will zocht wanhopig naar een verklaring voor zijn aanwezigheid in het huis. 'Ik hoorde in het ziekenhuis dat ze gezocht werd. Ik ben hiernaartoe gekomen om te zeggen dat ze zich een tijdje gedeisd moest houden. Ik probeerde haar te helpen voor het geval jij dat niet kon.'

Tony trok een scheef gezicht terwijl hij nadacht over Wills smoes. Ten slotte kwam hij tot een conclusie. 'Je bent een echte heer, Bud, dat je haar geholpen hebt. Ik heb altijd geweten dat je een goeie vent was.' Hij zweeg even. 'Hoezo ga je de stad uit?'

Will probeerde de pijn te onderdrukken toen hij weer slikte. 'Ik was van plan meteen naar Tennessee te gaan nadat ik voor jou bij Cayla had gekeken. Ik heb in Macon niks te zoeken.'

'O?' zei Tony. 'En je voorwaardelijk dan?'

'Het wordt me hier te heftig. Te veel dooie smerissen. Nog even en ze proberen het allemaal op mijn bord te schuiven.'

'Je kunt altijd nog verklikker worden.'

'Ik ga echt mijn vrienden niet verlinken. En ik ga echt niet...' Will onderbrak zichzelf voor hij ging smeken. Tony vond het lekker om mensen te horen smeken. 'Ik wil mijn kind zien opgroeien. Ik heb geen enkele reden om hier ooit nog terug te komen.'

'Dat is mooi van je, Bud. Je zou vast een heel goeie vader zijn geweest.'

'Ik heb nooit anders gewild,' loog Will. Er waren zoveel slechte dingen die kinderen konden overkomen dat hij zelf nooit een kinderwens had gehad. Niettemin zei hij tegen Tony: 'Mijn vader heeft me in de steek gelaten toen ik klein was. Ik wil dat mijn kind niet aandoen.'

Tony bekeek hem aandachtig. Ten slotte zei hij: 'Mijn pa is ook weggelopen.'

Will spande elke spier in zijn keel om het gesprek gaande te houden, om een fictief sprookje te creëren rond de vrouw in Tennessee en het prachtige leven dat ze samen zouden hebben.

Maar hij wist dat het te laat was. Tony luisterde niet meer. Hij probeerde tot een besluit te komen. Dat zag Will aan zijn ogen, die heen en weer schoten alsof hij Wills gedachten kon lezen.

Toen schoof Tony zijn mes weer in zijn laars. 'Wel uitkijken op die bergwegen.'

Wills lippen gingen vaneen. Opeens was de goeie ouwe Tony weer terug.

'Ik heb gehoord dat het heel mooi is in Tennessee.' Tony liep naar de deur, maar opeens dacht hij weer aan Cayla's koffer. Hij moest het handvat met beide handen vastklemmen. 'Shit, ze heeft ongeveer het hele huis ingepakt.'

Will zei niets.

'Ik mag jou wel, Bud,' zei Tony. 'Jammer dat ik je nooit meer zal zien.' Hij keek Will strak aan. 'Ja toch?'

'Ja,' zei Will, verwoed knikkend.

Tony sleepte Cayla's koffer naar buiten. Hij deed geen moeite de voordeur achter zich te sluiten.

Will voelde zijn lichaam heen en weer zwaaien terwijl hij de koffer over de veranda hoorde schuren. Het ding sloeg tegen de betonnen traptreden en kraste over de oprit.

Ze wisten niet hoe Sara's sleutel werkte. Het alarm ging af, maar ze slaagden erin de snerpende sirene tot zwijgen te brengen voor die te luid werd. Een portier ging open en weer dicht, gevolgd door een tweede portier. Een paar tellen later ging er weer een portier open en dicht.

De motor sloeg aan. De banden gierden toen Tony gas gaf.

Langzaam drong het tot Wills lichaam door dat hij niet doodgestoken zou worden. Steunend op zijn handen en terwijl hij zijn knieën achter zich aan sleepte, bereikte hij de voordeur. Hij zag nog net de remlichten van Sara's BMW opglceien toen Tony de straat uit scheurde.

Will ging op zijn hurken zitten. Hij sloot zijn ogen en een tijdlang ademde hij alleen maar. Zijn hart bonkte zo heftig dat hij het bijna tegen zijn ribben voelde tikken.

Benjamin.

De jongen was nog op zolder.

Will besloot hem niet te roepen, voor het geval Tony van gedachten veranderde. Bovendien was hij geboeid aan handen en voeten. Het was niet zo dat hij de trap op kon rennen om de jongen op te vangen als hij door het luikgat naar beneden sprong.

Ook lagen er twee lijken hier beneden. Benjamin had voor zijn hele leven al genoeg verschrikkelijke dingen gezien.

Paul Vickery lag op zijn zij. Het gat in zijn hoofd bloedde niet meer. Zijn polsen waren helderrood waar het touw in zijn huid sneed.

Will drukte zijn handen op de vloer en sleepte zijn knieën mee, en zo bewoog hij zich als een rups voort. Hij kon amper geloven dat hij nog maar een paar uur geleden die footballgrap aan de andere jongen had verteld. Waarschijnlijk was die nu in het Grady Hospital. Net als Sara. Ze was veilig. Dat was het enige wat telde.

Will stopte bij Vickery's lichaam. Hij zocht in zijn zakken naar een mobiel en vond een portefeuille, een bos autosleutels, een handjevol los geld, maar geen telefoon. Hij klopte op Vickery's borst. Er zat iets hards onder zijn overhemd.

Vickery kreunde en Will deinsde terug alsof hij door een slang werd aangevallen.

'Uh.' Vickery trok de mondprop weg. Grondig vloekend rukte hij zijn boord los, en Will zag het zwarte kogelwerend vest onder zijn overhemd. 'Wat is er in jezusnaam gebeurd?'

'Er is op je geschoten.' Will bekeek Vickery's rug. In het vest zaten vier platgedrukte kogels.

'Door jou?' vroeg Vickery.

'Nee.' Will ging weer op zijn hurken zitten. 'Ik zag je gisteravond op de weg met Tony Dell praten.'

Vickery knipperde met zijn ogen, alsof hij er niks van snapte. 'Nee, dat kan niet.'

'Een witte Honda. Tony's pick-up had je klemgereden.'

'Weet je wel hoeveel witte Honda's er op de weg zijn?' Vickery probeerde zich op zijn rug te rollen. 'Waarom heb je niet gezegd dat je van de politie was?'

'Omdat ik me toevallig net verrot liet schoppen.'

Vickery grinnikte, als bij een dierbare herinnering. Toen keek hij naar DeShawn Franklin en zijn gezicht betrok. 'Ik zou mijn leven aan die klootzak toevertrouwd hebben.'

Will zei maar niet dat hij daar waarschijnlijk goed aan zou hebben gedaan. 'Waar is je telefoon?'

'In mijn voorzak.' Vickery probeerde hem te pakken, maar werd belemmerd door het touw.

Bovendien wist Will dat de zak leeg was.

Met tegenzin kroop hij naar Franklins lijk. Het hart klopte niet meer en zijn bloedsomloop was gestopt. De wond in zijn hals sijpelde nog wat na. Will probeerde een huivering te onderdrukken toen hij het lijk onderzocht. Dat zijn polsen praktisch aan elkaar zaten vastgegroeid maakte het er niet gemakkelijker op. Pas na een eeuwigheid vond hij de telefoon in Franklins borstzak.

Nog voor hij het apparaat goed had bekeken, schoof Will al weg van de dode. Hij was gedwongen de telefoon met beide handen vast te houden. Zijn duim veegde over het scherm. In plaats van een toetsenbord verscheen er een microfoonicoontje. De rode knop eronder flitste op. Een klok telde de seconden af, en daaronder liep een rechte streep, als op een hartmonitor.

De streep begon op en neer te dansen toen Will zei: 'Volgens mij heeft hij ons opgenomen.'

Vickery schudde zijn hoofd, maar zei niets.

Twaalf minuten en drieëntwintig seconden. Zo lang stond de recorder aan. Franklin had hem aangezet toen Will uit zijn taserslaap ontwaakte.

'Ga je nog iemand bellen of hoe zit dat?' vroeg Vickery.

Will drukte op de rode knop. De timer stopte. Hij wist niet hoe deze telefoon werkte, maar ze leken allemaal op elkaar. Met zijn duim raakte hij het icoontje van een huis aan. Toen drukte hij op het telefoonsymbool. Het toetsenbord kwam tevoorschijn. Will toetste Faiths nummer in. Met zijn hand tegen zijn gezicht wachtte hij op de verbinding.

Ze nam meteen op. 'Franklin, wat is er?'

'Ik ben het,' zei Will. 'Ik zit in Cayla's huis.'

'Will?' Faiths stem schoot de hoogte in. 'Zestig agenten kammen het bos uit op zoek naar jou.'

'Je moet Sara's auto op de telex zetten. Tony Dell en Cayla Martin hebben hem gestolen. Ze rijden naar Atlanta Airport, maar over B-wegen. De internationale terminal. Ze gaat naar Duitsland.'

Zonder haar hand op de hoorn te leggen deelde Faith op luide toon bevelen uit aan haar team. Zodra ze klaar was, vroeg ze: 'En Benjamin?'

'Die is veilig.' Will keek naar Paul Vickery. Hij vertrouwde de man nog steeds niet. 'En die andere zaak?'

'Ze zijn in het Grady. Sara heeft een uur geleden gebeld. Ze maken het allebei goed.'

Will werd overspoeld door opluchting.

'De jongen is in de ambulance gaan praten,' zei Faith. 'Hij heet Aaron Winser. Amanda had gelijk. Zijn ouders wonen in Newfoundland. Ze voeren een harde strijd om de voogdij. De vader was een paar dagen vissen. De moeder dacht dat hij de jongens had ontvoerd. De politie stond op het punt hem te arresteren.' Faith leek te beseffen dat ze te snel sprak en remde haar woordenvloed af. 'De ouders zijn al onderweg naar Atlanta. Jezus, Will. Je hebt me dood laten schrikken.'

'Wacht even.' Will hield het niet langer vol op zijn knieën. Hij wilde niet zitten, en daarom duwde hij zichzelf langs de muur omhoog. Vickery volgde elke beweging. Op dat moment hoorden ze sirenes in de verte.

'Hoe ver zijn de patrouillewagens hier nog vandaan?' vroeg Will.

'Hooguit vijf minuten. Je moet Sara bellen.'

'Die zal het wel druk hebben.'

'Doe niet zo dwaas.'

Will hoorde een klik. Ze had opgehangen. Hij wierp een blik op Paul Vickery. Die lag nog steeds op zijn rug, met zijn ellebogen en knieën in een ongemakkelijke hoek.

'Ga je me nog helpen?' vroeg Vickery. 'Het doet zeer als de pest.'

'Geloof ik graag.' Will voelde dat het touw dat in zijn enkels sneed iets meegaf. Na wat mislukte schuifelpogingen hupte hij naar de keuken.

'Waar ga je naartoe?' riep Vickery. 'Kom terug!'

Will bleef pas staan toen de klapdeurtjes achter hem dicht zwaaiden. Hij leunde tegen het aanrecht om op adem te komen. En ook om zichzelf te ondersteunen, want rondhuppen was zwaarder dan het leek.

DeShawn Franklins mobiel stond weer op de screensaver. Het was een foto van twee kleine meisjes met Mickey Mouse-oren op. Will moest er niet aan denken dat Franklins nichtjes straks te horen zouden krijgen wat er met hun oom was gebeurd. Hij veegde over het scherm en toetste Sara's nummer in.

Sara was het gewend onbekende oproepen op haar ziekenhuistelefoon te ontvangen. Toch klonk ze gespannen toen ze opnam. 'Met dokter Linton.'

'Alles goed hier,' zei Will, hoewel de klank van zijn stem het tegenovergestelde deed vermoeden.

'Zeker weten?'

'Ja.' Nu hij haar aan de lijn had, kwam de terugslag. Sara had hem gered, op het nippertje.

'Will?'

'Alles in orde hier.' Hij zette een krachtiger stem op. 'Ik ben alleen nog even aan deze plek gebonden.' Hij onderdrukte een lach om zijn eigen grapje, vooral omdat Sara het vast niet leuk zou vinden. 'Maar over je auto heb ik mijn twijfels.'

'Schat, denk je echt dat die auto me ook maar ene moer interesseert?'

Will hoopte dat ze nog steeds zo dacht als ze straks op het nieuws zag hoe haar auto over de I-75 werd nagejaagd. 'Ben je in het ziekenhuis?'

'Ik ben thuis. Denise heeft me een lift gegeven terwijl Amanda met de jongen praatte. Ze gaat nu terug naar het Grady om bij Aaron te blijven tot zijn ouders er zijn. Heeft Faith je dat verteld?'

'Ja.' Will sloot zijn ogen. Het was een prettige gedachte dat Sara veilig thuiszat. 'Wat ben je aan het doen?'

'Ik lig op de bank. Ik wilde me douchen, maar ik ben volkomen gevloerd. Ik kan me bijna niet bewegen van de pijn.'

Will dacht aan de vorige nacht. 'Komt dat door mij?'

'Voor een deel,' beaamde ze. 'Wanneer ben je terug in Atlanta?'

'Ik rij vanavond terug.' Will besloot ter plekke dat hij er desnoods ontslag voor zou nemen. 'Ik bel je als ik op tien minuten afstand ben.' Hij bedekte het onderste stuk van de telefoon met zijn hand, wat niet zo moeilijk was met zijn polsen stijf op elkaar.

Niettemin zei hij met gedempte stem: 'Je moet het bad voor me vullen als ik gebeld heb.'

'Oké,' zei ze verbaasd.

'Als ik er ben, moet je samen met mij in bad gaan.'

Haar 'Oké' klonk al heel anders.

'En dan gaan we praten.'

Weer veranderde ze van toon. 'Alleen maar praten?'

'Ik zal elke vraag beantwoorden die je me stelt.'

'Elke vraag?' herhaalde ze. 'Dan wordt het water koud.'

'Dat houden we wel warm. Ik meen het, Sara. Geen geheimen meer.' Will keek uit het keukenraam. In de verte zag hij een patrouillewagen die een stofwolk opwierp. Zijn vastberadenheid begon hem te verlaten. Hij had het gevoel dat hij over een koord moest lopen. Zijn handen waren zo glibberig dat hij de telefoon nauwelijks kon vasthouden.

Toch lukte het hem om uit te spreken wat hij al veel eerder had moeten zeggen. 'Ik vertrouw je.'

Sara zei niets, maar hij hoorde haar adem door de telefoon.

Wills keel werd dichtgeknepen. Hij zou eigenlijk moeten ophangen. Hij wilde ook ophangen. Maar in plaats daarvan vroeg hij: 'Wat vind je? Klinkt dat goed?'

'Liefje.' Het woord was als een zucht. 'Het klinkt als een perfecte manier om de rest van ons leven te beginnen.'

Zeventien

Macon, Georgia

VIJF DAGEN LATER

Weer zat Lena tegenover iemand van Interne Zaken. Brock Pattersons zwart-met-witte pak deed haar denken aan de vrouw die haar de vorige week had verhoord. Lena vroeg zich af of de afdeling er een kledingcode op na hield of dat ze allemaal stiekem avonddiensten draaiden bij de Olive Garden. Als hun loon vergelijkbaar was met dat van haar, was dat niet eens zo vergezocht.

'Rechercheur Adams?' Patterson had blijkbaar een vraag gesteld. Lena had niet langer opgelet nadat ze had gemerkt dat zijn verhoor steeds hetzelfde patroon vertoonde. Elke twintig minuten drukte hij op zijn eigen RESET-knop en begon weer precies dezelfde vragen te stellen, alleen met een andere intonatie en anders geformuleerd.

Wanneer hebt u de jongen gevonden?

Wanneer precies vond u de jongen?

Waar was de jongen toen u hem vond?

De jongen. Aaron Winser. Hij was nu veilig, maar ze waren allemaal te bang om zijn naam hardop uit te spreken.

Eerlijk gezegd wilde Lena nooit meer aan de jongen denken. Niet uit wrok, maar uit zelfbehoud. Vier dagen lang had ze elk gruwelijk detail van de gebeurtenissen in het drugshol eindeloos moeten opdissen: de lijken, de koude angst diep vanbinnen toen ze oog in oog met Sid Waller stond. En het ergste, het gedeelte dat ze tijdens het eerste onderzoek had verzwegen: het vinden van de jongen.

Lena had nog steeds nachtmerries van het moment dat ze het paneel in het souterrain wegtrok en de doodsbange blik zag waarmee hij haar aankeek. Aarons pupillen waren zwarte kolen in bloeddoorlopen wit geweest. Hij had geen woord gezegd toen Lena hem uit het gat tilde. Hij was licht als een veertje geweest. Lena had hem gekoesterd in haar armen, sussende woordjes tegen hem gesproken. Ze had nooit ook maar een greintje moederlijk gevoel gehad, maar bij Aaron kwam dat vanzelf. Ze streelde zijn haar. Kuste zijn droge voorhoofd. Haar hand lag op zijn rug en toen ze het snelle *boenk-boenk-boenk* van zijn hart voelde, dacht ze aan haar boontje, dat nu voor altijd gevangenzat in dat echobestand op haar werkcomputer.

'Rechercheur Adams?' zei Patterson. 'Concentreert u zich alstublieft.'

'Als u uw aantekeningen nou eens doorkijkt en opschrijft wat ik u de eerste keer al verteld heb.'

'De eerste keer dat u ondervraagd werd of de eerste keer dat u de waarheid sprak?'

Die zat.

Lena leunde achterover. De stoel zat niet lekker, maar dat was opzet. Het was een kille kamer, met geverfde betonblokken en vuile vegen langs de kunststof plinten. Ze keek naar de spiegel achter Patterson en vroeg zich af wie er meekeek. Haar laatste confrontatie met de ratten van Interne Zaken had in de vergaderruimte plaatsgevonden. Nu Lonnie Gray in de gevangenis zat, werd het hele korps waarschijnlijk anders behandeld.

Er stond een halflege fles cola op tafel. Lena nam een flinke slok en zette hem weer neer. 'Vertel maar eens waarom dit gebeurd is.'

Patterson trok zijn mondhoeken naar beneden. Nu leek hij net een vleesgeworden boos emoticon.

'Niemand vertelt me waarom Jared en ik zijn aangevallen,' zei Lena. 'Was het vanwege de jongen? Dachten ze dat ik wist waar hij was?'

Zoals te verwachten liet Patterson zich niet vermurwen. 'Ik stel hier de vragen.'

'En moet ik ze echt beantwoorden?' vroeg Lena. Ze was er schijtziek van dat ze het niet wist. Ze kon aan niets anders denken. Wat had ze gedaan om dit over hen af te roepen? Welke stomme fout had ze gemaakt? Welke klootzak had ze beledigd?

'Mijn man is bijna vermoord,' zei ze. 'Ik ben in mijn eigen huis aangevallen. Ik mag toch wel weten waarom?'

'Mijn collega onderzoekt die aanval. Zoals u weet, gaat dit over een andere kwestie.' Patterson trok de pokerface van een bankier die een lening weigert. 'Uw medewerking zou ons zeer helpen...'

'Waarmee dan?' onderbrak ze hem. 'Ik was bij niets van dat alles betrokken. Ik heb gedaan wat mijn meerdere me opdroeg.'

'U hebt onder ede gelogen.'

'Echt?' Lena glimlachte. Daarvoor was ze te voorzichtig geweest. De eerste onderzoeker had niet naar de jongen gevraagd. Voor zover Lena wist, was er geen enkele wet die je verplichtte vrijwillig informatie prijs te geven.

Patterson leunde achterover, duidelijk in navolging van haar eigen ontspannen houding. 'We staan aan dezelfde kant, rechercheur Adams.' Hij probeerde redelijk te klinken, maar ze wisten allebei dat hij belang had bij deze zaak. Hij kon een mooie promotie verwachten als het hem lukte nog een paar corrupte politiemensen op te sporen, en vanaf het begin had hij Lena duidelijk gemaakt dat hij haar niet vertrouwde. 'We willen er alleen voor zorgen dat de aanklacht tegen Mr. Gray standhoudt. Het lijkt me dat we hetzelfde doel voor ogen hebben.'

'Mr. Gray,' zei Lena. Niemand noemde hem meer commissaris. Niemand wilde ook maar iets met hem te maken hebben. 'Ik wil terug naar mijn man, dat is mijn enige doel. Het gaat trouwens beter met hem, bedankt voor uw belangstelling.'

Patterson trok zijn kin in. Dat deed hij telkens als Lena de tegenaanval opende, alsof hij tegen een muur op liep. Hij zuchtte even en maakte toen een stapel van wat documenten die op tafel lagen. 'Momentje.' Hij stond op. 'Ga gerust even naar het toilet of iets dergelijks.'

Lena salueerde toen hij de kamer uit liep. Hij ging vast overleggen met degene die achter de confrontatiespiegel stond. Ze vermoedde dat het Amanda Wagner was. De adjunct-directeur was ongetwijfeld als een pauw zo trots op de arrestatie van Lonnie Gray, hoewel de eer eigenlijk naar Will Trent ging. Hij was degene die zijn leven op het spel had gezet.

Hij was ook degene die Lena ervan had weerhouden een man te doden.

Hoewel Lena vaker bloed aan haar handen had gehad, was het gevecht met de twee rednecks die haar huis waren binnengedrongen van een andere orde geweest. Als ze er te lang over nadacht, kwam de bloeddorst weer boven. Die steeg haar dan weer naar de keel. Haar spieren spanden zich. Ze balde haar vuisten. Zelfs toen ze op de intensive care bij Jareds bed stond, moest ze de neiging onderdrukken om de trap af te dalen en een verdieping lager het monster af te maken dat haar man had willen doden.

Niet dat hij erin geslaagd was.

Volgens de arts zou Jared wonderbaarlijk genoeg helemaal genezen. Hij kreeg een paar maanden fysiotherapie, maar zijn jonge leeftijd en zijn goede conditie hadden hem erdoorheen gesleept. Diezelfde zaken keerden zich nu uiteraard tegen hem. Na nog geen anderhalve dag thuis dreigde hij al knettergek te worden: hij bleef veel te lang op, bewoog veel te veel, en liep haar voortdurend voor de voeten.

Lena zou hem nog het liefst naar zijn moeder sturen. Ze verdroeg de vrouw al een stuk beter, misschien omdat ze dankzij Darnell Long nu een functionerende keuken had. Gelukkig had Jareds moeder begrepen dat hun wapenstilstand stond of viel met het aantal kilometers dat hen scheidde. Ze was al een keer teruggekeerd naar Alabama. Met een beetje geluk zou Lena Nell pas weer zien tijdens het proces.

Niet dat er een proces zou komen, dacht Lena. Die ochtend had Fred Zachary, de tweede schutter, een deal gesloten en de rednecks in Tipsie's uitgeleverd. De rednecks zwegen, maar waarschijnlijk was het slechts een kwestie van tijd voor ze zwichtten.

Dan bleef Tony Dell nog over, en Mr. Snitch had elke deal geweigerd. Hij gaf toe dat hij in de nacht dat Jared werd neergeschoten buiten had gestaan. Hij gaf toe dat hij Eric en DeShawn had doodgestoken. Hij bevestigde alles wat DeShawn Will Trent had verteld over Big Whitey en Sid Waller. In feite had hij iedereen erbij gelapt, inclusief zichzelf. Het zou niet lang duren voor iemand vond dat Dell zijn mond moest houden. Lena vermoedde dat hij zijn eigen zelfmoord aan het beramen was. Tony Dell had nou eenmaal niets te verliezen.

De politie van Atlanta had Dell en Cayla Martin te pakken gekregen bij de internationale terminal van Hartsfield-Jackson Airport. Dell was zonder meer een psychopaat, maar wel een psychopaat met overlevingsdrang. Hij had geweten dat het spel uit was en was met opgestoken handen uit de auto gestapt.

Cayla Martin gaf zich minder gemakkelijk over. Ze was achter het stuur gesprongen en had geprobeerd aan de politie te ontsnappen. Helaas was ze de verkeerde kant op gereden. Lena vroeg zich af wat er door de verpleegkundige heen was gegaan toen ze de shuttlebus met een vaart op zich af zag komen. Volgens het rapport waren er zo'n twee seconden verstreken tussen het moment dat Martin een ruk aan het stuur gaf en de frontale botsing. Lena wist hoe het voelde als je dacht dat je doodging. Twee seconden waren een eeuwigheid. Martin had geen veiligheidsgordel om. Waarschijnlijk verstreek er een derde seconde waarin ze met haar hoofd naar voren de bus in vloog en haar nek brak tegen een rugleuning.

Wat Lena onwillekeurig het mooiste van het hele verhaal vond was niet Martins wrede dood, maar het feit dat Sara Lintons BMW van vijfenzestigduizend dollar gereduceerd was tot de duurste Rubikskubus ter wereld.

Lena voelde een lachje opkomen toen ze opstond van haar stoel. Ze begon heen en weer te lopen en dwong zichzelf haar stappen niet te tellen, want ze wist al dat de kamer elf vierkante meter mat. Ze keek naar de camera en glimlachte, maar tegelijkertijd liet ze haar tanden zien. Ze wilde de papierstapel op haar bureau wegwerken. Ze wilde bij Jared gaan kijken. Ze wilde naar huis en dingen doen die haar het gevoel gaven dat ze normaal was: het huis van boven tot onder schoonmaken, de was doen, de voortuin in orde maken. De winter stond voor de deur. Eigenlijk moest ze de petunia's uitsteken, maar ze kon het momenteel niet over haar hart verkrijgen iets te laten sterven.

Ze was de laatste tijd naar te veel begrafenissen geweest.

Het lichaam van DeShawn Franklin was zonder plichtplegingen gecremeerd in een crematorium in de buurt van Macon. Op de uitvaartondernemer na was Lena de enige aanwezige geweest. Zijn zus wilde haar kinderen er niet mee naartoe nemen. Zijn exvrouw wilde zijn naam niet eens uitspreken en zijn nieuwe vrouw wilde zich niet in het openbaar vertonen. Jared had liever niet dat Lena ernaartoe ging, maar hij had haar ook niet tegengehouden. Ze had veel fouten gemaakt in haar leven. Ze kwam tot de conclusie dat DeShawn uiteindelijk voor het goede had gekozen. Hij had de recorder op zijn telefoon aangezet. Lena was niet op de hoogte van alles wat was opgenomen – dat wist niemand op het bureau –, maar kennelijk had DeShawn Will voldoende bewijs geleverd om Big Whiteys organisatie ten val te brengen. Alleen al daardoor verdiende DeShawn een paar heldere ogen dat hem nakeek als hij naar zijn Schepper ging.

Eric Haighs begrafenis was heel anders geweest. Gisterochtend, vlak voor de begrafenis, had het GBI zijn naam gezuiverd, zodat hij een gepaste uitvaart had gekregen met collega's in groot tenue en een volledig politie-escorte. Lena vermoedde dat ze niet de enige was die terugdacht aan de vorige begrafenis die ze allemaal hadden bijgewoond, namelijk die van Chuck Gray. Lonnies zoon was drie maanden geleden aan leukemie gestorven. Lena had gehuild tijdens de plechtigheid – niet omdat ze Chuck zo aardig vond, want hij was typisch het verwende zoontje van de commissaris geweest, maar omdat ze zo met Lonnie Gray te doen had gehad.

Lonnie zou zich nu wel wentelen in zelfmedelijden. Hij liet zich verdedigen door een uitstekend advocatenbureau, maar ook al was hij nog zo slim, hij had één kardinale fout gemaakt. Lena ging ervan uit dat arrogantie zijn ondergang was geworden. Hij had er nooit bij stilgestaan dat het GBI zijn thuiscomputer in beslag zou nemen. Ook zonder de moorden, ontvoeringen en drugshandel stond er genoeg kinderporno op de harde schijf van de commissaris om hem voor honderd jaar achter de tralies te laten verdwijnen.

Stomme, zieke klootzak.

De vorige maand nog had Lena de tienduizend meter met Lonnie gerend om geld bijeen te brengen voor onderzoek naar leukemie. Lonnie was dertig jaar ouder dan zij, maar hij ging als eerste over de streep. Met plezier dacht Lena aan zijn sterke hart, dat niet kapot te krijgen was, terwijl hij voor de rest van zijn ellendige leven zijn straf uitzat. Ze hoopte dat een of andere grote, lelijke crimineel hetzelfde met Lonnie Gray zou doen wat hij met Marie Sorensen en al die andere arme kinderen had gedaan. Lena hoopte dat ze dat elke seconde van elke dag met hem zouden doen, tot hij er van uitputting bij neerviel. En dan hoopte ze dat ze hem weer zouden oprapen om opnieuw te beginnen.

Ook hoopte ze dat Marie Sorensens moeder en de familie Winser rustig konden slapen nu Lonnie achter de tralies zat, maar uit eigen ervaring wist ze dat sommige demonen zich niet lieten verjagen.

De deur ging weer open. Daar stond Patterson, met zijn hand aan de knop, zonder binnen te komen. Hij keek hoogst geïrriteerd, en dat zei haar genoeg.

'De rat heeft zijn stukje kaas zeker niet gekregen?' zei Lena.

Ze wachtte niet op Pattersons antwoord, maar liep vlak langs hem de kamer uit, waarbij ze haar tanden weer liet zien, net als ze voor de camera had gedaan. Lena wist dat ze zich eigenlijk moest inhouden, dat ze nog niks had bereikt, maar elke keer dat je die rattenclub verliet met je penning nog in je bezit was reden voor een feestje.

Lena's lach smolt als sneeuw voor de zon toen ze Denise Branson op de gang zag staan. Ze wist dat ze in het gebouw moest zijn, maar ze had de goden gesmeekt dat ze het pad van de vrouw nooit meer hoefde te kruisen. Niet dat Lena's gebeden ooit verhoord werden.

Ook had ze Denise nog nooit zo slecht op haar gemak meegemaakt. Het was niet om aan te zien. Ze schuifelde van de ene voet op de andere. Ze weigerde Lena aan te kijken. De vernedering straalde van haar af, alsof ze de afgelopen vier dagen zo vaak tegen de grond was geslagen dat ze niet meer wist hoe ze overeind moest krabbelen.

'Ms. Branson?' zei Patterson.

Zijn stem had iets kribbigs, wat Lena niet aanstond. Als hij zijn mond had gehouden, zou Lena waarschijnlijk nooit meer iets tegen Denise hebben gezegd. Nu vroeg ze: 'Moet je niet even naar de wc?'

Denise was verbaasd over de vraag maar ze knikte, en samen liepen ze naar de enige plek waar Brock Patterson hen niet kon volgen. Lena zag nog net zijn teleurgestelde gezicht toen de deur van het damestoilet dichtging.

Denise kwam meteen ter zake. Aan haar toon te horen was ze het inmiddels gewend haar verontschuldigingen aan te bieden. 'Het spijt me. Ik heb geen excuus voor wat ik je heb aangedaan.'

'Maar?'

'Geen gemaar,' klonk het vol overtuiging. Van Denises zelfverzekerde houding was niets meer over. 'Ik heb tegen je gelogen over die jongen. Zonder dat je het wist, heb ik je hierin meegesleept. Ik heb de ratten op je af gestuurd zonder dat je iets verkeerds had gedaan.'

'Wilden ze daarom Jared en mij vermoorden?' vroeg Lena op de vrouw af. 'Omdat ze dachten dat ik wist waar de jongen was?'

Denise schudde haar hoofd, maar toen haalde ze haar schouders op. 'Ik weet het niet, Lee. Het klopt gewoon niet dat ze jullie probeerden te pakken in plaats van mij.'

Lena kwam telkens tot dezelfde conclusie. Ze was net een hond die zijn staart najoeg. 'Wie heb je nog meer over de jongen verteld?'

'Vrienden. Mensen die ik kon vertrouwen.'

'Ik dacht dat ik een vriendin was die je kon vertrouwen.'

Deze keer had Denise wel een excuus. 'Ik dacht dat ik je beschermde.'

'Dat is een leugen,' zei Lena. 'Je vertrouwde niemand op het werk. Mij niet, Lonnie niet. Je wist dat er iets aan de hand was. Je dacht dat er een mol was, en je dacht dat het iedereen kon zijn, van de top naar beneden.'

Denise slaakte een diepe zucht. Blijkbaar had ze de kracht niet meer om zich te verzetten.

'Had je een vermoeden dat Lonnie Big Whitey was?' vroeg Lena.

'Ik weet het niet,' bekende Denise. Lena zag aan haar gezicht dat ze de waarheid sprak. 'Ik vond het vreemd dat Big Whitey getipt werd. Ik dacht dat het een van Lonnies secretaresses was, of iemand van jouw team.'

'Of ik.'

Denise staarde naar een punt achter Lena. 'Dat dacht ik niet, maar er stond te veel op het spel om een dergelijk risico te nemen.'

Lena keek nog eens goed naar Denise Branson, en voor de zoveelste keer was het alsof ze zichzelf zag van vijf jaar geleden. De oude Lena zou het absoluut in haar eentje hebben willen rooien. Ze vertrouwde niemand. Ze vroeg niemand om steun. Ze vroeg nooit om hulp. Ze vond dat er op de hele wereld maar één iemand was die wist hoe het moest. Ook nu nog waren al die neigingen aanwezig. Een groot deel van de tijd was Lena bezig haar lagere impulsen te bestrijden. Soms won ze. Vaak verloor ze, nog steeds. Ze troostte zichzelf met de gedachte dat ze het in elk geval probeerde.

Lena zei: 'Ik heb gehoord dat Lonnie bij de burgemeester op zijn kamer was toen hij werd opgepakt. Hij werd door de voordeur van het stadhuis mee naar buiten genomen, zodat iedereen hem kon zien.'

Denise grijnsde, en het was duidelijk dat ze het verhaal kende. 'Dat blonde grietje heeft hem gearresteerd. Agent Mitchell. Wedden dat hij de hele tijd haar voet tegen zijn reet heeft gevoeld?'

Lena twijfelde er niet aan. 'Als Lonnie ook maar half de vent is die hij beweert te zijn, maakt hij zichzelf van kant en bespaart de rechtbank alle moeite.'

'Geef me een mes en ik doe het eigenhandig.'

'Achter in de rij aansluiten.' Lena zuchtte eens diep. 'Ik wil verder geen tijd meer aan die klootzak verspillen. Hoe is het met de jongens?'

Denise begon te stralen. 'Ze maken het goed, Lee. Ik heb Aaron zelf aan zijn moeder overgedragen, regelrecht in haar armen. Hij is omringd door zijn familie. Hij is weer bij zijn broertje. Het wordt niet gemakkelijk, maar ze hebben elkaar.'

Weer had Lena het vreemde gevoel dat ze naar zichzelf keek.

Het was het waard om zoveel ballen in de lucht te houden. Ze door de lucht te zien vliegen gaf een grotere kick dan welke drug ook. Uiteraard was dat gevoel niet blijvend. Niemand hield het jongleren lang vol. De eerste keer dat er een bal viel, wilde je het liefst doodgaan. De tweede keer voelde je je rot. De derde en vierde keer pakte je gewoon een nieuwe bal en wierp die in de lucht.

Lena had in haar leven zoveel ballen laten vallen dat ze de tel was kwijtgeraakt.

'Ik vergeef je,' zei ze tegen Denise.

Denise keek verbaasd en toen achterdochtig. 'Waarom?'

'Ik heb geen idee,' moest Lena bekennen. Ze was het levende bewijs dat een tweede kans goed uitpakte, maar zelf had ze nog nooit iemand een dergelijke gunst bewezen. Ze had veel geleerd van het verlies van Jeffrey Tolliver, maar het dreigende verlies van Jared had haar onderuitgehaald.

'Wil je er nog even over nadenken?' vroeg Denise.

'Nee.' Lena bood haar de naakte, onopgesmukte waarheid. 'DeShawn en Eric zijn dood. Lonnie bleek Satan te zijn. Paul heeft om overplaatsing naar Atlanta gevraagd. Jared was bijna dood geweest.' Lena kreeg een brok in haar keel. Ze liet haar boontje buiten beschouwing, maar de herinnering was nog rauw. 'Ik kan het me niet permitteren nog meer mensen te verliezen.'

Denise was nog steeds sceptisch. 'Waarschijnlijk is het mijn schuld dat Jared en jij bijna vermoord zijn. Door mij had je ontslagen kunnen worden. Alleen bij de gratie Gods geloven die sukkels van Interne Zaken je verhaal.'

'Denk je echt dat ze me geloven?' Lena lachte. 'De enige reden dat ik niet ben ontslagen of in de cel zit, is dat ze niets kunnen bewijzen.' Ze liep naar de wastafel en draaide de kraan open. Het water was ijskoud. Lena bukte zich en dronk van de straal.

'Ik ben een slechte vriendin voor je geweest,' zei Denise. 'Dat weet ik.' Ze dempte haar stem. 'En ik weet dat je het een en ander hebt meegemaakt. Hiervóór, bedoel ik.'

Lena draaide de kraan dicht. Denise was niet de enige die het moeilijk vond een ander te vertrouwen. Het was nooit bij haar opgekomen om met iemand over het verlies van de baby te praten – niet met Jared, niet met Denise, niet eens met zichzelf. Eigenlijk voelde het te veel als een mislukking, als iets waarvoor ze zich moest schamen.

En ook al zou dat niet zo zijn, dan was ze nog niet van plan haar hart uit te storten op het damestoilet van het politiebureau.

'Maakt niet uit,' zei ze. 'Het is iets wat ik zelf moet verwerken.'

'Dat snap ik.' Denise was evenmin van het navelstaarderige type. 'Als je wilt praten, weet je me te vinden.'

Lena keek naar haar hand. Die rustte op de wastafel in plaats van op haar lege buik. Ze vroeg zich af of het zo ging, geleidelijk aan. In één opzicht had de verpleegster uit de praktijk van dokter Benedict gelijk gehad: het ging niet weg, maar het werd anders.

Lena zuchtte weer eens diep. Ze keek in de spiegel boven de wastafel en vond dat ze sinds dit alles twintig jaar ouder was geworden. 'Jared is irritant als de pest. Ik kan wel een excuus gebruiken om niet naar huis te hoeven.'

Denise ving haar blik in de spiegel. 'Ik ook.'

Lena zweeg afwachtend.

Denise kuchte. Met enige moeite zei ze: 'Ze heet Lila. We hebben al een poosje een relatie.'

Lena drong niet aan. 'Hoe lang moet je hier nog blijven van Interne Zaken?'

'Zolang als het duurt.'

'Bel maar als je klaar bent. Dan gaan we naar Barney's.'

Denise wendde zich af. De verslagen blik was terug. Barney's was een politiebar. Het was duidelijk dat ze niet gezien wilde worden door de mannen over wie ze het bevel had gevoerd.

'Zal ik jou eens wat vertellen?' Lena pakte een pluk papieren handdoekjes. 'Voor zover ik weet, was jij de enige op dit hele bureau die zag dat er iets mis was met Lonnie. Je hebt het leven van die ontvoerde jongen gered. Je hebt hem verborgen en beschermd. Dankzij jou is hij weer terug bij zijn familie. Je hebt Marie Sorensens moeder een gezicht bij een naam gegeven. Je hebt een verdorven monster uitgeschakeld. En toen heb je er een mooie strik omheen geknoopt, die het GBI mag openmaken.' Ze wierp de handdoekjes in de afvalbak. 'Zo is het toch? Dat heb jij toch allemaal gedaan?'

'Zo kun je het ook uitleggen.'

'Wat mij betreft is dat de enige manier om het uit te leggen aan iedere sukkel die het weten wil.'

Denise schudde haar hoofd. Ze zag waar het heen ging. 'Voor Interne Zaken ben ik geen heldin, Lee. Zodra mijn gat de stoel raakt, ben ik al ontslagen.'

'Dan zeg je maar dat je rechtstreeks naar de eerste de beste nieuwszender gaat die je verhaal wil horen. Voor mijn part naar het nationale nieuws. Ga naar Canada. Vertel maar wat je gedaan hebt om die jongen te redden en laat het Macon Police Department dan maar eens uitleggen waarom ze je om die reden ontslagen hebben.' Lena lachte bij het vooruitzicht. 'Als ze iemand zoeken die jouw verhaal wil bevestigen, geef je ze mijn nummer maar.'

Denise staarde haar aan. 'Jij bent echt gestoord, weet je dat?'

'Misschien.' Lena legde haar hand op de knop, maar zonder de deur te openen. 'Ik heb te vaak in jouw positie verkeerd om niet te weten hoe ik me eruit moet graven.'

'Denk je echt dat dat gaat werken?'

'Je weet niet half hoezeer de politie van tegenwoordig de pest heeft aan negatieve publiciteit,' zei Lena, en ze bedacht dat ze een bordje met die tekst naast de deur van haar werkkamer moest hangen. 'Zorg dat ze van je pensioen afblijven. Dat gaan ze allereerst proberen. Zorg dat ze je niet verder degraderen dan rechercheur.' Lena bedacht iets en ze lachte. 'Hoe hoog acht je Pauls kans om naar Atlanta te worden overgeplaatst?'

Denise lachte ook. 'Blanke man, militaire achtergrond? Ze rollen de rode loper voor hem uit.'

'Hoe het ook zij, ik heb een nieuwe partner nodig.'

'Zoiets als *Salt and Pepper*?'

'Eerder als *Chico and the Man*.' Lena hield de deur open. Voor de tweede keer die dag loste haar lach in één keer op.

Will Trent leunde tegen de muur. Zijn gezicht was één grote ravage. Zwarte en blauwe kneuzingen werden afgewisseld door felrode plekken ter grootte van mannenknokkels.

'Bel maar over dat biertje,' zei Lena tegen Denise.

'Reken maar.' Zonder naar Will te kijken liep ze naar de verhoorkamer. Patterson stond al paraat in de deuropening. Hij keek Lena woedend aan. Ze bedwong de neiging haar tong naar hem uit te steken.

Will wachtte tot Denise de deur had dichtgedaan. 'Ik zie Jared weer rondlopen,' zei hij tegen Lena. Ze keek ongetwijfeld verward, want hij voegde eraan toe: 'Ik zag hem net de kleedkamer binnengaan.'

Lena's kaak verstrakte. Ze ging Jared vermoorden. Na alles wat die stomme man van haar had overleefd, ging ze hem nu met haar blote handen wurgen.

Will knikte naar de deur waarachter Denise was verdwenen. 'Gaat ze het redden?'

'Wat denk je?' vroeg Lena. Ze bedoelde het niet uitdagend. Het GBI had een behoorlijk dikke vinger in de pap wat Denises zaak betrof.

'Volgens mij heeft het korps al voldoende slechte publiciteit zonder Denise Branson ook nog eens tegen zich te krijgen,' zei Will.

Lena vroeg zich af wat Will allemaal gehoord had terwijl hij op de gang stond. 'Ze lijkt bereid haar straf te accepteren.'

'Als je het mij vraagt laat dat soort lui het er meestal niet bij zitten.' Hij schonk haar een betekenisvolle blik. Ze wisten allebei dat Lena ook altijd weer uit de as herrees.

'Oké.' Lena keek op haar horloge, hoewel ze voorlopig maar één ding op haar agenda had staan, namelijk haar geflipte man bij zijn kraag vatten en naar huis slepen. 'Ga maar weer aan het werk.'

'Ik ben al klaar. Ik wilde je spreken.'

Opeens werd Lena overmand door angst. 'Waarover?'

'Ik wilde zeggen dat je gelijk had.'

Ze lachte, want ze vermoedde een grap. 'Hoezo gelijk?'

'Die aanval. Van Interne Zaken mocht ik het je pas vertellen als je naam was gezuiverd.'

Nu verging haar het lachen. 'Wat mocht je vertellen?'

'Het was jouw schuld niet. De reden dat die twee mannen die nacht naar jullie huis gingen was dat Jared iets had gezegd in de spreekkamer van de dokter.'

Lena snapte er niets van. Het was alsof hij Japans sprak.

'Toen jij in de praktijk van dokter Benedict was, viel Cayla Martin in voor een van de verpleegsters daar,' legde Will uit. 'Ze hoorde Jared iets over Big Whitey zeggen.'

Lena's mond viel open, maar niet alleen van verbazing. Haar kaak hing zowat op de vloer. Cayla Martin. Die naam had bekend geklonken toen Lena hem drie dagen geleden voor het eerst had gehoord, maar dit had ze nooit kunnen raden. 'Ik dacht dat ze gewoon in het ziekenhuis werkte. Dat ze de stiefzus van Tony Dell was.'

'Ze werkte parttime in de praktijk van dokter Benedict.' Will klonk geduldig, alsof hij het aan een kind uitlegde. 'Cayla hoorde Jared tegen jou zeggen dat Lonnie Gray Big Whitey was.'

'Nee.' Lena voelde een droge lach langs haar keel schrapen. Het gesprek ging steeds meer op een verschrikkelijk slechte grap lijken. 'Hij meende dat niet.'

'Cayla dacht daar anders over. Ze vertelde het aan DeShawn Franklin, die zei dat het waarschijnlijk niks te betekenen had, en toen vertelde ze het aan Lonnie Gray, die een stel moordenaars op jou en je man af stuurde.'

Ze snapte er helemaal niks van. 'Hoe kon ze...'

'Cayla had een relatie met Chuck Gray voor hij stierf aan leukemie. Ze was heel close met Lonnie. Of zo close als twee van dat soort types kunnen zijn.' Will stak zijn handen in zijn zakken. 'Als je het mij vraagt, was ze gewoon zo'n vrouw die het lekker vindt om onrust te stoken.'

Lena begon al met haar hoofd te schudden terwijl ze de informatie nog aan het verwerken was. Ze haalde zich het bezoek aan de arts weer voor de geest. Jared die onzin stond uit te kramen. En ze herinnerde zich ook dat ze hem heel even serieus had genomen, waarna ze zijn theorie had verworpen, zoals ze elke halfgare theorie die uit zijn mond kwam verwierp.

'Ik geloof je niet.' Meer kreeg ze er niet uit.

'Waarom niet?' vroeg Will. 'Het is gewoon zo.' Hij lachte niet; hij gaf met geen enkel teken te kennen dat hij elk moment de clou ging onthullen. 'Het was jouw schuld niet. Niet dat het Jareds schuld was, trouwens. Het is gewoon gebeurd.'

Lena duwde haar rug tegen de muur. Ze had haar hersens gepijnigd in een poging te bedenken waar ze de fout in was gegaan, wat ze gedaan had, en uiteindelijk trof haar geen enkele blaam. 'Ik dacht gewoon...' Weer schudde Lena haar hoofd. Ze leek net een hoedenplankhondje. 'Ik dacht dat het met het werk te maken had.'

'Dat was niet eens zo gek gedacht,' beaamde Will. 'We dachten allemaal dat het met het werk te maken had. Maar dat had het niet.'

'We waren...' Haar stem stierf weg. Lena kon het meest verbijsterende van alles niet onder woorden brengen. Op straat, daar kon je rottigheid verwachten. Ze waren in de spreekkamer van haar arts geweest. Lena had zich veilig gewaand.

'Ik kan me haar niet eens herinneren,' zei ze. 'Ik heb haar gezicht voortdurend op het nieuws gezien, maar het is geen moment bij me opgekomen.' Met een schok kwam een vage herinnering boven. 'Volgens mij heeft ze me zelfs gebeld.'

'Misschien helpt het,' zei Will, 'maar je hebt mijn collega flink op de kast gejaagd. Zolang ze dit werk doet, loopt ze al te verkondigen dat toeval niet bestaat.'

Lena bleef haar hoofd schudden. Zelf had ze ook nooit in toeval geloofd.

'Dus,' zei Will. 'Nog vragen?'

Lena kon er maar één bedenken. 'Weet Sara dat het mijn schuld niet was?'

'Ja,' zei hij na enige aarzeling.

Lena deed niet eens moeite om een lach te onderdrukken. 'En ze weet dat jij hier bent om het mij te vertellen?'

'Ja.'

'Ze probeerde je niet tegen te houden?'

'Ik moet terug naar Atlanta.' Zichtbaar opgelaten maakte Will zich los van de muur. 'Ik ben blij dat alles weer goed is gekomen voor Jared en jou.'

Ze liet hem nog niet gaan. 'Waarom heb je me niet gewoon gebeld? Of gemaild?'

Hij schonk haar een blik van verstandhouding. 'Voor jou is het altijd gunstiger als we het onder ons houden.'

Lena hoefde hem niet om verduidelijking te vragen. In gedachten ging ze terug naar die nacht in haar huis, toen ze de hamer boven haar hoofd hief. Jared lag leeg te bloeden op de vloer. Eén man was al dood. Haar knie was nog steeds gevoelig van toen ze zich met haar volle gewicht op Fred Zachary's rug had laten vallen. Als ze zich voldoende concentreerde, kon ze het bot weer horen kraken.

Volgens de Castle Doctrine die in Georgia gold mocht je dodelijk geweld gebruiken tegen een indringer als je meende in levensgevaar te verkeren.

Will Trent wist evengoed als Lena dat Fred Zachary geen bedreiging meer had gevormd.

Will boog even zijn hoofd ten teken dat ze allebei van de waarheid op de hoogte waren. 'Tot de volgende keer.'

'Er komt geen volgende keer.'

'Lena.' Hij klonk bijna treurig. 'Ik hoop echt dat je gelijk hebt.'

Will liep weg, met zijn handen nog steeds in zijn zakken. Lena dacht aan de eerste keer dat ze hem had ontmoet. Met zijn driedelige pak en beschaafde manieren was hij eerder een begrafenisondernemer dan een politieman. Lena had van haar fouten willen leren, en Will Trent had klaargestaan met de grote levenslessen. Die begrafenisondernemer had haar bijna naar de gevangenis gestuurd.

En niet zonder reden.

Pas toen Will het gebouw had verlaten, liep Lena naar de verhoorkamer. Ze spitste haar oren, maar ze hoorde niets. Denise had een zachte stem en Brock Patterson was zoetgevooisd als een oude non. In een gebaar van stilzwijgende solidariteit legde Lena haar hand op de deur. Wat had ze vaak aan de andere kant van die deur gezeten. En wat had ze vaak diep vanbinnen geweten dat er niemand achter stond te wachten.

'Hé.'

Met een ruk draaide ze zich om, en tot haar verbazing stond Jared achter haar. De schrik was al snel verdwenen. 'Sukkel. Wat kom je hier doen? Hoe ben je...?'

Met een slobberige kus snoerde hij haar de mond.

Fronsend deed Lena een stap achteruit. Hij droeg een blauwe trainingsbroek en een feloranje sporttrui met het logo van Auburn. Zijn verband was verwijderd. Zijn haar stond van achteren als een eendenkont overeind. Op zijn schedel had hij Frankenstein-achtige hechtingen, die al op menige Facebookpagina waren vastgelegd.

'Hoe ben je hier gekomen?' vroeg ze. 'Je mag nog helemaal niet rijden.'

‘Estefan heeft me opgepikt om de nieuwe Harleys te bekijken.’

‘Estefan,’ mompelde ze. Die twee deelden samen één hersenhelft. ‘Je moet naar huis.’

‘Breng me maar.’ Hij sloeg zijn arm om haar middel.

‘Jared.’

‘Breng me naar huis.’ Hij greep haar bij haar kont om haar in beweging te krijgen. Lena sloeg zijn hand weg. Camera’s bewaakten elke hoek van het gebouw. In haar verbeelding drukte de baliebrigadier al op RECORD.

‘Je hoort thuis in bed te liggen,’ zei ze. ‘Je bent nog maar net uit het ziekenhuis ontslagen. Je was bijna dood geweest.’

‘Ik heb geen slaap.’

‘Onzin. Je kunt je ogen amper openhouden.’

‘Kon jij je mond maar amper openhouden.’

Ze schonk hem een scherpe blik, maar snapte de hint. Ze had lang genoeg in Nells gezelschap verkeerd om te weten wat voor soort vrouw ze niet wilde zijn. Een man mocht best op zijn nummer worden gezet, maar Jareds vader was zo gecastreerd dat hij waarschijnlijk ging zitten bij het plassen.

Jared steunde op haar terwijl ze naar de voordeur liepen. ‘Wat zullen die motoren lekker rijden, schat. Er zitten drukknopen op de tassen en ze hebben allemaal een 103-accu...’

Lena luisterde al niet meer. Ze dacht na over Wills onthulling. Cayla Martin. De spreekkamer van dokter Benedict. Hoe hard Lena ook nadacht, ze kon zich niet herinneren dat ze de vrouw had ontmoet. Ze was gewoon een van die anonieme gezichten op de achtergrond.

Jared kon zich haar ook niet herinneren. Hij had tenminste niks gezegd die ene keer dat ze samen naar het nieuws hadden gekeken. Cayla Martins foto was op het scherm verschenen, maar hij had de tv al uitgezet nog voor het item begon.

In tegenstelling tot Lena interesseerde het Jared niet waarom zij het doelwit van een aanslag waren geweest. Hij was veel te blij dat het de schutters niet gelukt was. Waarschijnlijk dacht hij dat het Lena's schuld was, maar hij wilde haar geen vervelend gevoel bezorgen.

Lena vond het geen enkel probleem om hem in zalige onwetendheid te laten. Fred Zachary had schuld bekend in ruil voor strafvermindering, dus er kwam geen proces. Er kwam geen verklaring over de reden dat twee mannen Jared en Lena moesten doden. Jared hoefde nooit te weten te komen dat hij de oorzaak van al dat onheil was geweest. Hoe vergevingsgezind hij ook was waar het anderen betrof, zichzelf vergaf hij niet zo gemakkelijk. Lena was het veel meer gewend om met schuld te leven.

Niet dat ze zich ooit schuldig zou voelen omdat ze tegen haar man had gelogen.

Eindelijk waren ze bij de hal aangekomen. Jared bleef staan. Hij legde zijn hand tegen de muur om zijn evenwicht te bewaren. Ze wisten allebei dat ze buiten het bereik van een camera waren. Iedereen op het bureau wist hoe hij uit beeld moest blijven.

In plaats van iets obsceens te doen, zei hij tegen Lena: 'Je ruikt een beetje zweterig.'

'Je wordt bedankt.' Ze stompte hem tegen zijn schouder.

Hij lachte liefjes. 'Heb je altijd al bruine ogen gehad?'

'Ben je altijd al een idioot geweest?'

Hij lachte niet meer, maar de rimpeltjes bij zijn ooghoeken verdwenen niet helemaal. 'Ik wil het nog eens proberen.'

Het bloed steeg Lena naar de wangen. Hij hoefde niet te zeggen wat hij nog eens wilde proberen. 'Vind je dat een goed idee?'

'Jezus, natuurlijk niet.' Hij lachte. 'Maar dat heeft ons er de vorige keer ook niet van weerhouden.'

Lena kon niks zeggen. Ze wist niet hoe ze zich voelde, of ze er al klaar voor was. De vorige keer was het een ongelukje geweest. Het nu bewust proberen was het noodlot tarten.

'Lee.' Jared pakte haar hand. Dat deed hij de laatste tijd vaak. Lena verwachtte telkens dat ze het irritant zou gaan vinden, maar ze merkte dat ze het vooral prettig vond om zijn stevige hand te voelen, die vaste greep die haar vertelde dat alles goed kwam.

'Ik wil een baby met jou,' zei hij. 'Ik wil een leven samen. Een gezin.'

Alleen al bij het horen van die woorden wilde Lena het ook allemaal, maar ze was te bang om te antwoorden, te angstig om weer hoop te koesteren.

En daarom zei ze: 'Oké.'

Jared stond als een dwaas te grijnzen. 'Echt?'

'Ja.' Voor de zekerheid zei ze het nog eens. 'Ja.'

Hij kuste haar en zijn mond treuzelde langer op haar lippen dan gewoonlijk. Zijn hand omvatte haar gezicht. Jared keek in haar ogen. Met zijn duim streek hij over de plek waar zijn mond net was geweest. 'En die keuken sloop ik er weer uit, want mijn vader heeft het helemaal verkeerd gedaan.'

Lena's gevloek werd overstemd door het getrompetter van motoren die het parkeerterrein op reden. Door de glazen deuren zag ze hoe ze in een rij werden opgesteld. Zes Harley-Davidson-politiemotoren glommen in het zonlicht, met dank aan Sid Waller en zijn geldvoorraadje in het souterrain van het drugshol.

'Gaaf, man!' Jared klonk als een corpsbal op een feestje. Zich vastklampend aan een stoelleuning, de deurknop en alles wat hem verder nog vooruithielp, hobbelde hij naar het parkeerterrein.

Hoofdschuddend haalde Lena een sleutel uit haar zak. Wapens waren verboden in ruimtes waar gevangenen werden vastgehouden, en daarom was er een rij kluisjes bij de voordeur. Ze stak haar sleutel in het juiste slot. Lena was nooit het handtassentype geweest. Ze had haar schoudertas al zo vaak in het kleine kastje geschoven dat het canvas versleten was waar de metalen randen over de stof schuurden. Uit gewoonte wierp ze snel een blik in de tas om te kijken of haar Glock er nog in zat, evenals haar portefeuille, haar sleutels en haar pennen.

In tweede instantie keek ze in het buitenvak of de ansichtkaart er nog was. Ja hoor, met postzegel en al, klaar om verstuurd te worden. Lena had de kaart al drie dagen bij zich. De ene keer stopte ze hem in haar tas, dan weer in haar zak, of ze gooide hem op de ladekast. Nu haalde ze hem tevoorschijn en keek naar de foto van het centrum van Macon. *Bedankt voor uw bezoek aan het hart van Georgia*, stond bovenaan geschreven, in krullerige gele letters.

Lena draaide de kaart om. Er stond hetzelfde adres op dat ze jaren geleden op een envelop had geschreven die ze naar Atlanta had gestuurd.

De brief.

Lena wist dat ze altijd te veel waarde had gehecht aan de mening van Sara Linton. Jarenlang had haar verantwoordelijkheid voor Jeffreys dood als een schaduw boven alles wat ze deed gehangen. Op zeker moment was ze zo diep gezonken dat ze haar hand moest opsteken om de bodem te raken. Lena had de brief geschreven om Sara om vergeving te smeken, om kwijtschelding van schuld te vragen. Ze had haar zaak ingekleed alsof ze een onderzoek voor de rechtbank presenteerde. Ze had voor haar eigen goede karakter ingestaan. Ze had het bewijs voorgelegd. Ze had alles wat niet klopte extra benadrukt. Op vaardige wijze had ze in haar eigen voordeel een draai aan de afwijkende feiten gegeven. Lena had geen verweerschrift geschreven. Ze had gesmeekt om de teruggave van haar ziel.

De kaart was iets anders. Drie woorden, geen drie pagina's. Ze gaf in plaats van te vragen.

Het punt was dat Lena op eigen kracht haar ziel had teruggekregen. Als ze nu naar haar leven keek, zag ze alleen maar goede dingen. Ze was goed in haar vak. Ze was goed voor haar vrienden. Ze was met een goede man getrouwd, ook al kletste hij te veel. Uiteindelijk zouden ze samen een kind krijgen. Misschien meer dan één. Ze zouden een gezin stichten. Ze zouden Nells bezoekjes ondergaan. Ze zouden verjaarsfeestjes vieren, kerst en Thanksgiving, en wat Sara Linton ook vond van de keuzen die Lena maakte, ze zou altijd weten dat ze het goede had gedaan.

Deugd vergaf zichzelf.

Bij de kluisjes was een brievenbus, een koperen plaat met de woorden US MAIL in vette letters op de bovenkant. Elke dag rond het lunchuur verzamelde de receptioniste de post en bracht die naar het postkantoor. Een van de voordeeltjes van het werk op een politiebureau. Vooral als je van lange lunchpauzes hield.

Lena staarde naar de kaart. Heel even overwoog ze hem te verscheuren. Ze kon zich er niet toe zetten. Met Lena ging het prima. Sara was degene die vergeven moest worden. Zij was degene die niet kon loslaten. Het kostte geen moeite om haar te bevrijden.

Lena schoof de kaart half in de gleuf. Ze hield hem nog een paar tellen vast en liet hem toen in de mand eronder vallen.

Buiten werd een motor gestart. Jared zat er schrijlings op. Estefan zat achter hem, omdat Jared het gevaarte zelf nog niet overeind kon houden.

Lena hees haar tas over haar schouder en liep naar de deur.

Naar Jared.

Naar haar leven.

Ze glimlachte bij de gedachte dat Sara haar kaart zou lezen. Het bericht was simpel. Lena had het evengoed aan zichzelf kunnen schrijven...

Je hebt gewonnen.

Dankbetuiging

Ik vind mezelf een echte bofkont met al die geweldenaren in mijn team, zoals Angela Cheng Caplan, Diane Dickensheid en Victoria Sanders. Bedankt iedereen, want jullie zijn het cement dat dit alles bijeenhoudt.

Zoals altijd heb ik niets dan lof voor mijn uitgevers Kate Elton en Jennifer Hershey met al hun begrip en grootmoedigheid.

Weer heeft dokter David Harper me zeer goed geholpen wat de medische bijzonderheden betreft. Hij behoedt Sara er al jaren voor hele volksstammen om het leven te brengen en ik waardeer het dat hij me altijd weer van advies dient. Verder ben ik eeuwige dankbaarheid verschuldigd aan de voortreffelijke agenten van het Georgia Bureau of Investigation voor hun antwoorden op mijn in hun ogen ongetwijfeld krankzinnige vragen. Ik zweer dat mijn vragen over het plegen van misdaden alleen maar het verhaal ten goede komen. Chip Pendleton is een fantastische arts en vooral een ruimhartige adviseur bij alles wat met het Grady te maken heeft. Bedankt ook voor je scabreuze gevoel voor humor en – nog belangrijker – voor je tijd.

Beth Tindall van Cincinnati Media, oftewel Webmaster Beth, oftewel mijn goede vriendin: bedankt dat je het al die jaren met me hebt uitgehouden en dat je me hebt weten in te tomen.

Voor al mijn vrienden bij De Bezige Bij: heel hartelijk bedankt voor jullie vriendschap en ondersteuning. Het is altijd een genoegen om met jullie samen te werken, en ik prijs me gelukkig dat ik ontdekt ben door zo'n geweldige uitgeverij. Voor mijn Nederlandse lezers: mijn blijvende waardering omdat jullie zo aardig zijn en omdat jullie al die kattenfoto's op Facebook plaatsen. Het afgelopen decennium heb ik geloof ik in heel Nederland opgetreden, maar vorig jaar, toen ik er op vakantie was, ben ik pas echt gaan inzien wat een bijzonder land – en volk – ik al die jaren heb bezocht.

Voor mijn vader: bedankt dat je er altijd voor me geweest bent, ook toen ik nog jong en dwaas was.

Voor DA: bedankt voor je belofte er voor me te zullen zijn als ik oud en wijs ben. Ik ben bang dat je alleen op een van die twee mag rekenen.